False Bay, Südafrika: Dämmerlicht auf den Bergen vor Kapstadt, eine zwei Meter hohe Welle – Fish Pescado surft. Für ihn ist hier das Paradies. Hätte er nur einen Job. Ein wenig Geld auf dem Konto. Da steht plötzlich Vicki Kahn vor ihm. Untertags Anwältin, nachts Pokerqueen. Klug, charmant, gerissen. Die spannendste Frau, mit der er je eine Beziehung hatte. Und sie hat einen Auftrag für ihn. Den Mistkerl zu finden, der bei einem illegalen Autorennen einen Zuschauer über den Haufen gefahren hat. Nicht ganz einfach. Immerhin hat der Gesuchte beste Verbindungen nach oben. Nach ganz oben. Zum Polizeipräsidenten. Und der hat nicht nur ein Auge auf Vicky geworfen …

MIKE NICOL lebt in seiner Geburtsstadt Kapstadt und unterrichtet an der dortigen Universität. Er ist der preisgekrönte Autor international gefeierter Romane, Gedichtbände und Sachbücher, zuletzt einer autorisierten Biografie über Nelson Mandela. Mike Nicol verbrachte ein Jahr als Stipendiat des Berliner Künstlerprogramms in Deutschland, 2002 hatte er eine Gastprofessur als *poet in residence* an der Universität Essen inne. Vor einigen Jahren begann er, sich intensiv für die südafrikanische Kriminalliteratur einzusetzen, und beschloss, selbst Thriller zu schreiben: Seine Rache-Trilogie – »payback«, »killer country«, »black heart« – war ein internationaler Erfolg. »payback« stand drei Mal in Folge auf Platz 1 der KrimiZeit-Bestenliste.

MIKE NICOL

BAD COP

THRILLER

Aus dem südafrikanischen Englisch
von Mechthild Barth

btb

Die südafrikanische Originalausgabe
erschien 2013 unter dem Titel
»Of Cops and Robbers«
bei Umuzi/Random House Struik, Kapstadt.

MIX
Papier aus verantwortungsvollen Quellen
FSC® C083411

Verlagsgruppe Random House FSC® N001967
Das für dieses Buch verwendete FSC®-zertifizierte
Papier *Lux Cream* liefert Stora Enso, Finnland.

1. Auflage
Deutsche Erstveröffentlichung März 2015

Dieses Werk wurde vermittelt
durch die Literarische Agentur Thomas Schlück GmbH,
30827 Garbsen.

Umschlaggestaltung: semper smile, München
Umschlagmotiv: © plainpicture/Marc Owen
Satz: Uhl + Massopust, Aalen
Druck und Einband: CPI – Clausen & Bosse, Leck
UB · Herstellung: sc
Printed in Germany
ISBN 978-3-442-74845-7

www.btb-verlag.de
www.facebook.com/btbverlag
Besuchen Sie auch unseren LiteraturBlog www.transatlantik.de

Die Todesschwadron, November 1977

In einem babykackegelben Ford Granada fahren sie die Straße entlang. Sehen sich jedes Haus an. Hinterlassen Abgaswolken. Der Wagen knattert laut, als ob der Auspuff durchgerostet wäre, irgendwo direkt neben der Karosserie.

Vier Männer in einem Auto, alle tragen Sonnenbrillen. Der Fahrer zudem Handschuhe, olivfarbene Rennhandschuhe. Auffallend: sein großes rotes Gesicht. Man nennt ihn den Fischer.

Der Mann hinter ihm lehnt sich zurück. Seine Miene liegt jetzt im Schatten. Eine Zigarette zwischen seinen Lippen. Eine Zigarette, die immer dort hängt, als ob er durch sie hindurchatmen würde. Er hat wilde blonde Haare, typisch für einen Surfer.

Der Kerl auf dem Beifahrersitz hat seine Hände gefaltet, aber nicht wie zum Gebet oder in aller Seelenruhe.

Den zweiten Mann auf der Rückbank zeichnet ein starres Totenkopfgrinsen aus. Sein Arm baumelt aus dem Fenster, an jedem Finger ein schwerer Glitzerring.

In ihrem babykackegelben Ford Granada kriechen sie von Haus zu Haus.

Jeder der Männer hat eine Browning HP mit aufgeschraubtem Schalldämpfer. Spezielle Modelle für einen speziellen Job. Der Typ mit dem Totenkopfgrinsen hat außerdem ein italienisches Springmesser bei sich, seine persönliche Lieblingswaffe. Die Klinge ist über zehn Zentimeter lang, der Griff perlmuttverziert. Totenkopf hält das Teil für verdammt lässig.

Sie finden das Haus. Kein Auto in der Einfahrt, das Gartentor hinter der niedrigen Mauer offen. Gepflasterter Weg bis zur Haustür. Totenkopfgrinser und Blondie steigen aus, ihre Schuhsohlen treffen hart auf das Pflaster.

Totenkopf klopft. Entdeckt dann die Klingel, drückt mit dem Daumen darauf. Ding dong. Ding dong.

Sie warten. Hören die Stimme einer Frau, die sich am Telefon verabschiedet.

Totenkopf sieht Blondie an. Zieht die Augenbrauen hoch. Wer ist das?

Ein Schlüssel dreht sich im Schloss. Eine Frau öffnet die Tür. Kurze Haare, hübsches Gesicht, lange Wimpern, grüne Augen, ungeschminkte Lippen. Braunes Kleid, das bis zu den Knien reicht. Barfuß. Sagt fröhlich: »Hallo, *Menere*. Was kann ich für Sie tun, Gentlemen?«

Totenkopf zögert keine Sekunde. »*Mevrou*?«

»Ja?«

»*Mevrou*, wir sind für Viertel nach sechs mit Ihrem Mann verabredet.« Er wirft einen Blick auf seine Armbanduhr. »Vor fünf Minuten. Tut uns leid, dass wir uns etwas verspätet haben.«

»Sie sind rechtzeitig – er hat sich verspätet«, erwidert sie. »Er ist noch nicht hier.«

Totenkopf hat die Hände in den Taschen seines Anoraks vergraben. Er und Blondie rühren sich nicht vom Fleck.

»Geht es um den Wahlkreis?«

Totenkopf nickt. »*Ag*, so wichtig ist es allerdings auch wieder nicht.«

Die Frau lächelt. »Kommen Sie doch einfach herein und warten hier auf ihn. Wenn er Viertel vor sechs gesagt hat, wird er sicher bald da sein.« Sie führt die beiden in ein Esszimmer, wo sich der Tisch vor hohen Papierstapeln fast durchbiegt.

»Das ist sein Büro«, erklärt sie und schließt die Vorhänge. Sie dreht sich zu den beiden Männern um. Weist mit der Hand auf zwei Sessel. »Machen Sie es sich bitte bequem.« In diesem Moment sieht sie die Waffe in Totenkopfs Hand. Ihre Miene erstarrt.

Totenkopf streckt sie mit einem Schuss nieder. Direkt ins Herz. Was die Zeitungen später als einen Schuss »aus kürzester Entfernung« bezeichnen werden. Dann stürzt er sich mit seinem Springmesser auf die Tote. Grunzt bei jedem Stich und jedem Rausziehen der Klinge.

Blondie rührt sich erst nicht von der Stelle. Die Geschwindigkeit, mit der Totenkopf seinen Wahnsinn offenbart, verursacht einen sauren Geschmack in seinem Mund. Irgendwann packt er seinen Partner und reißt ihn von der Leiche weg. Sie liegt auf dem Boden, aufgeschnitten und regungslos. Ihr Gesicht unberührt. Die Augen offen. Perlweiße Zähne funkeln zwischen ihren Lippen.

Totenkopf schüttelt den anderen ab. Das blutige Messer in seiner rechten Hand, die Browning HP in seiner linken. Blondie hat gar nicht wahrgenommen, wie er die Waffen gezückt hat, so schnell ging es.

Blondie ruft: »Hör auf, Mann, hör auf! Hör endlich auf!«

In diesem Moment macht es an der Tür »ding dong, ding dong«. Die anderen beiden – Kommandant und Fischer – stehen draußen und möchten herein.

»Okay, okay.« Totenkopf beugt sich herab, um sein Messer am Kleid der Frau abzuwischen. Er richtet sich auf und klappt es ein. Blutrote Flecken auf dem Perlmuttgriff.

Eins

Er beobachtet das Ganze von seinem Wagen aus, der auf einer kiesbestreuten Fläche parkt. Beobachtet den weißen Subaru, der auf den Strand gerichtet dasteht, durch ein Nachtsichtzielfernrohr.

Ein heftiger Wind ist aus Südost aufgekommen und bespritzt die Windschutzscheibe mit Gischt. Er muss den Scheibenwischer anschalten, um besser sehen zu können.

Seit einer halben Stunde ist er hier, auf der westlichen Seite des Parkplatzes von Sunrise Beach. Er war zwanzig Minuten vor dem weißen Subaru eingetroffen. Jetzt ist es nach Mitternacht. Mondlos.

Zehn Minuten später bemerkt er, wie ein Auto aus dem Kreisverkehr abbiegt, abblendet und langsam über den Kies auf den weißen Subaru zurollt. Ein Jetta. Schwarz. Getönte Scheiben. Der Mann im Subaru steigt aus. Der Jetta bleibt stehen. Aus ihm steigen zwei Männer.

Er beobachtet sie durch das Nachtsichtfernrohr. Sieht, wie die Männer reden. Wie sie gestikulieren. Als ob sie sich nicht für eine Übergabe treffen würden, wie sie das sollten, sondern als ob sie miteinander stritten. Er sieht, wie sie wieder auseinandergehen und wie die beiden aus dem Jetta den dritten Mann plötzlich einkreisen. Sieht, wie Mündungsfeuer aufblitzt. Vier Schüsse von den Jetta-Kerlen, zwei Gegenschüsse.

»Mein Gott!« Fish beugt sich vor, um seinen Motor anzulassen.

»Nicht«, sagt der Mann auf dem Beifahrersitz. Der Mann, der eine Fünfundvierziger an Fishs Kopf hält. »Schauen Sie genau hin, mein Freund. So wissen Sie gleich, was mit Ihnen passiert, wenn Sie uns hintergehen sollten. Dann war's das.«

Auf dem Boden liegen zwei Tote. Der eine Jetta-Mann schleift seinen Kameraden ins Auto, wendet mit quietschenden Reifen und braust davon, fegt Staub über den zurückbleibenden Leichnam.

»Wir wissen, wo wir Sie finden, Mr. Fish Pescado«, sagt der Mann mit der Waffe. »Sie sind der Nächste. Wenn Sie einen von uns töten, erledigen wir einen der Ihren. Der letzte Mann, den Sie angeschossen haben, erlag seinen Verletzungen, Mr. Pescado. Pech für Ihren Freund da drüben.« Er macht die Tür auf und steigt aus. Beugt sich noch einmal ins Auto, öffnet das Handschuhfach und nimmt die Waffe heraus, die dort liegt. Betrachtet sie. »Was ist das für Schrott?« Steckt sie ein.

»Lassen Sie die Pistole da«, protestiert Fish.

Der Mann erwidert: »Sie sollten für Ihren Kumpel lieber den Krankenwagen rufen, mein Freund. Die können dann gleich den… Wie heißt das noch mal?… Ach ja, den Totenschein für ihn ausstellen.«

Lacht. Ha, ha, hey.

Surfers' Corner, Muizenberg. Das Meer aufgewühlt. Die Wellen sturmdunkle Vorreiter, eineinhalb bis zwei Meter hoch, krachen immer wieder laut in sich zusammen. Voll Kraft und Energie – genug, um beim Wellenreiten Muffensausen zu bekommen, eine Gänsehaut auf dem Gesicht.

Fish Pescado und Daro Attilane in Neoprenanzügen paddeln am späten Nachmittag mit ihren Longboards hinaus. Sie spüren die Brandung, die sie durch das aufgepeitschte Wasser zieht. Als sie Dünung und Wellentäler erreichen, jenseits der

Line-up, wo sich die Wellen brechen, sind sie bereits ziemlich erledigt.

Drei kleine Wellen lassen sie kommen.

Sie reden nicht miteinander, atmen nur tief durch. Paddeln stumm nebeneinander an der Brechungslinie, im Schatten des Berges.

Irgendwann sagt Daro: »Ich muss dich mal was fragen.«

»Klar«, meint Fish. »Solange es nichts Persönliches ist.« Grinst, als er das sagt.

Er dreht sein Surfbrett so, dass es mit der Schnauze auf Daro gerichtet ist.

Daro Attilane: Autohändler, Mitglied des örtlichen Polizeiforums. Erfahrener Surfer. Kurze graue Haare, gebräuntes Gesicht, hellblaue Augen, Körperbau wie ein Rugbyspieler.

»Es geht um meine Tochter, um Steffie. Teenagerkram. Jemand dealt an ihrer Schule mit Hasch.«

»Ein echter Dealer?«

»Ja, scheint so. Steffie hat jedenfalls was von ihm gekauft. Ich habe sie damit in ihrem Zimmer erwischt, wie sie gerade den Rauch aus dem Fenster geblasen hat.«

»Na ja«, meint Fish. »Hab ich auch gemacht. Hat sie dir seinen Namen genannt?«

»Ein Junge aus ihrer Klasse.«

»Willst du, dass ich mit ihm rede und herausfinde, wer sein Lieferant ist? Kann ich gerne machen.«

»Ich weiß, wer der Lieferant ist. Seven ist der Lieferant.« Daro zeigt auf den Strand. Mit den Augen folgt Fish seinem Finger bis zu der Reihe von SUVs, die dort geparkt sind. In den vier Parkbuchten zusammen stehen Autos im Wert von zwei oder drei Millionen Rand. Daro hat einen Nissan X-Trail. Fish einen verrosteten Isuzu mit Zweiradantrieb, ein Erbstück – in einer anderen Kategorie als der Wagen seines Surferkumpels.

Fish runzelt die Stirn. Erst dann begreift er, dass Daro nicht auf den Parkplatz, sondern auf das Straßengewirr hinter den teuren Wohnblöcken deutet.

»Das Problem ist«, fährt Daro fort, »dass es nicht bei Hasch bleibt. Als Nächstes kommen Pillen, Crystal Meth, *Tik*. Und wenn *Tik* ins Spiel kommt, wird's schwierig. Das knallt so heftig, das lässt dich nicht mehr los.«

Fish sieht Daro an. Daro sieht woandershin.

»Du weißt, dass ich im Forum sitze.«

Plan des Forums: die Gegend zu säubern. Die Drogenszene hat sich Muizenberg vorgenommen. Im Straßengewirr hinter der Atlantic Road gibt es Crack-Häuser, Haschhöhlen, junge und alte Prostituierte – auf der Straße oder in den Bandenhäusern – auf der Suche nach Freiern, um zumindest an ein kleines Kügelchen *Tik* zu gelangen.

Und Herrscher über allem: Seven. Die Plage. Der Fluch.

»Ist kein Geheimnis, dass ich Mitglied des Forums bin. An Steffies Schule wissen das alle. Wir haben mit den Kids gesprochen, ihnen erklärt, was Sache ist. Steffie weiß, dass harte Drogen das Ende bedeuten. Und dieses Schwein Seven hat sie ausgewählt, um an mich ranzukommen.«

»Seven? Du glaubst, der denkt so weit?«

Daro sieht Fish mit finsterem Blick an. »Tue ich. Das ist sein Stil. So macht er das. Der letzte Vorsitzende des Forums kann nicht mehr ohne Beruhigungstabletten. Der musste aufhören. Ich habe Angst, dass ich eines Tages die Tür öffne, und da steht ein Junge, neun oder zehn Jahre alt, und richtet eine Pistole auf mich. Bandeninitiation. Das war's, Mr. Attilane. Viel Spaß in der Hölle.«

»Dann lasst sein Haus durchsuchen.«

»Jedes Mal, wenn wir mit dem Durchsuchungsbefehl kommen, ist er sauber. Er hat bei den Cops einen Spitzel.«

»Das haben alle«, meint Fish.

Fish: laut Geburtsurkunde Bartolomeu Pescado. Seit Neuestem mit einem kleinen Ring im rechten Ohrläppchen. An Fish Pescado fallen zuerst seine wilden Surferhaare, seine flinken Augen und der Ohrring auf. Wird von seinen Freunden aus offensichtlichen Gründen Fish genannt. Bartolomeu nach dem portugiesischen Entdecker. Aber niemand außer seiner Mutter nannte ihn bisher Bartolomeu. Seine Brötchen verdient er als Privatdetektiv, allerdings nicht sehr erfolgreich.

Er starrt auf seine nackten Füße im grünen Wasser. Das Meer höchstens zwölf Grad. Bei dieser Temperatur sollte er eigentlich Stiefel wie Daro tragen. Aber er gerät durch Stiefel aus dem Gleichgewicht, strauchelt und stürzt leichter. Er hat noch nie Stiefel getragen. Stiefel sind nur etwas für ältere Semester, für Daro zum Beispiel. Barfuß ist cool, auch bei Kälte.

Er streicht seine blonden Haare aus dem Gesicht. Sieht Daro an. Fragt: »Ist das schon mal passiert?«

»Was? Das mit Steffie und den Drogen?«

Fish kratzt an einem Klümpchen Wachs auf seinem Brett herum. Schnippt es weg. »Nein. Ich meine, gab es schon mal irgendeine Art von Drohung? Einen Brief. Oder einen Anruf. Jemand, der euch gefolgt ist?«

Daro lacht. »Nein. Bloß das, was bei Hausdurchsuchungen so rüberkommt. Dieser verrückte ›Dafür krieg ich euch‹-Mist.«

Ihre Surfbretter berühren sich. Beide Männer paddeln zurück.

»Vielleicht experimentiert Steffie ja auch nur rum.« Fish paddelt noch weiter zurück. »Hast du das Ganze deiner Frau erzählt?«

»Ja. wir haben darüber geredet.«

»Und? Was meint sie?«

»Neugier, typisch für das Alter.«

»Aber du glaubst trotzdem weiterhin, dass Seven dahintersteckt?«

Daro nickt. »Tue ich. Ich sehe das in einem größeren Zusammenhang.«

»Wenn du willst, kann ich mit Seven reden. Ich kann zu ihm Dinge sagen, die du nicht sagen kannst.«

Daro schüttelt den Kopf. »Nein, lieber nicht. Vielleicht später mal.«

»Was wolltest du mich also fragen?«

Daro blickt auf das offene Meer hinter Fish hinaus. »Sie kommen. Große.«

Fish und Daro sehen, wie die erste Reihe von Wellen donnernd heranrollt. Wie sie sich erhebt, oben schmaler wird, wie sie sich durch die Meeresbrise weiß kräuselt. Wenn man genau hinhört, kann man das Zischen der Wellen hören, während sie näher kommen.

»Deine!«, ruft Fish, legt sich flach auf sein Brett und paddelt los, um über die Welle zu gelangen. Er bricht hindurch, kommt hinten wieder heraus und sieht sich einer gewaltigen Woge gegenüber. Eine riesige grüne Wand, die rechts von ihm aufschäumt.

Er reißt das Brett herum, paddelt erneut, um schneller zu werden, während das Wasser unter ihm weggesogen wird und jener verrückte Moment entsteht, wenn die Welle einen mitnimmt, wenn sie einen packt. Fish stößt einen begeisterten Schrei aus, als er nach unten gerissen wird. Springt auf die Beine, die Arme ausgebreitet, von unten die Wand hochrasend. Oben hält er sich, rast dem weißen Schaum voraus.

Fish surft schon sein ganzes Leben lang. Fing als fünfjähriger Winzling an genau diesem Strand an. Er kann nie genug davon bekommen. Wenn er an einem geeigneten Tag nicht mindestens einmal surft, ist er ernsthaft schlechter Laune.

Ernsthaft. Fish fährt zwei bis drei Mal täglich zum Meer hinunter, um zu sehen, was die Wellen treiben. Frühmorgens schaltet er als Erstes seinen Laptop ein, um den Surfbericht zu studieren und die Aufnahmen der Steadycams zu begutachten, die auf die Surferstrände der Halbinsel gerichtet sind.

Surfers' Corner ist seine Heimat. Okay, die Wellen haben vielleicht nicht den gleichen Sog wie in Long Beach, Noordhoek oder dem Reserve, aber dorthin muss man auch erst einmal kommen. Dieser Strand hingegen liegt direkt vor seiner Haustür. Manchmal geht er auch an anderen Stränden Wellenreiten, aber um schnell mal reinzuschnuppern und ein bisschen Spaß zu haben, ist dieser Ort perfekt. Bloß zwei Minuten von seiner Bude entfernt. Er kann zu Fuß hierherlaufen, wenn er will, was er meist allerdings nicht will. Fish findet es wichtig, sein Auto parat zu haben. Man weiß nie, ob man es nicht plötzlich braucht. Ein Notruf. Eine Verfolgungsjagd. Fluchtartiges Aufbrechen. Fish Pescado, Privatdetektiv. Immer mit einem fahrbaren Untersatz in greifbarer Nähe, um bereit sein zu können.

Aber jetzt surft er. Verlässt diesen ersten langen Ritt voller Begeisterung. Paddelt durch die hereinrollenden Wellen, nutzt die erste Gelegenheit. Zu dieser späten Nachmittagsstunde darf er nicht wählerisch sein. Die Kleinen und die etwas größeren Kids surfen mit einer Gier im ausklingenden Tageslicht, als ob es die letzten Wellen wären, die die Welt hergibt.

Eine gläserne Wand kommt ihm entgegen, hebt ihn hoch, überschlägt sich und stößt ihn dabei von sich. Mit einem Knall wird er wie ins Schleuderprogramm einer Waschmaschine gerissen. Fish gerät aus dem Gleichgewicht. Das Brett zerrt wie ein wildes Tier an der Leash. Er hält schützend die Hände über seinen Kopf.

Oft genug hat er miterlebt, wie jemand in einer solchen

Situation im Gesicht getroffen wurde. Eingeschlagene Zähne, gebrochene Nase, so viel Blut, dass auch noch der letzte weiße Hai in die Bucht gelockt wird.

Keuchend taucht er aus dem Wasser. Eine weitere donnernde Welle bricht über ihm zusammen. Fish holt tief Luft und taucht. Wartet, bis das Schäumen über ihm aufhört, während sein Brett an der Leash und damit an seinem Fuß zerrt. Wartet, bis sich die Gischt gesetzt hat. Dann rudert er mit der kurzen Flaute wieder hinaus.

Eine halbe Stunde später macht Fish eine Pause, drei weitere Ritte hinter sich, zwei Komplettstürze, die seine Nebenhöhlen durchpusteten. Daro paddelt auf seinem Brett zu ihm hinüber.

»Nicht schlecht.«

»Verdammt cool«, erwidert Fish. »Tolles Ende für einen Tag.« Wäre auch toll gewesen, den ganzen Tag am Meer zu verbringen, denkt er. Momentan hat er sowieso nicht allzu viel zu tun.

»Noch einmal, dann höre ich auf«, sagt Daro. »Kann die Familie nicht länger warten lassen.«

Fish sieht ihn mit zusammengekniffenen Augen an. »Wenn dich diese Drogengeschichte nicht loslässt, lass es mich wissen. Okay?«

Daro nickt. »Klar. Danke.«

»Melde dich einfach«, erwidert Fish. Überlegt, was Daro ihn wohl hatte fragen wollen.

Die beiden sitzen da, den Blick auf die Wellen gerichtet, deren Kämme sich dunkel vor dem Horizont abzeichnen. Sie wollen sich gerade auf die nächste Welle stürzen, als ein Mann ihnen zuruft: »He, Fish, da ist ein Mädchen am Strand, die will was von dir.«

»Wollen nicht alle Mädchen was von mir?«

»Sie meint, du sollst reinkommen – und zwar pronto. Du

hast fünf Minuten, sagt sie. Nicht schlecht, die Kleine. He, verdammt hübsches Fahrgestell.« Der Surfer umfasst mit beiden Händen seine Brustwarzen. »Die würde ich an deiner Stelle nicht lange warten lassen.«

»Vicki«, erklärt Fish seinem Freund Daro. »Bleib sauber, Mann«, ruft er dem Surfer zu.

Hört als Antwort: »Bin nur der Bote, *Bro.*«

Dann erreichen die nächsten hohen Wellen die beiden. Fish und Daro gleiten über die erste. Fish johlt begeistert auf und lässt sein Brett tanzen. »Ist an der Zeit, meine Seele fliegen zu lassen!« Damit paddelt er ins Tal hinab. Spürt, wie die Welle unter dem Brett zu rumoren beginnt.

Zwei

Vicki Kahn – Vicki mit einem »i« am Ende – steht neben ihrem Alfa MiTo und blickt angestrengt auf den Ozean hinaus. Es wird bereits dunkel. Man kann die Gestalten da draußen nicht mehr voneinander unterscheiden. Sie merkt, dass zwei junge Männer sie begutachten, die gerade den Reißverschluss ihrer Neoprenanzüge schließen. Einer der beiden starrt auf ihr Dekolleté.

»He«, ruft sie ihnen zu. »Kennt ihr einen Typen namens Fish?«

Der Busenstarrer schüttelt abwesend den Kopf, als ob er erst die Apparatur seines Gehirns wieder in Gang bringen wollte. Konzentriert sich. Sagt, ja, täte er. »Der große Blonde mit dem Ohrring?«

»Genau der. Sag ihm, er wird hier verlangt. Und zwar pronto.«

»Klar, klar.« Der Surfer zieht sein Brett aus dem Kofferraum seiner Blechkiste.

»Und nicht erst in einer halben Stunde. Sondern jetzt.« Vicki lässt das »Bitte« weg. Wasserköpfe brauchen es simpel. Direkt.

Bei Knead bestellt sie einen Milchkaffee.

Die nigerianische Kellnerin mit dem koboldhaften Lächeln, die sie immer bedient, fragt: »Zum Mitnehmen? Wir schließen nämlich gleich. Ich bringe ihn dir raus.«

»Wunderbar«, erwidert Vicki und zeigt auf ihren knallroten MiTo. »Ich bin da drüben.«

Die Frau nickt.

Vicki schlendert zu ihrem Wagen zurück. Der Signalton ihres iPhones kündigt ihr einige neue Mails an, die schon wieder auf sie warten. Eine vom Senior Partner. Von dem Aalglatten mit dem amerikanischen Zungenschlag, der Verbindungen in die höchsten Kreise pflegt. Clifford Manuel. Sie traut ihm nicht über den Weg. Will ihn aber auch nicht zum Feind haben. Der Typ hat die besten Kontakte, die bis zu den Tagen des Kampfes zurückreichen. Familienbeziehungen, die inzwischen Millionen an Aufträgen und Gratifikationen wert sind – und die in der angesagten Bolshoi Bar so manchen neugierig aufblicken lassen, wenn Clifford hereinkommt.

Sie öffnet seine Mail.

»Hi, Vicki.«

Hi, Vicki. Locker, offen, obwohl er in einem Anzug lebt. Immer in einem makellosen Anzug. Mit Seidenhemden. Und Krawatten von Ermenegildo Zegna. Samt Hosenträgern. Obwohl er keine braucht. Wer verwendet bitte schön heutzutage noch Hosenträger? Hat er sich in den Staaten angewöhnt. Und Budapester. Keine anderen Schuhe als Budapester.

»Vergessen Sie das Meeting nicht. Es ist wichtig.«

Autoritär. Redet nicht um den heißen Brei herum. Kaum zu glauben, dass dieser Kerl den jungen Anwaltsanwärterinnen hinterherstieg. Eine legte sogar Beschwerde wegen sexueller Belästigung ein. Was wirkungslos blieb. Sie musste sich allerdings danach einen neuen Job in einer anderen Firma suchen.

Er versuchte, auf einer Cocktailparty auch bei Vicki zu landen, kurz nachdem sie in die Firma eingetreten war. Inzwischen schon eine Weile her. Anlass der Cocktailparty war das achtzigjährige Bestehen der Kanzlei. Kabinettsminister, Parlamentsmitglieder, Generaldirektoren, CEOs, CFOs, Botschafter, Konsule, Richter, das ganze juristische Who-is-who sowie andere VIPs waren gekommen. Und Fish. Sie schaffte es, Clifford Manuels Annäherungsversuche abzuwehren, indem sie ihm einfach Fish vorstellte.

Fish meinte: »Wie geht's. Coole Location.«

»Ja, ist es wohl«, erwiderte Clifford Manuel gelangweilt. Er versuchte, seine Hand aus Fishs festem Griff zu ziehen. Musste sich die Finger massieren, als es ihm schließlich gelungen war.

»Eindrucksvoll«, fuhr Fish fort. »Diese ganzen Kunstwerke hier.«

Jetzt lächelte Clifford Manuel selbstgefällig und strich sich die Krawatte glatt. »Ach, ein paar lokale Künstler. Kentridges, Goldblatts, Ractliffes. Die Statue da ist ein Alexander. Sie heißt *Serviceman*.«

»Ich weiß.«

»Sie mögen Kunst, Mr.-äh ...«

»Pescado«, sagte Vicki. Wiederholte es.

»Mr. Pescado.«

»Bartolomeu Pescado, auch Fish genannt. Arbeitet für uns als Berater«, erklärte sie.

Fish zuckte mit den Achseln. »Ich habe von den meisten Bilder.«

»Ach, wirklich?« Clifford Manuel sah ihn verblüfft bis misstrauisch an.

»Ein toter Esel von Ractliffe. Ein Druck von Alexander, ein Goldblatt-Foto von einem Friedhof. Sie werden allerdings allmählich zu teuer. Ich konzentriere mich jetzt lieber auf jüngere Künstler.«

»Verstehe.« Clifford Manuel wandte sich zum Gehen. Seine rechte Hand hing schlaff herab, als ob sie ein feuchter Waschlappen wäre. »Sie sind ein interessanter Mann, Mr. Pescado. Bitte. Nehmen Sie sich doch etwas zu trinken. Genießen Sie die Party.«

»Danke«, sagte Fish. »Werde ich.« Meinte kurz darauf zu Vicki: »Mr. Aalglatt.«

»Stimmt.« Vicki grinste. »Er ist allerdings auch mein Boss.«

Jetzt besteht Clifford Manuel darauf, dass sie zu diesem Meeting kommt. Wobei sie keine Ahnung hat, worum es gehen soll.

»Ich möchte, dass Sie dabei sind. Ich will einfach, dass Sie jemanden kennenlernen. Das ist alles«, erklärte er. »Wird ein guter Kontakt für Sie sein. Er wollte Sie sogar selbst treffen. Anscheinend kannte er Ihre Tante.«

»Meine Tante?«

»Das hat er jedenfalls behauptet. Es ist einer unserer Klienten, Vicki. Ein wichtiger Klient.«

Clifford Manuel gab sich geheimnisvoll. Mal wieder. Typisch für Clifford Manuel, der nie mit allen Informationen herausrückt.

»Wer ist es?«, wollte sie wissen.

»Sie werden schon sehen.«

»Ein Milchkaffee«, sagt die Kellnerin und schenkt Vicki ihr Koboldslächeln. Sie zeigt auf den Strand. »Dein Freund? Kommt er rein?«

»Ja«, meint Vicki. »Er weiß schließlich, was gut für ihn ist.«

Die beiden sehen zu, wie Fish sein Brett in seinen Isuzu wirft. »Toller Körper in diesem Neoprenanzug«, stellt Vicki fest.

Die Kellnerin kichert.

»Sag ihm das aber nicht.« Vicki winkt Fish und Daro zu. Fish streckt die Daumen hoch, während Daro mit dem Mund ein stummes Hallo formt und dann zu seinem Auto läuft. »Ein echter Strand-Adonis. Findet man andererseits an jedem Strand in der Stadt. Überall diese tollen blonden Haare, diese blauen Augen, muskulösen Bodys.«

Fish kommt auf sie zu. Schlüpft oben aus dem Neoprenanzug. Will Vicki umarmen.

Sie weicht zurück. »Oh nein. Lass das.«

»Ach, komm schon, Puppe«, schmeichelt Fish. »Wo bleibt die Romantik?« Er nimmt einen Schluck von ihrem Kaffee. »Der ist aber schwach. Braucht noch mindestens zwei Espresso.« Rubbelt sich den Oberkörper mit einem Handtuch ab. »Du bist angenehm früh dran.«

»Ich bleibe nicht«, erwidert Vicki.

»Nein?« Fish wirft ihr einen seitlichen Blick zu.

»Ich kann nicht. Clifford will, dass ich an einem Meeting in der Stadt teilnehme. Um einen Klienten kennenzulernen. Rate mal, wen.«

»Sag es mir.«

»Ich musste es ihm aus der Nase ziehen. Jacob Mkezi.«

»*Der* Jacob Mkezi?«

»Genau – der Geächtete.«

»Er wird als Sündenbock benutzt.«

»Hältst du ihn nicht für korrupt?«

»Natürlich ist er korrupt. Trotzdem auch ein Sündenbock. Wenn man den obersten Bullen entfernt, sieht es so aus, als ob man es ernst meinen würde. Alle anderen in der Regierung, die Dreck am Stecken haben, können dann befreit aufatmen.«

»Das ist zynisch, Mann.«

»Das ist realistisch. So ist unser Leben.« Er streicht ihr zärtlich über die Wange. »Dann komm danach zu mir.«

»Wohl kaum. Aber dafür morgen. Okay? Für das ganze Wochenende.« Sie trinkt ihren Kaffee aus. »Versprochen.« Sieht das Misstrauen in Fishs Blick. »Ich rufe dich an. Sobald ich zu Hause bin, rufe ich dich an.«

Fish sieht ihr hinterher, als sie davonfährt. Die hinreißende Vicki Kahn. Im Gegensatz zu seinen bisherigen Beziehungen bleibt er dieser Frau treu.

Drei

Daros Feind Nummer eins, Seven, befindet sich mal wieder auf Abwegen. Er und sein *Pellie* Jouma stehen in der Säugetierabteilung des Südafrikanischen Museums. Vitrinen voller ausgestopfter Wildtiere: Böcke, Wildkatzen, Nilpferde, Elefanten in ihren Savannen, stumm im dämmrigen Licht des Museums. Es ist totenstill.

»Nein, mein *Bru*, nicht das da. Nee, du bist doch verrückt«, sagt Jouma.

»Doch, genau das da, *Bru*. Ich habe dafür schon einen Käufer.«

»Echt?«

»Echt vielleicht.«

»Vielleicht?«

»Genau, eindeutig vielleicht.«

Die beiden Männer starren das Nashorn hinter der Glasscheibe an.

»Das geht nicht. Nicht hier!«

»Wieso denn nicht? Ich hab 'nen Plan, *Bru*. Alles okay, kleine Fee.«

»Was für einen Plan?«

»Also ...«

Die beiden Männer verfallen in Schweigen, als Touristen vorbeikommen. Der eine drängt den anderen um die Ecke bis zum Ende der Glasscheibe. Die Touristen, ein Mann und eine Frau, tragen T-Shirts und kurze Hosen. Lesen, dass es sich bei diesem Exemplar um ein weißes Rhinozeros handelt, dass es etwa hundertzwanzig Jahre alt ist und sein Leben in der Kap-Region verbrachte. Und dass Cecil John Rhodes persönlich es dem Museum vermacht hatte. Die Touristen lächeln die beiden Männer durch das Glaskabinett an und gehen weiter. Die Männer erwidern das Lächeln. Einer von ihnen hat keine Vorderzähne mehr.

Seven und Jouma sind lässig in saubere Jeans und Jacketts gekleidet. Darunter Hemden mit offenem Kragen und schwarze *Takkies*. Sie sind seit zwanzig Minuten in dem Museum. Haben Eintrittskarten gelöst, wie das ordentliche, brave Bürger so zu tun pflegen.

Jouma wartet, bis die Touristen die Säugetierabteilung verlassen haben. Sagt dann: »Nee, mein *Bru*. Das ist nicht unsere Liga.«

»Wir erweitern uns eben, *Bru*«, erklärt Seven. »Freiberufler müssen flexibel sein.« Er tritt näher an Jouma heran und flüstert ihm ins Ohr: »Zwanzig Riesen, *ek sê*. Da geht es um echten Zaster, Mann.«

Jouma starrt das Nashorn an. »Und wie sollen wir es hier rauskriegen?«

»Nein, *Bru*! Was glaubst du denn, *Bru*?« Seven lacht laut auf. Haut sich auf den Oberschenkel. »Nur die Hörner. Kein Drama. Die machen dann einfach neue, die genauso aussehen wie die. Wenn man also hier steht und sich das anschaut, bemerkt man den Unterschied gar nicht. Eine echte Win-win-Situation. Keiner kann was dagegen haben.« Er klopft sich an seine Stirn. »Köpfchen muss man haben.«

Jouma erwidert: »*Nooit*, niemals. Nee, *Bru.*«

Seven zeigt auf das Rhinozeros. »Dieses Ding, das ist gewissermaßen wertlos. Das, was sie unbezahlbar nennen. Nicht zu verkaufen. Kriegt man nicht an den Mann.« Er rückt näher an Jouma heran. »Wenn man es also nicht verkaufen kann, dann ist es völlig egal, ob wir die Hörner nehmen oder nicht. Wie ich schon sagte: Die machen einfach neue.«

Jouma geht in die Hocke, um sich das Tier genauer anzusehen. »Du weißt doch gar nicht, ob das echt ist. Vielleicht ist das ganze Tier ja eh aus Plastik.«

»*Ag* nein, mein *Bru.* Warum sollte ein Museum ein Plastiknashorn ausstellen? Schau dir das mal an.« Er kneift die Augen zusammen und liest das Schild. »Schenkung von Cecil John Rhodes. Dieses Ding ist mal über unsere schöne Erde spaziert, *Bru.* Darum ist es jetzt auch hier.« Er zeigt mit dem Finger auf das Schild. »Das steht da. *Mos!* Verbrachte sein Leben in der Kap-Region. Das ist garantiert echt, *Bru.* So echt wie du und ich. Das Ding hat mal gelebt. Ausgestopft von Cecil persönlich.«

Jouma nickt. Sieht sich in dem Raum voll schweigender Tiere um. »Hast wahrscheinlich recht.«

»Besser, als ein lebendes zu töten. Wir garantieren Ihnen, dass kein Tier zu Schaden kam.« Seven kichert über seinen Witz und drängt dann Jouma, die Abteilung wieder zu verlassen.

Sie spielen im Büro des Sicherheitsbeamten Domino, als das Museum schließt. Seven hat bisher jede Runde gewonnen.

»Wie lange wollen wir denn warten?«, erkundigt sich Jouma.

»Es sind noch immer Leute hier, *Moegoe*«, fährt ihn Seven an. »Bist du bescheuert, oder was?« Er gewinnt eine weitere Runde. Meint zu dem Sicherheitsbeamten: »Spielt man in Malawi kein Domino, Paul?«

»In Mosambik«, korrigiert ihn Paul. Er ist ein großer Mann, hochgewachsen, muskulös. Sein ärmelloses, enges T-Shirt spannt sich über seinen Bizeps.

»Genau«, sagt Seven. »Da.«

»Wir spielen Domino.«

»Aber du gewinnst nie.«

»Manchmal gewinne ich.«

»Nur nicht, wenn du gegen einen solchen Champion spielst wie mich, *Bru.*« Seven lacht und verteilt für eine weitere Runde Steine an Jouma und Paul.

Um einundzwanzig Uhr gibt Paul, der Sicherheitsbeamte, das Einsatzzeichen. Holt einen Zwei-Kilo-Hammer und eine kleine Handsäge aus seinem Spind. Reicht beide Seven. Die drei Männer marschieren in den Saal mit den Säugetieren, wobei der Sicherheitsbeamte ihnen den Weg mit einer Taschenlampe leuchtet.

»Das ist unheimlich, *Bru*«, meint Jouma, während er beobachtet, wie die Tiere kurz vom Lichtstrahl erfasst werden und dann wieder in der Dunkelheit verschwinden. Paul fragt er: »Gefällt dir dein Job?«

»Nicht besonders. Ihr zahlt besser.«

»Fette Knete.« Seven hält Jouma den Hammer hin. »Nimm den und dann los, Mr. Zerstörer.«

Jouma schlüpft aus seinem Jackett, spuckt sich in die Hände und schwingt den Hammer über seinen Kopf. »Und volle Kanne, *Meneer*!« Knallt den Hammer gegen die Scheibe. Das Glas springt, geht aber nicht zu Bruch. Jouma senkt den Hammer und reibt sich den Arm. »Wow.«

»Sicherheitsglas«, erklärt Paul. Er reicht Seven seine Taschenlampe, nimmt Jouma den Hammer ab und versetzt dem Holzrahmen einen gekonnten Hieb. Das Glas zersplittert.

»Wunderbar«, sagt Seven.

Paul räumt die Scherben beiseite und fasst in die Vitrine, um das große Horn abzubrechen. Er reißt mehrmals daran, doch das Ding rührt sich nicht von der Stelle.

»Darum haben wir ja die Säge«, meint Seven und klopft mit dem Werkzeug gegen Pauls Ellbogen.

Paul nimmt die Säge und macht sich an der Wurzel des Horns zu schaffen. Seven feuert ihn an. Als er etwa bei der Hälfte angelangt ist, kann er es abbrechen. Hält es in beiden Händen. »Herrlich.«

»*Aitsha*! Nicht schlecht, was?«, sagt Seven und nimmt ihm das große Horn ab. »Das sind bestimmt neun Kilo.« Er reicht es Jouma und richtet den Strahl der Taschenlampe wieder auf das Tier, damit Paul weiterarbeiten kann.

Paul beginnt, das kleinere Horn abzusägen.

»Vorsichtig, *Bru*«, warnt Seven. »Du darfst es nicht verletzen. Wenn man es verletzt, wird es niemand mehr kaufen. Langsam also, mein *Bru* – hübsch langsam.«

Paul sägt weiter. Schneidet durch die Haut in das ausgestopfte Innere des Tiers. Als er beinahe fertig ist, packt er das Horn mit beiden Händen, rüttelt und reißt daran. Durch seinen Kampf mit dem Horn stürzt das Nashorn gegen die noch übrig gebliebene Scheibe.

»*Agge nee*, mein *Bru*! Jetzt schau dir an, was du gemacht hast! Du verstehst doch Englisch, *Bru* – oder etwa nicht? Vorsichtig, Mann. Ganz vorsichtig!« Seven versetzt ihm mit der flachen Hand einen Schlag. »Du musst das Horn festhalten, den Kopf zurückdrücken und dann noch etwas weitersägen. Kapiert, Mann?«

Paul grunzt und gehorcht. Sägt schließlich das kleine Horn ab.

»Was hab ich gesagt, *Bru*? Was hab ich gesagt?« Seven nimmt ihm das kleine Horn ab und richtet den Lichtstrahl darauf. »Sehr schön.« Er wiegt es in der Hand. »Wie viel meint ihr? Vielleicht drei oder vier Kilo?« Er stößt einen leisen Pfiff aus. »In einer einzigen Nacht gleich den Jackpot geknackt. Top für alle rundum.« Siegessicher reicht er Jouma auch dieses Horn.

»Wo ist das Geld?«, will Paul wissen und legt die Säge beiseite.

Seven lenkt den Lichtstrahl auf sein Gesicht. »Hab ich dir doch schon erklärt, *Bru*. Wir müssen erst bezahlt werden. Das geht nicht so schnell.«

Paul baut sich vor Seven zu seiner vollen Größe auf. Greift nach der Taschenlampe. »Lüg mich nicht an.« Er reißt ihm die Lampe aus der Hand.

»*Bru*, würde ich nie tun, *Bru*«, erwidert Seven. »In ein paar Tagen ist die Sache über die Bühne.«

Paul richtet den Lichtkegel in Sevens Gesicht. »Ich komm zu dir. Zu dir nach Hause.«

Seven nickt. »Klar, *Bru*. Okay, okay.« Er hebt eine Hand, um seine Augen vor dem Licht zu schützen. »Wir müssen los, Mann.«

Paul führt sie aus dem Ausstellungsraum. Seven direkt hinter ihm, Jouma als Letzter. Er trägt die Hörner. Beschwert sich im Flats-Dialekt darüber, als Sklave missbraucht zu werden, und über diesen Mosambikaner, den sie jetzt nicht mehr loswerden. Dabei bemerkt er nicht, wie Seven angreift und sich auf Paul stürzt. Jouma knallt gegen Paul, der abrupt stehen bleibt, die Taschenlampe fallen lässt und sich mit den Händen an die Brust fasst.

Seven tänzelt in der Dunkelheit ein paar Schritte zur Seite, um nach vorne zu springen und das Klappmesser ein drittes Mal hineinzurammen. Der Mosambikaner sackt auf die Knie. Seven sticht ihn in den Hals.

Jouma sagt: »Mein Gott, *Bru*. Du bist schnell.«

»Teil des Plans: keine Ausländer«, verkündet Seven keuchend, während er die Taschenlampe aufhebt. Er betrachtet Pauls zuckenden Körper. Die beiden warten, bis sich der Sicherheitsbeamte nicht mehr bewegt.

Die Todesschwadron, November 1977

»Er hätte schon vor zwanzig Minuten hier sein sollen«, sagt Totenkopfgrinser, läuft durch das Zimmer und wirft sich auf die Couch. »Wir hatten einen Termin mit ihm.«

Der Fischer steht da und zieht den Vorhang ein wenig beiseite, um einen vorsichtigen Blick aus dem Fenster zu werfen. Draußen ist es fast rabenschwarz. Der Schein der Straßenlaternen durchdringt kaum die Dunkelheit. »Er ist Politiker. Politiker werden immer aufgehalten. Leute wollen ihnen die Hand schütteln und all so was.«

»Wie lange?«

»Wie lange was?« Er lässt den Vorhang wieder los.

»Wie lange wollen wir warten?«

»Die ganze Nacht, wenn's sein muss.«

»Scheiße. Das ist doch scheiße.«

»Dank dir.«

Totenkopf murmelt: »War nicht meine Schuld.«

»Verdammt noch mal. Lass es gut sein. Okay?« Er blickt von einem Mann zum anderen. »Die Handschuhe«, sagt er. »Zieht sie euch an. Dann wischt die Türklinke ab. Und den Wasserhahn.« Er holt ein Paar medizinische Handschuhe aus einer Jackentasche. Die anderen folgen seinem Beispiel. Alle außer Blondie.

»Hab meine im Auto vergessen«, erklärt er. »Hinten im Kofferraum.«

»Dann hol sie, Mann. Kannst auch schon die Spraydose mitbringen. Das erledigen wir am besten gleich. Und pass auf, verstanden? Sobald du ein Auto siehst, gehst du in Deckung.«

Blondie kommt mit der Spraydose zurück. »Mach du das«, befiehlt man ihm. »In der Küche. Ich zeig's dir.« Die vier marschieren in die Küche. »Also: große Buchstaben auf die Wand und über den Kühlschrank. Schöne große rote Buchstaben auf weißem Hintergrund. Die ersten drei zusammen, als wär's ein Wort, dann ein Abstand und dann die nächsten drei. Okay? RAU TEM.«

»Rautem – was heißt das?«

»Tu's einfach.«

»Verdammter Scheiß.«

»RAU TEM in Großbuchstaben. Nur das. Keine weiteren Kunstwerke.«

Blondie schüttelt die Dose. »So?« Er sprüht den senkrechten Balken des R. Tritt einen Schritt zurück.

»Mach weiter, Mann. Nicht aufhören.« Der Kommandant redet, während er mit dem Daumen auf Totenkopf zeigt. »Bleib du im Wohnzimmer. Wir wollen nicht, dass er plötzlich reinkommt und uns überrascht.«

»Gut, Boss«, erwidert Totenkopf. »Was immer du sagst, Boss.«

Der Kommandant funkelt ihn finster an. »Lass das. Okay? Es reicht.«

Totenkopf salutiert, indem er zwei Finger an seine Stirn legt.

Blondie schreibt den Buchstaben fertig. Es folgen A und U auf den Küchenschränken. Wirft seinem Boss einen fragenden Blick zu. »Ich soll wirklich auch auf den Kühlschrank sprühen?«

»Ja. Sollst du.«

»Echt kindisch«, stellt der Fischer fest.

»Nicht dein Problem. Und meins auch nicht. Geht uns alle

nichts an. So lautet die Anweisung. Wir haben da nichts zu melden.«

Blondie verewigt sich auf dem Kühlschrank, wobei die Buchstaben tiefer rutschen. Farbe läuft herunter, da er zu viel aufträgt. Er tritt wieder zurück. Die Buchstaben sehen verrückt aus. Wütend. Durchgeknallt.

Vier

Nacht legt sich über die Stadt.

Fish Pescado ist allein zu Hause. Keine Aufträge, fast leeres Konto. Lauscht Shawn Colvins trauriger Sicht auf das Leben. Telefoniert die regulären Weed-Käufer von einer Liste durch, die ihm vererbt wurde: ein paar Anwälte, einige Führungskräfte, eine Gruppe von Vermögensberatern, zwei Ärzte. Aber alle sind bereits versorgt. Auch keine Partys für das kommende Wochenende.

Dann versucht er es bei ein paar Unitypen. Kein Interesse. Probiert es bei einem Doktor der Philologie oder so was Ähnlichem, der immer etwas kauft, wenn Fish ihn anruft. Hebt nicht ab. Fish hinterlässt eine Nachricht. Diese Leute befinden sich alle in der Extraklasse, so jemand kauft nicht auf der Straße. Fish fungiert als ihr Zwischenhändler. Als ihr Mann fürs Wesentliche.

Was ihn an Professor Summers erinnert. Prof für Politikwissenschaften. Nach Fishs Meinung eher ein Prof für Riesenmist, obwohl er den Mann mag. Der Typ hat diese Die-können-mich-alle-mal-Haltung. Ein kleiner Kerl, Essensreste auf der Krawatte, auf den Hemden, den Hosen. Das Haus stinkt nach Katzenurin und Feuchtigkeit. In der Luft außerdem ein Schimmelgeruch, als würden tote Ratten unter den Dielen liegen. Aber er kauft regelmäßig jede Woche, seitdem Fish die Liste übernommen hat.

Professor Summers meldet sich mit einem »Ah, Mr. Pescado.

Schön, von Ihnen zu hören. Sie wollen mich zweifelsohne daran erinnern, dass es mal wieder an der Zeit ist zu kaufen – oder?«

»Das gehört zu meinem Service.«

»Dieser Idiot, Ihr Vorgänger, Mullet Mendes, dachte da anders. Kein Wunder, dass er umgebracht wurde. Was für ein unangenehmer Zeitgenosse. Aber so ist das nun mal. ›Wer mit dem Schwerte tötet, soll durchs Schwert getötet werden.‹ Aus der Offenbarung, Mr. Pescado. Das einzige Buch der Bibel, das sich zu lesen lohnt.«

»Kenne ich nicht.«

»Das kennen nur wenige.«

»Wie viel also, Professor?«, will Fish wissen.

»Zwei Tütchen. Genau zwei. So wird das jede Woche sein. Immer zwei Tütchen. Ihr Vorgänger hat mich jede Woche von Neuem gefragt, wie viel ich will. Jede Woche habe ich es ihm wieder erklärt: zwei Tütchen. Keine Ahnung, wie oft ich das gesagt habe. Aber das ist ja jetzt Vergangenheit. Zwei Tütchen jede Woche, Mr. Pescado.«

»Wollte nur nachfragen. Für den Fall, dass Sie doch mal expandieren wollen oder so. Wegen des Wochenendes.«

Er hört den Professor lachen. »Großartig, Mr. Pescado. Ich muss mir diese Slangausdrücke merken. Expandieren also?«

»Kann ich morgen liefern?«

»Natürlich. Ihr Vorgänger hat mich immer warten lassen. Diese Art von Idiot war er, wissen Sie. Seit Sie übernommen haben, ist es wirklich ein Vergnügen geworden.«

Er legt auf, ehe Fish zu antworten vermag. In der Kontaktliste, die er von Mullet Mendes geerbt hat, steht Professor Summers unter »Arschloch«.

Aus dem Küchenschrank holt er sich ein Castle Milk Stout – er bevorzugt Zimmertemperatur – und stellt sich unter die Küchentür, um das Boot zu begutachten, das dort im

Hinterhof liegt. Die *Maryjane*, noch etwas aus dem Erbe von Mullet. Ebenso wie der rostige Isuzu-Pick-up. Daneben steht sein Cortina Perana V6, rot, mit schwarzem Interieur, einem schwarzen Streifen über der Kühlerhaube, Alufelgen. Ein heißer Schlitten, der die Mädels zum Brodeln brachte. Fishs Faible für Retro. Diese Spielzeuge und sein Haus waren alles, was er besaß. Trotzdem nicht schlecht. Keine Hypothek auf dem Haus. Der Perana voll abbezahlt.

Und dann das Erbe. Von einem Mann, den er kaum ein Jahr gekannt hatte. Sie hatten sich für einen Auftrag zusammengetan. Hatten sich überlegt, ob sie eine Firma gründen sollten. Mendes & Pescado. Witzelten darüber, dass das nach einer *Porra*-Backfischbude klang. Witzelten darüber, dass vielleicht Mullet & Fish nicht schlecht klingen würde. Diese seltsame Verbindung in ihren Namen.

Dann wird Mullet von einer Kugel erwischt. Eigentlich von zwei Kugeln. Beißt noch im Krankenwagen ins Gras.

Seine letzten Worte: »Titus Anders. Unbestechliche.«

Fish würde ihm gerne antworten: Ja, wir kennen uns.

Und dann findet er sich auf einmal als Erbe einer Liste von Weed-Kunden wieder, die Mullet belieferte – ein sehr willkommenes Nebengeschäft, das Dankeschön seines Kumpels –, eines Boots, eines Pick-ups und einer Reihe von Feuerwaffen. Er musste außerdem das, was dieser Mann sonst noch zurückgelassen hatte, in Ordnung bringen. Aber das ist eine andere Geschichte.

Inzwischen befindet sich die Asche des armen Schweins unter Fishs Spülbecken. Er will sie schon länger mit dem Boot aufs Meer hinausfahren und Mullet im Wasser von False Bay verstreuen. Das Problem ist das Surfen. In letzter Zeit war es heiß gewesen. Und Fish surft lieber, als Asche zu verstreuen. Die Toten können warten. Mullet hätte das garantiert verstanden.

Also starrt Fish auf die *Maryjane* und nimmt einen Schluck Bier. Denkt: Gumtree, die Verkaufsplattform im Internet. Dort könnte er eine Anzeige für das Boot schalten. Die Kohle käme nicht ungelegen.

Trinkt noch einen Schluck aus der Flasche. Denkt: Eine heiße Nummer wäre nicht schlecht gewesen. Schade, dass Vicki keine Zeit hatte. Er kann ihre Haut unter seinen Fingern spüren. Stellt sich vor, wie seine Hände zwischen diese Schenkel gleiten.

Herrlich. Echt herrlich.

Sein Handy klingelt. Seine Mutter Estelle.

Fünf

Vicki ist im Cullinan, hängt dort ab, wo die Schickeria abhängt. Beobachtet, wie Jacob Mkezi auf sie zukommt.

Entschlossen eilt er die Treppe vom unterirdischen Parkhaus ins Hotelfoyer hinauf. Ein Mann, der so aussieht, als habe ihn eine große Traurigkeit ergriffen. Zwei Stufen unterhalb des Foyers hält er inne. Rückt seinen Krawattenknoten zurecht. Durch die Lobby erklingt perlende Klaviermusik. Zwischendurch kann man weibliches Lachen hören. Vicki nimmt nicht an, dass Jacob Mkezi diesen Ort vorgeschlagen hat. Aber so ist nun mal Clifford Manuel. Clifford bevorzugt es schick und teuer.

Jacob Mkezi betritt den Marmorboden des Foyers. Hört das Knirschen von Steinchen unter seinen Schuhsohlen.

»Jacob.«

Drei Männer sitzen auf Sofas. Und die Frau, Vicki Kahn. Alle erheben sich. Clifford Manuel ist als Erster auf den Beinen und winkt ihn zu sich herüber. Neben ihm steht Cake Mullins, was Jacob Mkezi nicht gerade erfreut. Cake Mullins' Anwesenheit bedeutet, dass es hier nicht um eine Bauausschreibung, die Erschließung eines Golfplatzes oder einen Plan zur Erhebung von Mautgebühren gehen wird. Cake Mullins bedeutet, dass Dinge transportiert werden sollen.

Der dritte Mann ist groß und schlank. Lässig gekleidet. Sein locker sitzendes Hemd der Mode entsprechend, ein helles

Jackett, Jeans, Loafers, keine Socken. Vermutlich Ende vierzig. Mit braun gebranntem Gesicht und braunen Händen. Ein Mann, der viel Zeit draußen verbringt. Vielleicht einer aus dem Buschland, überlegt Jacob Mkezi. Ein Ranger? Cake Mullins ist ein Mann der Wildnis, immer damit beschäftigt, neue Produkte aus abgelegenen Orten ausfindig zu machen. Möglicherweise ein weiterer Grund, warum Cake Mullins hier ebenfalls das Sofa wärmte.

Er reicht dem Anwalt die Hand. Fragt: »Was ist hier los, Clifford?«

Clifford stellt Vicki Kahn vor. Jacob Mkezi nimmt ihre Hand, die sich kühl und geschmeidig anfühlt. Fest. Sie drückt kraftvoller zu, als er das tut. »Welch ein Vergnügen.« Sieht, wie ihn Vicki Kahn anschaut. Mustert trifft es eher. Er fragt sich, ob er es wohl schaffen würde, sie Clifford Manuel abzuwerben und sie als Vollzeitjuristin für sich arbeiten zu lassen.

»Ich habe schon viel von Ihnen gehört, Ms. Kahn. Nicht nur von Clifford. Auch von anderen Firmenanwälten. Sie machen sich in der Welt der Juristen einen Namen«, sagt er, ohne ihre Hand loszulassen. »So klug wie Ihre Tante, erklärt man mir. Ich kannte Ihre Tante Amina Kahn. Als sie in Paris war. Sie war meine Lebensretterin, bis man sie ermordet hat.«

Er sieht, wie Vicki Kahn die Stirn runzelt. »Wirklich? Tante Amina? Heutzutage will niemand mehr über sie reden. Allein für die Erwähnung ihres Namens wird man mit dem Tod bedroht.«

»Das kann ich mir vorstellen.« Jacob Mkezi lässt Vickis Hand los. »Erinnern Sie mich daran, dass ich Ihnen mal was über sie erzähle. Über ihre tragische Geschichte. Wir waren gemeinsam im Exil, wissen Sie. Haben Sie Goethe gelesen, Ms. Kahn? Ich habe während meiner Zeit in diesem Land Deutsch gelernt. Es gibt ein Zitat von Goethe: ›Träume keine kleinen Träume…‹ Ihre Tante hat einiges über Männer mit großen Träumen herausgefunden, und es hat ihr nicht gefallen.« Er lächelt sie an. »Ich bleibe absichtlich unklar. Wir müssen mal in Ruhe miteinander sprechen.«

Er wendet sich an Cake Mullins. Schüttelt seine Hand, die kräftig und feucht ist. Sagt: »So eine Überraschung.«

»Ist eine Weile her.« Die Männer sehen sich kurz an, dann wirft Jacob Mkezi Vicki Kahn einen Blick zu. »Sie wurden einander schon vorgestellt?«

»Wir kennen uns bereits«, erklärt Cake Mullins. »Beide pokersüchtig. Wir sitzen an den gleichen Spieltischen.«

»Saßen«, verbessert Vicki Kahn. »Ich bin jetzt trocken.«

Cake Mullins grinst. »Ach ja, hatte ich ganz vergessen. Die gute alte Spielsucht. Muss schwer sein, clean zu bleiben.«

Jacob Mkezi nimmt einen unangenehmen Unterton wahr. Sagt zu Cake Mullins: »Vielleicht sollten Sie das auch mal versuchen. Bei den Anonymen Spielern.« Schaut den dritten Mann an.

Clifford Manuel meldet sich zu Wort: »Darf ich vorstellen? Dr. Tol Visagie.«

»Doktor?«, fragt Jacob Mkezi. »Ein Arzt?«

Tol Visagie lacht. Er hat etwas Schlaksiges an sich, seine Arme bewegen sich, als würde ein Puppenspieler an den Fäden einer Marionette ziehen.

»Nicht für Menschen.«

»Ein Tierarzt also.«

»Genau«, erwidert Tol Visagie. »Für wilde Tiere.«

Clifford Manuel gibt einem Kellner ein Zeichen, um Jacob Mkezis Whiskybestellung aufzugeben.

Die kleine Gruppe macht es sich auf den Sofas bequem. Clifford Manuel versucht, das Eis zu brechen, indem er über die Wunder seines neues Autos, eines Lexus RX, redet. »Man hat das Gefühl, man würde gleiten.« Autos gehören zu Jacob Mkezis Lieblingsthemen. »Mögen Sie Autos, Vicki?«

»Wenn Sie unter Autos auch einen roten Alfa MiTo verstehen«, meint Clifford Manuel.

»Das fahren Sie?«

»Der einzige Wagen, den ich fahren will.«

»Hübsch«, stellt Jacob Mkezi fest. »Ich hätte Sie eher als Cooper-Girl eingeschätzt.«

»Warum?«, will Vicki Kahn sofort wissen. Jacob Mkezi ist sich nicht sicher, ob sie mit ihm flirtet.

»Warum?«, lacht er. »Na, weil junge Frauen das gerne fahren. Schnell. Hip. Schick.« Ihm gefällt das kurze Aufstrahlen in ihrer Miene.

»Zu offensichtlich«, erwidert sie.

»Wie läuft der Hummer?«, erkundigt sich Cake Mullins und lässt die Eiswürfel in seinem Glas kreisen.

Als Jacob Mkezi Polizeipräsident war, wurde sein Hummer zu einem Gegenstand von nationalem Interesse.

»So gut, wie es in den Zeitungen hieß?« Cake Mullins lacht. Jacob Mkezi sieht ihn finster an, während sich Clifford Manuel unangenehm berührt windet.

Clifford Manuel versucht rasch, das Thema zu wechseln. »Und Sie, Tol? Was fahren Sie für ein Auto?«

Tol Visagie schnaubt belustigt. »Einen Pick-up. Ein Nissan. Perfekt für meine Art von Arbeit.«

Wieder weigert sich Jacob Mkezi, endlich zum Wesentlichen ihres Treffens zu kommen. Er lehnt sich vor und klopft Cake Mullins aufs Knie. »Können Sie mir einen Gefallen tun?«

»Klar. Stehe ganz zu Ihren Diensten.«

Jacob Mkezis Miene bleibt ausdruckslos, während er weiterhin auf Cake Mullins' Knie klopft. »Mein Junge braucht ein Auto. Etwas Schnelles.«

»Ich kenne einen Mann, der einen hübschen kleinen Autosalon hat. Daro Attilane. Er kann die tollsten Wagen besorgen.«

»Muss nichts Tolles sein. Nur etwas Schnelles für den Guten.«

»Gehen Sie zu Daro.« Cake Mullins nimmt einen Schluck aus seinem Glas und schiebt dann Jacob Mkezis Finger von seinem Knie.

»Tun Sie das.« Jacob Mkezi zieht die Hand zurück.

»Ich kenne Daro Attilane«, meint Vicki.

»Ach?«

»Er ist zuverlässig. Er hat mir damals meinen Alfa organisiert.«

»Wirklich?« Jacob Mkezi lächelt sie an. »Nicht nur eine empfehlenswerte Anwältin, die einen guten Autogeschmack hat, sondern auch noch mit Verbindungen punkten kann.«

Clifford Manuel räuspert sich und wechselt zum Thema Cricket und das sagenhafte neue Team. Jacob Mkezi interessiert sich nicht im Geringsten für Cricket, hat aber Clifford Manuels Abhandlungen über den Sport bereits oft genug beigewohnt, um zu wissen, dass der Anwalt nun bald zum Wesentlichen kommen wird.

Tol Visagie liebt Cricket. Jetzt gerät er in Fahrt, redet über Overs und gedrehte Bälle. Cake Mullins gibt auch seinen Senf dazu, indem er anmerkt, dass sie seiner Meinung nach nichts gegen die Australier ausrichten können. Die würden sie vom Feld fegen.

Jacob Mkezi hört nur mit halben Ohr zu, während er durch die hohen Fenster die Schönen und Reichen beobachtet, die dort am Pool Cocktails, Whiskys und andere Alkoholika trinken. Draußen ist es mild, und er stellt sich vor, wie die Leute es alle miteinander treiben. Malt sich Vicki Kahn mitten unter ihnen aus.

Sein Whisky wird gebracht, sie prosten einander zu.

Clifford Manuel sagt: »Jacob, wie ich Ihnen bereits am Telefon erklärt habe, bat mich Tol um diese Zusammenkunft. Cake ist bereits mit von der Partie. Ich weiß zwar bisher nicht viel über das Projekt, aber es klingt spannend. Und sehr profitabel. Für juristischen Rat stehe ich Ihnen gerne zur Verfügung. Vicki natürlich ebenfalls. Wir sind immer da, wenn Sie uns brauchen. Wir beraten Sie, wir greifen Ihnen unter die Arme. Also.« Er hebt sein Glas. »Auf Ihr Projekt! Wir lassen Sie jetzt allein.«

Die Gläser klirren leise, als sie anstoßen. Jeder nimmt einen raschen Schluck.

Vicki Kahn erhebt sich. »Bleiben Sie sitzen.«

Die Männer lassen es sich trotzdem nicht nehmen, sich zu erheben.

»Ich rufe Sie an«, sagt Jacob Mkezi und nimmt erneut ihre Hand. »Um Ihnen von Ihrer Tante zu erzählen.«

»Wenn du mal wieder grünen Filz unter den Fingern spüren willst, sag Bescheid«, meint Cake Mullins. »Poker ist nicht dasselbe ohne die Pokerqueen Vicki Kahn.«

»Danke, Cake«, erwidert sie und entzieht sich Jacob Mkezis Griff. »Aber nein danke. Diesmal habe ich es wirklich hinter mir.«

»Klar«, entgegnet Cake Mullins. »Und warum glaube ich das nicht?«

Jacob Mkezi begutachtet Vicki Kahns Figur in dem schwarzen Kostüm. Gute Hüften, guter Busen. Er nickt Clifford Manuel zu, der sich mit einer leichten Verbeugung und einem Buddhalächeln verabschiedet, die Hände wie zum Gebet gefaltet.

Jacob Mkezi überlegt, ob sich der Anwalt zurückzieht, weil die Sache nicht ganz koscher ist. Er seufzt und fragt sich, was nun wohl kommen wird. »Also, Tol. Jetzt erzählen Sie mal.«

Tol lehnt sich vor und stützt die Ellbogen auf seinen Knien

ab. Beginnt mit den üblichen Höflichkeitsfloskeln, welche Ehre es sei, ihn persönlich kennenzulernen, und dass er die Freundlichkeit eines vielbeschäftigten Mannes, sich die Zeit zu nehmen, ihn zu treffen, sehr zu schätzen wisse.

Jacob Mkezi hebt eine Hand, um ihn zu unterbrechen. »He, mein Freund. Worum geht es?«

»Um einen Vorschlag«, sagt Cake Mullins.

Tol sieht Cake Mullins finster an. »Ich wollte Ihnen etwas zeigen.«

»Jetzt?«

Tol lacht. Er schüttelt den Kopf. »Nein, nein, noch nicht. Das ist viel zu weit weg. Ich möchte Ihnen einen kleinen Urlaub anbieten, ein paar Tage außerhalb der Stadt.« Er rückt an den Rand der Couch. »Sie beobachten doch gerne Vögel, nicht wahr? Das habe ich jedenfalls gelesen.«

»Wenn sich die Gelegenheit ergibt.«

»Das wird sie, gleich an diesem Wochenende. Ich bringe Sie zum Caprivi-Streifen.« Tol lehnt sich grinsend zurück. »Herrliche Vögel dort. Und dazwischen ein paar heiße Miezen.«

Jacob Mkezi starrt ihn an. »Sie wissen von den Problemen, die ich momentan habe, nehme ich an?«

»Ja.« Tol Visagie wischt das Ganze mit einer Handbewegung beiseite. »Ein Wochenende, Mr. Mkezi. Mehr braucht es nicht. Wir fliegen am Freitagnachmittag hin und am Sonntag zurück. Ich ermögliche Ihnen eine kleine Pause von allem. Im Buschland wird es Ihnen gleich besser gehen.«

Jacob Mkezi hört nicht auf, ihn anzustarren. »Sie sind Tierarzt, sagten Sie? Für wilde Tiere?«

Tol Visagie nickt. »Ich arbeite im Buschland.«

»Worum geht es, mein Freund?«

»Das müssen Sie mit eigenen Augen sehen. Sie müssen kommen und es sich anschauen.«

»Das müssen Sie, Jacob«, mischt sich Cake Mullins erneut ein. »Glauben Sie mir, das müssen Sie sehen.«

»Sie wollen mir also nichts verraten?«

»Nein.«

Tol Visagie schüttelt den Kopf wie ein Wackeldackel. »Können wir nicht.«

»Es ist nur ein Wochenende, Jacob.«

»Mit allen Annehmlichkeiten«, fügt Tol Visagie hinzu. »Eine Fünfsternelodge am Fluss. Das beste Essen.« Er lässt sein Gegenüber nicht aus dem Blick. »Es wird sich lohnen, Mr. Mkezi.«

»Aber Sie wollen mir nicht sagen, worum es geht?«

»Nein, Sir.« Tol saugt an seiner Unterlippe. »Es ist nichts, worüber wir hier sprechen sollten.«

Du hast jetzt zweimal an der Lippe gesaugt, denkt Jacob Mkezi, der Tol Visagie weiterhin unbewegt mustert. Das erste Mal, als du vom Vogelbeobachten gesprochen hast. Nicht gerade ein begabter Pokerspieler, was, mein Freund?

»Hören Sie, Jacob«, meldet sich Cake Mullins wieder zu Wort. »Es wird Sie auf andere Gedanken bringen.«

»Denken Sie, das brauche ich?«

»Ich würde es brauchen.«

»Aber ich bin nicht Sie, Cake. Ich renne nicht weg.«

Cake Mullins stellt sein Glas ab. »Das ist kein Fortlaufen.«

»Ein kleiner Urlaub. Ein Wochenende woanders«, gibt Tol Visagie zu bedenken.

»Da hören Sie es«, sagt Cake Mullins. »Ein Wochenende woanders. Mit einem geschäftlichen Vorschlag obendrein. Wird sich für Sie lohnen, wie er schon erklärt hat.«

»Ach, und das wissen Sie so sicher? Sie wissen, dass es sich für mich lohnen wird?«

»Halt eine Redewendung, Jacob! Mann, was ist denn los mit Ihnen?«

»Wissen Sie wirklich nicht, was mit mir los ist? Es steht in allen Zeitungen.«

Cake Mullins wirft die Arme in die Luft. »Oh, mein Gott! Das darf doch nicht wahr sein!«

Die Männer sitzen einen Moment lang schweigend da. Jacob Mkezi denkt: Vielleicht ist es keine schlechte Idee. Ein Ortswechsel bringt mich auf andere Gedanken. Zeit, mich mal total zu entspannen. Vielleicht nehme ich ja auch Mellanie mit.

»Gleich dieses Wochenende?«, fragt er Tol Visagie.

Tol Visagie übereifrig. »Keine versteckten Kosten. Geht alles aufs Haus.«

Jacob Mkezi wendet sich an Cake Mullins. »Dieser Autotyp, den Sie erwähnt haben.«

»Ja.«

»Wo ist sein Salon?«

»In Tokai. Soll ich einen Termin vereinbaren?«

»Morgen Nachmittag. Um halb drei bei Ihnen. Am Freitagnachmittag finden keine Gerichtsverhandlungen statt.«

»Und was ist mit dem Wochenende, Jacob?«

Jacob Mkezi steht auf. »Bisschen verdammt spät.«

»Ja«, meint Tol Visagie. »Sorry.«

»Um wie viel Uhr wollen Sie fliegen?«

»Fünf wäre gut.«

»Einverstanden.«

»Allein?«

»Vielleicht. Hängt von Mellanie ab. Was Mellanie davon hält.«

»Wie immer es Ihnen lieber ist«, sagt Tol Visagie.

Jacob Mkezi hebt seine linke Hand, um sich zu verabschieden. Schlendert über den Marmorboden, ohne dass diesmal Steinchen unter seinen Schuhsohlen geknirscht hätten.

Sechs

»Bartolomeu«, sagt die Stimme am anderen Ende der Leitung. »Hier ist deine Mutter.«

»Hi, Ma. Hätte ich nie vermutet«, erwidert Fish und macht sich ein weiteres Milk Stout auf.

Estelle, seine Mutter, kommt sofort zur Sache, ehe er in einen Wie-geht-es-dir-Mir-geht-es-gut-Austausch einsteigen kann. Meint: »Ich habe gerade mit ein paar Klienten über dich gesprochen.«

»Ach, wirklich?«, fragt Fish. Er stellt sich seine Mutter und ihre Klienten in einem kleinen Konferenzzimmer der Londoner Dépendence von Invest South Africa in High Holborn vor, wo sie vermutlich auf einer ihrer Auslandsunternehmungen Anlagemöglichkeiten zu verkaufen versucht. »Jemand muss dieses Land voranbringen. Jemand muss den schwarzen Unternehmen auf die Füße helfen.« Seine Mutter ist ausgezeichnet darin, ihren Klienten Märchen von wunderbarem und herrlichem Wohlstand zu erzählen.

»Ich habe ihnen gesagt, dass du in einer Firma tätig bist, die Kanzleien zuarbeitet.«

Fish lachte. »Das klingt schick. So hätte ich das nicht bezeichnet, Mom.«

»So möchte ich mir das vorstellen. Wenn du deinen Abschluss machen würdest.«

»Fang nicht damit wieder an.« Fish nahm einen Schluck Bier. Das Lieblingsthema seiner Mutter: Wann machst du deinen Abschluss? Du bist dreiunddreißig, du solltest allmählich dein Leben in den Griff bekommen: Karriere, Familie, Kinder. Du musst einfach nur deine Abschlussarbeit schreiben. Wirklich, Bartolomeu, ist das zu viel verlangt? Führ endlich dein Jurastudium zu Ende. Dann kannst du mehr verlangen und richtiges Geld verdienen. Und hör mit dieser Arbeit auf, die du da machst. Diese lächerlich kindische Detektivarbeit. Mein Gott, Bartolomeu, wann wirst du erwachsen? Wach auf.

»Ich fange nicht an, Barto. Ich will dich nur an deine Verantwortung mir und deinem verstorbenen Vater gegenüber erinnern – Gott hab ihn selig.«

»Mom …«

»Nichts da, Mom. Jetzt hör mal zu. Es geht um Geschäftliches. Hast du was zum Schreiben?«

Fish verdreht die Augen, führt die Flasche an seine Lippen, nimmt aber keinen Schluck. Seine Mutter fährt fort: »Prospect Deep. Das ist eine Goldmine, die nicht zu unserem Portfolio gehört. Ich brauche einen detaillierten Bericht darüber. Wir erteilen dir hiermit einen Auftrag, Barto.«

Fish denkt: Vetternwirtschaft. Sagt: »Ist das nicht ziemlich unprofessionell? Nepotismus, Mom.«

Seine Mutter seufzt. Er stellt sich vor, wie sie im Zimmer umherläuft. Lächelt bei dem Gedanken. Seine Mutter, die Geschäftsfrau, die ihrer Schilderung nach Luftschlösser wahr werden lässt.

»Um Himmels willen, Bartolomeu. Es ist ein einfacher Auftrag. Tu nicht so moralisch. Ich kann jedem den Auftrag erteilen, der mir geeignet erscheint. Du hast so etwas doch schon früher für mich gemacht. Also kannst du es auch wieder machen. Außerdem brauchst du Geld.«

Wohl wahr, denkt Fish. Sagt: »Okay. Wer sind die Kunden?«

»Zwei chinesische Gentlemen.«

»Und?«

»Sie haben von Prospect Deep gehört, haben mitbekommen, dass es etwas mit Black Economic Empowerment zu tun hat – und wollen mitmischen. Ganz einfach.«

»Kann man da nicht Google fragen?«

»Glaubst du etwa, das hätte ich nicht schon versucht?«

»Genau.«

»Habe ich aber.«

»Und?«

»Das reicht nicht. Ich brauche umfassendere Informationen. Wem gehört was? Wie sehen die Planungen aus? Wer genau wird von diesem Projekt profitieren? BEE ist nicht so einfach, Barto.«

Fish beschließt, nichts dazu zu sagen, sondern zu warten, dass seine Mutter weiterredet. Doch das tut sie nicht.

Sie fragt: »Bist du noch da?«

Fish erwidert: »Okay.«

»Danke. Ich danke dir, Bartolomeu. Das freut mich. Wie hoch ist dein Honorar?«

»Fünfhundert Rand pro Stunde plus Spesen.«

»Mach es für dreihundertfünfzig.«

»Mein Gott, Mom.«

»Du hast selbst gesagt, es soll nicht nach Amigowirtschaft aussehen.«

»Ich dachte ...« Fish will sich darüber auslassen, dass es mit Amigowirtschaft wie mit einer Schwangerschaft sei, lässt es aber bleiben. »... Ach, nichts.« Nimmt stattdessen einen langen Schluck Bier.

»Du trinkst, Bartolomeu«, stellt seine Mutter fest.

»Ja. Prost, Mom.« Fish nimmt noch einen Schluck.

»Du klingst so, als wärst du allein, Bartolomeu. Männer, die alleine trinken, sind traurige Gestalten. Traurige, einsame Gestalten. Du solltest dir eine Freundin suchen.«

»Ich hab eine Freundin.«

»Dieses indische Mädchen?«

»Sie ist fünfunddreißig.«

»Du weißt, was ich meine. Ihr seid noch immer zusammen?«

»Ja.« Fish starrt in die Dunkelheit seines Hinterhofs. Im Boot fängt sich das Licht aus dem Küchenfenster wie ein stiller Vorwurf.

»Es ist dein Leben, Bartolomeu. Prospect Deep. Schreib es dir bitte auf.«

Fish tut es. Estelle legt währenddessen auf. Die Leitung ist tot. Fish starrt die zwei Wörter an, die er notiert hat: Prospect Deep.

Sieben

Jacob Mkezi fährt mit seinem Hummer den Autostrich auf der Long Street in Richtung Berge ab. Er biegt in die Hout ab, kriecht dann die Loop zurück auf den Hafen zu, wendet das Auto in der Riebeek nach links und fährt langsam um die Ecke in die Bree. Findet, wonach er gesucht hat, nach der Strand hinter der Castle-Kreuzung: ein paar Jungs unter einem Türbogen. Er hält an. Sie drängen sich unter großen Pappen. Zwei liegen, drei sitzen. Beobachten seinen schwarzen Wagen mit den getönten Scheiben. Er lässt das Fenster auf der Beifahrerseite herunter, hält einen rosafarbenen Fünfziger hoch und wedelt damit. Er weiß, dass die Jungs das sehen können. Aber sie bewegen sich nicht. Er sitzt da und starrt sie an. Wedelt wieder. Immer noch nichts. Die Jungs mit dumpfen Augen. Er lässt den Geldschein in seiner Faust verschwinden und schließt das Fenster. Fährt langsam weiter, die Augen auf die Gruppe gerichtet. Ihm ist klar, dass sie ihn nicht einfach so gehen lassen.

Zwei Jungs springen hoch und rennen auf ihn zu. Er hält den Hummer an. Zwei wären interessant. Sie drücken ihre Gesichter gegen die Scheibe, um ins Innere blicken zu können. Beide hübsche Jungs, trotz ihres Lebens auf der Straße. Einer mit einem geschwollenen Auge und einem blutunterlaufenen Fleck auf seiner Wange.

Wieder lässt er das Fenster herunter. Sagt zu dem mit dem geschwollenen Auge: »Nur du. Okay? *Net jy.*« Gibt dem anderen mit einer abweisenden Geste zu verstehen, dass er nicht erwünscht ist.

Der Junge protestiert. Sagt: »Blowjob. Blowjob.«

»Weg, weg!« Jacob Mkezi schreit den Jungen an. Dieser weicht zurück und zeigt ihm den Stinkefinger. Der Rest der Gruppe unter dem Türbogen hat sich nun erhoben, bereit zur Flucht.

Jacob Mkezi winkt den Jungen mit dem geschwollenen Auge heran. »*Net jy*, mit dem blauen Auge. Öffne die Tür.«

Der Junge gehorcht und klettert auf den Sitz.

»Wir machen eine kleine Spritztour, okay?« Jacob Mkezi spricht Afrikaans.

Der Junge nickt. Blickt durch die Windschutzscheibe auf die still daliegende Straße. Jacob Mkezi sieht er nicht an.

»Fährst du gerne durch die Gegend?«

»Cheeseburger«, erwidert der Junge.

»Du möchtest einen Cheeseburger? Wo gibt es um diese Uhrzeit denn noch einen Cheeseburger?«

»McDonald's«, erklärt der Junge. »Der bei dem Stadion, das sie bauen, *my Baas*.«

»Sonst noch was?«

»Milkshake. Schoko-Banane.«

Jacob Mkezi schnalzt mit der Zunge. »Wünschen wir im Mount Nelson zu dinieren?«

Der Junge antwortet nicht.

Um zu McDonald's zu gelangen, muss man durch ein Wirrwarr aus Pollern, Zubringerstraßen, Schlamm. Kräne erheben sich über dem Stadion wie Marabus auf einer Müllhalde. Das Schnellimbissrestaurant eine Insel im Chaos. Am Fenster für die Autobestellungen nennt Jacob Mkezi das Gewünschte. Nimmt selbst eine Cola.

Sie sitzen in der Dunkelheit auf dem Parkplatz. Jacob Mkezi

beobachtet, wie der Junge das Essen in sich hineinstopft. »Hat dich jemand geschlagen?«, fragt er. Er berührt die Haut unterhalb seines eigenen Auges. Der Junge nickt. Seine Backen ausgebeult.

Jacob Mkezi streckt die Hand aus und streichelt mit den Fingern über das Gesicht des Jungen. Eine zärtliche Berührung des geschwollenen Auges und der verletzten Wange. Sein Schwanz regt sich. Er kann die Faust sehen. Die Faust eines Mannes, die ins Gesicht des Jungen schlägt. Einmal, zweimal. Der Junge auf dem Boden, seitlich davonkriechend wie ein Krebs. Wo ist das passiert? In einem Zimmer? Auf der Straße? In einer Gasse hinter einem Club? Der Mann, der nach dem Schlag seine Finger öffnet und schließt. Auf den Jungen flucht. Fortschlendert. Sich dann umdreht, als wollte er noch einmal zuschlagen. Der Junge in die Dunkelheit fliehend, in die düsteren Hintergassen.

»Hat es wehgetan? Tut es noch immer weh?«

»Ja, *my Baas*. Es ist sehr schmerzhaft, *my Baas*. Es brennt.«

»Du brauchst *Muti*. Medizin.«

Als der Junge zu Ende gegessen hat, fährt Jacob Mkezi zu einer Nachtapotheke. Lässt den Jungen im Hummer sitzen. »Warte. Okay? Ich hole dir Medizin.«

Er kauft eine Dose Zam-Buk-Salbe, Schmerztabletten und eine Flasche Wasser. Lässt den Jungen zwei Tabletten schlucken. Reibt die Salbe sanft auf die Wange des Jungen, wobei seine Fingerkuppen bei der Berührung zu prickeln beginnen. Der Junge stinkt nach Rauch, seine Haare riechen wie Pilze. Jacob Mkezi atmet den betörenden Duft ein. Er will die Haare des Jungen berühren, obwohl er weiß, dass sie hart vor Schmutz sein werden. Will seine Hand über den Körper des Jungen wandern lassen, das erregende Gefühl junger Haut spüren, das ihn so elektrisiert.

»Okay. Geht es besser?«

»Ja, *my Baas*«, erwidert der Junge. »Das ist sehr nett, *my Baas.*«

Jacob Mkezi kann nicht widerstehen. Er fährt mit den Fingern durch die Haare des Jungen. Sie sind kurz, verknotet, voller Dreck. »Jetzt machen wir unsere Spritztour.« Er tätschelt dem Jungen den Kopf und beugt sich zu ihm hinüber, um den scharfen Geruch des Haares einzuatmen.

»Ja, *my Baas. My Baas* hat einen *Larney*-Wagen.« Der Junge gurtet sich an. »Gibt es auch Musik?«

Jacob Mkezi drückt ein paar Knöpfe. Brenda Fassies *Weekend Special* erfüllt das Auto.

Der Junge sagt: »*Ma* Brenda.«

Jacob Mkezi lacht und schlägt mit der Hand auf das Lenkrad. »Woher weißt du das denn?«

»Ich kenne Brenda.«

»Ach, komm, dafür bist du doch viel zu jung. Brenda hat vor langer Zeit gesungen.«

»Ich kenne Brenda. Wir haben eine Kassette. Die da – *Weekend Special.*«

»Eine Kassette?«

»Und einen Ghettoblaster ohne Batterien, *my Baas.* Manchmal finden wir Batterien und können Musik hören. Manchmal. Brenda ist unsere Mutter.«

»Brenda ist tot.«

»Ich weiß, *my Baas.*« Der Junge zupft an einem Loch in seiner Jeans.

»Hier.« Jacob Mkezi gibt dem Jungen die Medikamente, der sie sich gleich in die Jackentaschen stopft.

»Tu später noch mehr Zam-Buk drauf.«

»Werde ich, *my Baas. My Baas* ist sehr gut zu mir.«

Brenda singt von Liebe, von einem ganz besonderen Wochenende.

»Wir fahren jetzt los«, sagt Jacob Mkezi.

Er kurvt Kloof Nek hoch, um oberhalb der Stadt am Kreisverkehr links die Table Mountain Road zu nehmen – vorbei an Autos mit Leuten, die fummeln. Vorbei an der Kabelbahnstation. Dort ist niemand zu sehen. An einer Lichtung parkt er den Hummer so, dass sie einen guten Ausblick haben. Unter ihnen liegt die Stadt, gelb und grummelnd. Über ihnen der Berg.

Es ist warm im Auto. Er lässt den Motor laufen und die Heizung an. Drängt den Jungen auf die Rückbank. Sagt: »Zieh dich aus.«

»Alles? Es ist kalt, *Baas.*«

»Quatsch. Da ist eine Decke.«

Während sich der Junge entkleidet, steigt Jacob Mkezi aus, öffnet den Reißverschluss seiner Hose und uriniert einen heißen Strahl in den Sand. Die Nacht ist kalt, er kann seinen Atem sehen. Er schaut auf die Stadt hinunter, die Lichtsäulen der Hochhäuser. Spuckt aus. Die Cola in seinem Mund schmeckt schal und abgestanden.

Hinten auf der Rückbank des Hummers muss sich der Junge neben ihn setzen. Der Junge, der nur noch eine Decke um sich geschlagen hat wie ein kleiner Priester. Brenda Fassie singt: »If I Hurt You Little Boy«. Jacob Mkezi lässt seine Hände über Schultern, Bauch, Schenkel, den Schoß, die kleinen Genitalien, den kleinen Steifen wandern.

Der Junge fragt: »Was wollen Sie, *my Baas*?«

»Sitz einfach ruhig da«, erwidert Jacob Mkezi. Er lehnt sich zurück, öffnet seinen Gürtel und zieht seine Hose herunter. »Du weißt schon, was.«

»Ich kann das, *my Baas.*« Der Junge beugt sich vor, zeigt seine Zungenspitze, leckt sich über die Lippen.

Jacob Mkezi seufzt. Sieht auf die Stadt in ihrem Kessel

hinunter, diese Stadt, wo er vor Gericht steht, wo man ihn anklagt, seine Arbeit gemacht zu haben. Versucht zu haben, ein kaputtes Land zu richten. Ihn, einen Genossen, einen Kämpfer für die Freiheit, stellt man vor Gericht. Vor einen Richter. Vor dem er sich rechtfertigen muss.

Er spannt die Oberschenkel an, löst den Blick von der Stadt und starrt stattdessen auf den Hinterkopf des Jungen, der sich langsam hin- und herbewegt.

Brenda singt.

Er streicht mit einer Hand über den Rücken des Jungen, streicht über die einzelnen Wirbel bis hinunter zu seinen Pobacken. Hält ihn dort fest. Zieht den Jungen näher an sich heran. Sein Atem wird schneller, er beginnt zu keuchen.

»Saug«, sagt er.

Acht

Weit entfernt auf der Halbinsel schleichen Seven und Jouma durch die Dunkelheit der Nacht.

»Nein, *my Bru*, du musst den Verstand verloren haben. Nee, du bist verrückt.«

Seven drückt den Zaun beiseite, damit Jouma hindurchschlüpfen kann. Sagt: »Du hältst mich also für verrückt. Für verrückt? Denk mal darüber nach, was passiert, wenn das Forum vorbeikommt. Wie sie das immer wieder machen. Wie vorgestern Abend. Hast du daran schon gedacht?«

Jouma schleudert die schwarze Tasche mit den Rhinozeroshörnern durch den Spalt. Der Draht des Zauns kratzt über das Plastik.

»Mann, pass doch auf!«, fährt ihn Seven an. Er hat eine Taschenlampe in der Hand, die er jetzt anschaltet. In der Tasche ist ein langer Riss, durch den man die Spitze eines Horns sehen kann. »Fass sie da an«, sagt er und richtet den Lichtstrahl auf den Riss.

Jouma packt die Tasche und folgt Seven einen Pfad entlang. »Wohin gehen wir eigentlich?«

»Um das zu verstecken, du *Moegoe*«, entgegnet Seven.

»Wir können sie doch in der Decke verstecken. Da sind sie sicher.«

»Ich hab's dir doch gerade erklärt«, erwidert Seven. »Nein. Wenn das Forum vorbeikommt und sie die Hörner finden, stecken wir in der Scheiße.«

»Wenn du sie hierlässt, kann sie aber auch jemand finden und mitnehmen.« Jouma beginnt zu keuchen, da es steil bergauf geht.

»Nee, *my Bru*, hier ist niemand. Ich hab diesen Ort beobachtet. Hier können wir sie gut verstecken.« Er bleibt stehen, um Luft zu holen. Richtet den Lichtkegel auf Joumas eingefallenes Gesicht mit dem offen stehenden Mund. Jouma hechelt, seine Brust hebt und senkt sich.

»Bist du am Kämpfen, *my Bru*? Du musst mal wieder mit einer energiegeladenen Jungfrau trainieren.«

Jouma keucht. Fragt: »Wie lange noch? Wie lange lässt du sie noch in Ruhe?«

»Keine Ahnung. Bis morgen. Morgen können wir was arrangieren.«

Die Todesschwadron, November 1977

Eine Stunde lang sitzen sie im Wohnzimmer und warten. Zwei Stunden. Vier Männer, die ihre Kippen auf einem Teller ausdrücken, um sie dann zusammen mit der Asche in eine Plastiktüte zu befördern. Der Fischer klebt vor dem Fernseher. Zuerst die Nachrichten auf Englisch und dann irgendeine bescheuerte Medizinsendung.

»Montag ist scheiße«, sagt er. »Echt totale Zeitverschwendung.« Lehnt sich vor und drückt seine Zigarette aus.

»Dann schau's dir eben nicht an.«

»Mach ich auch nicht zu Hause. Außer *The Villagers*.«

»Guckst du auch *Derrick, Bonanza, Drei Engel für Charlie, Reich und Arm*?«

»Ja, alle.«

»Warum beschwerst du dich dann?«

»Das sind vier Serien in einer ganzen Woche.«

»Willst du mitspielen?«

Der Fischer kratzt sich unter der Achsel. »Nee, Karten sind nicht mein Ding. Was zu trinken wäre jetzt gut.«

»Kein Alkohol«, sagt der Kommandant.

»Verdammt. Was ist so schlecht an einem kleinen Schluck? Würde unsere Hände ruhiger machen.«

»Nein.«

»Wo steckt dieser *Oke* überhaupt?«, will Blondie wissen. »Der sollte um Viertel nach sechs hier sein. Jetzt haben wir's vier verfluchte Stunden später.«

»Der hat eine Freundin.«

»*Ag kak*«, sagt Totenkopfgrinser. Schaut in seine Karten, schaut zum Kommandanten hinüber. »Da soll er sein? Bei seiner Freundin? Jetzt?«

»Das ist nur eine Vermutung.«

»Aber du weißt, dass er eine *Poppie* hat?«

»Ja, das weiß ich. Und ich weiß, dass er sie manchmal auf dem Heimweg besucht.«

»*Sies*! Weiß die das?« Totenkopf zeigt mit dem Daumen ins Esszimmer.

»Grundgütiger.«

»Ja, okay, du weißt schon, was ich meine.«

Der Kommandant leckt seine Fingerkuppen. Legt eine Karte beiseite. »Nein. Glauben wir nicht.«

»*Skelm*, was? Unartiger *Boykie*. Voller Geheimnisse.«

Die Kartenspieler spielen etwa ein halbes Dutzend Runden, während sich die gewonnenen Karten vor dem Kommandanten stapeln. Der Fischer döst schnarchend auf dem Sofa.

Um zwanzig vor elf hören sie ein Auto auf der Straße, das langsam in die Einfahrt einbiegt und die Vorhänge mit seinem gelben Scheinwerferlicht einen Moment lang erhellt.

Totenkopf wirft seine Karten auf den Tisch. »Full House!«

Der Kommandant beugt sich vor und legt ihm einen Finger auf die Lippen. »Psst.« Zieht seine Pistole. Flüstert: »Kein Blödsinn. Okay?«

Totenkopf grinst und zückt ebenfalls seine Pistole.

Das Licht hinter den Vorhängen verschwindet. Sie warten darauf, dass sich die Autotür öffnet. Die vier Männer prüfen, ob die Schalldämpfer auf ihren Waffen fest sitzen. Blondie mit einer Kippe im Mund. Unterdrückt das Zittern seiner Finger.

Draußen ist kein Laut zu hören.

Sie stehen da, die vier Männer. Die Todesschwadron. Lauschen.

»Was macht er?« Totenkopf schleicht auf Zehenspitzen zur Haustür.

»Lass ihn erst reinkommen«, befiehlt der Kommandant. »Wenn er uns entwischt …«

»Das wird nicht passieren.«

»Da hast du verdammt recht.« Zu Blondie sagt er: »Du schnappst dir seinen Aktenkoffer. Behalte ihn, mach ihn aber nicht auf. Niemand darf ihn haben. Nicht mal der Premierminister. Nimm ihn mit zu dir nach Hause nach Kapstadt.« Sie hören, wie die Autotür geöffnet wird und dann ins Schloss fällt. Der Mann räuspert sich. Der Widerhall seiner Schuhe auf dem gefliesten Weg zur Tür. Das Kratzen des Schlüssels im Schloss.

Neun

Sirenen in der Ferne. Sie kommen näher.

Ein Mann im Auto. Er ist seitlich über die Gangschaltung auf den Beifahrersitz gefallen.

Das Auto ist ein Mercedes S600. Es befindet sich ein paar Meter die Stoppstraße hinunter an der Bordsteinkante, wo es stehen geblieben ist.

Der Mann trägt ein Jackett, dessen Kragen schief sitzt. Seine Krawatte ist gelockert. An seinem Kopf eine Schusswunde. Eine weitere in seiner Brust. Auf der Windschutzscheibe Blutspritzer.

Leitkegel sperren den Tatort ab. Polizisten stehen herum und reden mit den Leuten vom Abschleppdienst. Blaulicht erhellt immer wieder das Gesicht des Toten.

»Muss ein reicher Mann gewesen sein. Mit so einem Wagen.«

»Den hat jemand bestellt.«

»Da wird sich jemand verdammt ärgern, wenn der nicht geliefert wird.«

Ein Mann tritt aus der Gruppe der Gaffer. Läuft vier, fünf Schritte in die Dunkelheit und tippt eine Nummer in sein Handy. Dann dreht er sich zu den Leuten, die sich um den Mercedes drängen.

»Häuptling«, begrüßt ihn die Stimme. »Berichten Sie. Schildern Sie mir die Szenerie. Mit allem, was ich wissen will. Alle Kästchen abhaken. Ist es erledigt?«

»Ja«, erwidert Mart Velaze. Er ist ein lässiger Typ in Jeans und einer schwarzen Lederjacke. Gute Schultern, schmale Taille. Kein überflüssiges Fett, kein Bauchansatz.

»Was vermutet die Polizei?«

»Geht von einem schiefgegangenen Raubüberfall aus.«

»Alle zufrieden damit?«

»Würde ich schon sagen.«

»Aha. Gut gemacht.« Die Stimme wiederholt den Refrain: »Aha, aha. Und Sie hat keiner gesehen?«

»Nein, niemand.«

»Natürlich nicht. Dumme Frage.«

Mart Velaze ist der Frau nie begegnet, mit der er telefoniert. Die Stimme. Alle Anweisungen erfolgen telefonisch. Er stellt sich die Stimme als große Frau vor. Mit einem riesigen Bauch. Geflochtenen Haaren. Eine Frau, die sich wie ein Elefant bewegt. Eine Matriarchin in zerknitterten Kostümen. Trägt die aggressive Managerkleidung ihrer männlichen Kollegen. Er weiß nur, dass die Stimme irgendwo tief unten im Bereich Sicherheit tätig ist. Das hat er jedenfalls von Kollegen gehört. Kein Inlandsgeheimdienst, kein Militär, keine Polizei, sondern etwas anderes. Woanders. Es heißt, dass man genau zuhören soll, wenn man von ihr einen Anruf erhält. Man führt das aus, worum sie einen bittet. Und dann wird man in bar bezahlt.

Die Stimme sagt: »Gehen Sie nach Hause, Häuptling.«

»Und Jacob Mkezi?«, will Mart Velaze wissen.

»Bleiben Sie ihm treu, Bruder. Wir kommen schon noch zu ihm, Häuptling. Geduld. Die Tugend der Engländer. Geduld. Seine Tage sind gezählt. Mr. Mkezi ist eine Schande.« Die Stimme lacht. »Sie haben das ausgezeichnet gemacht, Häuptling. Wir wissen es zu schätzen, *Bra* Mart. Bleiben Sie den Vorfahren treu.«

Zehn

Fish Pescado und Daro Attilane sitzen auf ihren Brettern und treiben in einem sanft dahinplätschernden Meer, die Nasen Richtung Strand gerichtet. Die Füße im Wasser. Fishs Zehen sind taub vor Kälte, während Daros gemütlich in Stiefel verpackt sind.

Der Wellengang vom Tag zuvor hat sich gelegt, und es dauert jetzt länger, bis wieder große Wellen hereinrollen. Viel Action gibt es nicht. Der nächste Sturm soll noch einen Tag entfernt sein, wobei es dann so richtig zum Kochen kommen soll. Bis dahin nur diese kleinen Kräusel. Gekräuseltes Wasser ist immerhin besser als ganz ruhiges.

Bei den letzten beiden Wellengängen versuchten Fish und Daro vergeblich, diese kleinen Grünen unter ihnen auszunutzen. Sie sind zu weit draußen und müssten hereinkommen. Aber wenn sie sich bewegen, geht ihnen der Ausblick flöten, den beide genießen.

Es ist ein herrlicher Anblick: Die Sonne geht auf. Dieses Wow-irre-Spektakel, das den Muizenberg in ein gewaltiges Farbenspiel taucht: pink, orange, dunkelgelb.

Daro reißt sie aus ihren Träumereien. Wirft einen Blick auf seine Armbanduhr, sagt: »Ich muss los. Hab gestern Abend eine Bestellung für einen Subaru bekommen. Hast du schon mal von Cake Mullins gehört?«

Fish spritzt mit Wasser. »Ja, hab ich. Merkwürdiger Name.«

Daro lacht. »Kann man wohl sagen.«

»Er ist ein Kartenspieler«, fährt Fish fort. »Vicki kennt ihn. Hat früher mit ihm gepokert.«

»Kann durchaus sein. Ich kenne ihn als einen dieser Agenten, der sich um Dinge für die Reichen kümmert. Du weißt, was ich meine.«

»Ein Problemlöser?«

»So in etwa. Aber ein Verkauf ist ein Verkauf. Allzu viele gibt es heutzutage eh nicht mehr.«

Wie wahr, denkt Fish, der auch nur noch selten an einen Auftrag kommt. Nicht mal an eine Scheidung. Oder an einen als Bodyguard. Oder an einen Mord. Es gibt eine Menge Leute, die einen Privatdetektiv anheuern, um einen Mordfall zu klären. Allerdings ist sich Fish nicht sicher, ob er so einen Job überhaupt will. Er hat bereits drei gemacht. Und den Mörder erwischt, ehe er der Polizei in die Fänge ging. Aber angenehm war es nicht gewesen.

»Lass uns etwas weiterpaddeln«, sagt er. »Dann können wir es mit diesen Winzwellen ja mal versuchen.«

Sie legen sich auf ihre Surfbretter und paddeln an eine Stelle, wo eine bessere Chance besteht, eine Welle zu erwischen. Noch wollen sie nicht aufgeben, sondern setzen sich wieder hin und warten auf die kleinen Kräuselwellen. Fish betrachtet seine Füße. Seine Zehen weiß und blutleer. Er fühlt sich friedlich und entspannt.

Daro fragt: »Kann ich dich um einen Gefallen bitten? Eigentlich um zwei.«

»Klar«, erwidert Fish und überlegt, ob es um die Bitte vom Tag zuvor geht, die Daro bisher immer noch nicht geäußert hat.

»Heute Nachmittag mit diesem Subaru. Wenn der Typ ihn kauft, brauche ich jemanden, der mich zurückfährt.«

»Kein Problem«, sagt Fish.

»Ich zahle für deine Zeit«, sagt Daro. »Deinen Stundensatz.«

»Ach, Quatsch, das ist ein Gefallen, Mann.«

»Nein, ernsthaft. Das ist ein Auftrag.«

Fish kratzt an einem Wachskügelchen, das an seinem Brett klebt. »Ich kann das Geld durchaus brauchen.«

»Na, siehst du. Ich rufe dich an, wenn ich losfahre.«

»Und der andere Gefallen?«

»Der andere Gefallen … Ja, der andere Gefallen. Du hast irgendwann eine Frau erwähnt, die du kennst und die mal ein Junkie war.«

»Ja, stimmt.« Fish hält den Blick aufs Meer gerichtet, auf der Suche nach kleinen Wellen. »Warum fragst du?«

»Du hast gesagt, dass sie in Schulen kommt und dort Vorträge hält.«

»Tut sie auch. Sie schnallt dann immer ihr Holzbein ab und wirft es den Kids zu, damit die sich das anschauen. Echt bizarr. Und echt wirkungsvoll, wenn sie erzählt, dass man ihr das Bein abnehmen musste, weil es wegen der vielen Einstiche abgefault ist.«

»Interessant«, meint Daro.

»Kann man wohl sagen«, entgegnet Fish. »Aber warum willst du das wissen?«

Daro zuckt mit den Schultern. »Ich hab mich gefragt, ob sie auch in Steffies Klasse einen solchen Vortrag halten könnte. Gesponsert über das Forum. Als Teil unseres Programms.«

»Kein Problem«, meint Fish. »Und was ist mit dem Problem namens Seven?«

Daro hält seine Hände hoch. »Wir sind dran.«

»Mein Angebot steht weiterhin«, sagt Fish. Er macht sich fertig, um eine erste kleine Wellengruppe mitzunehmen. Er und Daro erwischen den Knöchelschnapper, surfen Seite an Seite, im Stil der Sechziger.

Elf

Jacob Mkezi steckt mit seinem Hummer im Verkehr. Redet mit Mart Velaze über die Freisprecheinrichtung. »Wissen Sie, Genosse, das macht mich echt sauer.« Er befindet sich auf dem Weg zum Gericht, wo er einen weiteren Tag mit dem Korruptionsskandal verbringen wird.

– Mr. Mkezi, haben Sie ein Paar Schuhe aus Krokodilleder als Geschenk angenommen?

– Sie waren kein Geschenk.

– Sie sind gemeinsam mit dem Mann, der die gekauft hat, in das Geschäft gegangen. Korrekt?

– Ja.

– Dort haben Sie die Krokodillederschuhe anprobiert?

Keine Antwort.

Der Richter: – Bitte antworten Sie, Mr. Mkezi.

– Ja, habe ich.

– Die Schuhe haben Ihnen gefallen. Und Sie haben beschlossen, sie zu kaufen. Korrekt?

– Ich hatte meine Kreditkarte nicht bei mir.

– Sie haben Ihnen gefallen, die Schuhe?

– Ja.

– Sie baten also die Verkäuferin, sie für Sie zurückzustellen?

– Ich weiß es nicht mehr.

– Dann sagte Ihr Freund, dass er sie Ihnen schenken wolle. Und Sie haben akzeptiert. Korrekt?

– Ich habe erklärt, dass ich ihm das Geld zurückzahlen würde.

– Ah ja. Dass Sie ihm das Geld zurückzahlen würden. Und haben Sie ihm das Geld zurückgezahlt, Mr. Mkezi?

– Ja.

– Können Sie das belegen? War es eine Überweisung? Ein Scheck?

– Es war bar.

– Natürlich. Es war bar.

Mr. Mkezis Anwalt springt auf. Der Richter bedeutet ihm, sich wieder zu setzen.

– Bar. Beinahe dreitausend Rand in bar. Das ist sehr viel Bargeld, Mr. Mkezi. Haben Sie dieses Geld extra von Ihrem Konto abgehoben?

Immer weiter geht es um die Krokodillederschuhe. Die Zeitungen stürzten sich darauf: »Jacobs anrüchige Schuhe«; »Top-Cop lässt sich teure Schuhe schenken«; »Der Bulle und der Gangster auf gemeinsamer Shoppingtour«.

Und jetzt ist er allgemein als der Mann mit den Krokodillederschuhen bekannt, was Jacob Mkezi gefällt. Nicht mehr Jacob Mkezi, der Top-Cop. Sondern Jacob Mkezi, der Geschäftsmann, African Enterprises GmbH.

Er trägt die umstrittenen Schuhe auf seinem Weg ins Gericht, während er mit Mart Velaze telefoniert.

»Genosse«, sagt er. »Genosse, Sie machen mich wütend. Sie lesen wohl keine Zeitungen. Ich muss nichts von diesen Neuigkeiten erfahren.« Jacob Mkezi spricht englisch, da es ihre gemeinsame Sprache ist. »Wir sollten gar nicht miteinander reden.«

Er hört Mart Velaze seufzen. Er hört es trotz des Verkehrslärms. Trotz des laufenden Hummer-Motors hört er das genervte Seufzen. »Sie wissen das, Genosse«, fährt Jacob Mkezi fort. »Sie wissen, wie wichtig das war. Sie sind derjenige, dem ich vertraue, Genosse. Enttäuschen Sie mich nicht.«

»Würde ich nie tun«, erwidert Mart Velaze. »Ich bin Ihr Mann.«

»Ich vertraue Ihnen, Genosse. Ich brauche keine Berichterstattung.«

»Verstanden, Genosse.«

Jacob Mkezi starrt hinaus auf die Pendler in ihren Autos neben ihm: ein Mann und eine Frau, vielleicht miteinander verheiratet. Sie zieht gerade ihren Lippenstift nach, und er telefoniert mit seinem Handy, was gesetzwidrig ist. Keiner interessiert sich für das Gesetz. Politiker, Bürger, die Reichen und die Mächtigen, die auf der untersten Stufe – alle machen sie ihr Ding. Kein Problem. Nur er darf sich kein Paar Schuhe schenken lassen, ohne dass es sofort in die Schlagzeilen kommt.

Der Mann mit den Krokodillederschuhen.

Nun, der Mann mit den Krokodillederschuhen bleibt am Ball. Er richtet die Dinge. Er tritt als Retter auf. Er macht Großreine. Der Mann, der allen zu ihren Armani-Anzügen, zu ihren Breitling-Uhren und ihren Gucci-Handtaschen verhalf.

»Beruhigen Sie sich, Genosse«, erklärt er Mart Velaze. »Wir kommen damit klar. Verstehen Sie? Man nennt das präventiv. Oder wie es so schön heißt: Lieber einmal zu viel als einmal zu wenig. Sie wissen, was ich meine?«

Mart Velaze schnaubt, erwidert »Ja, klar« und legt auf.

Das Problem mit Mart Velaze ist, denkt Jacob Mkezi, dass er manchmal nicht den Überblick behält. Manchmal verliert er sich in den Details. So geht es den meisten Geheimdienstlern. Sie sind zu einseitig, zu sehr auf eine Sache konzentriert. Aber man kann nicht alles im Voraus berechnen. Die Welt funktioniert nun mal anders. In dieser Welt nimmt man die Dinge so, wie sie sich einem präsentieren. Was Jacob Mkezi die AK-Taktik nennt: einfach alles erschießen. Dann ist man immer auf der sicheren Seite.

Sein Handy klingelt. Mellanie. Ausgesprochen Mel-lar-nie. Niemals Mel oder Mellie. Ausschließlich Mellanie. Oder in Jacob Mkezis zärtlicher Diktion: Sisi. Wie in: »Hi, Sisi.«

»Hi, Süßer«, antwortet Mellanie und hat diesen harten, sarkastischen Ton in der Stimme. Dann kommt sie gleich zur Sache. »Hör mal, Süßer, ich schaff's nicht, zu viel zu tun, ein Kundenmeeting jagt das andere.«

Mellanie, wie in Mellanie Munnik Communications, MM Coms, arbeitet als PR-Frau für eine große Fischereifirma, einen Kurzzeitversicherer, einen Abschleppservice, die Baubranche und jede BEE-Firma, die ihre Chancen auf dem Börsenmarkt durch inkompetente oder korrupte Direktoren (oder beides) in Gefahr gebracht hat. Macht PR für African Enterprises. Ganz oben auf ihrer Favoritenliste stehen die Unternehmen, die nichts gegen ihre Gebühren einzuwenden haben. Ihre hohen Gebühren. Ihre himmelschreiend hohen Gebühren.

»Mr. Mkezi«, sagte sie zu ihm bei einem Dinner anlässlich Madibas neunundachtzigstem Geburtstag. »Sehr schicke Schuhe. Aus Krokodilleder?« Nicht die Andeutung eines Lächelns auf ihrem Gesicht. Er war damals noch der Polizeipräsident. Der Top-Cop.

Er sah sie an. Ungerührt erwiderte sie seinen Blick.

»Sisi«, sagte er, »jetzt passen Sie mal genau auf. Ich habe schon immer Krokodilleder getragen.«

»Süßer«, entgegnete sie. »Sie tragen gerade Schlagzeilen-Schuhe. Hier ist meine Visitenkarte ...« Steckte ihm ihre Karte in die Brusttasche. »Rufen Sie mich an.«

Was Jacob Mkezi tat. Zwei Tage später war er Kunde von MM Coms. Drei Abendessen später fand er sich nackt bis auf seine Socken und mit Handschellen gefesselt auf Mellanie Munniks Himmelbett wieder.

»Sisi«, sagte er. »Das entspricht nicht meiner Kultur.«

»Dafür meiner, Süßer«, erwiderte sie. »Blöd gelaufen.«

Jetzt erklärt sie ihm, dass sie nicht im Gerichtssaal erscheinen wird. Sie war bei seinem Rücktritt als Polizeipräsident und während der schrecklichen Pressekonferenzen an seiner Seite. Sie hatte eine Geschichte für ihn entwickelt, derzufolge sein Rücktritt strategisch war, dass es nicht um Betrug ging, nicht um unerklärliche Spesenabrechnungen, oder dass er sich mit dem organisierten Verbrechen zusammengetan hatte, sondern dass er ein bestimmtes Ziel verfolgte.

»Ich brauche dich hier«, sagt Jacob Mkezi. »Dafür bezahle ich dich schließlich. Es ist wichtig.«

»Süßer, du bezahlst mich, um dich wie Mister Gutfreund aussehen zu lassen. Nicht, um deine Hand zu halten.«

Jacob Mkezi hört, wie sie zu jemandem sagt: »Er soll kurz in der Leitung bleiben. Dauert nicht lange.« Jacob Mkezi gehört zu ihrer morgendlichen Liste, die abgehakt werden muss. Jetzt wendet sie sich wieder ihm zu: »Süßer. Hast du den grauen Anzug an, das hellblaue Hemd, die dunkle Krawatte mit den dünnen grünen Streifen und die Krokodillederschuhe?«

»Ja«, antwortet er.

»Bestens«, meint sie.

Ihr war es gelungen, die Krokodillederschuhe zu seinem Markenzeichen zu machen. Wie Batmans Umhang. Wenn Jacob Mkezi, selbst ein belasteter Jacob Mkezi, zu gesellschaftlichen Anlässen in seinen Krokodillederschuhen erscheint, geht ein Raunen durch den Saal. Frauen berühren ihre Haare. Männer gießen die Gläser voller. Politiker, Kabinettsminister, Unternehmer – alle schenken dem Mann in den Krokodillederschuhen ihre Aufmerksamkeit.

»Bis später«, verabschiedet sich Mellanie.

Jacob Mkezi wäre es lieber gewesen, wenn sie alles andere abgesagt hätte, entschließt sich aber nur zu folgender Äußerung: »Wir gehen dieses Wochenende auf Safari. Heute Nachmittag geht's los.«

»Wir?«, fragt sie. »Das ist mir neu.«

»Jetzt weißt du es.«

»Heute Nachmittag, Jacob!« Kein Süßer mehr.

»Gott sei Dank.« Jacob Mkezi versucht es mit einem Lachen.

»Ich führe hier eine Firma, Jacob. Mit Klienten, die mich brauchen.«

»Ich brauche dich auch«, erwidert er in einem harten Tonfall. Die Stimme des Mannes mit den Krokodillederschuhen. »Ich brauche dich auch heute bei Gericht.«

Schweigen.

Dann sagt Mellanie: »Ich sehe, was ich tun kann, Jacob.« Pause. »Versprechen kann ich aber nichts.«

»Sei da.«

Er legt auf. Damit ist Mellanie abgeschnitten, und Jacob Mkezi kriecht den Eastern Boulevard mit seinem dreispurigen Stau hinunter, um einen weiteren Tag am Obersten Gerichtshof zu verbringen, in dieser Stadt im Schatten des Berges. Ein riesiger Berg, der hinter der Stadt aufragt. Die Stadt klar und weiß mit dem Hafen am Ozean. Perfekt. Vor einem wolkenlosen blauen Himmel. Diese irritierende Stadt. Diese Stadt, die ihn vor Gericht gestellt hat. Jacob Mkezi glaubt, dass er der Mann ist, der weiß, was wirklich hinter den geschlossenen Türen der Regierung vor sich geht. Doch ihn hat man angeklagt wegen Betruges, Bestechlichkeit, Unterschlagung und des Umgangs mit verurteilten Kriminellen. Das volle Programm, das ganze Brimborium, das komplette *Kraal*- und Schilftanz-Getue. Nur dass Jacob Mkezi nicht die Absicht hat, sich bis zum Schluss vorführen zu lassen.

Die Todesschwadron, Dezember 1977

Ein paar Tage vor Weihnachten ruft der Kommandant den blonden Agenten an und teilt ihm mit, dass es an der Zeit ist, den Aktenkoffer abzuliefern.

Am nächsten Morgen trifft der Kommandant ein, um Blondie in seinem Mercedes abzuholen. Der Kommandant trägt dieselbe Jacke und Krawatte wie während der *RAU-TEM*-Nacht. Schweigend fahren sie in die Weinberge.

Der Kommandant ahnt nicht, dass sich Blondie den Aktenkoffer näher angesehen hat. In jener Nacht, als sie ihn am Hotel absetzten, dem wanzenverseuchten Station Hotel. Dort hatte er versucht, die Schlösser zu knacken. Zahlenschlösser. Er hatte nicht erwartet, dass es ihm gelingen würde, den Koffer zu öffnen. Aber er schaffte es, und die Verschlüsse sprangen klickend auf. Im Inneren: Wahlbroschüren, Briefe zum Unterschreiben, der Entwurf einer Rede und …

Und unter dem Ganzen ein Bündel Kopien. Blondie blätterte sie durch, während er »Mein Gott, wow … Mann, mein Gott …« murmelte. Er fragte sich: Dieser Mann, dieser Politiker, der konnte doch nicht selbst so reich sein. Nein, Mann, nie im Leben. Da ging es um etwas anderes. Deshalb hatte man ihm befohlen, den Koffer keinesfalls zu öffnen oder aus der Hand zu geben. Das waren Informationen, die der Politiker nicht hätte haben dürfen – diese Kopien von Schweizer Nummernkonten, auf denen sich Millionen befanden. Für solche Informationen wurde man umgebracht. Aus den eigenen Reihen.

Blondie setzte sich auf dem Bett auf, rauchte zwei Zigaretten und starrte den offenen Aktenkoffer an. Bei seiner Ausbildung war ihm eingetrichtert worden, sich immer abzusichern. Vor allem, wenn es um Dokumente und Fotos ging. Alles, was auch nur andeutungsweise wertvoll aussah, sollte man mitnehmen. Man konnte nie wissen, hieß es. Die Sache mit den Absicherungen war die: Meistens brauchte man sie nicht, aber manchmal …

Bei der ersten Gelegenheit fotokopierte er die Kontoauszüge, Einzahlungsbelege und Korrespondenzen. Dann schloss er den Aktenkoffer und drehte an den Zahlenschlössern. Alles paletti, Kumpel.

Der Aktenkoffer, der in diesem Moment auf dem Rücksitz des Mercedes liegt.

»Hast du schon mal von Dr. Gold gehört?«, will der Kommandant wissen.

Blondie zieht an seiner Zigarette und atmet den Rauch aus. »Natürlich. Der Finanzminister.«

»Exfinanzminister. Jetzt ist er Botschafter in der Schweiz. Weißt du, warum man ihn Dr. Gold genannt hat?«

»Nee.« Die Zigarette hängt an seinen Lippen, im Stil eines Markenzeichens.

»Weil er das Gold unseres Landes von London nach Zürich transferiert hat. Mit Gewinn.«

Blondie denkt: Das ergibt Sinn angesichts der Millionen auf den Bankkonten. Es ergibt Sinn, dem *RAU-TEM*-Politiker das Leben auszublasen, wenn der herausgefunden hatte, was da vor sich geht. Blondie weiß nicht, was genau da vor sich geht. Aber er vermutet, dass es sich um einen Plan von Dr. Gold und seinen Freunden handelt, so reich wie möglich zu werden.

»Den werden wir jetzt treffen«, fährt der Kommandant fort. »Und ihm den Aktenkoffer überreichen.« Der Kommandant wirft ihm einen Blick zu. »Du hast ihn doch nicht aufgemacht, oder?«

Blondie bläst Rauch aus. »Er ist verschlossen.«

»Für einige stellt das kein Problem dar.«

»Ja, kann sein. Ich habe ihn jedenfalls nicht geöffnet.«

Blondie vermutet, dass der Kommandant nicht überzeugt ist. Sein Pech.

Der Kommandant sieht ihn von der Seite an, während er mit einem Auge die Straße im Blick behält. Lächelt. Sagt: »Das ist mein *Boykie.*«

Blondie, die Augen auf die in der Hitze flimmernden Berge gerichtet, lässt eine dünne Rauchfahne seitlich an seiner Wange hochsteigen, wo sie oben in seinen blonden Surferhaaren verschwindet. Sie fahren schweigend weiter, der Kommandant trommelt mit den Fingern auf das Lenkrad. Die Straße, die durch die Weinberge führt, ist schmal. Sie kommen an Silos und Schuppen vorbei. Einmal muss der Kommandant einem Eselgespann ausweichen. Die Kinder auf dem Wagen winken ihnen zu.

Auf einem Hügel wird er langsamer und biegt dann von der geteerten Straße auf einen Feldweg ab. Die Unterseite des Mercedes kratzt über die Bodenwellen. Sie fahren durch eine Arbeitersiedlung aus niedrigen weißen Hütten. Frauen starren ihnen hinterher. Kinder und Hunde laufen eine Zeitlang neben dem Wagen mit.

Am Ende der Siedlung tuckern sie zwischen zwei Hütten auf eine Plantage aus Fieberbäumen. Hier ist der Weg weniger holprig, da er voller Eukalyptusblätter liegt. Noch immer geht es nach oben. Auf dem Hügelkamm stehen keine Bäume mehr. Sie können auf ein Tal und einen Teich unter ihnen blicken. Dahinter Rasenflächen und ein Haus mit Giebeldach.

Blondie stößt einen leisen Pfiff aus.

»Erbaut 1730«, erklärt der Kommandant. »Steht auf dem Giebel.«

»Bist du schon mal hier gewesen?«

»Vor nicht allzu langer Zeit.«

»Kennst du ihn?«

»Wir haben den Job für ihn erledigt. Waren seine Anweisungen.«

Blondie steckt sich eine Zigarette an der Glut der vorherigen an.

»Hier lebt er also?«

»Das ist eines seiner Häuser. Dr. Gold wandert. Hat ein Haus in Kapstadt, wenn er im Parlament zu tun hat. Eines in Pretoria. Die Farm, die er am liebsten mag, liegt in Free State. Auf dem Stück Land steht ein Inselberg. Eine Art Tafelberg. Wenn man dort hinaufsteigt, hat man das Gefühl, in einer anderen Welt zu sein. Das muss man gesehen haben, kann ich dir sagen. Wenn du das hier toll findest, dann musst du das andere Land sehen. Mit einer Luft, die man fast trinken kann. Eine riesige Weite. Unglaublich. Und nachts Sterne bis ans Ende des Universums.«

»Was für eine Farm ist es denn?«

»Rinder.« Der Kommandant schüttelt den Kopf. »Keine Angus oder so was. Auch keine Friesländer. Sondern Nguni, wie er sie nennt. Züchtet diese Tiere sogar selbst.« Der Kommandant trommelt mit den Fingern auf das Lenkrad. »Ich weiß nicht. Irgendwie ist er seltsam, dieser Dr. Gold, wenn du mich fragst.«

Der Kommandant parkt den Mercedes in der Nähe des Hauses. Ein Schwarzer steht vor dem Eingang. Der eleganteste Schwarze, den Blondie jemals gesehen hat. Trägt trotz der Hitze sogar ein Jackett. Noch jung, etwa in seinem Alter, vermutet Blondie. Sagt: »Schau dir die Schuhe an.«

»Krokodilleder«, erwidert der Kommandant. »Unglaublich angeberisch, diese Latschen.«

»Wer ist das?«

»Jacob Mkezi«, antwortet der Kommandant mit leiser Stimme. »Dr. Golds rechte Hand. Der einzige Bantu als Sicherheitsbeamter in der ganzen Regierung. War auf der Farm in Free State. Wir haben ihn ausgebildet. Spezialtraining im Sicherheitsbereich.«

Sie steigen aus. Blondie beugt sich ins Auto, um den Aktenkoffer vom Rücksitz zu holen.

»Mach die Zigarette aus«, sagt der Kommandant. »Und zünde keine neue an.«

Als sie die Stufen zur *Stoep* hinaufgehen, kommt Jacob ihnen entgegen. Kein Lächeln, kein Ausdruck in seinen Augen.

Der Kommandant zückt seine Pistole und reicht sie ihm. »Gib ihm deine«, befiehlt er Blondie.

Der zögert.

»Gib sie ihm.«

Blondie gehorcht. Zieht seine Pistole aus dem Gürtel.

»Und den Aktenkoffer.«

»Du hast gesagt …«

»Gib ihn ihm.«

Jacob nimmt die Pistolen und den Aktenkoffer, ehe er zur Seite tritt und sie hereinbittet. Im Inneren des Hauses ist es düster und kühl. Es riecht nach Strohdach. Die Decken sind aus massiven Balken. Im Halbdunkel dreht sich ein Ventilator.

»Warte«, sagt der Kommandant.

Sie warten stumm. Draußen vor der Tür ist es grell und heiß. Ihre Augen gewöhnen sich allmählich an die Dunkelheit. Das Zimmer sieht wie ein Museum aus. Alte Farmwerkzeuge an den Wänden. Ein Regal mit Vorderladern. Alte Vitrinen, Schreibtische, Riempie-Möbel: Stühle, Bänke, Fußschemel.

Am anderen Ende des Zimmers geht eine Tür auf. Eine Stimme sagt: »Danke, dass Sie den Aktenkoffer gebracht haben.« Ein kleiner, untersetzter Mann kommt auf sie zu, der einen gewaltigen Bauch hat. Sein Kopf ist kahl, über den Ohren graue Haarbüschel. »Die Leute nennen mich Dr. Gold«, stellt er sich vor und kichert, während er dem Kommandanten und dann Blondie die Hand reicht. Eine Weile hält er Blondie fest. Seine Finger fühlen sich feucht und weich an.

»Sie sind ein Surfer«, sagt er zu ihm. »Das hat man mir jedenfalls erzählt. Sehr schön. Aufregend, kann ich mir vorstellen.« Er lässt Blondies Hand los. Wendet sich um, als im Flur hinter ihm eine Bewegung zu sehen ist. »Jacob, ist alles in Ordnung?«

»Ja, Sir«, erwidert Jacob.

»Der Aktenkoffer war verschlossen? Die Papiere sind noch drin?«

»Ja, Sir«, antwortet Jacob.

Dr. Gold lächelt Blondie an. »Man hat mir gesagt, Sie seien diskret.« Er legt seine Hand auf Blondies Arm. »In der Schweiz gibt es zwar keine Wellen, aber wir könnten jemanden brauchen … der diskret ist. Meinst du nicht auch, Jacob?«

Jacob schweigt.

»Nun, denken Sie darüber nach.« Er tritt zwei Schritte zurück. »Ich bin Ihnen für Ihre Mühen sehr dankbar, Kommandant. Wirklich sehr dankbar. Wie heißt es so schön? Sie haben mich von einer schweren Last befreit. Ich kann jetzt frohgemut in die Schweiz zurückkehren.« Er winkt schwach mit der Hand, um sich zu verabschieden. »Ach, Jacob«, fügt er dann noch hinzu. »Bring den beiden doch eine Karaffe mit Limettensaft. Es ist ein heißer Tag zum Autofahren.«

Zwölf

Fish duscht sich, schlüpft in einen Kapuzenpulli und Jeans sowie halbhohe Stiefel aus naturgebleichtem Kuduleder, die er nur im Winter trägt. Schlendert durch die Küche. Toastet ein paar Brotscheiben und lässt sie schwarz verbrennen, weil er an seine Mutter denken muss.

»Du bist jetzt dreiunddreißig, Bartolomeu. Du brauchst endlich deinen Abschluss. Um dir einen richtigen Job zu suchen. In der freien Wirtschaft. Dann spielst du Golf und so weiter.«

»Ich denke darüber nach«, erwiderte er.

»Wirklich? Worüber genau?«

»Den Abschluss zu machen.«

»Und das soll ich dir glauben?«

Ja, er denkt wirklich darüber nach. Er überlegt, ob ein Juraexamen nicht tatsächlich von Vorteil wäre.

Was ihn so ablenkt, dass die Brotscheiben verkohlen. Fish muss sie abkratzen. Er schmiert sich Margarine und Erdnussbutter darauf, tröpfelt Sirup darüber. Stellt die Bialetti-Kaffeekanne auf den Herd. Setzt sich an den Tisch, um dort zu essen. Durch die offene Tür sieht er die *Maryjane* auf ihrem Hänger stehen. Sein langes Surfbrett lehnt gegen das Boot. Wenn es an diesem Wochenende keine hohen Wellen gibt, könnten er und Vicki vielleicht hinausfahren und Mullet endlich beisetzen. Falls Vicki Kohle für das Benzin lockermachen kann, da es ihm tatsächlich gerade ziemlich an genau dem mangelt: Kohle.

Woran er etwas ändern muss.

Er verdrückt ein paar Scheiben Toast, trinkt seinen Kaffee und verbringt den Morgen mit Telefonaten. Zuerst ruft er Vicki an.

»Fütterst du mich heute Abend?«, fragt er einleitend, als sie abhebt.

»Liebe dich auch«, erwidert sie.

»Super«, entgegnet Fish. »Du hast es versprochen. Ja?«

»Klingt, als ob du gerade essen würdest.«

»Nur Toast.«

Er beißt in eine Scheibe und versprüht dabei überall Brösel. »Also – um wie viel Uhr?«

»Halb sieben. Spätestens sieben. Ich bestelle bei Giovannis.«

»Lauter Leckereien, was? Chiligarnelen. Tintenfisch in dieser Vinaigrette. Artischocken. Taramosalata. Kalbsleberpastete.«

»Das ist es, was du willst?«

»Oh ja.«

»Das hast du doch immer.«

»Deswegen will ich es ja auch.«

Er hört Vicki seufzen und muss lächeln. »Nimmst du dir den Nachmittag frei?«

»Einige von uns müssen arbeiten.«

Fish antwortet mit einem langen »Ach ja, du hast nicht zufälligerweise einen Job für mich?«

Nach einem kurzen Schweigen erwidert Vicki: »Bitte, Fish …«

Fish versucht sogleich, sie zu besänftigen. »Ist schon okay. Sorry, sorry. Ich hätte nicht fragen sollen. Es ist nur … Du weißt schon.«

»Ich weiß. Halte durch, Babe. Es wird sicher bald was kommen. Im Moment krebst jeder herum.«

»Ja, stimmt vermutlich.«

»Bis später.«

»Klar, bis dann.« Fish hört, wie die Verbindung abbricht. Denkt: Mit Vicki zu reden, dürfte ihm eigentlich kein schlechtes Gefühl geben.

Er steht in der Küche und blickt hinaus zu dem Boot im Hinterhof. Wenn er Geld für Benzin übrighätte, könnte er aufs Meer und zum Abendessen ein paar Fische fangen. Wenn er Geld für Benzin hätte. Konnte nicht so schwierig sein, das Fischen. In False Bay herumzutuckern musste großartig sein. Allein, mit etwas *Dagga*. Ein paar Snoeken fangen. Mit den Möwen reden. Mullets Asche ins Meer kippen.

Stattdessen muss er Arbeit suchen. Er ruft einige kleine Firmen an, für die er schon Versicherungs- und Scheidungsfälle übernommen hat oder vermisste Personen suchen sollte. Doch diesmal hört er nur, wie schwer die Zeiten momentan seien.

Detektive, die als Türsteher arbeiten.

Detektive, die als Kellner jobben.

Detektive, die als Sicherheitspersonal in Fabriken tätig sind.

Ein Typ, der sich sogar als Parkplatzwächter ein paar Kröten verdiente.

Die können mich mal, denkt Fish. Er hat nicht vor, jemals Einkaufswagen für reiche Ladys durch die Gegend zu schieben. Erst müssten die Pole völlig weggeschmolzen sein.

Er setzt noch einen Kaffee auf. Sitzt da und denkt nach. Vielleicht bleibt ihm bald nichts anderes mehr übrig, als sich doch wieder zur Lohnarbeit durchzuringen. In einer dieser Sicherheitsfirmen anzuheuern. Einen Chef zu haben, der ihm sagt, was er zu tun hat. Keineswegs ideal.

Und da fällt ihm der Auftrag seiner Mutter ein. Dreihundertundfünfzig Rand die Stunde! Die reine Erpressung. Aber wenn es momentan nichts anderes gibt … Fish überlegt, ob er das Ganze auf tausend Rand ausdehnen kann. Schaltet seinen Laptop an. Füttert Google mit Prospect Deep.

Dreizehn

Er sitzt auf der Anklagebank, der Staatsanwalt befragt ihn. »Mr. Mkezi, würden Sie Ihren Freund, den Mann, der die Schuhe für Sie gekauft hat, als kriminell bezeichnen?«

Der Richter beobachtet ihn, die Journalisten beobachten ihn, die zugelassene Öffentlichkeit beobachtet ihn. Clifford Manuel aus der Gruppe der Verteidiger wirft Jacob Mkezi einen Blick zu und nickt.

Jacob Mkezi steht aufrecht da, die Hände vor der Taille verschränkt. Ein aufmerksamer Mann, ungerührt.

»Als guten Bekannten.«

»In welchem Sinn?«

»Wie bitte?«

Der Staatsanwalt lächelt. »Sind Sie Geschäftspartner? Gehören Sie dem gleichen Fitnessstudio an? Dem gleichen Golfclub?«

»Ich bin sehr schlecht im Golf. Niemand will sich da mit mir zusammentun.«

Einige aus dem Publikum kichern. Der Richter blickt auf und bittet um Ruhe.

Jacob Mkezi sieht, dass Clifford Manuel ihm spielerisch mit dem Zeigefinger droht.

Der Staatsanwalt hört abrupt zu lächeln auf. »Ich denke, wir alle kennen Ihr Handicap, Mr. Mkezi. Es stand häufig genug in den Zeitungen. Aber das war nicht meine Frage, wie Sie sehr wohl wissen. Ich frage, welche Art von Beziehung Sie zu Ihrem guten Bekannten pflegten.«

»Wir hatten gemeinsame Interessen.«

»Die da wären?«

»Viehzucht.«

Wieder Gelächter aus dem Publikum. Der Richter achtet diesmal nicht darauf.

Jacob Mkezi behält den Richter im Blick. Er sieht, wie die Lippen des Mannes leicht zucken. Ist es Belustigung?

»Wir haben beide auf unseren Farmen Nguni-Rinder gehalten.«

»Wenn er Ihnen ein Paar Krokodillederschuhe gekauft hat, dann möchte ich das eine enge Freundschaft nennen.«

»Er ist ein großzügiger Mann.«

»Wirklich sehr großzügig. Ich wünschte, ich hätte solche Freunde.«

»Gute Bekannte«, korrigiert ihn Jacob Mkezi.

»Sie wussten, dass er mit dem organisierten Verbrechen zu tun hat?«

»Das wusste ich.«

»Trotzdem bezeichnen Sie ihn als guten Bekannten. Mit dem Sie über Viehzucht redeten. Und manchmal sogar zusammen mittagessen gegangen sind, nicht wahr? Ich habe hier die Rechnungen vorliegen.«

Jacob Mkezi sieht seine Anwälte an. Clifford Manuel reagiert, indem er seinem Kollegen einen kleinen Stoß mit dem Ellbogen verpasst. Der Kollege erhebt sich. »Euer Ehren, das führt doch nirgendwohin. Wir müssen wissen, wer dieser geheimnisvolle Mann ist.«

»Wird er aussagen?«, erkundigt sich der Richter beim Staatsanwalt. »Ich nehme an, darauf wollen Sie hinaus.«

»Ja, Euer Ehren. Das tue ich.«

»Dann wäre es an der Zeit, dass wir uns anhören, was er zu sagen hat.«

Jacob Mkezi runzelt die Stirn. Sein Verteidiger wendet sich vom Richter ab und ihm zu, um die Augen zu verdrehen.

»Natürlich, Euer Ehren«, erwidert der Staatsanwalt. Ihm wird von einem Gerichtsdiener ein Blatt Papier gereicht, das er überfliegt. Stammelt fassungslos: »Ich … Mein Gott …«

»Was ist?«, fragt der Richter. »Könnten Sie Ihre Informationen mit uns teilen?«

»Euer Ehren.« Der Staatsanwalt faltet das Blatt Papier zusammen und räuspert sich. »Es war meine Absicht, als Nächstes einen Kronzeugen aufrufen zu lassen, Mr. Mkezis Bekannten. Im anhängigen Strafverfahren gegen ihn kam es zu einer Verständigung, und so haben wir eidesstattliche Versicherungen von ihm vorliegen. Versicherungen, die belegen, wie seine Beziehung zu dem Angeklagten genau ausgesehen hat.«

»Von den Mittagessen und den Schuhen einmal abgesehen?«, wollte der Richter wissen.

Jacob Mkezi lächelt. Der Richter verzieht keine Miene.

»Allerdings, Euer Ehren. Dieser Mann bezahlte Mr. Mkezi Überseereisen. Er überwies ihm Geld. Erwarb Kunstwerke für ihn. Dieser Mann war sehr großzügig, was seine Beziehung zu Mr. Mkezi betraf. Wie Mr. Mkezi ja selbst auch festgestellt hat.«

»So etwas kommt vor zwischen Freunden und guten Bekannten.«

»Das sollte uns mein Zeuge genauer schildern, Euer Ehren.«

»Und wo ist er?«

Der Staatsanwalt wedelt mit dem Papier in seiner Hand. »Man hat mir soeben mitgeteilt, dass er verstorben ist, Euer Ehren.«

»Er ist tot?«

»Ja.«

»Wann, um Himmels willen?«

»Letzte Nacht.«

»Mein Gott.«

»Er wurde erschossen, Euer Ehren.«

»Erschossen?«

»Bei einem Raubüberfall auf sein Auto.« Der Staatsanwalt starrt Jacob Mkezi an.

Jacob Mkezi zeigt sich ungerührt. Noch immer hat er die Hände so locker verschränkt wie bereits während des ganzen Vormittags.

»Euer Ehren«, meldet sich der Verteidiger zu Wort. »Wenn dieser Zeuge tot ist, können wir seine eidesstattlichen Versicherungen nicht mehr überprüfen.«

»Dessen bin ich mir durchaus bewusst«, entgegnet der Richter. »Würden Sie mich beide in meinen Räumlichkeiten aufsuchen, Herr Verteidiger?«

Vierzehn

Fish starrt auf den Bildschirm seines Laptops. Denkt, dass Prospect Deep vermutlich nichts ist, worauf sich seine Mutter einlassen sollte. An Prospect Deep beteiligen sich große Firmen und wichtige Leute. Von Prospect Deep hält man sich besser fern. Doch er weiß, dass Estelle das nicht tun wird. Diese Namen werden sie erst recht heißmachen. Für Estelle könnte es keinen besseren Leumund geben.

Er malt sich aus, was sie sagt: »Mr. Yan, Mr. Lijun, das ist eine der vielversprechendsten Investitionsmöglichkeiten, die es momentan in Südafrika gibt. Sie hatten völlig recht, zu uns zu kommen. Eine Goldmine.« Dann würde ihr perlendes Lachen folgen – jenes Lachen, das sie für solche Momente parat hat.

Das Problem ist, dass die Namen, die mit Prospect Deep in Verbindung stehen, Fish kalte Schauder über den Rücken jagen. Wie wenn man auf eine Welle starrt, die den ganzen Himmel ausfüllt. Ein Knochenbrecher von einer Welle, die im südlichen Ozean entstanden ist. Man weiß, dass sie einen zermalmen wird. Dass man lange Zeit unter Wasser verbringen wird. Diese Art von Schauder.

Es geht also darum, Estelle diese Sache auszureden.

Fish überlegt gerade, wie er das anstellen könnte, als er schlurfende Schritte auf seiner hinteren *Stoep* vernimmt. Jemand lässt sich mit einem Seufzer der Erleichterung auf dem dort stehenden *Bergie*-Stuhl nieder. Jemand mit einem ziemlich durchdringenden Eigengeruch.

Fish klappt den Laptop zu und wirft einen Blick nach draußen. Ein alter *Bergie* sitzt auf dem Stuhl und starrt ihn an.

»*Meneer*«, sagt der *Bergie.* »Haben Sie etwas Toast? Ich kann riechen, dass es Toast gibt.«

»Vielleicht«, erwidert Fish. »Wer sind Sie? Woher wissen Sie von mir?«

Der alte Mann grinst. »*Meneer*, so etwas spricht sich rum.«

Fish nickt. »Verstehe. Wie heißen Sie?«

»Colins.«

»Colin.«

»Colins. Mit einem ›s‹.«

»Das ist Ihr Vorname?«

»Mein einziger Name.« Colins zieht Rotz hoch und wischt sich mit der Hand die Nase. »Ich kann Ihnen was erzählen, Gentleman.«

»Ach? Und was?«

»Wenn Sie mir ein Stück Toast geben, Gentleman. Einen Toast mit Orangenmarmelade. Und eine Tasse Kaffee. Etwas Milch, drei Zucker. Bitte – *asseblief.*«

»Glauben Sie, ich führe hier ein Café?«

»*Agge nee*, Gentleman. Man hat mir gesagt, Mr. Fish sei unser Mann. Deshalb bin ich hier.«

Fish trinkt einen Schluck Kaffee, die Augen auf Colins, den *Bergie*, gerichtet. Er sieht aus wie die meisten *Bergies*. Ungepflegter Bart, staubig graue Kleidung, ein grauer Rucksack. Sein einziger weiterer Besitz: ein riesiger Stapel Papiere in einer Plastiktüte.

»Was ist das?«, will Fish wissen.

»Meine Lebensgeschichte.«

»Wirklich?«

»Ein Bestseller, Gentleman. Für Regentage. Wenn ich mal

fertig damit bin.« Er betrachtet den Kaffee in Fishs Hand. Reibt sich den Bauch. »Bitte, Gentleman.«

Fish toastet ein paar Scheiben Brot und macht einen Pulverkaffee. Ruft dem *Bergie* zu: »Wollen Sie einen Schuss Klippies in den Kaffee?«

»*Jislaaik*, Gentleman. Das ist Manna für mich. Danke, Gentleman. Machen Sie das einen doppelten Schuss. *Dankie* – danke.«

Fish bringt den Kaffee und den Toast heraus, ehe er sich wieder seinem eigenen Kaffee widmet. Lehnt sich an die *Maryjane*, weit genug von Colins und seinem Geruch entfernt.

»Woher kommen Sie, Colins?«

»Ach, Gentleman, von da und dort. Bin nur gerade auf der Durchreise.«

»Verstehe.« Fish beobachtet, wie der Mann den Toast verputzt.

»Kann ich Sie noch um mehr bitten, Gentleman?«

»Sie haben den doch gar nicht aufgegessen«, erwidert Fish.

Colins schlürft an seinem Kaffee. Grinst Fish an.

»Noch ein Bissen, und er ist weg.«

»Jetzt sagen Sie erst mal, was Sie mir erzählen wollten.«

Colins kaut und spült den Toast mit einem Schluck Kaffee herunter. Dann wischt er sich mit der Hand über den Mund. »Gentleman«, sagt er. »Gentleman, ich bin gestern hier mit dem Zug angekommen. Ein Zug ohne Ticket, versteht sich. Die Leute vor dem Spirituosenladen meinen, am Berg ist es sicher. Vor allem drüben beim alten Fort. Ich soll an die Ecke des Parkplatzes, beim Fishermen's Park. Es gibt dort zwar ein verschlossenes Tor, aber man kann zwischen dem Zaun hindurch und sicher unter freiem Himmel in einem Nationaldenkmal schlafen. *Lekker* wie ein *Crecker.* Gentleman, das ist ein guter Platz, wenn's nicht regnet. Diese Leute haben mir auch von Ihnen erzählt. Sie haben gesagt, wenn ich was brauche, dann würden Sie mir eine Scheibe Brot geben.«

»Ach ja?«, meint Fish. »Was sind denn das für Leute?«

»Ach, wissen Sie, das sind *Bergies*, Gentleman.«

Fish nickt. »Und?«

»Also. Ich finde eine gute Stelle da oben und mach's mir für die Nacht bequem. Unter den Büschen liegt etwas Pappe, haben mir die Leute gesagt, genug für einen Mann. Man kann dort liegen und dem Meer lauschen und muss sich um nichts sorgen. Im Fort fühlt man sich sicher.« Er lacht. Spucke sammelt sich um seinen Mund. »Ich schlafe ein wie ein Baby. Dann wache ich mitten in der Nacht auf, weil ein paar Männer reden. Ich denke, das sind vielleicht andere, die auch hier pennen wollen. Ich mach mir keine Sorgen, weil mich hinter der Mauer niemand sehen kann. Aber diese Leute rücken Steine durch die Gegend und flüstern miteinander. Keiner flüstert da droben, *Meneer*, außer *Skelms*. *Skelms*, die Böses im Schilde führen. Nicht mein Problem, he? Ich geb keinen Laut von mir, bin mucksmäuschenstill. Absolut *tjoepstil*. Dann sind sie verschwunden. Und ich schlafe weiter. Heute Morgen schau ich mich um. Was sie da zurückgelassen haben. In einer Tasche.«

Er bricht ab, trinkt seinen Kaffee aus und hält Fish die Tasse hin. »Noch einen, *ag* bitte. Gentleman, wären Sie wohl so nett?«

Fish nimmt die Tasse. »Was war in der Tasche?«

»Das werden Sie mir nicht glauben, Gentleman.«

»Versuchen Sie's.«

Der alte Mann schlägt sich auf den Schenkel. Lacht. »Raten Sie mal.«

»Keine Ahnung. Waffen, Diamanten, Juwelen? Muss etwas Gestohlenes sein.«

»Kommen Sie nie drauf.«

»Okay. Was dann?« Fish denkt: Es reicht mit dem Spielchen.

Colins kneift die Augen zusammen. »Die Hörner von einem Rhinozeros.«

Fish starrt den alten Mann an. Der grinst.

»Das glaube ich nicht«, meint Fish.

»Ernsthaft«, beteuert Colins. »Wir können nach dem Kaffee da hin. Schauen Sie selbst.«

Fünfzehn

»Prost«, sagt Mellanie und hebt ihren Kelch mit Champagner. Mit echtem, französischem Champagner, Moët, für den Jacob Mkezi bei Azura's, dem angesagtesten Lokal im Mandela Rhodes Place, fünfhundert Mäuse lassen muss.

Mellanie sitzt in einem schwarzen Armeemantel an einem Tisch neben dem Pool. Ihre Leggings stecken in Lederstiefeln, und ein Schal flattert um ihren Hals. Sie ist eine kleine Blondine mit kurzen Haaren. Die Art von Blondine, die Männer innehalten lässt. Kein Lippenstift, kein Nagellack. Mellanie findet, dass sinnliche Lippen keine Extrafarbe brauchen.

»Cheers«, erwidert Clifford Manuel fröhlich und stößt mit ihr an.

Jacob Mkezi zögert. »Also«, sagt er. »Das wirkt fast so, als würden wir hier auf einen Raubüberfall anstoßen. Ein Mann kam dabei ums Leben, wenn ich daran erinnern darf.«

»Er hatte vor, dich fertigzumachen«, wendet Mellanie ein und hält ihr Glas zurück.

»Vielleicht«, erwidert Jacob Mkezi.

»Ein toller Freund war das.« Mellanie beginnt, sich in Rage zu reden.

»Wir haben gute Zeiten miteinander verbracht.«

»Als Bekannte.«

»Ach bitte, Clifford.«

Mellanie stellt ihr Glas auf den Tisch. »Eines verstehe ich nicht, Jacob. Warum ihr befreundet wart. Was hat dir der

Mann bedeutet? Der war doch die schlechte Nachricht in Person.«

»Er ist tot. Lassen wir das.«

»Er hat einen Deal gemacht, um seinen Hintern zu retten. Er hatte vor, dich zu verraten, und zwar so weitreichend, dass auch ich nichts mehr für dich hätte tun können.«

»Ist doch jetzt egal.«

»Mein Gott, Jacob. Was willst du damit sagen?« Sie sieht Clifford an. »Helfen Sie mir, das zu verstehen.«

Clifford Manuel zuckt mit den Schultern und trinkt einen Schluck Champagner.

»Er hatte Familie«, erklärt Jacob Mkezi. »Eine Frau und Kinder, die ihn liebten.«

»Er war doch wohl versichert, Jacob. Sie werden mehr Geld zur Verfügung haben als zu seinen Lebzeiten. Er war ein Krimineller, Jacob. Abschaum.«

»Jeder mochte ihn. Sogar der Präsident.«

»Weil er auch den großen Fischen in den Arsch gekrochen ist. Weiß nicht, ob man das mögen nennen sollte.«

Clifford Manuel räuspert sich und klopft Staub von seinen Ärmeln. »Das Wesentliche ist, dass das Verfahren eingestellt wurde. Und das wollen wir jetzt feiern.«

Jacob Mkezi blickt über die Dächer hinweg. Denkt: Vom siebten Stock aus hat man einen großartigen Blick auf die Stadt. Man sieht die Überreste des Art déco, die neuen Hochhäuser, die schicken Neubauten, ein paar der viktorianischen Häuser, die sich noch dazwischenquetschen. Im Dezember vor achtzehn Monaten saß er hier mit jenem Mann über einem langen Mittagessen zusammen. Sie redeten unter anderem über Sport und Investitionen. Saßen hier zwischen den schwarzen Diamanten, den smarten jungen Managern, die immer wieder zu ihnen kamen und dem Mann die Hand schüttelten. Jacob

Mkezi dachte damals verwundert: Wen kennt dieser Mann eigentlich nicht?

»Jacob.« Mellanie wedelt mit der Hand vor seinem Gesicht hin und her. »Erde an Jacob!«

Jacob Mkezi blinzelt abwesend. »Was?«

»Auf das Ende der Verhandlungen.« Sie hebt ihr Glas.

Diesmal stößt Jacob Mkezi mit den beiden an. Es wird Zeit, sich auf das Wesentliche zu konzentrieren. Er sieht Mellanie an. »Du hast es geschafft.«

»Ich sagte doch, ich würde es versuchen.«

»Aber ursprünglich wolltest du nicht.«

»Jacob, lass es gut sein. Wir wollen nicht wieder damit anfangen.«

Jacob Mkezi weiß nicht, warum er sich so etwas von ihr gefallen lässt, aber er tut es. Er mag es, dass sie so sein kann.

»Du bist echt voller Scheiße.«

Sie lächelt. »Na, immer doch.« Holt ihr Handy aus der Handtasche. »Wir müssen eine Pressemitteilung herausgeben. Ich werde behaupten, dass dich dieser tragische Mord zutiefst getroffen hat …«

»Hat er auch.«

»… und dass so nun leider die Wahrheit vor Gericht nie ans Licht kommen wird.«

»Mach ruhig.«

»Und dass du noch einmal darauf hinweisen möchtest, wie bodenlos diese Anschuldigungen gewesen sind.«

Jacob Mkezi trinkt einen Schluck. »Du bist der Boss.«

Er bemerkt den scharfen Blick, den sie ihm zuwirft. Es ist schwierig, in ihren Augen auch nur die Andeutung von Zuneigung zu erkennen, wenn sie ihren Job erledigt.

»Ich fasse das deshalb zusammen, damit wir dasselbe von uns geben, Jacob. Verstehst du?«

»Verstehe.«

Mellanies Nägel klappern leise auf der Tastatur des BlackBerry.

Clifford Manuel streckt die Hand aus und berührt Jacob Mkezi am Ärmel. »Wie lief es mit Tol Visagie?«

Jacob Mkezi erwidert: »Wir fahren auf Safari.«

»Gut. Ausgezeichnet.« Clifford Manuel trinkt seinen Champagner aus. »Lassen Sie es mich wissen, wenn Sic etwas brauchen.«

»Wohin fährst du genau?«, will Mellanie wissen.

»Nicht ich – wir«, entgegnet Jacob Mkezi. »Wir beide, du und ich.«

Mellanie lehnt sich zurück. »Ich habe gesagt, dass ich darüber nachdenken werde.«

»Und?«

»Ich muss mich um meine Geschäfte kümmern, Jacob. Um ein ganzes Wochenende zu verschwinden, brauche ich eine längere Vorlaufzeit.«

»Wir fliegen dorthin. Eine Fünfsternelodge. Auf dem Caprivi-Streifen. Wozu braucht man da Vorlaufzeit?«

»Nein, Jacob. Du meinst wohl, es reicht, mit den Fingern zu schnippen.«

Er tut es. »Und schon geschnippt. Ich hole dich um vier ab.«

»In drei Stunden?«

»Aufregend, *né*?«

Sie schaut ihn finster an. Er hält ihrem Blick stand. Bis sie lächelt. »Du bist echt unglaublich.«

»Also gebongt.« Jacob Mkezi gibt dem Kellner ein Zeichen, um ihre Gläser nachzufüllen. »Jetzt müssen wir noch ein Spielzeug für meinen Jungen kaufen.«

Die Todesschwadron, Juni 1981

Sie treffen getrennt voneinander auf der Farm ein – der Fischer in seinem Pick-up aus Port Elizabeth und Blondie aus Kapstadt in einem VW-Bus, einer vollgestopften Karre samt Bett, Campingkühlschrank und Gaskocher.

Etwa eine Stunde vor Sonnenuntergang kommen auch der Kommandant und Totenkopfgrinser in einem Polizeikleinlaster. Sie zerren drei Männer von der Ladefläche. Die Männer sind an den Knöcheln mit Ketten aneinandergefesselt und tragen Handschellen. Sie sperren sie in ein Außengebäude ein.

Mit Sonnenuntergang beginnen die Männer in dem Außengebäude zu singen. Sie singen die ganze Nacht.

Durch die klare kalte Luft kann man ihre Stimmen überall hören, als ob ihre Ahnen von den Toten auferstanden wären und mitsingen würden.

Am Morgen bringen sie die Männer aufs *Veld.* In einem alten Erdferkelbau reichen sie ihnen drei Spaten und lassen sie graben.

»Eine Zigarette«, bittet einer der Gefangenen.

Totenkopf steckt jedem der Männer eine Zigarette zwischen die Lippen und zündet ein Streichholz an. Fragt den Kommandanten, Blondie und den Fischer: »Will einer von euch auch?«

Alle nicken. Die sieben Männer stehen da und rauchen, während sie über das Grasland schauen.

Als sie fertig sind, sagt derjenige, der um die Zigarette gebeten hat: »He, *Mlungu*, Weißer.«

Blondie blickt zu ihm hinüber. »Sprichst du mit mir?« Der Mann starrt ihn an. Blondie starrt zurück.

»*Mlungu.*« Der Mann grinst und drückt die Schultern durch.

Blondie hört, wie Totenkopf brüllt: »He, he, pass auf! Pass auf!«

Blondie bemerkt ein Blitzen in den Augen des Mannes. Er spürt eine Bewegung hinter seinem Rücken. Spürt, dass einer der beiden anderen Gefangenen dort seinen Spaten schwingt und damit Blondie in den Rücken schlägt.

Er schwankt, geht auf die Knie und wird ein zweites Mal getroffen. Stürzt mit dem Gesicht nach vorn zu Boden. Sieht durch die Staubwolken, wie ihn Füße mit Ketten einkreisen. Die Männer heben ihre Spaten und schlagen zu. Er versucht, seinen Kopf zu schützen, und krümmt sich zusammen.

Dann hört er Schüsse. Die Männer fallen auf ihn. Überall ist Blut. In Strömen. Er kriecht zur Seite und bleibt dann keuchend auf dem harten Erdboden liegen.

Der Kommandant beugt sich über ihn. Fragt: »Alles in Ordnung? Sag was. Mann, um Himmels willen, sag was!« Die Hände des Kommandanten untersuchen ihn. »Sprich mit mir. Mein Gott, Mann. Wir wollen hören, wie du sprichst.«

Blondie setzt sich trotz der Schmerzen auf. Er ist blutüberströmt – seine Schultern, seine Arme, seine Seiten. Die Nieren, denkt er und schließt die Augen. Wie Messer in den Nieren.

Der Kommandant sagt: »Das ist nicht dein Blut, *Boykie.* Du hast keine offenen Wunden.«

Blondie sieht die drei Gefangenen auf dem Boden liegen. Totenkopf und der Fischer beugen sich über sie mit den gezückten Pistolen. Einer der Männer bewegt sich nicht mehr. Alle drei bluten aus allen Poren.

»Die leben noch«, sagt Totenkopf. »Sollen wir sie ganz fertigmachen?«

»Wartet«, befiehlt der Kommandant. »Er soll es tun. Das ist seine Sache, meint ihr nicht?« Zeigt auf Blondie.

Dieser braucht eine Viertelstunde, um aufzustehen. Er lehnt sich an den Kommandanten.

»Ganz langsam, okay? Schön langsam.«

Einer der Gefangenen sitzt aufrecht da und schaut panisch um sich. Die anderen beiden liegen stöhnend auf dem Boden.

Blondie geht zu ihnen hinüber und nimmt die Neun-Millimeter, die Totenkopf ihm reicht.

Er erschießt die beiden Stöhnenden zuerst. Kopfschüsse. Richtet die Waffe auf den Sitzenden, der ihn ansieht. Der ihn einen *Mlungu* genannt hat. Ballert ihm ins Gesicht.

Sechzehn

Fish folgt Colins den Pfad entlang am unteren Hang, der zu dem alten Fort hinaufführt. Zweige streifen sein Gesicht. Es ist eine kurze Strecke bis zu niedrigen Steinmauern, von wo aus man auf die Bucht blicken kann.

»Ich bin noch nie hier oben gewesen«, sagt Fish. »Eine Festung? Eher die Reste einer Festung.«

»Stammt noch von der Muizenberg-Schlacht.« Colins geht in die Hocke und schiebt ein paar Steine beiseite.

»Hab ich auch auf dem Schild gelesen«, erwidert Fish und sieht interessiert zu, wie der *Bergie* eine Plastiktasche herauszieht. Colins öffnet sie und hält sie Fish hin, damit dieser einen Blick hineinwerfen kann. »Also haben Sie nicht gelogen.«

»Warum sollte ich Sie anlügen, Gentleman?«, entgegnet Colins.

Fish holt das größere der beiden Hörner heraus und streicht mit der Hand über das Ende, wo eigentlich Haut hätte sein sollen. Doch es gibt dort weder Haut noch Blut.

»Seltsam«, sagt er.

Colins tritt einen Schritt zurück. »Sie dürfen das nicht anfassen. Wegen des Gifts.«

»Hä?«, fragt Fish und legt das Horn auf die Steinmauer. »Wovon reden Sie? Welches Gift?«

»Steht so in der Zeitung, Gentleman.« Colins zieht die gefaltete Seite aus seiner Jackentasche. »Hab ich heute Morgen gelesen. Es stimmt.«

Fish nimmt ihm das Stück Papier ab, faltet es auf und liest die Schlagzeile. »Vergiftete Rhinozeroshörner gestohlen.« Darunter steht:

Vergangene Nacht kam ein Sicherheitsbeamter ums Leben, als Diebe in das Iziko South African Museum einbrachen und die »unbezahlbaren« Hörner eines weißen Rhinozeros stahlen.

Der Sicherheitsbeamte ausländischer Herkunft erlag seinen Stichwunden.

Die Diebe riskieren mehr als Gefängnis und Strafanzeigen. Denn die Hörner waren mit einer tödlichen Arsen- und Dichlordiphenyltrichlorethan-Lösung (DDT) getränkt.

»Warum haben Sie mich nicht gewarnt?«

»Hab ich doch.«

»Als es bereits zu spät war, Mann, *Bru.*« Fish lässt den Artikel sinken und reibt seine Hände an den Steinen ab. »Wir reden hier von DDT. So was bringt alles und jeden um.«

»Unvorhersehbare Folgen«, meint Colins mit ungerührter Miene.

»Unvorhersehbare Folgen«, wiederholt Fish. Er sieht ihn an. »Voller Scheiße, was?« Er schaut wieder auf den Artikel.

Museumsangestellte warnen, dass es zu »unvorhersehbaren Folgen« kommen könne, wenn die gestohlenen Hörner zermahlen und als Aphrodisiakum oder Heilmittel gegen Fieber verkauft werden würden.

Fish wiederholt es: »Unvorhersehbare Folgen.« Liest weiter.

Izikos Direktor zufolge werden Museen und andere Institutionen auf der ganzen Welt zum Ziel von Kriminellen, die »lukrative Märkte mit Artefakten für verschiedene Zwecke« beliefern.

Auch wenn die genauen Umstände des Diebstahls noch polizeilich untersucht werden, erklärte der Direktor, dass die Diebe offenbar »planmäßig vorgegangen« seien und das »Ausstellungsstück bewusst gewählt« hätten. Ansonsten wurde nichts gestohlen. Die unbezahlbar wertvollen Hörner wurden ohne Zwischenfall über hundert Jahre lang ausgestellt.

Fish benutzt die Tasche als Handschuh, um das Horn hochzunehmen und es neben seinen kleineren Bruder zurückzulegen. Er reicht Colins die Tasche. Zeigt auf das Loch in der Mauer.

»Soll ich sie wieder verstecken?«

»Ich nehme an, das wäre das Beste, mein Freund. Sie nicht?«

Colin antwortet nicht.

»Glauben Sie denn, ich sollte die Sachen zur Polizei bringen?«

»Sie sind der Privatdetektiv. Wahrscheinlich gibt's eine Belohnung dafür.«

»Wahrscheinlich«, sagt Fish.

Die beiden Männer blicken auf das Meer hinunter, wo vor langer Zeit einmal britische Kanonenboote vor Anker gegangen waren und auf den Berg gefeuert hatten.

Colins schnippt mit den Fingern. »Wollen Sie die Diebe stellen?«

»Dabei könnte eine größere Belohnung herausspringen.«

Colins lacht. Er stellt die Tasche in ihr Versteck zurück und rollt die Steine davor. »Colins, Privatdetektiv, zu Ihren Diensten.«

Fish sagt: »Hier ist mein Vorschlag.«

»Welcher Vorschlag?«

»Hören Sie mir erst mal zu, okay?«

Colins streicht sich über den Bart.

»Ich nehme an, dass die Männer, die Sie gehört haben, nicht

am helllichten Tag hierherkommen werden, um ihre Beute zu holen.«

Colins schaut ins Gebüsch. »Ja. Und?«

»Ich muss heute Nachmittag einem Freund helfen. Kann also auf keinen Fall hier sitzen und warten. Verstehen Sie? Aber wenn Sie in der Nähe des Tors abhängen und den Pfad beobachten, können Sie nach den Kerlen Ausschau halten. Wahrscheinlich kommen sie in einem Auto. Rhinozeroshörner trägt man nicht einfach so durch die Gegend. Ich besorge Ihnen ein Handy. Sobald die auftauchen, rufen Sie mich an. Nichts riskieren. Sie rufen mich einfach nur an. Verstehen Sie?«

Colins schüttelt den Kopf.

»Was? Sie verstehen nicht?«

»Die Hälfte«, sagt Colins.

»Wie, die Hälfte?«

»Die Hälfte des Geldes.«

Fish überlegt. »Sechzig vierzig.«

»Die Hälfte.«

»Hören Sie«, sagt Fish. »Es ist sechzig vierzig, okay? Ich bin der Mann in der Schusslinie. Ohne mich bekommen Sie gar nichts. Sechzig vierzig.«

»Sie sind ein harter Mann, Gentleman«, entgegnet Colins.

»Ich habe Ihnen Toast und Kaffee gegeben. Sie sogar bedient.«

Colins winkt ab. »Wenn die mich sehen, wird es für mich gefährlich.«

»Die werden Sie nicht sehen. Denn Sie sind ein *Bergie*. Sie liegen da unten am Ende des Pfads, betrunken, erschöpft, schlafend. Wie auch immer – das ist denen egal. Die kommen und holen ihre Beute. Wenn ein *Bergie* sie sieht, bedeutet das nichts. Ein *Bergie* wird nicht die Polizei informieren. *Bergies* wissen nicht mal über den Einbruch Bescheid.«

»Ich schon.«

»Ja, Sie schon. Sie hatten eben Glück.«

Sie laufen wieder den Berg hinunter. Colins murmelt etwas über Ungerechtigkeit. Was Fish ziemlich nervt. Er dreht sich zu Colins um. »*Bro*, bis jetzt haben wir noch keinen einzigen Rand gesehen. Lassen Sie es also gut sein. Okay?«

Siebzehn

Seven schickt die weiße Tussi aus dem Zimmer. Er sagt ihr, dass er Hunger habe. Sie solle ihm was zu essen kochen. Spaghetti Bolognese.

Die Tussi erklärt, es sei kein Hackfleisch da.

»*Poppie*«, sagt Seven und drückt ihr einen Hunderter in die Hand. »Dann geh zu Checkers und kauf welches.«

Die Tussi verlässt barfuß das Zimmer. Sie trägt noch ihre Schuluniform, ein weit geschnittenes Baumwollkleid.

»Ach, und *Poppie*? Schließ die Tür.«

Sie gehorcht, indem sie die Tür ins Schloss wirft.

Seven seufzt. Ruft genervt: »Was ist denn mit dir los, Mann?«

Die Tussi brüllt zurück. »Ich bin nicht deine verdammte Köchin, Seven! Wenn du eine schwarze Tussi willst, dann hol dir eine.«

Seven überlegt sich eine Antwort, zündet sich dann aber lieber eine Zigarette an. Wählt die Nummer von Mart Velaze.

Mart Velaze meldet sich kurz und bündig: »Ja?«

Seven verdreht die Augen. »Wie geht's, Mr. Mart? Kennen Sie mich noch? Seven. Wir sind schon früher mal ins Geschäft gekommen. Ich hab Ihnen gute *Pilletjies* fürs Feiern besorgt. Wissen Sie noch?«

»Was gibt's, Seven?«, fragt Mart Velaze. »Du rufst nicht mich an, sondern ich dich. Wenn es um irgendeinen Scheiß geht, dann will ich das nicht hören. Kapiert?«

»Nein, Mr. Mart, alles paletti hier. Alles super«, erwidert Seven. »Ich hab nur was Kleines zu verkaufen.«

»Ich brauche nichts.«

»Das brauchen Sie schon, Mr. Mart. Das ist echt der Hit. Das brauchen Sie, wie Gott einen Sünder braucht. Garantiert.«

»Na klar.«

»Lesen Sie Zeitung, Mr. Mart? Ein Mann wie Sie liest bestimmt Zeitung.«

»Seven, lass das Gequatsche.«

»Ich meine die Seite eins, Mr. Mart. Schlagzeile auf Seite eins.« Seven lauscht der Stille am anderen Ende der Leitung. »Sind Sie noch da, Mr. Mart?«

»Bin ich. Wir müssen jetzt aufhören, Seven. Warum treffen wir uns nicht? Am selben Ort wie letztes Mal. Sieben Uhr. Dieselbe Uhrzeit wie dein Name, damit du es nicht vergisst. Einverstanden?«

»In Ordnung, Mr. Mart. Ich werde dort sein. Soll ich sie gleich mitbringen?« Aber Seven redet in eine tote Leitung. Er legt auf und seufzt. »Ja, Mr. Mart. Immer ganz der harte Kerl.« Ruft: »Jouma, wir holen die Hörner!«

Achtzehn

»Hübsches Auto«, meint Jacob Mkezi zu Daro Attilane. »Scheckheftgepflegt?«

»Ja«, erwidert Daro. »Keinerlei Probleme.« Daro trägt eine Sonnenbrille. Denkt: Wenn er gewusst hätte, dass Jacob Mkezi kommt, hätte er noch etwas anderes arrangiert.

Er, Jacob Mkezi und Cake Mullins stehen um den blauen Subaru mit den Waschbrettrillen auf der Heckschürze, der in der Einfahrt vor Cake Mullins' Haus in Constantia geparkt ist.

Jacob Mkezi hat bereits gegen die Reifen getreten. Ist um das Auto spaziert und hat seine Hand über das Profil des Lenkrads wandern lassen.

»In gutem Zustand. Keine Kratzer.«

»Auch keine Dellen«, erwidert Daro. »Ein einziger Vorbesitzer. Ein älterer Mann, Unidozent. Er hat den Wagen gepflegt.« Daro denkt: Jetzt zieht nur die Nummer als Mr. Nonchalant.

»Seltsamer Wagen für einen Professor. Was für ein Professor war das denn?«

Daro zuckt mit den Achseln. »Organisatorisches Management. So was in der Art. In einer Wirtschaftshochschule.«

»Und welchen Wagen hat er stattdessen gekauft? Einen Mercedes? Ein Auto für einen alten Mann?«

»Einen weiteren.«

»Noch einen Subaru? Ach, wirklich?«

»Ja, wirklich. Nur ohne Spoiler.«

»Ohne den Spoiler kann man den Wagen vergessen. Dann

sieht er völlig gewöhnlich aus. Wie ein Cortina. Oder irgendein Honda.«

»Genau darum geht es aber. Das Aussehen ist im Grunde nämlich unwichtig. Was zählt, befindet sich unter der Motorhaube. Das macht den Unterschied. Wenn man den Wagen beschleunigt, kann man die Geschwindigkeit förmlich spüren. Wirklich aufregend.«

Jacob Mkezi sieht ihn an. »Was soll das? Dieses Verkaufsgelaber?«

»Entspricht zufälligerweise der Wahrheit.«

Jacob Mkezi öffnet die Tür auf der Fahrerseite. Setzt sich hinein. »Welches Modell?«

»2005.«

»Vier Jahre alt also. Der Dozent hatte ihn nicht sehr lange. Warum hat er ihn verkauft? Was ist schlecht daran?«

»Es gibt keine Nachteile. Er wollte nur ein neueres Modell.«

»Dieser Professor?«

»Er hat mir erklärt, dass man nie mehr was anderes fahren will, wenn man einmal einen Subaru hatte.«

Jacob Mkezi lächelt. »Ein ziemlich weltzugewandter Professor.«

»Soll es auch geben.«

Jacob Mkezi dreht den Schlüssel. Der Motor springt an, der Auspuff tönt sonor, leise hämmernd. »Klingt gut.«

»Wollen Sie eine Runde damit drehen?«

»Nein. Das muss ich nicht.« Er zeigt auf den Hummer. »Nicht meine Sorte Auto, wissen Sie. Das soll für meinen Sohn sein.«

»Er wird es mögen«, mischt sich Cake Mullins ein. Cake Mullins in Slacks und einem rosafarbenen Hemd, Strickjacke über den Schultern. Macho-Cake, der die winterliche Kühle nicht aushält.

Jacob Mkezi schaltet den Motor ab und entriegelt die Kühlerhaube. Er steigt aus und wirft einen Blick auf die wesentlichen Teile. »Ich kenne mich mit diesen Dingen nicht aus«, sagt er zu Daro. »Motoren haben mich noch nie interessiert. Aber wenn sie sauber sind, weiß man zumindest, dass sich da jemand gekümmert hat.« Er nickt. »Sieht gut aus.« Tritt einen Schritt zurück und klopft sich den Staub von den Händen, während Daro die Kühlerhaube wieder schließt.

Die Männer stehen um den Wagen herum. Es herrscht Schweigen. Daro hat die Arme verschränkt. Er ist angespannt. Cake Mullins ausdruckslos, in Gedanken woanders. Jacob Mkezi reibt sich das Kinn und lässt die Minuten verstreichen. Daro denkt: die Spielchen, die man mitmacht, um einen Verkauf zu landen. Er würde sich lieber auf die Zunge beißen, als zuerst zu sprechen.

»Also gut«, sagt Jacob Mkezi schließlich und schaut Daro an. »Ich nehme ihn. Wie wollen Sie das machen? Scheck? Oder elektronisch?«

»Elektronisch wäre perfekt«, erwidert Daro. »Möchten Sie, dass ich den Wagen für Sie anmelde? Ihn vorbeibringe? Das gehört alles zum Service.«

»Ich habe Leute, die das für mich erledigen«, sagt Jacob Mkezi und pickt auf seinem Smartphone die App seiner Bank heraus. »Er kann hierbleiben, damit sie ihn hier abholen. Wenn Sie nichts dagegen haben, Cake.«

»Kein Problem«, sagt Cake Mullins. »Ist mir ein Vergnügen.«

Jacob Mkezi lächelt Daro an. »Erledigt. Nennen Sie mir noch Ihre Kontodaten?«

Daro gibt sie ihm. Jacob Mkezi tippt sie ein, während Daro und Cake Mullins telefonieren. Daro ruft Fish an. Fish erklärt: »Ich stehe direkt vor der Einfahrt.«

Cake Mullins beendet seinen Anruf. Sagt zu Daro: »Wie kommen Sie nach Hause?«

»Jemand erwartet mich bereits draußen auf der Straße«, erwidert dieser.

Jacob Mkezi lacht. »Sie haben von Anfang an damit gerechnet, dass ich den Wagen nehme, was?«

»Ich sichere mich gerne für alle Fälle ab«, antwortet Daro grinsend.

Jacob Mkezi zeigt ihm das Display seines Smartphones. »Sie sind jetzt reicher als vorher, Mr. Attilane.«

Daros Handy gibt ein Klingeln von sich, eine SMS ist eingetroffen. Die Nachricht, dass Geld transferiert wurde.

»Die Wunder der Technik«, meint Cake Mullins. »Wie wäre es mit einem Drink im Haus?«

Daro lehnt ab. Jacob Mkezi sagt, ja, gerne, ein schnelles Bier wäre jetzt angenehm. Reicht Daro die Hand, ehe er und Cake Mullins dem Autohändler hinterherblicken, wie dieser die Einfahrt hinunterläuft und unten wartet, während sich das Eingangstor langsam öffnet.

Jacob Mkezi fragt: »Haben Sie eigentlich eine Videoüberwachung, um das Kommen und Gehen von Besuchern festzuhalten?«

»Was glauben Sie?«, fragt Cake Mullins zurück.

»Ich nehme mal schwer an, es wird alles gespeichert.«

»Für vierundzwanzig Stunden. Wollen Sie sich etwas anschauen?«

»Ja. Wie Mr. Attilane hier hereinfährt.«

»Kein Problem«, erwidert Cake Mullins.

Sie gehen durch die Garage mit dem Porsche Boxster und dem Lexus Coupé in ein kleines Büro, auf dessen Schreibtisch fünf Bildschirme platziert sind.

Jacob Mkezi stößt einen Pfiff aus. »Sieht mir nach echter Paranoia aus, Cake.«

»Reine Vorsicht«, entgegnet Cake Mullins. »Die sich

lohnt.« Er tippt etwas in eine Tastatur. Bilder von einer halben Stunde zuvor erscheinen auf einem der Monitore. Wie der Subaru abbiegt und vor dem Pfosten mit der Gegensprechanlage stehen bleibt. Daro Attilane lehnt sich aus dem Fenster, nimmt seine Sonnenbrille ab und spricht in den Kasten. Cake Mullins' Stimme begrüßt ihn. Daro Attilane sieht zur Kamera hoch und setzt seine Sonnenbrille wieder auf.

»Eine Kopie von dieser Szene wäre nützlich«, meint Jacob Mkezi.

Cake Mullins holt zwei Biere aus einem Barkühlschrank, öffnet die Deckel und reicht Jacob Mkezi eine Flasche. »Kann ich machen. Wollen Sie mir auch verraten, wozu Sie das brauchen?«

»Nein, eigentlich nicht«, erwidert Jacob Mkezi. »Der Typ kommt mir bekannt vor, das ist alles. Aber eines werde ich Ihnen verraten: Ich will, dass dieses Mädchen, dieses Mädchen von Manuel, für mich arbeitet.«

»Vicki Kahn?«

»Genau die. Vicki Kahn.«

»Sie ist clever, sagt Manuel. Er wäre bereit, sie gehen zu lassen.«

Jacob Mkezi trinkt einen Schluck aus seiner Flasche. »Aber was ist das mit dem Spielen, Cake?«

Cake Mullins erzählt ihm, dass sie eine ernst zu nehmende Kartenspielerin sei. Ausgezeichnet. Zwanghaft. Eine Suchtpersönlichkeit. Kann nicht aufhören, wenn sie einmal angefangen hat. Geriet in echte Schwierigkeiten und hörte dann auf. Ging in Therapie und zu den Anonymen Spielern.

»Interessant«, sagt Jacob Mkezi. »Ich möchte, dass sie für mich arbeitet. Organisieren Sie ein Spiel.«

»Sie spielt nicht mehr.«

»Dann leisten Sie Überzeugungsarbeit, Cake. Bringen Sie sie dazu, wieder zu spielen.«

Neunzehn

»Da ist ein *Bergie*«, sagt Jouma.

»Na und? Ist doch egal. Wahrscheinlich besoffen. Ein alter *Toppie* wie der kann sich kaum an das letzte Bier erinnern, das er getrunken hat.«

Jouma drückt den Zaun für Seven beiseite, damit dieser durchschlüpfen kann. Seven geht als Erster den Hügelpfad hinauf.

Ihr Auto steht auf dem Parkplatz neben dem Pick-up eines Fischers. Der *Bergie* liegt im Gras, die Augen vor der blendenden Sonne geschlossen.

Jouma ist nervös. »Du bist verrückt, *Bru*. Jeder kann uns sehen.«

»Welcher jeder?« Seven hält auf der Hälfte des Weges an und dreht sich zu Jouma um. »Siehst du hier wen? Ich nicht.«

Jouma spuckt ins Gebüsch. Er atmet schwer. »Jetzt gerade nicht. Aber wenn wir wegfahren.«

»Wenn wir wegfahren, liegen die Hörner im Kofferraum. Mein Gott, Jouma, was ist los mit dir?« Er nähert sich der Steinmauer und wartet dann im Fort auf Jouma. Jouma keucht, beugt sich nach vorn und stützt die Hände auf den Knien ab. »Holst du sie endlich?«, will Seven wissen. »Oder hast du vor, hier nur rumzustehen? Wir haben nicht den ganzen Tag Zeit.«

Als sein Herz weniger rast, rollt Jouma die Steine beiseite, um die Tasche herauszuholen. »Jemand ist hier gewesen«, sagt er.

»*Ag* Unsinn, Mann«, beschwichtigt ihn Seven. »Sie sind doch noch da. Wenn jemand sie gefunden hätte, wären sie jetzt verschwunden.«

»Sie lagen andersherum drin«, widerspricht Jouma.

»Daran kannst du dich erinnern?«

»Ich sag's dir.«

»Nein, Mann, *Bru*, du irrst dich. Das weißt du doch gar nicht mehr. Da war es stockdunkel.«

Jouma steht da, die Tasche mit den Hörnern in seiner Hand. »Und was ist mit dem Gift?«

»Was soll damit sein? Du musst dir einfach nur die Hände waschen. Das ist alles. Pfoten weg von empfindlichen Teilen. Kein Pimmel-*Jolling* im Auto.« Seven tut so, als würde er sich mit der Faust einen runterholen, und lacht dazu dreckig. »Komm schon, wir müssen los. Der Mann wartet auf uns.«

Er dreht sich um und sieht, wie der *Bergie* vom Parkplatz ihn und Jouma mit einem Handy fotografiert. Der alte *Bergie* mit dem grauen Bart hält ein Handy hoch. »Klick, klick.« Zweimal. Seven hält eine Hand vor sein Gesicht. Rennt auf den *Bergie* zu.

»He, *Bru*, was machst du da? Was machst du? Nein, *Bru*, du spinnst wohl, gib mir das!«

Der *Bergie* antwortet nicht, sondern verschwindet den Pfad hinunter. Seven ihm nach. Der *Bergie* ist für sein Alter überraschend schnell. Doch kein Alkoholwrack. Er duckt sich, dreht sich, springt den Weg entlang abwärts.

Aber Seven ist jünger. Seven ist stärker. Seven hat ihn in zehn Schritten eingeholt. Packt ihn an der Jacke, um ihn zu Boden zu werfen. Brüllt ihn an: »Gib mir das Handy!« Versucht, es dem alten Mann aus der Hand zu reißen. Beugt sich über ihn und schlägt ihm in das weiche Gesicht. Der *Bergie* tritt nach ihm, erwischt Seven in den Eiern. Es ist kein gekonnt platzierter Tritt, eher ein weicher Stoß, der Seven aber trotzdem einen Moment lang den Atem raubt. Er schneidet eine Grimasse. Der *Bergie* robbt rückwärts ins Gebüsch, richtet sich dort auf Hände und Knie auf und beginnt, unter den Ästen fortzukriechen.

Seven hechtet ihm hinterher, packt ihn am Fußgelenk, reißt daran. Der *Bergie* stürzt nach vorne auf sein Gesicht.

Er spuckt Sand aus. Schreit und ruft verzweifelt nach Hilfe.

Seven keucht und hustet. »Du bist tot, *my Bru*. Mausetot, *morsdood*.« Er zerrt ihn zu sich, setzt sich auf ihn und klemmt die Arme des Mannes unter seine Knie. »Du hältst dich wohl für clever, was? Du glaubst, du kannst Fotos mit dem Handy machen. Du bist bescheuert, Mann, ein *Moegoe*, *my Bru*.« Er fasst nach hinten, um das Messer aus seiner Gesäßtasche zu ziehen. Lässt die Klinge aufschnappen, drückt sie dem *Bergie* an die Wange. »Lass es los. Leg es in den Sand.« Der *Bergie* zuckt und windet sich. Seven drückt die Klinge in die Haut des Mannes, zieht sie wieder zurück. »*Fok*, *Bru*, das Handy!«

Der *Bergie* dreht sich und schleudert Seven von sich. Er springt auf und donnert den Pfad hinunter. Seven springt ebenfalls auf. Folgt ihm. Versetzt dem *Bergie* einen Schlag auf den Rücken, der *Bergie* grunzt und wird nach vorn geschleudert. Seven zückt erneut das Messer. Die Klinge blutverschmiert. Der *Bergie* stolpert weiter, kommt vom Pfad ab, schwankt ein paar Schritte lang, stürzt. Das Handy fällt ihm aus der Hand. Seven beugt sich über ihn. Der *Bergie* starrt ihn an. Blut strömt aus seiner Wange.

»Mein Gott, *Bru*, was soll das?«

Seven sieht die Angst in den Augen des Mannes. Dieselbe Angst, die er aus dem Gefängnis kennt, bevor ein Mann sterben sollte. Angst wie ein kleiner Hund, der jault und verzweifelt bellt. Jap, jap.

»Du bist so dumm, *my Bru*. Hättest einfach nur saufen sollen.«

Seven hält das Messer in seiner Faust, rammt es in den Hals des Mannes. Einmal, zweimal, dreimal. Blut spritzt in einem hohen Bogen heraus.

Als der Körper zu zucken aufhört, nimmt Seven das Handy und zerschmettert es an einem Felsbrocken. Er sieht zu Jouma hoch, der die Tasche an sich presst und seinen Blick erwidert. »Was schaust du so blöd, eh?«

»Du hast den *Bergie* umgebracht.«

»Glaubst du, ich hatte eine Wahl?«

Zwanzig

Auf der Fahrt zurück in seinen Autosalon ist Daro Attilane schweigsam. Fish schlägt ihm vor, nachher doch mit ein paar Bierchen zu feiern. Schließlich würde er nicht jeden Tag einen Verkauf landen und so rasch Geld verdienen.

Daro reagiert nicht sonderlich enthusiastisch. Das Einzige, was er von sich gibt: »War auch an der Zeit, endlich mal was zu verkaufen.«

Fish verdreht die Augen. Denkt sich: Was ist denn mit dem los?

Die restliche Strecke über fahren sie stumm dahin. Zehn Minuten später hält Fish vor dem Autosalon. Schaltet den Motor ab, schaut zu Daro hinüber und fragt endlich: »He, Daro, was hast du?«

»Ach, nichts«, erwidert Daro. »Ich muss nur an Steffie denken, das ist alles.«

Fish überlegt. Die beiden Männer sitzen schweigend im Auto und starren auf zwei Fahrzeuge, die im Salon ausgestellt sind: ein Audi A4 und ein Kompressor-Mercedes.

»Und?«

»Und an diesen Gangster Seven in seinem Ghetto. Er macht dem Forum echte Schwierigkeiten. Ich hab es dir ja schon erzählt. Alle wissen, dass er die Kids beliefert. Es gibt Mädchen, Teenager, die Tag und Nacht in seinem Haus ein und aus gehen, als wäre es das Normalste der Welt.« Er seufzt. »Die Polizei soll dieses Wochenende eine Hausdurchsuchung bei ihm machen. Wird gar nichts bringen. Nichts.« Daro öffnet die Tür und steigt aus.

»Was ist jetzt mit den Bierchen?«, will Fish wissen.

»Ein andermal«, antwortet Daro. »Danke fürs Abholen.«

Daro Attilane sieht Fish nach, wie dieser wegfährt. Er holt sich ein Bier aus dem Kühlschrank, setzt sich an seinen Schreibtisch. Vor ihm stehen zwei Bilder in Silberrahmen. Eines von Steffie. Das andere von seiner Frau Georgina. Nimmt einen Schluck Bier, den Blick auf die beiden Frauen in seinem Leben gerichtet. Er betrachtet sie, aber vor seinem inneren Auge sieht er den Mann in den Krokodillederschuhen: Jacob Mkezi.

Die Todesschwadron, Oktober 1984

Der Kommandant, Totenkopfgrinser, der Fischer, Blondie. Und ein *MK*-Soldat. Ein Terrorist für die vier Männer, den sie mit einer Ladung AKs, Granaten, Taurus-Neun-Millimeter und genug Patronen, um eine ziemliche Verwüstung anzurichten, in einem Township von Johannesburg aufgegriffen haben. Ihr Auftrag: herauszufinden, wo sich der Rest der Terroreinheit befindet.

Er hat ihnen gestanden, wo er ausgebildet wurde, wo er die Grenze überquert hat, wem er Bericht erstattet. Er hat von seinen Eltern erzählt, seinen Brüdern, den Jahren der Kindheit und Jugend in Soweto. Sie zogen ihn aus, setzten ihn in einem Außengebäude auf einen Stuhl mit harter Lehne. Ölflecken auf dem Betonboden. Zerbrochene Fenster. Stapel alter Autoreifen in einer Ecke. Fledermauskot an den Wänden.

Am dritten Tag hat er mehrere gebrochene Rippen und einen gebrochenen Oberarm, den der Kommandant notdürftig geschient hat. Sein linkes Auge ist zugeschwollen. Seine Lippen sind aufgesprungen. Auf seiner Stirn ist ein Schnitt. Der Fischer hat ihm drei Zähne gezogen: zwei unten rechts (Backenzähne), einer oben links (ein äußerer Schneidezahn). Auf seinem Rücken befinden sich winzige Wunden, wo Totenkopf die Spitze seines Springmessers wenige Millimeter in die Haut gebohrt hat. Er ist durcheinander, weil er nicht geschlafen hat. Er zittert vor Kälte.

Der Kommandant, Totenkopf und der Fischer haben »Guter Bulle, böser Bulle« gespielt. Der Fischer und Totenkopf sind die Bösen. Der Kommandant ist für den netten Teil zuständig. Gibt dem Terroristen Cola und Zigaretten, redet mit ihm über seine Familie. Erzählt ihm von seiner eigenen Tochter. Füttert ihn, weil der Terrorist Handschellen hat, die an einem Ring im Boden befestigt sind. Während seiner Schicht säubert der Kommandant die Wunden, die der Fischer und Totenkopf verursacht haben.

Blondie ist der stille Beobachter. Zuckt nicht zusammen, wenn er den Schmerz des Mannes sieht. Lächelt nicht über die Scherze der anderen. Steht nur da. Denkt: Warum rückt der *Munt* nicht endlich raus damit? Würde allen verdammt viel Kraft sparen. Blondie fühlt sich auf der Farm nicht wohl. Nach dem ersten Mal. Um sich die Zeit zu vertreiben, sitzt er im Haus und liest Zeitschriften. Stapel über Stapel von Magazinen aus den sechziger Jahren, als das Haus noch bewohnt war: Personality, Huisgenoot, Farmer's Weekly, Scope.

Trotz seiner Angespanntheit geht Blondie aufs *Veld.* Klettert zur Geierkolonie auf dem Inselberg hinauf. Dort kann er stundenlang dasitzen und die Vögel beobachten, wie sie sich von den Luftströmungen mitnehmen lassen. Die Schatten der großen Flügel wandern über ihn hinweg. Auf dem *Krantz* gibt es eine Stelle, die die örtlichen Farmer »das Geier-Restaurant« nennen, dort deponieren sie ihre toten Tiere, Innereien und Totgeburten. Das Restaurant besteht aus einem Berg Knochen. Ohne das Aas, hat Blondie gehört, gäbe es auch keine Kolonie. Wäre schade, die Vögel zu verlieren.

Am Morgen des vierten Tages stirbt der *MK*-Terrorist. Ohne seine Einheit zu verraten. Der Fischer und Totenkopf trinken gerade Kaffee unter der offenen Tür und genießen den Sonnenaufgang. Sie hören ihn hinter sich seufzen. Sie werfen sich einen Blick zu.

Der Fischer sagt: »*Ag nee*, verdammt, Mann.«

»Scheiße«, meint Totenkopf.

Sie drehen sich um. Der Kopf des Terroristen ist nach vorn gesunken, er hat sich vollgeschissen.

Der Kommandant rastet aus. »Arschlöcher!«, brüllt er sie an. »Ich hab euch doch gesagt, ihr sollt ihn am Leben lassen! Um jeden Preis.« Er sucht nach dem Puls des Mannes. »Verdammt.« Die drei Männer starren den nackten Leichnam an, als Blondie hereinkommt.

»Ist er tot?«

»Wie sieht's denn für dich aus? Wie sieht das für dich aus, Blondie?«, fährt ihn der Kommandant an. »Verdammte Arschlöcher.« Zeigt auf den Fischer und Totenkopf. »Ihr müsst das ja nicht weitergeben. Ihr müsst euch ja nicht hinstellen und sagen: Tut mir leid, General, der Terrorist hat ins Gras gebissen, bevor er irgendwas sagen konnte.« Der Kommandant beginnt, durch den Raum zu tigern. Gestikuliert. »Wir sind angeblich gut. Erledigen unseren Job, liefern Resultate. Das haben wir bisher gemacht, und das erwartet man von uns. Wir liefern Resultate.« Der Kommandant packt Totenkopf an der Jacke. »Der war wichtig. Das war ein wichtiger Mann. Wir hätten ihn umdrehen können, ihn zu einem *Askari* machen. Noch besser: Wir hätten ihn wieder zu seiner Einheit zurückschicken können. Aber nein. Nein, ihr wisst es ja besser. Ihr müsst ihn erledigen. Arschlöcher.«

Er wendet sich zur Tür. Dreht sich noch mal um. »Schafft ihn fort. Okay, schafft ihn einfach fort.«

»Wohin? Wo sollen wir ihn vergraben? Oder sollen wir ihn verbrennen?«

»Füttert die verfluchten Geier«, erwidert der Kommandant.

Blondie wird beauftragt.

»Warum ich?«, fragt er. »Ich will nichts damit zu tun haben.«

»Mach es einfach«, entgegnet der Kommandant. Zeigt auf die anderen beiden. »Schafft den Toten in den Pick-up.«

Totenkopf brummt etwas vor sich hin. Spielt mit seinen Fingerringen.

Der Kommandant fährt ihn an. »Was ist das? Was ist das? Wem haben wir das hier zu verdanken? Sag es mir? Hä? Wem? Scheiße, Mann. Schaff ihn endlich raus. Und dann spritzt das hier alles sauber. Verstanden?« Er wirft Blondie einen Schlüsselbund zu. »Wenn ihr zurückkommt, sperrt ihr das Haus ab und versteckt den Schlüssel unter dem Blumentopf.«

Blondie fährt den Weg zum *Krantz* hinauf. Die Geier sitzen noch auf den Felsen in ihren Nestern und warten die Luftströmungen ab. Im Restaurant ist es still. Beinahe still. Keine Insekten, kein Vogelgezwitscher. Er betrachtet die verstreuten Knochen: alle weiß und sauber. Keine Kadaver. Die Geier scheinen eine ganze Zeitlang nicht mehr hier gefüttert worden zu sein.

Blondie wuchtet den Toten von der Ladefläche und legt ihn dann vorsichtig auf den Boden. Zerrt ihn zu den Knochen hinüber. Einen Moment lang steht er da und sieht auf den Mann hinunter. Der Mann stöhnt, sein unverletztes Augenlid zuckt kurz.

Blondie weicht zurück. Denkt: Scheiße. Geht in die Hocke. Sagt: »He, Mann. Kannst du mich hören?« Er hebt das Handgelenk des anderen hoch und sucht nach dem Puls. Vielleicht. Vielleicht auch nicht. Er lässt den Arm wieder los. Steht auf. Stößt mit dem Schuh gegen den Brustkorb. »He. He.« Keine Reaktion.

Blondie geht zum Pick-up zurück. Startet den Motor. Erinnert sich daran, gehört zu haben, dass die Geier einen Schafkadaver in ein paar Tagen komplett fressen. So dass er verschwunden ist.

Einundzwanzig

Fish entscheidet sich, an der Bahnstation von Muizenberg zu parken. Von dort ist es nur ein kurzer Weg bis zu der Stelle, wo sich Colins auf die Lauer gelegt hat. Noch ein kürzerer Weg bis zum Spirituosenladen. Der Parkplatzwächter steht neben seinem Fenster, bevor er den Motor abgeschaltet hat.

»Ich mag das Auto.« Strahlt ihn mit kongolesischen Zähnen an. »Rot ist sehr stark.«

Fish gibt etwas Gas, lässt den Motor aufheulen.

Der Wächter behält sein Lächeln. »Ich mag das Geräusch.«

»Ja, ist cool«, erwidert Fish, schaltet den Motor ab und steigt aus.

Der Wächter streicht mit der Hand über die Karosserie. »Hab so einen noch nie gesehen.«

»Perana V6.«

»Perana? Ich kenne kein Perana.«

»Kennen Sie sich mit Autos aus?«

»In Kinshasa hatte ich einen Mustang. Ich hab ihn gebaut, nach Fotovorlagen.«

»Sie haben einen Mustang gebaut? Im Kongo?«

»Er hat ausgesehen wie ein Mustang.«

»Mein Freund«, meint Fish. »Sie haben den falschen Job. Kennen Sie Basil Green Motors?«

»Können die mir einen Job geben?«

»Die haben dieses Auto gebaut. 1969.«

»Können die mir einen Job geben?«

»Die sind in Johannesburg.«

Der Wächter zuckt mit den Schultern. Sagt etwas auf Französisch. »Ich werde da hinfahren.«

»Ausgezeichnet«, erwidert Fish und geht.

Er erreicht das Tor zum Fort. Kein Colins. Er ruft ihn an. Wird zur Voicemail durchgestellt. Er steht da. Soll er es riskieren, hochzugehen? Oder kommt er vielleicht lieber später wieder? Sein Handy klingelt. Es ist seine Mutter.

»Bartolomeu, was kannst du mir sagen?«

»In welcher Hinsicht?«, fragt Fish und gibt sich vergesslich.

»Über Prospect Deep. Du weißt doch. Den Recherche-Auftrag, den ich dir erteilt habe.«

»Mein Gott, Ma. Ich kann nicht einfach alles stehen und liegen lassen.« Er will sich noch auf keine Diskussion einlassen, ohne vorher mehr Informationen zusammengetragen zu haben.

»Du bist heute Morgen Surfen gewesen.«

Fish denkt: Sie rät ins Blaue hinein.

»Versuch nicht, mich anzulügen. Das warst du doch, oder?«

Fish kann lügen. Er ist sogar ein ziemlich guter Lügner. Muss er auch sein, bei seinem Job. Tatsächlich war es allerdings seine Mutter, die ihn zuerst dazu brachte, zu lügen. Jedes Mal, wenn er sie als Kind anlog, kaufte sie es ihm ab. Er nimmt an, dass etwas in seiner Stimme liegt, was sie seine Aussagen glauben lässt. Die meisten Leute glauben ihm. Doch diesmal hält er es für sinnlos zu lügen.

»War ich. So bleibe ich fit. So wie du im Sportstudio.« Estelle ist süchtig nach Wasseraerobic. Fast jeden Morgen, viermal die Woche. Auch samstags geht sie um halb acht in einen Kurs für Frühaufsteher.

»Das ist was anderes. Das ist offiziell und organisiert. Nur Kinder surfen, Bartolomeu.«

Fish hat das schon unzählige Male über sich ergehen lassen. Als er einundzwanzig wurde, sagte sie: »Du bist jetzt endgültig volljährig. Kein Surfen mehr. Zeit, erwachsen zu werden. Dein Vater hätte es nicht anders gewollt.« Dann rückte sie mit der Pistole heraus. Ein Erbstück. Astra Modell 400 mit einem Holzgriff und geeignet sowohl für Neun-Millimeter-Largo- als auch Neun-Millimeter-Parabellum-Patronen. Elegant. Sein Vater hatte ihm die Waffe gezeigt, ihm erlaubt, sie zu halten, und ihm ihre Geschichte erklärt: Großvater Pescado hatte während des Spanischen Bürgerkriegs für die internationalen Truppen gekämpft und sie dabei erworben. Als alles schieflief, flüchtete Avô zurück nach Portugal und nahm ein Schiff nach Luanda in Angola, wo er auf ein Schiff nach Kapstadt überwechselte.

Als ihm Estelle die Waffe gab – eine Art Geschenk zur Volljährigkeit –, hatte Fish angenommen, dass sie seit Jahrzehnten nicht abgefeuert worden war. Sofort fuhr er mit ihr zu einem Schießplatz im Glencairn-Steinbruch. Die Pistole schoss, als ob man sie auf spanische Faschisten richten würde. Lag gut in der Hand. Und hatte keinen allzu starken Rückstoß.

Fish fragt sich immer wieder, ob Estelle wohl auch so heftig seinen Lebensstil kritisiert hätte, wenn sein Vater nicht an der Herzkranzinsuffizienz gestorben wäre. Er glaubt, nicht.

Doch auch jetzt erklärt sie ihm zum x-ten Mal, dass erwachsene Männer nicht surfen und … Und. Und dass nur Alkoholiker, Drogensüchtige und emotionale Krüppel Sherlock Holmes spielen würden.

»Du hast mir doch gerade den Auftrag erteilt, Detektivarbeit für dich zu erledigen«, weist er sie zurecht.

»Recherche, Bartolomeu. Das ist ein Riesenunterschied. Keiner kommt ums Leben, wenn er recherchiert. Was mich zu meiner Frage zurückbringt. Wann?«

»Wann was?«

»Wann lässt du mich wissen, was du über die Goldmine herausgefunden hast? Meine Klienten sind Chinesen. Sie essen mit Stäbchen. Sie essen schnell. Sie machen alles schnell. Bitte, Barto, ich brauche die Info. Spätestens Sonntag.«

»Montag«, erwidert Fish.

»Gleich morgens.«

»Cool.«

»Und sprich nicht so, Bartolomeu. Du bist zu alt für diese Ausdrücke.«

Wie immer legt sie auf, ohne sich von ihm zu verabschieden.

Fish steckt sein Handy ein und bemerkt erst jetzt, dass er zu seinem Auto zurückgegangen ist. Der Parkplatzwächter nickt ihm zu.

Fish fragt: »Haben Sie zufälligerweise einen *Bergie* mit einer großen Tasche gesehen?«

»Alle *Bergies* haben große Taschen dabei«, gibt der Wachmann zu bedenken.

»Ein älterer Mann. In einem grauen Mantel.«

»*Bergies* haben alle graue Mäntel«, sagt der Wachmann.

»Okay«, entgegnet Fish. »Ist irgendein *Bergie*, auf den die Beschreibung passt, in letzter Zeit hier vorbeigekommen?«

Der Wachmann schüttelt den Kopf. »Nein, Sir, Monsieur.«

»Wäre er Ihnen aufgefallen?«

»Natürlich.«

Fish nickt. Er hofft, dass Colins dort oben unter dem Gebüsch außer Sichtweite Position bezogen hat. Und sein Handy ausgeschaltet hat, damit es nicht plötzlich klingelt. Clever. Colins wusste, dass da Geld zu holen war. Und macht jetzt alles, um es auch zu bekommen.

Fish will gerade in seinen Wagen steigen, als ihm einfällt, dass er noch Alkohol braucht. Er kauft im Spirituosenladen zwei Flaschen Villiera-Sekt, einen Sechserpack Milk Stout, eine Flasche Smirnoff und einen Sechserpack Tonic. Zahlt mit seiner Kreditkarte.

»Direkt oder übers Konto?«, fragt der Kassierer.

»Übers Konto«, erwidert Fish. Kein Grund, warum die Bank die Summe verweigern sollte. Wie sein Vater immer sagte: »Bezahl so spät wie möglich, Sohn. Du könntest plötzlich tot umfallen.«

Fish findet das für seinen Beruf einen klugen Ratschlag.

Zweiundzwanzig

Jacob Mkezi sitzt neben Mellanie auf der Rückbank seines Hummers und sagt zu Mart Velaze am Steuer: »Ich habe drüben bei Cake Mullins ein Auto gekauft. Einen Subaru. In der Kiste sieht man nach *Tsotsi* aus, aber irgendjemand muss diese Dinger ja fahren. Zum Beispiel mein Sohn. Ich hatte gehofft, dass Sie etwas arrangieren könnten, damit er morgen dort abgeholt wird. Vielleicht holen Sie ihn ja auch selbst ab? Würde ich zu schätzen wissen.«

»Kein Problem«, erwidert Mart Velaze und wirft einen Blick in den Rückspiegel, um Jacob Mkezi mit seiner schwarzen Sonnenbrille anzuschauen.

»Können Sie auch jemanden beauftragen, den Wagen nächste Woche anzumelden?«

Mart Velazes kahl geschorener Kopf nickt.

Mellanie wendet sich an Jacob Mkezi. »Weißt du, wo diese Lodge genau liegt, in der wir übernachten? Gibt es da Netzempfang?«

Jacob Mkezi lacht. »He, Kleine, das ist Urlaub. Entspann dich.«

»Einige von uns müssen in Kontakt mit der Außenwelt bleiben, Jacob, Süßer.«

»Ich habe keine Ahnung«, erwidert Jacob Mkezi. »Nicht den leisesten Schimmer. Vermutlich aber nicht. Wir sind dort mitten im Buschland.«

»Der Großteil von Afrika ist Buschland, und trotzdem gibt es fast überall Netzempfang.«

»Ich würde nicht drauf wetten.«

Mellanie spricht in ihr Handy. »Das heißt also Nein. Ich rufe vom Festnetz der Lodge aus an, wenn wir dort angekommen sind. Die müssen zumindest ein Festnetz haben.« Sie legt auf. »Ich habe keine Ahnung, warum ich mir das antue.«

»Wegen mir.«

»Jacob, hast du auch nur die geringste Vorstellung davon, mit welchen Aufträgen ich gerade zu tun habe?«

Er lächelt sie an. Sie wendet sich wieder ihrem BlackBerry zu und wählt eine Nummer.

Mart Velaze fragt: »Weiß er von dem Auto? Ich meine Lord?«

»Nein. Es ist eine Überraschung. Zu seinem Geburtstag.«

»Wann ist der?«

»Morgen.«

Jacob Mkezi starrt in den Verkehr hinaus. Stoßstange an Stoßstange, aber zumindest geht es vorwärts. Kapstädter Stau. Er wirft einen Blick auf seine Uhr, rutscht etwas nach vorn. Sie sollten bereits am Flughafen sein. »Schaffen wir das rechtzeitig?«

»Ich habe mit den Leuten im Flugzeug gesprochen. Alles in Ordnung, sie werden warten.«

Jacob Mkezi entspannt sich. »Noch zwei Dinge, Mart. Nächste Woche, Montag oder Dienstag, suchen Sie einen Mann namens Daro Attilane auf, der diesen Autosalon führt namens Exclusive Motors. Ich habe den Subaru von ihm gekauft. Er ist ein netter Mann, sehr professionell. Ich möchte, dass Sie ihn sich ansehen. Das ist alles, nur zur Bestätigung. Ob Sie ihn auf einem Foto erkennen, das ich habe. Und dann rufen Sie außerdem Cake Mullins an, erklären ihm, dass ich nicht erreichbar bin, und bitten ihn, ein Kartenspiel mit Vicki Kahn zu arrangieren.«

»Kein Problem«, antwortet Mart Velaze. »Das kann ich gerne erledigen.«

Drei Stunden später nähert sich die kleine Beechcraft in der Dunkelheit der Landebahn, auf der früher einmal Mirages, Hawker Hunters, Hercules-Transportflugzeuge und Daks landeten. Vor langer Zeit, in einem geheimen Krieg. Mellanie lehnt sich zu Jacob Mkezi hinüber und rüttelt ihn wach.

Er schlägt seine schweren Lider auf. Gähnt.

»Wir sind gleich da. Schnall dich an.« Sie klappt ihren Laptop zu und schiebt ihn in die Tasche zu ihren Füßen.

Tol Visagie geht im Gang neben ihren Plätzen in die Hocke, um mit ihnen zu reden. »Wir müssen noch eine Stunde fahren, wenn wir gelandet sind. In einem Land Rover, wird also bequem sein.«

Mellanie seufzt. »Es wird stockdunkel sein.«

»Ja, tut mir leid«, erwidert Tol Visagie. »Aber da kann man nichts machen, was?«

»Solange es dann Whisky gibt«, meint Jacob Mkezi.

»Den wird es garantiert geben, wenn wir dort ankommen.« Tol Visagie grinst und berührt Jacob Mkezi leicht am Knie. »Den besten.«

Eine halbe Stunde später fahren sie schweigend durch die Nacht. Im Autoradio hört man immer wieder ein Knacken, während sich Tol Visagie und der Fahrer leise murmelnd über Themen unterhalten, die Jacob Mkezi und Mellanie für unglaublich spannende Wildtierszenerien halten sollen. Zwei Hyänen auf der Straße, als der Fahrer zum Flughafen unterwegs war. Eine große Herde Elefanten, zwanzig, dreißig, mit jungen Tieren im Schilf am Fluss. Löwen, die zwei Nächte zuvor eine Giraffe in Sichtweite der Lodge erlegten.

»Wie aufregend«, meint Mellanie.

Jacob Mkezi muss über ihren Sarkasmus lächeln, sagt selbst aber nichts.

Tol Visagie wirft Mellanie einen Blick zu, doch er kann sie in der Dunkelheit nicht erkennen. Sie hat den Kopf zurückgelehnt und schaut in die Nacht hinaus.

Gelegentlich sieht man in der Ferne ein Feuer, Dörfer, die rot glühenden Augen eines Tiers im Lichtstrahl der Scheinwerfer.

»Eine Impala«, erklärt Tol Visagie. »Es gibt hier Hunderte von ihnen.«

»Wäre ich nie drauf gekommen«, meint Mellanie. Nur Jacob Mkezi hört sie und streckt die Hand aus, um ihr Knie zu drücken.

»Lass das«, sagt sie und löst seine Finger.

»Sisi«, flüstert Jacob Mkezi. »Entspann dich.«

Die Lodge ist luxuriös. Stein, Holz, Reet, Leder, polierte Schieferböden. Schädel von Elefantenbullen zu beiden Seiten des Eingangs. Das Licht stammt von Paraffin- und Gaslampen. Das Personal am Empfang, in Khaki gekleidet, heißt sie mit Sherry in passenden großen Gläsern willkommen.

»Ihr Zimmer ist ein separater Pavillon und schaut zum Fluss hinunter«, erklärt Tol Visagie. »Möchten Sie sich erst einmal frisch machen?«

»Ich schon«, erwidert Mellanie. Ein Mann nimmt ihr Gepäck und bittet sie, ihm zu folgen. Sie wirft Jacob Mkezi einen Blick zu. »Kommst du?«

Er trinkt seinen Sherry aus. »Nein. Ich will zuerst einen Whisky.«

»Du könntest zumindest deine Hände waschen, Jacob.« Mellanie wartet seine Antwort nicht ab.

Jacob Mkezi lacht über Tol Visagies überraschtes Gesicht. »Frauen. Besonders diese Frau. Man muss sie einfach lieben.«

»Ja, Mann. Deshalb habe ich auch nie geheiratet«, entgegnet Tol Visagie und führt ihn zu einer Bartheke, die sich auf einer breiten *Stoep* befindet. Die einzigen anderen Gäste sind ein Paar am anderen Ende, das leise murmelnd miteinander redet. »Wie wäre es jetzt mit dem Whisky?« Er gibt dem Bartender ein Zeichen.

»Warum nicht?« Jacob Mkezi sieht sich um.

»Johnny Walker Black?«

»Klingt gut.«

Tol Visagie bestellt zwei Whiskys.

»Wo sind die anderen Gäste?«

»Um diese Uhrzeit essen die meisten in der *Lapa.*« Tol Visagie zeigt auf die andere Seite des Gebäudes. »Die Mahlzeiten werden dort in diesem reetgedeckten Pavillon eingenommen, der um ein Feuer herumgebaut ist. Ich mag das. Ein dunkler Himmel voller Sterne und ein Feuer. Sehr afrikanisch.«

Sie stoßen an und schlendern zum Rand der *Stoep*.

»Da draußen«, sagt Tol Visagie, »ist ein Flussbett. Wenn es voller Wasser ist, fließt es bis zum Kunene. Morgen werden Sie es sehen.« Tol Visagie fährt fort, über die Wunder der Natur in dieser Gegend und die vielen Vogelarten hier zu reden.

Als er zu Ende erzählt hat, fragt Jacob Mkezi: »Warum sind wir hier, Tol?«

Tol Visagie nippt an seinem Whisky und blickt in die Nacht hinaus. »Warten wir lieber bis morgen, um das zu besprechen, wenn Ihnen das nichts ausmacht. Ich möchte jetzt nicht darüber reden. Ich will Sie wo hinbringen und Ihnen etwas zeigen, und dann können wir reden.«

»Sehr geheimnisvoll. Ich mag es nicht geheimnisvoll.«

»Das wirkt nur so, ist aber keineswegs geheimnisvoll. In gewisser Weise ist es ganz gewöhnlich. Aber …« Er beendet den Satz nicht.

»Aber?«

»Nichts. Morgen werden Sie verstehen.«

»Das ist nicht meine Art.«

»Sie sind hierhergekommen, Mr. Mkezi. Sie sind hierhergekommen, ohne etwas zu wissen. Einige Stunden länger zu warten hat doch keine Bedeutung.«

»Das hoffe ich.«

Sie wenden sich wieder der Bar zu. Das Pärchen ist verschwunden. Jetzt lehnt ein Mann am Tresen und beobachtet die beiden.

»Expolizeipräsident Jacob Mkezi«, sagt er. »Wenn man Mr. Jacob Mkezi sieht, muss man aufpassen. Dann weiß man, dass etwas im Busch ist.«

Jacob Mkezi sieht den Mann am Tresen aus zusammengekniffenen Augen an. »Kenne ich Sie? Sind wir uns schon einmal begegnet?«

»Vor langer Zeit. In Lusaka, in den frühen Jahren. Ich war damals ein junger Polizeianwärter. Mein Name ist Vusi Bopape.« Vusi Bopape nimmt einen Schluck aus einer Flasche Bier. Er stellt sich nicht gerade hin, sondern lehnt weiterhin am Tresen, ohne Jacob Mkezi die Hand zu reichen. »Ich habe heute von der neuesten Entwicklung Ihres Prozesses erfahren. Und vom Tod Ihres Bekannten.«

Jacob Mkezi behält sein Gegenüber ungerührt im Auge. »Schön, Sie hier zu treffen, Vusi. Verbringen Sie hier Ihren Urlaub?«

»Meine Flitterwochen«, entgegnet Vusi Bopape und klopft sich mit der Flasche gegen die Vorderzähne. »Wir sind vorhin eingetroffen.«

»Gratuliere.«

»Meine Frau ist schon zu Bett.« Vusi Bopape trinkt das Bier leer. »Zeit für mich, es ihr nachzutun. Vielleicht können wir morgen mal ein Bierchen trinken, Mr. Mkezi. In Erinnerung an alte Zeiten.«

Als er sich zum Gehen wendet, fragt ihn Jacob Mkezi: »Warum haben Sie das gesagt? Dass was im Busch sein muss, wenn ich auftauche?«

Vusi Bopape grinst. »Sie sind doch ein einflussreicher Mann. Das weiß jeder. Ich habe nur einen Witz gemacht.«

Jacob Mkezi und Tol Visagie schauen dem Mann hinterher, als dieser davonschlendert und dabei einem Kellner seine leere Flasche reicht.

»Ich hatte den Eindruck, Bopape war nicht überrascht, mich zu sehen«, stellt Jacob Mkezi fest.

Dreiundzwanzig

»Ihr seid das gewesen?« Mart Velaze lacht. »Ich habe davon im Radio gehört, im Cape Talk. Echt? Ihr Jungs?«

»Ja, Mr. Mart«, erwidert Seven grinsend. »Nicht schlecht, was?« Jouma neben ihm zeigt die Lücke zwischen seinen Vorderzähnen, während sein Kopf wie bei einem Spielzeughund hin- und herwackelt.

Mart Velaze schaut die Hörner an, die auf dem Tisch vor ihnen liegen, und zieht Gummihandschuhe über.

»Sie brauchen keine Handschuhe«, meint Seven. »Die sind sauber.«

»Sie wurden vergiftet. Habe ich gelesen. Ihr solltet euch die Hände waschen.« Mart Velaze betrachtet die Stellen, wo die Hörner abgesägt wurden. »Verdammt, Mann, das ist ein grober Schnitt. Die sind beschädigt.«

»Nein, die sind gut.«

»Warum?«, will Mart Velaze wissen. »Warum habt ihr das gemacht?«

»Weil Hörner Geld bringen. Wir haben das in einer Zeitschrift gelesen.«

Mart Velaze schüttelt den Kopf. »Die waren in einem Museum, Seven. Du weißt, wozu Museen da sind? Für unser kulturelles Erbe. Um unser kulturelles Erbe sicher zu verwahren.«

»Kein Problem«, entgegnet Seven und rattert Mart Velaze seine Theorie über die künstlichen Hörner herunter.

»Ach, Blödsinn.«

»Nein, das stimmt. Die machen so was.«

»Darum geht es doch nicht«, erwidert Mart Velaze.

Seven schweigt und starrt auf seine Füße. »Die sind hunderttausend wert.«

»Ihr habt einen Wachmann getötet.«

»Mussten wir. Er hat uns Probleme gemacht. Aber er war aus Mosambik, ein Ausländer.«

»Das ist egal.«

»In den Townships passiert so was ständig. Und wir haben ihm ja schließlich keinen brennenden Autoreifen umgehängt.«

»Er war schnell tot, Mr. Mart«, meldet sich nun auch Jouma zu Wort.

Mart Velaze tritt einen Schritt zurück und verschränkt die Arme. »Warum habt ihr sie zu mir gebracht? Was soll ich damit?«

»Sie haben gesagt, dass Sie uns bei Sachen helfen können.«

Mart Velaze hat sich mit ihnen in einem Lagerhaus getroffen. Nichts ist in dem Gebäude außer dem Tisch, einem kaputten Motorrad und ein paar Farbdosen. Gehörte einem Yachtbauer, der hier sein Traumboot errichtet und den Hafen von Kapstadt mit einem Kiel aus massivem Gold verließ. Hat es nie bereut. Keiner außer Jacob Mkezi weiß Bescheid. Und durch ihn Mart Velaze. Jacob Mkezi, der eine Provision einstrich und auf den Caymans bunkerte.

Mart Velaze übernahm das Lagerhaus für Anlässe wie diesen. Ein stiller Industriepark in der Nähe der Autobahn. Ausgezeichneter Ort zum Niedermähen und Zwischenlagern.

Er betrachtet die Hörner und dann die beiden Männer. Seven und Jouma krümmen und winden sich.

»Ihr habt mir damit echte Probleme aufgetischt«, sagt Mart Velaze.

»*Ag* nein, Mr. Mart«, erwidert Seven. »So schlimm ist das doch nun auch wieder nicht.«

»Doch, genau so schlimm ist es. Genau so. Echte Probleme, Mann.«

»Wir können sie wieder mitnehmen …«, beginnt Seven.

Mart Velaze hebt eine Hand. »Stopp, stopp. Ich werde mich darum kümmern. Okay?«

Die beiden Männer nicken.

»Ihr lasst sie bei mir, und ich finde eine Lösung. Aber ich will meine Ruhe. Keine Telefonanrufe, keinen Kontakt, keinen einzigen Laut will ich von euch hören.«

»Okay, Mr. Mart. Kein Problem, Mr. Mart.« Seven berührt Mart Velaze am Ärmel. »Wie wäre es mit einem Vorschuss?«

Mart Velaze wuchtet die Hörner zurück in die Tasche. »Ich bin keine Bank.«

»Nur ein wenig. Zehntausend.«

»Glaubst du, die hab ich bei mir? Hier?«

»Fünftausend.«

Mart Velaze wühlt in seiner Tasche, holt ein Bündel Scheine heraus und zählt fünf davon ab. »Das muss erst mal reichen.«

»Fünfhundert, so wenig?«, protestiert Seven. »Wir lassen Ihnen hunderttausend hier, und Sie schieben uns fünfhundert rüber?«

Mart Velaze faltet die restlichen Scheine wieder zusammen und befestigt einen Clip daran. »Nehmt es oder lasst es bleiben.«

»Das ist Erpressung.«

»Wollt ihr es oder nicht?«

Jouma gibt Seven einen Stoß mit einem Ellbogen. »Nein, wir nehmen es«, sagt Seven. »Was bleibt uns anderes übrig?«

»Ihr könnt auch warten«, meint Mart Velaze. »Geduld ist eine Tugend, *né*?«

Er scheucht die beiden Männer aus dem Lagerhaus und sperrt ab. »Vielleicht habe ich einen Job für euch. Nächste Woche. Zwanzigtausend Rand. Ihr könntet bald reiche *Manne* sein. Jemand aus eurer Gegend. Vielleicht jemand namens Daro. Kennt ihr den?«

»Vom Forum?«

»Das könnte er sein. Verkauft Autos. Ich melde mich bei euch.«

Seven und Jouma steigen ohne ein Lächeln in ihr Auto. Mart Velaze sieht zu, wie sie davonfahren. Er fragt sich, was er tun soll. Die Hörner ins Museum zurückschmuggeln? Jacob Mkezi informieren? Er zieht die Handschuhe aus und wirft sie in einen Mülleimer.

Vierundzwanzig

Fish hat Großreine gemacht. Er räumte den ganzen Unrat vom Tisch: CDs, Kräuterzigaretten und Kerne aus dem Meerschneckenaschenbecher, Bußgeldbescheide wegen Geschwindigkeitsübertretungen, ungeöffnete Kontoauszüge, Bücher, Laptop, Autoschlüssel. Er fegte den Boden und wusch ab.

Und mehr: Er zaubert zwei Kerzen aus der hintersten Ecke einer Schublade hervor und schneidet beide in der Hälfte durch. Lässt Wachs auf Untertassen tropfen und drückt die Kerzenstumpen in das Wachs. Deckt den Tisch für zwei und zwar mit dem Geschirr und Besteck von Boardmans, das er gekauft hat, als Vicki in seinem Leben auftauchte. Tischsets. Weingläser. Stellt eine Kerze in die Mitte des Tischs, die anderen platziert er auf das Fensterbrett, einen Schrank und das Spülbecken.

Wählt ein paar CDs aus. Jim Neversink, seine Neuentdeckung, Laurie Levine, stets in Reserve, und die Dixie Chicks. Etwas für Vicki: Alison Krauss and Robert Plant – *Raising Sand.*

Vicki kommt in eine Parfümwolke eingehüllt herein, die Fish fast den Atem raubt. Es ist ein Geruch, den er seiner Meinung nach aus jeder Menschenansammlung herausriechen könnte. Lässt seine Handflächen heiß werden. Belebt auch andere Körperteile. Er steht wie angewurzelt da und sieht sie fasziniert an.

Sie hat die Leckereien von Giovannis dabei, außerdem eine

Flasche Weißwein, ihren Laptop in einer Umhängetasche über ihrer Schulter und einen Aktenkoffer.

»Keine Sorge, Fish«, sagt sie. »Ich komm schon allein zurecht.« Sie beugt sich vor, um das Essen und den Alkohol auf dem Tisch abzustellen. Bemerkt die Kerzen. Sie ist offensichtlich schwer beeindruckt. »Was ist das denn? Kerzen, Babes? Gefällt mir.«

Fish grinst und nimmt ihr den Wein ab.

»Ich trinke ein Glas«, sagt sie. »In der Badewanne.«

»He! Willst du etwa hier übernachten?« Fish kann sein Glück kaum fassen.

»Dachte ich mir – ja. Ist doch Wochenende.«

»Dann leiste ich dir Gesellschaft«, schlägt Fish vor. »In der Badewanne, meine ich.«

Vicki hält eine Hand hoch. »Nee, Kamerad. Meine Auszeit. Eine Kerze und ein Glas Wein ist, was ich jetzt brauche. Du bist zum Nachtisch. Stell doch schon mal das Essen im Ofen warm.«

»Wie wäre es damit?«, entgegnet Fish und holt einen Sekt aus dem Kühlschrank.

»Den hast du gekauft?«

Fish grinst.

»Das ist Methode Cap Classique.«

»Steht drauf, ja.«

»Der ist teuer.«

Fish zuckt mit den Achseln. »Wozu gibt es Kreditkarten?« Er reißt die Silberfolie auf und lockert den Drahtverschluss.

Vicki schaut ihn amüsiert an. Die Lippen geöffnet, die Augen funkelnd. »Feiern wir was?«

»Ja«, antwortet Fish. »Uns.«

Vicki lacht. Ihr sanftes Lachen, das ihre rosafarbene Zungenspitze entblößt. »Mein romantischer Fish.«

»Der bin ich.« Er presst einen Daumen auf den Korken. »Lehnst du ab?«

»Bring ihn mir. In einer Flöte. Ich rufe dich.«

Als sie ihn ruft, liegt sie da, bedeckt von Schaum. Dampf steigt in die Luft. Ein braunes Knie ist zu sehen. Ihre Haare hochgesteckt, ihre Schultern nass und glänzend. Sie kann seine Gedanken lesen. »Du kommst nicht rein.« Schnalzt mit den Fingern. »Ich nehme das da.« Zeigt auf das Glas. Als sie danach greift, taucht ihre Brust aus dem Schaum auf. Eine Brustwarze, dunkel wie eine geröstete Haselnuss.

Fish schluckt. Er könnte den ganzen Abend so stehen bleiben.

»Den Schampus.«

Er reicht ihr das Glas.

»He«, sagt sie. »Augenkontakt wäre nicht schlecht.«

Er sieht sie an. Denkt: Nachtisch, verdammt.

»Babes.« Trinkt. »Prost.« Der Schampus schimmert auf ihren Lippen. »Und jetzt gib mir etwas Mir-Zeit.«

Fish setzt sich in die Küche mit einem Glas MCC und mit Laurie im schicken Sony Sound System. Denkt vor allem an den Nachtisch. Wie er mit ihren Brüsten anfangen und sich dann seinen Weg nach unten vorarbeiten könnte. Wie er unter sie rollen und sie rittlings ihren Rhythmus vorgeben könnte. Das würde ihr gefallen. Wahrscheinlich meine Lieblingsposition, überlegt Fish. Die Frauen obenauf. Da kann man sich einfach zurücklegen, sich an ihren Brüsten erfreuen und beobachten, wie in ihren Gesichtern die Lust wächst.

Vicki kommt aus dem Bad, die Haare noch hochgesteckt. Sie trägt eine von Fishs Strickjacken und eine seiner Jogginghosen. Er weiß, dass sie nichts darunter anhaben wird. Er kann ihre Brustwarzen sehen, die sich unter dem Strickstoff abzeichnen. Am liebsten würde er jetzt die Hand in das elastische Gummiband der Hose schieben und ihren Po spüren. Er nimmt einen Schluck Wein, um sich davon abzuhalten.

Vicki sagt: »Essen wir. Hol das Essen, Babes. Ich sterbe vor Hunger.«

Sie essen. Vicki plaudert, während sie sich Gabeln voll Essen in den Mund schiebt. Sei die Sache mit Jacob Mkezi nicht unglaublich? Am Tag nach ihrem Treffen wird er freigesprochen? Höflicher Mann, sagte etwas über seine Bekanntschaft mit ihrer Tante. Dann dieser Raubüberfall auf den Kronzeugen. Clifford schweige sich völlig aus. Welch ein Zufall! Als ob das wirklich ein Raubüberfall gewesen sei! Wem glaubten die, etwas vormachen zu können? Allerdings habe sie Jacob Mkezi nicht für die Sorte Mensch gehalten, die so etwas machten. Wahrscheinlich sei das alles passiert, während sie im Cullinan zusammengesessen und etwas getrunken hätten. Und dann dieser Typ aus ihrer Vergangenheit, Cake Mullins, der ständig von ihrem Pokerspiel redete. Ganz gleich, wie oft sie ihm erklärte, dass sie nicht mehr spielte, er habe einfach nicht aufgehört, sie noch mal an den Tisch zurückzulocken. Erzählte ihr sogar von jemandem, der dringend mit ihr spielen wolle.

Fish meldet sich erst zu Wort, als sie Cake Mullins erwähnt. »Das ist heute bereits das zweite Mal, dass ich diesen Namen höre. Ich habe Daro zufälligerweise vor dem Haus von diesem Cake Mullins abgeholt.«

»In Constantia?«

»Ja, keine schlechte Bude.«

»Das ist Cake.«

Fish kommt auf die Spielgeschichte zurück. »Das tust du nicht, oder? Du fängst das nicht wieder an?«

»Natürlich nicht. Ich mache dieses Programm mit. Das weißt du doch, Fish.« Fish schält sich eine Garnele und trinkt den Schampus aus. Sie schiebt sich die Garnele in den Mund.

Kaut. »Verführerisch ist es schon.« Sie beobachtet, wie Fish sie ansieht, unsicher, ob sie ihn aufzieht.

Sie beugt sich über den Tisch und nimmt seine Hand. »Ich mache nur Witze, Babes. Kein Grund, gleich schmale Augen zu bekommen.« Lässt Fishs Hand los, um sich noch eine Garnele zu nehmen. »Wie läuft's bei dir?«

»Nicht uninteressant«, erwidert Fish. Er erzählt ihr von dem *Bergie* Colins, den Rhinozeroshörnern und der Vereinbarung, die sie getroffen haben.

»Großgütiger! Fish, du hast sie dort gelassen? Warum hast du nicht die Polizei informiert?« Vicki lehnt sich zurück und sieht ihn fassungslos an.

»Nein, denen kann man nicht trauen.« Fish öffnet die Weinflasche, die Vicki mitgebracht hat, und gießt ein. »Die könnten alles versemmeln. Oder sie verlegen die Hörner – du weißt schon, was ich meine. Irgendjemand reißt sie sich unter den Nagel.« Er nimmt einen Schluck Wein. »Das passiert heutzutage die ganze Zeit.«

»Als ob das früher nicht passiert wäre.«

Fish zuckt mit den Achseln. »Wahrscheinlich auch.«

»Ständig. Wieso sonst hat zum Beispiel dein toter Freund irgendwann *Dagga* verkauft?«

»Vorteil des Jobs.«

»Genau das meine ich. Und was ist los, wenn *Bergie* Colins jetzt mit den Hörnern verduftet?«

»Das wird er nicht. Sonst hätte er es schon getan.«

»Oder die Gangster bringen ihn um. Im Museum haben sie bereits einen Wachmann getötet.«

»Das werden sie nicht. Er ist ein *Bergie*. Die werden ihn nicht mal bemerken.«

»Das stimmt.« Vicki streckt die Hand nach der seinen aus und nimmt sie.

Fish schaut Vicki an, die ihn betrachtet. In ihren Augen zeigt sich dieses Funkeln. Ein leichtes Zucken ihrer Lippen. Ihre Zunge fährt über ihre Zähne. Sie berührt seinen Ohrring. Sagt: »Komm. Ich hab eine andere Idee.«

Fish grinst. »Cool.«

Die Todesschwadron, Dezember 1985

Sie sitzen in einem Konvoi aus zwei Autos, einem Mercedes und einem Cressida – der Kommandant und Blondie im Mercedes, der Fischer und Totenkopfgrinser im Cressida. Bei Sonnenuntergang überquerten sie die Grenze nach Swasiland und erreichten in der Dunkelheit Mbabane. Jetzt kurz vor Mitternacht kurven sie langsam durch einen Vorort und sehen sich jedes Haus genau an. Sofern sie von den Häusern in dem düsteren Licht und mit den vielen Büschen überhaupt etwas erkennen können.

Blondie fragt den Kommandanten: »Kennst du diese Straße?«

Eine ruhige Straße. Baumbepflanzt. Keine Autos am Bordstein. In manchen Häusern brennt Licht, die meisten liegen im Dunkeln.

»Ja«, erwidert der Kommandant. »Bin hier einmal gewesen. Auf einer Erkundung vor zwei Monaten.« Er hält an. Der Cressida tut das Gleiche. Es ist heiß und still. Ein kurz zuvor erfolgtes Gewitter lässt die Straße im Licht der Scheinwerfer dampfen. »Da ist es.« Der Kommandant zeigt in die Schwärze der Nacht.

»Welches?«

»Zwei Häuser weiter. Das mit den schicken Torpfosten.«

»Die hohen weißen?«

»Genau die.«

Blondie sieht hinaus. »Große Schuppen.«

»Das brauchen die auch. Bei all den Terroristen, die da durchgeschleust werden.« Er wirft Blondie einen Blick zu. »Bist du bereit?«

Blondie hält seine Uzi hoch.

»Die werden AKs haben.«

»Gehen wir.«

»Warte. Ich fahre näher ran«, meint der Kommandant. Schaltet die Scheinwerfer aus und lässt den Mercedes bis zum Tor vorrollen, gefolgt vom Cressida. Der Kommandant hält an. »Okay?«

»Wie sieht's mit Wachleuten aus?«

»Sollten keine da sein.«

»Sollten?«

»Meistens machen sie sich nicht die Mühe.«

»Meistens?«

»Meistens.« Der Kommandant lächelt. »Keine Sorge. Wenn sie nicht schon schlafen, werden sie besoffen sein.«

»Rocken wir.«

Die Männer steigen aus, ohne den Motor abzuschalten. Der Fischer und Totenkopf gesellen sich zu ihnen.

Hunde bellen. Die Männer warten, bis das Bellen aufhört. Bis die Motoren im Leerlauf das einzige Geräusch sind. Es riecht nach dampfenden Büschen, Frangipani, nasser Erde, Benzinlachen.

Sie ziehen Sturmhauben und Lederhandschuhe über. Alle tragen Uzis. Pistolen in ihren Gürteln. Totenkopf hat außerdem sein Springmesser in einer Scheide unter seinem Arm.

Der Kommandant nickt. »Keine Namen, niemand redet.«

Alle signalisieren, dass sie verstanden haben.

Sie laufen die Einfahrt hinauf. Das Haus liegt im Dunkeln. Nur eine Lampe leuchtet über der Eingangstür. In der Einfahrt steht ein kleiner Lieferwagen, ein richtiger *Skedonk*, klapprig und voller Dellen.

Blondie und der Fischer schleichen ums Haus, wobei sie nach Hunden Ausschau halten. Blondie zuerst, der Strahl seiner Taschenlampe wandert durch den Garten. Eigentlich kein Garten als vielmehr ein Hain voller Obstbäume. Nichts rührt sich. Seine Schuhe schlurfen über den Betonboden. Er drückt die Klinke der Hintertür herunter: unversperrt. Sie befinden sich in einer Spülküche. An einer Wand ein Abwaschbecken voller Teller, Töpfe und Löffel. Ein Haufen Kartoffelschalen auf einem Brett. In einem Mülleimer leere Flaschen.

»Hatten eine Party.« Der Fischer flüstert, während seine Taschenlampe die Überreste beleuchtet. »Hätten ruhig aufräumen können.«

Blondie geht weiter in die Hauptküche. Töpfe auf dem Herd, weiteres schmutziges Geschirr, Gläser, Becher, ein grauenvolles Durcheinander. Es riecht stark nach Fleischeintopf. Zu seiner Rechten befindet sich eine Tür, die halb offensteht. Er stößt sie weiter auf und schaut in einen leer daliegenden Flur hinaus. Lauscht. Glaubt, das Geräusch schlafender Menschen zu hören. Das Haus scheint zu atmen.

Dann eine Stimme. Eine Stimme, die sagt: »Wer sind Sie?« Eine schreiende Stimme. Andere Stimmen.

An anderen Orten im Haus.

Und das Rülpsen von Uzis. Lichter werden am Ende des Flurs angeschaltet. Das durchdringende Knattern einer anderen Waffe. Das Brüllen von Leuten.

Blondie sieht, wie Gestalten im Flur auftauchen. Er lässt eine kurze Salve los, acht oder zehn Schuss. Die Patronenhülsen springen an den Wänden ab. Die Gestalten gehen zu Boden. Kordit kratzt in seinem Hals.

Der Fischer prescht an ihm vorbei, wobei er einzelne Schüsse von sich gibt. Am Ende des Flurs nimmt sich Blondie das Schlafzimmer zu seiner Rechten vor. Es liegt im Dunkeln, er kann nur Betten und Körper ausmachen. Jemand setzt sich auf. Eine Person steht am Fenster. Öffnet es und versucht zu entkommen. Er schießt. Die Gestalt am Fenster bricht zusammen. Ballert auf die Betten. Hört Schreie. Feuert erneut.

Der Fischer ruft ihm zu: »Hauen wir ab! Los, weg hier!«

Die beiden stürmen aus dem Gang ins Wohnzimmer. In einer Ecke bemerkt Blondie eine schnelle Bewegung. Ein Mann mit einer AK taucht hinter einem Stuhl auf. Der Mann ist blutüberströmt.

Blondie reißt die Uzi hoch und schießt einhändig. Beobachtet, wie der Mann durch die Kugeln hochgerissen wird und dann an der Wand nach unten rutscht. Der Fischer lacht. »*Bakgat*, das ist mein *Boykie*!«

Vor ihnen eilt der Kommandant zum Gartentor. Er stützt Totenkopf, der humpelt und am Bein blutet.

Im Auto stöhnt Totenkopf vor sich hin. Der Kommandant erklärt ihm, dass es eine Fleischwunde ist, im Muskel, aber dass keine Arterie getroffen wurde. Er schneidet das Hosenbein ab und stillt das Blut mit Wattebäuschen, die er in einem Erste-Hilfe-Koffer findet.

Befiehlt Blondie, die erste Straße rechts zu nehmen, dann die zweite links auf die Hauptstraße. Blondie beschleunigt, dass die Reifen quietschen.

Der Kommandant warnt: »Langsam, langsam. Beruhig dich. Wir wollen schließlich nicht von der Polizei angehalten werden.«

Jenseits der Grenze, während Blondie den Mercedes durch die Nacht fährt und seine Augen auf die dunkle Straße gerichtet sind, meint er zum Kommandanten: »Du hast nicht gesagt, dass auch Kinder und Frauen im Haus sein würden.«

»Sollten sie auch nicht.«

»Sollten sie auch nicht?«

»Genau. Ganz einfach: Sollten sie auch nicht.«

Der Kommandant sitzt neben ihm auf dem Beifahrersitz, Totenkopf liegt halb abgestützt auf der Rückbank. Der Fischer folgt ihnen mit dem Cressida.

»Waren sie aber.«

»Das hab ich nicht gewusst. Okay, ich hab's nicht gewusst.« Der Kommandant zündet sich eine Zigarette an. »Mir hat man erklärt, es wären Terroristen. Einige, die da zum Training sind, andere, die zurückkehren und Probleme machen wollen. Das war alles, was man mir gesagt hat.«

»*Kak* Geheimdienst.«

»Wir haben jedenfalls den Job erledigt.«

»Frauen und Kinder.«

»Wir haben den Job erledigt. Okay? Lass das. Im Wohnzimmer waren Terroristen. Die haben wir erwischt.«

»Die haben mich erwischt«, meldet sich Totenkopf von der Rückbank. »Das war nicht geplant, dass die im Wohnzimmer schlafen.«

Der Kommandant dreht sich abrupt auf seinem Sitz um. »Es reicht. Wir erledigen solche Jobs. Niemand weiß, was genau an dem jeweiligen Tag passieren wird. An dem Tag kann alles anders sein.«

Totenkopf schnaubt. »Es war verdammt anders. Big Bantu und seine Knarre, die uns erwarten.«

»Das wird noch höllisch«, meint Blondie. »Mit diesen ganzen Kindern. Die Zeitungen werden voll davon sein.«

»Na und? Heute Kinder, morgen Terroristen.«

»In allen Zeitungen.«

»Und wenn schon? Sollen die Zeitungen doch davon berichten. Über dich oder mich wird jedenfalls nichts drinstehen.«

»Kinder. Es waren Kinder.«

»Das war ein Anschlag auf ein bekanntes Lager. Terroristeneinheiten kommen aus genau solchen Lagern zu uns herüber, töten uns, bombardieren Wimpys, Busbahnhöfe, veranstalten einen Riesen-*Kak*. Wir befinden uns in einem Krieg, *Boykie*. Falls du das vergessen haben solltest.«

Der Kommandant drückt seine Zigarette aus.

»Ist deren Problem, wenn die Frauen und Kinder dort schlafen lassen. Sie kennen die Risiken. Ihr Problem, Mann. Wenn du jemandem Vorwürfe machen willst, dann mach sie denen. Feiglinge, die sich hinter Frauen verstecken. Die Kinder als Schutzschilde benutzen. Was sagt dir das? Dass sie Abschaum sind. Von denen ist keiner unschuldig. Wir führen einen Kampf gegen Abschaum.«

Fünfundzwanzig

Tol Visagie – frisch rasiert, mit gebügelten Khaki-Shorts, einem *Save-the-Rhino*-T-Shirt, Outdoor-Sandalen – kommt über den Schieferfußboden auf Jacob Mkezi und Mellanie zugeeilt, als die beiden auf der *Stoep* der Lodge frühstücken. Mellanie Müsli und Joghurt, Jacob Mkezi englisch mit allem Drum und Dran.

Es ist acht Uhr morgens. Die *Stoep* ist leer, die Safarigäste befinden sich draußen im Buschland. Von Vusi Bopape keine Spur.

»Gut geschlafen?«, erkundigt sich Tol Visagie. »War das Essen gestern Abend zu Ihrer Zufriedenheit?«

»Wo waren Sie?«, will Jacob Mkezi wissen.

»Das Essen war wunderbar«, erwidert Mellanie. »Und ich habe auch wunderbar geschlafen, wenn Jacob mal nicht geschnarcht hat. Hat mir wieder klargemacht, warum wir nicht zusammenleben.« Sie wedelt mit dem Löffel auf das Flussbett, wo gerade ein alter Büffel durch den Sand läuft. »Das ist mal was anderes.«

Tol Visagie zieht sich einen Stuhl heran. »Besser als die Stadt?«

»In vieler Hinsicht.«

Jacob Mkezi spricht mit einem Mund voller Speck. »Wo waren Sie gestern Abend?«

»Mein Gott, Jacob«, sagt Mellanie. »Lass den Mann doch in Ruhe.«

»Ich musste nur etwas nachschauen«, antwortet Tol Visagie.

»Was Sie uns jetzt zeigen wollen?«

»Ja, heute Vormittag werde ich es Ihnen zeigen.« Er gibt einem Kellner ein Zeichen, ihm Kaffee zu bringen. »Wenn Sie fertig gefrühstückt haben, fahren wir los.«

»Wohin?«

»Ein Stück die Straße hinauf und dann um die Ecke. Auf dem Weg dorthin möchte ich Sie um etwas bitten.«

»Und worum?«

Tol Visagie schlägt die Beine übereinander und hält den Blick auf den alten Büffel gerichtet, der sich jetzt in der Sonne wärmt. »Es ist etwas dreist von mir, ich weiß. Die Sache ist die: Ich bin Juror eines örtlichen Schönheitswettbewerbs. Es wäre besser, wenn auch Sie der Jury beitreten würden. Dann wirkt das Ganze professioneller. Ernsthafter. Ich habe die Organisatoren bereits gefragt, und sie würden sich freuen über Ihre Zustimmung.«

»Ein Schönheitswettbewerb? Mann, Tol, was soll das werden?«

Mellanie leckt sich Joghurt von den Lippen. »Das ist ja krass. Um welchen Titel geht es hier?«

»Miss Landmine Survivor.«

Jacob Mkezi lacht auf. »Nein. Nein! Das ist ja wohl ein Witz.«

»Ausgezeichnet«, erwidert Mellanie. »Das gefällt mir. Das ist wirklich großartig. Eine tolle Chance.« Wendet sich an Jacob Mkezi. »Das ist fantastisch, Jacob. Das ist echt fantastisch.«

Tol Visagie steht auf und nimmt dem Kellner seine Tasse mit Kaffee ab. »Wir nehmen allerdings nicht am Finale teil. Das findet in Luanda statt. Das hier ist nur der örtliche Wettbewerb, für die Provinz.«

»Der Wettbewerb ist in Angola?«

»Ja, aber das stellt gar kein Problem dar, Mr. Mkezi. Ehrlich. Die Grenze wird ständig überquert. Den ganzen Tag über, hin und her. Ich habe eine Genehmigung.«

»Tol, wir reden hier von einer Staatsgrenze.«

»Ganz unwichtig. Ein Strich auf der Landkarte, sonst nichts. Was auf dem tatsächlichen Boden passiert, ist was anderes.« Er lächelt die beiden an. »Wir treffen uns in zwanzig Minuten am Land Rover. Okay?« Damit ist er verschwunden.

Jacob Mkezi erklärt: »Ich mache da nicht mit. Bist du wahnsinnig geworden?«

»Du wirst da mitmachen, Jacob«, widerspricht Mellanie. »Das ist perfekt. Genau die Sorte Publicity, die du jetzt brauchst.«

Eine Stunde später überqueren sie den Fluss an einer seichten Stelle nach Angola. Ein paar Kilometer weiter eine ungeteerte Straße entlang, und schon sind sie in einer kleinen Stadt, wo an vielen Häusern Plakate für den Miss-Landmine-Survivor-Wettbewerb angebracht sind. Jeder hat das Recht auf Schönheit. Es gibt kein Gebäude in der ganzen Stadt ohne Kugeleinschläge.

»Wir haben sieben Bewerberinnen«, erklärt Tol Visagie. »Alle aus der Provinz Cuando Cubango. Ein paar von ihnen sind als Kinder auf Landminen getreten, als sie von Soldaten verfolgt wurden, die ihr Dorf überfielen. Einige traten auf einem Feld auf eine Mine. Ich habe gehört, dass eine Frau erst vor zwei Tagen von einer in der Nähe ihres Dorfs erwischt worden ist. Ihr wurde das Bein unterhalb des Knies abgerissen. Wumm. Das zweite Mal in zwei Monaten, dass ich so was gehört habe. Entlang des Grenzstreifens liegen noch Tausende von Minen im Sand und warten nur darauf, loszugehen. Bouncing Bettys. Jumping Jacks. Toe-Poppers. Springer. Haben alle so seltsame Namen. Man fragt sich, wer sich so was überlegt. Irgendeine Werbeagentur vielleicht?«

Tol Visagie parkt den Land Rover neben einer Kirche. Im Schatten haben sich Männer in Anzügen und Frauen in eleganten Kleidern versammelt. »Die Mädchen sind drinnen«, sagt er. »Das ist für sie ein Riesending. Wird ihnen wieder auf die Beine helfen, ohne jetzt geschmacklos klingen zu wollen. Die zwei, die Sie auswählen, fahren dann nach Luanda zum Finale. Die Gewinnerin bekommt eine maßgefertigte Prothese. Norwegische Technologie.«

»Danke«, meint Jacob Mkezi. »Ich muss jetzt also nur noch die mit der besten Kriegsverletzung auswählen.«

»Es ist ein Schönheitswettbewerb, Jacob«, entgegnet Mellanie. »Das hat nichts mit den jeweiligen Verletzungen zu tun. Du schaust dir ihr Gesicht an, du schaust dir ihre Titten an, du schaust dir ihre Figur an. Du magst doch hübsche Mädchen, oder? Na also. Jetzt darfst du gaffen.«

Die Menge drängt sich um den Wagen. Die Leute singen, heißen Doktor Tol willkommen.

»Sie sind beliebt«, stellt Mellanie fest.

»Ich arbeite ein wenig als Arzt, wenn ich hier bin«, meint Tol Visagie und öffnet die Autotür.

»Aber Sie sind doch Tiermediziner.«

»Bilde mich gerade zum Allgemeinmediziner aus. Was ich weiß, ist immerhin etwas – es gibt sonst niemanden.«

Die drei steigen aus dem Land Rover in die Vormittagshitze, die schwer auf ihnen lastet und sie blendet. Mellanie stöhnt, als ob sie einen Schlag bekommen hätte. Jacob Mkezi hebt seinen Arm, um sich vor der Sonne zu schützen.

Sie werden von der Menge umringt. Man schüttelt ihnen die Hand und redet auf Portugiesisch auf sie ein. Tol Visagie antwortet und übersetzt Jacob Mkezi und Mellanie die Willkommensworte. Die Frauen nehmen sie an den Händen und führen sie singend in die Kirche.

Drinnen ist es heiß, die Luft stickig.

Am anderen Ende beim Altar sitzen sieben Schönheiten auf einer Bank, zwei Stufen oberhalb der Menschenmenge. Tragen leichte, geschlitzte Seidenkleider. Ein improvisierter Laufsteg auf Bierkisten reicht in den Raum hinein.

Der Anblick der Mädchen lässt Jacob Mkezi einen leisen Pfiff ausstoßen. Es sind wahre Schönheiten, schlank, gepflegt, alle unter dreißig. Keine von ihnen mit zwei Beinen. Keine von ihnen sieht so aus, als ob ihr die Hitze etwas ausmachen würde.

»Was hab ich dir gesagt?«, meint Mellanie. »Hübsche Mädchen sind hübsche Mädchen.« An Tol Visagie gewandt, fragt sie: »Woher haben sie die Kleider?«

»Von Sponsoren«, erwidert er. »Das ist Teil der Abmachung mit den Organisatoren. Die Mädchen tragen die Kleider und außerdem Badeanzüge.«

»Oh, hübsch«, stellt Jacob Mkezi fest.

Ein großer, schwerer, schwitzender Mann in einer Kordjacke, der sich immer wieder das Gesicht abwischt, hält die Eröffnungsrede. Einschließlich Gebet. Tol Visagie, Jacob Mkezi und Mellanie werden sowohl in der Rede als auch im Gebet mehrmals erwähnt. Tol Visagie liefert eine geflüsterte Übersetzung. Dann setzt sich der Mann. Ein junger Mann in einem rosafarbenen Hemd und tief sitzenden Jeans springt auf, um einen Ghettoblaster anzuwerfen. *2001 A Space Odyssey*. Die Mädchen erheben sich von der Bank und balancieren auf Holzbeinen und mit Holzkrücken durch den Raum. Ihre halben Beine schwingen hin und her. Ein Mädchen auf zwei Metallkrücken ganz ohne Beine.

»Mein Gott«, sagt Jacob Mkezi.

»Nichts da mein Gott«, entgegnet Mellanie. »Sie genießen

ihren Auftritt. Schau dir nur an, wie diese Ladys loslegen.« Sie steht auf, um zu applaudieren.

Die Menge in der Kirche ist begeistert. Die Leute klatschen, pfeifen, ein paar Frauen johlen.

Nachdem sie den Laufsteg zweimal gemeinsam bewältigt haben, präsentieren sich die Mädchen einzeln der Jury. Sie bleiben mitten im Gehen stehen und zeigen sich. Schön und jung. Auf den ersten Blick übersieht man fast, dass ihnen ein Fuß oder ein halbes Bein fehlt.

Der junge Mann stellt die Musik leise, liest ihre Namen vor, erklärt dem Publikum, dass es jetzt Zeit für die Badeanzüge sei. Was die Männer zum Pfeifen bringt. Die Mädchen drängen sich hinter einigen Paravents, um sich dort umzuziehen.

Mellanie sagt zu Jacob Mkezi: »Das ist unglaublich. Der beste Wettbewerb, den ich jemals erlebt habe. Schade, dass ich das nicht gleich twittern kann.« Sie macht trotzdem ein paar Fotos mit ihrem Handy. »Ich brauche ein Bild von dir und den Mädchen. Vielleicht danach. Das können wir dann auf Facebook posten.« Mellanie dreht sich um, fotografiert das restliche Publikum.

Rosa Hemd legt eine andere CD ein. Jetzt ertönt 50 Cents *So Amazing* über die Lautsprecher.

Die Mädchen schwanken wieder auf den Laufsteg hinauf. Das erste hat beide Beine unterhalb der Knie verloren. Ihre Stummel sind verbunden. Sie klammert sich an Aluminiumkrücken, mit denen sie problemlos das Gleichgewicht hält. Ihr Gesicht strahlt.

»Sie hat eine gute Figur«, meint Mellanie. »Runter bis zu den Knien.« Wirft Jacob Mkezi einen Blick zu. Er ist fasziniert. Die anderen Mädchen folgen. Mr. Rosa Hemd liest ihre Namen vor. »Die haben alle tolle Figuren.«

Schulter an Schulter stehen die jungen Frauen auf dem

Laufsteg und blicken ins Publikum hinunter. Sie tragen Badeanzüge. Ihre Körper schimmern in der Hitze. Feste Schenkel, Venushügel, leicht gewölbte Bäuche, Brüste, die weichen Linien ihrer Schultern. Langsam drehen sie sich und wackeln zur Bank zurück. Jacob Mkezi hat den Blick auf ihre Hintern gerichtet.

Vor allem auf den Hintern des langbeinigen Mädchens mit den kurzen Rastalocken, dessen linker Fuß fehlt. Sie hat ihn auch ins Visier genommen, wie ihm scheint.

Jetzt gehen sie einzeln über den Laufsteg. Das Mädchen mit den kurzen Rastalocken als Letzte. Sie hat einen grob geschnitzten Stock aus Schwarzholz, auf den sie sich stützt. Wirkt zögerlich, bei jedem Schritt verletzlich.

Mellanie lehnt sich zu Jacob Mkezi hinüber. »Schau dir ihre Haut an. Will man da nicht einfach nur hinlangen? Ich kenne Frauen, die Tausende ausgeben, um solche Haut zu bekommen. Funktioniert allerdings nie.«

Jacob Mkezi hat seine Hände über seinem Schoß gefaltet. Sie nimmt eine und streicht über seinen Schritt. Grinst ihn an. »Das gefällt dir, was, Süßer?« Sie drückt ihre Handfläche leicht nach unten.

»Lass das«, zischt Jacob Mkezi. »Hör auf.«

Mellanie zieht langsam ihre Hand fort, wobei sie ihn noch streichelt. »Das hätten wir letzte Nacht gut brauchen können, mein Großer.«

»Ich hab gesagt, du sollst das lassen.«

Sie setzt sich aufrecht hin. Lächelt. »Sexy, Süßer, sexy. So mag ich's.«

Die Vorführung in den Badeanzügen ist zu Ende. Rosa Hemd legt Nat and Natalie auf, die *Unforgettable* singen. Das Publikum klatscht, pfeift, johlt, als die Mädchen hinter den Paravents verschwinden, um sich umzuziehen.

Tol Visagie brüllt gegen den Lärm an. »Jetzt sind Sie an der Reihe, Mr. Mkezi. Ihre Entscheidung.«

Mellanie zwitschert in sein Ohr. Erzählt ihm von all den Dingen, die er mit ihr machen solle. Dann wirft sie einen Blick auf seinen Schoß. »Ah, nicht mehr da. Gerade rechtzeitig.«

Jacob Mkezi erhebt sich und dreht sich zu den Menschen um. Er bittet um Ruhe, indem er die Arme hebt. Jetzt kann man nur noch Nat and Natalie hören. Der Mann im rosafarbenen Hemd dreht sie leiser. Jacob Mkezi wartet, bis die Mädchen wieder herauskommen und ihren Platz auf der Bank einnehmen. Er bittet um stehenden Applaus. Tol Visagie übersetzt.

Dann beginnt er zu schwärmen: Oh, was für schöne Frauen.

Dann wendet er sich der Geschichte zu: Oh, was für ein schrecklicher Krieg.

Dann macht er einen auf inspirierend: Oh, was für ein Mut.

Dann einen auf bescheiden: Oh, was für eine Ehre.

Dann wählt er Miss Ohne Beine, Miss Ohne Fuß.

Er tritt aufs Podium, um die beiden zu berühren. Mellanie folgt mit ihrer Handykamera, fotografiert. Jacob mit dem Arm um Miss Ohne Beine. Jacob mit dem Arm um Miss Ohne Fuß, die Hand in der Nähe ihrer Brust. Jacob mit den Armen um beide. Jacob umgeben von der Schar.

Es gibt Gelächter, es fließen Tränen. Das Publikum drängt sich durch das Kirchentor in die Hitze hinaus. Jacob Mkezi hilft Miss Ohne Fuß.

An ihrem Land Rover lehnt Vusi Bopape.

»Ausgezeichnete Wahl, Mr. Mkezi«, sagt er und stellt sich aufrecht hin. Schick in seiner Khakihose, seinem weißen losen Hemd und den Sandalen. »Sind auch meine Favoritinnen.« Vusi Bopape führt die Hand von Miss Ohne Fuß an seine Lippen. Wendet sich an Mellanie. Stellt sich vor.

»Ms. Munnik, mir gefällt Ihre Arbeit.«

Sechsundzwanzig

Bei Knead am Samstagmorgen. Fish wird verwöhnt. Vicki hat ihn mit ihrem MiTo hierhergefahren. Jetzt lädt sie ihn zu Arme Ritter und Cappuccino ein. Sieht ihm zu, wie er das Ganze verschlingt. Als wäre es kein Essen, sondern Treibstoff. Sie hat erst die Hälfte ihrer Portion verputzt, und er blickt bereits gierig darauf.

»Wir können noch eins bestellen«, sagt sie. »Ich will das selber essen.« Bedeckt ihr Frühstück mit der Hand vor ihm.

Fish bemerkt, dass ihn die nigerianische Kellnerin beobachtet. Er zeigt auf seinen Teller und hebt einen Finger. Sie schenkt ihm ihr koboldhaftes Lächeln und reckt beide Daumen nach oben.

»Erledigt«, erklärt Fish und schiebt sich die letzte Gabel voll in den Mund.

Er und Vicki sitzen auf Barhockern an der Fenstertheke und blicken auf den Strand hinaus. Immer stehen zahlreiche SUVs in der Parkbucht. Wie im Autosalon: Grand Cherokees, Discoverys, X-Trails, CV-Rs, Prados, Mercedes ML300er, BMW X5er, übergroße Nissan-Pick-ups. Die Schönen und Reichen prunken mit ihrem Besitz. Kids schlüpfen in Neoprenanzüge, um auf Wellen zu reiten, die so mickrig sind, dass die meisten Leute schon die Hotline für geeignetere Surfgegenden angerufen haben.

Leider ist aber auf der ganzen Halbinsel an diesem Tag nicht viel geboten in puncto Surfen. Eine Kaltfront wurde für Sonntagabend und Montag angekündigt. Bis dahin heißt es chillen und Bier trinken.

Fish kann von seinem Platz aus den Kamm der tiefer liegenden Bergabhänge sehen. Das Fort ist hinter den dort wachsenden europäischen Pflanzen kaum zu erkennen. Er hat zweimal versucht, Colins zu erreichen, und wurde jedes Mal zur Voicemail durchgestellt. Es beginnt, ihn allmählich nervös zu machen.

Er zeigt mit der Gabel auf den Bergkamm. »Ich denke, wir sollten uns da mal umsehen«, sagt er.

»Nach deinem *Bergie*-Freund?«

»Nur, um ganz sicher zu sein.«

»Wahrscheinlich hat er das Handy verkauft, für Alkohol. Wahrscheinlich hat er die Hörner auch verkauft.« Vicki nimmt einen Schluck Cappuccino und sieht ihn über den Milchschaum hinweg an. »Was hast du dir nur dabei gedacht, die dort zu lassen?«

»Colins wollte auf sie aufpassen.«

»Colins ist ein *Bergie*.«

»Ich habe schon öfter mit *Bergies* zusammengearbeitet. *Bergies* sind gut für Observierungen.«

Zwanzig Minuten später stehen sie vor dem versperrten Tor in der Umzäunung und schauen nach oben. Der Berg über ihnen in klarem Licht.

»Und jetzt, du Schlaumeier? Wie kommen wir da rein?«, will Vicki wissen. Sie trägt enge Jeans und eine Großvaterweste, die Hände in den Taschen ihrer Fleecejacke vergraben.

»Kein Problem«, erklärt Fish und zieht den losen Zaun zur Seite. »Schlüpf rein.«

»Gut, dass ich keinen großen Busen habe«, meint Vicki und drückt sich mit der Schulter zuerst durch den Spalt.

»Wäre sowieso nicht mein Fall«, entgegnet Fish. »Hab's lieber frech.«

Vicki schnaubt. »Ist mir schon aufgefallen.«

Sie stapfen den Pfad zu der Steinmauer hinauf, Fish zuerst. Er hat sich anstelle des Familienerbstücks die Astra Police in den Gürtel geschoben, die er von Mullet geerbt hat. Ein Sechs-Schuss-Revolver, der Mullet, wie er immer wieder erklärte, öfter aus der Klemme befreit hatte, als er zählen konnte.

Fish lauscht, hört aber nichts außer seinem rasenden Pulsschlag. Auch nichts, was ihn beruhigen würde. Am Eingang der steinernen Anlage lässt er Vicki warten. Geht allein ins Fort hinein. Es ist leer. Kein Colins. Keine Rhinozeroshörner mehr hinter den Felsen.

»Gefällt mir nicht«, sagt er. Schweiß steht ihm trotz der winterlich kühlen Luft auf der Stirn. »Gefällt mir ganz und gar nicht.« Schaut sich nach Fußabdrücken um, nach irgendwelchen Spuren.

Vicki wartet auf ihn. Beobachtet, wie er sich den Ort genau ansieht. Das ist eine Seite von Fish, die sie selten zu Gesicht bekommt. Aufgeregt. Nervös.

Fish ist ziemlich außer sich. »Mist, Mist, Mist.« Sieht sie an. »Ich hab das versaut. Verdammter Amateur. Verdammt. Mein Gott, was für ein Arschloch.«

Sie schweigt. Richtet den Blick nicht auf ihn, sondern schaut hinunter auf den Strand, auf die Kinder, die die Kinderwellen reiten. Auf die Spaziergänger, die überall in den Dünen zu sehen sind. Sie wird ihn nicht trösten. Wird nicht sagen: »Halb so schlimm, Babes, Mommy kümmert sich drum.« Sie kann den kleinen Jungen in ihm erkennen. Die schuldbewusste Miene.

»Hauen wir ab«, meint Fish. »Das war so was von dämlich. Mir ist ganz schlecht vor Wut.«

Nachdem sie den Pfad ein Stück nach unten gelaufen sind, deutet er auf einen seitlich stehenden Busch, dessen Zweige gebrochen sind. »Das kann nicht lange her sein.« Er geht in die Hocke, um sich den Boden genauer anzusehen. Reibt den Sand zwischen seinen Fingern. Ein Blutfleck bleibt auf seiner Haut zurück. »Hier ist nichts Gutes passiert. Schau mal.« Er streckt Vicki seine Hand hin. »Blut.« Er richtet sich auf. »Dieser Stein. Was liegt da?«

Vicki befindet sich direkt daneben. »Plastikstückchen. Könnte die Hülle eines Handys sein.«

Sie betrachtet die Teile genauer. Fish entreißt sie ihr.

»Lass mich sehen.«

Vicki beißt sich auf die Unterlippe, um ihn nicht anzufahren.

»Das ist schwarz. Das Handy, das ich ihm gegeben habe, war auch schwarz.« Fish schiebt etwas Sand beiseite und findet weitere Stückchen. »Das war es. Das war garantiert das Handy, das ich ihm gegeben habe.« Er sieht zu Vicki hoch. »Schau dich um. Der Rest muss noch irgendwo sein.«

»Bitte«, erwidert Vicki.

Fish runzelt die Stirn. »Bitte was?«

»Bitte sagt man, wenn man etwas möchte.«

»Ach, verdammt, Vicki. Nicht jetzt, okay? Wir haben hier ein echtes Problem.«

»Ja, jetzt schon.«

Vicki steht da und starrt ihn an. Denkt: Ein falsches Wort, und ich bin weg. Sieht seine geröteten Wangen und wie sich seine Augen verhärtet haben. Hält den Blick auf ihn gerichtet. Wartet. Eins, zwei, drei, vier.

»Bitte«, sagt Fish. »Okay? Bitte.«

Erst jetzt wendet Vicki den Blick ab. »Ich bin nicht dein Dienstmädchen, Fish Pescado.« Sie geht neben ihm in die Hocke. »Denk dran. Vergiss das nicht.«

Fish nickt.

Sie streicht sich ein paar Strähnen hinter das Ohr. »Du kannst dich gerne entschuldigen. Männer dürfen das durchaus, weißt du.«

Er schnaubt. »Okay. Tut mir leid. Aber das hier …« Er zeigt auf den Boden. »… das hier bedeutet, dass sie Colins erwischt haben.« Fish schaut sich um.

Vicki steht auf. Hebt eine Hand. »Ist es das, was du gesucht hast?« Hält eine SIM-Karte hoch, die sich noch im Gehäuse befindet. Bläst den Sand weg, damit Fish sie besser sehen kann.

Siebenundzwanzig

»Wer ist das?«, will Mellanie wissen. »Dieser Vusi Bopape. Wer ist das?«

Sie sitzen im Land Rover. Sie und Jacob Mkezi, Tol Visagie am Steuer. Verlassen die Stadt, wobei ein paar Kinder neben dem SUV herrennen. Die Kandidatinnen des Schönheitswettbewerbs und die Menge haben sich im Schatten draußen neben dem Kirchentor versammelt. Alle schauen ihnen hinterher und winken.

Vusi Bopape steht an der Seite und beobachtet sie ebenfalls. Mit der Hand schützt er seine Augen vor der Sonne.

»Wir hätten zum Essen dableiben sollen«, sagt Jacob Mkezi. »Es war nicht richtig, jetzt schon zu fahren.«

»Ich habe es den Leuten erklärt«, erwidert Tol Visagie. »Sie wissen, dass Sie ein vielbeschäftigter Mann sind. Dass Sie ihnen mit Ihrem Kommen einen Gefallen getan haben.«

»Egal. Es war nicht höflich von mir.«

»Und Vusi Bopape taucht einfach so hier auf?«

»Ja, das ist seltsam. Aber wir wissen ja nicht, wie seine Pläne aussehen.«

»Ein Mann in Flitterwochen, der alleine hierherfährt?«

»Was ist los, Tol? Was verheimlichen Sie vor mir, Mann?«

»Ich werde es Ihnen gleich zeigen.«

Die Kinder geben es auf, Begleitservice zu spielen. Sie werden immer kleiner, je schneller der Land Rover wird. Vor ihnen liegt Tiefland und eine dicht bewachsene Savanne.

»Hoffentlich sehr bald«, meldet sich Mellanie wieder zu Wort.

»Also, wer war er? Mein Gott, sagt mir endlich mal einer, wer dieser Mann war. Und worüber redet ihr eigentlich?«

»Er ist Gast in der Lodge«, erwidert Jacob Mkezi.

»Er ist Privatdetektiv«, fügt Tol Visagie hinzu.

»Ach? Und was macht er dann hier?«

»Damit will Tol nicht herausrücken«, sagt Jacob Mkezi. Er dreht sich auf dem Beifahrersitz um, damit er aus dem Rückfenster blicken kann. »Zumindest folgt uns der geheimnisvolle Mann nicht.«

»Das muss er auch nicht«, meint Tol Visagie. »Ich nehme an, er weiß, wo wir gerade sind.«

Jacob Mkezi runzelt die Stirn. »Wollen Sie etwa andeuten, dass er an unserem Auto einen Peilsender befestigt hat? Das ist doch absurd.«

»Ja, muss er.«

»Und wozu zum Teufel? Sie verhalten sich sehr seltsam, Tol. Was ist hier los?«

»Hören Sie«, erwidert Tol Visagie. »Auf unserem Weg gibt es ein Wasserloch. Es liegt etwas abseits der Straße. Wir fahren dorthin und warten. Mal sehen, ob er auftaucht.«

»Und wenn er es tut?«

»Dann machen wir gerade ein Picknick und beobachten die Vögel.«

»Und wenn er nicht auftaucht?«

»Dann zeige ich es Ihnen.«

»Oh, Mann!« Jacob Mkezi gestikuliert mit beiden Händen. »Jetzt reicht's, Tol. Lassen Sie diese Spielchen. Rücken Sie endlich raus damit.«

»Ich kann Ihnen gerne sagen, worum es geht. Klar kann ich das. Aber es wird nicht dasselbe sein, wie wenn Sie es direkt sehen«, erklärt Tol Visagie. »Sie müssen die erste Wirkung erleben, die es auf Sie hat.«

Mellanie lehnt sich nach vorn. »Habe ich eigentlich irgendwas zu melden?« Keiner der beiden Männer antwortet.

Sie fahren schweigend weiter. Der Staub wirbelt hinter dem Wagen auf und vernebelt den Blick. Tol Visagie rast dahin. Steine schlagen gegen die Karosserie. Die Landschaft ist menschenleer. Das Buschland zu beiden Seiten der Straße heiß und still. Fünfunddreißig Grad dem Autothermometer nach. Im Inneren des Wagens ist es kühl. Die Klimaanlage auf achtzehn Grad gestellt. Die Kilometer ticken vorbei.

»Sie können schauen, ob uns ein Wagen folgt«, sagt Tol Visagie irgendwann zu Mellanie. »Wir kommen jetzt bald an die Grenze.«

»Ist das Wasserloch auf dieser Seite oder auf der anderen?«, will Jacob Mkezi wissen.

»Auf der Angola-Seite.« Tol Visagie zeigt auf das Buschland und auf einen kleinen Berg, der in der Ferne liegt. »Noch etwa fünf oder sechs Kilometer von hier, auf der anderen Seite des Inselbergs.«

»Warum habe ich das geahnt?«, entgegnet Jacob Mkezi. Er dreht sich um. »Irgendwas zu sehen?«

»Da ist niemand hinter uns«, antwortet Mellanie. »Jedenfalls niemand, den ich in dem ganzen Staub erkennen könnte. Wollt ihr mir endlich verraten, worum es hier geht?«

»Wenn ich das wüsste.«

Tol Visagie biegt mit quietschenden Reifen auf einen Weg ab, der in dem langen Steppengras kaum zu erkennen ist. Er führt hügelabwärts zwischen Gestrüpp dahin zu einer trockenen Überschwemmungsebene, durch dichte Vegetation und Sanddünen, auf denen keine Reifenspuren zu sehen sind.

»Man kann nur hoffen, dass das kein weicher Sand ist«, stellt Jacob Mkezi fest.

Tol Visagie kämpft mit dem Lenkrad. »Ich kenne den Weg. Das ist kein Problem.«

Vor ihnen taucht der Inselberg auf. Der Weg führt nördlich um ihn herum, dann nach Osten zu einem *Vlei*, das in tieferes Wasser mündet. Am schlammigen Rand stehen ein paar Antilopen und trinken. Ansonsten nichts. Tol Visagie hält unter Bäumen an und schaltet den Motor aus.

»Wenn ich recht habe, weiß er, wo wir sind. Vielleicht macht er sich auf die Suche nach uns, aber vielleicht auch nicht. Wir geben ihm eine Stunde.«

»Danke«, sagt Mellanie. »Das ist genau, was ich brauche. Eine Stunde hier draußen in der Hitze. Wir könnten stattdessen in der Lodge sein und was Kaltes trinken.«

»Ich habe kühles Bier dabei«, meint Tol Visagie. »Und Sandwiches.«

»Und was dann?«, will Jacob Mkezi wissen. »Wenn er nicht auftaucht, was machen wir dann?«

»Dann machen wir einen kleinen Spaziergang. Nicht weit.« Er zeigt mit dem Arm nach Süden. »Ganz und gar nicht weit von hier.«

Eine Stunde später öffnet er die Tür. Sagt zu Jacob Mkezi: »Gehen wir.« Und zu Mellanie gewandt: »Sie bleiben im Land Rover. Tut mir leid.«

»Ich komme mit.« Mellanie steigt aus.

Tol Visagie wendet sich an Jacob Mkezi. »Es tut mir leid, Mr. Mkezi. Aber ich kann Miss Munnik nicht mitnehmen. Auf keinen Fall.«

»Natürlich können Sie das«, widerspricht Mellanie. »Wenn Sie glauben, dass ich hier mutterseelenallein warte, haben Sie sich gewaltig geschnitten.«

»Fünfzehn, höchstens zwanzig Minuten. Das ist alles.«

»Egal.«

»Sie kann mitkommen«, mischt sich Jacob Mkezi ein.

»Ich bin nicht sicher. Ich bin mir nicht sicher, ob ich das will.«

»Steht nicht zur Debatte«, erklärt Mellanie.

»Bitte, Mr. Mkezi. Miss Munnik. Tun Sie mir den Gefallen. Okay?«

Die drei stehen hinter dem Land Rover, gereizt in der mittäglichen Hitze.

Jacob Mkezi zuckt mit den Schultern. »Entscheide du.«

»Ich komme mit.«

»Da hören Sie es, Tol.«

Tol Visagie öffnet hinten den SUV. »Das gefällt mir nicht. Je mehr Leute davon wissen, desto riskanter wird das Ganze.« Er holt ein Remington 700 aus einer leinenen Gewehrtasche.

»Schöne Waffe«, sagt Jacob Mkezi. »Solche sieht man nicht oft.«

Tol Visagie zieht den Verschluss zurück, hebt die Waffe, drückt vier Patronen ins Magazin und eine fünfte ins Schloss. Lässt den Verschlusshebel wieder einrasten. »Geschenk von einem Amerikaner nach seiner Safari.« Tol Visagie fügt keine weitere Erklärung hinzu. Jacob Mkezi denkt: Das war nicht die ganze Geschichte. Hakt aber nicht nach. Der Tierarzt schultert einen Rucksack und reicht den beiden zwei Sonnenhüte.

Mellanie entschlossen: »So was setze ich garantiert nicht auf.«

»Wenn Sie lieber verbrennen wollen«, entgegnet Tol Visagie und wirft den Hut zurück in den Wagen. Er schlägt die Hintertür zu und schließt die Zentralverriegelung. Knurrt: »Dann mal los.« Wendet sich Richtung Inselberg, der unten am Fuß schwarze Felsen hat. Jacob Mkezi folgt ihm, Mellanie auf seinen Fersen. Sagt: »Mein Gott, Jacob. Was ist denn mit dem los?«

»Lass das«, erwidert er. »Du kannst auch im Auto bleiben, wenn dir das lieber ist.«

»Ja klar, als ob mir das lieber wäre.«

Am Fuß des Inselbergs bahnen sie sich einen Weg durch die schwarzen Felsen zu einer Schneise, die mit einem Teppich aus Gestrüpp bewachsen ist. Tol Visagie kämpft sich hindurch. Ruft: »Vorsicht bei den Zweigen!« Die Zweige schlagen Jacob Mkezi und Mellanie ins Gesicht. Mellanie flucht, presst die Hand auf ihre brennende Wange. »Verdammt noch mal, Tol. Passen Sie auf.«

Tol Visagie hält den letzten Busch für sie fest, damit sie hindurchkönnen. Sie befinden sich jetzt auf einer kleinen Lichtung. Vor ihnen erhebt sich ein steiler Fels. Berge aus Knochen, riesige Schädel und Skelette, die von alter Haut überzogen sind, liegen überall herum.

Jacob Mkezi hält die Luft an. »Was ist das für ein Ort? Kommen Tiere hierher, um zu sterben?«

Mellanie sagt: »Krass.«

»Unglaublich, oder?«, fragt Tol Visagie. »Das hat doch etwas Verblüffendes, nicht wahr? Mit einem Schritt befindet man sich in einer anderen Wirklichkeit. Von außen würde man nie vermuten, dass dieser Inselberg ein Loch in seinem Inneren verbirgt.«

»Was sind das für Knochen?«, will Mellanie wissen.

»Ich habe Ihnen ja gesagt, Sie müssen es mit eigenen Augen sehen.«

»Sie«, zischt Mellanie, »wollten, dass ich allein im Auto zurückbleibe. Schon vergessen?«

»Ja, okay…« Tol Visagie wendet sich an Jacob Mkezi. »Eindrucksvoll, was?«

»Sie haben uns hierhergebracht, damit wir uns das da anschauen?«

»Das und noch etwas.« Tol Visagie steigt über die Knochen, um auf einen Spalt in der Felswand zuzusteuern. »Kommen Sie.«

»Wohin denn noch?«, fragt Mellanie.

Der Spalt ist eng und niedrig. Tol Visagie nimmt den Rucksack ab, schiebt ihn in die Felsöffnung. Kniet sich in den Staub. »Sie müssen sich hier durchzwängen.« Er zieht eine Taschenlampe hervor, die an seinem Gürtel hing, und verschwindet in der Wand.

»Oh nein«, stöhnt Mellanie. »Warum bin ich nur mitgekommen?«

»Du wolltest«, sagt Jacob Mkezi, ohne zu lächeln. Er kniet sich ebenfalls hin. »Schönheitswettbewerbe und Höhlen – und das alles an einem Tag.«

Er und Mellanie folgen Tol Visagie in die Höhle. Mellanie flucht. Sie bricht sich einen Fingernagel ab, während sie den Spalt bewältigt. Der Eingang ist kurz und führt in einen großen Raum.

»Schauen Sie sich das an«, sagt Tol Visagie und schaltet die Taschenlampe ein.

»Was zum Teufel ist das?«, will Mellanie wissen.

»Rhinozeroshörner«, erwidert Tol Visagie. »Vielleicht vier- oder fünfhundert Rhinozeroshörner. Da draußen sind die anderen Überreste dieser Tiere. Zumindest von einigen.«

»Das sind Rhinozerosknochen?«, fragt Mellanie.

»Ja«, antwortet Tol Visagie. »Sie müssen hier eine Fabrik betrieben haben.« Er hält den Lichtstrahl auf die Hörner gerichtet, die zu einer fünf Meter hohen Säule gestapelt sind, welche an der hinteren Höhlenwand lehnt. »Ich weiß nicht, wie viele es genau sind. Ich habe nicht gezählt. Das ist eine Schätzung, wenn ich mir diesen Berg so ansehe. Jedenfalls ist es sehr viel Horn. Worüber reden wir hier,

Mr. Mkezi? Was meinen Sie? Fünfundzwanzig, dreißig Millionen US-Dollar?«

Jacob Mkezi streicht mit der Hand über die Hörner. Sie sind trocken und staubig. Er klatscht in die Hände, um sie von dem Staub zu befreien. »Sie sind hier schon seit ziemlich langer Zeit.«

»Nehme ich auch an«, erwidert Tol Visagie. »Wahrscheinlich so seit zwanzig Jahren.«

»Und die sollen fünfundzwanzig Millionen Dollar wert sein?«, fragt Mellanie. »Die liegen einfach hier rum und sind fünfundzwanzig Millionen wert?«

»Könnte hinkommen.« Jacob Mkezi streichelt die Hörner mit den Fingern. Er reibt über eine Spitze. »Hier in der Gegend würde man auf der Stelle neunzig, vielleicht hundert Millionen Rand kriegen.« Er schnipst mit den Fingern. »Geben Sie mir mal die Taschenlampe.« Tol Visagie holt eine weitere Lampe aus seinem Rucksack und reicht sie ihm. Jacob Mkezi beugt sich über die Hörner und sieht sie sich genauer an. Sie sind weder verschimmelt noch brüchig. Er gibt Tol Visagie die Taschenlampe zurück. »Wann haben Sie die gefunden?«

»Vor zwei Wochen. Rein zufällig. Ich war auf der Spur eines alten Büffels, dem wir einen Sender um den Hals gehängt hatten. Ich dachte, ich steige mal auf den Inselberg, um mich in der Gegend umzusehen, und da habe ich die Knochen gefunden. Und dann diesen riesigen Haufen Hörner.« Er lässt den Lichtstrahl die Säule auf und ab wandern.

»Das sind Kriegsvorräte«, meint Jacob Mkezi.

»Ja, muss es sein. Das war UNITA-Gebiet, Jonas-Savimbi-Land. Er hat sie wahrscheinlich gegen Waffen und Munition eingetauscht. Essen, Medikamente, Gott weiß, was. Ich vermute, das hier war sozusagen seine Bank.«

»Könnte sein. Die Frage ist nur, warum sie immer noch hier sind.«

»Man hat sie vergessen.«

»Glauben Sie?«

»Muss ich.«

Jacob Mkezi lässt den Lichtstrahl über die Wände wandern. Es ist ein eindrucksvoll großer Raum. Der Stapel aus Rhinozeroshörnern reicht fast bis zur Decke. Es ist genügend Platz, um zwei SUVs parken zu können. »Keine Malereien von den San?«

»Ich habe nachgesehen. Es gibt drei Kreise, das ist alles. Nichts Besonderes.«

»Die da?« Jacob Mkezi beleuchtet die Formen in der Nähe des Eingangs, die undeutlich ockerfarben im Licht der Lampe schimmern.

»Ja. Mir sagen die nichts. Die Buschmänner haben seltsame Vorlieben gehabt.«

»Könnte ein Kind gemalt haben«, meint Mellanie.

»Wer weiß sonst noch davon?«, fragt Jacob Mkezi. »Außer Cake Mullins?«

»Niemand.«

»Und wieso ist Cake mit von der Partie?«

»Ich kenne Cake. Vor zehn Jahren war er sehr häufig hier oben.«

»Glaube ich gerne.«

»Ich weiß, was er getrieben hat. Gehandelt, vermittelt, Geschäfte gemacht. Er hat mir nichts Genaueres gesagt. Aber hier draußen kann man nicht alles verheimlichen. Im Buschland gibt es keine Geheimnisse. Jeder beobachtet jeden. Man glaubt zwar, mitten im Niemandsland zu leben, fernab jeder Menschenseele. Aber in Wirklichkeit ist das Buschland voller Augen, mein Freund.«

»Weiter.«

»Auch als Cake nicht mehr hierhergekommen ist, blieben wir in Kontakt. Ein, zwei Mal im Jahr kam er um der alten Zeiten willen zu Besuch. Um nicht ganz den Kontakt zu verlieren, hat er gesagt. Er hat Leute getroffen, ist durch die Gegend gefahren. Ich habe ihn mit ins Buschland genommen. Und zu den Dörfern, wo ich Kliniken unterhalte. Cake hat uns finanziell geholfen.«

»Großzügig.«

»Ja, das ist er.« Tol Visagie hält inne. Lauscht.

»Was ist?«

»Ich dachte … Nein, nichts.« Er richtet den Lichtstrahl auf die Hörner. »Als ich die gefunden habe, rief ich ihn an. Er kam her, um sie sich anzusehen, und schlug vor, dass ich Sie kontaktiere. Er meinte, Sie wären der Einzige, der so etwas abwickeln kann.« Wieder hält Tol Visagie inne. Horcht. »Es ist ein Auto. Wir sollten besser gehen.«

Achtundzwanzig

Fish schiebt den hinteren Deckel seines Handys auf, holt die SIM-Karte heraus und tauscht sie gegen die andere aus – Nokia lässt seine Alles-Okay-Melodie erklingen. Er überprüft die letzten Kontakte. Zwei Nachrichten auf der Voicemail. Beide von ihm mit der Bitte an Colins, ihn zurückzurufen.

Fish sagt zu Vicki: »Er ist tot. Colins. Sie haben ihn umgebracht. Diese Schweine.«

»Das ist bloß deine Vermutung.« Vicki schaut sich demonstrativ unter den Büschen um. »Ich sehe keine Leiche.«

»Die sind sie woanders losgeworden. Irgendwo. *Bergies* sterben jeden Tag. Zu viel Alkohol. Zu viel Crystal Meth. Herzinfarkt. Messerstecherei. Wen kümmert's? Was bedeutet schon einer weniger?«

Vicki legt die Einzelteile des Handys auf den Stein – das kaputte Display, die zerbrochene Tastatur, die Batterie, ein paar Splitter des Gehäuses. »Hatte dieses Handy eine Kamera?«

Fish nickt. »Ich nehme an, dass er Fotos gemacht hat. Hielt sich für besonders clever. Dummerweise werden Bilder nicht auf der SIM-Karte, sondern im Handy gespeichert. Ich kenne allerdings jemanden, der sich mit Handys auskennt. Wenn der Speicher nicht kaputtgegangen ist, könnte er sich das mal anschauen.«

Fish legt wieder seine eigene SIM-Karte ein, schaltet an und wählt eine Nummer. Wird zur Voicemail durchgestellt. Er hinterlässt eine Nachricht. »Nicht ideal.«

»Ich kenne auch jemanden«, sagt Vicki. Sie versucht es bei ihrem Bekannten und hat Glück.

»Dann los«, meint Fish. »Aber wir müssen vorher noch woandershin.«

Woanders ist ein Bullenrevier, das an der Straße in der Nähe der alten Grundschule liegt.

Am Empfang zeigt Fish seine ID-Karte, die ihn als Privatdetektiv ausweist. Der Mann hinter dem Tresen trinkt eine Fanta mit einem Strohhalm. Die Dose hat er in der linken Hand, während seine rechte mit einer Schreibfeder langsam kalligrafische Zeichen malt. Er schaut auf, seine Lippen legen sich um den Strohhalm. Er saugt, schluckt und stellt die Feder in ein Tintenglas.

»Wie kann ich helfen?«

»Wunderschöne Schrift«, meint Vicki.

»Ich mag das«, erwidert der Polizist. »Meine Oma hat so geschrieben.«

»Meine Tante auch«, entgegnet Vicki. »Ich habe noch ein paar Briefe von ihr.«

Fish steckt seine ID-Karte ein. Sagt: »Wurden heute Morgen irgendwelche Toten hereingebracht?«

Der Constable runzelt die Stirn. »Tote?«

»Menschen, die nicht mehr leben.«

»Nur ein *Bergie.*«

»Okay«, sagt Fish und lehnt sich weiter nach vorn, um leiser reden zu können. »Hören Sie, tun Sie mir den Gefallen und lassen mich die Leiche sehen?«

Der Constable saugt an dem Strohhalm. »Die Tote ist schon weg. Im Leichenschauhaus.«

»*Die* Tote?«

»Ja, Mad Martha. Sie wissen schon, die Verrückte, die immer bei der Synagoge geschlafen hat.«

»Und es gab keine toten Männer?«

Der Constable runzelt erneut die Stirn. »Haben Sie damit ein Problem?«

Im MiTo meint Vicki: »Vielleicht ist dein Colins doch noch am Leben.«

Fish schüttelt den Kopf. »Glaube ich kaum. Aber möglicherweise kann uns dein Nerd weiterhelfen.«

Neunundzwanzig

Tol Visagie führt sie aus der Höhle auf die Lichtung zurück. Bleibt dort stehen und horcht. Im Freien ist das Motorengeräusch des näher kommenden Fahrzeugs schwächer. Er bedeutet den beiden, ihm zu folgen. Läuft durch die Schneise und strebt dann auf die schwarzen Felsen in südlicher Richtung zu. Sie hören ein Auto, das langsam und in einem niedrigen Gang fährt. Der Motor geht in Leerlauf und wird dann abgeschaltet. Tol Visagie leitet sie weiter, bis der Inselberg sie vor dem Neuankömmling sicher verbirgt. Er folgt keinem Pfad, sondern läuft eine Böschung entlang auf den weichen *Vlei*-Boden zu. Sie sind jetzt hinter den Büschen am Flussufer nicht zu sehen, können aber ihrerseits einen SUV erkennen, der in einiger Entfernung von ihrem Land Rover angehalten hat. Eine Tür öffnet sich. Vusi Bopape steigt aus und lässt die Tür leise ins Schloss fallen.

»Glauben Sie immer noch, dass ich mit dem Peilsender übertrieben habe?«, flüstert Tol Visagie. »Woher sollte er sonst wissen, dass wir hier sind?«

Sie beobachten, wie Vusi Bopape das *Vlei* mit einem Fernglas absucht. Er dreht sich um und schaut zum Inselberg hinüber. Dann holt er ein Gewehr aus dem Auto und schlägt die hintere Tür zu. Wieder sucht er das *Vlei* ab, dreht sich um und marschiert auf den Berg zu. Als er die schwarzen Felsen erreicht, bleibt er stehen.

»Eine AK«, sagt Jacob Mkezi. »Interessant.«

»Das Gewehr?«, fragt Mellanie. »Das ist eine AK? Was macht er damit?«

Sie sehen, wie Vusi Bopape zögert, lauscht und mit dem Fernglas den hohen Kamm abwandert.

Tol Visagie schaut Jacob Mkezi an. »Wollen Sie ihn begrüßen?«

»Einen Mann mit einer AK? Warum sollte ich das tun wollen?«

»Er weiß, dass wir hier sind. Irgendwo hier. Wahrscheinlich nimmt er an, dass wir ihn beobachten.«

»Das soll er ruhig annehmen. Für den Moment zumindest.«

»Sicher?«

»Ja, sicher.«

»Jacob ...« Mellanie wedelt mit der Hand, um eine Wolke von Mücken zu vertreiben. »Jacob, das ist kein Spiel für kleine Jungs. Warum ist dieser Mann hier? Und warum hat er eine solche Art von Waffe?«

»Ich weiß es nicht. Okay? Ich weiß nicht, warum er hier ist und was er mit dieser Art von Waffe vorhat.«

»Im Buschland braucht man eine Waffe«, meint Tol Visagie. »Eine AK ist keine schlechte Wahl.«

»Und Sie wollten, dass ich im Auto bleibe! Sie wussten von diesem Mann und wollten trotzdem, dass ich im Auto bleibe! Mein Gott, Jacob, wieso hättest du so was zugelassen? Wo ist dein Hirn?«

Sie sehen zu, wie Vusi Bopape zu den Fahrzeugen zurückkehrt, ihren Land Rover langsam umrundet und in jedes Fenster schaut. Er versucht, eine Tür zu öffnen. Blickt wieder zum Bergkamm.

Gemächlich geht er zu seinem SUV, verstaut das Gewehr und zündet sich eine Zigarette an. Er setzt sich auf den Fahrersitz und starrt zum Inselberg hinüber. Raucht entspannt und klopft zwischendurch die Asche an der Seite der Wagentür ab.

»Er nimmt an, dass wir da oben sind«, meint Tol Visagie. »Wir könnten ihn überraschen.« Er zeigt nach Norden entlang des *Vlei*-Ufers, wo ein Trampelpfad zum Wasser hinunterführt. »Wenn wir etwa zweihundert Meter in diese Richtung laufen, kommen wir hinter ihm raus. Hier ist die Vegetation sehr dicht, er wird uns nicht sehen.«

Jacob Mkezi nickt. »Lassen Sie uns das machen.«

Mellanie seufzt. »Ihr Männer führt so aufregende Leben. Es gibt wohl kein Alter, in dem ihr nicht Cowboy und Indianer spielt, was?«

Hastig laufen sie den Sandpfad zum Rand des Buschlands entlang. Dahinter wächst *Vlei*-Gras. Hinter dem Gras glitzert die Sonne auf dem Wasser.

Tol Visagie führt sie das Ufer entlang bis zum Rand der Lichtung. Ruft laut eine Begrüßung.

Vusi Bopape wirbelt herum. Schaut sie mit verblüffter Miene an.

»Das hat er wohl nicht erwartet«, murmelt Tol Visagie.

Vusi Bopape kommt nun mit ausgestreckten Armen auf sie zu. »Ich hab schon vermutet, dass Sie hier sein könnten. Das ist ein so herrlicher Ort, dass Tol Ihnen den zeigen musste.« Er grinst Jacob Mkezi an. »Wunderbare Vögel auf dem *Vlei*.« Er nimmt Mellanies Hand. »Hallo. Schön, Sie wiederzusehen. Wie ich schon beim letzten Mal sagte: Ich halte Sie für eine der Besten. *Né*, Mr. Mkezi? Selbst wenn man im strömenden Regen steht, kann einen Ms. Munnik davon überzeugen, dass die Sonne scheint.«

Mellanie zieht ihre Hand fort. »Lassen Sie den Quatsch.«

»Und außerdem kann sie auch sehr direkt sein. Nicht wahr, Mr. Mkezi?«

Jacob Mkezi antwortet nicht, sondern geht an Vusi Bopape vorbei zum Land Rover. »Es wird Zeit, dass wir zum Mittagessen nach Hause kommen, Tol«, sagt er.

Vusi Bopape steht belustigt da und beobachtet die drei. »Kein Grund, sich so zu verhalten. Entspannen Sie sich. Wir sind im Buschland. Im angolanischen Buschland. Genießen unsere Freizeit.«

»Für einen Mann in den Flitterwochen sollten Sie eigentlich mehr Zeit mit Ihrer jungen Frau verbringen«, meint Jacob Mkezi. »Junge Ehefrauen werden nicht gern alleingelassen.«

Vusi Bopape lacht und zwinkert. »Auf dem Gebiet wissen Sie Bescheid, Herr Polizeipräsident.«

Jacob Mkezi dreht sich blitzschnell zu ihm um und sieht ihn mit kalten Augen an. »Ich bin pensioniert. Nennen Sie mich nicht so.«

Vusi Bopape weicht einen Schritt zurück. Hebt beide Hände hoch. »Verzeihung, Mr. Mkezi. Sollte nur ein Scherz sein. Kleine Witze unter Freunden.«

»Hören Sie.« Jacob Mkezi stellt sich direkt vor ihn hin. »Ich weiß nicht, wer Sie sind. Und ich weiß nicht, was Sie wollen. Ich weiß nur, dass ich Sie zu häufig zu Gesicht bekomme. Verstehen Sie, mein Freund? Mehr Abstand, wenn ich bitten darf.«

»Klar.« Vusi Bopape schüttelt eine weitere Zigarette aus einer Schachtel und zündet sie mit einem Bic-Feuerzeug an. »Wollte Ihnen nicht zu nahe treten.«

»Nicht zu nahe, ganz genau.« Jacob Mkezi steigt in den Land Rover. Mellanie folgt ihm. »An Ihrer Stelle, Mr. Bopape, würde ich schnell die Grenze passieren.«

Vusi Bopape salutiert mit ironischer Miene. »Werde ich. Direkt hinter Ihnen.« Zu Tol Visagie sagt er: »Hübsche Waffe, das 700er.«

»Ja.« Tol Visagie entlädt die Remington und schiebt sie in

die Gewehrtasche. »Unglaublicher Zufall, dass wir Sie hier draußen treffen, was, Mr. Bopape?« Er schlägt die hintere Tür zu.

»Eigentlich nicht«, erwidert Vusi Bopape. Er steht da, sieht ihnen nach, wie sie wegfahren. Winkt, ehe sie zwischen den Bäumen verschwinden.

Dreißig

»Das hier ist nutzlos«, sagt Fish und wedelt mit dem Ausdruck herum. »Viel zu verschwommen. Man kann gerade noch das Fort erkennen.«

»Auf dem hier hätten wir ein Gesicht«, stellt Vicki fest. »Nicht sehr scharf, aber immerhin.«

»Lass mich sehen«, bittet Fish.

Sie laufen die Treppe in einem Wohnblock hinunter – jene Sorte Wohnblock, in denen Studenten hausen. Der süße Geruch von Cannabis allgegenwärtig. An den Wänden hängen Plakate mit Konzertankündigungen, Kinofilmen, Partys, Theaterstücken und Ausstellungen. Überall hört man Stimmen.

Fish denkt daran, dass es noch gar nicht so lange her ist, als er in einer solchen Wohnung gelebt hat. Wie der *Boykie*, den sie gerade besucht haben. Starker Körpergeruch, Zigarettenatem, struppiger Bart, Jeans, die um den Hintern schlabbert. Seine Wohnung ein Müllhaufen aus Hightech-Geräten.

»Woher kennt ihr euch?«, wollte Fish wissen, während sie warteten. Er und Vicki saßen eng aneinandergepresst auf einem Zweiersofa.

»Sie arbeitet für meinen Onkel«, hatte der *Boykie* geantwortet.

»Für wen? Für Cliffie?«

»Cliffie!« Der *Boykie* lachte. »Das würde ihm gefallen. Onkel Cliffie genannt zu werden.«

»Wirklich?«, meinte Fish. »Clifford Manuel?«

»Ja, genau, Clifford Manuel«, antwortete Vicki. »Und jetzt lass den Mann arbeiten.«

Das tat der auch. In kürzester Zeit hatte er den Speicher heruntergeladen. Dafür zahlte ihm Vicki zweihundert bar auf die Kralle.

»Die Bilder sind nicht doll«, erklärte er, als er Vicki die Ausdrucke reichte. »Aber daran kann ich nichts ändern.« Er reichte Fish das kaputte Handy. »Willst du das mitnehmen?«

»Ja, klar«, erwiderte Fish, der nicht scharf darauf war, dass dieser Nerd sein altes Handy behielt. »Könnte noch mal nützlich sein.«

»Das ist hinüber.«

»Glaube ich nicht. Hättest du sonst die Bilder gefunden?«

Der *Boykie* zündete sich eine Zigarette an und kratzte sich am Bart. »Hast du da Geheimnisse drin?«

Ehe Fish antworten konnte, zog ihn Vicki aus der Wohnung und schloss die Tür hinter ihnen. Ging die Treppe hinunter.

»Interessante Familie hat dieser Cliffie«, meinte Fish, als er sie eingeholt hatte. »Jetzt komm schon, zeig mir die Bilder.«

Zwei Treppen weiter unter bleiben sie auf dem Absatz stehen. Vicki hält den Ausdruck ins Licht. Ein dämmriges Licht, das durch die Milchglasscheiben hereinfällt.

Fish sieht das Bild mit zusammengekniffenen Augen an.

»Das gibt's ja nicht. Schau mal, wen wir da haben.«

»Wen?«, fragt Vicki.

»Seven.« Fish zeigt mit dem Finger auf das Gesicht. »Der Apotheker von Muizenberg.«

Einunddreißig

Jacob Mkezi und Tol Visagie sitzen auf Klappstühlen in einem Vogelversteck. Halten Bierflaschen, blicken über ein *Vlei*. Viel passiert nicht: Ein Fischreiher stolziert am schlammigen Ufer entlang, zwei Nilgänse schwimmen auf dem Wasser. Das Versteck liegt nicht weit von der Lodge entfernt. Es ist sogar so nahe, dass sie das Stimmengemurmel auf der *Stoep* mitbekommen.

Tol Visagie hat fast ununterbrochen über die Rhinozeroshörner geredet, Jacob Mkezi zugehört und sich dabei seinen Teil gedacht.

»Ich würde sagen, fünfzig-fünfzig wäre ein fairer Deal«, meint Tol Visagie.

Jacob Mkezi überlegt. Starrt auf den Reiher, nippt an seinem Bier. Erwidert: »Es geht um eine Menge Logistik. Man muss viele Vorkehrungen treffen. Das wissen Sie.«

»Das weiß ich.«

»Solche Sachen kosten. Bevor überhaupt ein Käufer auf den Plan gerufen wird.« Jacob Mkezi belässt es dabei. Nimmt einen weiteren Schluck Bier. Es ist noch immer kalt. Die Flasche ist feucht von Kondenswasser.

»Ich denke nur daran«, sagt Tol Visagie, »wie verdammt viel ich mit dem Geld bewirken kann. Zum Beispiel eine Klinik eröffnen und finanzieren. Ärzte anstellen, Krankenschwestern, vielleicht sogar Praktikanten. Das würde die Gesundheitslage der Leute hier draußen deutlich verbessern. Wir könnten wesentlich mehr Leben von den Menschen retten, die auf eine Mine treten. Mindestens könnten wir Gliedmaßen retten. Verstehen Sie, was ich sage? Es gibt nichts für diese Menschen. Sie bekommen Malaria, und neun von zehn sterben daran. Sie bekommen Hepatitis A und E, Meningitis, Typhus, verschiedene Arten von Fieber, Tollwut. Und sie sterben daran. Von den LKW-Fahrern werden sie mit HIV infiziert. Die Kinder werden damit geboren, oder sie bekommen es mit der Geburt oder über die Muttermilch. Eine Klinik könnte all das stoppen.«

Tol Visagie dreht sich zu Jacob Mkezi. Rutscht auf seinem Klappstuhl hin und her.

»Um eine Klinik ins Leben zu rufen, braucht man viel Geld.«

Jacob Mkezi hält den Blick auf den Reiher gerichtet. Der Vogel steht völlig still da. Konzentriert.

»Eine solche Art von Klinik ist teuer. Die Formalitäten, die Pläne, Architekten – es beginnt schon lange vor den Ziegeln und dem Mörtel. Dann die Ausrüstung, die Medikamente, die Wartung, die Verbesserungen, die laufenden Kosten. All das frisst ein Budget auf, Mr. Mkezi. Ich habe es erlebt.« Er hebt seine Flasche, trinkt aber nicht. »Fünfzig-fünfzig wäre gerecht.«

»Wollen Sie Ihre ganzen fünfzig Prozent in die Klinik stecken?«

»Das meiste, ja. Etwas davon brauche ich auch persönlich.«

»Klar.«

»Ich habe keine Rente. Keine Investitionen. Nichts fürs Alter. Und bis dahin ist es nicht mehr lange, Mr. Mkezi. Vielleicht noch zwanzig Jahre. Vielleicht etwas länger, wenn ich bis fünfundsechzig arbeite. Ohne das stecke ich in der Tinte. Tief in der Tinte.« Tol Visagie trinkt. Wartet darauf, dass Jacob Mkezi etwas sagt. Jacob Mkezi beobachtet den Reiher.

»Meine bisherigen Jobs haben mir nie die Gelegenheit gegeben, Geld zu sparen. Tierärzte im Buschland verdienen fast nichts. Genug, um über die Runden zu kommen und mal in Urlaub zu fahren. Ein Auto zu kaufen. Verstehen Sie, was ich meine? Da ich immer hier draußen bin, habe ich mir nie ein Haus in der Stadt gekauft. Jetzt kann ich mir keines mehr leisten.«

Der Reiher schlägt rasend schnell zu. Sein Kopf schießt nach unten. Jacob Mkezi schaut durch das Fernglas und stellt fest, dass der Vogel mit seinem Schnabel einen Frosch aufgespießt hat.

»Haben Sie das gesehen?«, fragt er Tol Visagie.

Tol Visagie hebt sein Fernglas, sagt: »Es würde einen großen Unterschied für mich machen. Mir Sicherheit geben. Eine Klinik gibt den Menschen hier gesundheitliche Sicherheit. Vielleicht könnten wir sie die Jacob-Mkezi-Klinik nennen. Wenn Sie einverstanden wären. Etwas in der Richtung.«

»Unglaublich«, meint Jacob Mkezi. »Man sieht nicht oft, wie ein Vogel so etwas tut.«

Der Reiher lässt den Frosch fallen. Sticht noch einmal auf ihn ein.

Jacob Mkezi ist weiterhin gebannt.

»Also fünfzig-fünfzig?«

»Er frisst ihn in Teilen, die er absticht.«

»Ich könnte auch sechzig-vierzig machen.«

Jacob Mkezi lässt das Fernglas sinken. »So etwas habe ich noch nie gesehen. Das war faszinierend.« Er trinkt einen Schluck Bier und erhebt sich. »Ich fürchte, ich muss verzichten. Tut mir leid, Tol.«

Tol Visagie starrt ihn an. »Was? Sie wollen nicht …«

Jacob Mkezi zuckt mit den Achseln.

»Das meinen Sie nicht ernst. Sie haben sie doch gesehen, die Hörner. Sie haben gesehen, wie viele das sind. Sie wissen, wie viel die wert sind. Das meinen Sie nicht ernst. Bitte, Mr. Mkezi.

Ich brauche Ihre Hilfe.« Er legt eine Hand auf Jacob Mkezis Arm. »Bitte.«

»Ich spreche vom Risiko, Tol. Das Risiko.«

»Siebzig-dreißig.«

»Hören Sie auf.«

»Fünfundsiebzig-fünfundzwanzig. So weit würde ich gehen.«

»Lassen Sie mich darüber nachdenken«, sagt Jacob Mkezi.

Die Todesschwadron, März 1986

Sie sind seit einer Stunde auf dem Pass, der Fischer und Blondie. Sitzen da in einem gestohlenen BMW mit geöffneten Türen und trinken den letzten Rest Bier.

Es ist heiß. Das Buschland surrt vor Insekten. Fliegen schwirren um sie herum. Blondie geht zum Straßenrand, will sich erleichtern. Gleich neben ihm wird der Boden abschüssig, verläuft vorbei an Felsen, Aloebüschen, Wolfsmilchgewächsen und Elefantensträuchern auf eine Schlucht zu, die dunkel bewaldet ist. Der Steilhang unter ihm liegt in Nebel getaucht.

Vor einer Woche, als der Fischer die Nachricht bekam, dass alles nach Plan laufen würde, fuhr er zu dem Pass hinauf und entschied sich für diese Stelle oberhalb einer Haarnadelkurve. Ein guter Blick von den Felsen hinab über alle Kurven und Kehren. Kilometerweit. Man würde sie sehr lange nach oben fahren sehen – bis zu den Serpentinen, wo sie es tun würden.

Der Plan ist einfach, erklärt er dem Kommandanten. Sobald die Gewerkschaftsjungs um die letzte Kurve biegen, drängt Blondie sie von der Straße. Es gibt keinerlei Fahrbahnbegrenzung, sie rollen den Berg hinunter und stürzen in die Schlucht. Dort würden sie für immer verschwinden. Aus, Äpfel, Amen.

Wunderbar einfach, sagte er auch zu Blondie.

Blondie hält den Plan für verrückt. Was ist, wenn der Wagen nicht in die Schlucht stürzt? Sondern in Aloebüschen hängen bleibt? Was dann?

Der Fischer sagt: »Stell nicht so viele Fragen, *China.* Mach es einfach. Okay?«

Blondies Miene bleibt regungslos.

Jetzt wirft der Fischer einen Blick auf seine Uhr. 15:42. »Ich schau mal nach.« Er holt ein Fernglas heraus und steigt eine kleine Anhöhe hinauf, von wo aus er am weitesten sehen kann. Steht da und späht.

Blondie bedeckt seine Augen mit der Hand, blinzelt in den strahlend blauen Himmel. Ruft: »Irgendwas?«

Keine Antwort. Dann: »Ja, da ist Staub. Weit weg, etwa zehn Kilometer.«

Könnte sonst wer sein, denkt Blondie. Kein einziger Wagen ist über den Pass gefahren, seitdem sie hier warten.

»Zwei Fahrzeuge!«, ruft der Fischer. »Eindeutig. Zwei Fahrzeuge. Das andere ist etwa einen Kilometer weiter hinten.«

»Welche Farbe hat das erste?«

»Kann ich nicht erkennen.« Eine Pause. »Eine helle Farbe. Weiß. Ja, weiß.«

Die Gewerkschaftler sitzen in einem weißen Corolla. Das wissen sie.

»Und da kommt die Leuchtkugel.« Das Signal, dass sie die Sache durchziehen sollen. Der Fischer schlägt sich auf den Oberschenkel. »Wir sind dran, *Boykie.* Das ist es. Okay?«

Der Fischer hat es genau ausgearbeitet und dem Kommandanten beschrieben. »Links gibt es ein Gatter zu einer Farm«, sagte er. »Alles Mögliche hängt da dran. Schilder, dass man das Land nicht betreten soll. Hörner von Antilopen, Schafschädel. Der Name der Farm ist Vergenoeg. Wenn sie dort vorbeifahren, feuerst du die Leuchtkugel ab. Sie werden das Signal nicht sehen, aber ich. Und selbst, wenn sie es tun, was heißt das schon? Kann auch irgendein Farmer gewesen sein. Sie werden keinen weiteren Gedanken daran verschwenden.«

Blondie holt ein paar Kanister mit Altöl aus dem Kofferraum des BMW und entleert die schleimige Flüssigkeit etwa zwei Meter vor der Kurve auf die Fahrbahn.

Total verrückter Plan, denkt er. Die Art von Plan, bei der er selbst ums Leben kommen könnte. Die Idee des Fischers. Sie zogen Streichhölzchen, er zog das kürzere.

Der Fischer war sicher: »Der Fahrer wird bremsen, ins Schlingern kommen, wegschlittern und dich nicht berühren. Vertrau mir.« Gab ein wahnsinniges Kichern von sich, als ob er genau Bescheid wüsste.

Blondie murmelt »ruhig Blut«, während er versucht, den Wagen zu starten. Der Motor heult zwar auf, springt aber nicht an.

»Verdammte Scheiße!«, brüllt der Fischer. »Sie kommen, Mann. Sie kommen, schnell.«

Blondie hört nur das Rumm, Rumm, Rumm des Motors. Vielleicht ist die Batterie fast leer. Er schaut zum Fischer hoch, der auf den Felsen steht. Der *Oke* da oben führt einen Tanz auf, als würden ihn Ameisen beißen. Er deutet den Pass hinunter, während sein Mund wie verrückt auf- und zuklappt.

Blondie legt den Rückwärtsgang ein und löst die Handbremse. Dreht immer wieder am Schlüssel, während er dahinrollt. Vor der nächsten Kurve liegen etwa fünfzig Meter gerade Strecke. Wenn er es nicht schafft, die Kurve zu nehmen, stürzt er rückwärts in die Schlucht. Wobei es völlig egal ist, ob man nun vorwärts oder rückwärts in die Schlucht stürzt.

Das Auto gewinnt an Geschwindigkeit.

Der Motor macht weiterhin Rumm, Rumm, Rumm.

Oben auf dem Felsen springt der Fischer wie ein Kobold hin und her.

Blondie spürt den Schweiß unter den Achseln, und sein Gesicht wird feucht.

Der Wagen rollt. Blondie lässt die Kupplung los, der Motor stottert, die Räder kommen ins Schlingern. Staub wirbelt durchs Fenster herein. Sandkörner auf seinen Zähnen.

Zehn Meter, fünfzehn Meter, zwanzig Meter.

Der Wagen rollt, der Motor macht Rumm, Rumm, Rumm.

Als er die Hälfte der Strecke bis zur öligen Kurve zurückgelegt hat, springt der Motor an, und der BMW ruckelt nach hinten. Blondie tritt die Kupplung durch, dann die Bremse. Der Motor stirbt nicht ab. Der Wagen bleibt stehen. Er reißt die Handbremse hoch, gibt Gas.

Der Fischer fuchtelt mit beiden Händen. Er wirkt völlig verzweifelt.

Blondie schaltet in den Ersten, dreht sich auf dem losen Kies, denkt: Dieser verrückte Plan ist kein Plan, das ist Selbstmord. Er kommt ins Schleudern, schafft es aber, den Wagen gerade zu stellen und den Motor zu drosseln. Er sieht, dass der Fischer etwas ruft, kann kein Wort davon verstehen. Der Fischer zeigt nach unten auf die Kurve.

Blondie löst die Handbremse, lässt die Kupplung kommen und wird von dem Sonnenlicht auf der Windschutzscheibe des Autos geblendet, das jetzt um die Kurve biegt. Der weiße Toyota Corolla. Im Wageninneren drei Männer. Er beschleunigt und rast auf sie zu.

Er sieht das Entsetzen im Gesicht des Fahrers. Sieht, wie dieser das Steuer nach links reißt. Sieht, wie das Auto auf die Böschung zuschlingert. Wie die Reifen auf dem Ölteppich nicht mehr greifen. Wie der Wagen schlittert. Weiterschlittert.

Blondie bremst. Er sieht, wie der andere kopfüber über die Böschung hinabstürzt.

Er springt aus dem BMW und holt den Benzinkanister aus dem Kofferraum. Genau das hat er befürchtet: Der Corolla hängt an einem Felsen fest und ist nicht in die Schlucht gestürzt.

Der behämmerte Plan des Fischers.

Blondie klettert die Böschung hinab. Der Fischer befindet sich jetzt neben ihm, die beiden rutschen den Abhang hinunter zum Auto.

Das ist völlig zerdrückt.

Der Fahrer hängt über dem Lenkrad. Der Einzige, der sich noch bewegt, ist der Mann auf dem Rücksitz. Er sagt: »Helfen, bitte helfen.«

Die Fensterscheiben sind blutverschmiert.

Der Fischer packt den Kanister und schüttet das Benzin über den Wagen. Blondie zündet ein Streichholz an. Durch das Knistern des Feuers hindurch hört er den Mann schreien und gegen die Scheibe hämmern.

Sie klettern wieder zur Straße hoch und beobachten, wie der Corolla brennt – Blondie und der Fischer. Jetzt hören sie den Mann nicht mehr schreien. Nach fünf Minuten kommen der Kommandant und Totenkopfgrinser angefahren. Totenkopf sitzt hinter dem Steuer und passt bei der Kehrtwendung auf der engen Straße höllisch auf. Der Kommandant stellt sich neben Blondie und den Fischer und sieht dem Feuer zu.

»Alles erledigt«, sagt er.

»Ja«, erwidert der Fischer. »Ich hab allerdings gedacht, es sollen vier sein.«

»Der VIP ist nicht aufgetaucht«, erklärt der Kommandant. »Kein Problem. Fahrt uns jetzt hinterher. Wir stoßen den BMW in Somerset East ab und nehmen dann die lange Route zurück zur Bay.«

Auf der Fahrt hinunter erklärt Blondie dem Fischer: »Das war übrigens *Kak*, was du vorhin gesagt hast. Über Babys, die wie ihr Vater aussehen.«

Der Fischer hatte Folgendes gesagt: »Ein Mann kontrolliert, wenn sein Kind geboren wurde, sofort, ob es ihm ähnlich ist.

Im ersten Jahr erklären alle, das Kind sei einem wie aus dem Gesicht geschnitten. Das sagen alle. *Oupas, Oumas*, Freunde, alle. Was sie dir damit signalisieren: Es ist deins. Es ist von dir. Dass deine Frau nicht rumgevögelt hat. Denn wenn es nicht wie du aussehen würde, dann würdest du es nicht haben wollen. Oder? Darf das Sperma eines anderen *Oke* deine Frau befruchten? Ich meine, *sies*, Mann. *Vieslik*. Wenn die Kleinen also rauskommen, schauen sie aus wie du, das erste Jahr über, danach schauen sie aus wie ihre Mama, wenn sie Mädchen sind. Weißt du, warum? Weil wir rumvögeln. Das tun wir alle, Männer und Frauen. Das sollen wir auch tun. Von der Natur aus. Das ist rein natürlich.«

Jetzt richtet sich der Fischer auf und blickt zu Blondie hinüber. »Du findest also, ich verzapfe Mist?«

»Ich kenne mich in der Geschichte nicht aus, okay. Nicht über die ganzen Jahrhunderte. Aber ich nehme nicht an, dass es vor zwei-, dreihundert Jahren schon überall Spiegel gegeben hat.«

»Red keinen Quatsch.«

»Nein, jetzt ernsthaft. Wenn man nicht reich war, hat man nicht gewusst, wie man aussieht. Man selbst, meine ich. Es sei denn, du hast einen Eimer mit Wasser gehabt oder so.«

»Und?«

»Und wenn man sein Gesicht nicht kennt, wie soll man dann wissen, dass das Baby so aussieht wie man selbst?«

»Weil es dir alle sagen.«

Blondie nimmt die Hände vom Lenkrad und hält sie hoch, als wollte er rufen »Gott steh mir bei!« »Vielleicht haben die anderen gelogen. Schon mal daran gedacht? Um dich nicht zu verletzen. Um dir keinen Schmerz zuzufügen.«

»Blödsinn«, erwidert der Fischer. »Manchmal redest du echten Bockmist.«

Zweiunddreißig

Vicki folgt Fishs Anweisungen, fährt zur Killarney Road im Muizenberg-Ghetto, biegt rechts in die Church ab und parkt den MiTo gegenüber einer Doppelhaushälfte, die dringend Farbe und Streicheleinheiten gebraucht hätte. Einige der Fenster sind zugenagelt.

»Wird nicht lange dauern«, sagt Fish.

»Nein, kommt nicht in Frage. Ich warte hier nicht. Ich komme mit.«

»Keine gute Idee.«

»Auch keine gute Idee, hier allein draußen sitzen zu bleiben.«

»Ich bin zwei Minuten weg. Will nur sehen, ob er da ist.«

Vicki seufzt. »Du gehst da nicht alleine rein.«

»Ich gehe gar nicht rein. Das Haus sieht sowieso verschlossen aus.«

Vor dem Haus befindet sich ein kleiner Garten, der aus leeren Flaschen, blutigen Taschentüchern, Kondomen, Dosen, Puppengliedern und Spritzen besteht. An manchen Stellen versucht Unkraut, durch den Boden zu dringen. Das Tor hängt schon lange nicht mehr in seinen Scharnieren, den Weg bildet aufgeplatzter, rot ausgeblichener Beton. Auf der *Stoep* zwei Sessel, deren Sitzpolster zerfetzt sind. Erinnern Fish an verfaulte Tomaten.

Die Tür im Stil der dreißiger Jahre: Scheiben aus Noppenglas, von denen jede einzelne gesprungen ist. Zwei wurden durch Holz ersetzt. Davor ein loses Sicherheitsgitter. Seitlich baumelt eine Schnur durch ein Loch in der Decke, die von Zündkerzen herabgezogen wird. Fish zieht an der Schnur und hört, wie im Haus die Glocke läutet. Kein Mensch rührt sich. Er reißt erneut an der Schnur. Die Glocke läutet wieder.

Kein Laut.

Er hält die Hände neben seine Augen und lugt durch das Glas. Drinnen bewegt sich nichts.

Dreht sich zu Vicki um, zuckt mit den Schultern. »Nichts.«

Auch am nächsten Tag nichts, als es Fish erneut versucht. Am späten Nachmittag kehrt Vicki in ihre Stadtwohnung zurück, und Fish weiß nicht, was er machen soll. Er wandert über die *Vlei*-Brücke in das Straßengewirr hinüber. Nur wenige Leute sind auf der Straße und die Häuser verschlossen.

Zwei Mädchen klingeln vor ihm an Sevens Haus. Sie mustern Fish, fragen ihn: »Weißt du, wo er ist?«

Teenager. Vierzehn, fünfzehn. Beide in Schaffellstiefeln, engen Jeans, abgeschnittenen Tops, so dass man die BH-Träger sieht. Die Weiße ist dünn. Man kann ihre Schulterblätter deutlich unter der Haut erkennen. Die Schwarze ist pummelig, ihr Bauch hängt über ihren Gürtel. Fish schaudert es beim Anblick der beiden. Er trägt eine Jacke, deren Reißverschluss bis zum Hals geschlossen ist.

»Keine Ahnung«, sagt er.

»Hast du was?«, fragt das dünne Mädchen.

»Was?«

»Du weißt schon – Joints.«

Die Mädchen wackeln vor ihm hin und her, die nackten Arme mit einer Gänsehaut überzogen.

»Nein«, erwidert Fish. »Ich bin wie ihr hierhergekommen.« Genauer wollte er nicht werden.

Das dicke Mädchen zerrt am Arm ihrer Freundin. »Gehen wir.«

Das dünne Mädchen jammert. »Er ist das ganze Wochenende nicht da gewesen.«

Fish sieht ihnen nach, wie sie Richtung Strand laufen. Folgt ihnen in einem gewissen Abstand. Sie werden bei einem Parkplatzwächter fündig und rennen dann kichernd zu den Umkleidekabinen hinunter, um dort in Ruhe ihren Joint zu rauchen.

Wenn das so leicht geht, denkt Fish, warum machen sie sich die Mühe mit Seven?

Er steht auf der Kaimauer, die Augen auf den kleinen braunen Wellengang gerichtet. Der Ozean sieht kalt aus. Deprimierend. Der Wetterbericht sagt, dass eine Front den Wellengang über Nacht ansteigen lassen wird. Etwas Leben in diese trübe Brühe bringt. Der Himmel beginnt bereits, sich zu bewölken.

Nachdem sich Fish zum Gehen gewandt hat, hält er inne. Ihm sticht eine Familie ins Auge: Vater, Mutter, Tochter im Teenageralter, die zusammen bei der Ebbe am Strand Frisbee spielen. Es sind Daro, Georgina und ihre Steffie. Er kann ihr Gelächter, ihre Freude hören. Bringt ihn zum Lächeln.

Dreiunddreißig

Sein Handy weckt ihn. Ein Uhr nachts am Montag. Mart Velaze liegt da, ohne auf das Display zu sehen. Er überlegt, ob er rangehen soll. Um diese Uhrzeit am Montag könnten das eine ganze Reihe von Leuten sein. Zuallererst einmal Jacob Mkezi.

Allerdings hat er den Großteil der Stunde zwischen zweiundzwanzig und dreiundzwanzig Uhr bereits mit Jacob Mkezi telefoniert. Er selbst redete weniger, sondern hörte Jacob Mkezi vor allem zu, der irgendetwas über ein seltsames Abenteuer mit Rhinozeroshörnern schwadronierte. So märchenhaft, als ob Jacob Mkezi das Wochenende in einem Paralleluniversum verbracht hätte. Unterwegs mit Indiana Jones.

Jacob Mkezi hatte ihm erklärt, dass er zunächst einmal Lastwagen organisieren müsse, die diese Rhinozeroshörner aus einer Höhle abholen sollten. Aus einer Höhle in irgendeinem Berg. Irgendein Berg wo, konnte Mart Velaze einwerfen.

»Ich weiß nicht. In Angola«, fuhr ihn Jacob Mkezi an. »Und vielleicht könnte man die Fracht direkt ausfliegen. Besorgen Sie eine Frachtmaschine – ein Airbus, eine Beluga sollten ausreichen. Oder eine Antonov, die kleine, die Turboprop. Die sind gut, die brauchen keine so großen Start- und Landebahnen.«

Als hätte Jacob Mkezi ein paar Zauberpilze zu sich genommen.

»Wir reden morgen«, meinte er schließlich. »Sagen wir neun. Bei mir.«

Mart Velaze brummte und biss dann die Zähne zusammen.

»Das ist zu früh. Ich treffe morgen zuerst Ihren Autohändler. Diesen Daro Attilane.«

Er hörte, wie Jacob Mkezi mit der Zunge schnalzte, als er sich an seine Bitte bezüglich Daro Attilane erinnerte. »Ja, der. Okay, das ist wichtig. In der Zwischenzeit organisieren Sie aber ein paar Leute, die sich um die andere Sache kümmern. Ach nein, lassen Sie das. Ich mache es besser selbst.«

Jetzt liegt Mart Velaze da und lauscht dem Klingeln seines Handys. Schaut auf den Wecker neben seinem Bett und dann auf das Display seines Handys. Dort steht »Lord Mkezi«. Zuerst der Vater, dann der Sohn. Mart Velaze seufzt, einmal, zweimal – und hebt ab.

»*Bra* Mart«, sagt Lord. Zwei Wörter, die Mart Velaze anzeigen, dass Lord gerade durchdreht.

»Ja, Lord?«, antwortet er. »Was gibt es?« Ihm ist klar, dass es sich um diese Uhrzeit um einen Riesenbockmist handeln muss.

»Ich hab jemanden überfahren.«

»Genauer, Lord.«

»Gerade eben.«

Mart Velaze kann sich die Situation vorstellen. »Du bist gerast?«

Von Lord nur ein Schluchzen.

»In dem neuen Wagen?«

Der neue Wagen, der noch nicht angemeldet war. Wenn jemand das Nummernschild gesehen hat, dann würde man auf Daro Attilane stoßen. Und diese Spur würde direkt zum Käufer Jacob Mkezi führen, dem früheren Polizeipräsidenten. Echt gut gemacht, Lord.

Ein weiteres Schluchzen am anderen Ende der Leitung.

»Die Person, die du überfahren hast. Was kannst du mir über die sagen?«

»Nichts«, erwidert Lord.

»Du bist abgehauen?«

Weiteres Schluchzen.

Mart Velaze denkt: Gott sei Dank. Sagt zu Lord: »Lass das Auto in der Garage. Erzähl es niemandem. Ich kümmere mich darum.«

Lord schluchzt. »Was ist mit meinem Vater?«

»Ich kümmere mich darum«, erklärt Mart Velaze.

Das tut er. Er findet heraus, in welches Krankenhaus das Unfallopfer eingeliefert wurde. Erfährt, dass der Mann im Koma liegt. Und dass er Fortune Appollis heißt.

Er ruft Clifford Manuel an. Inzwischen ist es drei Uhr morgens. Er gibt Manuel keine Zeit, sich zu beschweren, sondern erklärt sofort: »Clifford, wir haben ein Problem.« Schildert die Situation. Fragt: »Wen hast du, der das Opfer kostenlos vertreten kann? Damit wir diese Seite im Griff haben? Ich hätte gern, dass Vicki Kahn das macht.«

»Gut«, erwidert Clifford Manuel. »Sie könnte Ihnen helfen.«

»Erzählen Sie ihr nichts Genaues. Sondern informieren Sie sie nur über die Fakten, als wäre es ein echter Fall.«

Vierunddreißig

Fish und Daro paddeln mit ihren Longboards durch ein ansteigendes Meer bis zur Line-up hinaus. Setzen sich dort auf und beobachten, wie die Sonne hinter den Wolkenfetzen auftaucht.

Sie lassen eine Gruppe von Wellen durchziehen, um ein Gefühl für die Dünung zu bekommen.

»Baut sich auf«, meint Fish.

Auf dem Wellengipfel spürt man, wie die Wand wegbricht und das Wasser zieht und zerrt.

»Aber nicht so hoch wie am Donnerstag.« Daro blickt in Richtung Ufer und begutachtet den Rücken der Wellen, die sich kräuseln, zusammenstürzen und zu Weißwasser werden. Der Gipfel bricht genau richtig. Wenn man schnell ist, kann man an diesem Tag eine ganz schöne Weile vor dem Weißwasser dahinreiten.

»Wird schon«, entgegnet Fish. »Soll heute Nachmittag noch besser werden.« Er rückt sein Brett so hin, dass es in Daros Richtung zeigt. Sagt: »Ich war beim Haus von Seven. Zweimal. Am Samstag und gestern. Ihr müsst wieder einen Durchsuchungsbefehl erwirken, Daro.«

»Ich weiß«, meint Daro. »Der fürs Wochenende hat nicht geklappt.«

»Da sind Kids, Teenager, die Zeug von ihm kaufen wollen. Als ob er eine Imbissbude hätte.«

»Ich weiß.«

»Ihr müsst ihn überraschen.«

Daro nickt, während er beide Hände hochhält. »Ich weiß«, erwidert er. »Das weiß ich.«

»Du willst doch nicht, dass Steffie irgendwann auch an seine Tür klopft.«

»Hast du ihm gegenüber Steffie erwähnt?«

»Ich hab gar nicht mit ihm geredet. Er war nicht da.«

»Warum bist du dann …« Daro beendet die Frage nicht.

»Es ging um etwas anderes, das auch mit Seven zu tun hat. Der Kerl ist echt mies. Ihr müsst ihm das Handwerk legen. Ihn wegsperren.«

»Ich weiß.«

»Und? Du hast das Forum, nutz deinen Einfluss. Zwing die Bullen dorthin.«

»Nicht so leicht.« Daro hat die hereinkommenden Wellen im Blick. Zeigt über Fishs Schulter.

Fish schaut nach hinten. Sieht, wie das Meer steigt und in Wänden auf sie zurollt. Er legt sich auf das Longboard und beginnt, Richtung Strand zu rudern, um die erste Dünung zu erreichen. »Wenn du willst, dass ich mit ihm rede, dann kann ich das gerne machen«, ruft er Daro zu. Hört dessen Antwort nicht.

Die Welle ist unter ihm und zerrt ihn zur Wand. Fish spürt die Strömung, gleitet zögerlich auf seine Knie, fasst nach den Rändern des Bretts. Die Hinterseite des Boards ist zu weit unten, und die Wellen kommen bereits näher. Erste Welle, er stürzt. Taucht wieder auf und startet von Neuem.

Fünfunddreißig

Vicki Kahn hat ihr Büro ins Knead verlegt. Draußen auf dem Bürgersteig unter einem dröhnenden Heizpilz. Wer will schon an einem Morgen wie diesem, einem paradiesischen Morgen, drinnen sitzen? Auch wenn Winter herrscht, will man draußen sein und die Ozonluft atmen.

Sie mag das Knead. Es ist ein cooler Ort, vor allem, wenn die Leute surfen. Halbnackte Jungs spazieren vorbei, um zum Surfladen dahinter zu gelangen. Flache Waschbrettbäuche. Festes junges Fleisch. Die Art von Fleisch, über das man liebend gern seine Hand wandern lassen würde, nur um der Berührung willen. Statt ihrer Handflächen lässt sie jedoch ihre Augen wandern.

Aufregender Zeitvertreib. Einer, dem auch Fish nachgeht, indem er die Mädchen begutachtet. Mit ihren halb ausgezogenen Surfanzügen, die über ihre Schenkel gespannt sind und von ihren Taillen herabhängen. Ihre kleinen Bikinioberteile, gerade groß genug, um ihren Zweck zu erfüllen. Fish wirft ihnen heimliche Blicke zu.

»Du bist scharf auf sie«, erklärt ihm Vicki gern.

Er wird rot. Ein Mann, der tatsächlich rot wird. Süß. Dann gibt er zurück: »Und warum ist es okay, wenn du das machst?«

Sie grinst ihn an, streckt die Hand aus und tastet seinen Schenkel ab.

Sie stellt ihre Handtasche ab, Laptop, iPhone, Autoschlüssel. Behält ihren Mantel mit dem Pelzkragen an. Einem echten Pelzkragen. Kein falsches Zeug für Vicki. Irgendwelche Tiere mögen das mal getragen haben, aber jetzt ist sie an der Reihe.

Vicki bestellt bei der nigerianischen Kellnerin mit dem koboldhaften Grinsen einen Cappuccino. Fragt: »Mein Typ ist da draußen, nehme ich an?«

»Seit etwa einer Stunde.«

»Dann ist es Zeit, dass er reinkommt.«

Sie schaltet ihren Laptop an und steckt einen 3G-Stick ein. Eine Mail von Clifford Manuel trifft ein.

»Hinsichtlich des Falls Fortune Appollis würde ich es überaus begrüßen, wenn Sie kurz durchklingeln könnten.«

Würde ich es überaus begrüßen – Clifford-Sprache für »Informieren Sie mich sofort«. Und durchklingeln – Clifford möchte auch mal den ganz Lockeren geben.

Wie genau will er bei einer kostenlosen Rechtsvertretung auf dem Laufenden bleiben? Will er jedes Detail wissen? Zwischenberichte erhalten? Was?

Er rief sie um halb acht in der Früh an und fragte: »Kommen Sie mit einer kostenlosen Vertretung zurecht?« Stillschweigende Annahme: Das tun Sie.

»Klar«, erwiderte sie. »Wird mir das angerechnet? Schlägt sich das in meinem Bonus nieder?«

»Natürlich.«

Clifford Manuel erklärte knapp, worum es ging, und sagte dann: »Sehen Sie, was Sie da tun können.«

Dann schickt er ihr diese Mail. Warum? Fortune Appollis war ein zufälliges Opfer. Ein Niemand. Ein gewöhnlicher Jugendlicher aus einer gewöhnlichen Familie. Ein Kid, das bei einem dieser üblichen Wettrennen zugesehen hatte. Warum hat das Schicksal von Fortune Appollis auch nur die geringste Bedeutung für Clifford Manuel? Vicki Kahn klappert mit ihren schwarz lackierten Fingernägeln auf den Laptop. Starrt zum Berg hinauf, der im Licht der Wintersonne strahlt.

Sie sieht eine wunderschöne Erscheinung in einem Neoprenanzug, barfuß, triefend nass. Neben einem Longboard stehend, als ob es ein Schutzschild wäre, und sie angrinsend.

»Fish«, sagt sie. »Zieh dich an.« Wünscht sich, sie könnte ihm befehlen, sich auszuziehen. »Ich habe einen Job für dich.« Ruft die Kellnerin herbei. »Bringen Sie ihm Frühstück. Das mit Speck und Würstchen. Und einen Cappuccino.«

Die Todesschwadron, September 1987

Paris ist Blondies Job. Der Kommandant ist sein Kontaktmann. Totenkopfgrinser fungiert als Weichensteller, Fischer als der Kundschafter.

Der Fischer besucht Paris, wie es tanzt und lacht. Nach zwei Wochen kommt er zu dem Entschluss, dass eine Bombe das Beste wäre. Er fliegt nach Hause und berichtet an den Kommandanten. Sein Plan: Das Auto der Zielperson, ein alter Peugeot 505, ist vor ihrem Apartment geparkt. Die Frau benutzt ihn vor allem für Ausflüge außerhalb der Stadt. Etwas mit der Zündung verbinden, was dann detonieren würde, wenn sie den Schlüssel umdreht, wäre das Beste. Aufgabe des Bombenexperten, Blondie.

Blondie besorgt sich ein Handbuch für den 505. Stellt eine Einkaufsliste zusammen: Fünf Gramm hochbrisantes PETN sollten reichen, nimmt er an. Ein Armeezünder aus der DDR. Genug Draht für die Ladung. Ein Plastiktrichter von fünf Zentimetern Durchmesser. Dieselbe Farbe wie das Armaturenbrett wäre dabei ideal.

Totenkopf fliegt nach Berlin. Nimmt sich ein Zimmer in einer Pension in Kreuzberg. Am nächsten Vormittag hinterlegt er eine Summe in US-Dollar in einer Niederlassung der Deutschen Bank und überquert gemeinsam mit einer Gruppe Amerikaner am Checkpoint Charlie die Grenze. Als Tagesausflügler.

Totenkopf macht das nicht zum ersten Mal. Er findet die grauen, verfallenen, von Kugeleinschlägen gezeichneten Gebäude in Ostberlin verdammt faszinierend. Es gefällt ihm, wie die Leute durch die Straßen hasten, den Blick gesenkt. Verängstigt wie die Kaninchen im Niemandsland hinter der Mauer. Totenkopf sieht das alles und grinst. Macht ihn noch sicherer, dass er auf der Seite der Guten kämpft. Kommunismus ist eine *Kak*-Geschichte.

Er wandert durch Mitte und hat das Gefühl, als wäre der Zweite Weltkrieg erst am Tag zuvor zu Ende gegangen. Nimmt eine Straßenbahn zum Prenzlauer Berg. Sucht ein Wohnhaus auf, das so trostlos ist wie nasse Wäsche. Zwei Stockwerke hoch zum Waffenhändler. Grimmiger Typ, der niemals lächelt. Totenkopf hatte schon zweimal zuvor mit ihm zu tun. Immer der gleiche Ablauf: Der Kraut hat die Ware auf seinem Küchentisch, Totenkopf inspiziert sie. Reicht ihm den Einzahlungsbeleg der Deutschen Bank. Dieser Zünder ist so klein, dass er in seine Jackentasche passt. Totenkopf muss über die düstere Atmosphäre grinsen.

»Auf Wiedersehen.«

Der Mann antwortet nicht.

Am nächsten Tag fährt Totenkopf mit dem Zug nach Paris. Lange, eintönige Fahrt. An jeder kleinen Bahnstation wird gehalten. Es geht über Frankfurt. Totenkopf hasst Zugreisen. Hasst es, mit anderen Leuten zusammen in einem Abteil sitzen zu müssen, die nach Schweiß, Knoblauchsalami und Butterbrot riechen. Das Ganze mit einem Bier runterspülen. In Frankfurt steigt er um, wobei er beinahe den Anschluss verpasst, da er so lange nach dem richtigen Bahnsteig suchen muss.

In Paris erwirbt Totenkopf das PETN – Nitropenta – von einem schwarzen Händler in Clichy-sous-Bois, einem Vorort weit jenseits der Ringautobahn. Ein draufgängerischer Senegalese, der ihm für den Deal ein Tütchen Heroin als Dankeschön anbietet. Totenkopf grinst. Erklärt ihm, das sei nicht seine Szene. Der Mann zieht seine Augenbrauen hoch, mustert ihn, hebt einen Finger. Sagt was auf Franzmännisch, was Totenkopf nicht versteht. Dann reißt der Senegalese eine Holzkiste mit einem Klauenhammer auf und holt einen Johnnie Walker Black Label heraus. Totenkopf nimmt den Whisky entgegen, als würde er ein Baby halten. Die beiden Männer stehen da und grinsen einander an.

Auf dem Weg zurück in die Innenstadt, den Whisky und das PETN in einer Plastiktüte verstaut, überlegt Totenkopf, was er bevorzugt – Prenzlauer Berg oder hier. Clichy-sous-Bois ist ein weiterer Grund, warum man die *Bantu*-Schweine nicht aufkommen lassen darf. Wenn man denen ein Gebäude gibt, verwandeln sie es über Nacht in ein Township.

In einem kleinen Supermarkt findet Totenkopf einen Trichter. Farbe: Creme.

Am nächsten Tag fliegen der Kommandant und Blondie ein. Lassen sich in verschiedenen Hotels nieder, Zweisterneabsteigen in der Rue du Faubourg Saint-Honoré. Blondie ist noch keine drei Stunden in Paris, da schleppt ihn der Kommandant bereits ins Les Deux Magots. Es ist ein Sonntag. Ein sonniger Sonntag. Die Pariser sind auf den Straßen unterwegs und genießen die letzten Sonnenstrahlen des Sommers.

»Sagt dir Sartre was?«, will der Kommandant wissen, während sie den Boulevard Saint-Germain hochschlendern. Der Kommandant ahmt den europäischen Stil nach, sein Jackett hängt lose über seinen Schultern, die Ärmel baumeln neben seinen Armen hin und her.

Blondie zuckt mit den Achseln. »Gehört hab ich schon von ihm.«

»Fitzgerald? Hemingway?«

»Natürlich hab ich Hemingway gelesen. *In einem anderen Land.*«

»*Wem die Stunde schlägt? Der alte Mann und das Meer?*«

Der Kommandant zeigt, was er draufhat. Langes Zigarillo zwischen den Fingern.

»Ja, und noch irgendwas mit Jagdausflug.« Blondie schnalzt mit den Fingern. »*Der Jagdausflug*?«

»Du meinst *Safari* von Robert Ruark. Flughafenlektüre. Ruark ist nicht Hemingway.«

»Über einen Typ namens Harry Morgan.«

»Harry Morgan?«

»So hieß der. Die Hauptfigur.«

»Morgan ist bei Hemingway.«

»Okay, dann ist es eben einer bei Hemingway. Der war jedenfalls der Boss.«

»Echt, Mann, du bist zu lange surfen gewesen.«

»*Haben und Nichthaben*.«

Der Kommandant bleibt stehen, schaut Blondie aus schmalen Augen an. »Verarschst du mich, oder was?«

Blondie schüttelt den Kopf. »Nein, Mann, ich meine das ernst.« Weicht nicht dem Blick des Kommandanten aus und versucht, nicht mit dem Mund zu zucken.

Der Kommandant starrt ihn unvermindert an. »Manchmal hab ich keine Ahnung, wie ich dich einschätzen soll.«

Die beiden setzen sich. Der Kommandant bestellt zwei Pernods.

»Tolles Café, oder?«

»Nicht schlecht«, sagt Blondie.

»Hier hat auch schon Hemingway gesessen.«

»Echt?«, fragt Blondie und mustert die französischen Miezen. Als ob sie Wesen einer höheren Ordnung wären. Lange Beine, Titten, Stil. Zigaretten und Parfum. Sitzen da in der Sonne. Diese Frau zwei Tische weiter in einer Leinenjacke, nichts darunter. Wenn sie sich vorlehnt, kann man ihren Busen sehen. Freche Brüste mit Rosinen als Brustwarzen.

»Was man denen lassen muss«, fährt der Kommandant fort, »ist die Tatsache, dass man inzwischen auf dem Klo sitzen kann. Die Franzmänner gingen dafür ursprünglich in die Hocke.«

Blondie reißt sich mühsam vom Anblick der Frau los.

»Was ist los?«

Der Kommandant lacht. »Geiler Bock.«

Blondie grinst. Wird rot.

»Auch die Puppen muss man denen lassen.«

»Kann man laut sagen.« Blondies Augen funkeln.

»Was ich sagen wollte«, meint der Kommandant. »Mit den Klos …«

»Ja«, sagt Blondie.

»Das erste Mal, als ich hier war, war die Toilette nur ein Loch im Boden. Gab zwei Keramikplatten rechts und links davon, auf die man sich stellte, um sich dann über das Loch zu hocken.«

»Scheiße.«

»Genau.«

Der Kellner bringt die beiden Aperitifs.

»Was ist das für ein Zeug?«, fragt Blondie. »Gin? Wodka? Ich trink nichts Hartes.«

»Gehört zu Paris«, erklärt der Kommandant.

Der Kellner hält ein Glaskännchen mit Wasser hoch, und der Kommandant nickt es ab: »S'il vous plaît.«

Der Kellner gießt etwas Wasser zum Pernod.

»Der ist ja milchig geworden«, stellt Blondie fest.

Die beiden Männer stoßen an und nippen an ihren Getränken. Der Kommandant schürzt die Lippen, während Blondie eine Grimasse schneidet. Sagt: »Daran muss man sich wohl erst gewöhnen.«

»Tu das«, erwidert der Kommandant. »Gewöhn dich dran. Morgen willst du das bereits zum Frühstück.«

»Glaubst du?«

»Glaub ich, *Boykie*, glaub ich.«

Sie tauschen die neuesten Nachrichten aus. Der Kommandant erzählt Blondie von seiner Tochter, die jetzt dreizehn Jahre alt ist. Zaubert einige Fotos aus der Brieftasche. Keine Aufnahmen von seiner Frau. Nur von seiner Tochter, nirgendwo die Mom zu sehen. Blondie fällt auf, dass der Kommandant seine Frau noch nie erwähnt hat. Er ist dieser alleinerziehende Vater, der seine Tochter ganz allein großbekommt. Der reine Wahnsinn.

Der Kommandant sagt: »Wir haben die Sachen für dich zusammen. Bist du dir mit dem PETN sicher?«

»Das ist stabil.«

»Tschechisch?«

»Ist es das nicht immer?«

»Mein Plan ist, dass wir den Job morgen Abend erledigen, beziehungsweise du. Du glaubst also nicht, dass sie den Trichter bemerken wird?«

Blondie schüttelt den Kopf. »Überleg doch mal. Du lässt den Wagen an. Du weißt genau, wo das Schlüsselloch ist, und schaust dabei durch die Windschutzscheibe, während der Motor startet. Du denkst an tausend Sachen – wo du hinwillst, wen du sehen wirst. Das Letzte, was dir da auffällt, ist etwas unter dem Armaturenbrett.«

Der Kommandant nickt. »Okay. Kann ich nachvollziehen. Wie lange brauchst du dafür?«

»Höchstens vier, fünf Minuten. Man muss nur die Kabel miteinander verbinden. Und den Trichter ans Armaturenbrett kleben.«

»Wird nicht runterfallen?«

»Nee.«

»Nicht mal nach einer Woche?«

»Ich benutze echt guten Surfbrettkleber.«

Der Kommandant lächelt. »Hätte ich mir denken können.« Er sieht Totenkopf und wie er es bei dem Kellner mit Zeichensprache versucht. Auf sie zeigt. Er kommt zu ihnen herüber, indem er sich zwischen den Tischen hindurchschlängelt. Setzt sich.

»Diese dämlichen Franzmänner verstehen nicht mal das einfachste Englisch.«

»Wir sind in Frankreich«, meint der Kommandant.

Totenkopf grinst. »Na und?«

Sie lachen und bestellen eine weitere Runde Pernod.

Der Kommandant fragt: »Wo sind die Sachen?«

»Brauchen wir nicht mehr«, erwidert Totenkopf. »Der Job ist schon erledigt.«

Die Miene des Kommandanten wird starr. Er lehnt sich vor. »Was soll das heißen?«

»Mission erfüllt.« Totenkopf grinst ihn selbstbewusst an. Hält eine Hand voller glitzernder Finger hoch. »Ich hatte die Gelegenheit, und ich habe sie genutzt.«

»Mann.«

»Ich hab sauber gearbeitet. Gibt keine Spuren.«

»Du bist dir sicher?«

»Ja, natürlich. Kein Problem.«

»Mann.«

Die Pernods werden gebracht. Sie schweigen, während der Kellner Wasser in die Gläser schenkt. Als er wieder davonschwebt, fragt der Kommandant Totenkopf: »Und wo? Wo hast du das alles gemacht?«

»In der Métro. Montparnasse. So etwa vor vierzig Minuten.«

Der Kommandant schüttelt den Kopf. »Mann, Mann, Mann …«

»Nein. Entspann dich, Mann. Alles sauber.«

»Wie?«

»Ich bin ihr gefolgt. Sie läuft vor mir her in einer großen Sonntagsmenge, alle drängeln, um in die Métro zu steigen. Ich denk mir: Jetzt mach ich's. Jetzt. Springmesser auf, rein, Springmesser raus, zu. Ich geh weiter, ich steige ein, sie nicht. Sie steht da auf dem Bahnsteig und hält sich die Seite. Fängt an zu schwanken.«

Der Kommandant trinkt den Rest seines Aperitifs auf einen Zug aus.

»Du bist dir sicher, dass sie tot ist.«

»Ziemlich. Mittellinie, tief rein. Tödlich. In den meisten Fällen ist so was tödlich.«

»In den meisten Fällen?«

»Wenn man nicht danebensticht.«

»Heißt?«

»Du musst die Hauptschlagader durchtrennen. In der Brust. Wenn du das machst, verblutet sie.«

»Bevor die Sanitäter kommen.«

»Lange davor.«

Der Kommandant steht auf. »Du irrst dich besser nicht.« Er richtet sein Jackett auf den Schultern. »Wo sind die Sachen für die Bombe?«

»In meinem Zimmer.«

»Gehen wir. Nur für den Fall. Mann, verdammt. Wir hatten einen Plan, Mann. Daran hättest du dich halten sollen. Das hätte alles versauen können.«

»Die *Coolie* ist tot.«

»Das will ich hoffen.«

Sechsunddreißig

Fish in Jeans und einem schwarzen T-Shirt unter einem blauen Kapuzenpulli lehnt sich vor, um Vicki einen raschen Kuss zu geben. Ihre Zunge in seinem Mund. Seine Hand legt sich auf die ihre und drückt sie auf den Tisch.

Er mag das mit der Zunge.

Vicki löst sich und zieht ihre Hand unter seiner hervor. »Du bist eisig.«

»Ja«, meint Fish und setzt sich. »Ist kalt da draußen.« Er beugt sich zu ihr hinüber. »Ganz schön früh. Warum willst du wieder zurück? Du könntest bleiben.«

»Das hast du aber gerade nicht gedacht.«

»Und was habe ich gedacht?«

»Du hast an einen Quickie gedacht.«

Fish schüttelt den Kopf. »Nein. An keinen Quickie.«

Vicki lächelt ihn trocken an. »Das Problem mit dir ist, Bartolomeu Pescado, dass du ziemlich einspurig denken kannst.«

Fish tunkt ein Stück Toast in ein Eigelb und fällt gierig darüber her. »Du selbst hast nicht?«

»Nein. Ich unterteile. Mein Leben verläuft in geordneten Bahnen.«

»Ach?«

»Ja. So ist das.«

»Fräulein Rechtsanwältin.« Er grinst sie an und wendet sich dann wieder dem Essen zu. »Sorry, Frau Rechtsanwältin.«

Vicki trinkt ihren Cappuccino aus und tupft sich mit einer

Serviette die Oberlippe ab. Sagt: »Fish, ernsthaft jetzt. Nur für einen Moment.«

»Ich bin todernst. Bin ich immer.« Fish schiebt sich die letzten Bissen in den Mund. »Könnte noch eins vertragen.« Er gibt der Bedienung ein Zeichen und schlürft dann an seinem Cappuccino.

»Hör mir zu.« Vicki klopft mit einem schwarzen Fingernagel auf den Bildschirm ihres Laptops.

»Zu Befehl, Ma'am.«

»Wir haben einen Klienten angenommen, den wir kostenlos vertreten.«

»Wow, Vics. Cliffie gibt sich generös.«

»Fish.«

Fish mustert sie über den Tassenrand hinweg. Findet das Blitzen in ihren Augen sexy, ihr ernstes Gesicht. Denkt sich: Komm schon, Vics, worum geht's hier wirklich? Und: Mein Gott, sie ist irre schön. Diese Wangenknochen. Die braunen Augen. Diese Latte-Haut. Er streckt die Hand nach ihr aus und streicht mit dem Handrücken über ihre Wange. Herrlich. Seidenweich.

»Fish.«

»Vicki.«

»Hörst du mir zu?«

»Ganz Ohr.«

»Wir haben diesen Klienten. Fortune Appollis. Zwanzig Jahre alt. Von einer netten, gewöhnlichen Familie aus den Cape Flats. Der Vater arbeitet im Druckereiwesen, die Mutter räumt Regale ein. Fortune ist auf der Fachhochschule. Studiert Grafikdesign.«

»Cape Flats: Mitchells Plain? Oder Cape Flats: Delft, Belhar, Bonteheuwel?«

»Macht das einen Unterschied?«

»Du bist das Athlone-Mädchen. Du musst das doch wissen.«

Fish genießt das Stirnrunzeln, das er dafür erntet.

»Was soll das heißen?«

»Ich mache nur Spaß.« Fasst nach ihrer Hand.

»Lass Athlone aus dem Spiel.«

»Athlone ist super. All diese *Larney*-Rechtsanwälte von dort.«

Vicki setzt den Lass-das-Blick auf. Fish hat seine helle Freude an der Schönheit dieser Frau ihm gegenüber.

»Hörst du mir jetzt zu oder nicht?«

»Natürlich.«

»Dann hör mir auch zu.«

Fish lehnt sich zurück, breitet die Arme aus. Ganz der Großmütige. »Ich horche und gehorche.«

»Gut. Konzentriere dich. Mein Klient …«

»Fortune Appollis.«

»… Fortune Appollis ist autobegeistert. Vor allem diese Straßenrennen haben es ihm angetan. Er fährt nicht selbst, dazu fehlt ihm das Geld, aber er schaut zu. Die Fahrer haben anscheinend so richtige Fanclubs. Sogar auf Facebook. Du weißt schon, diese Kids. Posten auf Facebook oder verschicken eine Mxit-SMS mit den Angaben, wo und wann ein Rennen stattfindet. Dann kommen alle, um es sich anzusehen. Weil es so spannend ist.«

»Und die Cops sind auch gekommen, und Fortune wurde verhaftet.«

Vicki schüttelt den Kopf. »Er wurde verletzt. Schwer. Ein Fahrer verlor die Kontrolle über sein Auto und hat die Zuschauer niedergemäht. Na ja, den einen.«

»Fortune Appollis.«

»Genau.«

»Und jetzt ist der Fahrer verschwunden. Sein Auto auch.

Niemand weiß irgendwas. Und die Appollis-Familie steht mit den Arztkosten da.«

»Aber hallo.«

»Und vielleicht stirbt er.«

»Genau.«

Die Bedienung stellt Fish sein zweites Frühstück auf den Tisch. Er schaut sie aus zusammengekniffenen Augen an. »Kann ich noch einen Kaffee kriegen? Filter?«

»Keinen Cappuccino mehr?«

»Zu viel Schaum.«

Sie zuckt mit den Achseln. »Das höre ich zum ersten Mal.«

»Meine besondere Note.« Fish schenkt ihr sein jungenhaftestes Grinsen.

Als sie wieder weg ist, sagt Vicki: »Lass das.«

Fish beißt ein großes Stück Toast ab und schiebt Speck und Ei hinterher. »Was?«

»Du weißt genau, was. Jetzt hör zu. Er liegt auf der Intensiv. Bewusstlos. Es sieht nicht gut aus. Wahrscheinlich wird er es nicht überleben.«

»Die Bullen?«

»Haben ein Verfahren wegen fahrlässiger Tötung eröffnet. Aber was heißt das schon.«

»Sie werden den Fahrer finden.«

»Vielleicht. Eher wohl nicht.«

»Glaubst du?«

»Ja, glaube ich. Deshalb frage ich ja dich.«

»Hast du nicht.«

»Nicht direkt.« Fish bemerkt ihren Blick. »Es ist ein Auftrag. Du brauchst Geld.« Sie lehnt eine Karteikarte an seine Tasse.

Fish liest die zwei Adressen, die daraufstehen. »Was ist das?«

»Alles, was wir haben. Die erste ist die seiner Familie. Die zweite ist der Ort, wo der Unfall stattgefunden hat.«

»Mehr nicht? Keine Zeugen?«

Sie schürzt die Lippen. »Als die Sanitäter eintrafen, haben sich die Umstehenden alle verzogen.«

»Verdammt wenig Material.«

»Tut mir leid. Aber es ist Geld. Von dem du nicht viel hast.« Vicki klappt ihren Laptop zusammen, sammelt Schlüssel, iPhone, Tasche ein. »Muss los.« Küsst ihn auf die Wange. »Bis später. Abends, bei mir?«

Fish kaut, schluckt. »Wie wär's mit einem richtigen Kuss?«

Vicki zieht gerade ihren Lippenstift nach. »Oh nein, nicht auf diesen Eiermund.« Sie öffnet die Zentralverriegelung ihres MiTo und wirft Fish eine Kusshand zu. »Keine Sorge wegen der Rechnung. Ich habe schon bezahlt.«

»Ich liebe diese Spesenkonten der Anwälte.«

Sie schneidet eine Grimasse.

Siebenunddreißig

Mellanie ist da, BlackBerry am Ohr, durch den Raum tigernd, laut redend. Mart Velaze wäre es lieber, wenn sie sich verziehen würde, aber es sieht nicht danach aus, als hätte sie das in nächster Zukunft vor. Er sitzt Jacob Mkezi gegenüber, am anderen, langen Ende eines Esstischs für zehn. Jacob Mkezi verzehrt mit einem Silberlöffel die Hälfte einer Grapefruit. Beschreibt dabei immer wieder diese Höhle mit den Rhinozeroshörnern wie eine mystische Erfahrung.

Er bricht ab. »Warum sind Sie eigentlich hier? Sie meinten doch, Sie würden es nicht schaffen so früh.«

»Es ist wegen Lord«, sagt Mart Velaze und wirft einen Blick Richtung Mellanie. Sie ist derart in ihr Gespräch vertieft, dass sie auf die beiden Männer gar nicht achtet.

Jacob Mkezi sieht nicht auf, sondern beschäftigt sich weiterhin mit seiner Grapefruit. »Gibt es Probleme? Er hat doch nicht bereits den Wagen zu Schrott gefahren, oder?«

»Es geht in diese Richtung.«

»Wieso habe ich mir so was schon fast gedacht? Was man dem Jungen auch gibt, er ruiniert es. Wann?«

»Gestern Nacht.«

»Und er hat Sie angerufen?«

»Ja.« Mart Velaze rutscht auf seinem Stuhl hin und her. »Ja. Muss nach eins, wenn nicht sogar zwei gewesen sein.«

»Mich ruft er nicht an. Aber Sie. Warum?«

»Weil er weiß, dass ich Dinge für Sie in Ordnung bringe.«

»Er weiß, dass Sie Dinge in Ordnung bringen. Das heißt, er glaubt nicht, dass sein Vater auch dazu fähig wäre. Oder was?«

Mart Velaze will gerade antworten, als Jacob Mkezi den Grapefruitlöffel hochhebt. »Stopp. Lassen Sie es gut sein. Lord ist Lord. Mein Sohn und nicht mein Sohn.« Er schiebt die ausgelöffelte Schale fort. Tupft sich die Lippen ab. »Mart. Ich bin Ihnen dankbar, was Sie für uns beide tun.« Er lüftet einen Silberdeckel über einem Teller mit englischem Frühstück und schnuppert. »Zumindest etwas Nützliches haben uns die Engländer gebracht: Speck und Eier.« Er fängt an zu essen. Mit vollem Mund fragt er: »Wie schlimm ist es?«

»Ein Zuschauer wurde überfahren.«

»Tot?«

»Im Koma.«

»Und das Auto?«

»Verbeult. Zerkratzt. Wird etwas Arbeit an der Frontpartie benötigen. Aber nicht schlimm.«

Jacob Mkezi isst zwei Gabeln voll. »Welches Krankenhaus?« Mart Velaze sagt es ihm.

»Ich kann es mir nicht leisten, dass das auf mich zurückfällt.«

»Wird es nicht.«

»Nichts. Nicht der kleinste Hinweis. Nichts in den Medien, nicht mal Geflüster. Sie halten das alles unter Verschluss.«

»Werde ich.«

»Ich meine das ernst. Diese Sache muss verschwinden. Was auch immer dazu nötig ist. Lassen Sie sie verschwinden.« Jacob Mkezi macht ein Geräusch, als würde eine Luftblase zerplatzen. »Puff.« Schaut den Tisch entlang zu Mart Velaze hinüber. »Sie werden sich darum kümmern.«

Mart Velaze nickt.

»Tun Sie, was Sie für das Beste halten. Mir ist alles recht.«

Er spießt einen Pilz auf. »Noch etwas. Kennen Sie einen Typen namens Vusi Bopape?«

»Nein.«

»Keiner vom Geheimdienst? Oder einer anderen Spionage-Organisation?«

»Nie von ihm gehört. Soll ich herausfinden, wer er ist?«

»Könnten Sie. Warum nicht? Vielleicht ganz nützlich zu wissen, mit wem wir es da zu tun haben.«

Mellanie setzt sich an den Tisch und zieht eine halbe Grapefruit zu sich heran. »Was ist das mit Lord, was ich da gerade gehört habe?«

Jacob Mkezi lacht. »Du hast am Telefon gehangen und geredet.«

»Und? Was hab ich verpasst?«

»Lord hatte einen Unfall.«

»Typisch«, entgegnet Mellanie. »Und hat dabei garantiert sein neues Auto geschrottet. Hab ich's dir nicht gesagt? Das war doch sonnenklar.«

Achtunddreißig

Fish hat bei Knead sein Frühstück samt Kaffee verputzt. Lehnt sich zurück und beobachtet zwei Tussis, die sich ihre Surfanzüge anziehen. Beide tragen schwarze Speedos. Wahrscheinlich sogar besser, als wenn sie nackt dastehen würden, nimmt er an. Stellt sich ihre verborgenen Körperteile vor, ihre Brüste, ihre Bauchrundungen. Schaut sich die Hüften genauer an. Die Speedos sind im Schritt so hoch geschnitten, dass sie ihre Bikinilinie wahrscheinlich enthaart haben. Mit Wachs, was Fish eine Gänsehaut über den Rücken jagt. Allein der Gedanke an das heiße Wachs und die Härchen, die herausgerissen werden. So, wie es auch Vicki bevorzugt. Fast ein Brazilian.

»Warum tust du das?«, fragte er sie einmal.

Sie zuckte mit den Schultern. »Körperkunst. Das ist es, was wir mit unseren Haaren machen.« Sie zeigte auf seinen Schoß. »Bei dem Büschel wird das zugegebenermaßen schon viel schwieriger.«

Was Fish zum Erröten brachte. Vicki genoss seine Scham. So, wie sie das immer tat. Indem sie ihn aufzog.

Aber das stört ihn nicht im Geringsten. Vicki hat nicht vor, bei ihm einzuziehen. Sie bekommt keinen hysterischen Anfall, weil er sie angeblich nicht genügend liebt, weil er selbstsüchtig ist, weil er wenig redet, weil sie sich ausgeschlossen fühlt. Solche Dinge macht Vicki nicht. Vicki Kahn lächelt ganz leicht und verkündet dann: »Ich muss jetzt los, Kumpel.« Steigt in ihren heißen Alfa MiTo und braust davon.

Lässt ihn abhängen mit Shawn, Jesse Sykes, Alison und Laurie Levine, die er vor Kurzem kennengelernt hat.

Er kehrt in die Gegenwart zurück und konzentriert sich wieder auf die beiden Frauen, die miteinander plaudern. Vermutlich Studentinnen, die sich jetzt gegenseitig die Neoprenanzüge zumachen. Hinreißend wie Schwarzfersenantilopen. Nehmen ihre Surfbretter und schlendern zum Wasser hinunter.

Ein kleiner Joint würde seinen Tag jetzt noch vollkommener machen, findet Fish. Aber er ist niemand, der in der Öffentlichkeit raucht. Er zieht seine Kapuze herunter. Spürt die winterliche Sonne auf seinem Kopf.

Kein schlechter Beginn: Surfen, Frühstück, ein Auftrag. Ein bezahlter Auftrag.

Die Kellnerin mit dem koboldhaften Lächeln fragt: »Kann ich noch etwas bringen?«

»Nein, danke«, erwidert Fish. »Ich hatte genug.« Er reibt sich den Bauch und steht auf.

»Sie hat schon bezahlt«, meint die Kellnerin. »Ihre Freundin.«

Fish grinst sie an. »Das nennen wir WEE«, sagt er. »Women's Economic Empowerment.«

Als Nächstes ruft an diesem wunderbaren Vormittag der Professor bei ihm an. Fish sitzt in seinem geerbten Isuzu, klopft mit den Fingern auf Fortune Appollis' Karteikarte und starrt aufs Meer hinaus. Er fragt sich noch immer, ob er surfen sollte, ehe er mit der Arbeit beginnt. Vor allem, wenn man bedenkt, dass es sicher keinen Riesenspaß machen wird, einen Mann im Koma auf einer Intensivstation zu besuchen.

Jim Neversink spielt auf dem CD-Player. *Skinny Girls are Trouble*. Fish lauscht Jims Klagen. Denkt sich, das dünne Mädchen könnte Vicki sein. Nein, könnte es nicht.

Sein Handy klingelt. Das Display meldet »Prof. Summers«.

Er hebt ab, und noch ehe er ein Wort von sich geben kann, legt der Professor auch schon los. »Fish, zwei Tütchen. Wie hoch ist die Wahrscheinlichkeit, dass Sie rasch liefern?«

»Geht klar. Spricht nichts dagegen«, erwidert Fish. Denkt, dass der Prof alles übers Wochenende aufgeraucht haben muss.

Der Prof sagt: »Ich weiß, was Sie denken. So ist es nicht. Ich habe das verloren, was Sie mir gebracht haben.«

»Ich denke überhaupt nichts, Professor«, erwidert Fish. »Wann sind Sie zu Hause?«

»Heute?«

»Vielleicht«, entgegnet Fish. »Sicher aber morgen.«

Der Prof fragt: »Wer singt da im Hintergrund?«

Fish beobachtet, wie die jungen Frauen von einer starken Welle getroffen werden, als sie ins Meer hinauswaten. Er hält einen Moment den Atem an. »Jim Neversink.«

»Interessant. Nicht Mozart, aber interessant.«

»Ich mache Ihnen eine Kopie.«

Der Professor lacht noch, als Fish auflegt. Sein Handy klingelt erneut, als hätte jemand beobachtet, dass er das letzte Telefonat beendet hat. Seine Mutter, Estelle.

Fish zögert. Zwar nur für eine Sekunde, aber er zögert. Er könnte sie zur Voicemail durchstellen. Er blickt auf den Ozean hinaus, auf den Horizont, der sich über die Bucht erstreckt und das Kap Hangklip mit der Halbinsel verbindet. Auf die Wellen, die so perfekt ausschauen. Holt tief Luft und hebt ab.

»Es ist acht Uhr fünfunddreißig in London, Bartolomeu, und neun Uhr fünfunddreißig bei dir. Ich dachte, ich erspare dir die Kosten für einen Telefonanruf. Sag mir, dass du hast, was ich will. Dass du gerade dabei bist, mir deinen Bericht per Mail zu schicken.«

»So einfach ist das nicht«, erwidert Fish.

Er hört seine Mutter seufzen. Stellt sie sich in einer viktorianischen Mietwohnung vor, in der Küche an einem kleinen Tisch, den Laptop offen. Auf dem Bildschirm ihr Gmail-Konto. Rechts neben ihr eine Tasse mit Untertasse sowie eine Kanne mit grünem Tee unter einem Teewärmer auf der Arbeitsplatte in Reichweite. Daneben ein Block mit Bleistift. Wahrscheinlich klopft sie gerade ungeduldig mit dem Bleistift auf den Block.

»Was ist nicht einfach? Erklär mir das.«

»Wo bist du gerade, Mom?«, will er wissen.

»Ich bin hier in London, Bartolomeu, und warte auf Informationen, die du mir liefern sollst.«

»Wo in London?«

»Was meinst du damit? Wo in London?«

»Ich weiß gar nicht, wo du da wohnst, wenn du dort bist. Das hast du mir noch nie erzählt.«

»Du hast auch nie gefragt.«

»Jetzt frage ich aber.« Fish beobachtet, wie ein Surfer eine Welle durchstößt. Allein die Aufregung, die so etwas bedeutet. Das zu machen wäre so viel besser, als hier an der Strippe zu hängen und mit Estelle zu telefonieren.

»Du kannst mich ab jetzt Estelle nennen«, schlug ihm Estelle zu seinem dreißigsten Geburtstag vor. »Mich in deinem Alter noch Mom zu nennen ist lächerlich.«

Aber er konnte sich nicht dazu überwinden. Er konnte sie nicht so ansprechen. Das ging irgendwie nicht. Er hatte nicht diese Art von Beziehung zu seiner Mutter, als dass er sie mit ihrem Vornamen anzusprechen vermochte.

»Ich glaube nicht, dass ich das will«, sagte er.

Sie zuckte mit den Achseln. »Wenn du meinst.«

Aber innerlich nennt er sie Estelle.

»Ich bin diesmal in Bayswater«, erklärt sie. »In einer sehr schönen Wohnung in einem Gartenhaus. Danke der Nachfrage. Also, wo ist jetzt das Problem?«

»Ich brauche mehr Zeit«, erwidert Fish.

»Du hattest das ganze Wochenende. Das Einzige, was du machen musstest, waren ein paar Anrufe.«

»Ich hab dort Nachrichten hinterlassen«, schwindelt Fish. Starrt durch die Windschutzscheibe auf den hohen Wellengang und das Wasser, das bis zu den Strandkörben hochkommt.

»Bartolomeu, das ist wichtig. Diese chinesischen Investoren haben sich an mich gewandt. An die Firma, für die ich arbeite. Ich darf sie nicht enttäuschen. Wir müssen zeigen, dass wir ausländische Investitionen wollen. Dass wir nicht vorhaben, unsere wichtigsten Vermögenswerte zu verstaatlichen.«

»Dann such ihnen eine andere Mine.«

Wieder hört er, wie seine Mutter seufzt. »Sie wollen aber diese. Aus welchen undurchschaubaren Gründen auch immer wollen die Chinesen diese Mine. Ich muss vorher wissen, womit ich es zu tun habe, Barto. Ich muss wissen, worum es bei Prospect Deep geht, ehe ich die Leute kontaktieren kann. Niemand soll hier über den Tisch gezogen werden. Weder wir noch die Chinesen.«

Vielleicht wollen sie die Mine, weil sie wissen, wem sie gehört, denkt Fish. Sagt: »Ich rufe dich an. Bald. Versprochen.«

»Wann? Heute Nachmittag?«

»Wenn ich es schaffe. Morgen wäre …«

Er will gerade hinzufügen, dass morgen besser sei, aber sie hat schon aufgelegt und lässt Fish mit einem schlechten Gefühl zurück.

Neununddreißig

Von der Dachterrasse seines Hauses auf dem Berg begutachtet Daro Attilane sein Reich. Unter ihm die weite Kurve des *Vlei*, das sich Richtung Meer hin ausbreitet. Am Horizont die Hottentots-Holland-Berge, nebelverhangen in den Himmel ragend. Dazwischen das Straßengewirr und die Cape Flats mit ihren Drogenhöhlen und Gangstern, den Townships und den Wellblechhütten der Verzweifelten.

Jedes Mal, wenn Daro dort hinunterblickt, sieht er, was man mit bloßem Auge nicht sehen kann.

»Paradiesisch«, meint seine Frau Georgina, die Kaffee herausbringt. »An einem Morgen wie diesem ist es paradiesisch.« Sie ist in ihr Manager-Schwarz gekleidet. Für ihren Managerjob in der City. Vermittlung von Managern. Georgina, die Headhunterin.

Daro will sie lieber nicht darauf hinweisen, was im fernen Dunst alles verborgen liegt, oder auf die drei Crack-Häuser deuten, die unter ihnen stehen. »Paradiesisch«, stimmt er zu.

Sie trinken ihren Kaffee, Seite an Seite.

»War das Surfen gut?«

»Fantastisch.«

Von ihrer Dachterrasse aus können sie Surfers' Corner nicht sehen, dafür aber den geschwungenen Strand hinter der *Vlei*-Mündung und die Wellen, die wie Rippen die Wasseroberfläche überziehen.

»Hast du Fish erzählt …« Georgina geht davon aus, dass

Fish auch da draußen gewesen ist. Er würde garantiert nicht beruflich unterwegs sein. Faulenzer Fish, der immer zum Surfen Zeit hat und sich nie Sorgen zu machen scheint.

Daro erklärte ihr einmal, Fish sei Detektiv. Darauf spezialisiert, verschwundene Leute wiederzufinden. Arbeite meist für Versicherungen. Manchmal Männer, die vor ihren Frauen davongerannt waren. Und Frauen, die ihren Männern entkommen wollten.

Aber für sie war Fish hauptberuflich ein Surfer. Ein Dreißiger ohne jeglichen Verantwortungssinn. Diese Art von Mann hängt auch noch um drei Uhr nachmittags am Strand ab, um zu sehen, wie gut man surfen kann. Georgina verstand nicht, was Daro an ihm fand.

»Ich habe es erwähnt.« Daro hat beide Hände um den wärmenden Becher mit Kaffee gelegt. »Er will eine Frau kontaktieren, die er kennt und die früher drogensüchtig war. Sie hält jetzt Vorträge vor Kids. Anscheinend hat sie ein Holzbein, weil sie sich zu viel gespritzt hat. Und das sie jetzt abnimmt, um es den Kindern zu zeigen.«

»Hübsch. Den Kids wird das gefallen.«

»Solange sie Kinder von Drogen abbringt, ist es mir egal, wie sie das macht.«

»Daro«, sagt Georgina. »Steffie hat nur rumexperimentiert. So was machen die in dem Alter. Das haben wir alle gemacht. Gehört zum Erwachsenwerden. Sei froh, dass sie es hier zu Hause getan hat und nicht in irgendeinem Club.«

»Wenn es ihr gefallen hat, wird sie es wieder tun. Und zwar nicht mit *Dagga*, sondern mit Pillen, Ecstasy, Kokain. Da draußen gibt es einen Supermarkt voller Drogen, die sich die Kids problemlos aussuchen können.«

»So ist Steffie nicht.«

»Das glaube ich auch nicht. Ich will nur auf jeden Fall vermeiden, dass sie diesen Weg einschlägt.« Daro wirft einen Blick auf seine Armbanduhr. »Mist, ich bin spät dran. Gleich kommt ein Kunde.« Er trinkt seinen Kaffee aus.

»Das ist gut. Verkaufst du vielleicht einen Wagen?«

»Hoffen wir es.« Er küsst sie. Spürt ihre Hand auf seiner Wange.

Er ist bereits die halbe Treppe hinuntergeeilt, als Georgina ruft: »He, Daro, hast du Fish auch von diesem Gangster erzählt? Von dem du glaubst, dass er dealt?«

Er bleibt stehen und dreht sich zu ihr um.

»Du weißt schon, der mit dem Nummernnamen.«

»Seven. Ich habe ihn erwähnt. Einmal.«

»Aber er unternimmt nichts, hoffe ich.«

»Wie meinst du das?«

»Wenn Fish da was vermasselt, fällt es auf die Kids zurück.«

»Fish wird nichts vermasseln.« Das nimmt Daro jedenfalls nicht an.

Vierzig

Surfen wäre noch immer eine Möglichkeit, aber Fish ist kaputt, nachdem er mit seiner Mutter geredet hat. Entscheidet sich also dagegen. Zeit für ein bisschen Action. Um sie aus seinem System zu bekommen. Er fummelt unter dem Fahrersitz des Isuzus herum und zieht die alte Z88 hervor, die er ebenfalls geerbt hat.

Eine weitere Polizeiwaffe. Ein Waffenschein ist beantragt. Könnte allerdings Jahre dauern, ehe die Polizei die ganzen Papiere durchgearbeitet hat.

Fish steht jetzt neben der offenen Tür seines Pick-ups und schiebt sich wie ein Fernsehheld die Pistole hinten am Rücken in seinen Gürtel. Zieht den Pulli über die Beule. Schlägt die Wagentür zu und schließt die Zentralverriegelung. Trottet gemächlich los, die feuchte Sidmouth hinunter, über die Atlantic zur Killarney. Bei der Church biegt er rechts ab. An der Straßenecke drei Männer – Kongolesen, Nigerianer, Ruander. Sie reden miteinander, bemerken aber etwas in Fishs Miene, was sie weitergehen lässt. Fish lächelt. Würde gerne sagen: Entspannt euch, Brüder, ich bin kein Ausländerhasser, schaut euch meine Hautfarbe an.

Vor Sevens Haus geht er den kurzen Weg durch den Vorgarten bis zur Tür. In dieser Müllhalde hat sich nichts verändert. Er zieht an der Klingelschnur. Hört das Läuten im Inneren des Hauses. Jemand schlurft den Korridor entlang zur Tür. Eine Stimme sagt etwas, was Fish allerdings nicht als Sprache zu identifizieren vermag.

»Wo ist Seven?«, fragt er.

Wieder die fremde Sprache.

»Ich will zu Seven.«

Das Schlurfen verschwindet. Kehrt zurück.

Die Stimme erklärt: »Verpiss dich.«

Diesmal versteht Fish. Entgegnet: »Oh nein, nicht so schnell, Mann. Gib ihm das hier. Okay?«

»Was ist das?«

»Geld.«

Ein Riegel wird zurückgeschoben. Ein Schlüssel im Schloss gedreht.

Fish schüttelt den Kopf. Manchmal ist es wirklich verdammt einfach. Er schwenkt die Gittertür zur Seite und fasst nach hinten, um seine Pistole zu zücken.

Die Tür öffnet sich quietschend. Fish stößt mit voller Wucht dagegen. Und ist drin. Der dürre Gangster liegt flach auf dem Boden im Flur und faucht ihn an. Zahnlos. Kein hübscher Anblick so früh am Morgen.

Das Haus ist ein Kühlschrank. Es stinkt nach toten Ratten, die vermutlich unter den Dielenbrettern vermodern. Und nach etwas anderem. Verstopften Toiletten und Abwasserrohren? Fish würgt. Sagt: »Mein Gott, ihr braucht hier dringend eine ganze Putzkolonne.«

Zahnlos robbt nach hinten, die Augen auf die Z88 gerichtet.

Fish beugt sich hinunter und stößt den Lauf in die Zahnlücken. »Welches Zimmer?«

In diesen alten Häusern öffnet sich die Haustür auf einen langen Gang, von dem aus zu beiden Seiten Zimmer abgehen. Dazu ein Wohnzimmer, eine Küche, Bad am Ende.

Zahnlos deutet vage ins Innere des Hauses.

Fish richtet sich auf und betrachtet den speichelnassen Pistolenlauf. Beugt sich wieder hinab und benutzt das T-Shirt des

Mannes, um die Spucke wegzuwischen. »Jetzt schau dich an. Hast dich angepisst, *Bru*. Du musst lernen, deine Blase zu kontrollieren. Hat dir das deine Mami nicht beigebracht?«

Fish entdeckt Seven im dritten Schlafzimmer, das er öffnet. Er liegt ausgestreckt auf einem Bett, neben sich ein nacktes Mädchen in seiner Armbeuge. Ihr Kopf ruht auf seiner Brust. Wahrscheinlich noch keine sechzehn. Sollte vermutlich in der Schule sein.

»Ah, Seven«, sagt Fish. »Nicht koscher, ganz und gar nicht koscher.«

Das Mädchen schreit beim Anblick der Pistole in Fishs Hand.

»Wer sind Sie?«, fragt Seven und tastet mit einer Hand unter dem Bett nach einem Schießeisen.

»Egal«, erwidert Fish. »Lass die Knarre da, wo sie ist. Es sei denn, du hättest gern ein hübsches Loch im Arm.«

Seven stößt das Mädchen vom Bett. Sie rennt kreischend an Fish vorbei hinaus. Seven starrt ihn finster an. Er öffnet den Mund und entblößt seine Zähne. Makellose Zähne, mit zwei kleinen Rubinen in den Vorderzähnen.

»Schöne Beißer«, meint Fish. »Falsche.«

»Tun trotzdem ihren Job«, entgegnet Seven. »Knutschflecke und so. Was wollen Sie, *Whitey*?«

»Und schau mal an«, fährt Fish fort und zeigt auf Sevens Brust. »Coole Tattoos für einen *Twenty-Six*-Gangster. Wann änderst du eigentlich deinen Namen?«

Seven runzelt verständnislos die Stirn.

»Nenn dich Two oder Six. Two klingt gut. Wie *toe*.« Fish fährt mit der Hand vor seinem Gesicht hin und her. »*Toe* in der Afrikaans-Bedeutung. Behämmert – du weißt schon.«

»*Fok jy*«, antwortet Seven.

Die zwei Männer beginnen das Anstarrspiel, wobei keiner

der beiden den Blick senkt. Sevens Augen erinnern Fish an die eines Thunfischs – schwarz und ausdruckslos. Sein Gesicht ist eingefallen und scheint nur aus Knochen zu bestehen.

»Also?«, fragt Seven schließlich. »Was wollen Sie, Mr. No Name *Whitey*?«

»Nicht viel«, erwidert Fish und tritt näher ans Bett heran, so nahe, dass er den sauren Geruch der Laken riechen kann. »Ich habe da nur dieses Bild von dir …« Er wirft Seven eine zusammengefaltete Kopie des Ausdrucks zu. »Schau dir das mal an.«

Seven faltet das Papier auseinander. Betrachtet die Aufnahme. Sagt: »Das bin ich nicht.«

»Lass den Scheiß«, entgegnet Fish. »Ich weiß, dass du das bist. Der Typ, der dich fotografiert hat, heißt Colins, und das Handy hatte er von mir. Du bist da oben am Fort und holst dir gerade die zwei Rhinozeroshörner. Die zwei Hörner, die du gestohlen hast.«

Seven lacht, wodurch seine Zähne zur Seite rutschen. »Du bist verrückt, *Whitey*. Was hast du denn geraucht?«

»Wo ist Colins?«

»Kenn keinen Colins.«

»Hast du ihn umgebracht?«

Seven starrt ihn aus kalten schwarzen Augen an. »Ich hab Sie doch schon mal gesehen. Am Strand. Beim Surfen mit diesem Daro. Daro vom Forum. Sie sollten besser aufpassen, Mr. No Name. Sie wollen garantiert nicht auch auf dieser Liste landen.«

»Welcher Liste?«

»Daro steht auf einer Liste.«

»Wessen Liste?«

»Es geht um viel Geld.«

Fish fuchtelt mit der Pistole. »Wo ist Colins? Wo sind die Hörner?«

»Ist wahr, *Whitey.*« Seven formt mit seiner rechten Hand eine Waffe und setzt sie sich an die Stirn. »Nur einmal. Hören Sie? Ich sag's nur einmal, *ek sê*. Daro muss aufpassen. Was da alles im Forum so passiert.«

»Bullshit.«

»Das ist kein Bullshit, Mr. No Name. Ich schwör's.« Seven zieht ein Kreuz über die aufgehende Sonne seiner Tätowierung auf der Brust. Sechs Sonnenstrahlen. Darunter die Zahl sechsundzwanzig, zu beiden Seite einer Pistole. Sein Erkennungsmerkmal als Mitglied der Zahlen-Gang.

»Es geht um viel Geld. Das tut's beim organisierten Verbrechen immer. Wenn die *Manne* glauben, dass Sie Probleme machen …« Seven schnipst mit den Fingern. »… dann sind Sie tot.«

»Blödsinn.«

»Wenn Sie mir nicht glauben, ist das Ihre Sache. Was die *Larneys* beschließen, wird sich zeigen. Das werden Sie schon merken. Seven hat Verbindungen. Den ganzen Weg nach oben. Den. Ganzen. Weg. In die obersten Geschäftskreise. Und die Regierung.« Er kichert. »*Pellie-Pellie* mit den dicken Fischen.«

Fish lässt ihn abschweifen und klopft währenddessen mit der Pistole an seinen Fuß.

»Hörst du mir zu?«

Seven starrt ihn mit seinen Thunfischaugen an.

»Nicke.«

Seven nickt.

»Wo ist Colins?«

»Kenn keinen Colins.«

»Wo sind die Hörner?«

»Welche Hörner, *Whitey*?«

»Wie weit willst du das treiben, Seven?« Fish lässt die Mündung der Pistole Sevens Bein hochwandern bis zu den Tattoos auf seiner Schulter. Stellt erneut die gleichen Fragen. Bekommt die gleichen Antworten. »Noch einmal, okay? Dann komme ich mit den Bullen wieder und dem Forum und all den Freunden, die du garantiert nicht treffen willst.« Fish drückt den Lauf der Z88 neben Sevens Arm und zieht den Abzug durch. Ein gewaltiger Knall. Kordit, verbrannte Haut. Die Kugel durchschlägt die Matratze und bleibt im Boden stecken. Seven hält sich den Arm, rollt zum äußeren Rand des Betts und heult auf. Verflucht Fish, droht, ihm das Herz bei lebendigem Leib rauszureißen.

Fish verlässt das Zimmer. Zahnlos steht unter der Tür. Speichel tropft aus seinem Mundwinkel.

Die Todesschwadron, September 1987

»Warum?«, will Dr. Gold vom Kommandanten und Blondie wissen. Er stellt die Frage so leise, dass sich Blondie nicht sicher ist, ob er richtig gehört hat.

Der Kommandant zuckt mit den Schultern. »Anweisung.«

»Nicht meine Anweisung«, ächzt Dr. Gold.

»Sie sind nicht der Einzige, der uns Anweisungen gibt«, erwidert der Kommandant.

»Erzählen Sie mir noch mal, was passiert ist.«

Der Kommandant berichtet ihm von der geplanten Bombe. Und dem Entschluss des Totenkopfgrinsers, stattdessen sein Messer einzusetzen.

»Das war unprofessionell.«

Weder der Kommandant noch Blondie antworten.

»Sie war meine Kontaktperson.« Dr. Gold macht eine Pause, um Luft zu holen. »Sie war eine kluge Frau. Sehr wohlüberlegt. Sie wusste, dass wir reden müssen, ihre Leute und die unseren. Dass wir nicht mit diesem Krieg an der Grenze fortfahren können, dem Krieg in den Townships.« Er schaut die beiden mit seinen rheumatischen Augen an und wendet dann den Blick ab, um aus dem Fenster auf den See zu starren. Das Wasser ist grau mit einer kalten grünen Schattierung auf der glasigen Oberfläche. In der Ferne sieht man eine Fähre näher kommen. »Sie wissen nicht, woher die Anweisung kam?«

Der Kommandant schüttelt den Kopf.

»Heutzutage kann ich niemandem mehr vertrauen. Weder auf meiner Seite noch auf der anderen.«

Dr. Gold trägt einen Pyjama und einen Bademantel aus Frottee. Seine Füße stecken in Hausschlappen. Er lehnt sich ans Fensterbrett, um sich etwas abzustützen.

Leise sagt er: »Es ist wunderschön in den Bergen. Finden Sie nicht? Man versteht, warum sich die Schweizer so sicher fühlen. Sie glauben sich von diesen ganzen hohen Felswänden beschützt.« Er hält inne. Sein Atem kommt keuchend. »Wenn man nicht weit sehen kann, ist die Welt kleiner und man selbst zufriedener. Eine Welt wie in einer Pralinenschachtel.« Er wischt sich den Mund ab. Wendet sich wieder ganz den beiden Männern zu.

Der Kommandant und Blondie sind auf Dr. Golds Befehl aus Kapstadt eingeflogen.

»Ich will wissen, was passiert ist«, brüllte er den Kommandanten eine Woche zuvor am Telefon an. »Sie berichten mir persönlich. Ich will wissen, wer die Anweisung gegeben hat. Sie kommen hierher und berichten. Und bringen Sie Blondie mit.«

Es sind zehn Tage seit dem Anschlag in Paris vergangen. Sie beobachten Dr. Gold, einen dünneren Dr. Gold, als sie ihn jemals zuvor gesehen haben. Ein kranker Dr. Gold, der vom Fenster zu einem Stuhl schlurft und dabei keucht und ächzt. Er atmet so flach wie möglich, den Mund geöffnet. »Wer gab Ihnen die Anweisung? Ich will einen Namen.«

»Das geht nicht«, erwidert der Kommandant. »Das wissen Sie.«

»Sie sind meine Männer.«

»Wir sind die Abteilung für Sicherheit.«

»Ihr bringt mich um«, sagt er. »Sie und die Schwarzen. Ihr vergiftet mich. Ihr wollt alle meinen Tod.«

Blondie starrt den Kommandanten an. Wovon redet der Mann?

»Ihr alle.«

»Was meinen Sie mit ›ihr alle‹? Meinen Sie uns? Meinen Sie, wir wollen Ihren Tod?«

Dr. Gold schüttelt den Kopf und hechelt nach Luft. »Meine Freunde«, sagt er. »Ich meine meine alten Freunde im Kabinett. Meine Brüder. Die Generäle. Sie sind es, die mich vergiften. Sie haben das Gift, wissen Sie. Sie haben es schon mal ausprobiert.« Sein Blick wandert vom Kommandanten zu Blondie. »In Angola, dort an der Grenze zu den Terroristen, da haben sie es ausprobiert. Als sie die Schwarzen gefangen nahmen, haben sie die mit diesem Staub überzogen. Innerhalb weniger Tage waren sie tot.« Er versucht, mit den Fingern zu schnippen. Seine trockene Haut gibt nur ein raspelndes Geräusch von sich. Seine Finger so schlaff wie Eidechsen. »Man wird schwach. Und dann stirbt man. Schwach.« Er zeigt auf ein Glas mit Wasser neben seinem Bett. »Wasser. Bitte.«

Der Kommandant reicht ihm das Wasser.

»Sie haben es in meine Kleidung getan. Sie und die Schwarzen. Sie wollen meinen Tod, weil ich weiß, was sie machen. Die Minister und die Generäle, sie veranstalten einen Ausverkauf. Gehen Vereinbarungen mit den Schwarzen ein. Und dafür wollen sie mein Geld. Sie brauchen mein Geld. Sie wollen, dass ich sterbe.«

Blondie hat keine Lust, sich das alles anzuhören. Er braucht dringend eine Zigarette. Am liebsten würde er das Krankenhaus auf der Stelle wieder verlassen. Der Mann ist wirklich krank, man kann es riechen. Sein Atem stinkt nach nassem Hund. Schlimmer noch: Der Mann ist meschugge. Paranoid. Was auch immer mit ihm passiert ist – ob Krebs, Schlaganfall oder sonst was –, Blondie hat jedenfalls keine Lust, bei einem Sterbenden länger als nötig herumzuhängen.

Er hört, wie der Kommandant sagt: »Niemand versucht, Sie umzubringen.«

Dr. Gold lacht. Ein heiseres, trockenes Lachen. »Ich dachte, ich wäre hier in Sicherheit, in den Schweizer Bergen. Aber selbst hierher kommen sie mit ihrem Gift, nachts.« Er bricht ab, starrt auf den See hinaus.

Blondie weist mit dem Kopf in Richtung Tür. Der Kommandant bricht das Schweigen nicht. Blondie zeigt auf seine Uhr.

»Doc«, sagt der Kommandant. »Wir müssen los.«

Dr. Gold winkt ab. »Ja, verschwinden Sie.« Er sieht Blondie an. »Aber Sie nicht.«

Der Kommandant zieht die Augenbrauen hoch, lächelt. Geht zur Tür des Zimmers in der Privatstation des Krankenhauses. Sagt tonlos in Blondies Richtung: »Jetzt gehört er dir, *Boykie*.«

»Was gibt es?«, fragt Blondie, als sie alleine sind.

Dr. Gold winkt ihn näher zu sich. Blondie geht neben dem Stuhl des Kranken in die Hocke.

»Tauchen Sie unter«, sagt Dr. Gold.

Blondie versucht, nicht den Gestank der ausgesprochenen Worte einzuatmen.

»Was wollen Sie damit sagen, Doc? Untertauchen? Ich verstehe nicht.«

»Bevor die Sie umbringen. Tauchen Sie unter.«

Blondie steht auf. »Okay, Doc. Danke. Das werde ich tun.« Er weicht zurück. »Gute Besserung. Okay?«

»Ich meine das ernst«, insistiert Dr. Gold. »Tauchen Sie unter.«

Draußen sitzen der Kommandant und Blondie in ihrem Mietauto, rauchen und beobachten das Treiben. Ambulante Patienten. Leute, die kommen, um die Kranken und die Sterbenden zu besuchen. Ärzte und lachende Krankenschwestern.

Hinter dem Krankenhaus ist eine Anhöhe mit Häusern, hinter denen stehen Kiefern. Noch weiter hinten ein Berg, der bis zu den Wolken hochragt.

»Was hat er gesagt?«, will der Kommandant wissen.

»Dass ich untertauchen soll.«

»Ach. Und warum? Wohin?«

»Er meinte nur, ich soll untertauchen, bevor sie mich umbringen.«

»Der Mann ist völlig wahnsinnig geworden.«

Sie rauchen ihre Zigaretten zu Ende und drücken die Kippen dann aus.

»Glaubst du, der Doc hat recht mit den Schweizern?«

»Wie, mit den Schweizern?«

»Dass sie sich durch die Berge geschützt fühlen.«

»Sie haben den Nazikrieg ausgesessen, oder nicht? In ihren Bergen.«

»So hab ich das noch nie betrachtet. Oder was weite Horizonte bewirken, falls der Doc recht hat.«

»Warum rauchen denn die Buschmänner-*Hotnots* dauernd Pot? Wenn die Birne so leer ist, dann sieht man irgendwann Menschen mit Tierkörpern vor sich.«

»Ja, vermutlich«, meint Blondie und zündet sich eine neue Zigarette an. »Glaubst du, er hat recht, dass er vergiftet wird?«

Der Kommandant zuckt mit den Schultern. »Wäre nicht das erste Mal, dass man einen Politiker erledigt. Wissen wir doch selbst. Aber nee, ich denke, er ist krank. Paranoid. Irgendwas frisst sein Hirn auf.« Er hält inne und stößt Blondie mit dem Ellbogen an. »Oh, sieh mal, wer da kommt. Oh, wie niedlich.« Zeigt auf einen schwarzen Mann, der ins Krankenhaus eilt.

»Wer ist das?«

»Jacob Mkezi. Der Mann, den der Doc um die Ecke gebracht haben wollte. Erinnerst du dich?«

»Der Job am Berg? Meinst du diese Gewerkschaftsfuzzis im Auto?«

»Genau. Jacob Mkezi hätte eigentlich mit dabei sein sollen.«

Blondie bläst blauen Rauch gegen die Windschutzscheibe. »Ich hab das nie ganz verstanden. Warum er ihn umbringen lassen wollte.«

»Verrat. Darum ging es. Er lässt den Mann sozusagen erziehen, gibt ihm Arbeit, und dann wird der abtrünnig und schließt sich den Kämpfern an. Wird ein MK-Kommandant. Das hat den guten Doc schwer verärgert.« Der Kommandant öffnet die Beifahrertür. »So verstehe ich das jedenfalls. Würde dich doch auch wütend machen, oder?«

Er steigt aus und eilt zum Eingang des Krankenhauses. Blondie ruft ihm nach: »Wohin gehst du?«

Der Kommandant dreht sich halb um. »Bleib da. Ich bin gleich zurück. Muss nur kurz was nachsehen.«

Blondie hat nicht vor, ihm zu folgen. Die ganze Reise ist reine Zeitverschwendung gewesen. Aber zumindest auf Kosten des guten Doc. Ein paar Tage in der Schweiz sind nicht schlecht. Das Einzige, was Blondie irritiert, ist die Warnung des Doc, dass er untertauchen solle, ehe man ihn umbringt. Was heißt das? Wer ist überhaupt »sie«? Der paranoide alte Kauz, völlig weggetreten. Glaubt, er würde von seinen eigenen Leuten und zugleich den Terroristen vergiftet. Herr im Himmel. Trotzdem beunruhigend.

In diesem Moment kommt der Kommandant wieder aus dem Krankenhaus. Schüttelt den Kopf. Steigt in den Wagen und lacht.

»Stell dir vor. Jacob hat einen Stuhl ans Bett herangezogen und plaudert mit dem Doc, Knie an Knie. Als wäre nie was passiert. So, wie die zusammensitzen, könnte man denken, das sind die besten Freunde. Ein Werbespot für Harmonie unter den Rassen.« Er hält eine kleine Kodak hoch. »Ich hab sogar ein Bild gemacht.«

»Das hast du geschafft? Haben sie dich bemerkt?«

»Komm schon! Für wen hältst du mich?«

»Mein ja nur.«

»Da fragt man sich doch, worum es bei dieser Geschichte mit dem Auftragsmord eigentlich wirklich ging. Zuerst will er ihn töten, und ein paar Jahre später kuscheln sie. Komische Sache, was?«

Einundvierzig

Zurück am Strand steht Fish wie unter Strom. Verflucht sein Missgeschick. Verflucht Colins dafür, ein solcher Volltrottel gewesen zu sein. Weil er den Helden spielen wollte. Er ist sich jetzt absolut sicher: Colins ist tot. Muss er sein. Und die Hörner sind bei einem Hehler. Seven als Mitglied der Twenty-Six-Gang und damit verdammt hinter dem Geld her, hat sie bestimmt schnell weitervermittelt. Befinden sich vielleicht bereits in einem Flugzeug Richtung Vietnam, China, Jemen. Riesenbockmist, die Sache lief gründlich schief. Noch schlimmer ist, dass er nichts dagegen unternehmen kann. Der Polizei kann er nichts sagen. Was sollte er ihnen auch erzählen? Irgendeine halbgare Geschichte über den Plan des Superdetektivs Fish, wie er die Diebe der Rhinozeroshörner fangen wollte? Klar, das würde sicher groß einschlagen. Garantiert.

Mit Colins hat er Schuld auf sich geladen. Eine Kerbe in seinem Gewissen.

Und dann Sevens Gerede über Daro, der auf einer Abschussliste steht. Eine Killerliste des organisierten Verbrechens? Geht es darum? Irgendein Drogensyndikat, das seine Muskeln spielen lässt? Gangstergequatsche. Wahrscheinlich alles reine Lügengeschichten. Seven wollte sich nur wichtigmachen.

»Nee«, sagt Fish zu den Möwen. »Dieser Arsch ist durchgeschmort. Hat vermutlich zu viel Zeug eingeworfen.«

Fish zögert erneut beim Anblick der Wellen. Vielleicht

doch. Allerdings kommt allmählich die Ebbe, und die Wellen werden flacher.

Du hattest eh schon die beste Zeit erwischt, denkt er. Er balanciert auf der niedrigen Steinmauer entlang, die zwischen Strand und Promenade verläuft. Seufzt wegen Colins. Seufzt, weil manchmal alles so mies läuft. Das Schuldgefühl meldet sich erneut.

Er sieht eine Gruppe von *Bergies,* die sich neben der Eisenbahnbrücke versammelt haben. Frauen, Männer, Hunde sitzen in der Sonne und beobachten mit betrunkenen Mienen, wie er auf sie zukommt.

»Mein *Larney*«, begrüßen sie ihn. Betteln ihn um eine Zigarette an, um zwei Rand für ein Bier, grinsen ihm entgegen. Nennen ihn Mr. Fish, den Freund der *Bergies.*

»Wo ist Colins?«, fragt er. »Der Neue.«

Erntet Kopfschütteln, Schulterzucken, Händeflattern, als wären es Tauben.

»Nein, Mr. Fish«, sagen sie, »Colins ist weg.«

»Wohin weg?«

»Zum Herrn im Himmel.«

»Er ist tot?«, fragt Fish.

»So tot wie ein Hecht auf dem Trockenen.«

Fish wippt auf seinen Fersen vor und zurück, den Blick auf die Gruppe gerichtet. Keiner sieht ihm in die Augen.

»Wisst ihr mehr darüber?«

»Nee, nur, dass er tot ist, Mr. Fish. Wir haben sein Buch gefunden.« Eine der Frauen zieht eine Plastiktüte mit Manuskriptseiten hervor – eine Tüte, die Fish wiedererkennt. Sie reicht sie ihm.

Fish erinnert sich: »Colins' Lebensgeschichte. Wo habt ihr sie gefunden?«

»Da oben beim Fort.«

»Ach, echt«, erwidert er. »Wenn ihr noch was erfahrt, lasst es mich wissen.«

»Natürlich, Mr. Fish. Natürlich, jederzeit.«

Fish wendet sich zum Gehen, hält dann aber inne. »Die Bullen wissen, dass er tot ist?«

»Die Bullen wissen gar nichts, mein *Larney*. Die Bullen sind für uns kein Thema.«

Fish stellt den Isuzu zu Hause ab und nimmt stattdessen den Perana. Hört Jim zu, während er den Prince Georges Drive hinunterfährt, durch Lavender Hill, wo vor den Gangsterwohnungen die Wäsche zum Trocknen hängt. Vorbei am Rondevlei und am Princess Vlei auf die Schnellstraße. Singt mit Jim mit, um seine traurigen Gedanken an Colins nicht allzu sehr aufkommen zu lassen. »Can I rely on the Western world ...« Zu seiner Linken die Bergkette wie in den Himmel geätzt, zu seiner Rechten brauner Mief über den Townships. Unter seinem Fuß ungebremste Pferdestärke.

Singt mit Jim: »Just being by my side you'll be playing roulette ...«

Erster Halt auf Fishs Terminplan: das Krankenhaus. Herausfinden, wie es dem Patienten geht. Gibt es eine Prognose? Man kann nie wissen – vielleicht ist der Junge inzwischen aus dem Koma erwacht. Vielleicht sitzt er bereits aufrecht im Bett, isst Wackelpudding, und er sprudelt nur so von sich, wer die Rennfahrer waren. Man kann nie wissen, vielleicht hat man Glück.

Fish kennt sich im Krankenhaus aus. Er verbrachte einmal fast eine Woche hier, als er sich von einem Bauchschuss erholte. Nun ja, weniger ein Bauchschuss, vielmehr eine Muskelverwundung an der Taille. Die beinharte Kugel hatte sich einen sauberen Weg durch seine Seite gebahnt.

Er erzählte seiner Ma nichts von dieser Episode. Zum Glück

war sie wieder einmal in London auf einer ihrer Südafrika-Verkaufsreisen. Bis zu diesem Tag weiß sie nicht, dass er bereits einmal angeschossen wurde. Hat nicht die geringste Ahnung, dass sein Leben so haarig sein kann. Es war sein toter Partner Mullet gewesen, der ihn ins Krankenhaus brachte, nachdem die Wilddiebe das Feuer eröffnet hatten. Dem Himmel sei Dank gab es Mullet. Das arme Schwein.

Das Beste an dieser ganzen Quälerei? Die Halluzinationen durch die Schmerzmittel, die er in rauen Mengen bekam, nachdem er sich bei einer der Krankenschwestern beliebt gemacht hatte. War natürlich noch vor Vicki gewesen.

Das Schlimmste daran: die Schmerzen und das Essen. Wenn er aufs Klo musste. Seine Bauchmuskeln wollte er nämlich auf keinen Fall anspannen. Die reine Hölle. Innerhalb kürzester Zeit litt er unter Totalverstopfung. Hasste die Einläufe. Selbst wenn die Morphin-Schwester sie machte. Diese Chirurgenhandschuhe. Als ob er totes Fleisch wäre.

Fish hat eine Theorie über Krankenhäuser. Ein weißer Kittel plus ein schwarzer Aktenkoffer reichen – und niemand nimmt dich wahr. Vor allem nicht die Sicherheitsleute. Das Stethoskop ist ein Extra, aber nicht unbedingt nötig. Den schwarzen Aktenkoffer hat er schon im Kofferraum, den weißen Kittel schnappt er sich aus der Notaufnahme. Dort herrscht so viel Chaos, dass ihn niemand bemerkt. Dann fährt er mit dem Lift nach oben und läuft quietschend in seinen Adidas Gazelles durch die Korridore. Marschiert in die Intensivstation, nickt dem Wachmann zu, den Schwestern – einfach jedem, dem man hier zunicken muss.

Erkundigt sich bei einer Krankenschwester: »Fortune Appollis?«

Die Schwester schüttelt den Kopf. Zeigt auf ein leeres Bett.

»Was?«, fragt Fish. »Der Patient ist verstorben?«

»Nein, wurde heute Morgen in ein anderes Krankenhaus verlegt«, erwidert sie.

»Verstehe«, brummt Fish. »Das hat mir die Stationsschwester gar nicht gesagt.« Er öffnet seinen Aktenkoffer und raschelt mit ein paar Papieren. »Wissen Sie, welches Krankenhaus?«

»Constantiaberg«, antwortet sie.

Er hält ein Blatt Papier hoch, einen von Vickis Briefbögen. »Hier ist es ja.« Er wedelt zweimal damit umher und nickt dann der Schwester zu.

Wieder im Auto, noch immer trägt er den weißen Kittel, ruft er Vicki an.

»Constantiaberg, aha«, sagt sie. »Die können sich doch eigentlich keine Privatklinik leisten. Ma und Pa Appollis haben nicht die Knete für so was. Nie im Leben haben sie das Geld.«

»Macht das Ganze schwieriger.«

»Was?«

»An die Info heranzukommen.«

»Eine Lappalie, Fish. Für einen Mann wie dich eine Lappalie.«

»Schon klar«, erwidert er.

»Deshalb habe ich ja auch dich angesetzt. Beeil dich lieber.«

Sie legt auf. Fish starrt über den Parkplatz, über die Dächer bis hinüber zum Kap Hangklip, das am Ende von False Bay im Nebel liegt. Er holt die Karteikarte mit der Adresse der Appollis' heraus, die ihm Vicki gegeben hat. Stellt fest, dass Samson und Daphne Appollis in der Beechcraft Street in Mitchells Plain wohnen. Der Straßenkarte zufolge liegt das direkt unten bei der Küste, in einer Gegend, wo jede Straße nach einem Flugzeug benannt ist: Junkers, Heinkel, Alouette, Halifax.

Fish schlüpft aus dem weißen Kittel. Zieht sich seine Lederjacke an. Die Jacke, die er gerne für offizielle Unterhaltungen trägt. Verleiht ihm das Image eines ernsthaften Ermittlers, wie er das gerne einsetzt.

Im Auto dreht er Jim Neversink laut. Er lässt den Perana an und genießt das Gurgeln des Motors.

Zweiundvierzig

Hoch oben in einem Wolkenkratzer der City blickt Vicki Kahn nach Süden in Richtung Kap Hangklip, wobei sie allerdings die Steilküste weit hinten am Horizont nicht sehen kann. Sie spielt mit ihrem Handy und überlegt sich, ob sie Fish zurückrufen und bitten soll, sie abzuholen. Vielleicht wäre sie besser dabei, wenn Fish mit den Appollis' redet. Klopf, klopf auf das Handy in ihrer Hand. Schließlich beschließt sie, Fish allein machen zu lassen. Und sie kann Clifford Manuel über die neuesten Entwicklungen des Appollis-Falls Bericht erstatten, auch wenn es sie weiterhin irritiert, dass er daran so interessiert ist.

Warum, überlegt sie und klappert die Treppe zu Manuels Büro hinauf. Was erregt Clifford Manuels Interesse an dieser Familie? Oder vielleicht will er sie, Vicki, testen? Keine schöne Vorstellung. Vielleicht geht es um ihre Performance, ihre Punkte, die Stundenabrechnung oder um Gleichberechtigung in der Firma? Ein gruseliger Gedanke.

Ohne auch nur andeutungsweise außer Atem zu sein, nachdem sie die Treppe hinter sich hat, formt sie mit dem Mund die Frage »Clifford?« in Richtung von Manuels Assistentin und zeigt auf die angelehnte Tür. Die Assistentin ist am Telefon, redet weiter, nickt und winkt Vicki hinein.

Vicki steckt den Kopf durch die Tür und erkundigt sich bei Clifford Manuel: »Haben Sie eine Minute?«

Clifford Manuel, die Hände hinter seinem Kopf verschränkt, blickt auf den Hafen zehn Stockwerke unterhalb. Er wirbelt mit seinem riesigen Lederstuhl herum, als er Vicki hört. »Natürlich.«

»Fortune Appollis wurde verlegt«, sagt sie und beobachtet genau, wie Manuel reagiert. Seine Lippen zucken nicht, und auch in seinen Augen kann man nichts erkennen. Er löst nur seine Finger und stützt die Hände auf dem Tisch ab. »Nach Constantiaberg.«

»Verstehe.«

»Sie wollten doch Bescheid wissen.«

»Das wollte ich. Danke.« Er faltet wieder die Hände. »Haben die Eltern Ihnen das gesagt?«

Vicki kommt zwei Schritte ins Zimmer und bleibt hinter einem Stuhl stehen, der sich Manuels Tisch gegenüber befindet. Ihre Hände legt sie locker auf die Rückenlehne. Manuel bittet sie nicht, sich zu setzen. »Nein, unser Ermittler Fish Pescado. Er hat vom Krankenhaus aus angerufen.«

Manuel nickt. »In Constantiaberg?«

»Nein, vom Groote Schuur.«

»Er hat den Patienten also nicht gesehen?«

»Bisher nicht.«

»Aber das wird er noch?«

»Ja, ich denke schon. Ich kenne seine weiteren Pläne allerdings nicht.«

Wieder nickt Manuel. »Gut. Gut. Vielleicht hat sich ein reicher Verwandter bereit erklärt, ihnen zu helfen.« Manuel sieht sie an. Vicki blickt ihm in die Augen – ein, zwei, drei Sekunden lang – und dann weg. Wieder hin, wieder weg. Manuel schaut sie dabei unaufhörlich an.

Er lächelt. »Ist er gut, Ihr Freund Pescado? Der Kunstkenner. Er ist der mit dem Ohrring, oder?« Clifford Manuel berührt sein eigenes Ohrläppchen.

Sie betrachtet ihre Hände, die langen Finger, den schwarzen

Nagellack. »Er findet Menschen. Er hat bereits früher für uns gearbeitet und seine Aufgaben immer ausgezeichnet erledigt.«

»Glauben Sie, er ist dem Job gewachsen?«

Vicki sieht ihn an. Dieser herausfordernde Blick, ein Aufblitzen wie bei einem Raubtier. Sie bemerkt seinen Mund, die leicht geöffneten Lippen, das Schimmern seiner Zähne.

»Welchem Job soll er gewachsen sein? Herauszufinden, wer die Rechnung bezahlt? Natürlich. Er ist gut. Er wird es schaffen. Noch vor dem Mittagessen, würde ich sagen.«

»Ausgezeichnet.« Manuel hat noch immer dieses Lächeln im Gesicht. »Lassen Sie mich wissen, wie er vorankommt.«

Vicki würde am liebsten fragen: Weshalb sind Sie so interessiert? Geht es um den Fall oder um mich? Denkt: Das kann ich echt nicht brauchen. Wendet sich mit einem »Selbstverständlich« zum Gehen.

Sie ist fast an der Tür, als Manuel meint: »Oh, und, Vicki …«

Vicki wirft ihm einen fragenden Blick über die Schulter zu.

»Ich mag Ihre Frisur. Der kurze Schnitt steht Ihnen.«

»Sie haben auch keinen schlechten Schnitt«, erwidert sie. »So zeitgemäß, so Führungskraft.«

Hört sein Lachen und ist aus dem Zimmer, ehe sie noch etwas hinzufügen kann. Wie zum Beispiel: Verzieh dich, Typ.

Dreiundvierzig

Daro Attilane steht in einer grauen Freizeithose und einer Wildlederjacke im Büro und schaut auf den Vorplatz hinaus. Dort sieht er, wie ein schwarzer Golf GTI mit getönten Scheiben und einem heiseren Auspuff vorfährt. Der Fahrer lässt den Motor noch ein paarmal aufheulen, ehe er ihn ausschaltet. Muss der Kunde sein. Am Telefon klang er so, als ob er ein Statussymbol wolle, aber leider etwas weniger Auffälliges brauche.

»Vielleicht ein BMW«, sagte er. Der Kunde.

»Ich habe einen vollausgestatteten Audi A4, neueste Modellreihe«, erwiderte Daro. »Ein sehr schönes Auto. Sauber. Und zerrt immer an der kurzen Leine. Aber ich kann Ihnen auch einen BMW besorgen, falls Sie das bevorzugen. Ganz wie Sie wollen. Der BMW ist eher stattlich, der Audi hingegen sportlicher. Das Auto für den zielorientierten Manager, das auch signalisiert, dass Sie Drive haben. Sie wissen schon, dass Sie mitmischen. Hängt ganz von Ihnen ab.«

»Cool«, erklärte daraufhin der Kunde und vereinbarte einen Termin.

Der Golf hält auf dem Besucherparkplatz. Bleibt geschlossen. Daro kann erkennen, dass der Mann am Handy spricht. Als er aussteigt, ist er noch immer am Apparat. Schlendert vom Wagen weg, den er mit der Zentralverriegelung absperrt. Ausgesprochen cool, der Kunde.

Daro nimmt den Autoschlüssel für den Audi A4 von seinem Schreibtisch und geht nach draußen, um den Mann zu begrüßen. Er hält ihn bereits für einen, der mitmischt. Elegant gekleidet, Anzug und Rollkragenpulli, Schnürschuhe. Ein lächelnder Mann mit einem leicht federnden Gang. Kein Humpeln, sondern eher so, als würde er immer wieder springen. Als würde er das Leben in vollen Zügen genießen.

Daro wartet unter der Tür, bis der Mann sein Gespräch beendet hat. Der Typ gibt sich entspannt. Es scheint ihm nicht das Geringste auszumachen, dass Daro seine Unterhaltung mithören kann.

Er sagt: »Ist mir egal, was dahintersteckt. Es geht hier um eine Verpflichtung. Gesetzlich und moralisch. So steht es auch auf dem Papier. Sie sitzen fest, mein Freund.« Er redet auf Zulu weiter – wahrscheinlich –, ohne dabei mit der Zunge zu schnalzen.

Der Mann lauscht.

Dann fährt er auf Englisch fort: »Sie hören mir nicht zu, mein Freund. Ich erkläre Ihnen doch gerade, dass es keine andere Möglichkeit gibt. Ich will von Ihren Problemen gar nichts wissen. Ich will von Ihnen nur erfahren, dass es fertig ist. Vorbei. Verstehen Sie, was ich meine?«

Der Mann hält das Telefon von seinem Ohr weg und rollt mit den Augen in Daros Richtung.

Daraufhin spricht er wieder in sein Handy: »Nein, nein, nein. Bruder, Sie rufen mich an, wenn es erledigt ist. Davor haben wir nichts mehr zu bereden.«

Der Mann legt auf und klappt das Handy zu. Meint zu Daro: »Manchmal sind die Leute vernagelt. Selbst wenn sie ein Papier unterzeichnet haben, verstehen sie nicht, was sie tun sollen. Obwohl es ein Vertrag ist. Eine legale Vereinbarung. Entweder man hält sich daran, oder man muss mit den Folgen leben. Oder?«

Daro zuckt die Achseln. »So sehe ich das auch.« Er tritt zwei Schritte zur Seite, damit der andere eintreten kann.

»Dieser Kerl nicht. Dieser Kerl glaubt, die Situation ließe

sich noch ändern. Für ihn ist alles verhandelbar, und zwar die ganze Zeit. Wenn das so wäre, wo kämen wir da hin? Wenn nichts sicher ist und alles flexibel. Heute so, morgen anders. Das reine Chaos.«

Daro streckt ihm seine Hand entgegen und stellt sich vor. Erst jetzt merkt er, dass er den Namen des Mannes gar nicht kennt.

Der Kunde nennt ihn auch nicht, sondern sagt nur: »Sehr exklusiv.« Zeigt auf die zwei Autos in Daros Showroom.

»Für mich funktioniert das so«, meint Daro. »Es geht um den persönlichen Service.«

»Sie haben einen ausgezeichneten Ruf. Wurden mir sehr empfohlen.«

»Das freut mich.« Daro nickt und fügt hinzu: »Sie haben angerufen. Und Sie sind Mr. …?«

»Velaze. Mart Velaze.«

»Der Mann, der an einem Auto für Führungskräfte interessiert ist.«

»Genau der.«

»Ausgezeichnet«, sagt Daro. »Möchten Sie zuerst einmal einen Kaffee? Tee? Eine Cola?«

»Wasser«, erwidert Mart Velaze. »Mit Kohlensäure.«

»Kein Problem.« Daro beugt sich zu einem kleinen Kühlschrank hinunter, holt eine Flasche Wasser mit Kohlensäure heraus und reicht sie Mart Velaze. »Ein Glas?«

»Nein, das ist gut so.« Mart Velaze dreht den Deckel auf und nimmt einen Schluck. »Also, was haben Sie? Viel sehen kann ich nicht.« Er zeigt mit der Flasche auf die beiden ausgestellten Wagen. »Nur die zwei Mercedes hier und der Wagen draußen, der Audi. Was ist mit einem BMW?«

»Den kann ich Ihnen besorgen«, meint Daro. »Ich kann Ihnen jedes Auto besorgen, das Ihnen vorschwebt.«

»Das reicht aber nicht, Daro«, entgegnet Mart Velaze. »Ich wollte die Wagen heute sehen. Und eine Probefahrt machen.«

Daro hält den Schlüssel für den Audi hoch. »Das ist der Wagen, den ich am Telefon erwähnt habe.«

»Was ist das?«

»Der A4.«

»Nein, das in Ihrer Hand?«

Daro reicht ihm den Schlüssel.

»Das ist ein Schlüssel?«

»Elektronisch. Wenn Sie den verlieren, sind Sie für den Ersatz auf einen Schlag zweitausend Rand los.«

Mart Velaze stößt einen leisen Pfiff aus.

»Da draußen steht er«, fährt Daro fort und deutet auf den silbernen Wagen unter der Markise. »Ledersitze. Eingebautes Navigationssystem. Gute Stereoanlage. Komfortabel. Aber jetzt schauen Sie sich an, wie er auf der Straße liegt. Er zeigt Präsenz. Anspannung. Bereit zum Einsatz.«

»Tatütata.«

Beide lachen.

»Wie Sie es sagten.« Mart Velaze geht auf das Auto zu. Nimmt einen Schluck Wasser. »Er sieht schnell aus.«

»Ist er auch. Möchten Sie es erleben?«

Mart Velaze streicht mit der Hand über die Kühlerhaube. Daro lächelt vor sich hin und gibt dem Mann die Zeit, sich auf den Wagen einzulassen.

»Ein Ausstellungsstück«, sagt er. »Sechstausend auf dem Tacho.«

Mart Velaze öffnet die Tür und macht es sich im Leder bequem. Daro schnallt sich neben ihm auf dem Beifahrersitz an.

Sie fahren in Richtung Blue-Route-Highway. Daro spult auf der Tokai Road sein Verkaufsgerede ab: Funkenzündung, direkte Kraftstoffeinspritzung, Turbolader, Leistung, technische Daten des Getriebes. Mart Velaze nickt beständig.

»Also ein Turbolader mit Benzinmotor?«

»Klar.« Daro wirft Mart Velaze einen Blick zu. Fragt sich, ob er das sagt, weil er sich tatsächlich mit Motoren auskennt, oder weil er so tun will, als ob. Der Mann ist auf die Straße konzentriert, die Augen hinter einer Sonnenbrille verborgen.

Sie erreichen die Schnellstraße. Mart Velaze drückt auf die Tube, und der A4 donnert mit zweihundert davon, wobei er selbst bei der ansteigenden Fahrbahn noch beschleunigt.

»In etwa einem Kilometer steht eine Radarfalle«, sagt Daro.

»Kenn ich«, meint Mart Velaze und nimmt den Fuß vom Gas. »Cooler Flitzer.«

Auf der Rückfahrt singt Mart Velaze das Loblied des Audi. Jetzt ist es an Daro, zu nicken, bis der begeisterte Kunde eine Pause einlegt. In der fragt Daro: »Was machen Sie beruflich?«

Mart Velaze biegt auf den Vorplatz vor Daros Autosalon ein und schaltet den Motor ab. »Marketingberater. Strategische Planung und so. Die Firma heißt Adler Solutions. Wir kommen zu Ihnen und kümmern uns um alles. Wir optimieren, stärken Ihre Stärken und bügeln Ihre Schwächen aus. Die Firma gibt es seit … Ach, ich weiß nicht … Vielleicht seit zwanzig, fünfundzwanzig Jahren. Ich bin vor zehn Jahren hinzugestoßen, kurz nachdem der Gründer sie verkaufte und nach Australien ging. Ein Typ namens Ray Adler. Traurige Geschichte, das Ganze.« Mart Velaze schnallt sich ab und steigt aus.

Daro folgt ihm. »Ach? Wieso?«

Mart Velaze winkt ab. »Ein andermal.« Er tätschelt den Kofferraum des Audi. Sagt: »Den will ich. Geben Sie mir ein paar Stunden. Heute Nachmittag um zwei oder drei bin ich wieder da und unterschreibe die Papiere.«

»So lange kann ich ihn reservieren«, meint Daro.

»Cool«, erwidert Mart Velaze und steuert auf seinen Golf GTI zu. »Bis nachher.«

Daro beobachtet, wie er davonfährt. Denkt: Hier ging es nicht um Autos. Garantiert nicht um den A4 oder irgendeinen anderen Wagen. Es ging um etwas anderes. Etwas, vor dem er sich schon lange fürchtet.

Vierundvierzig

Samson und Daphne Appollis sitzen Fish gegenüber auf einer Couch. Die Couch hat schwere Armlehnen aus Holz und Klauenfüße. Die Polster sind braun-orange gemustert.

Auf jeder Oberfläche im Zimmer stehen Silberrahmen mit Familienaufnahmen. Die drei: in diesem Zimmer, bei einer Hochzeitsfeier an der Sea-Point-Promenade. Zweierkombinationen: Fortune und sein Vater beim Angeln; Fortune und seine Mutter auf einem Schulfest; Fortune in seiner Schuluniform, Abzeichen auf dem Blazer. Viele Bilder von Fortune allein, Studiofotos. Eines davon steht auf der Glasfläche des Couchtischs und starrt Fish an.

Fish hat das gesamte Sie-haben-mein-Mitgefühl-Spiel bereits hinter sich gebracht und sich alles über den guten Sohn angehört. Er erklärte den Eltern, dass er für ihre Anwälte arbeitet. Er lobte Mrs. Appollis für ihre ausgezeichneten selbstgemachten Kekse. Ein Teller voller Kekse steht neben dem Bild von Fortune auf dem Couchtisch. Das ganze Zimmer riecht nach frisch gebackenen Keksen.

Mr. und Mrs. Appollis sitzen angespannt auf der Couch. Eigentlich balancieren sie eher am äußersten Rand, als dass sie sitzen. Sie essen keine Kekse und halten ihre Teetassen. Gelegentlich klirren die Teetassen auf der Untertasse.

Fish ist inzwischen da angelangt, wo er sagen kann, wie froh sie sein müssen, dass Fortune jetzt in einer Privatklinik liegt.

»Oh ja, Mr. Pescado«, bestätigt Mrs. Appollis. »Wir danken

Gott für diese Fügung.« Ihre Teetasse klirrt. »Ist Mr. Pescado jemals in einem staatlichen Krankenhaus gewesen?«

Fish nickt. »Etwas rau da.«

»Man kann in einem staatlichen Krankenhaus sterben. Man vergisst Sie einfach, Mr. Pescado. Das ist denen egal. Stimmt doch, Pa?«

»Sie waren gut zu Forty, Ma«, erwidert Mr. Appollis.

»Die Mutter meiner Freundin starb im Krankenhaus, Mr. Pescado. Sie haben ihr nichts zu essen gegeben. Sie haben sie nicht gewaschen. Es war schrecklich. Sie bekam eine Infektion. In den Tagen, als noch die Weißen an der Regierung waren, gab es saubere Krankenhäuser. Nicht wie jetzt.«

»Ma…«

»Es stimmt, Pa«, erklärt sie ihrem Mann. »Schwarze können kein Land regieren. Sieh dir doch nur an, was alles passiert. Die ganzen Skandale. Die jungen Leute finden keine Arbeit. Das ist nicht mehr unser Land.«

Sie steht auf und eilt aus dem Zimmer.

»Ma…« Samson Appollis sieht Fish an. »Tut mir leid«, sagt er und erhebt sich ebenfalls. »Ich muss… Wir sind sehr mitgenommen, Mr. Fish«, fügt er hinzu.

»Schon okay«, meint Fish und sieht Mr. Appollis nach, wie er seiner Frau folgt. »Lassen Sie sich Zeit.« Er kann sie in der Küche hören. Daphne Appollis schnieft, ihr Mann tröstet sie. Fish sitzt da, trinkt seinen Tee und isst Kekse.

Fünf Minuten später sind sie zurück, entschuldigen sich und setzen sich wieder an den Rand des Sofas.

»Denken Sie sich nichts«, sagt Fish. »Ich kann das verstehen.« Er gibt ihnen einen Moment. Dann versucht er es. »Und Sie können sich die Privatklinik problemlos leisten? So etwas ist teuer. Meine Firma kann Ihnen helfen. Sie bis zur Verhandlung unterstützen.«

»Wird es denn eine Verhandlung geben, Mr. Pescado?«, fragt Daphne Appollis und blickt von Fish zu ihrem Mann. »Pa, ich dachte …«

Samson Appollis legt seinen Arm um seine Frau. »Schon gut, Ma. Es ist alles geregelt.« Er schaut Fish an. »Wir wollen nicht, dass das vor Gericht kommt.«

»Das wird es aber müssen«, erklärt Fish. »Ihr Junge wurde verletzt. Schwer verletzt.« Will gerade hinzufügen, dass ihr Sohn noch immer im Koma liegt, lässt es dann aber lieber bleiben. »Deshalb beschäftige auch ich mich mit dem Fall. Um herauszufinden, wer das gemacht hat.«

»Pa?«

»Was wir wollen, ist, dass es unserem Sohn wieder gut geht«, sagt Samson Appollis. »Mr. Fish, das ist alles, was wir wollen. Keine Gerichtsverhandlung. Wir wollen unseren Sohn …« Er wiegt seine Frau hin und her. »Ist schon in Ordnung, Ma.«

Fish rutscht auf seinem Sessel weiter nach vorne. »Ich verstehe, was Sie meinen. Aber sehen Sie, das Gesetz wurde gebrochen. Ihr Sohn hat bei einem illegalen Wettrennen zugesehen. Die Polizei muss untersuchen, was da passiert ist und wer das getan hat. Sonst könnte jemand anderes auch noch verletzt werden. Vielleicht kommt das nächste Mal jemand sogar ums Leben.« Er sieht sie an. Keiner der beiden erwidert seinen Blick. »Mr. Appollis, Mrs. Appollis, wir brauchen Ihre Hilfe. Die Polizei wird Ihre Hilfe brauchen.«

Das Paar schweigt. Samson und Daphne Appollis sitzen in ihrem Unglück nur regungslos da.

Fish versucht es auf andere Weise. »Was ist geregelt?«, fragt er. »Sie haben gesagt, etwas sei geregelt.«

»Das Krankenhaus«, antwortet Samson Appollis. »Wir haben eine … Wie nennt man das … Police.«

»Eine Versicherung?«

»Ja, eine Versicherung.«

»Also eine Krankenversicherung samt Krankenhaustagegeld?«, hakt Fish nach.

Samson Appollis nickt. »Ja, so nennt man das. Wir müssen nichts zahlen.«

»Das ist aber ein Glück«, meint Fish. »Deshalb wurde Fortune also verlegt?«

»Ja.«

»Pa«, sagt Daphne Appollis.

»Nicht jetzt, Ma«, entgegnet er.

Samson Appollis hält den Blick gesenkt. Daphne Appollis starrt auf ihre Teetasse.

Es herrscht Schweigen. Fish hört das dumpfe Dröhnen eines Basses durch die Wände. Nette Nachbarn.

Fish überlegt: Was geht hier ab? Nie im Leben haben diese Leute eine Krankenversicherung samt Krankenhaustagegeld. Nie im Leben könnten sie sich so etwas leisten.

»Hören Sie«, sagt er. »Ich will Ihnen nur helfen. Verstehen Sie?«

Jetzt schauen ihn beide an. Hastig. Sie werfen ihm verwirrte Blicke zu wie erschreckte Erdmännchen, die jeden Moment in der Versenkung verschwinden. Das Unangenehme an diesem Job, denkt Fish, ist es, Wege einschlagen zu müssen, die von den meisten nicht betreten werden wollen.

»Ihr Sohn«, sagt er. »Wussten Sie … Wussten Sie von den Autorennen?«

»Pa«, fleht Daphne Appollis.

»Forty saß nicht hinter dem Steuer«, antwortet Samson Appollis.

»Pa.«

»Warte, Ma«, beruhigt er sie. »Ich will Mr. Fish nur erklären …«

»Er ist ein guter Junge, Mr. Pescado«, sagt Daphne Appollis. »Ein guter Sohn.« Sie steht kurz davor, in Tränen auszubrechen. »Erzähl es ihm, Pa.«

Fish antwortet nicht.

»Mr. Fish, wir haben ihm erklärt, dass diese Autorennen nicht gut sind. Bitte, haben wir ihn angefleht, geh nicht zu diesen Rennen. Die Polizei sagt, dass es gefährlich ist.«

»Aber seine Freunde mögen es«, fährt Daphne Appollis fort. »Sie mögen diese schnellen Autos, nicht wahr, Pa?«

»Ja, Ma«, erwidert Samson Appollis. »Forty hat sie auch gemocht. Er hat es mir gesagt.«

»Kennen Sie diese Freunde?«, erkundigt sich Fish. »Ihre Namen? Wo sie wohnen?«

Die beiden schütteln die Köpfe.

»Der eine Junge hieß Willy. Ein großer Junge, sehr höflich, nicht wahr, Pa? Er kam einmal ins Haus. Er und seine Freundin. Auch sehr nett. Still, mit einer leisen Stimme.«

Samson Appollis wirft einen Blick zu Fish hinüber. Er runzelt die Stirn, und seine Augen wirken verängstigt.

»Willy war der mit dem neuen Auto«, fährt Daphne Appollis fort. »Sie gingen mit ihm aufs College.«

»Haben Sie eine Telefonnummer von Willy?«, will Fish wissen. »Oder von dem Mädchen?«

Die beiden sehen ihn hilflos an.

»Oder Fortunes Handy? Er muss doch ein Handy gehabt haben?«

»Es war nicht bei seinen Sachen«, erklärt Samson Appollis. »Wir haben die Polizei gefragt, aber sie wissen nicht, wo es sein kann. Sie haben nie ein Handy gefunden.«

»Hat einer der Freunde Sie angerufen? Willy oder …«

»Nein, Mr. Fish. Niemand.«

»Okay. Also gut.« Fish steht auf. Er zieht eine Visitenkarte aus seiner Hemdtasche und lehnt sie an die Fotografie von Fortune auf dem Couchtisch. »Für den Fall, dass Sie mich brauchen.«

»Alles ist in Ordnung, Mr. Fish. Wir werden Sie nicht brauchen. Nicht wahr, Ma?«

»Nein, Pa«, erwidert Daphne Appollis. Zu Fish gewandt sagt sie: »Hat Mr. Pescado denn eine Straßenkarte, um aus Mitchells Plain wieder herauszufinden?« Fish nickt, aber sie schildert ihm trotzdem, wie er am besten zum Baden Powell Drive gelangt.

Fish sitzt im Perana vor dem Haus der Appollis' in der Beechcraft Street. Um diese Zeit am Vormittag ist es auf der Straße ruhig, das Dröhnen der Musik nicht mehr hörbar. Eine Frau, die zwei Häuser weiter vor ihrer Tür kehrt, beobachtet ihn. Am Ende der Straße schaut ein Mechaniker unter einer aufgeklappten Motorhaube in die Eingeweide eines Nissans. Im Rückspiegel bemerkt Fish einen schwarzen Golf GTI mit getönten Scheiben, der etwa hundert Meter weiter die Straße hinunter steht. Man sieht zwar nicht viel, aber Fish vermutet, dass der Fahrer am Steuer sitzt. Das wäre an sich nicht weiter ungewöhnlich. Nur dass Fish es doch für ungewöhnlich hält. Er fragt sich, ob er einmal im Kreis fahren oder es lieber auf sich beruhen lassen soll. Er beschließt, es auf sich beruhen zu lassen. Notiert trotzdem vorsichtshalber das Kennzeichen.

Die Todesschwadron, Februar 1989

Das letzte Mal, dass sie sich alle zusammen treffen, ist an einem Wochenende in einem Strandhaus. Der Kommandant, der Totenkopfgrinser, der Fischer, Blondie. Und ein Schwarzer, der zum Mittagessen vorbeischaut. Es gibt ein Bild von ihnen allen – na ja, mit Ausnahme des Kommandanten, der das Foto gemacht hat. Totenkopf, der Fischer, Blondie und der schwarze Typ. Ein glückliches Bild, die vier grinsen. Halten Bierflaschen hoch und zeigen ihre Zähne.

Am Sonntagvormittag schlägt der Kommandant vor, am Strand ein *Braai* zu veranstalten. Der Fischer steht bereits in der Flutlinie und angelt, während Totenkopf ein Katerbier kippt.

»Warum nicht«, meint Blondie und kratzt sich die Moskitobisse an Hals und Armen. Er und der Kommandant schleppen eine offene Tonne zum Strand hinunter und sammeln einen Haufen Treibholz.

Als sie beim Sammeln außer Hörweite sind, sagt der Kommandant: »Ein guter Rat. Nach diesem Job solltest du untertauchen.«

Blondie bleibt stehen. »Was?«, lacht er. »Was soll das? Was meinst du damit? Du und Dr. Gold, ihr beide sagt, ich soll untertauchen.«

»Ich meine damit: verschwinde. Geh weg. Verlass das Land. Ändere deinen Namen. Werd unsichtbar. Lös dich in Luft auf.«

»Hä? Komm schon, Mann. Das kann ich nicht machen.«

»Das kannst du. Ich meine das ernst. Todernst. Wie du selbst gesagt hast: Dr. Gold hat dir auch geraten, unterzutauchen.«

»Das kann ich nicht.«

»Hör zu. Wir haben alles gesehen. Wir wissen Dinge. Wir können verraten, wo die Leichen im Keller liegen.« Er lacht. »Das gilt manchmal ja wortwörtlich. Hier finden große Veränderungen statt. Riesige. Die Sache entwickelt sich nicht so, wie wir das gerne hätten. Die Schwarzen kommen an die Macht.«

Blondie wischt sich den Schweiß aus den Augen. »Wovon sprichst du? Welche Sache? Red vernünftig, in einfachem Englisch. Was ist hier los?«

»Folgendes«, erwidert der Kommandant. »Du hast keine Beziehungen. Keine Frau. Keine Familie. Nicht einmal eine Freundin. Wenn du untertauchst, wer wird das merken?«

»Ich kann nicht einfach verschwinden.«

»Warum nicht? Wer wird das merken? Die Zentrale? Ein paar Kollegen. In unserem Job ist es normal, dass jemand verschwindet. Wann waren wir das letzte Mal alle zusammen? Vor achtzehn Monaten oder so? Dazwischen haben wir keinen Kontakt zueinander. Wenn einer von uns stirbt, würden wir es wahrscheinlich monatelang nicht erfahren.«

Blondie sieht den Kommandanten unverwandt an. Er beobachtet seinen Mund und die zusammengepressten Lippen. Dieser Mann meint es ernst.

»Wir hätten alle verschwinden können, umkommen. Du hättest es lange nicht erfahren. Verstehst du, was ich meine? Du kannst weg, Mann. Erst einmal merkt es keiner. Selbst deine Surferkumpel werden sich keine Gedanken machen. Man wird vermuten, dass du nach Durban bist. Ein anderer wird erklären, nein, nach Südwestafrika. Gerede. Niemanden wird es weiter kümmern. Du kannst verschwinden. Puff – weg. Aus den Augen, aus dem Sinn.«

Blondie beugt sich herab, um ein Stück Treibholz aufzuheben. Sie beginnen, zurück in Richtung Totenkopf zu laufen, wobei sie große Äste hinter sich herziehen. Blondie zuckt und kratzt sich mit der freien Hand die Mückenstiche. »Glaubst du wirklich?«

»Tue ich. Überleg dir etwas. Okay? Überleg dir etwas. Etwas, so dass niemand weiß, wo du bist. Dass dich niemand kontaktieren kann. Ich meine es todernst.« Der Kommandant bohrt ihm seinen Zeigerfinger in die Schläfe. Einmal, zweimal.

Blondie weicht zurück. »Mein Gott.«

»So ernst. Einschusslochernst.«

Sie kehren zu Totenkopf zurück. Der Kommandant redet von einem kurzen Sprung ins Wasser, damit sie sich alle abkühlen können.

»Hier gibt es Haie«, meint Totenkopf. »Bullenhaie, Sandhaie, Hammerhaie.«

»Bist du Experte?«

»Ich war in diesem Haifischpark in Durban. Die haben Bilder von allem, was da draußen so schwimmt. Manchmal von ganz nahe.«

»Du machst dir in die Hose vor Angst.« Der Kommandant lässt das Holz fallen, das er getragen hat, und dreht sich zu Totenkopf. »Du hast eine Riesenangst, was?« Wendet sich zu Blondie. »Komm schon, wir verpassen ihm eine kleine Schocktherapie.«

Totenkopf grinst und zieht sein Springmesser.

»Was willst du denn damit?«, fragt der Kommandant. »Deine Kameraden abstechen?« Er stürzt nach vorn. Totenkopf täuscht an. »Na, los doch.« Er stürzt erneut nach vorn. Totenkopf weicht zurück und stolpert im Sand. Der Kommandant wirft sich auf ihn, schlägt ihm das Messer aus der Hand. Blondie mischt sich ebenfalls ein und packt Totenkopf an den

Füßen. Dieser tritt, wehrt sich, flucht. Lacht auch. Alle lachen, als sie auf das Wasser zuwanken. Alle werfen sich in die Wellen und albern dort herum. Greifen sich wie Rugbyspieler an. Toben durch die Gegend. Ziehen ihre T-Shirts aus. Bringen den Fischer dazu, seine Angel beiseitezulegen und sich ebenfalls ins Getümmel zu stürzen. Die vier tollen so heftig herum, dass sie schließlich völlig außer Atem sind, nicht mehr aufrecht stehen können. Zum Teil, weil sie so lachen müssen, zum Teil, weil sie so keuchen. Sie liegen im flachen Wasser, das Meer spült warm über sie. Liegen da, ohne zu reden. Wie vier angeschwemmte Leichen.

Bis sich der Fischer aufsetzt und sagt: »Okay, *Boykies*, Zeit für Bier und *Boerewors*.«

Blondie macht sich auf ins tiefere Wasser, um eine Runde zu schwimmen. Hört noch, wie der Fischer den Kommandanten fragt: »Warum sind wir hier? Was gibt es zu erledigen?« Blondie bleibt stehen. Er befindet sich bis zur Taille im Wasser. Legt sich auf die Oberfläche, regungslos wie ein Krokodil.

Der Kommandant hat sich auf den Bauch gerollt und blickt in Richtung Strandhaus, das zweihundert Meter weiter in den Dünen liegt. »Etwas Großes«, sagt er und kniet sich hin. »Lässt alles andere wie Pipifax erscheinen.«

»Und was ist es?«, will Totenkopf jetzt wissen. »Mein Gott. Müssen wir dich erst foltern, um zu hören, worum es geht?«

»Ein wichtiger Kommunist«, meint der Kommandant. »Einflussreicher Terrorist. Ein großer Mann beim ANC.« Er hält inne und sieht die Männer an. »Schon eine Ahnung?«

Sie schütteln die Köpfe. Nein.

»Noch ein Hinweis. Es ist ein Job in London.« Er sieht Totenkopf an. »Und diesmal halten sich alle an den Plan. Verstanden?«

Totenkopf grinst und salutiert. »Ja, Sir.«

»Ich meine das ernst. Diesmal strikt nach Plan.«

Totenkopf macht eine hohle Hand, um sich etwas Wasser ins Gesicht zu spritzen. »Es hat funktioniert.«

»Hätte aber auch schiefgehen können. Wenn so was schiefgeht, dann stecken wir echt in der Scheiße.«

Totenkopfs Blick wandert vom Fischer zu Blondie. »Zwei Wochen Überwachung? Ein netter kleiner Urlaub mit Bier ohne Ende? Wohl kaum.« Während er redet, watet er aus dem flachen Wasser. Winkt Blondie heran. »Willst du dir das nicht anhören?«

Blondie richtet sich auf und schüttelt sich das Wasser aus den Haaren, als er an den Strand joggt.

Der Kommandant hält den Namen zurück, bis das Feuer brennt. Mit ihren nassen Klamotten stehen sie darum herum, jeder eine Flasche Castles in der Faust. Totenkopf spült sein Bier zusammen mit kleinen Schlucken Brandy hinunter. In einem Plastikeimer, über dem Blondies Hemd hängt, um die Fliegen abzuhalten, liegen zwei Bratwurstschnecken, etwa ein Meter Fleisch, acht Koteletts und zwei lange Stücke Spareribs. Ihr Mittagessen.

Der Kommandant lächelt sie geheimnisvoll an, um die Spannung zu halten.

»Mein Gott«, sagt Totenkopf.

»Ich rede vom Obermacker.« Der Kommandant stochert mit der Zange im Feuer herum, um die Kohlen gleichmäßig zu verteilen. »Vom echten Obermacker. Präsident des ANC. Mr. Oliver Tambo.«

Totenkopf verschluckt sich und beginnt zu husten.

»Verarsch uns nicht«, meint der Fischer. »Wird nie im Leben klappen.«

»Selbstmord«, sagt Totenkopf und lässt die Ringe an seinen Fingern auf und ab wandern. »Ein Kamikaze-Auftrag.« Er nimmt einen Schluck Brandy aus der Flasche. »Das würden wir nicht überleben.«

Der Kommandant sieht Blondie an. »Willst du auch noch deinen Senf dazugeben?«

Blondie zuckt mit den Schultern. »Nö.«

»Verdammter Surfer, hat nur Wasser im Hirn«, stellt Totenkopf fest.

»Besser als Brandy.« Blondie erwidert Totenkopfs Grinsen mit der gleichen Intensität.

Totenkopf mustert ihn durch zusammengekniffene Augen. »Pass auf, Blondie.«

»Also«, sagt der Kommandant. »Irgendjemand am Plan interessiert?«

»Kein bisschen«, meint der Fischer. »Wir sind nur wegen der Würste da.«

Der Kommandant sagt, sehr witzig, und wechselt dann in den Offiziersmodus. Erklärt, dass man den Job schnell und zügig durchziehen müsse. Dass sie getrennt nach London reisen würden. Er würde direkt fliegen. Totenkopf nach Paris und dann mit dem Zug nach London. Der Fischer nach Amsterdam für zwei Tage und dann mit der Fähre. Blondie für einen Tag nach Frankfurt und dann mit dem Flugzeug nach Gatwick. Dass Blondie ihn in einem Haus in Wimbledon treffen würde, während sich Fischer und Totenkopf in einer Wohnung in Notting Hill niederlassen. Etwas rau, die Gegend, aber rau bedeute eine gute Tarnung. Sobald alle dort seien, würde die Überwachung starten, bis alles klar sei. Und dann zack.

In diesem Moment hören sie ein Auto.

Der Fischer zuerst. Zieht eine Achtunddreißiger aus seiner Ausrüstungstasche. »Wir kriegen Besuch.«

Totenkopf zückt sein Springmesser. Sagt zu Blondie: »Holst du unsere Waffen, *China*? Du bist der Schnellste.«

Blondie lauscht. Er vermutet, dass es sich um einen Golf handelt. Etwas Kleines, denn der Motor heult auf der ungeteerten Straße immer wieder auf. Er wirft dem Kommandanten einen Blick zu. Der ist völlig ungerührt. Er weiß, wer da kommt.

Totenkopf und der Fischer plappern aufgeregt durcheinander: He, hol die Waffen, he, wir trennen uns, los, bewegen wir uns, he.

Der Kommandant hebt eine Hand. »Entspannt euch. Der Besuch ist angemeldet.«

Totenkopf beschwert sich: »Und das sagst du uns erst jetzt? Jetzt sagt er, keine Sorge, wir erwarten einen Gast zum Mittagessen. Verdammt, Mann!«

Der Fischer spuckt in den Sand. Meint: »*Ag*, Mann, was für ein Scheiß.«

»Was habt ihr denn?«, will der Kommandant wissen. »Gibt es irgendwelche Probleme?«

Der Fischer spuckt erneut aus und entfernt sich dann.

»Lasst die Waffen verschwinden«, befiehlt der Kommandant. »Entspannt euch, okay? Entspannt euch einfach.«

Sie hören zu, wie der Wagen anhält und der Motor ausgeschaltet wird. Eine Tür öffnet sich, wird zugeschlagen. Blondie beginnt, die Schritte zu zählen. Man braucht etwa dreißig Schritte, um das Haus zu umrunden und dort vorne aufzutauchen, wo sie gestern Abend ihr *Braai* hatten. Er zählt: eins, zwei, drei …

Bei zweiundzwanzig erscheint ein schwarzer Mann Anfang dreißig an der Ecke des Hauses. Farbenfroher Kerl in seiner Schwimmhose, dem leuchtend bunten Hawaiihemd und den Flipflops. Schlüpft aus den Flipflops und läuft barfuß über das *Vlei*-Gras auf den Strand zu. Er hebt grüßend eine Hand. Der Kommandant ebenfalls.

Als er sie erreicht, sagt der Kommandant: »Pünktlich wie die Uhr.«

Fünfundvierzig

»Kann ich Sie einen Moment stören?« Vicki Kahn blickt von ihrem Laptop auf. Da steht Clifford Manuel unter der Tür zu ihrem Büro.

»Natürlich, kein Problem.« Sie schiebt den Stuhl zurück. »Kommen Sie herein.«

»Nur schnell«, sagt Manuel, ohne sich zu rühren. »Wir vertreten Appollis nicht länger.«

»Was?«

Manuel zuckt mit den Schultern. »Sie haben den Auftrag zurückgezogen.«

»Warum?«

»Keine Ahnung. Ist das wichtig? Klienten kommen und gehen. In diesem Fall drehte es sich ja nicht mal um Geld.«

»Ich dachte …« Vicki schaut den Seniorpartner stirnrunzelnd an. Manuel tritt einen Schritt ins Zimmer und lehnt die Tür an.

»Ich habe einen Anruf bekommen, Vicki. Vor ein paar Minuten. Von Mr. Appollis.«

»Sie? Das ist mein Fall.«

»Ich weiß, ich weiß. Hören Sie mir zu. Keine Ahnung, warum er mich angerufen hat. Okay? Ich war der Erste, mit dem er am Anfang gesprochen hat. Vielleicht lag es daran.«

»Ja, klar.«

»Kann ich zu Ende reden?«

Vicki gibt mit ihrer Hand ein zustimmendes Zeichen.

»Er sagte – und ich zitiere: ›Bei uns ist jetzt alles in Ordnung, Mr. Clifford. Wir brauchen keine Anwälte.‹«

»Einfach so?«

»Einfach so.«

»Und Sie haben nicht widersprochen?«

»Ich habe ihn darauf hingewiesen, dass ich das für unklug halte.«

»Na toll. Da hat er sich bestimmt große Sorgen gemacht, er könnte die falsche Entscheidung getroffen haben.«

»Es ist seine Entscheidung.«

»Hat er plötzlich einen reichen Cousin aus dem Hut gezaubert, der die Krankenhausrechnungen zahlt?«

»Ich weiß es nicht, Vicki. Es ist auch egal, wer für sie die Rechnungen zahlt. Nicht mehr unser Ding.« Clifford Manuel starrt sie einen Moment lang an und wirft dann einen Blick auf seine Uhr. »Mittagessen im Parlament. Ich muss los.« An der Tür hält er noch mal inne und dreht sich zu ihr um. »Sagen Sie diesem Ermittlerburschen, dass er uns die Zeit, die er bisher mit dem Fall verbracht hat, in Rechnung stellen kann.«

Damit ist Clifford Manuel verschwunden – bis auf sein Aftershave. Vicki wedelt mit ihrer Hand vor ihrer Nase herum, um den Geruch zu verscheuchen. Dieser Mann riecht wie eine Frau. Allerdings merkt man heutzutage mit all diesen Eaux de Cologne oft nicht mehr den Unterschied. »Viel Spaß bei Ihrem Mittagessen«, sagt sie laut.

Sie starrt auf das Kaninchen, das als Bildschirmschoner über ihren Screen hoppelt. Zuerst will dieser Mann laufend informiert bleiben, und dann lässt er das Ganze fallen, als wäre es von Anfang an für ihn völlig uninteressant gewesen. Sie seufzt und wählt Fishs Handynummer. Er hebt nach dem dritten Klingeln ab.

»Wo bist du?«, fragt sie.

»Cemetery«, erwidert er. »Betrachte gerade eine Wahnsinnswelle.«

»Nein, das kann doch nicht wahr sein. Du machst Witze, oder?« Sie hört Jim Neversink im Hintergrund, der davon singt, wie er aus dem Leben verschwindet, von der Bühne abgeht. Die Musik hämmert mit einer ziemlichen Geschwindigkeit vor sich hin.

»Ich surfe ja nicht.« Er denkt nach. »Aber ich überleg's mir.«

»Na, meinetwegen«, sagt sie.

»Ich kann nicht, ich habe einen Fall zu bearbeiten.«

»Nicht mehr.«

»Nicht?«

»Nein. Uns würde gekündigt.«

»Ach? Echt?« Neversinks Gitarre und das Brechen der Wellen füllen die Pause, die Fish macht. Eine lange Pause.

»Fish?«

»Ja? Wann ist das passiert?«

»Vor fünf Minuten.«

Weiteres Trommelhämmern und brechende Wellen. *Gone, gone, gone, zooming out of life.* Vicki denkt: Der Junge ist abgedriftet. »Fish?«, fragt sie.

»Okay. Was können wir machen?«

»Nichts. Stell einfach eine Rechnung.«

»Irgendjemand zahlt.«

»Ich weiß.«

»Wahrscheinlich der Fahrer.«

»Ich weiß.«

»Wahrscheinlich jemand Bekanntes.«

»Das habe ich mir auch schon gedacht.«

»Und?«

»Und was?«

»Gib mir eine Stunde.«

»Ich kann nicht.«

»Tu so, als hätten wir nie telefoniert.«

»Ich kann nicht.«

»Versuch es. Eine ganz leichte Übung.«

Vicki Kahn stellt fest, dass die Leitung tot ist. Sie lächelt, als sie das Kaninchen auf ihrem Bildschirm verscheucht.

Ihr Handy klingelt. Cake Mullins. Darauf hat sie gewartet. Sich davor gefürchtet. Cake Mullins ist niemand, der eine Gelegenheit so einfach verstreichen lässt.

Es überraschte sie, ihn neulich mit Clifford Manuel zu treffen. Das letzte Mal, als sie etwas von ihm gehört hatte, war vier Monate zuvor gewesen. Sie könnte ihn wegdrücken. Das wäre klug. Sie tut es nicht.

»Wie läuft das Suchtprogramm?«, fragt er und macht sich nicht die Mühe, sein Lachen zu unterdrücken.

»Gut«, erwidert Vicki. »Was willst du, Cake?« Sie weiß genau, was er will.

»War großartig, dich wiederzusehen, Prinzessin«, erwidert er.

»Weiß nicht, ob ich das Kompliment zurückgeben kann.«

»Kein Grund, unhöflich zu sein.«

»Bin ich nicht, Cake.«

»Hör zu«, fährt er fort. »Ich habe von deinen Schwierigkeiten mit den Geldeintreibern gehört. Das war hart. So etwas hätte dir erspart bleiben sollen.«

»Das ist vorbei, Cake. Ich hab das abgeschlossen. Grundsätzlich.«

»Klar. Ich weiß. Ich weiß. Das hast du bereits gesagt. Aber ich muss dich trotzdem fragen. Muss hören, ob du Ja oder Nein sagst.«

»Ich sage Nein.«

»Du weißt doch noch gar nicht, was ich dir vorschlagen will.«

»Du wirst vorschlagen, dass ich heute Abend zu einem Spiel kommen soll.«

»Das stimmt. Ein kleines Spiel. Eintausend, und du bist dabei.«

»Eintausend!«

»Das ist alles. Ich hab's doch gesagt: ein kleines Spiel. Nichts Großes.«

»Ich spiele nicht, Cake. Vergiss es.«

»Das ist ein Freundschaftsspiel, Vicki«, meint Cake Mullins. »Wie hoch wird der Einsatz schon werden? Nicht mehr als ein paar Tausender.«

»Nicht das Geld macht mir Angst. Wenn ich mitmache und gewinne, fange ich wieder von vorne an.«

»Du hattest immer Glück mit den Karten. Eine echte Glücksfee. Was spricht gegen einen kleinen Geldregen?«

Vicki starrt auf den Horizont hinaus und überlegt. Eintausend ist nichts. Selbst wenn man die verliert und noch mal tausend mehr, ist das immer noch nichts. Du bist im Programm, du gehst zur Therapie. Jeder hat ein oder zwei Rückfälle.

»Nein«, sagt sie zu Cake Mullins.

»Kann ich nicht akzeptieren«, entgegnet er. »Ich brauche einen guten Spieler. Ich brauche dich.«

»Danke, aber nein danke. Ich bin draußen. Hab mich bei Gamblers Anonymous angemeldet. Das weißt du.«

»Du bist draußen, wenn ich sage, dass du draußen bist.« Cake Mullins versucht es auf die Harte-Mistkerl-Tour.

Sie starrt erneut zum Horizont. Ihre Hand zittert, in ihren Fingerspitzen dieses Kribbeln.

»Du schuldest mir was, Vicki. Und die Schuld will ich jetzt beglichen haben.«

Sie wusste immer, dass er das eines Tages sagen würde.

»Wäre super, mal wieder ein paar Runden mit dir zu spielen.«

»Großgütiger, Cake!«

»Nichts Großgütiger, Prinzessin. Du stehst hier um Punkt einundzwanzig Uhr auf der Matte.«

»Und dann sind wir quitt.«

»Hundert Pro.«

»Keine offenen Rechnungen mehr?«

»Nein, nichts. Ich gebe dir mein Wort.«

Vicki denkt: Was ist das schon wert? Denkt auch: Was schadet schon ein kleines Spiel? Geringer Einsatz, nichts Gefährliches. Wenn sich die Karten gegen sie wenden, kann sie immer noch aufhören. Gute Nacht sagen und gehen.

»Du weißt noch, wo ich wohne? Derselbe Ort wie beim letzten Mal.«

»Ich werde es finden.«

»Tu das. Und keine Minute zu spät. Okay?«

Vicki legt auf, denkt: Das ist nicht gut. Das ist ganz und gar nicht gut. Fish wird das nicht gefallen. Fish darf das nie erfahren. Muss ihm eine Geschichte erzählen, warum ich nicht kann. Wird nicht einfach sein, wenn Fish sich mal was in den Kopf gesetzt hat.

Sechsundvierzig

Mart Velaze ruft Clifford Manuel an.

»Haben Sie Ihre Kollegin von dem Fall abgezogen, Mr. Manuel?« Mart Velaze sitzt im Wohnzimmer von Samson und Daphne Appollis und blickt durch die Stores auf die Straße hinaus. Aber der Mann in dem Perana ist schon lange weggefahren.

»Wie Sie das wollten«, erwidert Clifford Manuel.

»Und wieso schnüffelt dann jemand hier herum und beunruhigt die Eltern des Jungen?«

»Ich habe keine Ahnung, wen Sie meinen, Mr. Velaze«, hört er Clifford Manuel antworten. Im Hintergrund herrscht ein gewaltiger Lärm. Der Mann ist offenbar irgendwo beim Mittagessen. Sagt zu ihm: »Ich muss jetzt auflegen. Ich bin hier verabredet.«

»Ihre Kollegin, Vicki Kahn, hat einen Mann eingesetzt, der Privatdetektiv spielt. Ein Typ namens Mr. Fish Pescado.«

»Davon weiß ich nichts.«

»Glauben Sie mir nicht? Möchten Sie, dass Ihre früheren Klienten es Ihnen persönlich sagen? Sie sitzen direkt neben mir.«

»Ich weiß nichts von diesem Mr. Fish Pescado, diesem Privatdetektiv.«

»Dann sollten Sie das ändern. Er stochert in den Wunden von Menschen, die sich große Sorgen um ihren Sohn machen. Und er macht mich wütend. Ich habe Ihnen die Situation erklärt. Die kostenlose Rechtsvertretung wird nicht mehr benötigt. Das wissen Sie.«

»Das weiß ich. Wer immer er ist, Mr. Velaze, wenn er meiner Kollegin assistiert hat, dann wird das jedenfalls das letzte Mal gewesen sein.«

»Gut. Rufen Sie Ihre Kollegin an und sagen Sie ihr, dass dieser Unsinn aufhören muss.«

Clifford Manuel erwidert: »Das habe ich bereits.«

»Kluger Mann.« Mart Velaze drückt Clifford Manuel weg und wendet sich den Appollis' zu. Lächelnd. Er genießt es, wie sie ihn offenen Mundes anstarren. Wie verängstigte Kaninchen. Er hält einen Finger hoch. »Noch einen Anruf.«

Wählt Cake Mullins' Nummer. »Diese Vicki Kahn«, sagt er. »Haben Sie sie kontaktiert?« Hört, dass Cake Mullins einen Schluck von etwas trinkt. Sagt: »Prost, Cake.«

Cake Mullins faucht zurück: »Spielen Sie sich nicht größer auf, als Sie sind, Bruder.«

Mart Velaze wirft den Appollis' einen Blick zu. Keiner der beiden sieht ihm in die Augen. Sagt: »Wollte nur mal nachhaken.«

»Das ist nicht nötig. So etwas schätze ich ganz und gar nicht.«

»Und? Haben Sie?« Hört, wie Cake Mullins erneut an etwas saugt. Vermutet, dass es ein Cappuccino ist und er den Schaum wegschlürft.

»Das habe ich, jawohl, mein Herr und Meister.«

Mart Velaze will gerade auf den Sarkasmus reagieren, als er innehält und für einen Moment die Augen schließt. Sagt: »Cake, Cake, ich halte mich hier nur an Anweisungen. Verstanden? An Jacobs Anweisungen.«

»Er hätte mich auch selbst anrufen können.«

»Das wird er bestimmt noch tun. Er hat momentan sehr viel zu erledigen.«

»Gut, das freut mich. Und es freut mich, dass er seine Safari genossen hat.«

Mart Velaze will auflegen, fügt dann aber hinzu: »Ist das ein Cappuccino, den Sie da trinken?«

Cake Mullins schnaubt belustigt. »Nur ein Geheimdienstler kann solche Fragen stellen.«

Mart Velaze nimmt das Handy vom Ohr und setzt sich den Appollis' gegenüber. »Bitte«, sagt er. »Schauen Sie mich an.« Sie tun es. Nicht mehr wie Kaninchen, sondern eher wie Tauben, die eng nebeneinander auf einer Dachrinne sitzen – so hocken sie am äußersten Rand der Couch. »Also, was hat dieser Mr. Fish von Ihnen gewollt?«

Siebenundvierzig

Fish seufzt und mustert Cemetery ein letztes Mal. Diese wunderbaren Wellen, die sich da aufbauen und hereinrollen. Dutzende von Leuten sind da draußen und schaffen Aerials, Cutbacks, Slashes, Lipsmacks, reiten die Wellen, als gäbe es sonst nichts anderes auf der Welt. Was es ja auch nicht gibt. Außer … Außer herauszufinden, wer Fortune Appollis' Krankenhausrechnung begleicht. Außer dass es im Grunde egal ist. Trotzdem bleibt Fish dran. Beruflichen Stolz nennt man das. Genauer gesagt: wertvolle Informationen. So wertvoll wie fremde Währung. Zudem hat er so ein besseres Gefühl, den Auftrag für seine Mutter nicht zu erledigen.

Sein Handy klingelt. Vicki. Er hebt ab und will gerade ganz zärtlich werden, als sie sofort zum Wesentlichen kommt. »Lass es bleiben, Fish. Bitte, lass es einfach bleiben.«

»Wie?«

»Clifford hat mir noch mal eingeschärft, dass ich dich da abziehen soll. Kein angenehmer Mr. Clifford Manuel, kann ich dir sagen.«

»Und was hat Cliffie von sich gegeben?«

»Wörtlich?«

»Wörtlich reicht.«

»Scheuchen Sie diesen Mistkäfer dorthin zurück, wo er hingehört. Zitat Ende.«

»Mistkäfer?«

»Seine Wortwahl.«

»Ziemlich verächtlich.«

»Fish, hör zu.« Fish nimmt etwas anderes in Vickis Stimme wahr. Sie ist besorgt. Nervös. »Lass es einfach gut sein. Nicht mal die Extrastunde, die wir vereinbart haben. Kannst du das für mich bleiben lassen?«

»Okay. Kein Problem«, erwidert Fish. »Ist ja nichts Wichtiges. Nur spannend, warum sich da alle so aufzuregen scheinen.«

»Ich weiß. Ich weiß. Lässt einige Fragen aufkommen. Aber ich habe hier meine Arbeit, meine Karriere, an die ich denken muss. Also – bitte.«

»Klar, Vics, kein Thema«, meint Fish. Runzelt die Stirn, während er überlegt, was dahinterstecken könnte, dass sogar Vicki flattrig wird.

»Tut mir leid. Tut mir leid. Ich muss jetzt weitermachen.«

Fish legt auf und starrt das Handy an, als ob ihm das Display eine Antwort auf Vickis seltsamen Anruf anzeigen würde. Er startet den Motor des Peranas. Denkt: Was soll's? Das Surfen kann warten.

Eine halbe Stunde später steht er mit einem Blumenstrauß am Empfang des Krankenhauses. Es sind hauptsächlich Maßliebchen.

»Für Sie«, sagt er zu der Frau hinter dem Tresen. Ein stark geschminktes junges Ding mit violettem Lippenstift.

Sie lacht. »Für mich?«

»Mein Freund liegt auf der Intensiv«, erklärt Fish. »Im Koma. Er kann die Blumen nicht sehen, aber Sie schon.«

»Wirklich?«

»Wirklich«, beteuert Fish. »Das würde ihm garantiert gefallen.«

»Sie könnten sie auch oben in der Station lassen.«

»Hier sehen sie besser aus.«

Sie lächelt. Strahlend weiße Zähne, die sich in starkem Kontrast von ihrer Unterlippe absetzen. Eine Rötung verdunkelt ihre Wangen. Glatte olivfarbene Wangen.

Fish zögert. Fragt: »Würden Sie vielleicht nachsehen, ob man ihn nicht verlegt hat?« Nennt Fortunes Namen und erfährt so das Stockwerk und die Zimmernummer.

»Viel Spaß mit den Blumen.«

Die Rezeptionistin kichert.

Oben läuft Fish sofort den Korridor entlang, vorbei am Schwesternzimmer. In Fortunes Zimmer befindet sich nur der Junge selbst, an Schläuche und Kabel angeschlossen. Sein Bein ist vergipst, vom Oberschenkel bis zur Fessel. Die Zehen blau. Sein Gesicht kein schöner Anblick. Überall Schwellungen, Quetschungen und voller Pflasterstreifen. Ein Turban aus Bandagen um seinen Kopf.

Am Fuß des Bettes hängt eine Plastikfolie. Darin eine Akte. Fish blättert die Akte durch bis zum Verwaltungsteil. Das Blatt nimmt er heraus. Der Rest wandert wieder in die Folie zurück. Er faltet das Papier und steckt es in seine Jackentasche.

Beim Schwesternzimmer bleibt Fish stehen und erkundigt sich nach den Besuchszeiten. Ihm wird bedeutet, man könne erst ab sechzehn Uhr kommen: Die Schwester blickt von ihren Schriftstücken auf und zeigt ihm das Schild an der gegenüberliegenden Wand im Korridor.

»Hab ich nicht gesehen«, sagt Fish. Dann: »Wie geht es dem jungen Fortune?«

Die Krankenschwester hält mit dem Schreiben inne. »Gehören Sie zur Familie?«

»Einer seiner Dozenten am College.«

Sie klopft mit dem Stift auf den Tisch. »Er ist schwer verletzt.«

»Aber er wird es doch überleben, oder?«

Die Schwester faltet die Hände. »Wir beten für ihn.«

Fish macht ein Gesicht. »Das hilft.«

Die Schwester wendet sich wieder ihrer Schreibtätigkeit zu, und Fish läuft den Gang zur Treppe hinunter.

Im Erdgeschoss bleibt er am Empfang stehen und sagt zu der Frau: »Sieht hübsch aus.« Die Blumen stehen in einer Vase. »Viel besser, dass sie hier sind. So, wie ich das verstanden habe, scheint mein junger Freund da oben sie schon bald von unten anzugucken.«

Die Rezeptionistin schlägt hastig eine Hand vor den Mund, kann aber dennoch das Gelächter nicht unterdrücken, das in ihr aufsteigt.

Fish zwinkert. »Manchmal ist das Beste ein Lachen, nicht wahr?«

Im Auto faltet er das Verwaltungspapier auseinander. Das Kästchen für Privatpatient hat ein Häkchen. Die Rechnungsadresse lautet auf Beechcraft Street, Mitchells Plain.

Kein Glück. Nichts, was er nicht schon gewusst hätte.

Fish faltet das Papier wieder zusammen und schiebt es in seine Jackentasche zurück. Er will gerade den Motor starten, als er eine Reihe hinter ihm, zwei Autos weiter, einen schwarzen Golf GTI mit getönten Scheiben bemerkt.

Hübscher Zufall.

Er steigt aus, geht hin und schaut sich das Kennzeichen an. Derselbe Wagen. Denkt: Da kann Daro helfen. Daro hat Zugang zur Zulassungsstelle.

Fish hat das Gefühl, beobachtet zu werden. Ignoriert es. Der Typ wird wohl kaum direkt sichtbar hinter ihm stehen. Auf seinem Weg zurück zum Perana sucht er mit den Augen den Parkplatz ab, wie zufällig. Jemand, der ihn beobachtet, würde sich hinter den Glastüren des Eingangs zum Krankenhaus verbergen, dort hinter den verspiegelten Scheiben. Fish steigt in den Perana und verlässt mit einem leisen Tuckern des Auspuffs den Parkplatz.

Achtundvierzig

Cake Mullins beschließt, dass es ihn nicht weiter interessiert, ob Jacob Mkezi gerade besonders beschäftigt ist. Er hat ihn mit Tol Visagie zusammengebracht. Ein klarer Geschäftsdeal. Eine klare Sache, was die Provision betrifft. Die Beteiligung. Wie auch immer man es nennen will. Sie sollten jedenfalls über Geld sprechen.

Es mag bereits Mittag sein, aber Cake Mullins trägt noch seinen Morgenmantel. Er steht in seinem Morgenmantel am Fenster im oberen Stock und schaut über den Weinberg, der an sein Grundstück grenzt. Shiraz-Trauben. Der Wein, der einen willkommen heißt wie eine Frau mit weit gespreizten Beinen. Cake stellt sich eine nackte Frau an einem Strand vor, die sich gegen einen Felsen lehnt, ein Bein angewinkelt, das andere gespreizt. Ihre Haare sind feucht, ihre Arme hat sie ausgestreckt, um ihn zu umarmen. Ihre Brüste stehen stramm, die Brustwarzen sind zusammengezogen. Ihr Bauch hat eine leichte Rundung, ihre Schamhaare sind rasiert – das vertikale Lächeln. Cake Mullins bekommt einen Halbsteifen, wenn er nur daran denkt.

Schüttelt den Kopf, um das Bild zu vertreiben. Es ist mal wieder an der Zeit, die Midnight Girls anzurufen und einen Shiraz zu bestellen.

Stattdessen ruft er Jacob Mkezi an. »Wie ist es gelaufen?«, will er wissen.

Hört Jacob Mkezi sagen: »Nicht schlecht, Cake. Nicht schlecht, mein Freund.«

»Es geht also über die Bühne?« Cake schlendert in sein Badezimmer und betrachtet sich in dem bodenlangen Spiegel.

»Sie wollen nur wissen, was für Sie dabei rausspringt. Cake Mullins, der Taktiker.«

Cake lächelt. »So ungefähr.«

»Kein Problem«, meint Jacob Mkezi. »Wie wäre es mit einem Prozent?«

Cake behält sein Lächeln bei. »Von welcher Summe reden wir hier?«

Jacob Mkezi lacht. »Cake wagt sich aus dem Gebüsch.«

»Ha, ha.«

»Wahrscheinlich ein paar Hunderttausend.«

»Rand? Dollar?«

»Dollar.«

»Zwei Prozent.«

»Eins Komma zwei. Mehr auf keinen Fall.«

Cake Mullins ist mit dem Ergebnis zufrieden, will aber noch eine andere offenstehende Rechnung begleichen. »Sie hätten mich persönlich anrufen können, um mir mitzuteilen, dass Vicki Kahn an einem Kartenspiel teilnehmen soll. Sie hätten mich direkt fragen können.«

»Hätte ich machen können«, entgegnet Jacob Mkezi. »Ich habe aber Mart gebeten, sich darum zu kümmern. Hat er Ihnen von Lord erzählt?«

»Was ist mit Lord?« Cake Mullins öffnet den Morgenmantel auf die Art und Weise, wie er das für die Midnight Girls tut. Er hört nur mit halbem Ohr der Geschichte über Lord zu, der offenbar mal wieder alles verkackt hat. Der Ausdruck seines Vaters: verkackt.

Lord war schon immer ein Idiot, so, wie Cake Mullins das sieht.

Cake bewundert sich im Spiegel – die Brustbehaarung, der

Wohlstandsbauch, die haarigen Schenkel, der Schwanz und die Eier.

»Unangenehm«, sagt er zu Jacob Mkezi. »Also, wir sehen uns dann heute Abend.«

Neunundvierzig

Fish fährt die Main Road hinunter zu Daros Autosalon so langsam wie möglich. Immer wieder wirft er einen Blick in den Rückspiegel, um nach dem schwarzen GTI Ausschau zu halten. Fragt sich, warum er sich eigentlich die Mühe macht, den Besitzer zu ermitteln. Du hast nichts mehr mit dem Fall zu tun, Kamerad, sagt er sich. Lass es gut sein. Geh lieber surfen.

Aber der GTI fünf Autos hinter ihm lässt sich nicht leugnen. Näher kommt er nicht.

Frage: Soll Fish ihn wissen lassen, dass er ihn bemerkt hat, oder so weiterfahren, als würde es ihm nicht das Geringste ausmachen?

Möglichkeiten: nach links in eine Seitenstraße abbiegen und am Parkplatz vor dem Bahnhof Heathfield stehen bleiben. Warten, bis der Scherzkeks vorübergefahren ist, und dann hinter ihm herkurven. Mal sehen, wie ihm das schmecken würde.

Aber Fish ist nicht in Stimmung für derartige Späßchen. Er würde lieber einfach zu Daro fahren und dort einen von Daros Filterkaffees trinken, während Daro das Kennzeichen in das Zulassungssystem eintippt.

Einfach nur so.

Nur, um Bescheid zu wissen.

Und das ist, was Fish auch macht. Er hört Jim zu und fährt gelassen immer am Tempolimit entlang durch die Ampeln bis zu Daros Exklusivautoladen. Fish hat nämlich vor, zum Strand hinunterzukommen, sobald das hier alles erledigt ist.

Trotzdem behält er den schwarzen Wagen im Auge. Aus bloßem privatdetektivischem Interesse. Weil der Typ gut ist. Weil er weiß, wie man so was macht. Fish fragt sich nur, warum er sich die Mühe gibt.

Er ruft Vicki an.

»Sorry«, sagt sie. »Ich bin in einem Meeting. Warte einen Moment.«

Er wartet. Hört, wie sie sich entschuldigt und eine Tür leise ins Schloss gezogen wird. Dann, etwas gereizt: »Was ist los?«

»Was soll das heißen: Was ist los?«

»Ich habe gerade ein Klientengespräch. Also bitte.«

»Na und? Ich habe hier einen schwarzen Golf GTI mit getönten Scheiben, der mir ständig folgt.«

»Dir folgt?«

»Zuerst tauchte er bei den Appollis' auf. Dann im Krankenhaus. Und jetzt atmet er meine Abgase ein.«

»Ich hab dir deutlich gesagt, es gut sein zu lassen. Das war keine gute Idee mit dem Krankenhaus. Der Fall wurde uns entzogen. Klare Anweisungen. Hörst du mir denn überhaupt jemals zu?«

»Das war meine eigene Entscheidung.«

»Ach, Fish. Jetzt komm schon.«

»Ich habe im Krankenhaus sowieso nichts herausgefunden. Nur, was wir eh schon wissen.«

»Bist du dir sicher? Bist du dir sicher, dass es derselbe Typ ist?«

»Dasselbe Kennzeichen.«

»Weiß er, dass du ihn gesehen hast?«

»Nehme ich an. Der ist Profi.«

»Geh surfen, Fish. Zeig ihm, dass du nichts mehr damit zu tun hast.«

»Das ist dein Ratschlag?«

»Niemand bezahlt dich dafür. Lass es. Darum habe ich dich schon vor Stunden gebeten.«

Fish beschließt, nichts weiter dazu zu sagen. Nach einer Weile meint Vicki: »Ich muss wieder rein.«

»Okay«, erwidert er. »Dann bis später. So gegen sechs oder halb sieben?«

Hört ihr Zögern. »Ich kann nicht«, sagt sie. »Ich habe dieses Arbeitsding, was sich vorhin ergeben hat.«

»Heute Morgen gab es das noch nicht.«

»Nein.«

»Also danach?«

»Es wird spät werden. Ein Abendessen mit Klienten. Ich werde müde sein, Fish. Und du bist eine lange Fahrt von der City entfernt um diese Uhrzeit.«

»Ich kann dich auch gerne abholen, wenn du das möchtest.« Fish denkt, während er das sagt: Lass es gut sein, du bedrängst sie.

»Du bist süß«, erwidert sie. »Aber nein danke. Ich rufe dich morgen an.«

Ehe er noch etwas entgegnen kann, hat sie bereits aufgelegt.

Er wirft das Handy auf den Beifahrersitz. Du willst keine hundertprozentige Verbindlichkeit. Du willst deine eigenen vier Wände behalten. Sie hat ihre Wohnung. Eine super Situation, könnte nicht besser sein.

Wo sieht er also jetzt das Problem?

Ihr Tonfall ist das Problem. Ein Tonfall, den er schon mal gehört hat. Als sie ganz am Anfang zusammen waren und sie noch spielte. Diese irgendwie defensive Stimmungslage. So nach dem Motto: Lass mich in Ruhe, da gibt es einen Teil meines Lebens, der nur mir gehört, okay?

Der Teil, für den sie sich schämte.

Nein, denkt Fish. Das kann nicht sein. Sie absolviert dieses

Programm, sie geht seit längerem zur Therapie. An den meisten Montagabenden besucht sie die Anonymen Spieler. Seit acht oder neun Monaten hat sie nicht mehr gewettet. Sich an keinen Pokertisch mehr gesetzt.

Das hat sie jedenfalls behauptet.

Jetzt erwachen auf einmal die Zweifel.

Jetzt erinnert er sich an diese frühen Momente des Herzausschüttens vor mindestens einem Jahr. Die Haltung, die er ihr gegenüber einnahm, war: Bitte, bitte, bitte, Vicki, lass das Spielen. Bei ihr Tränen. Bei ihm das Gefühl von Verzweiflung. In den ersten Wochen quälte ihn ihre Sucht so sehr, dass er für drei Tage an die Westküste fuhr, um dort zu surfen. Ließ sie allein mit den Schulden zurück. Er kehrte wieder, sie war grün und blau. Und verängstigt. Wirklich verängstigt. Sie wollte ihm nicht verraten, wer das getan hatte. Aber danach ging sie zu den Anonymen Spielern. Und nahm einen Kredit auf, um die dreißigtausend zurückzuzahlen, die sie schuldete. Erklärte Fish: »Das war es. Nie mehr.«

Er schlägt auf das Lenkrad ein. Wählt erneut ihre Nummer. Wird direkt zur Voicemail durchgestellt.

»Verdammte Frauen!«, brüllt Fish und biegt etwas zu schnell auf Daros Vorplatz ein, wo er auf den modischen Fliesen schlitternd zum Stehen kommt. Bemerkt Daros alarmiertes Gesicht am Bürofenster.

Er wählt erneut. Voicemail. Diesmal hat er sich etwas beruhigt und hinterlässt eine Nachricht. »Ruf mich an, okay? Ruf mich einfach an.« Er legt auf und schaut zu Daro hoch, der neben seiner Autotür steht.

»Geschickt«, meint Daro. »Zentimeterarbeit.«

Fish schneidet eine Grimasse. »Sorry.« Schaltet den Motor aus.

»Nichts, was Muskelkraft und ein Putzmittel nicht wieder

entfernen können.« Daro dreht sich zu seinem Büro. »Kaffee?«

»Gute Idee«, erwidert Fish.

Daro schenkt zwei Becher voll ein und reicht einen davon Fish, mit dem Henkel in Fishs Richtung.

»Ich bräuchte einen Gefallen«, sagt Fish.

»Ach nein?«, entgegnet Daro betont langsam, um den Sarkasmus nicht untergehen zu lassen.

Fish bläst den Dampf weg und sieht Daro über den Becher hinweg an. Daro ist eigentlich sonst nicht der sarkastische Typ.

»Hast du einen schlechten Tag?«

»Zwei Leute waren heute hier. Der eine wollte nur mal schauen, und beim anderen weiß ich nicht, was der wollte. Vielleicht kommt er wieder, vielleicht nicht. Mein Bauchgefühl sagt mir, dass er nicht wiederkommt. Ich muss dringend ein Auto verkaufen.«

»Ein Verkauf letzte Woche war doch nicht schlecht.«

»Aber auch nicht gut.«

Die beiden Männer konzentrieren sich auf ihren Kaffee. Fish sagt: »Mein Job ist bereits abgeblasen. Hat gerade mal drei Stunden gedauert.« Er erzählt die Geschichte. Als er Fortune Appollis' Schicksalsschlag schildert, wird er von Daro unterbrochen.

»Die Kids fahren jetzt alle Rennen«, meint Daro. »Benutzen Subarus, Jettas. Ich rede hier von den neuesten Modellen, Wert eine halbe Million, die motzen die Dinger auf, manipulieren an den Kolben und Nockenwellen herum, bauen elektronisch gesteuerte Vergaser ein und brettern in diesen Kisten mit bis zu dreihundert Sachen über die R303.«

»Echt?«

»Die jagen sich da draußen auf der Straße, einer hinter dem anderen, das ist der Kick, vielleicht mit einem Meter oder weniger Abstand zueinander. Und wenn man bei der Geschwindigkeit dahinrast, dann war's das, falls der Typ vor dir auf die Bremse tritt. Für euch beide. Knall, Wirbel, Schrott. Ich hab das mal gesehen …« Daro trinkt einen Schluck. »Der vordere Wagen ging in Flammen auf. Der hintere flog dahin. Und ich meine: flog. Bis zur Insel auf der anderen Seite der Straße. Selbst damit war es aber nicht zu Ende. Es ging weiter, Mann. Das Metall sprühte wie irre Funken, während es hundert oder zweihundert Meter über die Straße schlitterte. Der Fahrer löste sich in Luft auf. Puff. Kein Stäubchen blieb von dem übrig. Das Auto hätte genauso gut ein Geist fahren können.«

»Krass«, sagt Fish.

»Angeblich soll ein Siebzehnjähriger am Steuer gesessen haben. Sein Vater war ein einflussreicher Geschäftsmann, der keinen Grund sah, für sein liebes Söhnchen nicht fünfhunderttausend hinzulegen, obwohl der noch zu jung war, um einen Führerschein zu haben.«

»Echt?«, meint Fish.

»So was geht zwei-, dreimal die Woche in den Flats ab. Und diese Jungs kommen aus reichen Familien. Die neue Elite … Darum.«

»Mein Appollis wurde in die Privatklinik verlegt. Weshalb sein Papa und seine Mama das Ganze auch nicht weiter polizeilich verfolgen lassen wollen. Ja, so weit war mir das alles klar. Das Einzige, was ich wissen will, nur mal zum Spaß: Wem gehört dieses Auto?« Fish zieht einen zerknitterten Zettel mit dem Kennzeichen hervor und streicht ihn glatt. »Schwarzer Golf GTI mit getönten Scheiben.«

»Sollte kein Problem sein«, sagt Daro. Er tippt etwas in die Maske auf seinem Laptop ein. Bekommt eine Fehlermeldung. »Das Zulassungssystem scheint gerade nicht zu funktionieren«, erklärt er Fish. »Aber ich kann das morgen für dich herausfinden.«

»Keine Eile«, meint Fish. »Ich gehe jetzt erst mal surfen.« Er trinkt seinen Kaffee in einem Zug aus. Fragt: »Möchtest du noch, dass ich mit dieser Frau rede? Wegen ihres Vortrags über Drogen?«

»Warum nicht«, antwortet Daro. »Kann jedenfalls nicht schaden.«

»Super.« Fish spielt mit seinen Schlüsseln. Er überlegt: Soll er Daro davon erzählen, dass dieser auf Sevens Liste steht, oder nicht? Entscheidet sich für: »Hast du eigentlich immer eine Waffe dabei?«

Daro schüttelt verblüfft den Kopf. Fragt lachend: »Was? Woher kommt das denn jetzt?«

»Nirgendwoher.« Fish rudert zurück. »Nur weil du im Forum bist. Wäre vielleicht keine schlechte Idee.«

Daro hält den Blick auf ihn gerichtet. Nickt. »Ich hab durchaus auch schon daran gedacht. Aber warum sagst du das heute?«

Fish zuckt mit den Achseln. »Aus keinem besonderen Grund. Pistolen können manchmal recht nützlich sein.«

Draußen in der Sonne spüren die beiden Männer die Wärme auf den Schultern und blicken zu den Bergen hinüber, die sich gegen den Himmel abzeichnen.

»Mach den Laden dicht«, schlägt Fish vor. »Was du jetzt brauchst, ist eine Runde Wellenreiten.«

Daro schnaubt. »Es ist halb vier.«

»Eben«, entgegnet Fish. »Fast schon der ganze Tag verschwendet. Wir hätten am Strand sein sollen.«

Daro sieht Fish zu, wie er davonfährt.

»Pistolen können manchmal recht nützlich sein.«

Er fragt sich, warum Fish das gesagt hat. Vermutet, dass es seine Art ist, ihn darauf hinzuweisen, wegen des Forums vorsichtig zu sein. Allerdings ist das momentan seine geringste Sorge.

Daro hat den Zettel mit dem Kennzeichen noch in der Hand. Er muss gar nicht im Zulassungssystem nachsehen, um zu wissen, wem dieses Auto gehört.

Mart Velaze.

Verständlich, warum Mart Velaze einen dezenteren Wagen braucht, wenn es sein Job ist, Leuten zu folgen.

Mart Velaze und seine scheinbar zufällige Erwähnung von Ray Adler.

Lässt Daros Mund strohtrocken werden.

Er geht wieder online und gelangt mit Hilfe verschiedener Passwörter zur Zulassungsstelle. Bekommt eine Adresse von Mart Velaze in Milnerton. Es ist ein Wohnblock am Marine Drive.

Als Nächstes googelt er Adler Solutions. Es überrascht ihn wenig, dass es keine Website gibt. Ebenso, wie es ihn nicht überrascht, dass die Firma auch im Telefonbuch fehlt.

Daro ist sich nicht sicher, wie er sich weiter verhalten soll.

Die Todesschwadron, Mai 1995

Der Fischer heißt Dommiss Verburg. Als Dom die Kugel bekommt, angelt er an einem schönen Oktobermorgen bei den Wellenbrechern – den Dolossen – außerhalb von Port Elizabeth. Das Meer ist ruhig und gurgelt zwischen den ankerförmigen Betontrummen leise vor sich hin, die hier aufgeschichtet wurden, um den Strand davor zu schützen, weggeschwemmt zu werden. In der Ferne die Bürohäuser der City, die vage im Nebel liegen. Die einzigen anderen Menschen weit und breit sind zwei Männer, die rechts von ihm auf dem Wellenbrecher sitzen und ebenfalls angeln. Dom sitzt auf einem Dolos, die Füße baumeln über dem Rand. Das Wasser ist eine trübe Brühe. Möglicherweise schwimmen Kabeljaue vorbei, vielleicht sogar Alosa, aber bisher hat kein Fisch angebissen. Egal. Dom ist zufrieden damit, einfach hier zu sitzen, zu rauchen und das Sandwich mit kaltem Braten zu essen, das ihm seine Frau gemacht hat. Das Angeln dient ihm als Ausrede, das Haus an seinen freien Tagen zu verlassen.

Er holt ein. Der Haken ist leer. Etwas hat die Schlammkrabben weggeknabbert. Etwas, was sich weigert, den Köder in einem Biss zu schnappen.

Dom seufzt. Frischer Fisch einmal die Woche wäre nicht schlecht. Er hat bereits seit zwei Wochen keinen Fisch mehr gefangen. Seine Frau stichelt schon, dass er eine Affäre haben müsse. Ein nicht ganz harmloser Scherz, da er einmal etwas mit ihrer Schwester hatte und dabei mit seinem nackten

Hintern in der Luft erwischt wurde. Rotz und Tränen. Tränen, Tränen, Tränen. Wochenlang. Er musste es mit einem einwöchigen Urlaub in Sun City wiedergutmachen. Und seiner Frau eintausend geben, die sie am einarmigen Banditen verspielen durfte. Was ihr eine Reihe mit vier gleichen Früchten einbrachte und achttausend Rand. Kling. Kling. Gab sie ihm auch nur einen einzigen Cent davon? Natürlich nicht.

»Siehst du«, sagte sie. »Gott sieht alles.«

Dom wischt sich die Sandwichbrösel von seinem Schnurrbart, packt zusammen und wirft die Dose mit Schlammkrabben in die Brühe. Er würde erst in ein paar Tagen Zeit haben, wieder zurückzukommen, und wenn Kabeljaue etwas verachten, dann alte Köder. Vielleicht hat ihm sogar der Grieche heute Morgen bereits alte Köder angedreht. Dieser verdammte Nico und sein »Die Fische kennen den Unterschied nicht, mein Freund. Fische essen alles Tote. Warum glaubst du denn, dass es am Meeresgrund nur Skelette gibt?«.

Dom springt vorsichtig über die Dolosse zum Ufer und läuft dann neben der Eisenbahnstrecke entlang zu seinem Auto zurück.

Auf dem Parkplatz lehnen zwei Angler an ihrem Pick-up, trinken Kaffee aus einer Thermoskanne, zwei stattliche Kabeljaue auf der Ladeklappe ihres Transporters. Dom erinnert sich daran, dass sie etwa hundert Meter von ihm entfernt fischten.

»Bei mir hat nichts angebissen«, sagt er zu den beiden.

»Willst du uns einen abkaufen?«, fragt der Mann mit der Thermoskanne. »Zwanzig Rand.«

Dom überlegt. Zwanzig Rand ist ein stolzer Preis für einen Fünf-Kilo-Fisch. Diese verdammten *Bushies* versuchen es einfach. Andererseits könnte er dann behaupten, dass er ihn gefangen hat. Würde seine Frau sicher freuen.

»Also gut«, sagt er und zieht einen Zehnrandschein aus der

Hose. Er lässt sein Wechselgeld klimpern. »Bin noch nicht an diese fünf Rand gewöhnt.« Sucht eine der Münzen heraus. »Fünfzehn. In Ordnung?«

Die Männer werfen einen Blick auf die restlichen Münzen, vor allem Kupfergeld.

»Was ist damit?«

Frech. Dom schaut sie aus zusammengekniffenen Augen an. Sein Bullenblick aus alten Zeiten, dem er damals eine Faust ins Gesicht, einen Nasenbrecher, folgen ließ. Das war die Sache mit den *Coloured* – die waren immer unverschämt.

Die Angler treten unzufrieden von einem Bein aufs andere. Dom behält seinen harten Blick bei und lässt die Augen zwischen den beiden herumwandern. Wenn er noch bei der Polizei wäre, würde er sich die Herrschaften jetzt erst einmal näher ansehen. Er streckt ihnen das Geld entgegen. »Ist doch fair.«

Die Männer zucken mit den Achseln. Der eine nimmt den Schein und die Münze. »Ja, okay.«

»Irgendeinen?«

»Irgendeinen.«

Dom zieht den schwereren Fisch am Schwanz hoch. »Danke, Mann.«

Er geht zu seinem Auto und hievt den Fisch in den Kofferraum, den er vorsorglich mit Zeitungspapier ausgelegt hat. Drückt den Deckel zu. Er findet, es war ein guter Deal. Lächelt vor sich hin, da er vermutet, dass ihn die beiden als Polizist erkannten. Früher war er ja auch mal einer. Diese Haltung bewahrt man sich, denn die kann man immer wieder einsetzen.

Er klickt die Angel an die Träger auf seinem Dach, wobei er merkt, dass ihn die Männer beobachten. Aber so tun, als würden sie ihm keine Beachtung schenken. Die können ihn mal. Fünfzehn Rand war ein guter Preis. Auf der Straße hätten sie weniger dafür bekommen.

Im Auto holt er eine Zigarette heraus und riecht dabei den Fisch an seinen Fingern. Beruhigend. Er zündet die Zigarette an, bläst den Rauch gegen die Windschutzscheibe. In diesem Moment sieht er die Kugel, die dort außen mit Klebeband befestigt ist.

Scheiße. Er starrt das Geschoss an. Saugt an der Zigarette, stößt den Rauch aus. Dreht sich auf dem Sitz nach hinten, um die Männer sehen zu können. Sie beachten ihn nicht mehr. Er steigt aus. Ruft: »He, habt ihr vorher irgendjemanden bei meinem Auto gesehen?«

Einer der beiden schüttelt den Kopf, der andere verneint.

Dom löst das Klebeband von der Windschutzscheibe und betrachtet die Kugel näher. Eine Zweiundzwanziger mit einer Kreuzschraffierung am Kopf.

Doms erster Gedanke: Die muss von Ray sein, der sich einen dummen Scherz erlaubt. Er hat sich seit vier Jahren nicht mehr gemeldet, seitdem der Tambo-Job abgeblasen wurde. Die Aktion passt zu Ray: dem Opfer als Erstes eine Kugel schicken. Doms zweiter Gedanke: Das ist überhaupt nicht lustig.

Er hört, wie eine Tür zugeschlagen wird und der Pick-up-Motor der Angler stotternd anläuft. Mit einem Aufspritzen von Kieseln fahren sie davon und lassen Dom allein zurück.

Er wartet, ob Ray Adler hinter einem Dolos auftaucht. Er ruft sogar laut: »Ray, jetzt komm raus, Schluss mit dem Blödsinn, Mann!«

Nichts. Nur das Kreischen der Möwen und ferner Verkehrslärm.

Dom ist in Rente. Bereits seit drei Jahren. Das heißt, er entschied sich für eine Abfindung, weil er ahnte, wie sich die Dinge entwickeln würden und er in dem neuen Südafrika dann keinen Job mehr hätte. Schlimmer noch. Dass es zu Hetzkampagnen kommen würde. Bohrenden Fragen. Besser, sich zurückzuziehen und ein unauffälliges Leben zu führen. Was Dom tat. Er brach den Kontakt zu seinen Polizeikameraden ab und hielt sich von den üblichen Kneipen fern. Fand Arbeit in einem Geschäft für Malerbedarf, drei Tage die Woche sowie Samstagvormittag, wo er Farbtöpfe an Hausbesitzer verkauft. Der Laden ist im Ortszentrum eines kleinen Vororts. Unwahrscheinlich, dort jemanden aus seiner Vergangenheit zu treffen.

Ein recht angenehmes Leben. Bis jetzt.

Zwei Tage lang macht sich Dom Sorgen wegen der Kugel. Behält sie in seiner Hosentasche. Erzählt seiner Frau nichts davon. Die Sache ist die: Dom hat niemanden, dem er davon erzählen könnte. Die Polizisten, zu denen er den Kontakt abbrach, waren seine Freunde. Seine Bier- und *Braai*-Freunde. Er ließ sie fallen und damit auch sein soziales Leben. Männer, die ihn sein ganzes Arbeitsleben über gekannt hatten. Echte Kumpel. Gute Kameraden. Einige von ihnen riefen immer wieder an, aber Dom reagierte nicht mehr. Um ehrlich zu sein – Dom hatte eine Heidenangst.

Er hat auch jetzt eine Heidenangst. Reibt die Zweiundzwanziger zwischen Daumen und Zeigefinger und überlegt, was er jetzt tun soll.

Er kennt noch ein oder zwei Polizisten im aktiven Dienst, die er anrufen könnte. Wenn es hart auf hart kommt. Der eine ist sein früherer Schwager, der, mit dessen Frau er vögelte. Vermutlich also nicht der Richtige, um ihm eine Telefonnummer für Ray Adler zu geben. Dann bleibt nur einer. Oder Pat Foremans Nummer? Pat mit seinem Totenkopfgrinsen? Allerdings hat er gehört, dass Foreman total hinüber ist und auf einer Stundenbasis säuft – tagaus, tagein.

Dom ruft also von einer öffentlichen Telefonzelle in der Nähe des Malerbedarfladens seinen Kontaktmann Flip an.

»Mein Gott, Dom, du hast Nerven«, sagt Flip.

»Bitte, Mann, Flip«, erwidert Dom.

Flip beginnt ein Palaver darüber, wie Dom seine alten Kumpel fallen ließ und sich plötzlich offenbar nichts mehr aus den jahrelangen Freundschaften machte. Zu keiner Beerdigung kam. Einfach verschwand. »Als wären wir dir völlig egal gewesen.«

»Mann, jetzt sei nicht so, Flip«, erwidert Dom. »Du weißt doch, dass ich Gründe hatte.«

»Gründe? Wir hatten alle verdammt gute Gründe. Wir saßen nach den Wahlen alle im *Kak*. Warum sollen deine Gründe besser gewesen sein?«

»Vergiss es«, entgegnet Dom. »Vergiss es. Ich wollte nur wissen, ob du seine Nummer hast.«

»Hör zu, mein Freund. Diese geplante Wahrheits- und Versöhnungskommission, Mann: Das wird ein Riesen-*Kak*. Was willst du dagegen unternehmen?«

»Nichts.«

»Du erzählst denen die Wahrheit, und wenn sie dir glauben, dann wirst du begnadigt. Einige der *Manne* glauben tatsächlich, das würde funktionieren.«

»Nicht für mich.«

»Wirst du auspacken, Dom?«

»Ich hab's doch schon gesagt: nein.«

»Die *Okes*, die auf Straffreiheit hoffen, verlassen den Polizeidienst. Wie Ratten das sinkende Schiff. Die lassen uns fallen. Werden Namen nennen. Nett, was? Willst du wissen, wie es heutzutage hier so ist? Verdammt beschissen. Alle sind total mit den Nerven runter.«

Dom antwortet nicht.

»Mein Gott, Dom. Du traust dich was.«

»Es ist dringend. Okay?« Dom versucht, leise zu reden, wobei seine Lippen fast die Sprechmuschel berühren. Hinter ihm steht eine Frau und schaut ihn an.

»Brauchen Sie noch lange?«, fragt sie.

»Eine Minute, Lady«, erwidert Dom. Zu Flip: »Bitte, Flip, ich würde nicht fragen, wenn's nicht dringend wäre. Es ist ein Notfall.«

»Okay, okay«, meint Flip. »Die letzte Nummer, die ich habe, war eine Londoner. Aber er könnte auch in Australien sein. Ich hab gehört, dass er dorthin wollte. Vielleicht.« Er nennt Dom die Nummer.

»Was ist mit Foreman? Pat Foreman?«

»Wie viel denn noch? Soll das ein Zählappell werden?«

»Komm schon, Flip. Bitte, Mann.«

Er hört Flip seufzen. »Foreman ist ein Alkie. Vergiss den.«

»Echt?«

»Echt, Mann. Tütenwein und Ethanol. Der macht *Blue Train*, Mann.«

»Scheiße.«

»Ja, ziemlich scheiße.« Und Flip lacht. »Wer will schon Bulle sein? Du jedenfalls nicht.« Wieder lacht er.

»Danke«, erklärt Dom. »Danke, Flip.«

»Schnell gesagt.«

»Ich meine das ernst.«

»Dann lad mich zu 'nem Bier ein.«

Dom legt auf. Flip Nel ist ein guter Mann, aber er kann klagen, klagen, klagen, was das Zeug hält. Er wirft einen Blick auf die notierte Nummer und schaut dann zu der Frau hinüber. Beschließt: Soll sie doch warten. Ist ein Notfall.

»Sind Sie fertig?«

»Noch einen«, erwidert Dom.

»Könnten Sie sich wohl beeilen?«

Dom achtet nicht weiter auf sie, sondern wählt die Nummer. Seine Tasche ist voller Münzen. Als am anderen Ende der Leitung abgehoben wird, füttert er den Schlitz und sagt: »Ich möchte Ray Adler sprechen.«

»Ray Adler?«

»Ja, genau.«

»Hier gibt es keinen mit dem Namen, Kumpel.«

»Warten Sie«, ruft Dom noch, aber die Leitung ist bereits tot.

»Lassen Sie mich jetzt telefonieren?«, will die Frau wissen.

Dom geht zwei Wochen lang nicht zum Angeln. Hängt im Haus herum und nervt seine Frau durch seine Anwesenheit.

»Himmel, Dom. Was ist los mit dir?«

»Nichts, Mädchen«, antwortet er und sitzt im Wohnzimmer, wo er morgens um zehn die Wiederholungen im Fernsehen ansieht. Nachdem er gerade aufgestanden ist. Normalerweise springt Dom um sieben aus dem Bett und scharrt ungeduldig mit den Hufen.

»Du gehst gar nicht mehr fischen, Dom. Vier Tage hast du jetzt blaugemacht. Bist du krank?«

»Alles in Ordnung. In Ordnung?«

»Nichts ist in Ordnung, *Boykie*. Du bist eine Zumutung, wie du den ganzen Tag bloß rumsitzt.« Sie nimmt seinen leeren Kaffeebecher. »Ich rufe den Arzt an. Du musst depressiv sein oder so was.«

»*Ag*, Mädchen.«

»Nein, ehrlich, Dom. Das macht mir echte Sorgen, dass du hier nur herumhängst. Schau dich doch an. Du trägst diesen alten Jogginganzug wie einer dieser armen Weißen. In fünfundzwanzig Jahren Ehe hast du so was noch nie gemacht. Du bist fünfundvierzig, Dom. Nicht fünfundsiebzig.«

Sie zerrt ihn zum Arzt. Doch der Arzt erklärt, physisch

sei alles in Ordnung mit ihm. Aber, ja, vielleicht sei er deprimiert.

»Machen Sie sich wegen irgendetwas Sorgen, Dommiss?«, will der Arzt wissen.

Doms Frau ist ebenfalls mit im Behandlungszimmer und erzählt, wie er den ganzen Tag über im Sessel sitzt und fernsieht. Nicht mehr angeln geht. Nicht mehr zur Arbeit geht. Nun, zumindest die letzten vier Tage rief er an und meldete sich krank. Wie er sich nicht mehr ordentlich anzieht. Nicht mehr mit ihr redet. Keine Freunde mehr hat.

Der Arzt verschreibt Antidepressiva, eine Nervenstärkung und gibt Dom den Ratschlag, doch wieder angeln zu gehen.

»Das sage ich ihm auch schon die ganze Zeit«, meint seine Frau. »Nur früher hat man ihm das nie extra sagen müssen. Jede Ausrede war gut genug, um abhauen zu können. Früher musste ich ihn anflehen: Bitte, Dom, die Familie kommt zum *Braai*. Bist du rechtzeitig zurück und machst das Feuer an? Damit wir nicht erst um Mitternacht essen.«

Auf der Fahrt nach Hause bedrängt sie ihn die ganze Zeit im Auto, angeln zu gehen. An einem herrlichen Tag wie diesem, an dem es zur Abwechslung einmal nicht windet, solle er doch zum Cape Recife fahren. Eine Dose Schlammkrabben von dem Griechen kaufen. Die Angel auswerfen. Sie würde ihm Sandwiches machen und eine Thermoskanne voller Nescafé mitgeben. Vielleicht möge er auch ein paar Bierchen zischen. Er könne dort sitzen, die frische Luft einatmen und die Sonne genießen. Sogar auf dem Nachhauseweg in seiner alten Kneipe vorbeischauen und mit seinen Kumpeln ein weiteres Bier trinken. Warum habe er eigentlich den Kontakt zu ihnen abgebrochen? Manchmal riefen noch die Ehefrauen an und sagten, wie sehr sie die gemeinsamen *Braais* an den Wochenenden genossen hätten. Die seien nicht die Einzigen, sie selbst vermisse das auch. Also, was ist dein Problem, Dom? Was ist hier los?

»Also gut«, sagt Dom. »Also gut. In Ordnung. Okay.« Alles, nur um seine Ruhe zu haben.

Sie treffen zu Hause ein. Er befestigt seine Angel auf dem Dachträger, sieht nach, ob er genügend Haken, Bleigewichte, Schnur, Wirbel und Köderschnur in seiner Ausrüstung hat und ob das Messer noch in der Seitentasche steckt.

»Gut«, meint seine Frau. »Es wird dir guttun, mal wieder etwas rauszukommen.«

Er schlüpft in eine Jeans und ein T-Shirt. Schiebt sich seine Achtunddreißiger in den Gürtel.

Seine Frau küsst ihn auf dem Weg nach draußen. »Viel Spaß, Dom. Fang uns einen Fisch.«

»Ja, Mädchen«, erwidert er.

Er fährt nicht zum Cape Recife, sondern wählt die Dolosse. Auf dem Parkplatz steht ein rostiger Corolla. Das einzige Fahrzeug weit und breit. Dom wirft sich die Tasche mit der Ausrüstung über die Schulter und macht sich auf den Weg zu den Wellenbrechern, um einen geeigneten Platz zu finden. So recht begeistert ist er nicht. Die Kugel hat ihn während der letzten Wochen nicht losgelassen. Seine Frau weiß nichts davon, aber er hat die ganze Zeit mit der Achtunddreißiger unter dem Kissen des Wohnzimmersessels gesessen. Auf sie wartend, wer auch immer sie sein mochten. Darauf wartend, dass sie ins Haus einbrechen würden. Jeder Tag, der vorbeigeht, lässt ihn hoffen, dass doch nichts passiert. Aber sicher darf man nie sein. Sie könnten auch mit ihm spielen. Positiv ist jedenfalls, dass keine weiteren kleinen Geschenke mehr eintrafen.

Dom steht auf dem Dolos und schaut sich um. Am Bluewater-Ende steht ein Schwarzer und fischt. Sonst gibt es niemanden. Der Mann scheint ihn nicht einmal zu bemerken.

Dom springt über den Betonformen etwa fünfzig Meter entlang Richtung Stadt, ehe er die Angel auszuwerfen gedenkt.

Diesmal hat ihm der Grieche frische Schlammkrabben verkauft. Sie winden sich und schlagen gegen den Dosenrand. Er fädelt eine auf den Haken und bindet sie mit der Schnur fest. Stellt sich aufrecht hin, hält die Angel in der Linken über seine Schulter, balanciert und testet das Bleigewicht. Das Meer ist heute etwas lebhaft, ein Wellengang, der Schaum zwischen den Dolossen hochspritzen lässt. Die Farbe des Wassers blau, jenes für den Nachmittag typische Dunkelblau. Gutes Alosa-Wetter. Dom wirft in einem langen Bogen aus. Die Schnur zieht an und wird dann locker. Er holt ein, zwei Umdrehungen ein und testet die Schnur zwischen Daumen und Zeigefinger.

Eine Weile steht er da, der Knauf der Angel ruht an seinem Gürtel. Ein friedlicher Donnerstagnachmittag, die Stadt bei der Arbeit. Was gibt es da schon für Sorgen? Trotzdem ist Dom nervös und nicht wie sonst der glücklich entspannte Angler. Er hat diese Kugel mit der Kreuzschraffierung in seiner Hosentasche – genauso schraffierten sie die Patronen, ehe sie diese für ihre Aufträge verwendeten.

Am Freitag um ein Uhr morgens, über zehn Stunden, nachdem Dommiss Verburg zum Angeln fuhr, ist er immer noch nicht zu Hause. Seine Frau dreht durch. Sie wird hysterisch. Sie hat ihn bereits als vermisst gemeldet, aber die Beamten meinten, sie dürften erst eine Vermisstenanzeige aufgeben, wenn vierundzwanzig Stunden vergangen seien. Mindestens. Sie beschimpfte sie und legte heulend auf. Ihre Tochter ist bei ihr, aber das bedeutet keinen großen Trost, denn sie glaubt, dass ihr Mann tot ist. Glaubt, dass er sich das Leben genommen hat. Weil sein Revolver verschwunden ist.

»Er nimmt immer die Waffe mit, Ma«, sagt seine Tochter. »Pa geht nicht ohne sie weg.«

»Du verstehst nicht«, entgegnet ihre Mutter. »Er ist depressiv. Das hat der Arzt bestätigt. Er soll Tabletten nehmen.«

Beim ersten Morgengrauen fahren sie und ihre Tochter die Angelplätze ab. Zuerst zum Cape Recife, dann zum Skoenmakerskop, den Willows und schließlich zu den Dolossen. Sein Wagen ist nirgendwo zu sehen, es steht kein einziges Auto da. Wind kommt auf. Der letzte Ort, wo man sein will, wenn ein Frontalwind mit vierzig Stundenkilometern bläst, ist auf den Dolossen.

Sie fahren nach Hause.

Etwa um zehn klingelt das Telefon. Es ist die Polizei. Im Township New Brighton sei ein Auto ausgebrannt, aber zum Glück habe man das Kennzeichen noch lesen und den Fahrzeuginhaber ermitteln können, einen gewissen Dommiss Verburg. »Kennen Sie diesen Mann? Das ist Ihr Ehemann, nicht wahr?«

Nein, fügt die Polizistin hinzu, kein Hinweis auf Mr. Verburg. Sie würde ihn jetzt als vermisst melden.

Überfallen ist ein Wort, das niemand benutzt.

Am frühen Nachmittag kommen die Polizisten zu ihr nach Hause. Sie hätten ihren Mann bei den Dolossen gefunden. Er sei tot. Es sehe so aus, als habe er sich erschossen.

Zwei Monate später gelangt man bei der Anhörung zum Tod des Dommiss Verburg durch einen Schuss in die rechte Schläfe zu dem Urteil, es handle sich um Selbstmord. Das sei die logische Schlussfolgerung aus der Tatsache, dass der Tote in seiner rechten Hand eine kurz zuvor abgefeuerte Achtunddreißiger gehalten habe, eine Waffe, die sich im Besitz des Verstorbenen befunden habe. Ein paar Tage vergehen, als

Doms Freund Flip Nel Doms Witwe aufsucht, um ihr sein Beileid auszudrücken.

»Es tut mir so leid, Mrs. V«, sagt er zu ihr.

»Kommen Sie herein, Flip«, lädt sie ihn ein. »Mein Gott, es ist ja schon eine halbe Ewigkeit her.«

Sie brüht zwei Becher Nescafé auf und findet noch eine Dose mit Romany Creams im Schrank, die sie dazustellt. Sie setzen sich ins Wohnzimmer. Flip macht es sich in Doms Lieblingssessel bequem.

Flip redet nicht lange um den heißen Brei herum, denn das ist nicht seine Art.

»Der Autopsiebericht«, sagt er. »Der ist *Kak*.«

Mrs. V runzelt die Stirn. Sie ist überrascht. »Ich habe ihn nicht gelesen«, erklärt sie. »Wollte ich nicht. Warum glauben Sie das?«

»Weil ich mir sicher bin, dass sich Dom nie das Leben genommen hätte.«

»Dom war nicht mehr mein Dom, Flip. Er war schon lange nicht mehr mein Dom.«

Sie zerkauen knirschend ein paar Romany Creams.

»Die Sache ist die«, fährt Flip fort. »Ich hab nicht die geringste Ahnung, was Doms Problem war, als er bei der Polizei aufhörte. Aber er hat keinen seiner *Okes* mehr getroffen. Er hat uns alle links liegenlassen, ich weiß nicht, warum. Vielleicht hatte er Angst.«

»Dom hatte vor niemandem Angst. Das wissen Sie doch.«

»Früher nicht. Aber mit dem Wandel machen sich viele *Okes* in die Hose. Sorgen sich darüber, was passieren wird. Nicht wenige verstecken sich so wie Dom.«

»Dom hat sich nicht versteckt.«

»Er ist uns aus dem Weg gegangen.«

»Ich weiß, Flip. Ich hab ihm immer wieder gesagt: Ruf deine

Freunde an, geh mit ihnen ein Bier trinken, wie du das früher immer gemacht hast. Aber nein, er wollte immer nur angeln. Der einzige Ort, wo er andere Leute gesehen hat, war in dem Malerladen.«

»Das meine ich. Dom war nicht mehr wie früher.«

»Nein, nie mehr.« Ihr treten Tränen in die Augen. »Den Tag, an dem er starb, sind wir zum Arzt gegangen. Ich hab zu ihm gesagt: Dom, du musst zum Doktor. Er mochte nicht mehr weggehen. Er hat bloß bei der Arbeit angerufen und sich krankgemeldet. Etwa zwei Wochen lang saß er jeden Tag nur da, in diesem Sessel …« Sie zeigt auf Flip. »Und hat ferngesehen.«

Flip trinkt einen Schluck Kaffee. »Er hat mich angerufen.«

»Er hat Sie angerufen?«

»Ja, etwa eine Woche, bevor er starb. Wollte die Nummer von einem der *Okes*, mit denen er gearbeitet hatte – Ray Adler. Ich hab ihm die Nummer gegeben, und das war das Letzte, was ich von ihm hörte.«

»Mir hat er das gar nicht erzählt.«

Flip sieht sie an. »Er klang beunruhigt.«

»Er hat nichts erzählt.« Sie blickt auf. »Was wollen Sie damit sagen, Flip?«

Flip schüttelt den Kopf.

Sie seufzt. »Seien Sie ehrlich zu mir, Flip. Es kann nicht noch schlimmer werden.«

Er sagt: »Ray Adler war früher mit echt heftigen Sachen beschäftigt.«

»Zum Beispiel?«

»Geheime Operationen für die Leute von der nationalen Sicherheit.«

Sie nickt. »Ja, ja.« Stellt ihren Becher auf den Couchtisch, der voller Zeitschriften ist. »Was bedeutet das, Flip? Dass es kein Selbstmord war? Sondern Mord? Mein Gott, glauben Sie denn, daran habe ich nicht auch schon gedacht? Immer wieder. Jemand hat ihn erschossen. Und dann seinen Wagen in dem Township abgestellt.«

»Den Berichten zufolge trat die Kugel durch Doms rechte Schläfe ein«, stellt Flip fest.

Sie sieht ihn an. »Was soll das heißen?«

»Dom war Linkshänder.«

Das Zittern beginnt in ihren Schultern, ihr Gesicht verzerrt sich. »Ich will es mir nicht vorstellen. Ich will es mir nicht vorstellen.«

Fünfzig

Das Gartentor steht offen. Fish lässt das Tor selbst nie offen. Es ist umständlich, auszusteigen, wenn man nach einer langen Nacht der Observierung dringend aufs Klo muss, oder es zu verschließen, wenn man in Eile ist, um zum Strand zu kommen, aber dennoch denkt Fish immer daran, es zuzuziehen. Jetzt ist es aufgeklinkt.

Fish hält das Tor wegen der Hunde geschlossen. Hunde dringen ein und machen überall dorthin, wo es auch nur ein Stückchen Gras gibt. Vorne sind diese ungepflegten Flecken Büffelgras, die den Sand festhalten. Nichts, was man andeutungsweise einen Rasen nennen könnte. Aber das Ganze bekommt auf diese Weise dieses Strandgefühl, das Fish so schätzt.

Er hasst nichts mehr, als morgens aus dem Haus zu kommen und Haufen bestens verdauter Spezialhundenahrung auf seinem Gras vorzufinden – hellbraun und schleimig. Wenn man eine Schaufel unter diese Haufen schiebt, bleiben sie hängen. Dann muss man die Schaufel nachher abspritzen. Die einzige Möglichkeit, die Scheiße aufzuheben, ist mit einer Plastiktüte um die Hand. Dann überfällt einen allerdings dieses Fäkaliengefühl, das Fish zum Würgen bringt.

Alternativ kann man warten, bis die Haufen ausgetrocknet sind. Nur stellt sich dann das Problem, dass die Würste in kleine schwarze Krümel zerfallen, die sich überallhin verteilen. Die wegzukehren bedeutet einen Riesenaufwand, und man übersieht immer ein oder zwei.

Also hält Fish das Tor geschlossen, ganz gleich, wie sehr er in Eile sein mag.

Wenn es offen steht, bedeutet das, dass *Bergies*, Landstreicher oder Muizenberg-Herumtreiber zu Besuch gekommen sind. Macht Fish jedes Mal stinksauer. Aber was kann man dagegen tun? Man kann an deren Vernunft appellieren, bis man blau im Gesicht ist, und trotzdem sagen sie fast immer: »Mr. Gentleman, regen Sie sich doch ab, Sie kriegen noch einen Infarkt, Mann.«

Dabei hat Fish eine Schwäche für *Bergies* und Landstreicher. Wenn sie nach einem Platz suchen, um den Tag zu verbringen, dann dürfen sie auf seiner hinteren *Stoep* sitzen. Ein oder zwei von ihnen, mehr nicht – so lautet die Regel. Für die Nacht gibt es das Obdachlosenheim in Kalk Bay, er will nicht, dass sie da noch auf seiner *Stoep* herumhängen. Eine weitere Regel. Wohltätigkeit bis zu einem gewissen Grad, danach wird es zu chaotisch.

Fish drückt auf die Hupe, in der Erwartung, einen Vagabunden auftauchen zu sehen, der das Tor richtig öffnet. Aber niemand zeigt sich.

Hupt erneut.

Immer noch keiner.

Er steigt aus, öffnet das Tor ganz und fährt zur Garage hoch. Sein geerbter Isuzu steht im Hinterhof, von der Straße aus nicht zu sehen. Erst als Fish anhält, bemerkt er, dass der Pickup nach einer Seite hängt und die Reifen dort einen Platten haben.

Dann sieht er Teile seines Surfbretts, die überall herumliegen. Und Glas. Die Windschutzscheibe des Isuzus ist eingeschlagen, das hintere Fenster auch. Ebenso die Seitenspiegel.

Aber es sind nicht die Scheiben, die ihn ärgern, oder die zerschnittenen Reifen – es ist das Surfbrett. In vier Stücke zerbrochen. Herumgeschleudert worden. Sein geliebtes Vudu Hybrid. Dieses Board war nicht irgendein Board. Es war ein Lebensstil. Und was das Ganze noch schlimmer macht: Sein anderes Brett, das Vudu Beach Break, ist in Reparatur.

Seven.

Mieser Schweinehund.

Das Letzte, was Fish vermutet hätte.

Er sieht zum Boot hinüber, zur *Maryjane*. Es scheint in Ordnung zu sein. Keine Löcher. Wenn sie da Löcher hineingeschlagen hätten, dann wäre er echt wütend geworden. Fish plant nämlich, das Boot zu verkaufen.

Er sperrt den Isuzu auf und fasst unter den Sitz, um die Z88 herauszuholen. Wer weiß, ob die Schweine nicht ins Haus eingedrungen und immer noch drinnen sind. Er läuft langsam zur Hintertür, entspannt sich aber, als er keinerlei Anzeichen für einen Einbruch erkennt.

Dann dreht er sich um und betrachtet die Verwüstung. Stellt sich vor, wie Seven und sein zahnloser Handlanger den Pickup mit Hämmern attackiert haben. Auf sein Surfbrett sprangen, bis es zerbrach. Und ein Springmesser in die Reifen des Isuzus rammten.

Was für ein Spaß!

In Fish steigt ein gewaltiger Zorn darüber auf, dass diese Wichser so etwas tun können. Hier hereinschlendern, als wäre das ein Rummelplatz. In ein paar Schießbuden die Sau rauslassen und sich nicht das Geringste darum scheren, was sie mit so etwas auslösen.

Fish denkt: Du hast die Situation verschärft, du hast schwere Körperverletzung angedroht. Die ihm bei Abschaum wie Seven durchaus in den Sinn kommt.

»He, *Boet*«, sagt eine Stimme. Ein großer Mann schielt über die hintere Gartenmauer, eine Fünfundvierziger in der Hand.

Ein riesiges Ding. Fish kann von ihm nur den Kopf und die Schultern sehen sowie einen schinkendicken Arm, der in dem Revolver endet. »Es waren zwei *Coloureds*. Gangstertypen. Harte dünne *Okes* mit eingefallenen Gesichtern. Das ist die einzige ID, die ich liefern kann. Außer dass sie schwarze Trainingsanzüge anhatten. Die teuren von Nike. Als die meinen Dirty Harry gesehen haben, sind sie gerannt.«

Der Mann schwankt und sucht sein Gleichgewicht.

»Ich hab sie gehört, als sie die Scheiben zerbrachen. Die hatten vor, mit einem Hammer Ihr Boot zu bearbeiten.«

»Ich schulde Ihnen was«, sagt Fish.

»Ach, Quatsch.« Der Mann unsicher, hält sich mit der freien Hand an der Mauer fest. Schaut Fish an. »Sind Sie bei der Polizei?«

»Nein«, erwidert Fish.

»Das ist eine Polizeiwaffe.«

»War es mal«, erklärt Fish. »Hab ich geerbt. Von einem früheren Polizisten. Sind Sie einer?«

»Organisiertes Verbrechen.« Der Mann nimmt die Waffe in seine linke Hand, streckt die rechte aus, wobei er sich mit der Achsel an der Mauer festklemmt. »Flip Nel. Bin vor etwa einem Monat hier eingezogen. Scheint ein interessanter Ort zu sein.«

Sie schütteln sich die Hände.

Fish sagt: »Ist es. Bin Ihnen dankbar, dass Sie versucht haben, die Kerle aufzuhalten.«

»Die waren schnell weg.« Flip Nel lacht. »Vor allem nachdem ich einen Schuss abgegeben hab. Wenn Harry redet, dann laut.« Er wedelt mit der Smith & Wesson. »Brauchen Sie Hilfe beim Klären? Ein Polizeiausweis kann bei so was nützlich sein.«

Fish schüttelt den Kopf. »Nee. Der Anführer ist ein Dealer namens Seven, aus dem Ghetto.« Die beiden Männer nicken einander zu. »Der Kerl braucht offenbar noch mal ein deutliches Wörtchen.«

»Arbeiten Sie in der Sicherheitsbranche?«

»Nachforschungen.«

»Harter Job.«

»Halb so schlimm. Lässt mir Zeit zum Surfen.«

Flip Nel nickt mit ernster Miene. »Wenn Sie das Gefühl haben, die Anwesenheit eines Zweiten würde noch überzeugender wirken, lassen Sie es mich wissen.« Er reicht Fish seine Karte. »Handy ist am besten. Wenn Sie die anderen Nummern versuchen, wird niemand abheben. Typisch Bullen halt.« Er will sich gerade zum Gehen wenden, als er hinzufügt: »*Ag* ja. Noch was. Ich bin Angler. Wenn Sie mal rausfahren, würde ich gerne mitkommen. Könnten uns das Benzin teilen, wissen Sie.«

»Ich angle gar nicht«, entgegnet Fish. »Das Boot ist ein weiteres Erbstück.«

»Wär ein Jammer, es nicht zu benutzen.«

»Vielleicht können Sie mir ja zeigen, wie man damit fährt?«

Flip Nel grinst vergnügt. »*Bakgat*, sehr gerne. Jederzeit.« Verschwindet hinter der Mauer.

Fish schiebt die Pistole in seinen Gürtel. Zuerst das Wichtigste. Also Seven.

Er läuft die Straße hinunter zum *Vlei*, wütend, dass es an einem solchen Tag – voller Sonne und Wellengang – einen Wichserarsch namens Seven gibt. Er trägt ein Stück seines Surfbretts, das Teil mit der Finne, das er Seven ins Gesicht schlagen will.

Auf der Brücke bleibt er stehen und blickt auf das Wasser hinunter, das eine Farbe wie dünner Tee hat. Im Flachen liegen Krabben schwarz im Sand.

Wenn er jetzt auf Sevens Provokation reagiert, wird das

Ganze endlos so weitergehen. Das Problem ist nur, dass er es nicht einfach sein lassen kann.

Fish läuft durch das Ghetto zu Sevens Crack-Haus und marschiert durch das Tor zur Tür hinauf. Das Sicherheitsgitter ist verriegelt.

Er klopft. Schlägt mit den Fäusten dagegen.

Zahnlos reagiert so schnell, dass er hinter der Tür gesessen und gewartet haben muss. Das Haus verströmt einen stinkenden Atem: *Dagga* und vor sich hin köchelnde Suppenknochen.

»Hol Seven«, sagt Fish.

Zahnlos sieht ernsthaft gerädert aus. Seine Augen scheinen nur aus Pupillen zu bestehen, während sein rechtes Bein zuckt und ganz alleine einen Tanz aufführt. Das Grinsen in seiner Visage breiter als bei jedem Honigkuchenpferd.

»Nicht da.«

»Hol ihn«, sagt Fish.

Zahnlos rührt sich nicht. Bis auf sein Bein. Fish kann ihn riechen, er ist überreif – ein Gestank so intensiv wie von faulen Guaven.

»Hol ihn.«

Zahnlos ist dabei, die Tür wieder zu schließen. Fish stößt sie durch das Sicherheitsgitter mit einem Schwung auf, so dass Zahnlos zu Boden geschleudert wird.

Fish brüllt: »Seven! Seven! Hörst du mich? Komm hier raus!«

Nichts. Weder das Knarzen einer Diele noch das Ächzen einer Matratze.

Fish packt die Gitterstäbe. »Seven!« Stille. »Seven, komm raus! Seven!« Er schleudert das Stück des Surfbretts den Gang hinunter. Es knallt gegen die Wand und schlittert in eine Ecke. »Seven!« Nichts. Das einzige Geräusch ist das Röcheln des Zahnlosen. Entweder Seven macht sich in die Hose oder er ist tatsächlich nicht zu Hause.

»Verpiss dich«, sagt Zahnlos. Er hat sich aufgerappelt und steht direkt hinter dem Gitter.

»Du stinkst«, entgegnet Fish, fasst durch die Stäbe und erwischt den Crackmann an seiner Strickjacke. Mit einem Ruck hat er Zahnlos ans Gitter gezogen. Zahnlos windet sich. Fish verpasst ihm einen Hieb und zerrt ihn dann noch näher an die rostigen Stäbe heran. »Hör zu. Hörst du mir zu?«

Zahnlos gibt etwas von sich, das ein »Ja« sein könnte. Oder auch ein schmerzerfülltes »Ahh«.

»Wie heißt du?«

»Jouma«, erwidert Zahnlos.

»Also, Jouma«, fährt Fish fort. »Richte Seven aus, dass es reicht. Und zwar jetzt. In diesem Moment – es reicht. Er wird für die ganze Scheiße bezahlen, die er verbrochen hat. Für neue Reifen, für eine neue Windschutzscheibe, für neue Spiegel.«

Jouma schafft es, seinen Kiefer zu befreien. Presst seitlich heraus: »Verpiss dich.«

»Hör zu«, entgegnet Fish. »Hör mir zu.« Reißt den Kerl vor und zurück, knallt seinen Kopf gegen das Gitter. Jouma spuckt, jault, ruft um Hilfe. Fish zieht seine Pistole und presst die Mündung in Joumas Wange. Das bringt ihn zum Schweigen.

»Halt's Maul. Halt einfach das Maul.«

Jouma wimmert.

Fish befindet sich näher an Jouma, als ihm das lieb ist. Nicht nur der Schweiß stinkt, sondern der Gangster hat auch noch einen widerlichen Atem.

»Sag Seven, dass er mir vor den ganzen anderen Sachen zuallererst ein Surfbrett schuldet. Wenn ich das Surfbrett nicht morgen früh habe, bin ich zurück. Du willst garantiert nicht, dass ich wiederkomme. Seven will nicht, dass ich mich hier zeige. Wenn ich aber bei euch aufkreuzen muss … Das will ich mir lieber nicht vorstellen. Was dann passieren könnte. Ist das zu kompliziert für dich?«

Jouma gibt seinen »Jaaa, jaaa«-Laut von sich.

Fish stößt ihn weg. »Tu uns allen einen Gefallen. Wasch dich mal.«

Einundfünfzig

Im Laufe des Nachmittags hat Jacob Mkezi alles in trockenen Tüchern. Ihm gefällt dieser Ausdruck – alles in trockenen Tüchern. Er stellt sich Laken auf einer Wäscheleine vor, die im warmen Wind flattern. Malt sich aus, wie er die Laken als Zielscheiben nimmt und mit seiner Kaliber-12-Bockdoppelflinte eines nach dem anderen zerfetzt. Peng, peng, peng.

Seine Laken an diesem Nachmittag sind LKWs, eine Antonow und ein Flugziel. Zwei Anrufe regelten die Logistik, ein Kontaktmann im Jemen zurrte den Deal fest. Und das alles von seinem Wohnzimmersessel aus. Während er über den Rasen nach Skeleton Gorge blicken konnte. Der Berg im Schatten, der Gipfel in einer hohen weißen Wolke verschwunden.

Die Rasenfläche ist groß, so groß wie zwei Tennisplätze nebeneinander. Ein gepflegter, federnder Büffelgrasrasen. Ein paar Hagedasch stochern mit ihren langen Schnäbeln in der Erde herum, wo sie nach Würmern und Larven suchen. Nicht die Art von Vögeln, die Jacob Mkezi abschießen will. Er mag die Hagedasch mit ihren heiseren Schreien am Morgen. Er nennt sie die Sonnenboten.

Er tritt auf den Rasen hinaus, die Hagedasch weichen zurück. Nicht beunruhigt. Aufmerksam, aber nicht beunruhigt.

Jacob Mkezi bewundert sie, den dunkelmetallischen Schimmer ihrer Flügel, die in der Sonne aufblitzen.

Er ruft Tol Visagie an. Sagt: »Donnerstag.« Hört, wie Tol Visagie einen leisen Pfiff ausstößt.

»So schnell?«

»Ich fackel nicht lange.« Jacob Mkezi bückt sich, um das Gras zu berühren, die weiche Kühle unter seiner Hand.

»Ich weiß«, erwidert Tol Visagie. »Ich weiß.«

Jacob Mkezi nennt ihm Details, die Namen seiner Kontakte, den Zeitplan und wo die Lastwagen eintreffen werden. Die Entfernung bis zur Behelfsstartbahn. »Ein Team wird sich um den Transport kümmern. Von der Höhle in die LKWs, von den LKWs ins Flugzeug. Seien Sie zuvorkommend zu den Leuten. Essen, kalte Getränke, Bier, wenn das Flugzeug losgeflogen ist.«

»Das wäre alles?«, will Tol Visagie wissen.

»Was wollen Sie sonst noch?«, entgegnet Jacob Mkezi und richtet sich auf. »Das wird die reinste Militäroperation.«

Tol Visagie lacht. »Ich war heute Morgen draußen. Nur um mal nachzuschauen.«

»Nachzuschauen? Haben Sie mir bisher irgendwelche Einzelheiten verschwiegen?« Jacob Mkezi runzelt die Stirn und klopft seine Hand an seiner Hose ab. Mit dem Handrücken wischt er Grashalme vom Stoff. »Ich bin weit weg, Tol. Sie müssen mir erzählen, was sich so tut.«

»Nichts tut sich.«

»Aber?«

»Kein Aber. Alles bestens.«

»Außer?«

Eine Pause. Jacob Mkezi will gerade sagen: »Reden Sie mit mir, Tol. Reden Sie mit mir«, da sagt Tol Visagie: »Dieser Mann, den wir getroffen haben. Er ist wieder da.«

Jacob Mkezi verdaut diese Information. Er steht auf dem Rasen und schaut zu Skeleton Gorge hinüber, während er das verdaut. »Vusi Bopape?«

»Ja, der.«

»Haben Sie ihn gesehen?«

»Nein, ich habe herausgefunden, dass er bis Donnerstag in der Lodge sein wird.«

»Bis wann?«

»Bis Donnerstag.«

Jacob Mkezi denkt: Wenn die Tücher zu schnell trocknen, gibt es immer ein Problem.

»Gehen Sie nicht mehr in die Höhle. Okay? Nicht bis Donnerstag. Halten Sie sich fern von dort.«

Wieder eine Pause. Jacob Mkezi fragt: »Können Sie das machen?«

»Ja«, antwortet Tol Visagie. »Ja, natürlich.« Dann: »Wer ist er? Wer ist dieser Vusi Bopape?«

»Gute Frage«, meint Jacob Mkezi.

Als Nächstes ruft er Mart Velaze an. »Genosse, bringen Sie mich auf den neuesten Stand.«

»Worüber?«, will Mart Velaze wissen.

»Über den ganzen Mist, Genosse, der gerade mein Leben bestimmt.«

»Alles geregelt«, erklärt Mart Velaze. Berichtet ihm kurz von Lord und dem Jungen im Koma, von Daro Attilane. »Das wäre erledigt.«

»Und was ist mit Vusi Bopape? Wer ist er?«, erkundigt sich Jacob Mkezi.

»Ich weiß es nicht«, sagt Mart Velaze. »Niemand weiß es. Vielleicht ein Freiberufler.«

»›Ein solcher Diener bringt Gefahr ins Haus.‹ Finden Sie es heraus, Genosse«, erwidert Jacob Mkezi. »Finden Sie es so schnell wie möglich heraus. ›Ein solcher Diener bringt Gefahr ins Haus.‹ – Das sagt Faust zu Mephisto, Genosse. Faust zu Mephisto.«

Jacob Mkezi flucht. Laut. Die Hagedasch fliegen davon. Kraak, kraak.

Zweiundfünfzig

Fish war dreimal in seinem Hinterhof und betrachtete den Isuzu mit einer Taschenlampe. Einmal um sieben, einmal um halb neun und jetzt um zehn Uhr. Er lässt zuerst den Lichtstrahl über die zerschnittenen Reifen wandern, dann über die eingeschlagene Windschutzscheibe und das hintere Fenster, schließlich über die zerbrochenen Spiegel. Es kommt ihm noch immer unbegreiflich vor. Unglaublich. Er schaltet die Lampe aus und steht da, fassungslos.

Schaden in Höhe von ein paar Tausend Rand. Allein das Ersetzen der Reifen würde einen Großteil dieser Summe schlucken.

Dann der Rest.

Wie viel zum Beispiel wird es kosten, es zu verkaufen.

Wie unwahrscheinlich zum Beispiel ist es, dass Seven jemals mit dem Geld rausrückt. Diese Sache mit Seven gewinnt an Eigenleben. Eine dieser hässlichen Zahn-um-Zahn-Angelegenheiten. Lässt Fish verzweifeln.

Warum hat er dem Polizisten auf der anderen Seite der Mauer nur versprochen, mit ihm angeln zu fahren? So wie es aussah, würde der Isuzu noch lange nicht auf die Straße zurückkehren.

Es sei denn, er leiht sich Geld von Estelle. Ja, klar, sehr wahrscheinlich. Als ob er wirklich seine Mutter um Geld bitten würde.

Vor allem nach den zehn Nachrichten, die sie ihm auf

Voicemail hinterlassen hat. Plus den acht SMS und den vier Mails.

»Du hast mir heute Nachmittag versprochen, Bartolomeu. Jetzt ist es neunzehn Uhr deiner Zeit. Du enttäuschst mich wirklich sehr. Tu mir das nicht an.«

Zehn Nachrichten in der Art. Jedes Mal, wenn Fish den Namen seiner Mutter auf dem Display seines Handys sah, leitete er sie zur Voicemail weiter. Morgen würde er sich um ihr Problem kümmern. Momentan hatte er andere Sorgen.

Er geht ins Haus. Auf dem Küchentisch liegt die Plastiktüte mit Colins' Lebensgeschichte. Er holt die erste Seite heraus, liest. »Ich bin Colins, Sie werden mich unter diesem Namen kennen.« Das ist mit Kugelschreiber in einer ordentlichen Schrift geschrieben und füllt die ganze Zeile. Kein schlechter Anfang, findet Fish. Hat irgendwie was. In der nächsten Zeile steht: »Ich bin Colins, Sie werden mich unter diesem Namen kennen.« Und dann wieder dasselbe. Der Satz wiederholt sich bis zum Ende der Seite, als ob Colins für die Schule eine Strafarbeit geschrieben hätte. Mit diesem einen Satz füllte er die Seiten in der Tüte, immer derselbe Satz, immer wieder.

Mein Gott, denkt Fish. Das ist also seine Lebensgeschichte?

Ich bin Colins, Sie werden mich unter diesem Namen kennen.

Fish atmet tief aus. Holt sich eine Prise Gras aus seiner Kräuterdose und zerreibt sie mit dem rechten Zeigefinger in seiner linken Handfläche. Streut sie auf ein Zigarettenpapier und sucht die Samen heraus.

Was für ein heftiger Tag.

Begann paradiesisch, endet höllisch. Ein abgeblasener Job. Eine gute Tat, die sich in Mist verwandelt. Ein super Surfbrett, das bösartig zerstört wird. Ein kaputter Pick-up. Ein toter *Bergie* namens Colins, der sein Gewissen belastet. Seine Mutter, die ihn nicht in Ruhe lässt. Und wenn er all das erst mal hinter sich hat, dann kommt noch die Sache mit Vicki hinzu. Ihr Tonfall verriet ihm, dass sie ihn angelogen hat. Sie ist nicht mit Klienten unterwegs. Sie ist bei keinem Geschäftsessen. Und nicht bei den Anonymen Spielern. Da läuft etwas anderes. Etwas, wofür sie sich schämt. Muss ein Pokerspiel sein. Sie muss wieder einen Rückfall haben. Und seit wann? Seit letzter Woche? Seit einem Monat? Seit heute Abend?

Keine gute Situation.

Fish leckt mit der Zunge über den Rand des Papiers und rollt es zu einer Tüte. Klopft den Spliff leicht auf den Tisch.

Das Schlimmste war es für ihn allerdings, am Strand zu sitzen und den Nachmittagssurfern zuzusehen, die das Wasser durchschnitten. Die Wellen, die sich wieder auf eine Dünung hin entwickelten.

»Gehst du nicht rein?«, fragten ihn ein oder zwei Jungs, während sie sich ihre Leash an die Fessel banden. »War seit Ewigkeiten nicht mehr so cool wie heute.«

»Meine Bretter sind kaputt«, erwiderte Fish. »Alle beide.«

»Ach, *Bru*, das ist aber echt scheiße«, bemitleideten sie ihn.

Genau das war es. So scheiße, dass Fish einen Moment lang darüber nachdachte, ob er sich noch einmal Jouma vornehmen sollte. Ihm auch die restlichen Zähne ausschlagen. Entschied sich dagegen. Saß stattdessen auf der Mauer und schlang die Arme um seine angewinkelten Knie, während die Sonne hinter dem Berg unterging und der Strand von einem kalten Schatten überzogen wurde.

Er saß da und hoffte, dass Daro auftauchen würde. Daro hatte nämlich Extrabretter zu Hause und konnte ihm eines leihen, bis die Geschichte mit Seven geklärt war. Zumindest stellte sich Fish das so vor, während er auf Daro wartete.

Um siebzehn Uhr rief er Daro schließlich an und hinterließ eine Nachricht auf seiner Voicemail. »Das hier hast du verpasst«, sagte er und hielt das Handy in Richtung der tosenden Wellen.

Dann ging er nach Hause. Eher mit niedergeschlagenem Hundeblick als mit dem einer draufgängerischen Promenadenmischung. Sich in seinem Unglück suhlend. Immer wieder zählte er die Niederlagen des heutigen Tages an seinen Fingern ab: vier insgesamt. Zu Hause fügte er als fünfte den Zustand seines Kühlschranks hinzu: ein Stück kalte Lasagne, die nicht mal Fleisch hatte, und zwei Flaschen Milk Stout.

Er trank das Stout, vernichtete die Lasagne. Vickis Vorstellung von einem Abendessen: vegetarische Lasagne. Das Einzige, was man kauen musste, waren die Pilze. Danach legte er Shawn Colvin in seine Stereoanlage und rauchte seinen Joint. Eine alte Sängerin, aber verdammt sexy.

Shawn singt darüber, wie man einander nicht zu nahe kommt. Und nicht zu weit weg geht.

Dreiundfünfzig

Vicki Kahn hasst das alles. Sie fährt durch die Weinbergvororte von Kapstadt und sucht nach Cake Mullins' Haus. Verflucht die Dunkelheit, verflucht Cake Mullins. Ein mieses Gefühl im Bauch. Ein Magen, der sich immer mehr verkrampft.

Dieses schlechte Gefühl plus die Dunkelheit.

Die Sache mit den Weinbergvororten am Abend ist die Dunkelheit, die Dunkelheit zwischen den Straßenlaternen.

Hier gibt es hohe Mauern, Elektrozäune, dichtes Buschwerk, Bäume, die über die Straße reichen, was alles zur Dunkelheit beiträgt. Um einundzwanzig Uhr ist hier niemand mehr unterwegs. Alle haben sich in ihre Häuser eingesperrt. Die Überwachungskameras sind angeschaltet. Lichtsensoren tasten mit ihren Strahlen die Rasenflächen ab. Manchmal trifft man ein vorbeifahrendes Auto einer Sicherheitsfirma. Großartig.

Sie mag die Weinbergvororte nachts ganz und gar nicht. Nachts ist es hier unheimlich. Und jetzt hat sie sich in dieser Dunkelheit verfahren.

Das letzte Pokerspiel bei Cake Mullins, an dem Vicki teilnahm, fand etwa vor einem Jahr statt – kurz bevor sie sich bei dem Programm anmeldete. Deshalb kurvt sie jetzt durch die Straßen und versucht, sich an den Weg zu erinnern.

Ihr Handy klingelt. Cake Mullins' Name auf dem Display. Sie hebt ab. Es gab mehrere Anrufe von Fish, die sie zu ihrer Voicemail durchstellte. Auch seine SMS hat sie ignoriert. Wollte sie nicht ignorieren, tat es aber trotzdem.

»Alle sind schon hier, Vicki«, sagt Cake Mullins. »Wir warten. Du bist zu spät.«

»Was sind schon ein paar Minuten?«

»Das ist das Problem.«

»Hilf mir«, erwidert sie. Nennt ihm den Namen einer Straße. Er gibt ihr Anweisungen. Sie ist nur wenige Häuser entfernt.

»Besorg dir mal ein Navi«, sagt er.

Ehe sie antworten kann, legt er auf. »Arschloch«, murmelt Vicki und legt ebenfalls auf.

Die Sache mit Cake Mullins ist die, wie sich Vicki erinnert, als sie am Tor zu seinem Anwesen steht und an der Gegensprechanlage klingelt: Sie hat nicht die geringste Ahnung, womit er sein Geld verdient. Poker ist mehr eine Leidenschaft. Wenn man ihn auf seine finanziellen Interessen anspricht, gibt er eine Geschichte über richtige Investitionen zum Besten. Offshore-Leverage. Bauvorhaben in Dubai. Vicki glaubt das nicht. Im Internet fand sie ein Foto von Cake Mullins und Mark Thatcher. Wenn man mit Mark Thatcher auf einem Foto abgebildet ist, bekommt Offshore-Leverage gleich eine ganz andere Nuance.

Die gusseisernen Tore öffnen sich, und sie fährt zwischen weißen Säulen hindurch. Seit ihrem letzten Besuch hat Cake Mullins zwei wachende Löwen zum Eingangsportal hinzugefügt. Typisch Cake Mullins.

Es parken vier Autos in der Einfahrt. Sie reiht sich hinter einen Hummer ein und kontrolliert im Rückspiegel ihren Lippenstift. Sieht in ihrer Handtasche nach: das Geld, ein Pfefferspray, die winzige Zweiunddreißiger Guardian.

Sie nimmt die Pistole und lässt das Magazin herausgleiten. Sechs Patronen, Hohlgeschosse. Drückt das Magazin wieder hinein und lädt durch. Besser als ein Full House. Sie kommt mit hohem Einsatz.

Das Garagentor schwingt auf. Cake Mullins steht in vollem Licht da, hinter ihm ein Porsche Boxster und ein Lexus Coupé. Cake Mullins ist nicht die Sorte Mann, die sich um familientaugliche Autos schert. Nicht die Sorte Mann, die sich um eine Familie schert. Frauen – ja. Einschließlich ein One-Night-Stand mit Vicki Kahn, den sie bereut. Cake ist ein Mann mit viel Schweiß. Dieses ganze Fleisch.

Der massige Cake Mullins in einer schwarzen Hose und einem Rollkragenpulli, schicken Lederslippern, das Haar kurz geschnitten, sein Mondgesicht mit mehr Kratern als der Mond, sagt: »Die hinreißende Vicki Kahn.«

Vicki steht in ihren engen Jeans und einem lockeren Pulli da und fragt sich, ob er einen Kuss erwartet. Streckt ihm die Hand entgegen.

»Hallo, Cake.«

»Ach, komm schon, sei nicht so«, erwidert er und zieht sie in seine Arme. Er hält sie eng an sich gepresst und flüstert ihr dabei ins Ohr: »Ich habe heute Abend eine tolle Chance für dich. Du wirst es nicht bereuen.«

»Ich habe bereits das Gefühl, als würde ich es bitter bereuen«, entgegnet sie.

Er kitzelt ihr Ohr mit seiner Zunge. »Das wird dein Siegeszug werden.« Er drückt sie. »Gehen wir rein.«

»Ja«, sagt Vicki. »Lass mich los.« Sie hustet, während sie um Atem ringt.

»Meine entzückende Vicki also«, fährt Cake Mullins fort und hält sie auf Armeslänge von sich fort. »Süß wie immer. Komm herein und schau dir meinen Hauptgast an. Und die anderen.« Er schließt das Garagentor mit einer Fernbedienung. Sperrt die Dunkelheit aus.

Sie bahnen sich einen Weg zwischen den Autos hindurch zu seinem Raum hinter der Garage. Diesen hat Cake Mullins wie einen Spielsalon ausgestattet. »Zum Teufel«, sagt er gerne. »Es *ist* ein Spielsalon.« Ein runder Kartentisch mit grünem Filz in der Mitte unter einer niedrig hängenden Lampe mit einem breiten Metallschirm. Fünf Stühle darum herum. An einer Wand eine Bartheke, an der anderen Plakate und Fotos aus Filmen: Salonszenen aus *Erbarmungslos, Tombstone, Pat Garrett jagt Billy the Kid, Maverick* und *Mein großer Freund Shane*. Einige sind signiert, von Clint Eastwood, Sam Peckinpah, Val Kilmer. Vicki bezweifelt allerdings die Echtheit dieser Unterschriften. Soweit sie weiß, setzte Cake noch nie einen Fuß auf amerikanischen Boden, trotz seiner Las-Vegas-Geschichten.

Drei Männer befinden sich in Cakes Salon. Zwei Männer an der Bar beim Trinken, die Whiskyflasche auf der Theke zwischen ihnen. Jacob Mkezi am Tisch, eine Flasche Mineralwasser neben seinem Ellbogen.

»So sieht man sich wieder«, sagt Jacob Mkezi und steht auf, um Vicki die Hand zu reichen. »Wundervoll.« Mr. Supercool trägt eine Jacke, die er sicher nicht bei Woolworth gekauft hat. Und auch nicht in einer der Boutiquen an der Waterfront. Diese Art von Jacke kauft man in Deutschland oder Frankreich, in Italien. Darunter ein Kaschmirpulli mit V-Ausschnitt. Ein Kettchen um den Hals, nichts Protziges, sondern etwas Zartes. Trotzdem eine Kette. Vicki schätzt an Männern keine Ketten.

Sie geben sich die Hände.

Die Whiskytrinker beobachten sie, ihre Augen auf Vickis Brüste und Schoß gerichtet, als würden sie zum Einsatz gehören. Männer mit feuchten Mündern. Cake stellt sie ihr nicht vor.

»Bitte setzen Sie sich«, sagt Jacob Mkezi und zeigt auf den Stuhl zu seiner Rechten. »Ich habe schon viel von Ihren Fähigkeiten am Pokertisch gehört. Poker gehört zu meinen Lieblingsbeschäftigungen, aber nichts Ernstes. Nur etwas, was mir Spaß macht.«

Vicki denkt: Das wird lustig.

»Ich habe Cake gebeten, das hier zu arrangieren. Danke, dass Sie gekommen sind.«

Vicki entgegnet: »Ich nehme an einem Programm der Anonymen Spieler teil. Ich sollte eigentlich gar nicht hier sein.«

»Ich weiß«, erwidert Jacob Mkezi. »Weshalb ich Ihnen besonders dankbar bin, dass Sie dennoch gekommen sind. Wie ich höre, nennt man Sie die Pokerqueen. Die Killerlady.«

»Das war ich mal.«

»Okay«, mischt sich Cake Mullins ein. »Alle sind da. Legen wir los.« Er sagt zu einem der beiden Männer an der Bar, dem Coloured: »Whitey, bring die Flasche mit.« Zu Vicki: »Willst du was trinken?«

»Wodka«, antwortet Vicki. »Lemon und Soda.«

Cake Mullins tritt hinter die Theke. Vicki nickt den beiden Whiskytrinkern zu. Sie erwidern ihr Nicken, ohne zu lächeln.

»Und? Waren Sie die Pokerqueen?« Jacob Mkezi konzentriert sich ganz auf Vicki.

Sie sieht ihn an. »Sie sollten nicht alles glauben, was Sie hören.«

»Tue ich auch nicht. Nur manches, von manchen Leuten.« Er lehnt sich zurück und mustert sie bewundernd.

Vicki gefällt das nicht. Sie betrachtet ihre Hände. Beschließt, das Thema zu wechseln. »Letzten Donnerstag meinten Sie, Sie hätten meine Tante gekannt.«

»Das stimmt. In den achtziger Jahren, als sie in Paris war. Eine dynamische Frau.« Er hält inne. »Was sie ihr antaten, war … kriminell.«

Vicki wartet, ob noch mehr kommt. Aber er belässt es dabei. »Sie? Meinen Sie damit die Leute von der nationalen Sicherheit?«

»Nicht nur die. Ist eine lange Geschichte.« Er lehnt sich zu ihr. »Ein andermal.«

»Auftragsmörder der Regierung haben sie umgebracht.«

Jacob Mkezi runzelt die Stirn. »So sah es jedenfalls aus.«

»Was wollen Sie damit sagen?«

Er legt eine Hand auf ihr Handgelenk. »Ein andermal.«

»Wollen Sie damit sagen, dass es nicht so war?«

»Ich will damit sagen: ein andermal.« Seine Miene ist ausdruckslos, seine Augen mustern sie hart. »Ich werde es Ihnen erzählen. Sie haben mein Wort.«

Vicki zieht ihr Handgelenk fort. »Ich werde Sie daran erinnern.«

»Ich erwarte nichts anderes von Ihnen.«

Cake Mullins stellt den Drink neben sie auf den Tisch und sagt in die Runde: »Eure Chips liegen in der Lade vor euch. Grün für zehn, gelb für zwanzig, pink für fünfzig, lila für hundert. Ich bin der Dealer. Wie vereinbart gilt Seven Card Stud.«

Die zwei Whiskytrinker zucken die Achseln und schweigen. Pokerspieler mit Pokermienen.

Jacob Mkezi sagt: »Wenn Sie das so machen.«

»Regeln des Hauses«, erwidert Cake Mullins und zieht das Zellophan von einem neuen Kartenspiel. Er reicht Vicki die Karten. »Sei so nett.«

Jacob Mkezi drängelt sich vor. »Ich mische.«

Vicki meint: »Wie Sie wollen.« Denkt: wird interessant. Die Erregung beginnt, sich in ihr zu melden und ihr Herz schneller schlagen zu lassen. Das verspricht eine spannende Sitzung zu werden. Aber sie hat keine Angst mehr, sie befindet sich wieder in der Zone.

Vierundfünfzig

Das Seitenfenster wird zerschmettert. Der Mann springt ins Auto und hält Fish eine Fünfundvierziger an den Kopf, ehe dieser auch nur seine Waffe zücken kann.

»Zu langsam, mein Freund«, sagt der Mann. »Geben Sie mir das.« Nimmt Fish den Revolver ab. Eine kurze S&W Achtunddreißiger Spezial. »Nicht schlecht. Die können wir gut brauchen.«

»Wer sind Sie?«, fragt Fish.

»Keine Sorge«, erwidert der Mann. »Heute Nacht bin ich Ihr Schutzengel.« Er lacht: Ha, ha, hey. Der Ton wird zum Ende hin schriller. »Jetzt schauen Sie zu.«

Fish sitzt in seinem Perana am Sunrise Beach. Deutlich nach Mitternacht. Ein verrückter südöstlicher Sturm fegt wie ein Sandstrahler über seinen geliebten Wagen. Er hat ein Nachtsichtgerät. Er beobachtet einen weißen Subaru auf der anderen Seite des Parkplatzes, wo er mit der Kühlerhaube Richtung Strand steht.

»Schauen Sie zu?«, fragt der Mann.

Fish schweigt.

»Ich will eine Antwort.«

»Ich schaue zu«, sagt Fish.

»Dann passen Sie auf, mein Freund.«

Die Gegend wird von hohen Laternen beleuchtet. Die Windschutzscheibe wird durch Salzwasser vernebelt, das der Wind vom Meer herauftreibt.

»Scheibenwischer«, befiehlt der Mann mit der Fünfundvierziger.

Fish lässt sie zweimal über das Glas wandern. Die Windschutzscheibe ist weiterhin verschmiert und voller Streifen.

Ein Jetta biegt beim Kreisverkehr ab und nähert sich langsam dem Subaru. Bleibt stehen. Männer steigen aus. Warten. Der Fahrer des Subarus tritt zu ihnen. Sie reden. Gestikulieren. Die zwei aus dem Jetta nehmen den dritten Mann in ihre Mitte. Mündungsfeuer blitzt auf. Vier Schüsse.

Fish sagt: »Mein Gott!« Beugt sich vor, um den Wagen anzulassen.

»Nicht«, sagt der Mann auf dem Beifahrersitz. »Schauen Sie genau hin, mein Freund. So wissen Sie gleich, was mit Ihnen passiert, wenn Sie uns hintergehen sollten. Dann war's das. Wir wissen, wo wir Sie finden, Mr. Fish Pescado. Sie sind der Nächste. Wenn Sie einen von uns töten, erledigen wir einen der Ihren. Der letzte Mann, den Sie angeschossen haben, erlag seinen Verletzungen, Mr. Pescado. Pech für Ihren Freund da drüben.«

Fish sitzt hilflos da. Der Mann steigt aus. Fish plant, die Astra aus dem Handschuhfach zu nehmen.

Der Mann beugt sich noch einmal ins Auto und öffnet das Handschuhfach. »Sehr offensichtlich, Mr. Pescado.« Betrachtet die Waffe. »Was ist das für Schrott?«

»Lassen Sie die Pistole da«, protestiert Fish.

Der Mann lächelt. Schüttelt den Kopf. »Sie sollten für Ihren Kumpel lieber den Krankenwagen rufen, mein Freund. Die können dann gleich den … Wie heißt das noch mal? … Ach ja, den Totenschein für ihn ausstellen.«

Lacht. Ha, ha, hey.

Fish wird manchmal larmoyant. In Zeiten wie diesen. Zeiten, wenn die Dinge nicht so laufen, wie sie sollen. Dann tendiert er dazu, Szenen immer wieder vor seinem inneren Auge ablaufen zu lassen.

Diese Szene gehört zu seinen Favoriten. Es quält ihn, dass er nicht mehr weiß, was er dem Kerl damals geantwortet hat. Dass er nicht reagiert hat. Nicht sofort schoss. Nicht dem Mann sein Nachtsichtgerät ins Gesicht schleuderte. Nicht seinen Arm packte, als er sich ins Auto lehnte. Irgendetwas. Es quält ihn, dass der Typ so einfach siegte.

Hat seitdem weiterhin auf ganzer Linie gewonnen. Nicht dass Fish aufgegeben hätte. Er wartet nur ab. Geduld ist eine Tugend, wie Fishs Vater ihm immer wieder erklärte.

In dieser Stimmung stellt sich Fish auch noch andere Fragen. Was wäre gewesen, wenn sein Vater nicht gestorben wäre? Hätte er dann seinen Abschluss in Jura gemacht? Wenn er nicht angefangen hätte, für diese Versicherungsfirma zu arbeiten, wäre er dann Privatdetektiv geworden? Wenn er sich nicht mit Mullet zusammengetan hätte, wäre er dann erschossen worden? Hätte er dabei zusehen müssen, wie man seinen Partner tötete?

Am Ende dieses Weges steht Vicki.

Und die Frage: Was weiß er wirklich über sie?

Sie ist Anwältin.

Sie ist zwanghaft.

Sie ist eine Spielerin. Jetzt in dem Programm. Also theoretisch geläutert.

Sie hat ihre eigene Wohnung.

Fährt einen schicken Wagen.

Aber sie erzählt nichts von ihrer Familie. Das Einzige, was sie jemals sagte, war, dass sie tot seien. Wollte nicht weiter darüber reden. Mehr, als dass sie in Athlone aufwuchs, erfuhr er nicht von ihr.

Warum?

Fish wird klar, dass er sie bisher nie bedrängt hat, mehr zu erzählen. Er hat mit ihr über Estelle und über seinen Vater geredet. Selbst als er ihr vom Tod seines Vaters berichtete, löste das bei ihr kein Herzausschütten über ihre Familie aus. Nichts über ihre Mom, ihren Dad, Brüder, Schwestern, Großmütter, Großväter, Tanten, Onkel. Nichts von ihrer Vergangenheit. Kein Hintergrund. Als ob sie ohne Verbindungen wäre, ein freischwebender Körper im All.

Allerdings weniger eine verlorene Seele, denkt er, eher eine Seele allein unterwegs. Damit kann er sich identifizieren. Trotz seiner Familiengeschichte und der fernen Anwesenheit seiner Mutter kennt er Alleinsein. Diese Art von Einzelkind-Alleinsein. Ein Grund, warum er mit dem Surfen anfing. Weil er es allein tun kann.

Deshalb hat er diese Familienfrage mit Vicki noch nicht weiter verfolgt. Er vermutet, dass irgendwann alles geklärt werden würde. Es brauche nur Zeit. Und wenn Fish eines kann, dann Geduld zeigen.

Worüber haben sie also bisher geredet?

Über die Jobs, die sie ihm vermittelte. Übers Surfen. Über ihre Vergangenheit als Spielerin. Sehr viel über ihre Spielsucht. In der Anfangszeit kam er sogar zu ein paar Treffen der Anonymen Spieler mit. Als sie noch so nervös war. Damals passierten ein paar seltsame Dinge, die er nie so ganz durchschaute. Und über die sie nie mit ihm redete.

Wie auch jetzt. Vicki schwindelt ihm etwas vor. Das spürt er. Aber was kann er machen?

Nachdem er den ersten Joint geraucht hat, geht er hinaus und betrachtet den Pick-up. Um sicherzustellen, dass er sich das nicht nur einbildet. Tut er nicht. Das Auto ist unverändert kaputt.

Er schreibt Vicki eine SMS. Ernsthafte Probleme hier. Darauf würde sie antworten. Als sie es nicht tut, ruft er an. Wird zu ihrer Voicemail durchgestellt.

Er hört Shawn. *Cheer me up. Cheer me up.* Denkt: Du bist alles, was mir noch bleibt.

Der larmoyante Fish.

Das *Dagga* lässt ihn die Stunden vergessen.

Er will sich gerade wieder einen Joint anstecken, als er bemerkt, dass Shawn nicht mehr singt. Die Fernbedienung liegt auf dem Tisch. Fish lässt Shawn wieder über seine Stereoanlage erklingen: *These four walls.*

Shawn singt über das Sterben in irgendeinem gottverlassenen Zimmer. Darüber, wie es ihr reicht mit dieser ganzen Scheiße, die einem das Leben serviert.

»Sie ist hier reinspaziert und hat gesagt: Komm mit mir«, erklärte Fish Vicki einmal sein Verhältnis zu Shawn Colvin.

»Du gibst mir also einfach so den Laufpass?« Vicki ließ sich belustigt auf das Spiel ein. »Wegen einer älteren Frau?«

»Nur bei ihr würde ich das tun.«

»Danke, Babes«, erwiderte Vicki. »Jetzt weiß ich wenigstens, woran ich bin.«

Fish war sich nie ganz sicher, ob Vicki scherzte oder nicht. Er ließ das Thema fallen.

Er starrt auf ein Foto von Shawn auf dem CD-Cover. Sie liegt an eine Holzwand gelehnt da, in einer engen gelben Jacke mit zugezogenem Reißverschluss und einem gelben Kleid, das um sie herum ausgebreitet ist. Man kann ein kleines Stück ihrer Schenkel zwischen dem Kleid und den langen schwarzen Stiefeln sehen, die bis zu ihren Knien reichen. Eine Südstaatenschönheit. Ein schmaler Rand schwarzer Spitze an ihrem Kleid. Die Augen geschlossen. Vielleicht lächelt sie, während sie sich an alles zu erinnern versucht. Ein trauriges Lächeln. Das Lächeln einer Frau mit gebrochenem Herzen.

In ihre Augen möchte man lieber nicht stürzen, denkt Fish.

In ihren Augen erkennt man den Schmerz vieler Menschen, nicht nur den von Shawn Colvin.

Dasselbe passiert, wenn man Vicki dabei erwischt, wie sie einen ansieht. Dieselbe Traurigkeit in ihrem Gesicht. Dasselbe Gefühl: als ob es nicht nur eine einzelne Frau wäre, die einen anschaut.

Er schüttelt ein Feuerzeug und hält die Flamme an den Joint. Saugt den Rauch in seine Lunge. Atmet nicht gleich wieder aus. Stellt sich vor, wie die grauen Wirbel seine Blutgefäße umschließen und aufgesogen werden.

Er atmet aus und zieht dann sofort wieder an dem Joint. Schließt die Augen.

Shawn singt davon, wie das Leben als taffes Mädchen ist.

Fish merkt, dass die Welt um ihn herum zu schweben beginnt. Vicki und Shawn vermischen sich. Shawn in ihrem leichten Sommerkleidchen, die Haare bürstend, sich der Wildnis draußen stellend. Vicki in diesem weißen Kleid, das sie manchmal anzieht. Das mit den dünnen Trägerchen. Ihre honigfarbene Haut im Kontrast zu dem Weiß des Stoffes. Das Schimmern des Lichts auf ihren Schultern. Schön genug, um einem die Tränen in die Augen zu treiben.

Fish raucht den Spliff zu Ende. In langen Zügen, so dass das Kraut wirken kann. Der Rauch tritt aus seinen Nasenlöchern. Kräutermedizin gegen das, was Shawn die Abgründe der tiefen, finsteren Nacht nennt. Sie beschwört ihn, dass er ihr keine Sorgen bereiten soll.

»Du mir auch nicht«, erwidert Fish laut.

Er drückt die Kippe in einem Muschelaschenbecher aus und geht nach draußen, um den Lichtstrahl der Taschenlampe auf den Pick-up zu richten. Die Reifen noch immer zerstochen. Die Windschutzscheibe noch immer eingeschlagen.

Er schaltet die Taschenlampe aus und setzt sich in den

Bergie-Sessel. Nimmt den *Bergie*-Geruch wahr, der jetzt Teil des Stoffs geworden ist.

Shawn hört zu singen auf. Fish spielt mit dem Handy in seinen Fingern. Kann sich nicht daran erinnern, es in die Hand genommen zu haben. Er ruft Vicki erneut an. Inzwischen sollte das Dinner vorüber sein. Wieder erwischt er nur ihre Voicemail.

Fünfundfünfzig

Die Kartenspieler machen nach der elften Setzrunde eine Pause, um etwas zu trinken. Vicki braucht einen Wodka. Sie hat ihre Chips verspielt, auch die Extraration, die sie von Cake als Vorschuss bekommen hat. In der achten Setzrunde nickte sie ihm zu, ihr mehr zu geben. Sie dachte: Jetzt gehen oder doch noch mein Glück versuchen? Mit zwei weiteren Runden würde sie die Chance haben, sich zu regenerieren. Dann könnte sie gehen.

Cake lächelte und schob ihr weitere Chips zu. Gab ihr lautlos zu verstehen: braves Mädchen.

Aber die Karten brachten ihr kein Glück. Wenn sie noch ein paarmal ein solches Blatt erhält, kann sie einpacken. Mit hohem Verlust.

An der Bar flüstert sie Cake zu. »Ich werde allmählich nervös. Warum bin ich hier?«

»Wegen des Vergnügens deiner Gegenwart.«

»Jetzt komm schon.«

»Ich hab es dir schon gesagt. Du begleichst deine Schulden bei mir.«

»Und die neuen?«

»Darüber können wir reden.«

»Mein Gott. Was machst du mit mir, Cake?«

»Es ist alles deine Entscheidung. Deine Wahl.«

»Und seine Wahl?« Vicki wirft einen Blick in Jacob Mkezis Richtung, der noch immer am Tisch sitzt und Mineralwasser trinkt.

Cake zuckt mit den Achseln. »Er wollte das Spiel.«

»Warum?«

»Ich frage ihn nicht nach dem Warum, Vicki. Niemand tut das.«

»Zuerst will Clifford Manuel, dass ich ihn treffe. Und jetzt …« Vicki beendet den Satz nicht, da Jacob Mkezi hinter sie tritt und eine Hand auf ihre Schulter legt.

»Die Anonymen Spieler haben Ihnen offenbar Ihr Glück geraubt.«

»Wie bitte?« Sie dreht sich zu ihm um, wodurch seine Hand von ihrer Schulter rutscht. »Was soll das heißen?«

»Sie spielen zu vorsichtig. Sie glauben, wenn Sie vorsichtig sind, spielen Sie nicht wirklich. Aber Leute, die vorsichtig sind, verlieren. Seien Sie also mutiger. Wissen Sie, ich bin Ihnen für das Opfer, das Sie heute Abend gebracht haben, wirklich dankbar.«

»Sie sind mir für mein Opfer dankbar …« Vicki runzelt die Stirn. »Ich sollte gehen.«

»Warten Sie.« Jacob Mkezi streckt die Hand aus, um sie zu berühren. Eine schnelle Geste. »Warten Sie. Tun Sie mir den Gefallen. Ich habe meine Gründe.«

»Die Sie mir nicht verraten werden?«

»Noch nicht. Irgendwann schon. Bitte lassen Sie uns weiterspielen. Genießen Sie es.«

»Sie ist angespannt«, meint Cake Mullins, der ein Tablett mit Zigarren bringt – El Rey del Mundos, die er aus einem kleinen Humidor genommen hat.

»Das verstehe ich. Unter den Umständen wäre ich das auch.« Jacob Mkezi riecht an einer Zigarre. »Rauchen Sie, Vicki?«

Sie schüttelt den Kopf. Bleiben oder gehen?

»Früher schon«, meint Cake Mullins.

»Glaube ich«, entgegnet Jacob Mkezi. »Sie hat den Blick einer Spielerin mit großer Ausdauer.«

Bleiben oder gehen? Sie sollte gehen. Sie bleibt. Schaut zum Kartentisch hinüber, zu den Karten, den Chips und spürt den Sog. Das Bedürfnis, ein Blatt in der Hand zu halten, ein Spiel zu dem ihren zu machen. Wie der Mann sagt: mutig sein.

Die dreizehnte Runde bringt sie nahe an den Abgrund. Whitey gewinnt. Jacob Mkezi verliert nicht viel, da er früh aussteigt.

»Kommen Sie, Vicki Kahn. Werden Sie Ihrem alten Ruf wieder gerecht«, sagt er mit diesem seltsamen gelben Funkeln in seinen Augen. »Wir brauchen die Pokerqueen. Die Killerlady. Um diesen Kerlen zu zeigen, worum es hier geht.« Sein Bein berührt das ihre, seine Hand fasst nach ihrem Arm, will ihn tätscheln.

Vicki zieht ihr Bein zurück. Verschränkt die Arme.

Jacob Mkezi lächelt ein wenig vor sich hin und lehnt sich zurück.

Die vierzehnte Runde nimmt ihr alle Chips. Sie hat einen Straight von Ass bis Fünf, aber Jacob Mkezi dafür einen Royal Flush, Ass bis Zehn.

»Gib mir einen Vorschuss«, sagt sie zu Cake.

Er zuckt mit den Achseln. Sagt: »Vielleicht solltest du mit Jacob sprechen. Er finanziert.«

»Nein, Cake. Was soll das? Ich habe doch bei dir angeschrieben?«

»Du hast gefragt, und ich hab's gemacht. Du hast nicht gefragt, wer finanziert.«

Vicki ist sprachlos. Fühlt sich gefangen. Hört, wie Jacob Mkezi fragt: »Erinnern Sie sich noch an den alten Mann, der sich umgebracht hat?«

»Welchen alten Mann?« Vicki versucht, sich zu konzentrieren. Ihr Herz hämmert, ihr Atem geht flach. Ihr gefällt der neue Tonfall in Jacob Mkezis Stimme ganz und gar nicht.

»Nach Ihrem letzten Kartenspiel.«

Vicki sieht es deutlich vor sich, ihr letztes Kartenspiel. Das der Hauptgrund für sie war, zu den Anonymen Spielern zu gehen. Sie hörte, dass sich der alte Mann erhängte.

»Sie haben ihn fertiggemacht.«

»Das war ein Kartenspiel«, entgegnet sie. »Er musste nicht spielen.«

»Sie mussten ihn aber auch nicht fertigmachen.«

»Ich bot ihm an …«

»Verdoppeln oder aus. Das Russische Roulette der Kartenspieler.« Jacob Mkezi zählt nun die Schulden des alten Mannes auf und das bedrückende Leben seiner Hinterbliebenen.

Vicki weiß noch genau, wie der alte Mann weinte, als sie den Pot an sich nahm. Die Casinoleute drängten ihn nach draußen. Wie er sie ansah und sagte: »Bitte, Schwester.« Wie sie ihn auf die Straße warfen. Kein Moment des Triumphs. »Wegen ihm habe ich aufgehört.«

»Für ihn kam das zu spät.« Jacob Mkezi trinkt einen Schluck Wasser. Er hat sich zu ihr herübergebeugt. »Aber es geht nicht um ihn. Er war ein Spieler. So, wie man sich bettet, so schläft man. Es geht um Sie, Vicki Kahn.« Jacob Mkezi spielt mit den Chips. »Sie schulden mir jetzt etwa zwanzig. Wenn ich Sie vor die gleiche Wahl stelle – verdoppeln oder aus –, was würden Sie dann tun? Was *werden* Sie tun?«

Vicki weiß, dass sie gehen sollte. »Ich würde sagen: Sie können mich mal.« Erhebt sich.

Jacob Mkezi legt seine Hand auf die ihre. »Ich hatte gehofft, dass Sie das sagen. Setzen Sie sich. Bitte. Beenden wir das, was wir angefangen haben. Wie zivilisierte Leute.«

Vicki zieht ihre Hand weg. »Geben«, sagt sie zu Cake Mullins.

»Verdoppeln oder aus?« Jacob Mkezi schiebt Chips in ihre Richtung.

»Verdoppeln oder aus«, sagt sie.

»Dann seien Sie herzlich eingeladen. Viel Glück. Nehmen Sie die Chips.«

Vicki nimmt sie. Sie steht in seiner Schuld. Die einzige Möglichkeit, das anzupacken, ist durch Mut. Indem sie kühn spielt.

Die Einsätze werden gemacht, Cake Mullins verteilt die Karten von einem Stapel. Jedem Spieler zwei mit dem Gesicht nach unten.

Die dritte Karte dreht er um: ein Pik Ass für den namenlosen Mann, Herz Zehn für Whitey, Karo Bube für Jacob Mkezi. Dieser runzelt die Stirn über seinen gefalteten Händen, auf die er dann sein Kinn stützt. Vicki bekommt eine Kreuz Sieben.

Whitey eröffnet mit zwanzig in den Pot.

Der andere Whiskytrinker schiebt.

Ebenso Vicki.

Jacob Mkezi wirft einen gelben Chip in den Pot. Sagt: »Wie geht's? Werden Sie das schaffen?«

Cake Mullins ist an der Reihe. Er scheidet aus.

Vicki versucht, ruhig zu atmen. Die Erregung in ihrem Magen. Der trockene Mund.

Es folgt die vierte Karte: Herz König für Whitey, Kreuz Acht für Vicki, Kreuz Neun für Jacob Mkezi.

Whitey setzt auf den Pot.

Jacob Mkezi ebenfalls.

Vicki betrachtet ihre Karten. Da sind zwei Siebener, eine Kreuz Sieben, gefolgt von einer Kreuz Sechs. Sie muss es wagen. Schluckt. Legt einen pinken Chip und zwei gelbe in den

Pot. Ihr Puls rast so schnell, dass sie fast das Gefühl hat, unter Strom zu stehen.

Jacob Mkezi schaut auf. Grinst sie an. »Sie haben Blut geleckt, was? Fordern Sie Ihr Glück heraus? Das gefällt mir.« Woraufhin er dem Pot noch neunzig hinzufügt.

Cake Mullins gibt. Deckt eine Karo Drei für Whitey auf, eine Herz Zwei für Jacob Mkezi, und Vicki erhält eine Herz Sieben.

Whitey schiebt. Jacob Mkezi setzt auf den Pot. Vicki und Whitey setzen in gleicher Höhe. Der Pot steht bei dreihundertsechzig.

»Wird allmählich interessant«, meint Jacob Mkezi. »Sieht so aus, als würde sich Ihr Glück wenden.«

Vicki vermutet, dass sie gewinnen kann, wenn sie das jetzt durchzieht. Könnte gewinnen. Vielleicht. Nur dass ihre nächste Karte eine Kreuz Vier ist. Sie nimmt sie. Ihrer Miene sieht man nichts an. Ihre Finger zeigen kein Zittern.

Cake Mullins gibt Jacob Mkezi eine Herz Neun. Jacob Mkezi schiebt.

Das Gleiche bei Whitey.

Vicki ist plötzlich ruhig. Schüttelt den Kopf.

»Kein Einsatz?«, fragt Jacob Mkezi.

Wieder schüttelt sie den Kopf.

»Ach, wie schade!«

Cake Mullins gibt die letzten Karten verdeckt. Whitey trinkt seinen Whisky aus und passt. Sagt: »Ich bin draußen. Ihr Spiel, Mr. Mkezi.«

»Kein Problem«, erwidert Jacob Mkezi.

Vicki hält einen Flush in der Hand. Setzt auf den Pot und erhöht den Einsatz um hundert.

Jacob Mkezi sitzt regungslos da. Vicki beobachtet ihn. Nicht das leiseste Zucken in seinem Gesicht. Seine Hände ruhen zu beiden Seiten der Karten auf dem Tisch. Kräftige Hände. Gepflegte Hände.

Vicki blickt auf und bemerkt, dass sowohl der namenlose Mann als auch Cake Mullins auf Jacob Mkezi konzentriert sind. Whitey beobachtet Vicki.

»Ich setze das Gleiche«, erklärt Jacob Mkezi und legt ebenfalls hundert in den Pot. »Sie sind dran.«

Die Männer beugen sich vor. Das Knarzen ihrer Stühle hallt laut in Vickis Ohren wider.

Sie deckt einen Kreuz Flush auf, Vier bis Acht.

»Nicht schlecht«, sagt Whitey.

Der namenlose Mann lässt das Eis in seinem Whisky klirren.

Cake Mullins grunzt und schaut zu Jacob Mkezi hinüber. »Zeigen Sie uns Ihre.«

Jacob Mkezi hat Karo Zehn, Karo Neun, Karo Bube, Kreuz Neun, Herz Zwei, Herz Neun, Kreuz Zwei. »Full House«, verkündet er.

Er lächelt Vicki an. »Es freut mich, dass wir uns so kennenlernen konnten. Sie schulden mir nichts außer einem Gefallen. Belassen wir es dabei. Wir sollten uns demnächst mal auf einen Kaffee treffen. Ich muss Ihnen mehr von Ihrer Tante erzählen.« Er erhebt sich. »Jungs, es war mir ein echtes Vergnügen.«

Nachdem die Männer gegangen sind, sitzt Vicki noch immer am Tisch. Cake Mullins bringt ihr einen Wodka.

»Du Arschloch«, sagt sie. »Du hast mich in die Scheiße geritten. Ich hatte mein Leben im Griff. Bis gerade eben.«

»Blieb mir nichts anderes übrig, Prinzessin. Bei Jacob Mkezi darf man nicht herumeiern, das habe ich schon vor längerer Zeit begriffen. Wenn er was will, dann macht man das. Und er wollte dich.«

»Wegen dieser beschissenen Geschichte mit dem alten Mann?«

»Ich weiß es nicht. Die ist doch tatsächlich so passiert, oder nicht?«

»Natürlich ist die so passiert. Aber so läuft das nun mal beim Spielen, Cake. Poker. Spieler verlieren.«

»Wie heute Abend?«

»Du hast mich in eine Falle gelockt. Das ist was ganz anderes.«

»Ich habe dich nur hierher an den Tisch gebracht. Sonst nichts.«

»Er hat mich auf die Probe gestellt.«

»So ist Jacob Mkezi.«

Vicki trinkt ihr Glas in zwei Schlucken leer.

»Wo soll ich vierzigtausend hernehmen, Cake? Kannst du mir das verraten?«

»Die brauchst du nicht«, erwidert Cake Mullins. »Er hat es dir doch erklärt: keine Geldschulden, nur ein Gefallen.«

»Als ob das nicht noch viel schlimmer wäre. Ich zahle lieber das Geld.«

Die Todesschwadron, Juni 1996

Johannesburg. Ein für die Jahreszeit untypischer Regen. Verdammt schlechtes Winterwetter. Kalt wie Rattenpisse. Pat Foreman starrt aus seinem Schlafzimmer in den tropfenden Hinterhof, der voller rostiger Ölfässer steht. Er hält die Kugel in seiner Hand. Das Springmesser liegt auf dem Bett.

Als Pat Foreman die Kugel mit der Kreuzschraffierung entdeckt, ist er seit drei Monaten aus dem Entzug zurück. Stocknüchtern, nirgendwo auch nur ein Tropfen Alkohol im Haus. Kaffee und Kopfschmerztabletten sind die einzigen erreichbaren Drogen. Er kratzt sich am Schnurrbart und grinst sein Totenkopfgrinsen. Aber belustigt ist er nicht. Er hat Angst.

Foreman hält die Kugel fest in der Hand. Seine Finger zittern noch immer, aber das kommt nicht vom Trinken. Oder vom Entzug. Pat Foremans Gesamtzustand ist ohnehin ziemlich zittrig. Könnte etwas mit der Kugel zu tun haben. Doch wahrscheinlicher ist ein frühes Stadium von Parkinson. Foreman mag keine Mediziner, weshalb er auch keine eindeutige Diagnose hat. Aber sein früherer Sponsor bei den Anonymen Alkoholikern vermutet, es könnte Parkinson sein. Nicht dass er so etwas zu Foreman gesagt hätte. Hat ihm nur geraten, sich mal durchchecken zu lassen. Ein Mann mit dreiundfünfzig sollte sich irgendwann untersuchen lassen. Die Prostata. Hautkrebs. Herz. Cholesterin. Vor allem die Prostata.

»Niemals«, sagt Foreman zu seinem Sponsor. »Ich will nicht, dass irgend so ein Medi-*Oke* seinen Finger in meinen Arsch schiebt.« Foreman spielt mit seinen Ringen, zitternd wie ein Aal.

»Das machen Ärzte die ganze Zeit«, meint sein Sponsor. »Ist nichts Besonderes.«

Aber Foreman hört weg. Das Nichttrinken verlangt seine ganze Konzentration. Er hat einen Job bei einer Sicherheitsfirma, wo er in einem Reifenlager nachts Wache schiebt. Das Aufregendste, was dort passiert, ist ein gelegentlicher Kampf zwischen Katzen, wenn die Pelztierchen mal wieder aneinandergeraten.

Stört Foreman wenig. Er hatte genügend Aufregung in seinem Leben. Allein einen Tag nach dem anderen hinter sich zu bringen bedeutet für ihn schon Anstrengung genug. Jetzt noch die Sache mit der Kugel und der Klinge. Er beendet seine Schicht, fährt mit einem Minibustaxi nach Hause und betritt sein Zimmer – nur, um feststellen zu müssen, dass jemand bei ihm eingebrochen ist.

Foreman lebt in einer Pension in Mayfair. Mit fünf anderen Dauermietern. Zwei von ihnen arbeiten nachts so wie er. Foreman wendet sich an die Vermieterin. Eine Frau in McDonald's-Supersize-Größe mit einem Trainingsanzug.

»Was gestohlen worden?«, will sie wissen.

Foreman schüttelt den Kopf.

»Und was soll dann daran so schlimm sein?«

»Das ist mein Zimmer«, entgegnet er. »Ich will keine anderen Leute in meinem Zimmer.«

»Woher wissen Sie das überhaupt? Woher wissen Sie, dass jemand bei Ihnen war?«

»Man hat was dagelassen«, erwidert er.

»Was? Ein Geschenk?«

»Das ist meine Sache.«

Die Frau schnaubt verächtlich. »Machen Sie sich doch ein

eigenes Schloss in die Tür, wenn Ihnen meines nicht gut genug ist«, sagt sie. »Und hören Sie auf, uns alle Diebe zu nennen.«

Foreman glaubt, dass er mehr als nur ein neues Schloss braucht. Er muss abhauen. Untertauchen. Er starrt in den Regen hinaus, der sich im Hinterhof sammelt, und rechnet: Okay, er würde drei Nächte Lohn sausen lassen, wenn er jetzt ginge. Aber er würde dafür auch zwei Wochen Miete schuldig bleiben. Also gewinnt er sogar noch was.

Pat Foreman packt seine Tasche. Verschwindet, als er sich sicher ist, dass Breitarsch gerade nicht da ist. Ein Bus nach Braamfontein und dort ein Abendticket für den Bus nach Kapstadt.

Foreman verbringt den Rest des Tages im Warteraum der Busfirma. Er raucht ein Päckchen Zigaretten. Trinkt fünf Kaffee aus dem Automaten. Einmal holt er sich ein Sandwich in einem Café in der Nähe. Wobei er den Großteil davon wegwirft. Er ist nervös. Ein Drink wäre jetzt nicht schlecht. Unzählige Kneipen ringsherum, aber Foreman widersteht.

Er ruft seinen Sponsor an. Platzt mit der ganzen Geschichte heraus. Sein Sponsor ist auch ein ehemaliger Polizist. Er kennt ein paar Geschichten aus Foremans Vergangenheit.

»Was bedeutet die Kugel denn genau?«, will er wissen.

»Es geht wahrscheinlich um eine Abrechnung«, erklärt Foreman. »Um Rache. Ich weiß es nicht. Könnte alles sein. Könnte von vielen stammen.«

»Hat dich das erschreckt?«

»Na, und wie.« Er macht eine Pause, um den Zigarettenrauch auszublasen. »Ich hab das auch schon gemacht. Ich weiß, worum es geht.«

»An deiner Stelle«, meint der Sponsor, »würde ich die Leute von der Wahrheits- und Versöhnungskommission kontaktieren. Red doch mal mit denen. Bitte sie um Amnestie oder so was.«

»Echt?«

»Ja, würde ich machen«, erwidert der Mann. »Vielleicht haben diese Leute irgendeine Möglichkeit, dich zu verstecken. Zumindest vorübergehend.«

Foreman ist sich nicht sicher. Die Wahrheits- und Versöhnungskommission gibt es erst seit ein paar Monaten. Noch kann man nicht sagen, in welche Richtung sie sich entwickeln wird.

»Foreman?«

»Ja?«

»Wenn du in Kapstadt bist, geh zur AA. Okay? Besorg dir einen neuen Sponsor. Da gibt es einen Mann, den ich dir empfehlen kann. War auch bei der Polizei.«

»Danke«, erwidert Foreman und grinst sein Totenkopfgrinsen. »Ich ruf wieder an.«

Foreman bleibt nervös. Beobachtet das Kommen und Gehen der Leute in der Busstation genau. Er glaubt nicht, dass man ihm gefolgt ist. Aber nachdem sie ihn schon einmal gefunden haben, werden sie das auch wieder tun. Er hat Schiss. Und fragt sich, warum gerade jetzt. Fragt sich, wo Ray Adler steckt. Denkt über Dommiss Verburg nach. Und wohin zum Teufel der junge blonde *Oke* verschwunden ist. Denkt: Vielleicht hat es mit der Wahrheits- und Versöhnungskommission zu tun, die alle möglichen schlafenden Hunde weckt. Diese Kommission wäre der letzte Ort, wo er sich hinwenden würde. Amnestie. Zeugenschutzprogramm. Wohl eher nicht. Wahrscheinlicher war eine Fahrt an eine einsame Stelle, um es rasch zu beenden. Im Mosambik-Stil: zwei Schüsse in die Brust, einer in den Kopf.

Um achtzehn Uhr wird eingeladen, dann fährt der Bus los. Der Regen schwächt sich ab, die Straßen glänzen. Foreman ist erleichtert, als er sieht, wie die Lichter von Johannesburg hinter der beschlagenen Scheibe vorbeiziehen. Er sitzt neben einem Mann, der in einer Bibel Stellen anstreicht. Doch der Mann ist kein Missionar. Er hat einfach nur Gott gefunden. Foreman gehen Leute auf die Nerven, die Gott gefunden haben.

Sobald sich der Bus auf der Autobahn befindet und der Verkehr freier fließt, klappt Foreman seinen Sitz nach hinten, um etwas zu dösen. Er ist erledigt. Eine Nachtschicht und dann ein Tag voll Anspannung. Erst jetzt hat er das Gefühl, sich ein wenig lockern zu können.

Er nimmt verschwommen die Orte wahr, durch die sie fahren: Carletonville, Potchefstroom, Klerksdorp, Wolmaransstad, Christiana, Warrenton. Den Neonglanz der Hauptstraßen, die Finsternis der Landstriche. Bei Zwischenstopps steigt er aus, raucht eine Zigarette. Der Bibelmann raucht jeweils zwei.

Ehe sie Kimberley erreichen, schläft er ein und hat einen Traum: Er steht im Flur eines Hauses, mit dem Gesicht zur Eingangstür. Draußen befindet sich ein Mann, der einen Schlüssel ins Schloss steckt. Der Mann öffnet die Tür und starrt Foreman überrascht an. Fragt: »Wer sind Sie? Wie sind Sie hier hereingekommen?«

Foreman sagt: »Wir hatten einen Termin vereinbart. Schon vergessen?«

Der Mann will wissen: »Wie heißen Sie?«

Foreman nennt ihm seinen Namen.

Der Mann schließt die Tür, dreht sich zu Foreman um. »Es ist spät«, meint er. »Können wir das nicht auf morgen verschieben?«

Foreman antwortet nicht, sondern zieht seine Pistole. Verpasst dem Mann drei Kugeln. Dann attackiert er ihn mit dem Springmesser. Rein, raus, rein, raus. Sein Arm bewegt sich wie eine Pumpe.

Foreman schnellt aus seinem Traum hoch. Sein Mund ist trocken. Schweiß breitet sich unter seinen Achseln aus.

Der Mann neben ihm, der noch immer seine Bibel durchforstet, meint: »Ich habe schon befürchtet, Sie hätten einen Herzinfarkt. Sie sollten Jesus in Ihr Inneres lassen, Bruder.«

»Nein, *China*«, erwidert Foreman. »Ich brauch was zu trinken. Einen Brandy mit Cola, sonst nichts.«

Foreman entdeckt den Servierwagen im unteren Bereich des Busses. Er bestellt fünf kleine Klipdrift-Brandys, ein Bier und eine Cola. Noch ehe er wieder auf seinem Platz sitzt, hat er bereits die halbe Flasche Bier geleert.

»Sie machen einen Fehler, Bruder«, meint der Bibelmann. »Ich bin dort gewesen, wo Sie jetzt sind. Nur Jesus ist die Antwort.«

»Halt den Rand, Mann. Okay?« Foreman schenkt dem Kerl sein Totenkopfgrinsen. »Okay?«

Der Mann zuckt mit den Schultern. »Ihre Hölle.«

»Verdammt richtig«, meint Foreman.

»Ich werde für Sie beten.«

»Aber stumm. Bewegen Sie nicht mal Ihre Lippen. Okay?«

Der Mann bietet ihm seine Wange dar. »Wollen Sie darauf auch noch schlagen, Bruder?«

»Wie christlich«, erwidert Foreman und bricht den Verschluss einer der kleinen Flaschen auf. Gießt die goldene Flüssigkeit in einen Plastikbecher. Er schüttet etwas daneben, so sehr kommt er ins Zittern. »Aber nein. Bleiben Sie bei Ihrem Jesus, ich bleib bei meinem Klippie.« Er trinkt, schluckt und gibt einen Grunzlaut von sich.

»Himmlisch?«, will der Mann wissen.

»Hören Sie zu«, entgegnet Foreman. »Halten Sie endlich den Rand.«

»Sie sind jetzt beim Teufel, Bruder. Sie trinken mit Satan.«

Foreman gießt Cola zum Brandy. Grinst den Jesus-Fan an. »Lassen Sie mich eines erklären«, meint er. »Klippie ist ein guter Partner. Sagt kein gottverdammtes Wort. Lächelt einem zu. Und irgendwie zeigt er eindeutig mit dem Finger auf Sie.«

»Sie machen mir keine Angst.« Der Mann leckt seinen Bleistift an und fährt mit dem Unterstreichen fort.

»Nein«, entgegnet Foreman. »Aber diese kleinen Flaschen schon.« Lässt die Mini-Brandys in seinen zittrigen Händen klimpern.

Das bringt den Bibelkritzler endlich zum Verstummen. Zwei Stunden später schläft Foreman. Diesmal traumlos. Irgendwann spürt er, wie der Bibelmann über ihn hinwegsteigt, aber er ist nicht mehr in der Lage zu reagieren. Glaubt, den Bibelfritzen laut »Gott sei mit Ihnen« sagen zu hören. Er ist sich nicht sicher. Er reagiert jedenfalls nicht.

Er wacht auf, als der Bus aus den Karoo-Bergen nach Laingsburg kommt. Blauer Himmel, braune Erde. Endlos. Sein Mund schmeckt wie eine Müllhalde, seine Augen sind kleine Löcher. Er fühlt sich verklebt und könnte einen Drink gebrauchen. Der Bekehrte hat die Bibel liegenlassen, aufgeschlagen bei den Korinthern, und eine Zeile unterstrichen: »Niemand betrüge sich selbst.«

»Der kann mich mal«, sagt Foreman laut und quetscht sich aus dem Sitz, um nach unten zu gehen, wo er noch ein paar Brandys kauft, ehe der Bus für eine Pinkelpause hält. Foreman kippt den Alkohol in sich hinein. Von Selbstbetrug kann bei ihm wahrlich keine Rede sein. Bei einem Imbiss holt er sich ein getoastetes Käse-Tomaten-Sandwich. Hat gleich ein Stück der Verpackung im Mund, als er hastig hineinbeißt.

Foreman tritt vor dem Bus von einem Fuß auf den anderen und verschlingt sein Sandwich, ohne zu kauen.

Ihm ist eiskalt. Es herrschen ein oder zwei Grad plus. Der

Atem eine weiße Wolke. Er versucht, nicht an die Kugel zu denken, an die Klinge, an den Traum, an die wachsende Angst.

Der Traum hat ihm den Garaus gemacht. Das Hinein- und Herausgleiten des Springmessers. Das Klebrige, Schnelle. Die Feuchtigkeit.

Foreman zerknüllt das Sandwichpapier und wirft es in einen Mülleimer. Er will weiter. Er will sich ins Bett legen können. Auf einmal hat er Panik, dass ihn jemand an der Bushaltestelle erwarten könnte. Dass man seinen Plan durchschaut hat. Ehe er wieder einsteigt, kauft er eine halbe Flasche Brandy. Das und die Minis lassen ihn wieder sein Totenkopfgrinsen zeigen.

Er trinkt den Brandy direkt aus der Flasche, starrt auf die kalte Landschaft hinaus, auf die Schafe und Böcke, die vereinzelt dort draußen zu sehen sind. Der Brandy hält seine Furcht unter Kontrolle, nicht aber das Zittern seiner Hände. Auch nicht das Klappern seiner Zähne, die gegen das Glas der Flasche schlagen, wenn er trinkt. Die anderen Passagiere rollen mit den Augen und schnalzen tadelnd mit der Zunge, während sie versuchen, sich auf den Film *Forrest Gump* zu konzentrieren.

Foreman trifft eine Entscheidung. Er steigt in Touws River aus. Niemand wird ihn an einem Ort wie diesem vermuten. Eine Kleinstadt am Arsch der Welt, die in einer langgezogenen Ebene vor einem Inselberg liegt. Die einzige Aufregung: wenn die Züge aus Joburg und Kapstadt hier durchrattern. Einmal am Tag.

»Sie haben bis nach Kapstadt bezahlt«, stellt der Fahrer fest.

»Hab meine Meinung geändert«, erwidert Foreman.

»Kann Ihnen nichts erstatten.«

Foreman grinst. »Geben Sie mir einfach mein Gepäck. Okay?«

Der Fahrer brummt. Foremans Tasche befindet sich ziemlich weit hinten. Zuerst müssen einige andere Gepäckstücke herausgeholt und dann alles neu gepackt werden. Der Wind ist kalt. Ein paar Grad über dem Gefrierpunkt. Dem Fahrer passt die ganze Aktion gar nicht.

»Das hätten Sie mir gleich in Joburg sagen sollen«, meint er.

»Hätte ich auch, wenn ich's da schon gewusst hätte«, erwidert Foreman.

Er nimmt seine Tasche und wirft sie sich über die Schulter. »Gute Fahrt.«

Der Fahrer murmelt etwas auf Xhosa. Foreman kennt die Sprache ein wenig. Grinst. »Und vielleicht ficken die Vorfahren auch Ihre Mutter.«

Er schlüpft in seinen Mantel und trägt die Tasche eine lange Straße hinunter in das Kaff. Ein eisiger Wind schlägt ihm ins Gesicht. Seine Augen tränen. Die Welt vor ihm verschwimmt.

Foreman vermutet, dass er nach einer, höchstens nach zwei Wochen wieder weiterziehen kann. Nach Kapstadt, dort einen Job als Wächter annehmen und sein anonymes Leben fortsetzen. In der Zwischenzeit hat er es sich in einem Nebenhaus hinter dem Bahnhofsgebäude bequem gemacht. Vollpension: ein Teller Bohnen in Tomatensauce zum Frühstück, ein Marmite-Sandwich zum Mittagessen, Kotelett und *Putu Pap* zum Abendessen. Ein Klacks Tomatensauce auf den Brei. So viel Tee er will.

Am ersten Tag geht er kaum aus. Sitzt im Hinterhof in der Sonne und sieht den Hühnern zu, wie sie im Staub herumpicken. Die Kugel befindet sich in seiner Tasche, er spielt mit der Klinge seines Messers und lässt sie immer wieder hervorschießen. Schon lange her, dass er ein solches Messer besaß. Früher einmal sammelte er sie. Pat Springmesser Foreman. Ein Mann, mit dem man rechnen musste. Pat Kein Scheiß Foreman. Wie schafften sie es, ihn zu finden? Wie sind sie ihm auf die Schliche gekommen?

Egal – das Ganze ist eh Geschichte. Er hat die Dinge im Griff, auch wenn er sie in einer ziemlich einsamen Gegend im Griff hat.

Am zweiten Tag entdeckt Foreman eine *Shebeen* im Viertel der *Coloured*, die ihm zusagt. Während des Tages ein ruhiger Ort. Er sitzt in einer Ecke über Klippies und Cola. Spielt mit seinen Ringen. Tastet das Messer in seiner Tasche ab, fährt mit dem Daumen über die Querschraffierung der Kugel. Der Brandy nimmt seiner Angst die Heftigkeit.

Ziemlich schnell bieten ihm zwei Frauen Sex für zwanzig Rand an. Kleine Frauen mit hohen Wangenknochen. Dumpfe Augen die eine, freche die andere. Die mit den frechen lässt sich auf fünfzehn Rand runterhandeln.

»Weißt du, wie viel das in Joburg kostet?«, fragt Foreman.

Die Frau schüttelt ihren Kopf, während sie ihn an der Hand nehmen will.

»Einen blasen ab fünfzig aufwärts. Richtiges Bumsen zweihundert.«

»Fünfzehn Rand«, sagt die Frau. »Spezialpreis von Touws River.« Sie streichelt seine Hand.

»Lass das«, fährt Foreman sie an und reißt seine Hand fort.

»Komm schon, Süßer«, schmeichelt die Frau. »Bei mir ist es schön warm.«

Foreman überlegt. In all den Jahren hat er es nie mit einer Buschmann gemacht. Vielleicht wäre es endlich an der Zeit. »Später«, sagt er. »Morgen.«

Die Frau beschimpft ihn.

Er gibt ihr fünf Rand. »Kauf dir einen Wein, okay?« Danach lächelt sie, bietet sich aber nicht mehr an. Er wird in Ruhe gelassen. So wie er es mag.

Beim Abendessen sagt Foreman am dritten Tag zu den Leuten im Haupthaus: »Gestern gab es das Gleiche. Und vorgestern.«

Er steht unter der Küchentür, um seinen Teller mit Essen abzuholen.

Der Mann in der Küche, der gerade Koteletts und *Putu Pap* isst, schaut auf seinen Teller. »So wie meins«, stellt er fest.

»Lammkoteletts«, sagt die Frau und reicht Foreman seinen Teller. »Frisches Karoo-Lamm. Wissen Sie, was Sie dafür in der Stadt bezahlen müssen?«

»Ja. Das meine ich nicht. Ich meine…«, erwidert Foreman und stockt. »Ja…« Er hält inne. Grinst das Paar an. »Kein Problem.« Nimmt den Teller in sein Zimmer.

Am fünften Tag denkt Foreman, es sei an der Zeit, weiterzuziehen. Er könnte den Zug nach Kapstadt nehmen. Vielleicht nicht den ganzen Weg bis in die Stadt hinein. Er könnte in Paarl aussteigen und von dort aus einen Pendlerzug nehmen. Vielleicht bis Bellville oder bis Maitland. Dort gibt es viele Orte zum Untertauchen. Billige Zimmer über den Geschäften. Zudem Jobmöglichkeiten. Als Lieferant, als Wachmann, vielleicht sogar als eine Art Handwerker.

Nachdem er an diesem Abend gegessen hat, liegt Foreman im Bett. Raucht und trinkt aus einer halben Flasche. Das Bett ist der einzige Ort, wo ihm warm wird. Es klopft an der Tür. Foreman ruft: »Ja?« Denkt, es müsse der Mann aus dem Haupthaus sein. Der Knauf dreht sich, die Tür geht auf. Den Mann, der auf der Schwelle steht, hat er noch nie gesehen.

Er sagt: »Hi, Foreman.«

Foreman ist im Nachteil. Er liegt unter der Decke, und seine einzige Waffe ist die Flasche.

»Wer sind Sie?«, fragt er und lehnt sich vor. Er ist Rechtshänder, seine Haltung unbequem. Er hat keine Möglichkeit, um auszuholen und die Flasche zu werfen. Die Decke ist untergeschlagen und hält ihn so fest, als würde er in einer Zwangsjacke stecken. Wenn er es schafft, aus dem Bett zu kommen, könnte er vielleicht das Messer erreichen, das in seiner Manteltasche steckt. Der Mantel hängt hinter der Tür. Das Mann steht im Weg. Es ist eine ausweglose Lage.

»Hat mich etwas Zeit gekostet«, sagt der Mann. »Dich aufzutreiben.«

Foreman denkt rasend schnell nach, so schnell ihm das der Brandy erlaubt. »Ich werde reden«, erklärt er. »Mit der Wahrheits- und Versöhnungskommission. Sie um Amnestie bitten.« Er zieht seine Beine hoch und schiebt die Decke nach unten. Spielt mit seinen Ringen.

»Musst nicht aufstehen«, meint der Mann.

»Ich weiß vieles.«

»Natürlich.«

»Wo Tote begraben wurden. Wer uns die Befehle gegeben hat. All so was.«

Der Mann nickt. Tritt ans Bett und drückt Foremans Beine nach unten. »Entspann dich.«

Foreman schlägt ihm die Flasche seitlich gegen den Kopf. Ein schwacher Schlag, der wenig bewirkt. Der Mann wankt rückwärts und hält sich das Ohr. Das ist die Chance, auf die Foreman gewartet hat. Er reißt die Decke weg und schwingt die Beine aus dem Bett.

Der Mann tritt Foreman mit voller Wucht gegen das Kinn. Es ist besonders schmerzhaft, da er schwere Doc Martens trägt, die Foremans Wange aufreißen und ihm einen Zahn durch die Zunge stoßen. Foreman zuckt stöhnend zurück.

»Warum hast du das gemacht?«, fragt der Mann und baut sich über ihm auf. »Wir haben doch gerade geredet.« Er berührt sein pochendes Ohr, und als er die Hand wegzieht, klebt

Blut an seinen Fingerspitzen. »Ich blute, Mann. Nein, so geht das nicht, mein Freund.«

»Wenn er sein Frühstück nicht bald holt, esse ich es«, sagt der Mann zu seiner Frau.

Sie sitzen am Küchentisch. Die Tür zum Hinterhof steht offen. Sie können das Nebenhaus sehen, wo ihr Mieter übernachtet.

»Warte noch ein Weilchen«, meint die Frau. »Der kommt schon.«

Eine halbe Stunde später sind die Bohnen in Tomatensauce mit einer Haut überzogen.

»Ich esse sie«, erklärt der Mann. »Essen darf man nicht verschwenden.« Er streckt die Hand aus, um sich den Teller mit den Bohnen zu nehmen.

»Nein«, widerspricht seine Frau. »Er hat schließlich dafür bezahlt.«

Sie nimmt den Teller, überquert den Hinterhof zu dem Nebenhaus und klopft dort an die Tür. *»Meneer! Meneer!«* Die Hühner drängen sich um ihre Beine, da sie auf Futter spekulieren.

»Vielleicht ist er weg«, ruft der Mann.

Sie dreht sich zu ihm um. »Er hat aber im Voraus bezahlt.«

»Dann mach die Tür auf.«

Die Frau klopft erneut. *»Meneer, Meneer!«*

»*Ag*, Mann, bring mir das Essen.«

»Vielleicht ist er krank.«

»Vielleicht hat er auch *babbelas*. Du hast doch gesehen, wie viel er trinkt.«

Sie bringt ihrem Mann den Teller mit den kalten Bohnen.

Nachdem er sie aufgegessen hat, meint er: »Lass ihn, okay? Soll er lieber ausschlafen.« Er schlüpft in einen Mantel und geht nach draußen, um sein Fahrrad vom Zaun loszuketten. »Der Mann ist ein *Dronklap*, ein verdammter Säufer.«

»Ja, ja«, murmelt die Frau und beginnt, die Töpfe und Teller abzuwaschen.

Zwei Stunden später klopft sie erneut an die Tür, diesmal mit einer Tasse Tee. »Mister, Mister!« Sie hat nicht vor, wieder wegzugehen, sondern bleibt entschlossen stehen. Die Hühner picken um sie herum. Sie klopft so lange mit den Fingerknöcheln gegen die Tür, bis sie schmerzen. Dann dreht sie am Türknauf. Die Tür ist unversperrt. Nach der Helligkeit im Hinterhof kann sie für den ersten Moment in der Dunkelheit nichts erkennen. Bis sich ihre Augen daran gewöhnt haben. Sie sagt, dass sie einen Tee für ihn habe, und tritt einen Schritt ins Zimmer. Jetzt kann sie seine Gestalt unter der Decke erkennen. Er schläft. Rührt sich nicht einmal, als sie ihn anspricht.

Die Frau geht wieder. Wartet eine weitere Stunde. Setzt sich auf den Stuhl mit der geraden Lehne neben der Küchentür. Die Sonne wärmt sie, während sie darauf wartet, dass sich die Tür des Nebenhauses endlich öffnet und ihr Mieter dort auf der Schwelle steht, um sich eine erste Zigarette anzuzünden. Doch nichts geschieht. Eine Minute nach der anderen vergeht, und er zeigt sich nicht. Bis sie die Anspannung nicht mehr aushält. Vor sich hin murmelnd geht sie erneut durch den Hinterhof, klopft zweimal an die Tür und tritt ein.

Er befindet sich noch immer in derselben Stellung. Regungslos. Sie legt eine Hand auf seine Schulter. Fragt auf Afrikaans, ob er krank sei. Vielleicht könne sie ihm eine Suppe bringen. Er antwortet nicht. Sie schüttelt ihn, lässt seinen Körper hin und her schwanken. »*Meneer, Meneer, Meneer!*« Er rollt auf den Rücken. Zwischen seinen Zähnen steckt eine Patrone, als ob er daraufbeißen würde. Auf seinem Hemd ist Blut. Nicht viel, aber genug, um die Frau schreien zu lassen.

Sechsundfünfzig

»Mr. Fish«, sagt eine Stimme am Handy.

Fish gibt ein Grunzen von sich, um aus dem tiefen Drogenschlaf aufzutauchen. Er mag vielleicht die grüne Taste gedrückt haben, aber das bedeutet noch lange nicht, dass er hellwach und ansprechbar wäre.

»Mr. Fish.«

»Ich höre«, brummt er.

»Er ist tot.«

Fish versteht das mit dem Totsein und sammelt sich allmählich. »Wer?« Nimmt das Handy vom Ohr und betrachtet mit zusammengekniffenen Augen das Display. Er kann nicht genau erkennen, welcher Name dort steht. Im Zimmer ist es dunkel, bisher dringt kein Vorbote des Sonnenaufgangs durch den Vorhang. Er richtet sich auf einem Ellenbogen auf und versucht, die Träume aus seinem Kopf zu verscheuchen. Träume von einer Flucht. Davon, gejagt zu werden. Und davonzulaufen. Der Standardalbtraum schlechthin.

»Fortune.« Der Name ein Flüstern.

»Scheiße«, murmelt Fish.

»Die haben ihn umgebracht«, fährt die Stimme fort. »Ich weiß, dass die ihn umgebracht haben. Die haben meinen Jungen im Krankenhaus umgebracht.«

»Ach, verdammt«, sagt Fish. »Das tut mir leid.« Zugegebenermaßen nicht die beste Antwort, aber die beste, zu der er momentan fähig ist.

»Ma ... Mrs. Appollis ... Sie weiß nicht, dass ich Sie anrufe.«

Der Geschmack in Fishs Mund: sauer, abgestanden, klebrig. Er saugt Speichel aus seinen Wangen und schluckt. Was nicht viel hilft. Sein Mund fühlt sich noch immer wie ein Rattennest an.

»Wie spät ist es?«

»Sieben. Kurz danach.«

Fish reibt sich die Nasenwurzel. Zu viel Gras und zu wenig Schokolade danach. Das ganze gestrige Chaos kehrt zu ihm zurück: sein Surfbrett, der Pick-up, Vicki.

Vicki.

Keine Voicemail. Keine SMS.

»Wo sind Sie?«, fragt er.

»Im Krankenhaus, Mr. Fish. Vor dem Eingang. Ma ist noch bei ihm oben auf der Station. Sie kann ihn nicht gehen lassen.«

»Wann sind Sie dort eingetroffen?« Fish hat innerlich auf Automatik geschaltet. Er stellt irgendwelche Fragen, während er versucht, die Angst um Vicki zu unterdrücken.

»Die Schwester hat uns mitten in der Nacht angerufen, um uns mitzuteilen, dass es Fortune nicht gut geht. Sie meinte, wir sollten kommen.«

»Wann war das?«

»Gegen eins.«

»Und? Als Sie in die Klinik kamen, wie ist es ihm da gegangen?«

»Er lag noch immer im Koma, Mr. Fish. Aber er war unruhig. Er stöhnte, sein Bein zuckte. Stundenlang. Es war schrecklich, das mitansehen zu müssen. Unser Junge, der so seltsame Laute von sich gab. Ma hat es nicht ausgehalten, sie hat die ganze Zeit geweint.« Fish hört den Mann schluchzen. Hört den Schmerz in seiner Stimme. »Die Schwestern taten ihr Bestes, Mr. Fish. Sie taten ihr Bestes.« Wieder das Schluchzen.

Fish wartet.

Der Mann schnäuzt sich. »Entschuldigen Sie bitte. Tut mir leid.«

»Was soll ich machen?«, fragt Fish.

»Die Leute finden, die ihn umgebracht haben, Mr. Fish. Bitte.«

»Schwierig«, sagt Fish. »Da gibt es zum Beispiel …«

»Ich kann Sie bezahlen«, unterbricht ihn Samson Appollis. »Wir können unser Auto verkaufen und Sie davon bezahlen. Bitte, Mr. Fish. Man darf nicht einfach so andere Menschen töten.«

Das hat mir gerade noch gefehlt, denkt Fish. Ein gutes Werk – und das neben der Sache mit Seven und Vicki, die sich irgendwo versteckt. Hat mir gerade noch gefehlt.

»Okay, okay«, sagt er. »Hören Sie, Mr. Appollis. Ich melde mich wieder. Gehen Sie jetzt zu Mrs. Appollis zurück und kümmern Sie sich um sie. Sie müssen ihr nicht sagen, dass Sie mit mir gesprochen haben. Ich komme zu Ihnen, und wir finden eine Lösung. Ich rufe Sie an.«

»Es tut mir leid, Mr. Fish. Tut mir leid, Sie damit zu belästigen.«

»Nein«, widerspricht Fish. »Sagen Sie das nicht. Ich rufe Sie an.«

Zunächst ruft er Vicki an.

Davor muss er allerdings erst einmal pinkeln. Er zieht sich eine Jogginghose an und schlüpft in einen weiten Pulli. Der dringend gewaschen werden müsste, denn er riecht stark nach Salz. Stellenweise ist die Wolle sogar verkrustet. Aber Fish stört der Geruch des Ozeans nicht weiter. Er wählt Vickis Nummer.

Sie hebt nach dem ersten Klingeln ab. »Bevor du jetzt losbrüllst«, sagt sie. »Tu es nicht. Tu es einfach nicht. Okay?«

Er hört, dass sie mit den Tränen kämpft. Keine Vicki, der er, seitdem sie zusammen sind, oft begegnet ist. In den Anfangszeiten noch eher, aber jetzt nicht mehr. »Wo bist du?«, will er wissen.

»Draußen vor deiner Tür«, erwidert sie. »Ich parke gerade den Wagen.«

Und dort findet Fish sie auch, wie sie aus ihrem leuchtend roten Alfa steigt.

Sie klammern sich aneinander.

»Ganz schön früh«, sagt er.

»Du riechst nach Algen«, erwidert sie. Bemerkt die zerschnittenen Reifen des Pick-ups. Die zerbrochenen Scheiben. »Was ist passiert?«

»Chaos.«

»Großgütiger! Fish!« Vicki löst sich aus seinen Armen. »Wer?«

»Besser drinnen«, schlägt Fish vor. »Raus aus dieser Kälte.«

Drinnen gesteht Vicki, dass sie Poker gespielt hat. Sie sitzt da in ihrem Geschäftskostüm, in Fishs Augen ausgesprochen begehrenswert. Beide klammern sich an ihre Becher mit Kaffee, während sie so nahe wie möglich an den Gasofen in der Küche rücken.

»Du hast gespielt?«, fragt er.

»Ich musste. Ich hatte noch Schulden bei Cake Mullins. Mir blieb nichts anderes übrig, Fish. Er hat darauf bestanden, dass ich die Schulden begleiche. Er hat mich für Jacob Mkezi in die Falle gelockt.«

Fish steht auf und blickt aus dem Fenster. Drüben bei den Mülltonnen liegen die Trümmer seines Surfbretts, die er dort gestapelt hat. »Mkezi bedeutet echte Schwierigkeiten. Riesenschwierigkeiten. Organisiertes Verbrechen. Korruption in höchsten Regierungskreisen. Wenn es irgendwo nach Verbrechen riecht, dann hat Mkezi seine Finger drin.«

»Ich weiß.«

»Also spielst du, kurz nachdem du ihn kennengelernt hast, gleich mit ihm Karten. Das ist doch kein Zufall.«

»Ich habe gegen ihn verloren«, erklärt sie. »Vierzigtausend.«

»Dann zahl ihm die Knete«, schlägt Fish vor. »Bezahl den Typen und mach dich schnellstens vom Acker. Lieber gestern als heute.«

»Er hat die Geldschulden verwandelt. In einen Gefallen.«

»Du weißt, was das bedeutet?«

»Natürlich weiß ich das.«

»Wenn er diesen Gefallen einlösen will, dann kann das alles Mögliche beinhalten. Sicher ist nur: Es wird garantiert etwas Unsauberes sein.«

»Ich weiß. Mann!«

»Dann bezahl ihn. Gib ihm das Geld, und damit bist du aus dem Schneider. Hör mir zu, Vicki. So einem Kerl möchtest du keinen Gefallen schulden.«

»Ich kann nicht.«

»Was heißt, du kannst nicht?«

»Ich kann nicht zahlen. Woher soll ich vierzigtausend nehmen?«

»Keine Ahnung. Erhöhe deine Hypothek. Hol dir einen Kredit von der Bank. Oder leih dir was von deiner Firma. Irgendwas, Vics – Hauptsache, du kommst da wieder raus.«

»Ich kann nicht.«

»Kann nicht geht nicht. Du hast doch noch gar nicht gefragt.«

»Hast du eine Ahnung von den Zinsen, die ich bei einem solchen Kredit zahlen muss?«

»Egal. Dem Kerl was zu schulden ist schlimmer.« Er dreht sich um. »Wie kam es überhaupt dazu?«

»Mkezi wollte offenbar mit mir spielen. Er kannte meinen Ruf.«

»Und du bist hingegangen?«

»Ich musste.«

»Weil du Cake Mullins etwas geschuldet hast. Was macht ihr Spieler eigentlich beim Pokern? Um gegenseitige Gefallen zocken?«

»Das verstehst du nicht.«

»Stimmt. Aber ich kann es mal versuchen.«

Sie erzählt ihm die Geschichte vom Selbstmord des alten Mannes. Fish setzt sich hin und hört zu.

»Wo ist die Verbindung?«

»Das war ein Hinweis.«

»In welcher Hinsicht? Um dein schlechtes Gewissen wachzurufen?«

»Ja.«

»Na und?«

Fish ist wieder aufgesprungen und beginnt, durch die Küche zu laufen. Er bleibt vor Vicki stehen. »Was willst du jetzt tun?«

»Ich weiß nicht. Ich will zur Arbeit und herausfinden, ob ich irgendwie dieses Geld zusammenkratzen kann.«

Er geht vor ihr in die Hocke. Legt seine Hände auf ihre Oberschenkel. »Keine Karten mehr. Versprich mir das. Keine Karten mehr.«

Sie lächelt. Ein schwaches Lächeln, das ihre Augen nicht erreicht. Ihre Augen sind traurig. »Ich verspreche es.«

Fish glaubt ihr nicht. Nickt trotzdem zustimmend, als ob er es glauben würde.

Sie fährt ihm mit den Fingern durch die Haare. »Ich verspreche es.« Fügt lachend hinzu: »Großes Indianerehrenwort.«

»Das ist nicht lustig, Vics. Du hast mir gestern Nacht wirklich Sorgen gemacht.«

»Sieht mir ganz danach aus, wenn ich deinen Aschenbecher so betrachte. Eine kleine Haschhöhle ganz für dich allein.«

»Ich hatte einen schlimmen Tag.« Er steht auf, nimmt den Muschelaschenbecher mit den Kippen, den Samen und den Zündhölzern und schüttet alles in den Mülleimer. Erzählt ihr von seinen Kriegswunden. Und von Fortune Appollis. Vicki streckt die Hand über den Tisch und streichelt sanft seine Finger.

»Und jetzt? Du hast doch wohl keine Dummheit vor, oder?«

»Wie was?«

»Wie zum Beispiel tatsächlich der Appollis-Geschichte nachzugehen.«

»Nein.«

»Und Seven. Das kannst du garantiert nicht einfach auf sich beruhen lassen.«

»Da hast du recht. Das kann ich nicht.«

Sein Handy klingelt. Daro Attilane.

»Toller Wellengang«, sagt Daro. »Ich dachte, du würdest da sein.«

»Hab heute keine Zeit«, erwidert Fish. »Muss ein paar Dinge erledigen.«

Daro lacht. »Hätte nie gedacht, dass ich dich das mal sagen höre.«

»Wie hoch?«, will Fish wissen.

»Nicht so hoch wie gestern. Aber immer noch gut.«

Fish will gerade fragen, ob Daro ihm ein Board leihen würde, als ihm der schwarze Golf GTI einfällt. »Hast du eigentlich den Besitzer von diesem Golf herausgefunden?«

Es folgt eine kurze Pause, ehe Daro meint: »Mh, ja, hab ich. Ein Mann namens Mart Velaze. Wohnt anscheinend in Milnerton.«

»Hast du auch einen Straßennamen für mich?«

»Im Büro. Ich schick dir später eine SMS.«

Fish legt auf. Schaut Vicki an. Vicki hat ihre Augen ebenfalls auf ihn gerichtet. »Was ist los?«

»Ich habe den Namen des Mannes, der mir nachgefahren ist. In diesem schnittigen Golf mit den getönten Scheiben. Der mir von den Appollis' bis zum Krankenhaus gefolgt ist …« Fish hält inne und schüttelt den Kopf. »Noch was Ungelöstes.«

Sein zweiter Anruf gilt Clifford Manuel.

Fish schwindelt ihm vor, Vicki Kahn nicht erreichen zu können, da ihr Handy ausgeschaltet sei. Erzählt ihm, dass Fortune Appollis gestorben sei. Und dass Mr. Appollis Fremdeinwirken vermute. Wie wäre es, den Fall kostenlos zu übernehmen und ihm als Privatdetektiv schon mal etwas vorzuschießen, damit er ermitteln könne?

Clifford Manuel sofort: »Warten Sie, warten Sie. Wer sind Sie doch gleich?«

»Fish Pescado«, antwortet Fish. »Ihr Mann für die Detektivarbeit.«

»Ich bin gerade im Auto, Mr. Pescado. Können Sie mich später noch mal anrufen?«

»Nein«, entgegnet Fish. »Es ist dringend. Der Junge ist tot. Wir reden jetzt von Mord.«

»Von Totschlag.«

»Mord, Totschlag, das sind Spitzfindigkeiten. Der Junge ist tot.«

Fish hört Verkehrsrauschen und die Nachrichten im Radio über die Vergewaltigung eines Kindes.

Clifford Manuel redet darüber hinweg. »Es tut mir leid, dass es dazu kam. Aber solche Fälle übernehmen wir nicht, Mr. Pescado. Manche Firmen übernehmen kostenlose Fälle, unsere nur manchmal. Wie Sie ja wissen, wurden wir von diesem Fall abgezogen. Wir werden jetzt wohl kaum einen zweiten Versuch starten. Wenn Sie in Kontakt mit der Familie Appollis stehen, dann schlage ich vor, dass Sie sie an die Rechtsberatung verweisen, das Legal Resources Centre. Die sind für solche Fälle ausgerüstet. Aber man sollte keine Ergebnisse erwarten. Es erscheint mir sehr zweifelhaft, dass das Krankenhaus eine Schuld trifft. Schließlich ist das eine unserer besten Kliniken. Er bekam die beste Pflege, die man sich vorstellen kann.«

»Er ist tot«, sagt Fish. »Heißt das denn gar nichts in Ihren Augen?«

»Mr. Pescado. Ich habe nicht vor, mich mit Ihnen zu streiten. Sie haben meine Antwort gehört.«

Mit einem »Schönen Tag noch«, legt Clifford Manuel auf, ehe Fish auch nur seinen Mund erneut öffnen kann.

»Ihnen auch noch einen schönen Tag«, sagt er und legt ebenfalls auf.

»Wozu war das nötig?«, will Vicki wissen.

»Um die Sache endlich etwas ins Rollen zu bringen«, erklärt Fish.

»Ich hatte dich gebeten, es sein zu lassen. Ich hab dir doch erzählt, wie er mich zusammengefaltet hat.«

»Vielleicht habe ich es ja deshalb gemacht. In diesem Moment ruft er garantiert denjenigen an, der ihm diesen Fall ans Herz gelegt hat. In fünf Minuten wird dein Handy klingeln. Es ist wirklich nicht schwer, das Ganze anzuheizen.«

»Du setzt hier meinen Job aufs Spiel.«

»Du bist eine Anwältin, Vicki. Anwälte finden immer Arbeit. Du kannst die eine Firma verlassen und bekommst sofort wieder einen Job in einer anderen Kanzlei.«

Sie schütten gerade Cornflakes in Schüsseln, als Vickis

Handy klingelt. Clifford Manuel. Sie hält das Display Fish unter die Nase.

»Was hab ich gesagt.«

Vicki streicht sich eine Haarsträhne hinters Ohr und hebt ab. Murmelt zweimal »Hmmm«, protestiert einmal »Aber, Clifford«, antwortet »Okay, ja, in einer Stunde« – und legt dann auf.

Sie starrt in ihre Cornflakes. »Sobald ich im Büro bin, will er mich sofort sprechen.«

»War doch klar.« Fish erklärt ihr, wie sie es seiner Meinung nach handhaben solle.

»Ich weiß nur nicht, ob ich mehr von seinem ›Nein, so geht das nicht‹-Geschwätz hören will.« Sie seufzt. »Na ja, wir werden sehen.« Streut Zucker über ihre Cornflakes. »Wie schaffe ich es nur, dich auf Müsli umzupolen? Cornflakes sind so siebziger Jahre.«

Fish kaut knirschend. Sagt: »Es gibt auch Milch, wenn du willst.«

»Was? Um das Ganze auch noch zu einer nassen Pampe zu machen? Nein, danke. Trocken ist okay.«

»Was hat er noch gesagt?«

»Ich soll dir ausrichten, die Sache auf sich beruhen zu lassen.«

»Kann ich mir denken, dass er das will. Hat er irgendeinen Grund genannt?«

»Es hätte nichts mit uns zu tun.«

Fish verschlingt seine Cornflakes. »Was glaubst du, wie lange es dauert, bis sich Mart Velaze meldet?«

Nachdem Vicki gegangen ist, ruft er als Dritten Cake Mullins unter der Nummer an, die er sich aus Vickis Handyliste abschrieb, während sie auf der Toilette war.

Sein Anruf wird sogleich zu einer Voicemail durchgestellt.

»Cake«, sagt er. »Sie kennen mich nicht. Aber ich bin ein Freund von Vicki Kahn. Ein guter Freund. Kontaktieren Sie Vicki nie wieder.«

Sein letzter Anruf, ehe er losfährt, geht an Samson Appollis. Dieser ist wieder zu Hause. Fish erklärt ihm, dass er in einer Stunde bei ihm sei.

Die Todesschwadron, Dezember 1999

An Weihnachten erhält Ray Adler die Kugel. Wie ein Steinchen im Schuh. Quälend. Unangenehm. Ansonsten würde es ihm gut gehen. Er sitzt auf seinem Balkon, mit seiner Katze auf dem Schoß, die Füße über dem Geländer. Trinkt ein Bier, plaudert mit seiner Tochter. Glücklich. Wäre doch nur nicht die Kugel.

Seine Tochter ist in London, er in Sydney. In ein paar Stunden wird sie sich auf einem Qantas-Flug nach Hause befinden. Zu Weihnachten nach Hause. Ray hat sie seit achtzehn Monaten nicht gesehen. Sie telefonieren oft miteinander, aber er wünscht sich so sehr, sie in den Armen zu halten. Sie zu drücken.

Sie heißt Alice und ist fünfundzwanzig.

Sie sagt: »Dad, was willst du? Was kann ich dir mitbringen?«

»Dich«, erwidert er.

»Dad«, wiederholt sie. »Jetzt komm.«

Ray schaut in das schwächer werdende Tageslicht und streichelt den Kopf der Katze. Von seinem Balkon aus hat er einen Eckblick auf den Park, wo ein Dealer um diese späte Nachmittagsstunde versucht, Cannabis an Schulkinder zu verkaufen. Ray hat den Bullen bereits Bescheid gegeben, aber passiert ist nichts. Manchmal hat er das Bedürfnis, hinüberzugehen und dem Dealer einen Tritt in die Eier zu verpassen.

»Keine Ahnung«, sagt er. »Bier. Eine Viererpackung Black Sheep.«

»So heißt ein Bier?«

»Wo lebst du denn? Du musst offenbar öfter mal raus.«

»Sehr witzig«, gibt sie zurück. »Das ist alles?«

Er kann ihre Verärgerung hören, die er liebt. Erinnert ihn an ihre Kindheit, als sie ihn immer wieder an der Hand zog, wenn er sie neckte.

»Also gut. Eine Terry's Chocolate Orange. Zufrieden?«

»Dad! Aus der tollsten Stadt der Welt will mein Vater vier Flaschen Bier und eine Schokolade. Das ist doch verrückt.«

»Weil er vor allem seine Tochter will«, entgegnet Ray und nimmt einen Schluck Bier aus der Dose.

»Die bekommst du ja.« Er hört, wie sie in einer Teetasse umrührt, und versucht, sich seine Tochter an einem grauen Morgen in London vorzustellen. Er kennt ihre Wohnung nicht. Seit acht Jahren hat er London nicht mehr gesehen. Wozu auch?

»Wie ist das Wetter?«, will Alice wissen.

»Es ist Sommer«, meint Ray. »Sommer ist Sommer in Sydney. Volle Cafés, volle Strände. Leute, die sich vergnügen.«

»Kann es kaum erwarten«, sagt sie.

Ich auch nicht, denkt Ray.

»Muss aufhören«, fährt Alice fort. »Ich muss noch packen.« Sie macht Küsschen, Küsschen übers Telefon. »Wir sehen uns morgen. Oder wie viel Uhr es dann auch immer sein mag. Sei nicht zu spät dran.«

»Bis ich jemals zu spät?«, fragt er.

Ray legt das Handy auf den Tisch neben einem Schälchen mit Pistazien. Öffnet ein paar und nimmt die grünen Nüsse aus ihrer Schale. Alice. Was für ein Schatz. Zwei Wochen. Zwei Wochen reines Glück. Er holt ein weiteres Bier aus der Kühlbox zu seinen Füßen.

Doch das, womit Ray Adler nicht zurechtkommt, ist die Kugel. Eine Zweiundzwanziger, die Spitze querschraffiert. Ein kleines Geschenk, das die Post brachte. Vor ein paar Tagen in

Sydney aufgegeben. Er trägt sie in der Tasche mit sich, holt sie von Zeit zu Zeit heraus und spielt damit. Verwirrt. Er fragt sich immer wieder, ob er ein paar Anrufe machen sollte. Es widerstrebt ihm. Wenn man so eine Lawine lostritt, weiß man nie, womit das endet. Nach all diesen Jahre der Ruhe und Zufriedenheit scheint es besser zu sein, nicht in den Abgrund zu blicken. Besser, sich still zu verhalten und so zu tun, als wäre nichts geschehen. Was schwierig ist.

Nervös blickt Ray hinüber zum Park. Der junge Kriminelle verkauft an der Ecke weiterhin sein Hasch. Okay, denkt Ray, jetzt reicht's. Er stupst die Katze an, damit sie von seinem Schoß springt, steht auf und kippt noch einen Schluck Bier in sich hinein. Er trägt ein T-Shirt, Surfshorts und Flipflops. Will gerade seinen Teil zur Community beitragen, als es an der Tür klopft. Ray vermutet, dass es die alte Dame von oben ist, die den Sherry holt, wie sie zuvor telefonisch ankündigte. Die vergangenen drei Weihnachten schnorrte sie sich jeweils einen Sherry von ihm und gab ihm dafür ein Trifle, was Ray nicht unrecht ist. Er holt eine Flasche aus seinem Barschrank und geht zur Tür.

Auf seiner Fußmatte steht ein Mann, den er nicht kennt. Ein schick gekleideter Schwarzer. Der Mann sagt: »Gefällt mir. Die legendäre australische Freundlichkeit.«

»Wer sind Sie? Wie sind Sie reingekommen?«, will Ray wissen. Unten gelangt man nur ins Haus, indem man an einer der Türen klingelt. Und bei ihm wurde eindeutig nicht geklingelt.

»Ach, wissen Sie«, erklärt der Mann. »Das war nicht schwierig. Fast alle lassen einen Installateur ins Haus.« Er grinst Ray an. »Darf ich eintreten?«

»Nein.«

»Jetzt seien Sie nicht so, Ray. Es gibt ein paar Dinge zu besprechen.« Der Mann schlüpft an Ray vorbei in die Wohnung.

»Nicht ganz die Umgebung, in der ich Sie mir vorgestellt habe. Dachte, Sie würden luxuriöser leben. Nicht so viele gebrauchte Möbel und Van-Gogh-Drucke. Aber: Das hier ist schön unauffällig. Diskret. Bescheiden. Fast understatementmäßig. Dabei sogar gemütlich.« Der Mann macht es sich auf dem Sofa bequem. »Echt gemütlich.«

Ray entgegnet: »Was hätten wir zu besprechen?«

»Ja, was wohl?«

Die beiden Männer mustern sich.

»Verschwinden Sie«, sagt Ray. »Raus hier.«

»Klar. Ich verschwinde natürlich auch irgendwann«, erwidert der Mann. »Aber zuerst müssen wir reden.«

»Worüber?«

»Über Dinge, die Sie früher einmal getan haben.«

Rays Tochter landet in Sydney auf die Minute pünktlich, und er ist nicht da, um sie zu begrüßen. Alice hinterlässt eine Nachricht auf seiner Voicemail. »Dad, wo bist du? Steckst du im Verkehr fest?«

Sie bahnt sich einen Weg durch die Menschenmenge zu einer Bank, wo sie sich niederlässt, völlig erschöpft nach dem langen Flug. Fünf Minuten. Zehn Minuten. Fünfzehn Minuten vergehen.

Alice wählt erneut seine Nummer. »Wo bist du?« Sie stellt sich auf die Bank, um einen besseren Blick zu haben. Kein Dad weit und breit. »Das kostet mich ein Vermögen, dich anzurufen.«

Auch eine halbe Stunde später ist immer noch kein Dad da. Und keine Reaktion auf ihre Nachrichten. Eher besorgt als verärgert zieht Alice ihren Koffer hinter sich her zu einem Taxistand.

Fünfundvierzig Minuten später klingelt sie unten auf der

Straße an seiner Wohnungstür. Sie kann seinen Balkon sehen, wenn sie auf die Fahrbahn hinaustritt. Sieht, dass die Balkontür offen steht, sieht die Katze auf der Balkonmauer sitzen. Hört die Katze miauen. Ruft laut den Namen ihres Vaters.

Eine Frau kommt den Bürgersteig entlang, in den Händen Einkaufstüten. Sie sagt: »Er antwortet nicht, Süße. Geht weder ans Telefon noch an die Tür. Ich musste mir den Sherry selbst besorgen.«

»Ich bin seine Tochter Alice«, erwidert Alice.

»Dachte ich mir«, meint die Frau. »Er hat erzählt, dass Sie kommen, das hat er. Hat sich groß gefreut. Wollte er Sie nicht abholen?«

»Doch«, antwortet Alice.

»Kommen Sie«, schlägt die Frau vor. »Haben Sie einen Wohnungsschlüssel?«

Alice schüttelt den Kopf.

»Der alte Arnot sollte einen haben. Er ist der Hausmeister.«

Zehn Minuten später öffnet der alte Arnot Alice die Wohnungstür. »Ich darf das eigentlich nicht«, meint er. »Nicht mal für seine Tochter.« Sobald die Tür aufgeht, reibt sich auch schon die Katze an den Beinen der Eintretenden.

»Die möchte was zu fressen«, stellt die Frau fest. »Ist aber untypisch für Ray, das zu vergessen.«

Alice wuchtet ihren Koffer über die Schwelle. Sie hat ein schlechtes Gefühl. Ein sehr schlechtes. Es scheint alles falsch zu sein. Sie geht ins Wohnzimmer und schaut durch die offene Tür auf den Balkon hinaus. Sieht die Kühlbox. Ein paar Bierdosen auf dem Tisch. Das ist ungewöhnlich. Ungewöhnlich, dass er die nicht weggeräumt hat.

Die Küche ist makellos sauber. So, wie ihr Vater sie immer zurücklässt. Der ordentlichste Mann, den sie kennt. Keine feuchten Handtücher auf dem Badezimmerboden. Keine schmutzige Unterwäsche auf einem Haufen im Schlafzimmer.

Sie wirft einen Blick in sein Schlafzimmer. Er liegt mit offenen Augen auf dem Bett, eine Schusswunde mitten in der Stirn. Die nimmt sie zuerst gar nicht wahr. Sie sieht ihn nur dort liegen und denkt: Herzinfarkt. Sie stürzt zu ihm. Ruft: »Dad! Dad! Dad!«

Die Frau und der alte Arnot eilen herbei.

Da entdeckt Alice die Schusswunde. Schreit.

An der Wand des Schlafzimmers sind rot die Worte *Träume süß* gesprayt. In Rays Hand eine Zweiundzwanziger-Patrone mit einer querschraffierten Spitze.

Siebenundfünfzig

Als Daro Attilane seinen Autosalon für Exklusivwagen aufsperrt, ist er kein Mann, der sich in der Welt zu Hause fühlt.

Sein Tag mag vielleicht mit Surfen begonnen haben, aber ein paar Wellen zu reiten hat sein Herz nicht leichter oder glücklicher gemacht.

Die meiste Zeit, die er im Meer verbrachte, befand er sich an der Brechungslinie und ließ die Wellen unter sich vorbeirollen. Keine Wellen, die Adrenalinschübe verursachten. Dennoch Wellen, auf denen er wunderbar hätte reiten können. Der Morgen war zudem ausgesprochen schön. Ein paar mehr Wolken im Himmel als am Tag zuvor. Doch der Berg leuchtete bei Sonnenaufgang trotzdem atemberaubend lohfarben. Hinreißend.

Meist saß Daro auf seinem Board und dachte an Mart Velaze. Und für wen dieser Mart Velaze wohl arbeitete. Den Mist über Adler Solutions hatte er nicht zufällig erwähnt. Tatsächlich konnte sich Daro denken, wer die Fäden in der Hand hielt, die Mart Velaze zum Tanzen brachten.

Am Abend zuvor war Daro voller Nervosität nach Milnerton gefahren und hatte dort auf dem Parkplatz vor dem Wohnblock fast drei Stunden gewartet. Ein großer Block namens Unitas. Mart Velaze lebte im siebten Stock. Daro hatte auch nachgerechnet, in welcher Wohnung er sein musste: in der am Ende, die keine Vorhänge vor den Fenstern hatte.

Während dieser gut drei Stunden von achtzehn Uhr bis fast zwanzig Uhr vierzig kamen die Menschen nach Hause, die einem geregelten Arbeitstag nachgingen. In Mart Velazes Fenster ging kein Licht an. Während dieser Stunden hätte Mart Velaze nach Hause kommen sollen. Selbst wenn er sich nur frisch machen wollte, um dann auf die Piste zu gehen.

Zudem konnte sich Daro nicht vorstellen, dass der schicke Mart Velaze mit seinem Golf GTI tatsächlich in einer Unitas-Wohnung lebte. Das war nicht sein Stil.

Unitas war also nur eine Alibiadresse, eine zweckdienliche Anlaufstelle.

Als Daro Attilane wieder fuhr, war er besorgt. Zu Hause gab er den Mr. Normalo, aber Georgina ließ sich nicht täuschen. Steffie bemerkte nichts und lieferte ihm die Alles-ist-cool-Dad-alles-läuft-Geschichte, die er hören wollte. Und er glaubte ihr. Aber Georgina … Georgina sah ihn mit eindringlichem Blick an, als er hereinkam, saß ihm gegenüber am Tisch, während er sein Essen auf dem Teller hin und her schob, und beobachtete ihn beim Herunterkippen von zwei Whiskys – sonst trank er nur einen.

Als er sich den zweiten einschenkte, meinte sie: »Daro, erzähl es mir.«

Er hätte es gern getan. Liebend gern. Aber es ging nicht. Sie hätte ihm nie geglaubt. Und wenn doch, dann hätte es in ihr zu arbeiten begonnen, sie gequält, sie gegen ihn eingenommen. Bis sie ihn nach Wochen oder auch erst nach Monaten verlassen hätte.

»Es ist nichts«, erwiderte er also.

»Ach, Daro. Lass das. Du hast letzte Woche einen Wagen verkauft. Es ist nicht alles so bedrückend und finster, wie du aussiehst.« Sie hatte es sich auf der Couch bequem gemacht und sah ihn mit diesen grünen aufmerksamen Augen an. Ein früher einmal blondes Beach Girl, das sich zu seiner Verblüffung in ihn verliebt hatte. Miss Unerreichbar. Doch bei einem

Langusten-*Braai* waren sie eines Abends unter den Milkwood-Bäumen in Scarborough zusammengekommen. Wären da nicht diese Langusten gewesen, wären da nicht sie und ihre Kontakte gewesen, dann hätte es nie seinen Autosalon für Exklusivwagen gegeben. Er wäre noch immer irgendwo als Autoverkäufer tätig, bei McCarthy's, Auto King oder bei Thorp, ganz egal, bei wem – er hätte einen kleinen Schreibtisch neben den Vorführfahrzeugen gehabt. Mit einem Eingangskorb und einem Ausgangskorb, einer Schreibunterlage, einem Telefon und einem Becher mit Firmenlogo. Ein paar Modellbroschüren in einer Ecke des Tischs.

»Nein«, sagte er zu ihr und nahm einen großen Schluck von dem zweiten Whisky. »Ich hab den Wagen nicht verkauft.«

»Das ist die Wirtschaft momentan«, erwiderte sie. »Die Rezession. Hat nichts mit dir zu tun. Du kannst das überdauern. Wir haben genügend Rücklagen.«

Was sie nicht sagte, war: Wir haben mein Gehalt. Daro wusste, dass es diese verborgene Spitze gab. Du kannst das überdauern. Das Problem ist, Georgina, dass man Leute wie Mart Velaze nicht unbedingt überdauern kann. Vor denen muss man fliehen. Man muss verschwinden, oder … Oder man muss sie dazu bringen, dass sie einen in Ruhe lassen. Man muss ihnen zeigen, dass man eine Rückversicherung hat. Aber das konnte er Georgina nicht erklären.

Also saßen sie da, er und Georgina, und redeten bis Mitternacht über ihre Neueinstellungen im Management. Bis er sich weitere zwei Whiskys hinter die Binde gekippt hatte. Währenddessen zermarterte er sich ständig den Kopf, was er gegen Mart Velaze tun konnte.

Die ganze Nacht über sinnierte er, immer und immer wieder. Doch es schien keinen Ausweg zu geben. Jedenfalls keinen einfachen.

Er gab sich lebhaft und fröhlich, als der Wecker klingelte. Erklärte Georgina, er würde surfen gehen, sich ein Croissant bei Knead holen und dann von dort in den Salon fahren.

»Daro«, sagte sie, ohne die Augen zu öffnen. »Bitte entspann dich, was diese zähen Verkäufe momentan betrifft. Die Dinge laufen bestimmt bald wieder besser.« Er nickte und ging in Steffies Zimmer, um ihr einen Kuss auf die Stirn zu geben. Bat sie, ein braves Mädchen zu sein. Sie lächelte, was schon mal ein Fortschritt war.

Draußen im Meer dachte er: Wenn der Mann oder die Frau hinter Mart Velaze in Aktion treten würde, wäre er bereit. In jeder Hinsicht. Tagsüber wollte er den Umschlag aus dem Bankschließfach holen und eine Akte mit den Fotokopien anlegen. Vielleicht sollte er auch von jetzt an immer eine Pistole bei sich haben. Weggesperrt in einem Safe war sie nicht sehr hilfreich. Natürlich war all das nur nötig, wenn sein Instinkt ihn nicht trog. Doch wenn sich Daro Attilane auf etwas verlassen konnte, dann auf seinen Instinkt.

Diese Anspannung ist es, die Daro das Gefühl gibt, nicht in der Welt zu Hause zu sein, als er seinen Autosalon aufsperrt. Die erste Entscheidung: gleich die Dokumente von der Bank holen oder zunächst einmal den Vormittag hier überstehen? Er beschließt zu warten. Fährt den Audi aus dem Salon hinaus auf den Vorplatz.

Daro vermutet, dass es bald einen Anruf geben wird, der ihm einen neuen Autoverkauf beschert.

Er isst gerade das Croissant und trinkt dazu einen Filterkaffee, als der Wagen eines Kurierdienstes vorfährt. Ein Päckchen für Mr. Daro Attilane. Ein kleiner gepolsterter Umschlag mit etwas, das sich wie eine Streichholzschachtel anfühlt. Der Absender: Adler Solutions.

Achtundfünfzig

»Als dein Vater noch lebte…«, sagt Estelle durch das Handy, das laut gestellt auf dem Küchentisch liegt. Fish starrt darauf, während er den letzten Schluck Kaffee trinkt, um dann das Haus zu verlassen. Denkt, dass es schon lange her ist, seit Estelle diese Formulierung verwendet hat.

»Als dein Vater noch lebte…« gehörte zu Estelles Grundrepertoire zu jener Zeit, in der Fish sein Jurastudium hinwarf.

»Als dein Vater noch lebte, hast du bessere Noten bekommen.«

»Als dein Vater noch lebte, warst du konzentrierter bei der Arbeit.«

»Als dein Vater noch lebte, hättest du nicht im Traum daran gedacht, so etwas zu tun.«

»Als dein Vater noch lebte, hast du nicht jede freie Minute mit Surfen verbracht.«

»Als dein Vater noch lebte, habe ich mir dich als einen erfolgreichen Anwalt vorgestellt. Als einen der besten.«

Dann ließ sie etwas locker und nahm seinen Job in der Versicherungsagentur hin.

Doch jetzt ist es wieder da: »Als dein Vater noch lebte, warst du kein solcher Blödschwätzer, Bartolomeu.«

Fish zieht die Augenbrauen in zweifacher Hinsicht hoch. Wegen der »Als dein Vater noch lebte«-Formulierung und wegen der Sache mit dem »Blödschwätzer«. Solche Ausdrücke sind nicht typisch für seine Mutter.

»Ich bin kein Blödschwätzer«, entgegnet er. »Ich brauche nur mehr Zeit. Das ist alles.«

»Das ist eine einfache Recherche-Angelegenheit, Bartolomeu. Normalerweise erwarte ich bei so etwas innerhalb eines Tages einen ausführlichen Bericht auf dem Tisch. Ein Erstsemesterstudent würde das in einem Vormittag hinbekommen.«

»Mom«, sagt Fish und beugt sich über das Handy. »Mom, hör mir zu.«

»Ich höre.«

»Ich brauche mehr Zeit.«

»Das sagtest du schon.«

»Aus einem bestimmten Grund.«

»Und der wäre?«

»Diese Prospect-Deep-Mine ist nicht irgendein angloamerikanischer Abverkauf. Soviel weiß ich. Schließlich lese ich auch Zeitung.«

»Welchen Unterschied macht das?«

»Einen riesigen.«

»Wo siehst du den Unterschied, Bartolomeu? Eine Goldmine ist eine Goldmine ist eine Goldmine.«

»Bei dieser geht es darum, wem sie gehört. Und darum, wem sie gehören wird.«

»Das ist immer so, Bartolomeu. Bitte, trau mir auch ein bisschen was zu. Ich bin jetzt seit zehn Jahren in dieser Branche tätig. Ich habe Leute zusammengebracht, die Millionen in unser Land investierten. Ohne diese Investitionen wären wir eine ärmere Nation. Ich weiß, was ich tue, Barto. Und ich weiß, wie ich es machen muss.«

»Das bezweifle ich ja auch gar nicht, Mom.«

»Wo liegt dann das Problem?«

»Noch vierundzwanzig Stunden«, sagt Fish und stellt seinen

Kaffeebecher auf den Tisch. »Nur damit ich die Namen und die Verbindungen herausfinden kann. Ich muss los, Mom.«

»Wir sprechen am Handy, Bartolomeu. Wir können weiterreden, während du dorthin fährst, wohin du musst. Es sei denn, du gehst jetzt surfen.«

»Ich habe einen Auftrag.«

»Das freut mich zu hören. Schade, dass es nicht der von mir ist.«

Und damit legt Estelle auf. Fish steht da, schüttelt den Kopf und nimmt das Handy. Diese Mütter – mein Gott. Stürmt nach draußen und springt in den Perana.

Neunundfünfzig

»So etwas ist nicht üblich«, sagt Clifford Manuel zu Vicki Kahn. Er wirft ihr einen Blick zu und schaut dann weg. »Die Partner der Kanzlei trafen bewusst die Entscheidung, dass es keine Geldleihen gibt.«

Vicki befindet sich in Clifford Manuels Büro. Die beiden stehen sich gegenüber, Cliffords Schreibtisch zwischen ihnen. Vicki starrt Clifford an, doch er weicht ihrem Blick aus und sieht vor allem auf die Zertifikate, die hinter ihrem Kopf gerahmt an der Wand hängen.

»Ich weiß nicht, warum Sie dieses Geld brauchen, und ich will es auch nicht wissen. Ihre finanzielle Situation ist Ihre Privatangelegenheit.« Ein rasches Aufblicken.

Vicki versteht das als Einladung und versucht es. »Ich stecke in Schwierigkeiten, Clifford. Ich brauche das Darlehen. Ich brauche es wirklich.« Sie tritt näher an seinen Schreibtisch heran. Legt sich mehr ins Zeug, als sie beabsichtigt hat. Denkt sich: Warum zum Teufel denn nicht. »In ernsten Schwierigkeiten.«

»Was für …« Clifford Manuel hält beide Hände hoch. »Ich will es gar nicht wissen, das ist allein Ihre Sache.«

»Bitte«, fleht Vicki. Denkt: Gib dein Bestes, Mädchen. Bettle es aus ihm heraus. »Ich habe ein wirklich großes Problem.«

Clifford Manuel stöhnt. »Die Firmenphilosophie ist da sehr klar. So soll alles auf rein professioneller Ebene bleiben. Sie müssen mit Ihrem Bankmanager reden, Vicki. Nicht mit mir.«

»Hab ich«, erklärt Vicki.

»Und?«

»Und nein. Die Firma ist die letzte Option, die mir noch bleibt.«

Vicki senkt den Kopf. Blickt auf den Hafen zehn Stockwerke unter ihnen. Containerschiffe werden beladen, eine Bohrinsel wird gerade repariert. Sechs Schiffe warten auf der Reede. Die Touristenfähre steuert Robben Island an. »Ich bin verzweifelt.« Hält die Augen nach unten gerichtet, spürt Clifford Manuels Beschämung. Er weiß von ihrer Sucht. Und dass sie etwas dagegen macht. Sie hört, wie er tief Luft holt.

»Haben Sie Karten gespielt?«

»Ich wurde dazu gezwungen.«

»Niemand wird zu so etwas gezwungen.«

Sie lacht. Es klingt unnatürlich harsch. »Ich schon, Clifford. Ich hatte keine Wahl.«

»Ich dachte …«

»Was, Clifford? Sie dachten was? Dass ich das Programm absolviere und damit schon alles in Ordnung sein wird? Ich bin in dem Programm, aber es ist nicht alles in Ordnung. Deshalb bin ich zu Ihnen gekommen. Ich muss aus dieser Schuldenfalle heraus.«

Clifford Manuel setzt sich und starrt auf die Papiere auf seinem Schreibtisch. »Ich kann nicht«, sagt er und schüttelt den Kopf. »Mir sind die Hände gebunden. Die anderen Partner …«

»Vergessen Sie die anderen Partner«, entgegnet Vicki. »Sechs Monate. Mehr brauche ich nicht. Danach bekommen Sie alles wieder. Mit Zinsen.«

»Wir wollen keine Zinsen. Wir verleihen kein Geld, Vicki. Wir sind eine Kanzlei.«

»Ich frage Sie, Clifford. Sie persönlich.«

Er runzelt die Stirn. Sieht sie überrascht an.

»Mich?«

»Sie.«

»Nein, nein, nein, nein.« Schüttelt den Kopf. »Ich verleihe kein Geld, Vicki. An niemanden, weder an Familie noch an Freunde. So was endet immer in Tränen. Immer in Tränen. Nein, garantiert nicht.« Er richtet sich auf. Rückt seine Krawatte zurecht. Eine blaue Krawatte mit kleinen roten Ankern, zu einem blau gestreiften Hemd mit weißem Kragen. »Es tut mir leid, Vicki. Ich wünsche Ihnen alles Gute, aber das ist ein Problem, das Sie sich selbst zuzuschreiben haben. Sie müssen einen anderen Weg finden, um da herauszukommen.«

»Wissen Sie, was man mit mir machen wird, Clifford?«

Clifford Manuel sieht sie nicht mehr an, sondern winkt nur noch mit beiden Händen.

»Sie werden mir wehtun. Mich zusammenschlagen.«

»Es gibt Gesetze …«

»Für diese Leute gibt es keine Gesetze«, unterbricht ihn Vicki. Sie hat nicht vor, irgendeinen Hinweis auf Jacob Mkezis Namen zu geben. Den Teil will sie geheim halten. Sonst würde Clifford ausrasten. Es wäre egal, dass es nicht ihre Schuld war, dass Mkezi ihr eine Falle gestellt hat, er würde dennoch die Nerven verlieren. Sie wendet den Blick nicht mehr von Clifford Manuels Gesicht. Seine Hände liegen flach auf dem Tisch. Seine Antwort folgt sofort. »Und warum lassen Sie sich dann auf solche Leute ein? Warum tun Sie sich so etwas an?«

»Weil mir nichts anderes übrig blieb. Ich habe es Ihnen schon gesagt. Ich konnte nicht anders.«

Vicki denkt: Wenn du wüsstest. Erhöht den Druck, indem sie es schafft, dass ihr Tränen in die Augen treten.

Was Clifford Manuel dazu bringt, um seinen Tisch zu treten, eine Hand auf ihren Arm zu legen und sie sanft zur Tür zu geleiten. »Ich kann das nicht, Vicki. Ich kann mich nicht in

Ihr persönliches Leben einmischen. Es tut mir leid. Es tut mir leid, dass Sie so aufgewühlt sind, aber ich kann Ihnen nicht helfen.« Er öffnet die Tür für sie. Seine Hand drückt sanft auf ihren Rücken.

In ihrem Büro denkt Vicki, wie geschmeidig er es schaffte, sie hinauszubugsieren. Das ist eben Clifford Manuel: geschmeidig. Aalglatt.

Vielleicht war die Antwort auf ihr Problem ein weiteres Spiel. Sie erinnert sich an die seidige Weichheit der Karten in ihrer Hand. Die Anspannung dieser Hand, wenn Cake Mullins gab. Die langsame Steigerung mit jeder Runde. Die umgedrehten Karten, das Setzen. Die Intensität des Moments. Ihre Konzentration ganz auf die Karten, den Tisch, die Mienen der Spieler. Ihr eigenes Gesicht entspannt. Die Karten ausgebreitet in ihrer Hand. Die plötzliche Ruhe.

Ein Abend, und alles ist wieder da. Sie will ein neues Spiel.

Nein.

Vicki schließt die Augen. Nein.

Ihr Herz schlägt schneller. Die Erregung pocht in ihrer Brust.

Nein.

Um nicht mehr daran zu denken, öffnet sie ihren Laptop und schaut ihre Mails an. Ganz oben ist eine von Clifford Manuel, wenige Minuten alt. »Es tut mir wirklich leid, Vicki, dass ich Ihnen nicht helfen kann. Es ist eine Frage des Prinzips. Ich hoffe, das verstehen Sie. Und noch etwas: Ich hatte einen Anruf von diesem Privatdetektiv Pescado. Bitte erinnern Sie ihn noch einmal daran, dass wir nichts mehr mit dem Fall Appollis zu tun haben.«

Nicht nein. Vielleicht.

Sechzig

Samson Appollis rief Fish an, um ihm zu sagen: »Kommen Sie nicht zu mir nach Hause. Kennen Sie den Swimmingpool am Strand von Mitchells Plain? Es ist besser, wenn wir uns dort auf dem Parkplatz treffen. Wegen Ma.«

Fish musste Samson Appollis noch einmal anrufen, um herauszufinden, wo dieser Ort war. Abzweigung vom Baden Powell Drive, durch die Dünen und Rooikrans-Büsche bis zu einem einsamen Strand und einem ebenso einsamen Pool. Alles auffallend still. Der Tag strahlend, ein starker Salzgeruch in der Luft, Seetang auf dem Dach der Umkleidekabinen. Verdammt einsamer Ort, wie Fish findet. Hier will man nicht allein sein, hier will man nicht einfach nur verträumt abhängen. Einsam hier unten bedeutet nicht Ruhe und Frieden – einsam bedeutet, man wartet darauf, dass jeden Moment etwas geschieht.

Als Fish auf den Parkplatz fährt, sucht er mit den Augen die Gegend ab. Vorne am Meer stehen ein paar Autos, vermutlich von Anglern, die hoffen, Galeonenbarsche zu erwischen, wenn diese in Küstennähe nach Futter suchen. Zwei Typen in einem tiefer gelegten Honda hören Rapmusik.

Fish hat das Gefühl, dass sie ihn hinter ihren Sonnenbrillen beobachten. Er fährt neben sie und macht mit zwei Fingern das Hörnerzeichen – Alles-okay-Kumpel –, während er vorübertuckert. Die Jungs nicken ihm zu. Fish lässt das Auto bis in die hinterste Ecke des Parkplatzes rollen, wo Samson Appollis in seinem Mazda 323 aus den achtziger Jahren steht. Direkt am Eingang. Fish denkt: Wenn der den Wagen verkauft, bekommt er höchstens zweitausend Rand. Das bietet ihm Samson Appollis also als Zahlung an: zweitausend. Was sind schon zweitausend? Ein Tag Arbeit. Zwei Tage, wenn er großzügig drauf ist.

Fish hält neben dem Mazda an, die Schnauze des Wagens zum Meer gerichtet.

»Mein herzliches Beileid«, sagt er und macht es sich auf dem Beifahrersitz des Mazdas bequem. Der Wagen der Appollis' riecht nach Weichspüler. Das Wageninnere sauber. Kein Sand auf dem Boden, keine weggeworfenen Chipstüten oder leeren Dosen. Keine Süßigkeitenpapierchen, keine Schokoladenverpackungen. Nichts. Ordentliche Leute.

Fish schaut zur Seite über das Meer. Ein klarer Blick bis nach Seal Island. Das Auto steht so, dass man den leeren Asphalt mit den danebenliegenden Dünen sieht und eine Blickachse bis zum Eingangsbereich dieses Strandabschnitts hat.

»Wovor haben Sie Angst?«, will Fish wissen.

Samson Appollis hat die Finger ineinander verschränkt. »Ich wollte nicht, dass Ma das erfährt. Nicht einmal, dass ich mit Ihnen rede.«

»Wieso nicht?« Fish denkt: Ja, und was ist der andere Grund?

»Ma glaubt, dass es der Herr so gewollt hat.«

»Sie nicht?«

»Nein, Mr. Fish.« Samson Appollis löst seine Finger voneinander und ballt sie zu Fäusten.

»Dann ist die Frage: warum nicht? Was hat Sie misstrauisch werden lassen?«

Eine ganze Weile starrt Samson Appollis auf den leeren Parkplatz. »Wir haben keine Versicherungspolice«, sagt er schließlich.

»Sie meinten ...« Fish hält inne.

Samson Appollis wirft ihm einen Blick zu. Rutscht auf seinem Sitz hin und her. »Das war gelogen, Mr. Fish. Tut mir leid, Mann. Wir haben Sie angelogen.«

»Es gibt also gar keine Versicherung?«

»Nein.« Samson Appollis hat die Augen wieder in die Ferne gerichtet.

Fish sagt eine Zeitlang bewusst nichts. Dann: »Und warum haben Sie dann behauptet, es gäbe eine?«

»Er hat uns das befohlen. Das wollten die so. Zuerst wollten sie, dass Ma und ich glauben, es täte ihnen leid, und dass sie deshalb Fortys Krankenhausrechnungen übernehmen würden. Aber dann haben sie uns abgekanzelt.«

Fish reibt sich mit der Hand über sein Gesicht. »Einen Moment, Mr. Appollis. Ganz langsam. Also, wovon reden Sie eigentlich?«

»Er hat uns gesagt: Keine Sorge, Mr. Appollis, Ihr Junge wird wieder gesund. Keine Sorge, Mr. Appollis, wir verlegen ihn in ein gutes Krankenhaus, wo es die besten Ärzte gibt, die beste Versorgung. Das hat er uns gesagt, und das ist dann auch passiert. Keine Sorge, Mr. Appollis, wir bezahlen, so als wenn Sie eine Versicherung hätten. Das hat er gesagt. Ma und ich waren ihm dankbar. Wir können uns keine Klinik leisten, Mr. Fish. Wir sind keine reichen Leute.«

»Okay, eines nach dem anderen. Ich kann noch nicht ganz folgen. Wer ist *er*? Wer ist der Mann, der Ihnen all das gesagt hat?«

»Mr. Mart.«

»Ach?«, meint Fish. »Mart also. Mart Velaze.«

»Ja. Kennen Sie ihn, Mr. Fish?«

»Mehr oder weniger.« Fish klopft Samson Appollis auf die Schulter, damit er fortfährt. Er sitzt zur Seite gewandt da, Samson Appollis hingegen wendet ihm sein Profil zu. »Kehren wir noch mal zum Anfang zurück, Mr. Appollis. Erzählen Sie mir von Ihrem ersten Gespräch mit Mart Velaze.«

»Das war im Krankenhaus, Mr. Fish.«

»Im ersten Krankenhaus.«

»Genau. Wir stehen an Fortys Bett, Ma und ich, und ich denke: Lieber Gott, mein Junge wird sterben. Ma weint. Wir sind mit ihm allein, und Forty ist voller Bandagen und im Koma. Ich höre, wie dieser Mann meinen Namen nennt und fragt, ob er mich sprechen kann. Er sagt, er weiß von dem Unfall, und bietet uns Hilfe an.«

»Das war Mart Velaze?«

»Ein sehr stiller Mann. Er spricht mit der Sanftheit eines Priesters.«

»Aha. Und dann?«

»Dann sagt er zu mir, dass er Forty in eine Privatklinik verlegen lassen wird. Ich sage: Nein, das können wir uns nicht leisten. Keine Sorge, Mr. Appollis, sagt er, Ihre Rechnungen werden alle übernommen, wie bei einer Versicherung. Ich schaue ihn an. Ich frage ihn, warum. Direkt: warum? Er antwortet, das kann er mir nicht sagen. ›Der Mann, für den ich arbeite, übernimmt das.‹ Das waren seine Worte, Mr. Fish. ›Der Mann, für den ich arbeite, übernimmt das. Vertrauen Sie mir, Mr. Appollis‹, sagt er. ›Wir werden uns um Ihren Sohn kümmern, bis es ihm wieder besser geht.‹ Ich schaue zu Forty hinüber, der da in seinem Krankenhausbett liegt, und denke: Das ist kein guter Ort, hier wird er sterben. In einem privaten Krankenhaus hat er vielleicht eine Chance. Mr. Fish, ein Vater tut alles für seinen Jungen. Also sage ich zu Mr. Mart: Einverstanden, wenn Sie mir das in Gottes Namen versprechen. ›Ich verspreche es Ihnen, Mr. Appollis‹, sagt er. Das hat er wörtlich gesagt, Mr. Fish. ›Ich verspreche es Ihnen, Mr. Appollis.‹ Und jetzt schauen Sie sich an, was mit diesem Versprechen passiert ist. Es wurde gebrochen.«

»Müssen Sie für das Krankenhaus zahlen?«

»Nein, Rechnungen gibt es keine. Gott sei Dank.«

Fish seufzt. Sagt: »Das ist alles, was er Ihnen verraten hat? Dass er für einen Mann arbeitet, der die Rechnungen übernimmt?«

Samson Appollis nickt.

»Sie haben ihn auch später nie gefragt, wer dieser Mann ist und warum er das tut?«

»Natürlich habe ich ihn gefragt. Klar, Mann, für wen halten Sie mich? Ich bin doch kein Schmarotzer. Oh, là là, da wurde Mr. Mart sauer. Ich konnte es in seinem Gesicht sehen. Er wollte nicht, dass ich wieder und wieder diese Frage stelle. Er lächelte mich zwar immer noch an, aber seine Miene wurde ganz hart. Seien Sie dankbar, Mr. Appollis, sagt er, Ihr Sohn hat großes Glück.« Samson Appollis zupft an einem Faden, der aus dem Bezug des Lenkrads steht. »Als Sie uns gestern besucht haben, hat er Sie gesehen. Sobald Sie weg waren, ist er gekommen. Wer war dieser Mann? Was wollte er? Was haben Sie ihm erzählt? Ich hab ihm gesagt: Mr. Mart, wir haben ihm nichts erzählt. Ich sage, dass Sie den Vorfall untersuchen. Er wird wütend und fragt: Was ist mit seinem Boss? Haben wir irgendwas verraten? Nein, Mr. Mart, sage ich, wir haben behauptet, wir seien versichert. Wir hätten eine Versicherung für eine Privatklinik. Wir haben Ihnen das so gesagt, wie er es uns befohlen hat. Nein, Mr. Appollis, sagt er, das ist ein Problem. Der Mann, für den er arbeitet, ist sehr auf seine Ruhe bedacht. Er hilft gerne, aber er will nicht, dass irgendjemand davon erfährt. Nichts darf bekannt werden. Wegen Forty dürfen wir niemandem ein Wort verraten. Und wir schwören ihm auf die Bibel, dass wir nichts sagen. Selbst wenn Forty stirbt, müssen wir akzeptieren, dass das Gottes Wille gewesen ist.«

Fish beobachtet Samson Appollis. Der Mann blinzelt kein einziges Mal. Doch er knirscht mit den Zähnen.

»Das können Sie nicht akzeptieren, nicht wahr?«

Es dauert sehr lange, bis Samson Appollis antwortet. Fish lässt seinen Blick zu den hereinrollenden Wellen wandern, die zu schnell und zu klein sind, um das große Glück zu verheißen. Dann hört er, wie der Mann neben ihm ein »Nein« flüstert.

»Was hat sich geändert, Mr. Appollis? Warum denken Sie jetzt so?«

»Mr. Mart hat gesagt, dass wir ihm vertrauen sollen. Und was blieb uns denn übrig? Wir haben ihm vertraut. Unser Sohn ...« Er bricht ab und schluckt. »Unser Sohn, wir wollten doch unseren Sohn retten.«

Wieder hält er inne und lässt Fish warten. Samson Appollis scheint in eine unsichtbare Ferne zu starren, während er weiterhin mit den Zähnen knirscht.

»Aber ich habe noch nie von so etwas gehört. Dass jemand für jemanden bezahlt, der kein Familienmitglied ist. Das Erste, was mir in den Sinn kommt: Mr. Mart kennt die Person, die meinen Sohn umgefahren hat. Ich bin nicht auf den Kopf gefallen, Mr. Fish. Mr. Mart weiß es. Und ich vermute, dass diese Person, die er kennt, viel Geld hat.«

»Könnte jemand Wichtiges sein. Das stimmt. Jemand mit Verbindungen.«

»Könnte es sein, ja. Das glaube ich auch. Ein Politiker. Oder ein Geschäftsmann. Vielleicht ein Gangster. Einer der Unberührbaren, der *Perlemoen*-Mafia. Hier im Plain gibt es reiche Leute, die ihren Söhnen schnelle Autos kaufen. Ihnen sind diese Rennen egal. Die verwöhnen ihre Kinder nur, um ihre Ruhe zu haben.«

Fish denkt: Allmählich kommen wir weiter, Samson, Mann. Sagt: »Warum glauben Sie, dass er umgebracht wurde?«

Diesmal antwortet Samson Appollis sofort. »Die machen

sich keine Sorgen mehr. Die mussten ihn nicht mehr am Leben halten.«

»Glauben Sie?«

»Natürlich. Die haben ihre Leute bezahlt. Wenn man Geld hat, Mr. Fish, kann man alles machen. Es ist billiger, seine Leute zu bezahlen, als einen Jungen am Leben zu halten. Man weiß nicht, ob der Junge jemals aus dem Koma erwachen wird und dann vielleicht etwas erzählt.«

Was Fish auch denkt. »Wirklich? Das vermuten Sie also?«

Samson Appollis dreht sich Fish zu. »Ich habe Angst, Mr. Fish. Für Ma und für mich.«

»Hat Mart Ihnen gedroht?«

»Nicht direkt.«

»Aber so, wie er etwas sagt? Durch seine Haltung?«

Samson Appollis nickt. »Er rückt nahe an uns heran, wenn er redet, Mr. Fish. Ganz nahe, so dass er uns ins Gesicht atmet. Er spricht leise. Verstehen Sie, Mr. Appollis? Hören Sie mich, Mr. Appollis? Immer und immer wieder.«

»Wenn Sie Angst haben, warum reden Sie dann mit mir? Warum haben Sie mich angerufen?«

»Forty ist tot, Mr. Fish. Vielleicht können Sie etwas tun.«

Fish antwortet nicht direkt. Er bewundert den Mut des Mannes. Samson Appollis schluchzt leise. Nach einer Weile fragt Fish: »Was soll ich denn tun?«

»Ich will es wissen, Mr. Fish. Ich will wissen, wer meinen Sohn umgebracht hat. Nur den Namen.«

»Nur den Namen? Und dann?«

»Keine Ahnung. Nur den Namen.«

Sie sitzen eine Weile da, ohne zu sprechen. Samson Appollis schnieft immer wieder und schnäuzt sich schließlich in ein Taschentuch.

Fish sagt: »Zwei Dinge, Mr. Appollis. Zum einen: Sobald ich

anfange, mich umzuhören, wird Mart Velaze unangenehm werden. Er wird wissen wollen, was Sie mir erzählt haben. Er wird Sie bedrohen. Zum anderen: Wie wollen Sie mich bezahlen? Ich kann nicht umsonst arbeiten.«

Samson Appollis putzt sich erneut die Nase. »Ich weiß, dass ich Sie bezahlen muss, Mr. Fish. Das weiß ich. Ich habe Geld. Und ich kann das Auto verkaufen.«

»Gut. Sie verkaufen Ihr Auto. Das wird meinem Gehalt von einem Tag entsprechen. Solche Aufträge nehmen aber viele Tage in Anspruch. Und dann ist da immer noch die Sache mit Mart Velaze. Am besten vergessen Sie das Ganze, Mr. Appollis.«

Samson Appollis lässt den Kopf hängen. »Ich kann nicht, Mr. Fish«, erwidert er. »Ich kann nicht.« Er fischt in seiner Jackentasche herum und holt einen Zettel heraus. Ein Name steht darauf: Willy Cotton. »Das ist Fortys Freund aus dem College. Er ist ein netter Junge. Wie viel kostet es, wenn Sie mit ihm reden?«

»Das ist alles? Sie haben nur diesen einen Namen?«

»Bitte, Mr. Fish. Wie viel?«

Fish denkt: Mach es umsonst. Hilf dem Mann. Sagt: »Dreihundert.«

Samson Appollis zieht ein Bündel Geldscheine heraus, vielleicht zweitausend Rand insgesamt. Zählt dreihundert ab und streckt sie Fish hin.

Fish nimmt das Geld. Öffnet die Tür. »Ich melde mich bei Ihnen.«

»Nein, nein, Mr. Fish«, widerspricht Samson Appollis. »Ich rufe Sie heute Abend an.«

Fish schüttelt den Kopf. »Das ist zu schnell. Lieber morgen.« Er will gerade die Tür zuschlagen, als ihm noch etwas einfällt. »Haben Sie Mart Velaze letzte Nacht auch gesehen?«

Samson Appollis nickt. »Er war im Krankenhaus.«

»Haben Sie mit ihm geredet?«

»Ja, kurz. Er sagt, es täte ihm sehr leid. Und dass es Gottes Wille sei, dass Forty verstorben ist.«

Fish betrachtet die Scheine in seiner Hand, während er beinahe laut auflacht. »Hat er Ihnen dieses Geld gegeben?«

»Ja. Es soll uns über die erste Zeit hinweghelfen. Das hat er so gesagt: Es soll uns über die erste Zeit hinweghelfen.«

Samson Appollis lässt den Motor des Mazdas an. Der Motor stottert, ehe er anspringt.

»Warum haben Sie das Geld genommen, wenn Sie glauben, dass …«

Ein trauriges Lächeln verstärkt die Falten um Samson Appollis' Mund. »Um Sie zu bezahlen, Mr. Fish«, erwidert er. »Um Sie zu bezahlen.«

Als er weggefahren ist, ruft Fish Vicki an. Lehnt sich an sein Auto. Atmet das Ozon und die Abgase ein, die noch von Samson Appollis' Auto mit in der Luft hängen.

Vicki meldet sich. »Bevor du fragst: Ich habe kein Darlehen bekommen.«

»Zumindest hast du es versucht.«

»Er hat mir jedenfalls gleich nach unserem Gespräch eine Mail geschickt, in der er mich auffordert, dir zu sagen, dass wir nichts mehr mit dem Fall Appollis zu tun haben.«

»Das habe ich erwartet.« Fish hört, wie der tiefergelegte Honda anspringt, der Motor aufheult und sich der Wagen einmal dreht, um Richtung Parkplatzeinfahrt zu blicken.

»Wo bist du? Am Strand?«

»Mitchells Plain. Seltsamer Ort, mit einem Swimmingpool.« Der Honda kriecht auf ihn zu. »Scheine gerade Gesellschaft zu bekommen.«

»Alles okay?«

»Kein Problem.«

Der Honda bleibt fünfzig Meter von ihm entfernt stehen. Die Kerle im Inneren sind hinter den getönten Scheiben nicht zu sehen. Ein dumpfes Wumm-Wumm erschüttert den Wagen so, dass Fish den Boden unter seinen Füßen beben spürt.

»Eine rasche Frage«, sagt er zu Vicki. »Kannst du mal kurz auf Facebook nachschauen, ob ein Typ namens Willy Cotton da eine Seite hat?«

»Fish, ich bin nicht …«

»Vielleicht hat er irgendwelche Kontaktinfos hinterlegt. Die Kids sind ja heutzutage ziemlich leichtsinnig. Ich würde …«

»Fish, für so etwas hast du einen Laptop. Um ihn zu benutzen.«

»Der steht zu Hause.«

Der Honda rollt zwanzig Meter näher heran.

»Ich muss los«, sagt Fish und legt auf. Steht da und überlegt, ob das eine Situation für eine Pistole ist.

Der Honda hält an. Der Fahrer lehnt sich aus dem Fenster. Fragt: »Wie geht's, *Bru* …«

Fish sieht ihn aus zusammengekniffenen Augen an. Ein Mann mit einem markanten Gesicht, verschatteten Augen, spitzen Wangenknochen und einem ebensolchen Kinn. Er nickt ihm lässig zu.

»*Bru, ek sê,* kommst du, um was zu kaufen?«

Fish zuckt mit den Achseln. »Vielleicht.«

Sie starren sich finster an, bis der Fahrer lachen muss. »Du bist ein *Roker*-Mann. Seh ich gleich. Ein Raucher. Stimmt doch, oder?«

»Glaubst du?«

»Kann ich sehen, *Bru*. Ich seh, dass du gechillt bist.« Der

Fahrer lässt den Motor laufen und gleitet ein paar Meter weiter auf Fish zu. »Wir verkaufen, *Bru.* Komm und schau's dir an.«

Die Beifahrertür öffnet sich, und ein kleiner, dürrer Kerl springt heraus. »*My bru*«, sagt er. »Komm und schau dir das an.« Er zieht seine Jeans hoch und schlurft ein paar Schritte zur Seite, um auszuspucken. »Komm und schau's dir an.« Winkt Fish zu sich herüber.

Fish steckt sein Handy ein und geht auf den Wagen zu. Auf der Rückbank liegen zwei Müllsäckchen. Die Brüder grinsen ihn an. »Noch einer im Kofferraum«, sagt der Dürre. »Was man Klasse A1 nennt, Mann. Kräuter von Durbs, *ek sê.*« Er öffnet eine Tüte. »Wenn du mir nicht glaubst, schau's dir selbst an.« Fish lehnt sich vor und bricht eine Blüte ab. Es ist gutes Gras, eine Rooibaard-Variante mit klebrigen roten Härchen.

»Hab ich's nicht gesagt, *Bru*? Unser Gras ist top, Mann.«

»Wenn du kaufen willst, wir haben noch mehr«, fügt der Fahrer hinzu, um auch etwas zum Verkaufsgespräch beizutragen.

»Okay«, meint Fish. »Wie viel?«

»Fünfhundert eine Tüte, *Bru.* Spezialpreis, extra für dich.«

Fish holt die dreihundert Rand aus seiner Hosentasche. »Das ist alles, was ich habe.« Hält die Scheine hoch und fächert sie auf.

»*Ag* nein, Mann«, protestiert der Dürre. »Dreihundert ist zu wenig. Gibt kein besseres Zeug. Fünfhundert ist unterste Grenze, das ist sozusagen weggeworfen, *ek sê vir jou.* Weniger geht nicht.«

»Drei«, beharrt Fish und wedelt mit den Scheinen.

Der Dürre und der Fahrer starren Fish an. Starren das Geld an. Bis der Fahrer eines der Säckchen von der Rückbank holt und rauswirft.

Fish denkt: Die Jungs sind keine Dealer. Die haben das irgendwoher und wollen das so schnell wie möglich wieder loswerden.

»Okay, *Bru*«, sagt der Dürre und schnappt sich das Geld. »Du bist ein Dieb.«

»He«, meint Fish. »Das sind dreihundert, die ihr einfach so kriegt. Macht also insgesamt drei Diebe, die hier abhängen.« Er sieht ihnen hinterher, bis der Wagen außer Sichtweite ist. Dann hebt er die Tüte auf. Ein verdammt gutes Geschäft. Wenn er die in kleine Säckchen verteilt, kann er vier-, vielleicht sogar fünftausend Rand rausholen.

Er will gerade losfahren, als Vicki anruft.

»Und? Was war so dringend, dass du mich abwürgen musstest?«

Fish lacht. »Sorry, Vics. Die Lage hier hatte sich kurz zugespitzt. Ein paar Kids, du weißt schon …«

»Tue ich nicht. Aber alles in Ordnung?«

»Oh ja.«

»Dann hör zu, was deine persönliche Assistentin für dich herausgefunden hat. Willy Cottons Handynummer, seine Mailadresse und viele Fotos, ein paar sogar mit Fortune Appollis. Und die Collegekurse, die er belegt hat. Brauchst du vielleicht auch seinen Stundenplan?«

»Wärst du so nett? Danke, Vics.«

Schweigen.

»Ich habe heute keinen guten Tag, Fish. Übertreib es nicht. Wenn du Ausdrucke von dem Zeug haben willst, dann komm und hol sie dir.«

Sie legt auf.

Fish lächelt.

Einundsechzig

Jacob Mkezi erklärt Mellanie: Nein, keine weiteren Kurzbiografien. Ganz gleich, für wen. Keine weiteren Profile zu seiner Person.

Für sie bedeutet Nein nicht das letzte Wort, das gesprochen wurde.

»Jacob«, sagt sie. »Hör mir zu. Das ist die Sunday Times. Die hat viele Leser. Das habe nicht ich in die Wege geleitet. Das war eine Anfrage von denen.«

»Nein«, erwidert er.

»Bloß Lifestyle«, fährt sie fort. »Keine Fragen und Antworten auf der Kommentarseite. Da geht es um Jacob Mkezi zu Hause. Um Jacob Mkezi auf dem Golfplatz. Um Jacob Mkezi als Juror bei einem Schönheitswettbewerb für Minenopfer. Oder um Jacob Mkezi beim Besuch in einer Schule, um zu sehen, wie das Schulessensprogramm läuft. Und um seine ganz persönliche Stiftung.«

»Welche Stiftung?«

»Die Stiftung, die wir ins Leben rufen werden.«

Er lacht. »Du bist echt voller Bullshit. Weißt du das? Voller Bullshit. Wofür machst du das alles, *Sisi*? Ich brauche das nicht.«

Er hört Mellanie seufzen. »Es ist mein Job, Mr. Mkezi, Sie neu zu erfinden. Damit Sie nicht länger der Mann in den Krokodillederschuhen sind. Jetzt sind Sie Mr. Großherz und Mr. Zuhause. Kapiert?«

»Wozu?«

»Ach, Jacob. Um deine Karriere zu retten, sehr geehrter Expolizeipräsident.«

»Ich bin zu Hause in meinen Krokodillederschuhen. Ich brauche keine Karriere mehr bei der Polizei. Alles gut. Ich brauche gar keine Karriere. Und keinen Job als Polizist. Wozu ist das nötig? Ich habe eine Firma. Ich habe alles, was man haben kann. Ich brauche keine Nerverei und solchen Mist. Ich will mich entspannen. Zeit für mich haben. Mein Leben leben.«

Jacob Mkezi betrachtet seine Krokodillederschuhe. Er sitzt in seinem Wohnzimmer, die Schiebetüren zum Garten hinaus stehen offen. Die Hagedasch machen ihr Ding auf dem Rasen. Wozu sollte er in einem Büro sitzen wollen?

»Mittagessen«, sagt er zu Mellanie. »Reden wir übers Mittagessen. Reden wir über Steenberg. Im Bistro Sixteen82 können wir zum Elephant's Eye hochschauen. Ihr Entenkonfit essen. Den Rattlesnake Sauvignon Blanc trinken. Dem Wasserplätschern zuhören. An diesem herrlichen Tag. Wie hört sich das an?«

»Das hört sich nach einer netten Idee an«, erwidert Mellanie. »Aber ein paar von uns müssen arbeiten, Mr. Mkezi. Ein paar von uns müssen die Knete reinholen.«

»Ach, jetzt hör doch auf«, entgegnet er. »Treffen wir uns dort.« Jacob Mkezi denkt: Mellanie zum Mittagessen ist eine gute Idee. Danach braucht er etwas Zeit für sich. Zeit, um diesen kleinen Stricher ausfindig zu machen. Um das Essensprogramm schon mal ins Rollen zu bringen und dem *Buti* ein paar Kalorien zuzuführen.

Er hört, wie Mellanie sagt: »Halb zwei. Das ist das Früheste, was ich schaffe, Jacob.«

»Halb zwei ist gut. Dann hast du etwas, worauf du dich freuen kannst.«

Sie lacht. »Jacob Mkezi, manchmal … Ich weiß nicht … Manchmal bist du echt zu viel.«

Als Nächstes ruft er Tol Visagie an. Einen gestressten Tol Visagie.

»Haben Sie herausgefunden, wer er ist?«, will Tol Visagie sofort wissen. »Dieser Vusi Bopape?«

»Bisher nicht«, erwidert Jacob Mkezi.

»Er sitzt hier immer noch herum. In der Lodge. Meinem Freund zufolge verbrachte er den ganzen Morgen auf der Veranda, hat gelesen und die Tiere beobachtet, die hier ans Wasserloch kommen. Sonst nichts. Manchmal macht er ein paar Anrufe. Sitzt da und trinkt Bier.«

»Klingt, als würde er angenehme Tage verbringen. Ist seine Frau auch da?«

»Nein. Sie ist nicht mehr mit zurückgekommen. Er wartet auf etwas. Auf jemanden.«

»Haben Sie etwas Geduld, Tol«, rät Jacob Mkezi. »Und gehen Sie nicht in die Nähe der Hörner. Am Dienstagmorgen um fünf treffen Sie die LKWs am Fluss unten. Verstanden?«

»Ja«, antwortet Tol Visagie. »Ich werde da sein.«

Danach hat Jacob Mkezi Mart Velaze an der Strippe.

Mart Velaze sagt: »Der Junge ist tot. Nicht mehr aus dem Koma erwacht.«

»Tut mir leid zu hören.«

»Passiert immer wieder.«

»Daro Attilane?«

»Kümmere mich darum.«

»Vusi Bopape?«

»Nichts. Kein Geheimdienstler, garantiert nicht. Kein Militär. Kein Polizist.«

Jacob Mkezi steht auf. Schließt die Schiebetüren. »Sie sind ein guter Mann, Genosse. Versuchen Sie es weiter.«

Er überlegt, ob er Vicki Kahn anrufen soll. Überlegt, tut es aber nicht. Besser, ein paar Tage verstreichen zu lassen. Soll sie sich ruhig fragen, was es bedeutet, ihm einen Gefallen zu schulden. Er liebt den Gedanken, dass ihm jemand einen Gefallen schuldet.

Zweiundsechzig

Daro starrt das ungeöffnete Päckchen auf seinem Schreibtisch an.

Adler Solutions.

Es ist eine Adresse in der City, Suite zwölf, fünfzehnter Stock eines Bürogebäudes auf der Long, sowie eine Telefonnummer.

Daro weiß, dass es eine falsche Nummer sein wird, wenn er dort anruft. Er würde feststellen, dass es das Büro eines Unternehmensberaters oder eines Spediteurs ist – alles, nur nicht die Räumlichkeiten einer Firma namens Adler Solutions.

Er schiebt den Rest seines Croissants beiseite. Sein Magen zieht sich zusammen, ihm wird übel. Er fasst nach dem Päckchen. Schneidet die Plastiktüte des Kurierdienstes auf. Im Inneren liegt eine Schachtel, die in braunes Papier eingewickelt ist. Die Größe entspricht in etwa der eines Juweliers für einen Diamantring. An der Schachtel klebt eine Visitenkarte von Adler Solutions. Dieselbe Adresse, dieselbe Telefonnummer. Die Sorte Karte, die man in jedem Copyshop selbst ausdrucken kann.

Daro zieht die Visitenkarte herunter und reißt das Papier auf. Darin befindet sich eine schwarze Schachtel mit einem Scharnierdeckel und einem kleinen Messingverschluss. Jemand scheint hier Wert auf Stil zu legen.

Er klappt den Verschluss hoch, der Deckel springt auf. Im Inneren liegt, auf Watte gebettet, eine Zweiundzwanziger-Kugel.

Daro holt sie mit Daumen und Zeigefinger der rechten Hand heraus. Legt sie in die Handfläche der linken. Keine eindrucksvolle Kugel. Klein und unbedeutend. Doch wenn sie die Chance hat, wird sie zu einem tödlichen Geschoss mit dreihundertdreißig Metern pro Sekunde.

Daro kennt die genauen Spezifikationen nicht.

Er weiß zum Beispiel nicht, dass bereits 1887 in Chicopee Falls in Massachusetts die J. Stevens Arms & Tool Company begann, diese Patronen herzustellen, und sie heutzutage überall ausgesprochen beliebt sind. Gut zum Herumballern, gut zur Jagd auf Schädlinge, gut für Auftragskiller. Mit einem Schalldämpfer hört man praktisch nur ein Plop.

Ein weiterer Vorteil: Die Zweiundzwanziger-Patronen funktionieren sowohl in Gewehren als auch in Pistolen. Es ist die unauffällige Note dieser Kugel, die in die Irre leitet. Bloß zwei Komma sechs Gramm Blei. Doch wenn man das Ziel genau trifft, dann ist der Job innerhalb weniger Sekunden erledigt.

Ein Fall: Ein Fotograf, der die Kriege in den Townships in den frühen Neunzigern begleitete, wurde von einer Zweiundzwanziger-Kugel aus einem Gewehr der Friedenstruppe erwischt. In der Brust erwischt. Ein kleines Loch, unsichtbar, wenn nicht ein winziger Tropfen Blut ausgetreten wäre. Im Inneren zerfetzte das Blei seinen Brustkorb samt Herz und Lunge. Ende seiner Geschichte.

Woran Daro nicht denkt: Von dem Exemplar in seiner Handfläche gibt es Millionen. Das Messing ist trüb, die Kreuzschraffierung hat das Metall etwas aufgerissen. Bis auf die Schraffierung eine gewöhnliche Kugel. Wie man sie schachtelweise in jedem Waffengeschäft bekommt.

Sie mag gewöhnlich sein, aber sie bringt Daros Herz dennoch zum Rasen. Sein Mund wird trocken, unter seinen Achseln bricht Schweiß aus. Er bleibt sitzen, die Kugel fest in seiner Hand.

Daro überlegt: Wer hat die Schraffierung gemacht? Ihm fällt Mart Velaze ein. Nur dass Mart Velaze ein Bote ist. Wenn das so ist, dann – beschließt Daro – braucht er ihn, um eine Nachricht weiterzugeben. Nicht nur eine Nachricht. Ein ganzes Dossier.

Dreiundsechzig

Fish erstellt mental eine Liste: Seven, Cake Mullins, Willy Cotton. Seine Mutter schafft es nicht auf die Liste. Trotz der Tatsache, dass sie seine Mutter ist und obwohl er ihr die Stunden in Rechnung stellen könnte, widerstrebt es ihm. Er hat sich vorgenommen, sich heute Abend mit ihr zu beschäftigen. Zuerst das Wichtige.

Er zuckelt den Baden Powell Drive entlang, direkt neben dem Meer, immer ein halbes Auge auf die Wellen gerichtet, die in Cemetery hereinrollen. Gut reitbar. Nicht sehr aufregend, aber um vieles besser als die Besuche, die ihm nun bevorstehen.

Seven ist nicht im Haus mit dem miesen Atem. Auch Jouma der Zahnlose scheint nicht da zu sein. Anwesend ist nur die Tussi, die er zusammen mit Seven im Bett vorfand. Sie und eine Coloured. Sie stehen im Flur und erklären Fish, Seven sei abgehauen.

»Wir haben keine Ahnung, wohin, Kumpel«, meint die Weiße. »Er ist jedenfalls weg. Willst du nachschauen?«

»Er hat seine Tasche mitgenommen«, fügt die andere hinzu. »Und seine CDs.«

»Was ist mit dem anderen Kerl, dem ohne Zähne?« Fish klopft sich auf seine eigenen Vorderzähne.

»Beide weg.«

Sie stehen da und starren ihn an. Diese beiden Lumpenkinder können höchstens sechzehn sein – in ihren weiten Jogginghosen und Pullis, mit den grauen Schulsocken und ohne Schuhe. Strähnige Haare, die mal wieder eine Wäsche bräuchten. Die Coloured fragt: »Kannst du uns Geld geben? Für Essen.«

Fish lacht. »Nein. Ihr solltet in der Schule sein. Zu Hause schlafen.«

»Bitte, Kumpel, wir haben Hunger.«

»Dann geht nach Hause«, schlägt Fish vor.

Sie zeigt ihm den Stinkefinger.

»Verpiss dich, Fotze«, sagt die Weiße und knallt die Tür zu.

Hübsch, denkt Fish. Ruft seinen Polizeinachbarn an, Flip Nel.

»Weggelaufene Kinder sind eigentlich nicht mein Gebiet«, meint Flip Nel. »Aber ich werde mich darum kümmern, wenn Sie mir versprechen, mit mir angeln zu gehen. Lassen Sie Ihre Reifen flicken?«

»Bin gerade mit anderen Dingen beschäftigt«, erwidert Fish.

»Das Wochenende naht, *China*. Gott sei Dank. Ich bereite schon mal die Köder vor.« Flip Nel legt auf. Fish hofft, dass der Bulle nicht zu aufdringlich wird, was das Angelngehen betrifft.

Cake Mullins legt eine ähnliche Einstellung an den Tag wie die Mädchen, auch wenn er sie zuerst anders formuliert. Zuerst behauptet Cake Mullins: »Ich weiß nicht, wer Sie sind. Verschwinden Sie.«

Sie reden über eine Gegensprechanlage. Vor dem Tor zu Cake Mullins' Haus in Constantiaberg lehnt sich Fish aus dem Fenster seines Wagens. Er hat das Haus gleich als den Ort erkannt, wo Daro Attilane den Subaru verkaufte. Hübsche Bleibe. Zweistöckig, überdachter Eingang, gepflegter Rasen, Swimmingpool. Ein Gärtner, der Unkraut jätet. Fish denkt: Nun sieh mal einer an, die kleinen Zufälle, die das Leben so parat hat. Er klopft mit den Fingern gegen die Gegensprechanlage. Er hasst Gegensprechanlagen. Es knackt unangenehm, und die Überwachungskamera überträgt sein Bild auf einen Bildschirm irgendwo im Haus, um so Cake Mullins einen eindeutigen Vorteil zu verschaffen.

Er fragt: »Können wir persönlich miteinander sprechen?«

»Nein«, antwortet Cake Mullins. »Ich weiß nicht, wer Sie sind.«

»Ich habe es Ihnen doch schon gesagt. Fish Pescado.«

»Sollte ich Sie kennen, Mr. Pescado?«

»Ja. Bloße Neugier sollte Sie veranlassen, mir Ihr Tor zu öffnen. Passiert sicher nicht jeden Tag, dass ein Privatdetektiv bei Ihnen vorspricht.«

»Verschwinden Sie, Mister. Ich bin beschäftigt.«

Fish versucht es auf andere Weise. »Vicki Kahn. Kennen Sie Vicki Kahn? Ich habe eine Nachricht bezüglich Vicki Kahn auf Ihrem Anrufbeantworter hinterlassen.«

»Noch nie von ihr gehört.«

»Dann will ich rasch Ihr Gedächtnis auffrischen. Sie war gestern Abend zu einem Pokerspiel hier, das Sie arrangiert haben. Wissen Sie jetzt, wen ich meine?«

»Seien Sie so nett und verziehen Sie sich, Kumpel. Okay?«

Fish sieht zur Kamera und zieht fragend die Augenbrauen hoch. Ob Cake Mullins wohl ein scharfes Bild von ihm hat? »Jetzt seien Sie nicht so, Cake. Seien Sie freundlich. Ich kann es gerne wiederholen: Sie war gestern Abend zu einer Pokerrunde hier.«

»Falsche Adresse, Mister.«

»Das glaube ich kaum. Sie sind Cake Mullins, und das ist Ihr Haus. So weit alles richtig. Tolle Bude übrigens. Muss viel gekostet haben. Muss auch viel kosten, um die am Laufen zu halten.«

»Sie können reden, was Sie wollen, Mister. Verziehen Sie sich.«

Fish hält vor der Kamera beide Hände hoch. »Okay, ich gehe. Dann können Sie zu Ihren Scones und dem Tee zurückkehren, Cake. Aber hören Sie. Wenn Sie ihr das noch mal antun, werde ich mir höchstwahrscheinlich Ihre Eier vornehmen.«

»Ja, klar, Mann. Ein echter Held.«

»Und noch was. Ihr Kumpel Jacob Mkezi …«

»Ich kenne keinen Jacob Mkezi.«

»Natürlich kennen Sie den, Cake. Deshalb haben Sie mich auch so schnell unterbrochen.«

»Verpissen Sie sich«, sagt Cake Mullins. Das Knacken und Knistern in der Gegensprechanlage bricht ab.

Hübsch, denkt Fish zum zweiten Mal innerhalb einer halben Stunde. Man könnte sich beinahe ungeliebt fühlen.

Willy Cotton ist auch nicht der freundlichste junge Mann, dem Fish jemals begegnet ist.

Fish sitzt auf einer Bank auf dem Collegecampus und schaut zum Tafelberg hoch, der sich grau vor einem winterblauen Himmel erhebt. Denkt, wie sehr er diese Stadt mag, mit ihren Hochhäusern und reichen Vororten, die sich um die unteren Ausläufer anordnen. Wie Steinflechten bei niedrigem Wasserstand.

Es ist schon eine ganze Weile her, seit er durch St. George's Mall lief und den Geruch des frühmorgendlichen Fischs roch, der an manchen Tagen vom Hafen hochzieht. Seit über einem Jahr hat er nicht mehr Burger und Pommes in Gardens gegessen. Und nicht mehr die mittägliche Kanone gehört, welche die Tauben jedes Mal in Scharen auffliegen lässt.

Von seinem Platz aus kann er den Hörsaal sehen, wo Willy Cotton gerade die Wunder der Wirtschaftsinformatik lernt. Wie

Vicki das herausfand, ist Fish schleierhaft, und Vicki wollte es ihm auch nicht verraten.

Als sie ihm Willy Cottons Kontaktdaten sowie zwei Ausdrucke mit Bildern des jungen Mannes gab, sagte sie nur: »Glaube ja nicht, dass du immer so viel Glück haben wirst, Mr. Pescado. Da sitzt er gerade, in der Vorlesung.« Damit zwickte sie ihn in die Wange und war wieder im Gebäude verschwunden, ehe er sich noch bei ihr bedanken konnte.

Die Studenten kommen heraus. Fish stellt sich auf die Bank, um einen besseren Überblick zu haben. Willy Cottons kahl geschorener Schädel mit dem Gangster-Schnurri und dem Kinnbart ist nicht zu verkennen. Ein durchtrainierter Körper. Die obligatorische Jeans, auch wenn Willy Cotton um seine Taille einen Gürtel trägt. Jeansjacke über einem 50-Cent-T-Shirt. Zufrieden wirkender Bursche, der sich fröhlich lachend mit seinen Kumpanen unterhält.

Fish ruft ihn an. Beobachtet, wie er ein Handy aus seiner Jeanstasche zieht. Scheint ein Smartphone mit einer Eingabetastatur zu sein. Beeindruckend. Wenn Willy Cotton ein Smartphone besitzt, bedeutet das, dass er irgendwoher irgendwie Geld haben muss.

Der einzige Flop in Willy Cottons Image ist seine schrille, hohe Stimme, die so gar nicht zu seinem aufgepumpten Sportstudiokörper passt.

»Hast du 'ne Minute?«, will Fish wissen.

»Wer sind Sie?«, fragt Willy Cotton in seinem Cape-Flats-Sopran.

»Ein Freund der Familie von Fortune Appollis.«

Ende der Unterhaltung. Willy Cotton drückt ihn ohne Vorwarnung weg.

Fish starrt dem großen Kerl hinterher, der mit seinen Freunden weitergeht. Der federnde Schwung ist aus Willy Cottons

Schritt verschwunden. Er wirkt angespannt und achtet nicht mehr so recht auf die anderen. Stattdessen starrt er auf sein Handy, als ob er erwarten würde, dass es jeden Augenblick wieder klingelt.

Fish folgt der Gruppe aus dem Campus ein paar Straßen hoch zum Justice Walk, wo sie ihre Autos geparkt haben. Sie umarmen sich zum Abschied oder klopfen sich auf den Rücken. Dann läuft Willy Cotton die Straße entlang zu seinem Wagen, einem Corolla neuesten Modells. Nicht schlecht für einen Studenten.

Fish ruft seinen Namen. Willy Cotton dreht sich auf dem Absatz um.

»Ich habe dich gerade angerufen«, sagt Fish.

Willy Cotton mustert ihn von oben bis unten. Mit der Ruhe eines Türstehers vor einem Club. Von einem Typen wie Willy Cotton finster betrachtet zu werden ist nichts für Weicheier. Er mag ein netter, höflicher Junge sein, aber er kann auch ganz anders.

»Bleib cool«, meint Fish. »Kein Grund, gleich aggro zu werden.«

»Was wollen Sie?« Wieder diese Stimme. Hoch und quietschend.

»Ein paar Dinge.« Fish bleibt etwa zwei Meter von ihm entfernt stehen. Hinter dem Corolla. »Können wir in deinem Wagen reden?«

»Gibt nichts zu reden.«

»Fortunes Dad glaubt, schon.«

»Und was soll das sein?«

»Was in der Nacht passiert ist.«

Willy Cotton behält den harten Blick bei. Antwortet nicht.

»Komm schon, Willy. Was war los?«

»Ich kann nichts sagen.« Willy Cotton öffnet seine Autotür.

»Fortune ist tot, Willy.«

»Sie lügen.«

»Gestern Nacht ist er in dem *Larney*-Privatkrankenhaus gestorben, wo jemand für seine Behandlung bezahlt hat. Wer hat das bezahlt, Willy? Nicht die Appollis', denn die haben kein Geld. Und auch keine Versicherungspolice. Also wer, Willy? Wer?«

Willy Cotton starrt jetzt auf den Boden und mustert seine sexy silbernen und blauen Turnschuhe mit den weißen Streifen. Pumas. Könnte Trauer sein, die er da durchlebt.

»Aahhh!« Er schlägt dreimal mit der Faust auf das Dach seines Corollas.

Fish wartet. Dem Jungen kommen die Tränen. Er schnieft. Wischt sich die Augen und zieht den Rotz hoch.

»Mach es für Fortune, Willy. Nur ein Name. Ich will nur einen Namen.«

»Ich weiß keine Namen.«

»Nein? Ich denke, schon.« Fish tritt einen Schritt näher. »Du warst Fortunes bester Kumpel. Ihr seid zusammen abgehangen, auf Partys gegangen, zu diesen Rennen, in Clubs. Warum warst du dann nie bei ihm im Krankenhaus, Mann? Warum hast du seine Leute nicht angerufen? Das hätte sie bestimmt gefreut.«

»Ich konnte nicht. Mein Gott, Mann, verstehen Sie denn nicht?«

»Du konntest nicht?«

»Nein.«

Fish lehnt sich an den Wagen. »Was verstehe ich hier nicht, Willy? Was geht hier ab?«

»Ich muss los.«

»Warte.« Fish packt Willy Cotton an seiner Jeansjacke. Zieht ihn zu sich heran. Willy Cotton droht ihm mit der

Faust. Fish sagt: »Sei nicht bescheuert. Du bist ein großer Kerl, aber ich bin auch nicht ohne. Muskeln sind nicht alles, Mann. Ich kenne Bewegungen, von denen du nicht die geringste Ahnung hast.«

Willy Cotton schüttelt sich, um sich aus Fishs Griff zu befreien. Fish lässt ihn los, weicht aber keinen Zentimeter zurück.

»Denk an Fortune, Willy. Fortune wurde von einem Auto überfahren. Okay, es war ein Unfall. Vergessen wir mal, dass es sich um ein illegales Rennen handelte. Jetzt ist er jedenfalls tot – und niemand soll dafür büßen? Fortune war ein netter Kerl. Ein guter Freund. Ihr hattet tolle Zeiten zusammen. Die nichts bedeuten, wenn du das jetzt einfach so durchgehen lässt. Ihn sterben lässt, während der andere Typ durch die Gegend läuft, als wäre nichts geschehen. Als ob er ein Kätzchen auf der Straße überfahren hätte. Wen kümmert's? Wie fühlt sich das an, Willy? Nachts, wenn du wachliegst und an deinen Freund denkst. Wie fühlt sich das an?«

Fish gibt Willy Cotton Zeit, darüber nachzudenken.

»Es ist nicht in Ordnung, was da passiert ist, Willy. Fortunes Leben war mehr wert als das. Findest du nicht?«

»Er heißt Lord.«

»Lord wie der Lord?«

Willy Cotton nickt.

»Und sein Nachname?«

»Das ist sein Name. Unter dem fährt er. Seinen Nachnamen kenne ich nicht.«

»Fährt?«

»Rennen.«

»Gib mir mehr, Willy. Wie alt ist er? So jung wie du?«

Ein Achselzucken, das Fish als Ja interpretiert. »Ist er ein großer Fisch?«

Willy Cotton lacht schrill, hysterisch. Zeigt in den Himmel: »Weit da oben.«

»Solche Verbindungen, eh? Aber du weißt nicht, zu wem, oder?«

»Regierung.«

Jetzt ist es an Fish zu lachen. »Alle wichtigen *Manne* sind mit der Regierung verbunden, Willy. Ich brauche mehr Infos. Etwas Spezifisches. Was ist er? Der *Boykie* eines Ministers? Der Sohn eines Generaldirektors? Eines der Kids des Präsidenten? Sein Enkel?«

»Keine Ahnung. Hören Sie, Mann. Ich kann Ihnen nicht weiterhelfen.«

»Natürlich kannst du das, Willy. Du weißt es nur nicht.« Fish vermutet, dass Willy Cotton seinem sauren Atem nach sehr nervös sein muss. »Also, ich schildere dir jetzt mal, wie ich mir das vorstelle. Nachdem Fortune von Lords Auto niedergefahren wurde, sind alle geflüchtet. Lord ist weggebraust, jemand rief den Krankenwagen.«

»Das war ich. Ich bin bei ihm geblieben.« Willy Cotton kratzt sich am Goatee, als ob er ihn am liebsten abrupfen würde.

»Na siehst du. Das ist ein Detail, das seine Familie nicht kennt. Das wird sie freuen, Willy, wenn sie erfahren, dass ihr Sohn seinen Freund bei sich hatte.« Fish blickt über die leere Fläche des schon lange verschwundenen District Six zum Hafen hinunter. Von hier aus scheinen die Gerüste, die Kräne und die Türme einer Bohrinsel Teil des innerstädtischen Geschäftsviertels zu sein. Er findet es immer aufregend, durch die urbanen Takelagen zur Bucht dahinter zu schauen, wo wie eine weiße Sense der Strand liegt. »Und dann?«

»Als die Sanis kamen, hat sich keiner um mich gekümmert.«

»Du bist also abgezogen?«

»Ja.« Willy Cotton hört mit dem Kratzen auf.

»Die Sache ist die: Beim Notruf wurde deine Nummer angezeigt. Die Bullen müssen dich also angerufen haben, damit du eine Aussage machst. Hast du eine Aussage gemacht?«

»Nein.«

»Die haben nie angerufen?«

»Nein.«

»Aber jemand hat dich besucht.« Fish reißt sich von dem Blick los und sieht Willy Cotton direkt ins Gesicht. Er bemerkt die panische Angst des Jungen. Derselbe Ausdruck, den Kindergarten-Willy vielleicht hatte, als in jungen Jahren ein Dobermann auf ihn zugerannt kam. Ein riesiger Kerl wie er mit einer angsterfüllten Miene. »Du musst nichts sagen. Ich kann mir vorstellen, wer bei dir vorbeigeschaut hat, und sogar, welches Auto er fährt.«

»Lassen Sie mich«, bittet Willy Cotton. »Lassen Sie mich da raus. Fortunes Familie hat keine Chance. Nicht die geringste Chance.«

»Ich höre, was du sagst«, meint Fish und trommelt mit den Fingern auf das Autodach. »Trotzdem musst du mir helfen. Wenn ich diesem Lord beim Rennen zusehen will, wie würde das funktionieren?«

»Es gibt eine SMS, die rumgeht. Er fährt heute Nacht.«

»Ach, wirklich?« Fish überlegt. »Weißt du was? Ich hole dich ab, wir können zusammen hin zum Rennen und ihm zuschauen. Das fände ich gut.«

»Nein, auf keinen Fall. Auf keinen Fall.«

»Dürfte alles kein Problem sein. Wer soll denn schon davon erfahren? Ich hole dich ab, Willy. Ich weiß, wo du wohnst. Um wie viel Uhr fängt das normalerweise an? Um zehn? Elf? Um Mitternacht?«

»Elf«, erwidert Willy Cotton und wirft seine Tasche ins Auto.

»Enttäusch mich nicht, Willy. Das wäre keine gute Idee.« Fish weicht zurück. »Und hey – ruf Fortunes Eltern an. Das würde sie garantiert freuen.«

Vierundsechzig

»Cake, mein Freund«, sagt Mart Velaze. »Nicht jetzt. Ich habe hier gerade ein kleines Problem. Ich rufe Sie an. Okay?«

»Es könnte zu Schwierigkeiten führen. Ich hoffe, Sie verstehen, was ich meine«, erwidert Cake Mullins. »Ich bin nicht glücklich.«

»Ich melde mich bei Ihnen. Aber jetzt ist gerade wirklich kein guter Zeitpunkt.« Womit Mart Velaze das Gespräch beendet.

Zu dem kleinen Problem, das Mart Velaze hat, gehört eine junge Frau, die nackt auf seinem Bett liegt. Eine Deutsche, arbeitet für das Konsulat. Sie dachten, ein Quickie während der Mittagspause wäre keine schlechte Idee.

»Ich habe eine Wohnung«, erklärte Mart Velaze. »Nur zehn Minuten von der City entfernt. Den Marine Drive hinunter.«

»Ich kann zehn Minuten warten«, meinte die Frau.

Wie sich herausstellt, kann sie sogar noch etwas länger warten, nachdem Mart Velaze jetzt telefoniert. Zum zweiten Mal bereits. Sie geht auf die Knie und nimmt sich Mart Velazes Gürtel vor, um ihn zu öffnen.

Mart Velaze fand ihre Titten bereits ziemlich umwerfend, als sie auf dem Bett lag. Von diesem Blickwinkel aus findet er sie sogar noch besser. Er fasst nach ihr und zwickt in eine der Brustwarzen.

Die deutsche Konsulatsangestellte zieht seinen Reißverschluss auf.

Cake Mullins hat kein kleines Problem. Er macht sich Sorgen. Genau genommen zwei Sorgen – einmal große, einmal weniger große. Die weniger großen Sorgen betreffen Fish Pescado, der ihm auf die Nerven geht. Die großen Sorgen hingegen wurden ihm gerade mit dem Kurier zugestellt. In einem Umschlag befand sich eine Aufnahme von einem Jungen, der gerade in einen Hummer steigt. In Jacob Mkezis Hummer. Und ein Foto vom Hotel Cullinan, das Clifford Manuel, Vicki Kahn, Tol Visagie und Jacob Mkezi zeigt. Das beunruhigt Cake Mullins sehr.

Die erste Aufnahme könnte bearbeitet worden sein, wobei Cake Mullins das nicht glaubt. Wenn man an das Unternehmen mit den Rhinozeroshörnern denkt, will man keine Bilder von Jacob Mkezi mit Stricherjungen im Umlauf. Cake Mullins malt sich aus, wie diese Angelegenheit außer Kontrolle gerät. Seine eigene kleine Beteiligung an dem Ganzen könnte publik werden. Und dann – nun, das Wort unappetitlich kommt Cake Mullins in den Sinn.

Er steht neben dem Swimmingpool und starrt zu dem Kreepy-Krauly-Poolreiniger hinunter, der die toten Blätter im Becken zusammensammelt. Denkt, dass er nicht warten wird, bis ihn Mart Velaze zurückruft. Mart Velaze ist dafür bekannt, nicht zurückzurufen, vor allem, wenn es sich um eine Sache handelt, deren Bedeutung Mart Velaze nicht sehen kann.

Was Cake Mullins beunruhigt, ist sein Ruf. Cake Mullins – in gebügelter weißer Hose und Segelschuhen, einen Pulli über den Schultern, das Hemd aufgeknöpft, um ein kleines Silberkreuz zu zeigen – braucht in seinem Leben keine unnötigen Probleme. Er lebt von Investitionen. Heutzutage ist Cake Mullins' Weste makellos rein. Selbst seine Pokerabende flackern auf kleiner Flamme. Der gestrige Abend mit Jacob Mkezi und Vicki Kahn war eine Ausnahme, ein einzelnes Piepsignal auf dem Radar. Cake Mullins will unter allen Umständen vermeiden, dass seine Golftage, die Mittagessen mit seinen Amigos und seine Mittwochnachmittage auf einer Yacht im Royal Cape Yachtclub durch irgendetwas verdorben werden. Die Art von Flecken auf seiner weißen Weste, die eine Verbindung zu Jacob Mkezi erzeugen kann, wenn Jacob Mkezi ein dubioses Geschäft mit Rhinozeroshörnern abwickelt. Also ruft Cake Mullins Mart Velaze sofort wieder an.

Der aber nicht antwortet.

Denn die deutsche Konsulatsangestellte macht Dinge mit Mund und Händen, die Mart Velaze ganz und gar in Anspruch nehmen. Einen Moment lang schließt er die Augen und überlässt sich der Dunkelheit. Doch nicht lange. Dann betrachtet er wieder diese Brüste, leckt seine Finger und zwickt erneut eine Brustwarze. Das Handy ist in seiner anderen Hand – er lässt es klingeln, bis es sich zur Voicemail umschaltet.

Die Frau hört zu saugen auf. Sagt: »Ich will dich in mir.«

»Das war ich doch«, erwidert Mart Velaze.

Die Frau wirft ihre Haare zurück, legt sich aufs Bett und streckt ihm ihre Arme entgegen.

»Komm.«

Er hat noch nie eine Frau mit so viel Haaren in ihrem Schoß gesehen. Er denkt daran, wie man das manchmal nennt: Schnecke. Am liebsten würde er die Finger durch die lockigen Härchen wandern lassen. Sie spüren.

Mart Velaze zieht seine Hose aus, knöpft sein Hemd auf und legt es sorgfältig über einen Stuhl. Das Handy legt er auf das Nachttischchen.

Es signalisiert, dass eine SMS eingetroffen ist. Mart Velaze achtet nicht darauf. Lächelt die junge Frau an.

Er fährt mit den Fingern durch ihre dichten Schamhaare

und hebt die Hand, um ihre Länge abzuschätzen. Sie sind vier oder fünf Zentimeter lang. Seidig.

»Rasierst du dich nicht gerne?«, will er wissen.

Sie schüttelt den Kopf. »Stört beim Lecken, nicht?«

Er nickt.

»Bitte, komm.«

Mart Velazes Handy klingelt erneut.

»Sorry«, sagt er. »Nicht jetzt.« Stattdessen legt er sich auf die Frau und gleitet in sie. Sie keucht. Stöhnt, als er zustößt.

Mit der Rechten fasst Mart Velaze nach dem Handy. Sieht, dass es wieder Cake Mullins ist.

»Ich hab doch gesagt, dass ich zurückrufe, Cake«, erklärt er.

»Nein, hören Sie mir zu«, entgegnet Cake Mullins. »Ich habe diesen Typen namens Fish Pescado, einen Privatdetektiv, der mich wegen Vicki Kahn bedroht. Er will über Jacob Mkezi sprechen. Außerdem habe ich dieses Foto von einem Stricherjungen, der gerade in Jacobs Auto steigt. Sie sollten besser mit Jacob klären, was da los ist. Auf Sie hört er, Mart. Auf mich wird er nicht hören. Sagen Sie ihm, dass ich raus bin. Weg vom Radar.«

Die Frau unter Mart Velaze ist eine Stöhnerin.

»Das erlaubt mir meine Position nicht«, erwidert Mart Velaze. »Ich bin Fußvolk, genau wie Sie, Cake. Ich nehme Befehle entgegen. Wenn Sie ihm etwas dergleichen mitteilen wollen, dann machen Sie das selbst.«

Sie reibt sich hart an ihm. Mart Velaze muss die Augen schließen, um sich zu konzentrieren.

»Ich … rufe … Sie … zurück«, sagt er, immer eine Pause zwischen den Wörtern, da sie mächtig mit dem Beckenboden gegen ihn drängt. Er ist froh, dass sie so behaart ist, denn ohne diesen Busch würde er jetzt schon eine Grimasse schneiden. Er drückt Cake Mullins weg und schiebt das Handy unter das

Kissen. Nichts so wichtig, dass es nicht sieben Minuten warten könnte.

Auf der anderen Seite der Stadt im Weinbergvorort steht Cake Mullins neben seinem Swimmingpool und starrt auf sein Handy. Legt auf. Verdammter Mart Velaze. Immer am Bumsen. Vögelt, wenn es ernste Probleme im Land gibt. Er setzt sich zum Mittagessen an den Tisch in der Gartenlaube. Nimmt einen großen Schluck aus einem Glas mit *Rock Shandy* und genießt den Geschmack des Angostura in der Limonade. Beißt in ein Stück Ciabatta, das mit Pesto bestrichen ist. Genau das möchte er vom Leben: zu einem ruhigen Mittagessen in seinem Garten neben dem Pool sitzen. Danach vielleicht in den Yachtclub hinüberfahren und an so einem perfekten Wintertag ein wenig aufs Meer hinausfahren. Was er nicht will, ist, sich Sorgen wegen Leuten wie Mart Velaze und Tol Visagie machen. Oder wegen Typen wie Fish Pescado genervt sein.

Eine Viertelstunde später klingelt sein Handy. Mart Velaze.

Fünfundsechzig

Daro hält die Kugel in der Faust fest, während er an seinem Schreibtisch sitzt und auf die Autos draußen vor dem Salon hinausstarrt. Er hat einen Blick auf seinen Anrufbeantworter geworfen. Keine Anrufe, während er aus war. Wie lange wird Mart Velaze warten, bis er anruft? Wird Mart Velaze überhaupt anrufen?

Die Pistole befindet sich in der Schreibtischschublade. In Reichweite. Er hat die notwendigen Dokumente aus dem Bankschließfach geholt und alle kopiert: die Kontoauszüge, die Briefe, die Gesprächsmitschnitte, die Notizen, die Fotografien. Die Originale liegen wieder im Schließfach, die Kopien in zwei Umschlägen unter seiner Handfläche.

Daro wog die Alternativen gegeneinander ab. Das Beste wäre, wenn sich die Sache in Luft auflösen würde. Die Schlimmste, wenn er umgebracht werden würde. Im letzteren Fall gab es einen Notfallplan. Der würde zwar ihm nichts mehr nützen, aber der freien Presse.

Daro ist sich sicher, dass Mart Velaze und sein Boss nicht wollen, dass die Sache an die Öffentlichkeit kommt.

Er wartet zwölf Uhr ab. Ein Uhr. Zwei Uhr. Er beantwortet Anrufe und durchläuft ein Verkaufsgespräch mit einem Paar, von dem er sich sicher ist, dass es nicht kaufen wird. Verbringt eine weitere halbe Stunde damit, auf Mart Velazes Anruf zu warten.

Um fünfzehn Uhr reicht es ihm. Fährt den Audi in den Salon und schließt ab. Er muss sich ablenken. Ruft seine Tochter an.

»Wie wäre es mit Surfen?«

»Okay«, sagt sie.

»Widerstrebend okay oder okay, tolle Idee?«

»Okay, tolle Idee.«

»Ernsthaft?«

»Daaaad.« Ein langes frustriertes Seufzen.

Er lacht. »Wollte nur sichergehen. In zehn Minuten also.«

Als Nächstes ruft er Fish mit demselben Vorschlag an.

Fish erklärt: »Ich kann nicht. Mein Brett ist kaputt. Und Vicki sitzt mir im Nacken.«

Daro klopft auf die beiden Umschläge. Denkt: wie schade. Fragt: »Was ist mit dem Brett?«

»Willst du gar nicht wissen.« Hört zu, während ihm Fish trotzdem eine Kurzversion liefert.

»Ich habe ein Reservebrett für dich, alter Cruiser. Ist mit allen Wassern gewaschen. Das kann sogar südöstlichen Wind ab. Oder du könntest im Kielwasser von dem Boot reiten, das bei dir im Hinterhof steht.«

»Haie, wohin man auch blickt«, brummt Fish.

»Haie überall«, stimmt Daro zu.

Fish murmelt etwas von Dankbarkeit. Daro winkt ab. »Kannst es jederzeit holen. Es liegt in der Garage, oberste Ablage. Freut mich zu hören, dass Seven abgehauen ist.«

Nach dem Anruf zögert Daro noch ein oder zwei Minuten. Er steht in seinem Büro, als ob er auf etwas warten würde. Dann seufzt er und geht. Er sperrt gerade die Tür ab, da klingelt sein Festnetzapparat. Wieder zögert er, hält es dann aber für das Beste, den Anruf entgegenzunehmen.

Es ist Mart Velaze. Er beginnt damit, dass er den Audi wirklich gerne kaufen würde, es aber heute nicht mehr schaffe. Wie wäre es denn mit morgen?

»Den Mist können Sie sich schenken«, sagt Daro.

Mart Velaze entgegnet: »Daro, Daro, Daro. Was ist denn los, mein Freund?«

»Folgendes ist los«, antwortet Daro. »Die Kugel war kindisch. Sie sind der Botenjunge, und ich habe auch eine Nachricht, die ich überbracht haben will.«

»Ich denke, die Nachrichten haben wir hinter uns gelassen.«

»Das denken Sie vielleicht nicht mehr, wenn Sie meine gelesen haben.«

Mart Velaze schweigt.

»Ich fahre jetzt heim«, erklärt Daro. »Vielleicht treffen wir uns später in Surfers' Corner, dann können Sie darin schmökern. Großartiges Zeug. Absolut faszinierend. Auch ein paar interessante Fotos dabei. Nicht die Art von Information, von der man möchte, dass sie an die Öffentlichkeit kommt. Sehen Sie das Ganze also als Kostprobe. Ich habe mehr. Verstehen Sie, was ich sage? Halb sechs. Ich warte dort auf Sie.«

Daro legt auf, ehe Mart Velaze antworten kann. Bestenfalls wird ihm das etwas Zeit verschaffen. Zeit kann jedoch nützlich sein. Er legt die Kugel wieder in die Schachtel zurück und nimmt sie und die Umschläge mit.

Eine halbe Stunde später paddeln Daro und Steffie – auf ihrem brandneuen abgerundeten Mini Malibu – an der Brechungslinie, die nicht besonders aufregend ist. Ein zahmer Wellengang, auf dem man passabel hin und her schaukeln kann. Mehr aber nicht.

»Das ist lahm«, erklärt Steffie.

»Es ist Surfen«, meint Daro. »Besser als Hausaufgaben.«

Sie erwischen eine Welle und reiten beide nebeneinander her. Daro jagt seiner Tochter nach und versucht, auf ihr Brett zu steigen. Er stürzt und taucht lachend wieder auf. Steffie ergeht es nicht anders.

Sie paddeln hinaus und drehen sich so, dass sie in Richtung

Strand blicken. Der Parkplatz ist voller Autos. Die Bürohengste treffen gerade erst ein. Daro wirft einen Blick auf seine Uhr. In einer Stunde hat er sein Treffen. Der Schatten breitet sich vom Corner aus und bringt Kälte mit sich.

»Letztes Mal«, sagt Daro.

Steffie widerspricht nicht.

Auf der kurzen Fahrt nach Hause erzählt sie ihm, dass die Polizei zwei ihrer Klassenkameradinnen in einem Crackhaus erwischt hat.

Daro meint: »Lass mich raten. Das Haus gehört einem Gangsters namens Seven.«

»Woher weißt du das?«, fragt Steffie.

Daro lächelt. »Ich weiß eine ganze Menge.«

Sechsundsechzig

Fish verbringt den Nachmittag auf der Terrasse von Rafiki's Restaurant in der Stadt, wo er herumtelefoniert und sein *Dagga* verkauft. Mit jedem durchläuft er die gleiche Routine, mit den Professoren, den Anwälten, den Werbeleuten, den Fondsmanagern. »Ich hab hier extrem gutes *Rooibaard*, das beste. Das wollen Sie nicht verpassen. Glauben Sie mir.«

Einige fragen ihn: Was ist *Rooibaard*? Er hat eine Story über verborgene KwaZulu-Täler parat, wo die Pflanzen grün und frisch unter einer sengenden Sonne gedeihen. Er erzählt ihnen, es werde von Frauen in farbenfrohen Kleidern herangezogen, die es mit Wasser aus uralten Flüssen wässerten. Es sei das Kraut der Krieger. Er übertreibt derart, bis seine Kunden zu lachen beginnen und mehr als gewöhnlich bestellen.

Er hat zwanzig Tütchen verkauft, ehe er auch nur die Hälfte seiner Liste durchgearbeitet hat. Zwanzig Tütchen lösen sein Reifenproblem und lassen ihm noch immer einiges übrig. Wenn er erst einmal bei den Surfern nachfragt, wird er das Geschäft seines Lebens machen. Für sie ist das himmlisches Manna.

Nachdem er Tütchen Nummer zwanzig an den Mann gebracht hat, legt Fish das Handy beiseite und wendet sich dem Castle Milk Stout und der schwächer werdenden Nachmittagssonne zu. Er beobachtet, wie der Berg sein Licht verliert, während die Sonne untergeht, und sinniert über Zufälle in seinem Leben: Die Reifen seines Pick-ups werden zerschnitten, er kommt an eine Tüte mit wirklich gutem Gras. Sein Surfbrett ist kaputt, man leiht ihm ein anderes. Er tut einem trauernden Vater einen Gefallen … Das Ergebnis war in dieser Hinsicht noch nicht klar. Eine andere Sicht der Dinge: Er kann einfach keine Ruhe geben. Es passt zu ihm, dass er sich in Angelegenheiten einmischt, die ihn eigentlich nichts angehen. Na und? So ist er nun mal. Das Sonnenlicht zieht sich von dem Bergkranz zurück, und die Schatten auf Platteklip Gorge vertiefen sich.

Der Job für seine Mutter fällt ihm ein. Er seufzt. Ruft einen Versicherungsmakler an, für den er einmal tätig war. Fragt ihn nach etwas Hintergrundinformation über die Goldmine Prospect Deep. Den bevorstehenden BEE-Deal. Den Vorstand. Die finanzielle Lage. Alles, was Google nicht ausspuckt.

»Prospect Deep«, sagt der Makler. »Interessante Geschichte.«

»Welcher Art?«, will Fish wissen.

»Lass mich erst mal das herausfinden, was du wissen willst. Ich melde mich dann bei dir.«

Fish denkt: Das ist nicht das, was er hören will.

Dann wandert sein Blick auf die andere Seite der Straße, wo Vicki gerade ihren MiTo parkt. Manchmal, überlegt er, funktioniert die Welt.

Wie jetzt für Vicki. Sie findet genau zum ersten Drink des Tages die perfekte Parklücke – direkt gegenüber Rafiki's. Um einen solchen Platz in Kloof Nek zu ergattern, muss man normalerweise gegen zwei Uhr morgens hier herumkurven.

Er winkt den Kellner herbei. Bestellt ein weiteres Stout und einen Wodka mit Lemon und Soda.

Schaut zu Vicki hinunter, die an ihrem Wagen lehnt und zu ihm hochblickt. Er winkt. Hinreißende Vicki. Mit diesen weißen Zähnen. Wunderschön.

»Warum?«, fragte er sie vor ein paar Wochen, nachdem sie die neue Frau in seinem Leben geworden war.

Sie war zum Abendessen bei ihm. Er hatte zwei Hummer von Leuten abgestaubt, die er kannte, und sie gegart. Einen Knoblauch-Dip dazu. Salat, Kartoffelschnitze, die er im Ofen backte. Ein großartiges Essen. Kerzen. Stoffservietten. Sein Boardmans-Besteck. Ein stiller, romantischer Abend. Der richtige Zeitpunkt, sie zu fragen: »Warum?«

»Ich mag es ein bisschen rauer«, erwiderte sie und knackte ein Hummerbein auf. Es störte sie nicht im Geringsten, sich zu bekleckern. Er mochte Frauen, die sich keine großen Gedanken beim Hummeressen machten. Es gefiel ihm auch, dass sie keinen Wein, sondern Bier trank. Okay, nicht sein Stout, aber dafür Millers aus der Flasche.

»Ha, ha«, entgegnete er. »Jetzt ernsthaft.«

»Ernsthaft?«

»Ja.«

Sie lehnte sich vor, nahm ein Stück Kartoffel von seinem Teller und schob es sich in den Mund. »Weil ich das Machogehabe mag. Du weißt schon: der surfende, draufgängerische Typ eben.« Sie kaute und lächelte ihn neckend an. Ihre braunen Augen hatten etwas Koboldartiges. »Ach, ich weiß nicht, Fish. Du bringst mich zum Lachen. Ich mag deinen Musikgeschmack. Reicht das nicht?«

Jetzt im Rafiki's, als Vicki auf seinen Tisch zusteuert, steht Fish auf.

»Babes, wie höflich.«

Er ist sich nie ganz sicher, ob sie sich über ihn lustig macht oder nicht.

Sie setzen sich. Der Kellner bringt ihre Getränke, schenkt ihr das Soda ein.

»Ganz voll, bitte«, sagt Vicki und lächelt den Mann an.

Fish denkt: ein strahlenderes Lächeln, als er bekommen hat.

Nachdem der Kellner gegangen ist, fragt sie: »Woher wusstest du das? Ich hätte doch vielleicht auch ein Bier haben wollen.«

Er runzelt die Stirn. Zuckt mit den Achseln. »Das trinkst du immer, wenn wir hier sind.«

»Zu Hause trinke ich aber manchmal Bier. Und bei Paulaner ein Weißbier.«

»Wir sind weder zu Hause noch bei Paulaner.«

»Es geht darum, Fish: Ich hätte möglicherweise etwas anderes haben wollen, und du hast mich nicht gefragt.«

Fish starrt sie an. Fragt: »Was ist dir denn über die Leber gelaufen?«

Vicki nimmt einen großen Schluck. »Ich bin echt irritiert, Fish. Okay? Ich bin sogar richtig wütend. Ich habe nämlich einen Anruf von Cake Mullins bekommen. Einem sehr verstörten Cake Mullins. Verstört, weil ihm ein gewisser Fish Pescado auf die Pelle rückt. Also ruft Cake Mullins eine gewisse Vicki Kahn an und macht sie wütend. So wütend, dass sie momentan kaum an sich halten kann. Lass das sein, okay, Fish? Lass das einfach sein.«

»Ich wollte nur helfen.«

»Ich weiß. Aber es sein lassen, würde mir bei weitem mehr helfen.«

»Bekommst du ein Darlehen?«

»Ich bin am Ball.«

Fish streicht mit dem Zeigefinger über sein beschlagenes Glas. »Diese Geschichte mit dem Pokerspiel und dem alten Mann, der alles an dich verloren hat. Wer war das?«

»Hab ich doch schon gesagt. Ein alter Mann.«

»Komm schon, Vicki. Das ist nicht alles.«

Sie starrt in ihr Glas und schnaubt leise. »Okay. Nein, ist es nicht. Er war ein Veteran des Freiheitskampfes. Ein MK. War gefoltert worden, in Einzelhaft und endete für sieben Jahre auf dem Island. Eine Weile war er dann Offizier in der neuen Armee. Aber er trank und spielte gern. Vierzehn Jahre später soll er entweder entlassen werden oder mit einer Abfindung gehen. Er ist außerdem am Sterben. Aids. Er entscheidet sich für die Abfindung und setzt alles in einem Pokerspiel. Ich habe es ihm abgenommen.«

»Das wusstest du?«

»Danach hat man es mir erzählt.« Vicki sieht ihn nicht an, sondern richtet den Blick auf Lion's Head.

»Und dieser Cake Mullins? Was hat er mit dem Ganzen zu tun?«

»Ich habe es dir doch schon gesagt. Ich schuldete ihm einen Gefallen.«

»All diese Gefallen.«

»So machen wir das.«

Fish sieht sie an, doch sie weigert sich noch immer, seinen Blick zu erwidern. »Es gibt Gefallen, und es gibt Gefallen. Welche Art von Gefallen?«

Vicki lässt sich Zeit. »Eine Schuld. Er hat sie mir erlassen. Okay? Vor Jahren habe ich in einem Spiel verloren. Ich schuldete ihm Geld, und er hat es mir erlassen.«

»Warum?«

»Ich weiß nicht, warum. So was passiert. Wenn man eine Pechsträhne hat, dann helfen einem manchmal die anderen Spieler aus. Und du machst das auch für die anderen. Es ist eine Art Verbindlichkeitssystem, demzufolge sich irgendwann alles ausgleicht.«

Jetzt sieht sie ihn an. Mit diesen traurigen braunen Augen.

»Du hast keine Ahnung, wie das ist. Es sei denn, du erlebst das selbst. Sonst weißt du nicht, wie eng das manchmal werden kann.«

Fish schaut auf die Kreuzung hinunter, wo sich junge Leute

treffen. Ihre lauten Stimmen, das Gelächter. Die winterliche Abendstimmung verliert allmählich ihr Licht, in den umliegenden Häusern gehen Lampen an.

»Warum hast du dem Aids-Veteran nichts erlassen?«

»Ich konnte nicht anders, ich brauchte das Geld unbedingt. Ich hatte schon einen Warnschuss eingesteckt, einen zweiten würde es nicht geben.«

»Oh ja. Euer Verbindlichkeitssystem.«

Vicki schweigt, trinkt einen Schluck Wodka-Lemon. Ihr Lippenstiftabdruck ist auf dem Glas zu sehen, ein pinkfarbener Fleck, der Fish ins Auge sticht.

»Warum hast du Cake kontaktiert?«

»Wegen dir. Wollte ihm zeigen, dass du Rückendeckung hast.«

»Habe ich um Rückendeckung gebeten?«

»Nein.«

»Wieso also ...« Sie klopft mit dem Finger gegen ihr Glas. »Männer! Ihr lebt in dieser anderen Welt. An diesem seltsamen Ort, wo ihr euch alle zusammenrottet.«

»Wenn wir schon davon reden ...« Fish rückt seinen Stuhl zurück und steht auf.

»Und jetzt?« Vicki sieht zu ihm auf. »Wohin gehst du? Ich bin gerade erst gekommen.«

»Muss noch ein paar Dinge erledigen.«

»Kann das nicht warten?«

»Nein, nicht wirklich.«

»Und Willy Cotton? Was ist da gewesen?«

»Ach ja. Wir treffen uns heute Abend. Willst du mitkommen?«

»Treffen?«

»Bei einem dieser Rennen. Er will mir das Auto zeigen, von dem Fortune überfahren wurde.«

Vicki nimmt seine Hand und zieht ihn herunter. »Setz dich.«

Fish gehorcht.

»Warum machst du das alles? Appollis hat dich dafür bezahlt, mit Willy Cotton zu reden. Mehr nicht.« Sie lässt seine Hand los.

Fish lächelt. »Einfach so.«

Vicki schaut zum Berg hinüber, der sich inzwischen schwarz gegen den Himmel abhebt. Sie seufzt. »An einem Abend ein Pokerspiel, am nächsten ein illegales Autorennen. Scheint ein aufregendes Leben zu sein. Okay, Fish Pescado, du gewinnst.«

Er steht auf und strahlt sie an. »Super. Ich hole dich ab. Um halb zehn, zehn.« Bereits auf dem Weg nach draußen dreht er noch einmal um. »Ach, und Vics? Kannst du die Rechnung übernehmen?«

Auf der Rückbank seines Autos füllt Fish fünf Tütchen. Er hat immer eine Rolle Plastikbeutelchen für solche Notfälle dabei. Die anderen Bestellungen können noch warten.

Ganz oben auf der Liste: eine Werbemanagerin. Eine Frau in Vickis Alter. Geschieden. Gäbe es Vicki nicht in seinem Leben, hätte er es schon lange bei dieser Frau versucht.

»Wow, Fish. Danke, Kumpel. Danke, dass du an mich gedacht hast.« Beugt sich vor, um ihm einen flüchtigen Kuss auf die Wange zu geben. Tatsache, eine ernsthafte Kandidatin, wenn da nicht Vicki wäre.

Er macht zwei weitere Lieferungen im Kessel unten – bei einem Zahnarzt und einem Versicherungsfachmann – und kurvt dann hinüber zum De Waal Drive, wo sich die Stadt hell von unten erhebt. Zu den Vororten der Akademiker.

Erste Lieferung: Professor Summers. Der Prof steht in einer fleckigen Hose und einem weiten Pulli unter der Tür seines

Hauses in Mowbray. Der Gestank nach Katzenpisse und Zigaretten allgegenwärtig. Aus der Tür dringt die Musik Schumanns.

»Mögen Sie Schumann, Fish?«, fragte der Prof bei seinem ersten Besuch. »Oder nur Meat Loaf wie Ihr toter Freund?«

»Shawn Colvin, Alison Krauss, Laurie Levine, Jesse Sykes«, erwiderte Fish.

Der Professor sog an seiner Zigarette und ließ den Rauch seitlich aus dem Mund strömen. »Interessant. Hören Sie nur Frauen, Fish?«

»Sehr oft«, sagte Fish.

Jetzt erklärt der Professor: »Ich hoffe, das ist wirklich so großartig wie angekündigt.«

»Sie werden den Unterschied merken«, meint Fish. »Das ist erste Sahne, das beste Zeug im ganzen Land.«

Der Prof reicht ihm drei Hundertrandscheine. »Sie sind ein guter Mann, Fish«, sagt er.

Der nächste Akademiker ist eine Altphilologin.

»Fish, was für eine nette Überraschung. Wie schön, Sie zu sehen«, begrüßt sie ihn. »Kommen Sie herein, kommen Sie herein!« Doch Fish bleibt lieber vor der Tür, um das Ganze möglichst schnell über die Bühne zu bringen. Sie kriegt immer ein wenig mehr für ihr Geld. Sie ist ein Country-Rock-Fan. War in Woodstock, aber inzwischen muss man sehr genau hinhören, um noch einen amerikanischen Zungenschlag wahrzunehmen.

»Wie haben Sie das genannt?«, fragt sie. »Roy irgendwas?«

»Rooibaard.«

»Und was heißt das?«

»Rotbart.« Fish erklärt ihr die Sache mit den roten Härchen.

»Romantisch. Finden Sie nicht?«

»Ja, kann man sagen«, meint Fish, auch wenn er das Ganze bisher nicht so betrachtet hat.

Mit zweitausend in der Tasche, bei nur einem Tag Arbeit, sind neue Reifen für den Isuzu jetzt eine gesicherte Angelegenheit. Fish fährt als Letztes zu Daro Attilane, um das Surfbrett, das Daro ihm leiht, abzuholen.

Steffie öffnet die Tür. Erklärt ihm, dass Daro nicht da ist, sie aber über das Board Bescheid weiß.

Sie erzählt ihm, dass sie heute Nachmittag bei niedrigem Wellengang draußen gewesen seien. Was nicht viel Spaß gemacht habe. Allerdings sei es schön gewesen, mit ihrem Dad unterwegs zu sein.

»Wir müssen auf die nächste Kaltfront warten«, meint Fish. »Vielleicht nach dem Wochenende.«

Zu Hause will Fish das Surfbrett in die Küche stellen. Er bemerkt einen Umschlag, der unter seiner Fußmatte herausragt. In dem Umschlag befinden sich zwei Fotokopien. Eines der Bilder zeigt eine Gruppe von Männern an einem Strand. Die andere Aufnahme stammt aus einer Krankenhausstation: ein Mann in einem Bett, neben ihm ein Besucher. Die Gesichter sind verschwommen, aber mit Hilfe eines Vergrößerungsglases wird er bestimmt etwas erkennen.

Fish ruft Daro an. Wird zu seiner Voicemail durchgestellt. »He«, sagt er. »Was hat es mit dem Umschlag und den Bildern auf sich? Danke jedenfalls für das Brett. Ruf mich an.«

Siebenundsechzig

Jacob Mkezi hält einen ganz ähnlichen Umschlag aus braunem Papier in der Hand. Nur dass auf seinem auch noch die Auftragsnummer der Kurierfirma klebt.

Er ist in guter Stimmung. Er hat genügend Rattlesnake Sauvignon Blanc getankt, um seine Welt in ein rosafarbenes Licht zu tauchen.

Er hat Entenconfit in seinem Bauch. Ebenso Profiteroles aus Zitronenbaiser.

Es gelang ihm, Mellanie, die der Wein ganz scharfgemacht hatte, abzuwimmeln. Sie war so scharf, dass sie ihm draußen im Auto einen Blowjob anbot.

Den er allerdings auf ein andermal vertagte. Obwohl sein Hummer eigentlich der ultimative Sündenwagen war.

Dann meinte er, er würde sie später anrufen. Sobald er die Logistik auf der Reihe und sichergestellt habe, dass alles glatt über die Bühne ginge.

Sie erwiderte: »Für einen Mann mit Krokodillederschuhen solltest du die Dinge etwas entspannter sehen.«

Jetzt sitzt er vor dem geöffneten Umschlag und zieht ein paar Fotos heraus. Eine Schwarzweißaufnahme von seinem Treffen mit Clifford Manuel, Vicki Kahn, Cake Mullins und Tol Visagie. Hotel Cullinan. Das Bild wurde vom Zwischengeschoss aus gemacht, in dem Moment, in dem sie miteinander anstießen. Datum und genaue Uhrzeit sind ebenfalls verzeichnet.

Unter dieser Aufnahme befindet sich ein Bild von dem Stricherjungen, wie dieser gerade in seinen Hummer steigt. Man kann deutlich das Nummernschild erkennen. Aufnahme Nummer drei: der Hummer fünf Minuten später vor einem McDonald's. Nummer vier: Jacob Mkezi betritt eine Apotheke. Nummer fünf: Er klettert, mit einer Papiertüte in der Hand, wieder in seinen Wagen. Nummer sechs: Der Hummer steht an der Bergstraße, mit dem Blick über den Stadtkessel. Zwölf Minuten später: Er lässt den Jungen in der Stadt raus. Achtes Foto: Er ist zu Hause eingetroffen, wo er darauf wartet, dass sein Gartentor aufrollt.

Jacob Mkezi reibt sich mit der Hand über sein Gesicht. Er weiß, woher der Umschlag stammt. Von seinen alten Kameraden. Diejenigen, die er zu reichen Männern machte. Diejenigen, die jetzt an der Macht sind. Diejenigen, die Angst haben, dass er erzählen könnte, was in den guten alten Tagen so geschah. In den schlechten alten Tagen.

Er ruft Tol Visagie an. Sagt: »Morgen halten wir unseren Kontakt auf Sparflamme. Nur SMS.«

»Warum?«, will Tol Visagie wissen.

»Ist besser so«, erwidert Jacob Mkezi. »Bei solchen Transaktionen gibt es kaum Kommu.« Versucht es mit dieser Art von Agenten-Talk, um dem Tierarzt einen kalten Schauder über den Rücken zu jagen.

Der Tierarzt fragt: »Kommu?«

»Na, Sie wissen schon. Kommunikation.«

»Ah, verstehe«, sagt Tol Visagie. »Das macht mich aber nervös.«

»Alles in Ordnung, mein Freund. Es wird keine Probleme geben. Halten Sie sich fern, und bleiben Sie wachsam.« Jacob Mkezi drückt ihn weg, die Augen auf die Aufnahmen gerichtet. Er sieht rot bei dem Gedanken, dass seine früheren Kampfgenossen ihn nun betrügen. An deren Fingern Blut und Geld kleben. Sein Handy klingelt. Mellanie.

»Scheiße, Jacob«, sagt sie. »Was zum Teufel glaubst du, was du tust? Wenn du mir Aids angehängt hast, dann … dann … Dann ist es aus mit dir.«

»Wovon redest du?«

»Von den Fotos. Hast du auch die verdammten Fotos bekommen?«

»Bearbeitet. Alles Photoshop.«

»Das will ich verdammt noch mal hoffen. Ich komme rüber.«

»Nein«, meint Jacob Mkezi. »Morgen früh. Wir können uns morgen früh darum kümmern.« Er legt auf. Wählt Vicki Kahns Nummer.

»Wer ist da?«, will sie wissen.

Jacob Mkezi räuspert sich. Entschuldigt sich, nennt seinen Namen. Sagt: »Hat Spaß gemacht gestern Abend.«

»Mir nicht«, entgegnet Vicki.

»Vergessen Sie's«, meint Jacob Mkezi. »Sie schulden mir nichts.«

»Schuld bleibt Schuld, bis Zahltag ist.«

Jacob Mkezi lacht. »Verstehe.« Fährt fort: »Also, dann kommt jetzt der Zahltag: Könnte ich Sie mit einem Jobangebot ködern?« Am anderen Ende der Leitung herrscht Stille. »Sind Sie noch da, Miss Kahn?« Hört ihr Zögern. Sagt: »Machen Sie sich keine Sorgen wegen Clifford. Ich werde es mit ihm regeln. Treffen wir uns. Reden wir darüber. Ich biete Ihnen eine interessante juristische Arbeit an, ein gutes Gehalt, Boni, Darlehensprogramme, Zuschüsse zur Krankenversicherung, Rentenanspruch.«

Hört: »Das kommt überraschend. Nicht, was ich erwartet habe.«

»Denken Sie darüber nach, Miss Kahn. Für mich war gestern Abend unser Vorstellungsgespräch. Vielleicht können wir uns morgen treffen? Ich melde mich.«

Achtundsechzig

»Wiederhole das«, sagt Mart Velaze zu Seven und sieht ihn stirnrunzelnd an.

Seven verlagert sein Gewicht von einem Fuß auf den anderen. Erklärt: »Wie ich schon gesagt hab, Mr. Mart. Wir wollen die Hörner zurück.« Er zeigt auf die Hörner, die auf dem Tisch liegen. Noch immer in der Plastiktasche.

Mart Velaze schaut die beiden Männer aus zusammengekniffenen Augen an. »Wir scheinen hier ein Problem zu haben, Brüder. Ihr wollt die Hörner wieder?«

»Es ist besser so, Mr. Mart. Ich und Jouma, wir möchten Sie nicht damit belästigen.«

»Wieso?«

»Wie bitte, Mr. Mart?«

»Wieso belästigt ihr mich damit?«

»Weil wir Sie gebeten haben, sie für uns zu verkaufen. Das macht Ihnen doch Kopfschmerzen, Mr. Mart.«

»Ich hab gesagt, dass ich es erledige.«

»Ja, Mr. Mart. Das stimmt. Darauf haben Sie und ich und Jouma uns ja auch geeinigt.« Seven zeigt zuerst auf Mart Velaze, dann auf sich und schließlich auf Jouma. Jouma nickt und grinst. Seine Lippen spannen sich eng über das zahnlose Zahnfleisch. »Aber jetzt denken wir uns, dass wir Mr. Mart nicht belästigen wollen. Wie ich schon sagte: Wir wollen die Hörner wieder, um Ihnen zu helfen, Mr. Mart.«

Seven sieht Mart Velaze nicht an. Seine Augen sind auf die

Plastiktasche gerichtet, in der sich die Rhinozeroshörner befinden.

Mart Velaze hat das Gefühl, dass Seven plant, sich die Tasche zu schnappen und mit den Hörnern abzuhauen. Deshalb sind sie hier. Ihn stört das wenig. In gewisser Weise hofft er fast, dass Seven so handelt. Er fragt: »Wie soll ich das machen?«

»Was, Mr. Mart?«, will Seven wissen. »Was wollen Sie machen?«

»Es geht nicht darum, was ich will, Seven. Es geht darum, was ich machen kann. Was nicht geht, ist, euch die Hörner zurückgeben. Ihr habt sie mir verkauft. Ich habe sie erworben. Ihr habt eine Vorauszahlung bekommen.«

»Das waren nur fünfhundert.«

Mart Velaze umrundet den Tisch, der ihm als Schreibtisch dient, und lehnt sich an eine Ecke. Seven und Jouma weichen zurück. Sie befinden sich in dem Lagerhaus. Noch immer sind die Farbdosen vor einer Wand aufgebaut. Auch das kaputte Motorrad ist da. Ansonsten ist der Raum leer.

»Fünfhundert sind fünfhundert, Seven.« Mart Velaze schiebt die Tasche mit den Hörnern über den Tisch. »Gebt ihr mir das Geld zurück?«

»Das ist weg, Mr. Mart. Für Kleinigkeiten. Wir schulden Ihnen dann halt was.«

»So funktioniert das nicht.«

Seven macht einen auf begossener Pudel. Den Kopf gesenkt, die Augen auf die Hörner gerichtet.

Mart Velaze folgt seinem Blick. Lächelt. »Was ich dir sagen will, Seven: Sei geduldig.«

»Wir waren geduldig, Mr. Mart. Geduldig seit letzter Woche. Aber Mr. Mart hat sie nicht verkauft.«

Mart Velaze schaut von Seven zu Jouma und wieder zu

Seven. »Rhinozeroshörner sind nicht Coca Cola, *Buti*. Man muss den richtigen Käufer finden. Das braucht Zeit. Versteht ihr mich?«

Seven und Jouma nicken.

Mart Velaze setzt sich auf den Tisch und lässt die Beine baumeln. Bemüht sich, leichter zu klingen. »Ich rede mit Leuten, und ihr kriegt euer Geld. Entweder dieses Wochenende oder Anfang nächster Woche. Also. Was ist mit dem anderen Job? Wollt ihr den anderen Job? Ihr könnt einen Vorschuss bekommen.«

»Welcher andere Job, Mr. Mart?«

»Ich habe euch doch letztes Mal davon erzählt. Zwanzigtausend. Zehn im Voraus, zehn danach. Interessiert?« Mart Velaze zieht einen Finger über seinen Hals. »Ja oder nein? Schnell verdientes Geld.« Er steht auf und holt aus einer der Schubladen eine Neun-Millimeter-H&K-Pistole. Reicht sie Seven mit dem Griff nach vorn.

»Um wen geht's?«, will der wissen.

»Hat das irgendeine Bedeutung? Zwanzigtausend sind zwanzigtausend.« Er lehnt sich nach vorn und klopft Seven mit dem Pistolengriff auf die Brust. »Schnell verdientes Geld, Mann.«

Aus einer weiteren Schublade holt Mart Velaze eine Tüte, die er auf den Tisch leert. Fünf Bündel mit Geldscheinen. »Zehntausend.« Wieder hält er Seven die Waffe hin.

»Um wen geht's?«

»Deinen Freund vom Forum. Daro Attilane.«

Seven tänzelt auf den Fußballen herum. Grinst.

»Tu mir den Gefallen. Für zwanzigtausend.«

»Okay«, sagt Seven.

Als er nach der Waffe greift, meint Mart Velaze: »Ich schau noch rasch nach, ob sie geladen ist.« Holt das Magazin heraus und hält es hoch, damit Seven es sehen kann. »Voll.« Schiebt es wieder in den Griff zurück. »Willst du es machen?« Die Pistole ist in seiner Hand, der Griff auf Seven gerichtet.

»Wie schon gesagt, Mr. Mart. Kann ich machen.«

Seven nimmt die Waffe. Wiegt sie in seiner Hand ab. »Kein schlechtes Teil, *ek sê*.« Lädt durch. Richtet die Pistole auf Mart Velaze. Entsichert. »*Ag*, sorry, Mann. Mr. Mart.« Gibt zwei Schüsse ab.

Neunundsechzig

Fish und Vicki trudeln in dem roten Perana langsam von einer Ampel zur nächsten. Niemand ist auf der Straße, hinter den Fenstern der Häuser sind die Vorhänge zugezogen.

»Da«, sagt Vicki. »Die Ecke.«

Fish fährt an den Bordstein heran.

»Sie sind spät dran«, begrüßt ihn Willy Cotton und steigt in den Wagen. »Sie sagten halb elf. Ich warte hier seit einer Viertelstunde.«

»Es regnet nicht«, entgegnet Fish. »Hätte schlimmer sein können. Ich hab dir geraten, drinnen zu warten. Ich wollte klopfen.«

»Ja, klar. Und mein Dad öffnet dann die Tür, und da steht ein weißer Surfertyp davor. Der würde ausflippen. Wenn er so einen Wagen hier auf der Straße sieht, flippt der aus. Der würde glauben, ich hab mit dem organisierten Verbrechen zu tun. Nein, danke, Mann.«

»Hast du Angst auf der Straße, Willy? Athlone ist doch okay.«

»Ob Athlone oder nicht: Nachts steht man nicht auf der Straße herum.«

»Was hab ich gesagt, Fish«, wirft Vicki ein.

Fish zuckt mit den Achseln. »Ist deine alte Umgebung.«

»Wer ist sie?«, will Willy Cotton wissen.

»Sei höflich«, erwidert Fish. »Das ist Vicki, sie ist Geschwindigkeitsfanatikerin. Fährt einen Alfa MiTo.«

Vicki dreht sich auf dem Vordersitz nach hinten um und

lächelt Willy Cotton zu. Sie streckt ihm ihre Hand entgegen. »Hallo, Willy. Was fährst du?«

Ehe er antworten kann, sagt Fish: »Einen echt starken, neuen Corolla. Willy scheint es richtig gut zu gehen.«

»Das freut mich zu hören«, meint Vicki und schüttelt Willy Cottons Hand. »Und? Wohin fahren wir, Willy? Um was Spannendes zu sehen.«

»Nach Epping«, erwidert Willy Cotton. »Wissen Sie, wo das ist?«

Fish lacht. »Jetzt werd nicht frech.«

Jim Neversink ist eingelegt. Neversink, der vom Großstadtschmutz singt. Jim Neversink gibt das richtige Feeling für diese Art von Unternehmung.

Willy Cotton lässt die Hand über das schwarze Interieur des Wagens wandern. Er kann nicht anders, muss fragen: »Ist das ein Perana?«

»Ja«, sagt Fish.

»V8?«

»V8.«

»Nicht schlecht.«

»Stimmt«, erklärt Fish.

Er verlässt Athlone in Richtung der Kühltürme, über die Schnellstraße auf den Pinelands-Ring. Sie überqueren die Bahngleise und fahren den Viking Way hinunter, ein gepflegtes Stück Straße mit Seitenstreifen zu beiden Seiten. Rechts die Fabriken von Gunners Circle, links ein schlafender Vorort.

»Da ist es«, sagt Willy Cotton.

»Was?«, fragt Fish.

»Das Rennen. Hier ist das Rennen.«

»Das Rennen ist hier? Aber das ist eine zweispurige Straße.«

»Sie fahren nur auf der anderen Seite«, erklärt Willy Cotton.

Fish schüttelt den Kopf. »Wahnsinn.«

»Hast du schon Unfälle miterlebt, Willy?« Vicki dreht sich auf ihrem Platz um.

»Ein paar.«

»Von Fahrern oder von Zuschauern?«

»Beides.« Willy Cotton spielt mit dem Goatee an seinem Kinn. »Einmal ist diesem Typen ein Reifen geplatzt, und das Auto hat sich überschlagen. Er starb, und auch ein kleines Mädchen, das mit seinen Eltern dasaß.«

»Und wie hast du das gefunden?«

»Das war krass.«

»So wie das mit deinem Kumpel Fortune?«

Willy Cotton antwortet nicht.

Fish und Vicki haken nicht nach. Fish wird an einer Ampel langsamer. Die Straße vor ihnen ist leer. Am Rand, an der Seite von Gunners Circle, parkt ein Auto.

»Hier ist dann Schluss«, erklärt Willy Cotton. »Die Jungs in dem Auto da beenden das Rennen.«

»Was heißt das? Beenden das Rennen?«

»Na, sie stellen fest, wer gewinnt. Für diejenigen, die wetten.«

»Es werden Wetten abgeschlossen?«, fragt Vicki.

»Ja, klar.«

Fish wirft ihr einen Blick zu. »Nein.«

»Ich hab nichts gesagt.«

»Denk nicht mal dran.«

Am oberen Ende des Viking Way hat sich eine Menge versammelt. Fish parkt in ziemlicher Entfernung in einer Seitenstraße.

»Los«, sagt er zu Willy Cotton. »Machen wir einen Spaziergang.« Willy Cotton trägt einen Kapuzenpulli und hat die Hände in den Taschen vergraben. Er geht einen Schritt hinter Vicki und Fish.

An der Ecke herrscht Hochbetrieb. Mehrere Autos stehen nebeneinander auf der Fahrbahn, die Scheinwerfer eingeschaltet, Musik dröhnt aus den offen stehenden Türen. Fish wird »ein Schluck, mein *Bru*« aus einer Flasche Old Brown Sherry angeboten, die herumgeht. »Nee«, sagt er, »*Zol* ist mein *Jol.*« Was die Gruppe zum Lachen bringt. Ein großer Kerl in einem Kaftan, der neben einem Transporter steht, als wäre er Gaddafi, wirft Fish einen Blick zu. Die Schiebetüren des Wagens öffnen sich, und im Inneren kann man schäbigen Teppich sehen, der alles auskleidet. Draußen und drinnen hängen Tussis ab und trinken Sekt aus Flöten. Erst dann bemerkt Fish, dass es gar keine Tussis sind, sondern Transvestiten. Flats Specials.

»Das ist ein Buchmacher«, erklärt Willy Cotton. »Den wollen Sie lieber nicht näher kennenlernen.« Er drängt Vicki und Fish weiter zu der Kreuzung, wo man das Dröhnen und Aufheulen der Motoren hört. Es stinkt nach Abgasen. Leute stoßen gegen sie, es wird gebrüllt und gerufen, die Autos sollen sich in einer Linie aufstellen.

»Das Auto da«, schreit Willy Cotton Fish ins Ohr. »Der Subaru. Der blaue vorne mit der Folie. Das ist er.«

Der Wagen ist tiefergelegt und mit breiten Felgen versehen. Er zittert, als der Fahrer ihn aufheulen lässt. Ganz so wie der, den Fish bei Daro sah. Vorne auf der Kühlerhaube wurde er zur Hälfte umgespritzt.

»Wo kann ich wetten?«, ruft Vicki Willy Cotton zu.

»He, *Sista*, gleich hier bei mir«, kreischt eine Stimme. Ein kleiner Mann mit einem dünnen Schnurrbart, der neben Vicki steht.

»Ich will auf ihn wetten«, sagt Vicki und zeigt auf den Subaru.

»Ausgezeichnet, *Sista*, ausgezeichnet«, erwidert der kleine

Mann und führt Vicki zu dem mit Teppich ausgelegten Auto zurück.

Fish folgt den beiden. Nervös stößt er Vicki an. Redet auf sie ein: »Nein, nein, nein! Was tust du da? Ich hab doch gesagt, das machst du nicht.«

Willy Cotton bleibt zurück.

»Ich spiele«, erwidert Vicki. »Folge den Vibes.«

Der Buchhalter im Kaftan weist mit dem Kinn in Fishs Richtung. »Ja, *Mlungu*, mein Weißer«, sagt er. »Wie viel für dich und die *Sista*?«

»Nein«, fleht Fish. »Nicht.«

»Hör auf, so moralisch zu sein. Geh mit dem Flow, Fish. Komm schon. Mach es für uns.« Sie hält beide Hände hoch. »Ich selber lasse die Finger davon. Werde nicht mein Versprechen brechen.«

Fish gibt nach. Hier ist nicht der richtige Ort, um sich zu streiten. Er holt ein Bündel heraus. »Zweihundert.«

»Sei nicht so mickrig«, meint Vicki. »Komm schon, Fish. Man lebt nur einmal.«

Fish schaut sie an. Das Feuer in ihren Augen. Ihr Lächeln, die weißen Zähne.

»Damit ist aber Schluss«, sagt er.

»Okay«, stimmt sie zu. »Einverstanden.« Nimmt sein Geld, zählt dem Mann zweitausend in die Hand. »Auf den Subaru. Wie stehen die Chancen?«

»Für euch genauso wie für alle anderen auch: zwei zu eins.« Das Geld verschwindet im Inneren des Wagens.

»Auf wen wetten wir?«, erkundigt sich Fish.

»Auf Lord the Lord.«

»Hat Lord auch einen Nachnamen?«

Der Mann lacht und reicht Vicki einen Beleg. »Lord Lord. Lord ganz oben.«

»Es reicht schon, wenn du nach Lord fragst, Baby«, sagt einer der Transvestiten und wirft Fish eine Kusshand zu.

»Was ist das?«, fragt Fish den Buchhalter und deutet auf den Beleg.

»Wenn euer Mann gewinnt, wollt ihr doch sicher Geld sehen, *né*? Und wenn ihr Geld sehen wollt, zeigt ihr mir besser den Beleg.«

Fish streckt beide Daumen nach oben und wendet sich zum Gehen. »Wir kommen wieder.«

»Alles klar, *Bru*?«, erkundigt sich der Mann mit dem dünnen Schnurrbart.

»Alles klar«, erwidert Fish. »Nur, wer ist Lord?«

»Mann, einfach der Lord, *Bru*. Der Lord ist der Lord. Häuptling der Fahrer. Komm, ihr müsst euch das Rennen anschauen.«

Fish und Vicki folgen dem kleinen Mann durch die Menge. Willy Cotton ist nirgendwo zu sehen. Leute drängen und schieben sich nach vorne, doch der kleine Mann bahnt sich unbeirrt seinen Weg. Wie ihm das gelingt? Indem er mit einem Klappmesser wedelt und den Leuten mit der Spitze der Klinge in die Haut piekst.

Fish sagt: »Das Geld werden wir nie wiedersehen.«

Vicki grinst ihn an. »Natürlich werden wir das. Spürst du nicht das Glück?«

Fish spricht in ihr Ohr. »Nein. Das ist ein Glücksspiel. Damit sollst du nichts mehr zu tun haben.«

»Gehört alles zur Recherche.«

»Einem Schwarzen in einem Kaftan und mit einem solchen Wagen Geld geben?«

»Ein Mann in einem Anzug und einem Büro ist auch nicht besser.«

Fish widerspricht nicht.

Sie schaffen es bis zum Bordstein. Zwei Autos, die dort auf der Fahrbahn stehen, schaukeln hin und her. Lord in seinem Subaru, ein Audi neben ihm. Lord gibt etwas Gas, und der Motor heult auf. Der Audi antwortet. Die beiden wechseln sich nun mit dem Überdrehen des Motors ab, sehr zum Vergnügen der grölenden Menge.

»Hier sind wir, mein *Bru*«, ruft der kleine Mann.

Ein dichter Verkehr aus normalen Autos kriecht auf der Nebenspur vorbei. Alle hupen. Fans und entsetzte Bürger auf dem Nachhauseweg.

Ein Mann in einem weißen Mantel tritt vom Bürgersteig und stellt sich vor die Rennautos. Er winkt sie vorwärts, bis sie neben ihm auf gleicher Höhe stehen. Seine Hände auf ihren Kühlerhauben. Er sieht Lord an, er sieht den Audi-Fahrer an. Er hebt die Hände und macht drei Schritte rückwärts. Schaut wieder beide Fahrer an. Hebt die Arme über seinen Kopf. Hält sie dort: eins, zwei, drei, vier. Die Menge zählt den Countdown mit. Bei zehn macht er eine Pause. Die Menge brüllt: Los, los, los. Plötzlich lässt er die Arme sinken und verbeugt sich. Die beiden Autos schleudern mit rauchenden Reifen und nach heißem Öl stinkend an ihm vorbei.

Fünfzig Meter weiter kommt Lord eng an den Audi heran und rasiert dessen Seitenspiegel. Metall schabt über Metall. Die Hecklichter der beiden Wagen bleiben einen Moment lang auf gleicher Höhe, bis der Audi mit den Reifen auf den Seitenstreifen aus Kies kommt und eine Staubwolke hochjagt, die kurz alles verdunkelt.

Fish kann nicht erkennen, wer vorne liegt. Vicki springt neben ihm auf und ab.

»Wer ist vorn?«, fragt sie den kleinen Mann, der an seinem Handy klebt.

Die Hecklichter scheinen eins geworden zu sein.

»Ihr habt gewonnen«, brüllt der kleine Mann. »Ihr habt gewonnen, *Bru*! *Sista*! Zwei zu eins. Hoch lebe der Lord!«

Die zweite Gruppe geht in Position. Fish hört Polizeisirenen. Die Leute um sie herum beginnen zu rennen und versuchen, ihre Autos zu erreichen. Der kleine Mann zerrt an Fishs Ärmel.

»Los, holt euch euer Geld. Schnell, mein *Bru*, meine *Sista*!«

Fish packt Vicki am Arm. Wieder folgen sie dem kleinen Mann durch die lachende Menge.

Gerade will Mr. Kaftan die Schiebetür des Transporters schließen und abhauen. Er sieht Fish.

»Ah, *Mlungu*. Ein *Mlungu* vergisst nie sein Geld.« Er wirft ein Bündel hinaus, das Fish fängt. »Alles da, *Mlungu*!« Grinsend zeigt er seine falschen weißen Zähne und schlägt die Tür zu.

»Eine winzige Vergütung«, schlägt der kleine Mann vor. »Ein winziges Prozent.«

Fish gibt ihm einen blauen Hunderter. »Du bist gut, *Bru*. Du bist cool.« Der kleine Mann küsst den Geldschein und schenkt Fish ein zahnloses Grinsen. »Gute Nacht, *Larney*. Gute Nacht, meine Kirsche. Süße Träume.«

Willy Cotton wartet auf sie am Perana.

»Das hat Spaß gemacht«, meint Vicki, als Fish in den Vorort hineinfährt, um der Polizei zu entgehen. »Und wir haben gewonnen.«

Sie sehen sich lachend an. Fish sagt: »Das war eine absolute Ausnahme, okay? Nie mehr wieder.«

Vicki beugt sich zu ihm hinüber, um ihm einen Kuss auf sein Ohr zu geben.

»Da ist nur eine Sache, Willy«, erklärt Fish. »Ich glaube, du kennst seinen Nachnamen.«

»Tu ich nicht.«

»Natürlich tust du das, Willy. Du hättest uns viel Zeit sparen können. Vicki und ich hätten einen romantischen Abend miteinander verbracht. Aber okay. Halb so schlimm. Jetzt will ich jedenfalls wissen, wie er lautet.«

»Ich weiß es nicht. Echt.«

»Denk doch mal nach«, schlägt Fish vor. »Wir können auch gern eine Weile durch die Gegend fahren, während du nachdenkst.«

Vicki meint: »Wow. Wie findest du das? Dreitausendneunhundert. Unglaublich. Das war so gut.«

»Das war Glücksspiel.«

»Das letzte Mal.«

Fish wirft einen Blick in den Rückspiegel und mustert Willy Cotton. »Läuft was da hinten, Willy? Hat sich schon dein Gedächtnis gemeldet?«

Zwanzig Minuten später ist Willy noch immer schweigsam. Verschlossen wie eine Auster. Fishs Handy klingelt. Georgina, Daros Frau.

»Kannst du kommen?«, fragt sie. »Es ist dringend.«

Siebzig

Die Jungs stürmen auf ihn zu, als er den Hummer anhält. Sie drängen sich und stolpern übereinander, um aus ihren Decken zu kommen und als Erste bei dem Fahrzeug zu sein. Ihre Gesichter mit aufgerissenen Mündern. Er lässt das Fenster heruntergleiten und sucht nach dem Jungen. Zeigt auf ihn. »*Jy*.«

Die anderen protestieren. »Ich, mein *Baas*, ich! Ich mach es besser.«

Der Junge öffnet die Tür und steigt ein, während die anderen mit hineindrängen wollen. Jacob Mkezi lässt sein Seitenfenster herunter und hält einen Hundertrandschein nach draußen. Die Jungen sehen ihn und rennen um den Wagen herum.

»Schließ jetzt die Tür«, sagt Jacob Mkezi. Er lässt das Geld los. Sieht, wie es zu Boden flattert und sich die Jungen daraufstürzen. »Willst du einen Cheeseburger?«

»Ja, mein *Baas*. Bitte, mein *Baas*«, sagt der Junge.

»So wie letztes Mal.«

Der Junge grinst ihn an. »Ja, mein *Baas*.«

Erneut stehen sie auf dem Parkplatz vor dem McDonald's, dem wachsenden Stadion gegenüber. Der Junge schlingt den Burger so schnell herunter, dass er die einzelnen Bissen kaum kaut.

»Langsam«, sagt Jacob Mkezi. Er berührt die Wange des Kindes. »Das kann nicht schaden.«

Der Junge nickt, beide Wangen gefüllt.

»Hast du die Zam-Buk-Salbe benutzt?«

Der Junge nickt wieder.

»Gut«, meint Jacob Mkezi, lächelt ihn an und lehnt sich zurück. Er beobachtet den Jungen beim Kauen, ein Bissen nach dem anderen.

Als der Junge heruntergeschluckt hat, sagt er: »Ma Brenda.«

»Brenda Fassie?«

»Ja, mein *Larney*.«

Jacob Mkezi schiebt *Weekend Special* in den CD-Spieler, und der Junge beginnt, mit den Schultern zu wackeln, während er den letzten Rest seines Burgers verputzt.

»Noch einen?«

Der Junge nickt begeistert und steckt sich dann einen Strohhalm in den Mund, saugt an der Cola.

»Warte.« Jacob Mkezi steigt aus und geht an den anderen Autos entlang zum Drive-in-Schalter. Um diese Zeit sind es vor allem junge Paare, die hier herumsitzen. Ihre Vorstellung von einem Date: gemeinsam einen Burger essen und dann hoch zu Signal Hill, für einen Quickie auf dem Rücksitz. Keiner von denen scheint besorgt zu sein, dass sie dort überfallen werden könnten.

Keine Einzelpersonen in den Autos, keiner mit einer Kamera, soweit Jacob Mkezi das sehen kann. Seitdem er von zu Hause losgefahren ist, hat er genau aufgepasst. Immer wieder einen Blick in den Rückspiegel geworfen, den langen Weg durch den Vorort genommen. Bis ihm einfiel, dass sie ihn wahrscheinlich mit einem Sender ausgestattet haben. Ihn beobachten, wie er Haken schlägt und Umwege fährt. Sich dabei amüsieren. Er blieb absichtlich lange stehen, so dass sie näher kommen könnten. Aber es gab auch Möglichkeiten, dieses Spiel zu stören, zum Beispiel durch unterirdische Parkhäuser. Jacob Mkezi machte sich also nicht allzu große Sorgen. Zu diesem Zeitpunkt kam er auf dem Rhodes Drive heraus und fuhr weiter über die Union Avenue, ohne sich Mühe zu geben, seinen Weg zu verschleiern.

Wenn sie herausgefunden haben, wo er jetzt steht – kein Problem. Bilder von einem Parkplatz ist nicht das, wonach sie suchen. Was sie wollen, ist der ganze Durchlauf. Und darauf müssen sie eben warten.

Jacob Mkezi kauft noch einen Cheeseburger und eine Cola für den Jungen. Langsam schlendert er zum Hummer zurück, den Blick auf den Stadionbau gerichtet. Unglaublich, mit welcher Geschwindigkeit dieses Gebäude hochgezogen wird. Ein Projekt, das ihn beeindruckt – die Größe, die Logistik. All das auf die Reihe zu bekommen. Im Vergleich dazu scheint das Organisieren einiger LKWs und eines Frachtflugzeuges lächerlich zu sein. Allerdings dürfte das Schmiergeld bei seiner Transaktion deutlich höher ausfallen als das Gehalt eines Ingenieurs. Trotzdem, man muss die Leistung dieser Leute bewundern.

Er öffnet den Wagen. Der Junge ist in sich zusammengesunken und auf dem Beifahrersitz eingeschlafen. Brenda Fassie singt leise vor sich hin.

Jacob Mkezi legt den Burger auf den Boden und stellt die Cola in den Getränkehalter. Den Jungen hievt er auf die Rückbank, wo er seinen Körper mit einer Decke wärmt.

Er setzt sich neben den Jungen, legt dessen Kopf auf seinen Schoß und denkt an seine Kampfgefährten. An die Eifersüchtigen. An diejenigen, die nie verstanden, welche Rolle er spielte. An das Geld, das er in seinen Besitz brachte. Er streichelt über die Haare des Jungen und spürt den Schmutz zwischen seinen Fingern. Die bekamen ihren Anteil, aber das reichte ihnen nicht. Die wollten nicht, dass der Dreck an die Oberfläche steigt.

Er lässt seine Hand unter die Kleidung des Kindes gleiten, platziert sie auf dessen Brust. Kann das Pochen des Herzens spüren. Fährt mit den Fingern über die Rippen, hinunter bis zur Taille, so weit er kann. Er liebkost den Jungen und zieht dann nach einer Weile sanft die Hand wieder fort.

Mit dem Kopf auf seinem Schoß bleibt er sitzen. Die Hände umfassen das kleine Gesicht. Er sitzt eine ganze Zeitlang so da, ehe er den Jungen erstickt. Ihm die Luft abschnürt. Der Junge ist betäubt. Seine Beine zittern für einen Moment, sein Körper zuckt einmal. Dann liegt er still da.

Jacob Mkezi fährt in die Stadt zurück. In der Bree Street lässt er den Leichnam des Jungen im Eingang zu einem Geschäft zurück. Bedeckt ihn mit einer Decke.

Auf dem Nachhauseweg dreht er Brenda Fassie auf volle Lautstärke.

Einundsiebzig

»Er ist mit Steffie surfen gegangen. Dann kam er zurück. Hat sich umgezogen und ihr gesagt, dass er etwa eine Stunde weg sein würde«, erzählt Georgina Attilane Fish und Vicki. »Das war gegen halb sechs.«

Georgina hockt zusammengesunken auf dem Sofa, ein Glas Whisky in der Hand, aus dem sie noch keinen Schluck getrunken hat. Ihre Augen sind stecknadelgroß, findet Fish. Und ihre Haut zombieweiß. Bisher hat Fish sie jedes Mal, wenn er sie traf, nur aufgedonnert erlebt. Jetzt sieht sie wie ein Wrack aus.

»Irgendwas ist passiert. Er ist entführt worden. Oder überfallen. Er liegt irgendwo verletzt in einem Graben. Ich weiß es, Fish. Ich weiß es.«

»Vielleicht«, erwidert Fish. Er will nicht weiter kommentieren.

»Daro macht solche Sachen sonst nicht. Er sagt mir, was er plant. Oder er ruft an. Er lässt es mich wissen.«

Fish beobachtet sie – wie ihre Hände erstarrt das Glas halten, wie sie ihn mit flehenden Augen anschaut. Nichts mehr von der Frau zu erahnen, die stets die Zügel in der Hand zu haben schien. Fish war sich nie sicher gewesen, was er von Georgina halten sollte. Er fand sie immer etwas steif, als ob sie seine Surf-Freundschaft mit Daro nicht nachvollziehen könnte. Aber diese Frau hier vor ihm leidet.

»Er ist seit sieben Stunden verschwunden.« Sie stellt das Glas auf den Couchtisch. Vergräbt ihr Gesicht in den Händen, schiebt die Hände in die Haare und bleibt so sitzen. Hager und mit starrem Blick. »Er ist tot.«

Fish denkt: Was weiß er schon Genaueres über Daro? Der Typ könnte sich gerade irgendwo sein Hirn rausvögeln.

»Versuchen wir noch mal sein Handy«, schlägt Vicki vor. Seitdem sie eintrafen, hat sie nicht viel gesagt. Überließ Fish das Reden. Jetzt fragt sie Georgina nach der Nummer, bereit, sie in ihr Handy einzutippen.

Georgina fängt an: »Null, acht, drei.« Hält inne. »Ich habe das längst gemacht. Hunderte Male. Es ist sinnlos.«

»Noch einmal«, sagt Vicki.

Georgina nennt ihr die Nummer. Fragt Fish: »Kennst du nicht jemanden bei dem Provider? Die können ihn doch über sein Handy orten.«

»So einfach ist das nicht«, meint Fish. »Vor allem nicht um diese Uhrzeit.«

Sie schauen zu, wie Vicki auflegt, als der Anruf zur Voicemail weitergeleitet wird. Sie zuckt mit den Achseln.

»Ich hab's doch gesagt. Glaubt ihr, ich hab das nicht schon den ganzen Abend über probiert?«

»Ist Steffie oben?«, will Fish wissen.

»Ich hab sie ins Bett geschickt.«

»Was hat sie über ihren Dad erzählt?«

Georgina sieht ihn mit ihren Totenkopfaugen an. »Dass es ihm gut ging. Dass er meinte, er wäre kurz eine Stunde weg.«

»Hat er irgendwas mitgenommen?«

»Seinen Aktenkoffer.«

»Vielleicht gibt es einen Notfall in der Familie. Bei seinen Leuten?«

»Seine Eltern sind tot, Fish. Er hat keine Geschwister. Wir sind seine Familie, Steffie und ich.« Sie starrt Fish mit diesen dunklen Augen an.

»Also gut«, sagt Fish und steht auf. »Ich möchte mir sein Büro im Autosalon anschauen. Vielleicht ist da ein Hinweis.«

»Das bin ich schon durchgegangen. Nichts. Kein Termin in seinem Terminkalender. Ich habe sogar seinen Papierkorb ausgeleert. Daro ist wie ein Pfadfinder, alles ordentlich am Platz.«

»Verstehe.« Fish zeigt auf einen Schlüsselbund, der auf dem Tisch liegt. »Komme ich mit denen rein?«

»Du verschwendest nur Zeit. Wir sollten die Polizei informieren.«

»Das kannst du gerne tun. Sie wird nichts unternehmen. Aber du kannst es gerne tun.«

»Es sind sieben Stunden.«

»Ich weiß«, sagt Fish. »Sieben Stunden sind lang.« Er wirft Vicki einen Blick zu.

Sie versteht, was er will. Sagt: »Ich warte hier.«

Fish ist bereits an der Haustür. Zehn Minuten später steht er in Daro Attilanes Büro. Mit der Fernbedienung schaltet er die Alarmanlage aus. Er macht die Neonbeleuchtung an.

Georgina hat recht. Daro wäre ein ausgezeichneter Pfandfinder geworden. Ein Mann mit einem Sinn für Ordnung in einem Büro voller Ordnung. Ein Schreibtisch mit zwei Schubladen. Ein grauer Aktenschrank mit vier Metalltüren. Keine versperrt.

Im Papierkorb findet er die Verpackung eines Kurierdienstes und eine Visitenkarte von Adler Solutions. Er steckt die Karte ein.

Ein paar Kugelschreiber und ein Notizblock in der oberen Schublade. In der unteren Überweisungsformulare.

Auch der Aktenschrank ist fast leer. Ein paar Autobroschüren, Autozeitschriften, matt angelaufene Trophäen für die höchsten Verkaufszahlen, die von seiner Zeit als Abteilungsleiter erzählen, Kontoauszüge. In dem unteren Fach eine Klemme mit Quittungen. Zuoberst ein Beleg für einen Copyshop in der Blue Route Mall. Am späten Vormittag scheint Daro viele Kopien gemacht zu haben. Etwa fünfzig Seiten.

Fish sperrt Daro Attilanes Büro gerade wieder zu, als sein Handy klingelt. Eine Nummer, die er nicht erkennt. Die Stimme schon. Es ist Willy Cotton.

Willy Cotton sagt: »Der Mann, den Sie suchen, heißt Lord Mkezi.«

Fish zieht den Schlüssel aus dem Schloss. Bittet: »Warte, Willy, ich brauche einen Stift.« Auf die Rückseite eines Kontoauszugs schreibt er den Namen. Wiederholt ihn laut. »Das ist großartig, Willy. Ich bin dir echt dankbar. Du machst das für deinen Freund. Hast du auch eine Adresse für ihn?«

Willy Cotton nennt die Durham Avenue in Salt River.

»Was ist das?«, fragt Fish. »Ein Wohnblock?«

»Neben der Leichenhalle«, erwidert Willy Cotton.

»Wie praktisch. Dieser Lord, ist der mit Jacob Mkezi verwandt?«

»Sein Sohn.«

Fish stößt einen Pfiff aus. »Jetzt versteh ich einiges.«

Willy Cotton sagt: »Von mir haben Sie das nicht. Ich hab Ihnen nichts erzählt. Und keine weiteren Fragen. Ich bin draußen.«

Fish will ihm gerade erklären, dass sie sich nie begegnet sind, da hat Willy Cotton bereits aufgelegt. »Das ist ein braver Junge«, murmelt Fish in die tote Leitung.

Eine halbe Stunde später zeigt er Georgina die beiden Fotokopien, die Daro ihm zugestellt hat. Georginas Finger zittern, als sie die Bilder betrachtet.

»Kennst du die Originale?«, fragt er.

»Daro hat keine Fotos. Nur von uns. Da drüben stehen vier Alben von uns.«

»Und was ist mit Bildern seiner alten Familie?«

Georgina schüttelt den Kopf. »Er hat immer gesagt … Er sagt immer … dass er sich wünschte, er hätte Fotos von ihnen. Ich weiß nicht, was passiert ist. Er hat sie verloren, oder sie wurden weggeworfen. Als ich Daro kennenlernte, passte alles, was ihm gehörte, in zwei Koffer.« Sie reicht Fish die Kopien zurück. »Warum solltest du die sehen?«

»Nicht den leisesten Schimmer.« Fish zeigt auf die Gruppe am Strand. »So verschwommen, kaum zu gebrauchen. Das hier, okay. Da kann man den Kerl im Bett erkennen. Aber wer ist der andere Typ?«

Vicki nimmt die Kopien und sagt: »Er kommt mir bekannt vor, der Mann im Bett. Irgendwo habe ich schon mal Bilder von dem gesehen.«

»Mir kommt er auch bekannt vor«, meint Fish.

»Nicht berühmt. Kein Star oder so. Eher ein Politiker, ein Geschäftsmann. Ich weiß nicht. Aber ich habe schon Bilder von ihm gesehen.«

»Weshalb hat mir Daro also diese Bilder gegeben?«, will Fish wissen.

»Wo ist Daro?«, fragt Georgina. Ihre Stimme klingt erbärmlich. Wie gebrochen.

Zweiundsiebzig

»Was hast du dir dabei gedacht, Jacob? Meine Gesundheit so aufs Spiel zu setzen? Mich der Gefahr von Aids auszuliefern? Bist du wahnsinnig?«

Mellanie in voller Rage hält die Bilder nacheinander hoch, als wären sie Leselernkarten.

»Mein Gott, Stricher! Die sind hochgiftig. Voller Krankheiten. Oh Gott, was für ein Albtraum!« Schleudert die Fotos auf den Couchtisch.

Sie und Jacob Mkezi sind im Wohnzimmer. Er steht an den Schiebetüren aus Glas und beobachtet, wie die frühe Morgensonne seinen Rasen erleuchtet und den Tau auf den Spinnweben zum Funkeln bringt. Hört Mellanie, achtet aber nicht auf sie.

»Bist du pervers? Pädophil? Ein Kinderficker? Das ist krank, Jacob. Das ist total abartig. So was von jenseits. Absolut nichts mit mir zu tun! So was mach ich nicht, Jacob. Mit dieser Sorte Scheiße hab ich nichts zu tun. Kleine Jungs. Mein Gott! Straßenkinder. Herr im Himmel, wie soll ich damit umgehen? Emotional. Dass ich möglicherweise diesen Virus in meinem Blut habe, der mich umbringt. Wie soll ich mit so was professionell umgehen? Hä? Kannst du mir das sagen? Ich werde es dir sagen: Ich werde gar nicht damit umgehen.«

Mellanie stürmt durch das Zimmer. Hin und her, vor und zurück. Sie hat sich für den Nahkampf gekleidet: schwarzer Hosenanzug mit spitzen Schuhen. Mellanie, die wütende Geliebte. Mellanie, die Imageberaterin mit einem sündig gewordenen Klienten. Sie ballt die Fäuste und legt von Neuem los.

»Um Gottes willen, Jacob! Ich hab dich gemocht. Ich hatte mich in dich verknallt. Idiotische Mellanie. Dämliche blonde Mellanie. Glaubt, sie hat was mit Mr. Krokodillederschuh, und es stellt sich heraus, dass er kleine Jungs bevorzugt. Dass er diese Mellanie nur bei sich behält, damit man eine Tussi an seiner Seite sieht. Damit jeder glaubt, Jacob Mkezi steht auf Frauen. Nur deshalb, Mr. Mkezi. Nur deshalb. Vielen herzlichen Dank. Kann mir nichts Schöneres vorstellen als diese Nebenrolle. Die Zuckerpuppe von Jacob Mkezi, dem Kinderficker. Der seiner dummen Blondine nebenbei noch Aids anhängt …«

Sie bleibt auf einmal stehen. Die Schultern sind nach vorn gesunken.

»Schau mich an. Schau mich an, Jacob.« Zeigt auf die Bilder. »Sag mir, dass das Fälschungen sind.«

Er dreht sich zu ihr um. »Das sind Fälschungen.«

»Sind sie nicht. Du lügst. Das ist dein Auto. Da ist ein Junge, der in dein Auto steigt. Das bist du, wie du aussteigst und in eine Apotheke gehst. Lüg mich nicht an, Jacob.«

»Man will mir schaden.«

»Ich kann diesen Jungen auftreiben, Jacob. Ich kann da sofort hinfahren und diesen Jungen finden. Dann kann ich ihn fragen.«

Jacob Mkezi zuckt mit den Schultern. »Mach ruhig. Vielleicht findest du ihn. Vielleicht nicht. Diese Kinder bleiben nie lange an einem Ort.« Er tritt zu Mellanie und legt eine Hand auf ihren Arm. Sie schüttelt ihn ab und weicht zurück. Jacob Mkezi lächelt. »Sagen wir mal, du findest ihn. Sagen wir, du zeigst ihm ein Bild von mir. Dann wird er dir erklären, ja, das ist der Mann in dem Hummer. Das ist der Mann, der mir was bei McDonald's gekauft hat. Das ist der Mann, der mir *Muti* gekauft hat. Er wird dir alles so beantworten, wie du es hören willst. Und warum? Weil er weiß, dass du ihm fünfzig Mäuse geben wirst. Oder auch hundert. Er wird dir sagen, was immer du willst.«

Jacob Mkezi schiebt sich die Ärmel hoch und schaut Mellanie an. Entspannt steht er in seinen Stonewashed-Jeans und den Lederloafers da. Ganz der lässige Geschäftsmann. Der Mann mit den Fakten. »Die wollen mich loswerden«, fährt er fort. »Ich weiß zu viel.«

»Wer ist die? Wer soll das sein, Jacob? Nenn Namen. Wer sind die?«

»Das sage ich nicht.«

»Und wie soll ich dir dann glauben?«

»Du würdest es sowieso nicht tun.«

»Lass es drauf ankommen.«

»Vergiss es.«

»Die Parteichefs? Der Präsident? Rück raus damit, Jacob. Wer?«

»Ich sagte: Vergiss es.« Jacob Mkezi macht es sich auf einem Sofa bequem, die Hände hinter dem Kopf verschränkt.

Mellanie starrt ihn an. Ein Arm über ihrer Brust, der andere darauf abgestützt, ihr Kinn in der Hand, ein Finger über ihrem Mund. Starrt ihn so an. »Du bist echt nicht ganz dicht. Was hab ich mir nur dabei gedacht, dich als Klienten anzunehmen? Du bist kriminell. Verdammter Abschaum. Du hast mich benutzt – und zwar gewaltig.«

Jacob Mkezi lacht. »Und das hat dir nicht gefallen? Ach, komm. Genau so was macht dich doch scharf, *Sisi*. Zu wissen, dass du ganz nahe an der echten Welt dran bist. An den Bösen. Am Abschaum. Mit den coolen Kerlen, die an der Macht sitzen, auf Du und Du. Ist es nicht so, Mellanie? Du riechst das

Geld, *Sisi*. Das ist groovy, *Sisi*. Das ist geil. Alle sind total entspannt, weil alle ihren Anteil kriegen.«

Mellanie schüttelt mit erhobenen Händen den Kopf. Sagt: »Nein, nein, nein. Du Arschloch. Okay, Jacob, du kannst mich mal. Such dir eine andere PR-Tussi. Eine andere Frau, an der du dich reiben kannst. Deinen schlappen Schwanz. Jemand, dem du Aids verpassen kannst.« Stürmt aus dem Zimmer.

Lässt Jacob Mkezi mit einem eingefrorenen Lächeln auf dem Gesicht zurück. Er hört, wie die Haustür ins Schloss fällt. Hört, wie sie ihr Auto anlässt. Wählt Mart Velazes Nummer. Wird zur Voicemail durchgestellt. »Genosse«, sagt er. »Wie läuft's? Was haben Sie über Vusi Bopape herausgefunden?«

Dreiundsiebzig

Fish ruft Flip Nel an. Er braucht einen Polizisten. Sie beide nebeneinander, Seite an Seite, würden die Sonne verdunkeln. Einschüchtern. Flip Nel erzählt ihm, dass er gerade einen Bericht über einen Überfall verfasst.

Fish fragt: »Gangster?«

Hört Flip Nel seufzen. »Ja. Gestern. Lesen Sie keine Zeitung?«

Fish meint, ab und zu. Wäre sonst zu deprimierend.

»Kann man laut sagen«, erwidert Flip Nel. »Hier geht es auch um organisiertes Verbrechen. Ein Typ von der russischen Mafia, seine Frau und seine Tochter – wurden im Vorbeifahren beschossen. Alle drei auf der Intensiv, und ihr Bodyguard und der Fahrer sind tot. Scheißjob, was? Irgendwelche Kerle feuerten an einer Ampel wie die Blöden auf das Auto. Gibt's immer wieder. Höchstwahrscheinlich werden wir nie rausfinden, wer dahintersteckt.« Er hört, wie sich Flip Nel eine Zigarette anzündet. »Also – wollten Sie mich zum Angeln einladen?«

»Ich brauche Ihre Hilfe«, erklärt Fish.

»Als Angelpartner?«

»Das wird schon noch.« Fish sitzt in seinem Perana. Er hat an der Straßenseite geparkt, um den Anruf zu machen.

»Ja, so was hab ich schon öfter gehört«, meint Flip Nel. »Das Boot steht seit einem Monat in Ihrem Hinterhof. Seitdem Sie es bekommen haben.«

Fish denkt: He, Junge, hast du mir nachspioniert? Sagt: »Bei mir ist einiges los.«

»Ist das nicht bei uns allen der Fall?«, entgegnet Flip Nel.

Fish lauscht dem langen Saugen an der Zigarette. Stellt sich die geschürzten Lippen vor und dass Flip Nel die Kippe wahrscheinlich in der hohlen Hand hält.

»Wobei soll ich denn helfen?«

»Ich bräuchte etwa eine halbe Stunde Ihrer Zeit. Vermutlich kein organisiertes Verbrechen. Aber Jacob Mkezis Sohn hat damit zu tun.«

»He, wow«, erwidert Flip Nel. »Der Mann hat hier immer noch Einfluss. Davon will ich also vermutlich gar nichts wissen.«

»Vermutlich nicht«, antwortet Fish. »Sein Junge ist in einen Unfall mit Fahrerflucht verwickelt. Derjenige, den er überfahren hat, ist gestorben.« Fish gibt den Informationen etwas Zeit, bei Flip Nel einzusickern.

»Mkezi hat einen Sohn? Wusste ich gar nicht.«

»Geht nicht damit hausieren.«

»Ein Unfall? Hat er ein Kind von seinem Rad gestoßen? Oder einen alten Mann erwischt, als der gerade die Straße überqueren wollte?«

»Nein, bei einem Straßenrennen mitten in der Nacht. Wie gesagt – kein organisiertes Verbrechen. Aber fast dran. Ich dachte …«

»Was?«

»Bin mir nicht sicher bei Straßenrennen, wo auch Wetten abgeschlossen werden. Glücksspiele bedeuten, dass jemand irgendwo einen Anteil kassiert. Irgendwo muss es also eine Verbindung zum organisierten Verbrechen geben.«

»Und deshalb wollen Sie mich?«

»Nein, nicht wirklich. Eher, um einzuschüchtern.«

»Unter einer Bedingung.«

»Und die wäre?«

»An diesem Wochenende fahren wir mit dem Boot raus.«

Fish überlegt. Sagt: »Okay …« Zieht das ›O‹ ziemlich in die Länge.

»Großes Indianerehrenwort.«

»Howgh.«

»Das tut's«, meint Flip Nel. »Also – wo und wann?«

Fish nennt ihm die Adresse in der Durham Avenue und schlägt vor, sich etwa in zwanzig Minuten dort zu treffen. Dreiundzwanzig Minuten später fahren er und Flip Nel gemeinsam mit dem Lift in den sechsten Stock. Seite an Seite, die Schultern berühren die verspiegelten Wände. Es ist ein neu renoviertes Gebäude, das noch nach Zement und Farbe riecht. Die Sicherheitsfrau am Eingang blickte nicht einmal von ihrem Sudoku auf, als sie eintraten.

»Wissen Sie, ob er da ist?«, erkundigt sich Flip Nel, als der Lift anhält.

»Ich denke schon.«

Fish klopft an die Tür einer Eckwohnung. Sie wird von einem kleinen dünnen Mann mit Dreadlocks geöffnet, dessen Pupillen stecknadelgroß sind. Er ist ganz woanders. Schwaden süßer Kräuter steigen ihnen in die Nasen.

»Lord Mkezi?«, fragt Fish.

Lord starrt sie an.

Fish schlägt vor: »Wie wäre es, wenn Sie uns hereinbitten?«

Lord entgegnet: »Wer sind Sie?«

Flip Nel zückt seine Polizeimarke.

»Oh, Scheiße«, sagt Lord.

»Nichts Großes«, erklärt Fish. »Geht nur um jemanden, den Sie umgebracht haben.« Er drängt sich an Lord vorbei. »Am besten erledigen wir das drinnen.«

Lords Wohnzimmer hat an der Ecke raumhohe Fenster, die einen Blick über die Wellblechdächer von Salt River bieten. Minarette, Kirchtürme und in der Ferne die Hafenmasten. Links kann man die hohen Bauten der City erkennen.

»Toller Ausblick«, stellt Fish fest.

»Das ist das Leichenschauhaus da unten«, meint Flip Nel. »Schon mal beobachtet, wie die einen Toten vorbeibringen, Lord? Passiert immer wieder.«

Lord sagt: »Ich ruf jetzt meinen Vater an.« Spielt nervös mit seinem Handy.

»Ich würde warten«, gibt Fish zu bedenken. »Hören Sie mir lieber erst mal zu.«

»Mein Vater war der Polizeipräsident.«

»Natürlich. Wissen wir.« Fish räumt ein paar CDs von einer Couch, um sich setzen zu können. Die einzige Couch im Zimmer. Flip Nel lehnt sich an die Wand. »Setzen Sie sich, Lord.« Deutet auf einige Kissen, die in einer Ecke gestapelt sind. Fish und Flip Nel beobachten Lord in seiner halb unter dem Hintern hängenden Jeans und einem übergroßen blauen NYPD-T-Shirt, das ein New Yorker Cop seinem Vater geschenkt haben muss. Lord wirkt wie eine Karikatur seiner selbst.

»Lord«, sagt Fish und lehnt sich vor, um seine Ellbogen auf den Knien abzustützen. »Folgendes: Vergangene Sonntagnacht haben Sie einen jungen Mann gerammt, der Ihnen beim Straßenrennen zugeschaut hat. Sie haben nicht angehalten, sondern sind so schnell wie möglich weitergefahren. So wie fast alle. Der junge Mann hieß Fortune Appollis und ist gestern gestorben. Jemand, wahrscheinlich Ihr Vater, bezahlte für seine Behandlung in einer Privatklinik, aber Fortune ist trotzdem gestorben. Er hat eine Mutter und einen Vater. Nette Leute. Leute mit gebrochenem Herzen. Die wirklich um ihren Sohn trauern. Trauern, trauern, trauern. Mrs. Appollis ist völlig neben sich vor Schmerz. Sie kann es nicht begreifen, Lord, dass ihr Sohn sterben musste. Ihr einziger Sohn, zack…«, Fish schnippt mit den Fingern, »…einfach so weg. Sie würden die beiden nicht sehen wollen, dieses Leid. Es ist furchtbar. Hochemotional. Also, ich weiß, dass Sie das gemacht haben, Lord. Das Einzige, was ich nicht habe, sind Beweise. Handfeste Beweise. Und ich halte es eher für unwahrscheinlich, dass ich welche bekomme. Ich habe gestern Nacht Ihren Wagen gesehen, der zur Hälfte umgespritzt wurde. Das bringt mir also nichts. Ein Augenzeuge ist zu verängstigt, um eine Aussage zu machen. Auch da komme ich nicht weiter. Das lässt nur eines übrig, Lord: *Ubuntu*. Okay, und wie soll das gehen? Dieser ganze Ich-bin-ein-Mensch-durch-andere-Menschen-Unsinn. Mein Gefühl sagt mir, Lord, dass Ihr *Ubuntu* möchte, dass Sie das Richtige tun. Können Sie bis hierher folgen?«

Lord sieht ihn stirnrunzelnd an.

»Vielleicht war das zu schnell«, meint Flip Nel.

»Das glaube ich nicht«, erwidert Fish. »Lord ist auf eine Privatschule gegangen. Er ist ein Bishops-Junge. Nicht wahr, Lord?« Fish schnippt wieder mit den Fingern, um Lords Aufmerksamkeit zu bekommen.

»Sehen Sie«, beharrt Flip Nel. »Er kann nicht ganz folgen.«

»Klar kann er das«, widerspricht Fish, beugt sich vor und gibt Lord einen kleinen Stoß mit dem Fuß. »Ich werde langsam reden, Lord. Folgendes möchte ich von Ihnen: Besuchen Sie Mr. und Mrs. Appollis. Hier ist die Adresse.« Er holt einen zusammengefalteten Zettel aus seiner Hemdtasche. »Als Erstes entschuldigen Sie sich, und dann schlagen Sie den beiden ein finanzielles Arrangement vor.«

»Ein was?«, fragt Lord.

»Sie erklären sich einverstanden, ihnen etwas Geld zu zahlen, Lord. Ihr Daddy ist reich, Sie sind reich. Ein paar Hunderttausend würden diesen trauernden Eltern ein wenig weiterhelfen.«

»Ich kann nicht.«

»Natürlich können Sie das. Glauben Sie mir, Lord, Ihnen wird es nachher viel besser gehen.« Fish steht auf. Verpasst Lords Fuß einen weiteren leichten Tritt. »Entspannen Sie sich, *Bru*.«

Lord stammelt: »Ich kann nicht. Sie verstehen das nicht … Mein Vater …«

»Ich verstehe das durchaus«, sagt Fish und lässt eine Visitenkarte in Lords Schoß fallen. »Tun Sie das Richtige. Da können Sie mich erreichen. In ein paar Tagen will ich hören, was Sie erreicht haben. Bitte enttäuschen Sie mich nicht, Lord. Sie dürfen mich nicht enttäuschen.«

Er und Flip Nel verlassen den Raser. Ihr letzter Blick auf ihn: wie er sich schwankend von den Kissen erhebt und ihnen wie ein Guppy mit offenem Mund hinterherschaut.

Im Lift fragt Flip Nel: »Was war das denn?«

»Ein Appell an seine gute Seite.«

»Er wird alles seinem Daddy erzählen. Und sein Daddy wird sich auf Sie stürzen.«

»Genau das will ich erreichen.«

»Und warum war ich dabei?«

»Um bei der Kommunikation behilflich zu sein. Bullen machen Angst.«

Flip Nel schüttelt den Kopf. »Lassen Sie mich außen vor, wenn Mkezi anruft. Der Mann frisst Menschen.«

»Klar, kein Problem.«

»Dieses Wochenende also?« Flip Nel grinst ihn im Liftspiegel an. »Ich hoffe, die Kaltfront bleibt uns noch eine Weile erspart.«

Fish überlegt, wie viel Vergnügen es ihm machen wird, mit

Flip Nel in der *Maryjane* zwei Kilometer draußen auf dem unruhigen Ozean hin und her zu schaukeln. Surfen wäre bestimmt spaßiger.

Vierundsiebzig

Clifford Manuel steht vor Vicki Kahns Büro und sagt: »Jacob Mkezi will Sie also haben?«

Vicki ist gerade in eine Recherche vertieft und ganz woanders. Sie blickt von ihrem Laptop auf und streicht sich eine Haarsträhne hinters Ohr. »Wie bitte?« Versucht, sich auf den Mann im rosa-weiß gestreiften Hemd zu konzentrieren, der auf ihrer Türschwelle steht.

Er tritt ein und setzt sich ihr gegenüber. »Jacob Mkezi hat mich soeben angerufen.« Er lächelt. Dieses kriecherische Lächeln, das Vicki zeigt, dass Clifford mit sich selbst zufrieden ist. »Er hat mir erklärt, er will Sie haben.«

»Er will ...« Vicki bricht ab.

Clifford Manuel grinst sie an. »Er hat Sie bereits gestern angerufen. Hat er mir erzählt.«

»Hat er das?« Vicki spürt, wie ihre Wangen heiß werden. »Ich ...«

»Warten Sie.« Clifford Manuel hält eine Hand hoch. »Alles in Ordnung. Wir werden Sie nicht verlieren. Ich sehe das nicht so. Ich sehe es als eine Chance, mehr Arbeit von ihm zu bekommen. Das ist eine Win-win-Situation, Vicki.«

Vickis Augen wandern zu dem Bildschirm, auf dem sich gerade eine neue Seite öffnet. »Er hat mir noch kein Angebot gemacht. Er hat mich zwar angerufen, aber sicher ist nichts.«

Clifford Manuel lehnt sich zurück und verschränkt die Hände hinter seinem Kopf. »Er hat Zahlen genannt. Die sind beeindruckend. Das wird Sie aus Ihren … Ihren Schwierigkeiten bringen.«

»Er hat Ihnen gesagt, was er mir zahlen will?«

»Vertraulich.« Clifford Manuel zeigt wieder sein kriecherisches Lächeln. »Entspannen Sie sich, Vicki. Es ist nützlich, Ihren Wert zu kennen.«

Vicki starrt ihn an. Entsetzt. Fühlt sich wie ein Tauschobjekt in einer Art von *Lobola*-Zahlung, wie ein Stück Vieh, auf dessen Rücken diese beiden Männer einen Deal aushandelten. »Was ist hier los?«, will sie wissen.

»Was meinen Sie damit, was hier los ist?« Clifford Manuel lässt das Lächeln bleiben und runzelt nun stattdessen die Stirn.

»Das ist meine Privatangelegenheit.«

»Absolut«, antwortet Clifford Manuel. »Absolut. Und ich mische mich da normalerweise auch gar nicht ein. Aber bei dem früheren Polizeipräsidenten … Nun, bei dem früheren Polizeipräsidenten ist das etwas anderes. Er hat seinen eigenen Stil.«

»Ich weiß nicht, Clifford«, sagt sie. »Ich habe noch nicht darüber nachgedacht. Ich glaube aber nicht, dass es das ist, was ich will.«

Clifford Manuel erhebt sich. Sie muss jetzt zu ihm aufblicken – die ordentlich gebügelte Hose, die Taille ohne jegliches Fett, das makellos faltenfreie Hemd. Das sauber rasierte Gesicht, die dunklen Nasenlöcher, in denen sich keine Härchen zeigen. Seine gezupften Augenbrauen. Die Augen undurchdringlich wie Mahagoni.

»Er wird Sie anrufen und eine Zusammenkunft vorschlagen. Das hat er mir gesagt. Hören Sie sich an, was er zu sagen hat, Vicki. Es ist eine große Chance. Eine echte Gelegenheit.«

Clifford Manuel belässt es dabei. Verlässt das Zimmer, bleibt aber noch einmal unter der Tür stehen, um sie anzusehen. Er nickt.

Vicki senkt den Kopf und schließt die Augen. Sie erinnert sich an die Szene im Hotel Cullinan, als sie diesen Tierarzt kennenlernte, diesen Tol irgendwas. Denkt: Da hat alles seinen Anfang genommen. Da hat Clifford bereits versucht, sie mit Jacob Mkezi in Kontakt zu bringen.

Fünfundsiebzig

Tol Visagie vermag nicht wegzubleiben. In gewisser Weise ist es sein Hörnerhaufen, er hat ihn gefunden, und er möchte ihn noch ein letztes Mal sehen. Ein letztes Mal an seinem Fundort. Er will allein mit den Hörnern in der Höhle sein. Also fährt er nachmittags dorthin, nachdem er ein paar Kühe gegen Wasser im Herzen behandelt hat. Wie zum Teufel sollte Jacob Mkezi jemals davon erfahren?

Er überquert den Fluss. Jungen fischen dort am Ufer. Sonst ist niemand zu sehen. Keine LKWs, keine Pick-ups, keine verwitterten LKWs die zehn Kilometer entlang auf der anderen Seite. Als er zur Abbiegung kommt, wirft Tol Visagie einen Blick in den Rückspiegel. Nicht einmal in weiter Ferne sieht er einen Wagen hinter sich. Er biegt rechts ab und fährt zwei Kilometer auf den Inselberg zu, ehe er unter einem Baum anhält. Wartet dort zehn Minuten. Niemand folgt ihm.

Tol Visagie umrundet den Inselberg und parkt dort, wo er mit Jacob Mkezi und dessen Freundin parkte. Die lohnte es, sich in ihrer Jeans genauer unter die Lupe zu nehmen. Hübsches Gesicht, wenn auch etwas zu viel Make-up für seinen Geschmack. Aber nichts, was eine Dusche nicht wegwaschen würde. Tol Visagie läuft ein wohliger Schauder über den Rücken, als er sich vorstellt, mit Mellanie Munnik unter die Dusche zu gehen und sie einzuseifen.

Er nimmt die Remington und schaut sich um. Seine Augen wandern über den Bergkamm. Er hat das Gefühl, beobachtet zu werden. Doch er weiß, dass er allein ist. Wer sollte sonst hier draußen sein? Dennoch wird er das Gefühl nicht los. Ihm stellen sich die Nackenhaare auf. Er zieht den Verschluss zurück und kontrolliert, ob das Gewehr auch geladen ist. Das ist es. Mehr Patronen befinden sich zudem in seinem Rucksack.

Mit dem Blick auf den Bergkamm gerichtet, läuft Tol Visagie auf den Felsen zu. An der Schneise bleibt er stehen, dreht sich um hundertachtzig Grad. Nichts rührt sich. Das *Vlei*-Wasser ist wie ein Spiegel. Er tritt zwischen den Felsen hindurch in den Inselberg hinein. Auf der Lichtung liegen die Knochen noch so, wie er sie beim ersten Mal vorfand. Im Inneren der Höhle die Hörner ordentlich auf einem Haufen. Alles unverändert. Niemand war seitdem hier. Es ist so eigenartig still, als ob man sich an einem heiligen Ort befände. Dieses Gefühl hatte Tol Visagie von Anfang an. Diese Stille in der Höhle. »*Ag* nein, Tol«, sagt er laut. »Das sind Rhinozeroshörner. Das ist eine verdammte Bank.«

Er verweilt nicht lange. Sitzt nicht in der Ruhe da, wie er das tat, als er sie vor zwei, drei Wochen fand. Diesmal geht er gleich wieder. Schreitet über die Lichtung bis zur Schneise in der Felswand, um von dort aus zu seinem Pick-up zu laufen, ohne nach Tieren, Menschen oder neuen Spuren im Sand Ausschau zu halten. Erst als er im Nissan sitzt und der Motor läuft, blickt er über den Busch hinweg bis zum Horizont. Wo er eine Bewegung wahrnimmt. Jedenfalls glaubt er, dort eine Bewegung wahrzunehmen. Etwas verbirgt sich in den Schatten der Felsen. Er nimmt sein Fernglas zur Hand und macht einen gründlichen Schwenk von links nach rechts, den Inselberg entlang. Nichts. Eine Augentäuschung. »Reiß dich zusammen«, sagt er zu sich selbst. »Du bildest dir was ein.« Doch sein Herz pocht wie verrückt, und das Adrenalin pumpt durch seine Adern.

»Entspann dich«, redet er sich während der Rückfahrt ständig zu. Aber seine Unruhe bleibt.

Und da sitzt Vusi Bopape wieder auf der *Stoep*, als er nach Hause kommt. Sitzt da mit einem Sechserpack Windhoek auf dem Tisch, eine Dose in seiner Hand.

Tol Visagie parkt seinen Wagen. Denkt: Nicht gut, nicht gut.

Stellt sich auf die Stufen der *Stoep*, die Remington in einer Hand, den Rucksack in der anderen. Fragt Vusi Bopape: »Was wollen Sie hier?«

»Reden.« Vusi Bopape hält die Bierdosen hoch. »Ich hab ein paar Bierchen dabei.«

»Worüber reden?« Tol Visagie sperrt seine Haustür auf. Öffnet sie. Er hält das Gewehr in seiner Rechten. »Wir haben nichts miteinander zu besprechen.«

»Nein?«

»Nein.«

»Ich glaube schon.« Vusi Bopape löst eine Dose aus dem Pack. »Ein Bier. Fünf Minuten.« Er macht sie auf, es schäumt und sprudelt. »Kommen Sie.« Hält Tol Visagie die Dose hin. »Nehmen Sie's.«

»Ich habe gekühltes.«

»Gut. Können wir später noch trinken.«

Tol Visagie wechselt die Remington in die Linke und nimmt das Bier. »Später gibt es nicht.«

Vusi Bopape zuckt mit den Achseln. »Prost.« Steht da und will mit seiner Dose anstoßen. »Gehen wir rein.«

»Wir können hier reden.«

»Können wir. Aber drinnen ist besser. Persönlicher.«

»Worüber reden?«

»Über Mr. Jacob Mkezi.«

»Was ist mit ihm?«

»Und über Rhinozeroshörner.«

Vusi Bopape grinst Tol Visagie an.

»Welche Rhinozeroshörner?«

»Jetzt kommen Sie schon, mein Freund. Ich weiß alles.« Vusi Bopape stößt die Haustür auf. Bohrt eine Pistole in Tol Visagies Rücken und drängt ihn ins Innere des Hauses. »Ich nehme mal besser das Gewehr an mich.« Entreißt Tol Visagie die Waffe.

Im Haus ist es dunkel und kühl. Es riecht nach Desinfektionsmitteln. Vusi Bopape schnuppert. »Behandeln Sie auch hier drin?«

»Es gibt einen Raum, den ich benutze – ja.«

»Das nenne ich Engagement. Gefällt mir.«

Die Haustür führt direkt in das Wohnzimmer, wo ein paar Sessel um einen Couchtisch mit Glasplatte gruppiert sind. Keine Bilder an den Wänden. Ein Fernsehapparat in einer Ecke, ein Stapel DVDs daneben auf dem Boden.

»Gemütlich«, meint Vusi Bopape und stößt Tol Visagie zu einem der Sessel. Der Tierarzt setzt sich aufrecht hin und hält sich an der Dose fest. »Entspannen Sie sich«, sagt Vusi Bopape. »Genießen Sie Ihr Bier.« Er macht es sich ihm gegenüber bequem. Legt die Remington auf den Tisch zwischen ihnen.

»Was wollen Sie von mir?« Tol Visagie zuckt, so sehr zittern seine Beine.

»He, *Buti*, langsam. Eins nach dem anderen. Hören Sie erst mal zu. Okay? Hören Sie mir erst mal zu.« Vusi Bopape nimmt einen langen Schluck Bier und wischt sich dann mit dem Handrücken den Mund ab. »Es ist so. Wir wissen, was Sie tun. Wir wissen, dass Sie ein guter Tierarzt sind. Wir wissen, dass Sie ein guter Mann sind, der den Leuten hilft. Sie sollten Tierarzt bleiben, Dr. Visagie. Die Leute brauchen Sie hier.«

»Verstehe. Und was wollen Sie damit sagen?«

»Ich will damit sagen, dass wir wissen, dass Sie die Höhle

mit den Rhinozeroshörnern entdeckt haben.« Vusi Bopape nimmt noch einen großen Schluck. Mustert dabei Tol Visagie.

Tol Visagie merkt, wie es zwischen seinen Pobacken feucht wird. Angstschweiß.

»Welche Rhinozeroshörner?«

»Hören Sie auf«, sagt Vusi Bopape und wedelt mit der Waffe in seiner Hand hin und her. »Nein, nein, nein. Nicht so, bitte. Wir sind in der Höhle gewesen, in der Höhle im Inselberg beim Wasserloch. Wir haben die Hörner gesehen. Akzeptieren Sie die Tatsache, Dr. Visagie.« Er trinkt sein Bier aus und reißt ein anderes aus dem Plastikring des Packs. »Diese Hörner gehören nicht Ihnen, Dr. Visagie. Sie sind kein verlorener Schatz, den Sie als Indiana Jones heben können.« Er lacht. »Sie sehen allerdings wie Indiana Jones aus, mein Freund. Wie Ford Harrison. Erinnern Sie sich noch an diese Filme?«

Vusi Bopape sagt etwas darüber, dass man zu einem Schusswechsel nicht bloß mit einem Messer kommen solle.

Dann erklärt er: »Diese Hörner sind Staatseigentum, Dr. Visagie. Eigentum der südafrikanischen Armee aus Zeiten des Grenzkrieges. Es ist nicht an Mr. Mkezi, sie zu verkaufen. Das ist nicht sein Privatgeschäft.«

»Sie befinden sich in Angola. Also sind sie angolanischer Besitz.«

»Eine Lappalie, Tol. Nichts, worüber Sie sich Gedanken machen sollten.«

Tol Visagie beobachtet, wie Vusi Bopape die Dose öffnet. »Es ist jedenfalls nicht Ihre Sache, sie zu verkaufen. Verstehen Sie?«

Tol Visagie starrt den Mann an. Vusi Bopape sitzt da, in Tol Visagies Wohnzimmer, trinkt Bier und hält eine Pistole in der Hand. Tol Visagie hört sich selbst sagen: »Verschwinden Sie aus meinem Haus.« Sieht, wie Vusi Bopape den Kopf schüttelt.

Hört sich selbst sagen: »Wer sind Sie? Ein Mann von der Regierung?« Sieht Vusi Bopape die Waffe auf ihn richten. Hört ihn etwas sagen. Doch da ist zu viel Lärm in seinem Kopf, zu viel Blutrauschen, als dass er ihn verstehen könnte.

Sechsundsiebzig

Fish fährt im Perana in seinem eigenen Rhythmus die Blue Route entlang nach Hause. Er achtet nicht auf die Jungs in ihren Polos, die an ihm vorbeirasen und ihm einen herausfordernden Blick zuwerfen: Willst du erleben, wie ich dich fertigmache? Laurie Levine dringt aus der Stereoanlage, aber auch sie ignoriert er. Schaut nicht zu den Bergen hinüber oder in den wolkigen Himmel hinauf. Er hat den Blick nach innen gerichtet. Denkt über die Bedeutung des Lebens nach. Und Ähnliches.

Warum zum Beispiel sind reiche Leute oft solche Idioten? Lord. Was für ein Volltrottel. Da hilft es allerdings wohl kaum, wenn man einen solchen Vater hat.

Und warum müssen sich gewöhnliche Leute so quälen? Sie tun nichts. Tun keinem was zuleide. Die Appollis-Familie. Knall, peng – und alle Freude ist aus ihrem Leben verschwunden.

Dann die große Frage: Kennen wir jemals einen anderen Menschen? Daro.

Bringt Fish zum Seufzen.

Sein Handy klingelt. Seine Mutter. Fish hebt ab und drückt auf »Lautsprecher«.

»Was ist das für ein Lärm?«, fragt Estelle. »Du bist im Auto, nicht wahr, Bartolomeu? Du hast ein Freisprechgerät, wie ich hoffe?«

»Lautsprecher«, erwidert Fish.

»Du solltest dir solche Ohrstöpsel anschaffen. Die kosten fast nichts.«

»Das funktioniert einwandfrei.«

Eine Pause. Dann:

»Bartolomeu«, sagt sie. »Ich will das nicht tun, aber ich kann nicht länger auf dich warten. Ich habe dir viel Zeit gegeben. Jetzt engagiere ich einen anderen, der die Nachforschungen für mich anstellt.«

»Vielleicht möchtest du trotzdem wissen, was ich herausgefunden habe?«, fragt Fish.

Schweigen. Fish grinst. Er ist froh, dass sein Maklerfreund rechtzeitig geliefert hat. Stellt sich vor, wie seine Mutter durch ihr Büro tigert und die Blätter der Topfpflanzen nach Staub abtastet. Wie sie Papierstapel zurechtrückt, einen Bluetooth-Receiver am Ohr. Nicht erwartet, dass er ihr noch Infos geben würde. Etwas überrascht ist. Zumindest hofft er das.

Sie fragt: »Du hast was für mich? Ich bin beeindruckt. Und was?«

»Ein paar Dinge, die du wissen solltest.«

»Natürlich muss ich diese Dinge wissen. Darum habe ich dich ja gebeten, herumzustochern.«

»Ich maile es dir.«

»Danke, Barto. Danke.«

»Du weißt ja noch gar nicht, was es ist.«

»Doch, tue ich. Hintergrundinformationen. Mehr Hintergrundinformationen, als ich bisher hatte. Ausgezeichnet. Ausgezeichnet. Aufregend, Barto. Wirklich aufregend. Ich treffe sie morgen. Sie sind sehr interessiert. Das wird eine große Investition. Das kommt in die Schlagzeilen, sage ich dir.«

»Mom«, bremst Fish sie. »Was ich gehört habe, ist nicht gut. Du solltest dir das noch mal überlegen.«

Ein Zögern. »Was könnte daran denn nicht gut sein, Barto?«

»Die Leute, die damit zu tun haben. Es gibt eine Scheinfirma, die den BEE-Deal macht. Solche Deals sind an und für sich heikel. Das weißt du. Sie sind hochriskant. Mit einem hohen Risiko des Scheiterns.«

»Das weiß ich. Das heißt aber nicht, dass es in diesem Fall so laufen muss.«

»Diese Leute haben keine Erfolgsgeschichten zu verbuchen.«

»Welche Leute?«

»Die Familien, die damit zu tun haben. Zum Beispiel der Neffe des Präsidenten.«

»Aber das ist ja großartig. Ganz großartig. So eine Beziehung ist fantastisch.«

»Nein, ist sie nicht.«

»Doch, Barto. Das sind wundervolle Nachrichten.«

»Es gibt noch eine andere Familie, die damit zu tun hat. Wichtige Kampfgefährten von damals.«

»Ausgezeichnet.«

»Im Gegenteil, Mom. Man darf mit solchen Leuten nichts zu tun haben.«

»Natürlich darf man das. Natürlich darf man das. Meine Klienten werden begeistert sein. Geehrt. Das sind großartige Nachrichten.«

»Die werden dich mit Haut und Haaren verspeisen.«

Er hört, wie seine Mutter lacht. Weiß, dass sie schwer beeindruckt ist. Geschmeichelt, dass die Reichen und Schönen beteiligt sind. Sie sagt: »Jetzt übertreib nicht. Du kannst manchmal so unglaublich übertreiben, Barto. Entspann dich. Geh surfen.«

Damit legt sie auf.

Fish seufzt. So, wie er vor ihrem Anruf seufzte. Vielleicht ist er zu vorsichtig. Was macht seine Mutter schon? Leute einander vorstellen. Ihnen etwas zu trinken einschenken. Wenn es zu einem Vertrag kommt, eine Provision einstreichen. Aber die großen Familien sind keine gute Nachricht. Vor allem nicht die Verbindung zum Präsidenten. Wenn man da die Finger im Spiel hat, dann kann die Sache schnell scheußlich werden.

Aber was soll er tun? Er ist Tausende Kilometer entfernt und hat mit einer anderen scheußlichen Sache schon genug am Hals.

Siebenundsiebzig

Zwei Tage lang kommt Fish nicht voran. Keine Spur von Daro Attilane. Nirgendwo. So viel zu seinem Ruf, jeden ausfindig machen zu können.

Nix von Daros Auto.

Nix von seinem Handy, das ausgeschaltet ist, seitdem er verschwand. Die Verbindungen einzusehen wird eine Weile dauern.

Nix von Vicki. »Lass mir Zeit. Ich arbeite daran. Ich hab auch noch einen anderen Job, falls du das schon vergessen haben solltest.«

Fish kehrt immer wieder in Gedanken zu dem Fall zurück. Überlegt und überlegt. Bleibt stecken. Denkt: Ich habe nichts, woran ich mich orientieren kann. Mit jeder Stunde, die vergeht, ist er sich sicherer, dass Daro das Zeitliche gesegnet hat.

Er ist nicht der Einzige, der so denkt. Georgina nimmt Beruhigungsmittel. Steffie ebenfalls.

Fish versucht, sich auf das zu konzentrieren, was er weiß. Ruft die Telefonnummern an, die er hat. Die von Mart Velaze stellt sofort zur Voicemail durch.

Adler Solutions bringt auch nichts.

Die Frau am Empfang der Kurierfirma sagt: »Nein, Mann. Wir liefern täglich ein paar Hundert Päckchen aus. Wie soll ich mich da an jeden erinnern, der was einliefert? Hä? Wie soll das gehen?«

Der Typ im Copyshop erklärt: »Ja, da war ein Mann, der

eine Menge Zeugs kopiert hat. Fotos, Zeitungsausschnitte, solche Sachen. Ich hab ihn gefragt, ob er Hilfe braucht, und er meinte, nein, kein Problem. Aber er hat lange kopiert. So viel ist sicher.«

Fish nahm alles in Daros Büro genau unter die Lupe. Zweimal. Sah sich alles an, was Daro gehörte. Ging alles durch, was Georgina zufolge Daros Leben ausmachte. Es war überschaubar.

Auf der Halbinsel geboren. Zog mit seiner Familie häufig um, da sein Vater als Staubsaugerverkäufer unterwegs war. Besuchte ein halbes Dutzend verschiedene Schulen. Zog nach der Schule wieder nach Kapstadt. Verkaufte sein Leben lang Autos. Lebte in einer Sozialwohnung in Gardens, in Junggesellenwohnungen in Wynberg. Hing am Strand ab, wenn er nicht arbeitete. Daros Leben, bis er unter den Milkwood-Bäumen in Scarborough Georgina kennenlernte.

Fish geht alles immer und immer wieder durch. »Was ist mit seinen Eltern?«

»Ich weiß es nicht, mein Gott! Ich weiß es nicht. Er hat mir gesagt, dass sie irgendwo in Kimberley gestorben sind. Glaube ich. Irgendwo in einem Altenheim, vor vielen Jahren. Daro hat nicht gern über sie gesprochen. Wenn ich nachgefragt habe, hat er immer nur vage geantwortet und behauptet, er würde sich an nichts erinnern. An keine glücklichen Familiensituationen. Ich nehme an, sie hatten schon lange nichts mehr mit ihm zu tun, bevor wir uns kennenlernten. Oder er hat sie aus seinem Leben verbannt. Könnte ich mir eher vorstellen. Ich hatte immer das Gefühl, er hat keine glückliche Kindheit gehabt. Wollte zumindest nicht daran erinnert werden. Auch nicht an sie, an seine Eltern. Ich glaube, sie waren schon ziemlich alt, als er auf die Welt kam. Das Einzige, was er sagte, war, dass sie alt waren. Für ihn waren sie immer alt.« Sie sieht Fish an. »Mehr kann ich dir nicht erzählen. Mehr weiß ich nicht. Warum fragst du dauernd nach ihnen?«

Fish gibt keine Antwort. Fragt stattdessen: »Hat er mit Steffie über sie geredet?«

Georgina seufzt. »Nicht, dass ich wüsste.«

»Wollte Steffie jemals was über sie erfahren?«

»Natürlich wollte sie das. Sie hat mich gefragt. Ich hab ihr erzählt, dass ich seine Eltern nie kennengelernt habe. Dass sie vor langer Zeit gestorben sind. Ich hab ihr geraten, ihren Dad nach ihnen zu fragen. Am besten redest du also mit ihr.« Georgina steht kurz vor einem Zusammenbruch. Ihre Wangen sind eingefallen, ihre Augen in ihre Höhlen gesunken, ihre Haut hat die Farbe einer alten Zeitung angenommen. »Wieso willst du diese Dinge wissen? Warum bist du nicht da draußen und suchst nach ihm?«

Manchmal ist Fish tatsächlich da draußen und sucht nach Daro. Beobachtet den Parkplatz, sitzt bei Knead und zeigt den Surfern überall, wo es nur geht, ein Foto von Daro: in Crayfish Factory, Outer Kom, Boneyards, Dangers, Cemetery. Niemand hat ihn gesehen.

Er bittet Flip Nel, die örtlichen Detectives auf Daro anzusetzen. Flip meldet, dass niemand was weiß. Niemand hat Daros Auto bemerkt. Keine Anrufe auf seinem Handy, keine Transaktionen auf seinem Konto.

Fish hätte am liebsten gesagt: Erzähl mir was Neues. Hielt sich aber zurück.

Flip Nel meint: »Da sind Gelbflossen draußen. Dieses Wochenende? Ja? Dann sind wir wieder quitt.«

Fish denkt: He, *Bru*. Ich habe diesen Freund, der verschwunden ist. Sagt: »Immer eine Möglichkeit.«

Eine Sache kriegt Fish heraus. Er bat Georgina, ihm Auszüge von Daros Konten zu geben. Eine Woche zuvor gab es eine Bezahlung für ein Auto. Eine Überweisung von einem privaten Konto, das Jacob Mkezi gehört. Es bedarf nur weniger Anrufe, um Jacob Mkezis Adresse zu erfahren. Wenige Google-Suchangaben, und schon hat er eine Biografie des früheren Polizeipräsidenten an der Hand: verwitwet, ein Sohn namens Lord.

Aber das wusste Fish bereits.

Das Problem ist, dass Jacob Mkezi nicht zu Hause ist, als Fish dort vorbeischaut. Alles abgeschlossen wie sonntags eine Spirituosenhandlung. Überwachungskameras sind auf die Eingangstore gerichtet, an den Hausmauern Alarmauslöser. Er kann noch so häufig an der Gegensprechanlage klingeln – nichts passiert. Nicht einmal die Vorhänge bewegen sich. Hat der Typ denn keine Bediensteten? Ein *Buti* wie Mkezi muss sie doch in jedem Schrank versteckt haben. Aber offenbar nicht. Die einzige andere Stelle, die Fish einfällt, um »Hi« zu sagen, ist Cake Mullins.

An der Gegensprechanlage vor dem eindrucksvollen Tor der Mullins-Residenz gerät Fish diesmal an einen Hausangestellten. »Mr. Mullins ist nicht da«, wird ihm erklärt.

»Wann ist er weg?«, will er wissen.

»Soeben«, wird ihm gesagt. »Mr. Mullins wird in drei Monaten zurück sein.«

Fish runzelt die Stirn. »Puh, das sind aber lange Ferien. Wohin ist er denn gefahren?«

»Nach Übersee. Zu seinem anderen Haus, Sir.«

»Das ging aber plötzlich.«

»Mr. Mullins ist auf Geschäftsreise. Auf Wiedersehen, Sir.«

Mehr erfährt Fish nicht.

Er ruft die Appollis' an. Samson antwortet, seine Stimme ein bloßes Flüstern. Fish kommt sofort zum Wesentlichen. »Ihr Sohn wurde von einem jungen Mann namens Lord Mkezi überfahren«, sagt er. »Sohn des früheren Polizeipräsidenten. Er wird Sie aufsuchen. Lord, meine ich. Wenn nicht, denke ich, dass Sie ihn anzeigen sollten. Ich habe Unterlagen, ich kann Ihnen da weiterhelfen.«

Er hört, wie Samson Appollis stoßweise atmet. Wie er sagt: »Nein, Mr. Fish, nein. Wir sind normale Leute.«

»Es wird Sie nicht das Geringste kosten«, erklärt Fish. »So etwas liegt im Interesse des Staates. Sie müssen garantiert nicht Ihr Haus verkaufen oder Ähnliches.« Er hört, wie Daphne Appollis von hinten ruft. »Pa, was ist, Pa? Wer ist das am Telefon?«

Samson ruft zurück. »Ich komme, Ma, ich komme!« Sagt zu Fish: »Wir können das nicht machen, Mr. Fish. Nicht bei so wichtigen Leuten.«

Fish schließt die Augen. Stellt sich Samson Appollis vor, wie er in dem winzigen Wohnzimmer steht, das von Möbeln zugestellt ist. Die winterliche Sonne auf den Stores, im Haus Stille. »Doch, das können Sie. Und Sie müssen«, beschwört ihn Fish. »Ich dachte, das sei es, was Sie wollen. Das haben Sie mir gesagt.«

»Nicht mehr.«

»Pa«, hört er. »Pa, wer ist am Telefon?«

»Es war Mart Velaze, nicht wahr?«, fragt Fish. »Womit hat er Ihnen gedroht?«

»Nein, mit nichts, Mr. Fish. Bitte. Wir dürfen nicht mehr mit Ihnen sprechen. Okay? Auf Wiedersehen, Mr. Fish«, beendet Samson Appollis das Gespräch. »Entschuldigen Sie die Umstände.«

Die Verbindung bricht ab. Verdammter Mart Velaze.

Als Nächstes ruft er Professor Summers an.

»Wie kann ich Ihnen behilflich sein, Mr. Fish Pescado?«, fragt der Professor. »Das ist aber unerwartet.«

»Ich brauche Ihre Expertise«, erwidert Fish.

»Uh-oh. Der Privatdetektiv braucht akademische Unterstützung. Was ist nur los in der Welt?«

»Sie haben doch mit Politik zu tun, oder?«

»Politikwissenschaften.«

»Würden Sie ein paar Leute der alten Garde aus Apartheidzeiten wiedererkennen? Auf alten Bildern?«

»Garantiert.«

»Kann ich vorbeikommen? Sind Sie zu Hause?«, erkundigt sich Fish.

»Nun, warten Sie, lassen Sie mich nachdenken. Ja, das hier sieht nach meinem Wohnzimmer aus, meinen Möbeln. Ich würde also sagen: Ja, ich denke, ich bin zu Hause. Nur ein Scherz.«

»Bin in zehn Minuten da.«

»So schnell, Mr. Pescado. Ein Mann mit einem Notfall.«

Eine Viertelstunde später zeigt Fish dem Professor die Fotokopien. Er bleibt auf der Türschwelle, denn weiter möchte er sich in die stinkende Höhle nicht vorwagen. Nicht, dass der Professor ihn hereingebeten hätte. Summers lässt eine Lupe über die Gesichter des weißen und des schwarzen Mannes auf der Krankenhausstation wandern.

»Ja«, sagt er. »Ich weiß, wer das ist.« Zeigt auf den Mann im Bett. »Das war der Finanzminister. Dann Botschafter in der Schweiz. Dr. Gold nannte ihn die Presse damals. Soll ich Ihnen sagen, warum?«

Er tut es. Fish denkt: Der kleine Kerl weiß also Bescheid.

»Was geht hier vor, Mr. Pescado?«, fragt Summers am Ende seines Kurzunterrichts. »Was Spannendes? Wer ist der Schwarze?« Er schaut genauer hin. »Na, na, na. Jetzt erkenne ich ihn auch. Viel jünger noch, aber es handelt sich um unseren früheren Polizeipräsidenten. Interessantes Bild. Sehr interessant. Sie könnten mir keine Kopie davon zukommen lassen?«

»Nicht jetzt«, erwidert Fish. »Das ist rein vertraulich.«

Der Professor mustert erneut mit der Lupe die Fotokopie. »Wissen Sie was, Mr. Pescado? Viele mächtige Leute haben ihm nicht vertraut. Damals nicht und heutzutage auch nicht. Aber ich habe von denjenigen gehört, die es wissen müssen, dass Jacob Mkezi viele schmutzige Details über viele Leute gewusst hat. Er wusste, wer mit dem Feind konspiriert hat, um das mal so zu nennen.«

Fishs Handy klingelt. Vicki. Er nimmt dem Professor das Bild aus der Hand und sagt zu Vicki: »Warte kurz.« Zu Summers: »Danke, Professor. Bin Ihnen sehr verbunden.«

»Freut mich, wenn ich hilfreich war«, entgegnet Summers. »Sie können mir den Gefallen in Form von Gras erwidern. Und einer Kopie davon.« Fish winkt und marschiert aus dem Tor.

»Babes«, sagt Vicki in sein Ohr. »Ich habe ein paar Sachen über Jacob Mkezi herausgefunden.«

»Wie wäre es bei mir?«, schlägt Fish vor.

»Bin schon auf dem Weg.«

»Was bringst du zum Essen mit?«

»Großgütiger, Fish«, sagt Vicki. »Denkst du jemals an was anderes?«

Die ganze Fahrt nach Hause über denkt Fish an etwas anderes: Er denkt an Daro. Daran, wer Daro wirklich ist. Wie kann ein Mann so verschwinden? Wegfahren und verschwinden. Komplett. Fort. Seine Familie im Stich lassen. Keinerlei Spuren. Als ob er von Außerirdischen entführt worden wäre. Fish sagt laut: »Ich habe nichts, woran ich mich orientieren kann. Das bringt mich um.« Außer den Fotokopien. Am Ende der Schnellstraße blickt er zum Muizenberg hinauf, zu dem Feuer im Himmel, dem erlöschenden Tag. Die Sache ist die: Er mag

Daro. Er findet Daro in Ordnung. Das ist das Problem. Denn er hat das Gefühl, dass Daro auf ziemlich krummen Wegen unterwegs war.

Achtundsiebzig

Den ganzen Vormittag über sah sich Jacob Mkezi Pornos auf seinem Laptop an: Männer in Togas, die mit Jungen herummachen. Jungen mit schimmernder Haut und steifen kleinen Schwänzen über zusammengezogenen Eiern, die ihn an Hühnerhaut an einem Schlegel erinnerten.

Saß an seinem Schreibtisch im Arbeitszimmer seines stillen Hauses. Nicht völlig absorbiert, sondern beunruhigt. Beunruhigt durch die Bilder von dem kleinen Stricher, beunruhigt durch das Schweigen.

Vor allem Mart Velazes Schweigen.

Er hatte ihm zwei Nachrichten hinterlassen. Die erste um halb acht. »Genosse, was ist los? Melden Sie sich.« Die zweite gegen zehn Uhr. »Ich mache mir Sorgen um Sie, Genosse. Wir müssen dringend reden.« Eine Stunde später rief er noch mal an, ohne jedoch etwas aufzusprechen.

Das passte nicht zu Mart Velaze. Mart war sein Mann.

Dann war da Tol Visagie. Um halb sechs wurde er durch eine SMS geweckt. »Die LKWs sind hier.« Eine halbe Stunde später hatte er den Tierarzt angerufen und wurde zu dessen Voicemail durchgestellt.

Er rief dann seinen Kontakt an und erfuhr, dass sie ihren Mittelsmann getroffen hätten und alles wie vereinbart laufen würde.

Um halb elf kam eine weitere SMS von Visagie. »Beladen das Flugzeug.« Er rief sofort zurück, doch erwischte erneut nur die Voicemail. »Tol, rufen Sie mich an«, bat er ihn.

Keine Reaktion.

Wieder bekam er eine Bestätigung durch seinen Kontakt. Dann schickte er Tol Visagie eine Nachricht: »Wir können jetzt telefonieren.«

Danach begann er, Pornos anzuschauen, während er aus dem Augenwinkel sein Handy im Blick behielt.

Mails gingen ein und verstopften seine Inbox. Der übliche Durchlauf aus seiner Firma, Rechnungen, Kontoauszüge, Newsletter, Verkaufsangebote, Investitionsmöglichkeiten. Nichts, worum sich nicht seine Angestellten kümmern konnten. Er fragte sich, an wen die Fotos wohl noch geschickt worden waren. Er brauchte Mellanie dringend für Recherche und Berichtigung. Für eine Schadensbegrenzung.

Bei jeder Mail hoffte er, sie wäre von ihr. Doch keine war es.

Er überlegte, ob er sie anrufen solle, entschied sich aber dagegen.

Stattdessen ging er in die Küche und machte sich einen Kaffee. Trank ihn an der Spüle stehend, blickte in den hinteren Teil des Gartens. Die leeren Wäscheleinen, die rollbaren Recyclingtonnen. Mellanies Überzeugung, dass Recycling eine gute Fotostory abgeben würde. Der Expolizeipräsident wird grün. Der umweltfreundliche Polizist. Als er suspendiert wurde, hieß es: der richtige Zeitpunkt zum Recyceln des Polizeipräsidenten. Und als er schließlich anbot, zurückzutreten: früherer Top-Cop auf dem Müll.

Er hatte seinen Hausangestellten gesagt, sich den Tag freizunehmen. Kein Staubwischen, kein Saugen, kein Fensterputzen, kein Polieren von Silberbesteck und Messingklinken. Kein Laubrechen, kein Autowienern. Ein freier Tag. Sie hatten ihn angesehen, als ob auch sie die Bilder zugeschickt bekommen hätten.

Nachdem das Haus leer war, hatte er Cake Mullins angerufen. Einen nervösen Cake Mullins.

Er schlug vor, sich zum Lunch zu treffen.

»Ich bin weg«, hatte Cake Mullins erwidert. »Fliege auf die Caymans. Ich packe bereits die Koffer.«

»Was ist passiert?«, wollte Jacob Mkezi wissen.

Cake Mullins reagierte ziemlich spröde. »Was meinen Sie damit, was passiert ist?«

»Das kommt etwas plötzlich.«

»War schon länger geplant.«

Jacob Mkezi wollte ihm gerade erzählen, dass die Rhinozeroshörner bereits in der Luft seien, biss sich dann aber doch auf die Zunge und sagte stattdessen: »Angenehmen Flug.«

»Ja, wird bestimmt angenehm. Volle zwanzig Stunden. Umsteigen in Miami. Garantiert angenehm.«

Gleich drängte sich bei Jacob Mkezi die Frage auf, ob Cake Mullins ebenfalls die Bilder erhalten hatte und nun das Weite suchte, ehe es zu einem vernichtenden Rundumschlag kam. Wollte ihn gerade direkt fragen, als er merkte, dass Cake Mullins bereits aufgelegt hatte.

Dann trifft eine weitere SMS von Tol Visagie ein. »Melde Vollzug.«

Melde Vollzug. Jacob Mkezi muss laut lachen, als er Tols Militärsprache liest. Ruft ihn an. Voicemail. Wählt erneut. Wieder Voicemail. Noch einmal. Voicemail. Er flucht. »*Wena*! Visagie, hören Sie auf, ein Arsch zu sein. Ich hab nicht gemeint, dass wir gar nicht mehr reden können.« Wählt noch mal Tol Visagies Nummer. Kein Glück.

Er tut das, was er schon zuvor getan hat. Er ruft seinen Kontaktmann an. Erfährt: »Alles in Ordnung, Boss. Alles paletti.«

Lässt Jacob Mkezi etwas ruhiger atmen. In fünf bis sechs Stunden ist das Flugzeug in Sanaa, und er wird ein reicher

Mann sein. Ein noch reicherer Mann. Die alten Genossen können ihn mal. Die und das Vieh ihrer Vorfahren, sollen sie sich doch ins Knie ficken.

Jacob Mkezi setzt sich wieder vor seine Pornofilme. Er lässt sich allmählich davon absorbieren, von den Togamännern, die diese Jungen in einem Garten jagen, als es an seinem Tor klingelt. Er schaltet sich bis zu seinem Sicherheitssystem durch und sieht auf dem Bildschirm einen weißen Typen in einem Auto, das vor seinem Gartentor steht. Ein *Mlungu* mit Surferhaaren und tief liegenden Augen, der zur Kamera hochblinzelt und den Zeigefinger ununterbrochen auf die Klingel hält. Ding-dong, ding-dong, als ob er noch nie eine solche Technik gesehen hätte. Wie ein Junge mit einem neuen Spielzeug. Jacob Mkezi würde ihn am liebsten anschreien: *Voetsak!* Ein paar Schüsse auf ihn abgeben, ihm einen Nagel ins Herz rammen.

Er tut es nicht. Er sitzt es aus, bis der Mann sein dämliches Verhalten bleiben lässt. Sieht ihm zu, wie er rückwärts auf die Straße hinausfährt und davonbraust. Personenschutz, vermutet Jacob Mkezi. Personenschutz von irgendjemandem. Ein *Mlungu* mit einer selbstbewussten Einstellung, so, wie er sich aus dem Fenster lehnte, in die Kamera starrte und den Finger nicht von der Klingel nahm. Konnte auch ein Fotoreporter sein.

Zeit, auszugehen, beschließt er. An ein paar Orten, die er gut kennt, ein wenig abzuhängen. Zum Beispiel bei Mzoli in Gugs. Keine schlechte Idee. Bis er die Bestätigung aus Sanaa erhalten hat.

Jacob Mkezi schlüpft in eine Lederjacke, nimmt seine Sonnenbrille. Entscheidet sich gegen den Hummer. In Zeiten wie diesen ist es besser, gar nicht auf dem Radarschirm zu erscheinen. In Zeiten wie diesen benutzt er lieber sein anderes Auto, einen weißen Honda Civic. Er geht in die Garage und betätigt mit der Fernbedienung das Tor, das sich fast lautlos zu öffnen beginnt. Da biegt Mellanie auf seine Einfahrt ein.

Neunundsiebzig

Der Mann liegt auf dem Bett. Ihm ist kalt. Er ist verschmutzt. Er schlief in seiner Kleidung, die er anhatte, seitdem er hierhergebracht wurde. Er hat sich nicht gewaschen. Seine Zähne fühlen sich pelzig an, seine Kopfhaut juckt. Er liegt zusammengerollt da, schlingt die Arme um seinen Körper, um nicht so zu frieren, und starrt an die Wand.

Wenn ihm zu kalt wird, macht er Kniebeugen, was wegen der Fußschellen schwierig ist. Er schafft vierzig, ehe sich ihm seine Oberschenkelmuskeln verweigern. Oder er beschäftigt sich mit Liegestützen. Seine Arme sind muskulöser als seine Beine. Es gelingt ihm, sich siebzig Mal hochzuschieben und wieder herunterzulassen, bevor ihn auch da die Kraft verlässt. Dann bricht er auf dem Betonboden zusammen, laut keuchend, verzweifelt. Früher einmal hätte er die doppelte Menge geschafft.

Das Zimmer ist klein und fensterlos. Weit oben gibt es zwei Belüftungsöffnungen, und in der Mitte der Decke befindet sich eine einzige Glühbirne, die dort in eine Fassung geschraubt ist. Sie wird nie ausgeschaltet. Der Mann weiß nicht, ob es Tag oder Nacht ist.

Seine Mahlzeiten werden durch eine kleine Klappe unten in der Tür hereingeschoben. Die Tür ist aus Metall, wie die Tür zu einem Sicherheitsraum. Sitzt solide in den Angeln.

Als seine erste Mahlzeit erschien, rief er: »Was wollen Sie? Warum bin ich hier? Reden Sie mit mir. Um Gottes willen, reden Sie mit mir!« Aber niemand antwortete. Die Klappe ging wieder zu. Das Essen befand sich in einem Menüteller aus gepresstem Metall, so, wie er sie aus seiner Zeit bei der Armee kannte. Zwei Scheiben Toast, ein Löffel *Pap*, schon lange hart und zäh geworden. Ein Blechbecher mit Tee, süßem, milchigem Tee. Immer das gleiche Essen. Manchmal gab es eine Sauce mit Zwiebelstückchen dazu, manchmal war Erdnussbutter auf dem Toast. Immer der gleiche Ablauf. Die Klappe wurde zurückgeschoben, eine Stimme sagte: »Gib mir den Teller.« Wenn er nicht gehorcht, bekommt er kein Essen. Er lernte schnell, dass es besser ist, das zu essen, was man ihm anbietet, als zu hungern.

Der Mann liegt auf dem Bett, da hört er, wie der Riegel vor der Tür zurückgeschoben wird. Er setzt sich gerade hin. Die Tür schwingt auf.

Mart Velaze sagt: »Wow, Daro, *Buti*, du stinkst.« Er wedelt sich mit der Hand Luft zu.

»Das würden Sie auch«, entgegnet Daro Attilane. »Hatten Sie Ihren Spaß? Lassen Sie mich jetzt gehen?«

Mart Velaze lacht. Wendet sich an den Mann neben ihm. »Der ist taff, was? Für einen Autohändler.«

Der Mann lächelt. Sagt: »Vielleicht sollten wir ihn abspritzen. Zuerst mal sauber machen?«

Mart Velaze fragt Daro: »Willst du das?«

»Hat es irgendeine Bedeutung, was ich will?«, gibt Daro zurück.

»Nein«, erwidert Mart Velaze. »Du hast recht. Tun wir's einfach.« Er verschwindet, während der andere Mann dasteht und den Gefangenen mustert.

»Wer sind Sie?«, will Daro wissen.

»Vusi Bopape«, sagt der Mann. »Mart und ich sind Kollegen.«

»Men in Black.«

»Nein, wir tragen nicht nur Schwarz. Aber ja, auf diesem Gebiet tätig.«

Mart Velaze kommt mit einem Gartenschlauch zurück, aus dessen Düse etwas Wasser tropft. Er wirft Daro Attilane ein Stück Seife zu. Sagt: »Ich drehe das jetzt auf. Um ganz sauber zu werden, solltest du dich allerdings besser ausziehen.«

»Während Sie zuschauen?«

»Wir sind nicht pervers«, meint Mart Velaze.

»Wir sind alle Männer«, fügt Vusi Bopape hinzu.

Mart Velaze dreht die Düse auf und richtet den Strahl direkt auf Daro Attilane, der noch immer auf dem Bett sitzt. Der eisige Schauer versetzt Daro einen kurzen Schock, als ihn die volle Wasserkraft im Gesicht trifft.

»Wir haben nicht den ganzen Tag Zeit!«, brüllt Mart Velaze. »Wasch dich.«

Daro hebt eine Hand, um den Strahl abzuhalten. Steht auf und zieht sich aus. Starrt dabei die beiden an. Die Männer grinsen – Mart Velaze lässt das Wasser über Daros Gesicht, Bauch und Schritt wandern, bis Daro nackt ist. Nur seine Jeans hängt noch um seine Fesseln.

Er wäscht sich, während ihn die beiden mit undurchdringlichen Mienen beobachten. Dann dreht Mart Velaze wieder an der Düse und schaltet so das Wasser ab.

»Ich bin nicht fertig«, sagt Daro. Seine Haare noch voller Seife. Ebenso sind noch Schlieren auf seinem Körper zu sehen.

»Müssen Wasser sparen, Daro«, erwidert Mart Velaze und wirft saubere Klamotten auf das nasse Bett. »Zieh dich an, dann reden wir.«

»Was ist mit den Fesseln?«

»Der Schlüssel steckt in der Hosentasche. Sperr sie selbst auf.«

Sie warten, bis er sich mit der Decke abgetrocknet und sich angezogen hat. Lassen ihn keinen Moment lang aus den Augen.

»Schloss und Schlüssel«, sagt Mart Velaze. »Wirf die auf das Bett.«

Er gehorcht.

Sie führen ihn barfuß durch einen Innenhof zu einem kleinen Gebäude, das zum Teil als Büro und zum Teil als Lagerraum für Schaufeln und Äxte genutzt wird. Dort steht ein Tisch mit vier Plastikstühlen. Auf dem Tisch ein Aktenkoffer. In einer Ecke ein Kleiderhaufen, samt zwei Paar *Takkies* obenauf.

Daro zeigt auf die Schuhe. »Die zu haben?«, will er wissen.

Mart Velaze zuckt mit den Achseln. »Die Besitzer brauchen sie nicht mehr. Bedien dich.«

Die beiden Männer setzen sich und warten auf Daro, es ihnen gleichzutun. Daro Attilane sagt: »Sind Sie Mkezis Männer? Sie haben gelesen, was ich in meiner Akte habe. Die Fotos gesehen. Er ist erledigt.«

»Das stimmt«, erwidert Vusi Bopape. »Er ist erledigt.«

»Schnee von gestern«, fügt Mart Velaze hinzu. »Trotzdem, Daro, wollen wir, dass du ihn umbringst. Ihn erschießt.«

Daro blickt vom Binden seiner Schnürsenkel auf.

»Für dich ist das keine große Sache, Daro. Vielleicht bist du nicht mehr in Übung. Aber das gibt sich schnell.« Die Männer lächeln ihn an. »Was meinst du?«

Daro Attilane wendet sich wieder seinen Schnürsenkeln zu. Als er fertig ist, setzt er sich Mart Velaze und Vusi Bopape gegenüber, die Augen auf den Aktenkoffer gerichtet. »Das war damals«, sagt er.

»Damals, damals«, leiert Vusi Bopape. »Damals, heute, alles das Gleiche.«

»Nein«, widerspricht Daro. »So etwas mache ich nicht mehr.«

»Ich möchte was erklären«, mischt sich Mart Velaze ein. »Mr. Mkezi ist außer Kontrolle geraten. In dieser Woche organisierte er einen Staatsraub im großen Stil. Rhinozeroshörner, die Millionen wert sind. Für Mr. Mkezi ist so etwas kein Problem. In der vergangenen Woche ließ er einen Freund ermorden, weil der zum Kronzeugen gegen ihn wurde. Und schauen Sie sich das an.« Er holt ein paar Kopien aus dem Aktenkoffer auf dem Tisch. »Das ist Mkezis Hummer. Mkezi vögelt Stricher, Daro. Straßenjungen. Das ist nicht sonderlich nett.«

»Ihr Problem«, entgegnet Daro. »Ich habe Ihnen die Akten gegeben.«

»Sie haben auch anderen Leute etwas zukommen lassen. Das war nicht sonderlich klug.«

»Meine Sicherheit.«

Mart Velaze schüttelt den Kopf. Schaut Vusi Bopape an. Vusi Bopape sagt: »Jetzt wissen die zu viel. Und Sie müssen sie auch erschießen.«

Daro Attilane lacht. »Was? Sind Sie verrückt?«

»Nein.«

»So funktioniert das nicht. Was haben sie getan?«

»Nichts getan. Aber wie wir schon sagten: Sie wissen Bescheid.«

»Sie wissen nichts über das Geld. Das Geld, das von Dr. Gold zu Jacob Mkezi geflossen ist. Das Staatsgeld.«

»Sie werden nichts verraten, Daro. Sie werden den Mund halten.«

»Glauben Sie, dass ich das werde?«

»Ja, glauben wir«, antwortet Vusi Bopape.

Mart Velaze fügt hinzu: »Da sind Georgina und Steffie. Da

werden immer Georgina und Steffie sein, Daro. Unsere gemeinsame Sicherheit.« Mart Velaze spricht das letzte Wort grinsend aus.

Die Männer schweigen einen Moment.

»Vicki Kahn ist das Problem«, sagt Mart Velaze schließlich.

»Was hat sie damit zu tun?«

»Sie haben ihr die Informationen gegeben, die Dokumente.«

»Sie irren sich.«

Mart Velaze lächelt. »Okay, Sie haben sie Ihrem Surfkumpel gegeben, dem Teufelskerl von Privatdetektiv Fish Pescado. Deshalb ruft er mich ständig an und hinterlässt Nachrichten auf meiner Voicemail. Wenn Pescado diese Bilder gesehen hat, dann garantiert auch seine Freundin Vicki Kahn. Und ich glaube, Sie haben verstanden oder herausgefunden, dass Vickis Tante Amina Kahn war, die Sie umbrachten. Die Frau, die in der Pariser Métro erstochen wurde. Wie finden Sie mich? Nicht schlecht, was?«

Daro Attilane blickt auf seine Füße in den schwarzen *Takkies*. »Sie irren sich.«

»Das glauben wir kaum. Weshalb wir Vicki Kahn für ein Problem halten. Weil Vicki Kahn Anwältin ist, und Anwälte stellen Fragen. Und die Leute, die uns beschäftigen, Vusi und mich, wollen nicht, dass sie Fragen stellt.«

»Warum nicht? Paris war ein Auftragsmord, ein Job der Spezialeinheit. Einer von vielen.«

»Ja und nein, Daro. Wissen Sie, da gibt es etwas, was Ihnen unbekannt ist und was ich herausgefunden habe: dass ihr Jungs den Job für uns erledigt habt.«

»Uns?«

»Den Freiheitskampf. Den MK. Den ANC.«

»Wir haben die Frau für Sie erledigt? Blödsinn.«

»Seltsam, *né*? Leider hatte sich Amina Kahn eingemischt und ist beiden Seiten in die Quere gekommen.«

»Erwarten Sie etwa, dass ich Ihnen diesen Unsinn abnehme?«

»Musst du nicht, Daro. Wir räumen so oder so auf.«

»Wir sind die Putzkolonne, mein Freund«, erklärt Vusi Bopape. »Handwerker, die unseren neuen Staat ordentlich und sauber machen. Das schlechte Karma vertreiben. Wir wollen eine Geschichte, die hübsch klingt, mit uns als den Guten und euch als den Bösen. Jacob Mkezi war sowohl der Gute als auch der Böse. Aber eine solche Art von Wirrwarr funktioniert für uns nicht mehr. Wir wollen jetzt nur noch die Guten.«

»Daro.« Mart Velaze legt die Bilder in den Aktenkoffer zurück. »Es ist ganz einfach. Wenn du nicht mitmachst, bringen wir Georgina und Steffie, Vicki Kahn und deinen Kumpel Fish Pescado um. Dann töten wir dich. Wir haben dir bereits die Kugel geschickt, *né*?«

»Und das soll ich glauben? Dass Sie diese ganzen Leute töten würden?«

»Unwichtig, ob du das glaubst oder nicht. Mkezi und deine Freunde sind Geschichte. So oder so. Georgina und Steffie, das ist deine Entscheidung.«

»Deine Wahl. Räche dich an Jacob Mkezi für deine Kumpel, Mann. Weißt du, dass er es war, der jeden von euch umbringen ließ, jeden Einzelnen in eurer Einheit? Ray Adler, Verburg, Foreman. Also räche dich an ihm. Und rette deine Familie. Was denkst du?«

Mart Velaze schiebt seinen Stuhl zurück. »Komm, ich zeig dir was. Ein paar Haushaltsdinge, die wir schon erledigt haben.«

Daro Attilane folgt ihm in ein anderes Außengebäude. Vusi Bopape läuft hinter ihnen her. Ein Raum mit Gefriertruhen.

Daro schätzt, dass es acht oder neun sind. Mart Velaze öffnet eine Truhe. »Abalone, Wilderern abgenommen.« Eine weitere: »Hummer, ebenfalls von Wilddieben.« In der dritten befinden sich zwei nackte Leichen. »Die beiden Herren sollten dir bekannt sein.«

Beide wurden in die Stirn geschossen.

Daro Attilane lehnt sich vor und betrachtet die gefrorenen Leichen von Seven und Jouma. »Die sind kein Verlust.«

»Genau«, erwidert Mart Velaze. Er erzählt, wie Seven versuchte, ihn zu erschießen, aber die Waffe mit Platzpatronen geladen war. Er berichtet auch von den Rhinozeroshörnern aus dem Museum. »Wir haben beschlossen …«, er zeigt auf Vusi Bopape, »… sie zurückzubringen. Das Museum kann die Hörner ankleben, und keiner wird einen Unterschied merken. Das ist die richtige Entscheidung, *né*? Aufräumen, Ordnung schaffen – so wie es sich gehört.«

Mart Velaze klappt die Gefriertruhe wieder zu.

»Sind das seine Schuhe?«, will Daro wissen und schaut auf seine Füße. »Sevens Schuhe?«

»Sevens Schuhe. Oder die von dem anderen Kerl, ich weiß es nicht«, antwortet Mart Velaze.

»Mein Gott!«, sagt Daro. »Das hat mir gerade noch gefehlt.«

»Die Schuhe eines Toten«, meint Vusi Bopape lachend.

Die drei Männer verlassen den Raum und kehren zu dem Tisch zurück.

»Also?«, fragt Mart Velaze.

»Warum machen Sie es nicht selbst?«, gibt Daro Attilane zurück.

Mart Velaze nickt, legt seine Hände flach auf den Tisch und betrachtet sie. Richtet den Blick auf Daro Attilane. »Manche Jobs erledigen wir selbst. Andere outsourcen wir. Dieser ist für dich gedacht.«

Achtzig

»Was ist das?«, fragt Fish und betrachtet die Plastiktüte, die Vicki auf den Küchentisch gehievt hat. »Ich dachte, du würdest was zu essen mitbringen.«

»Hab ich auch«, erwidert sie. »Geräucherten Snoek, Basmatireis und vier Tomaten. Zwei Zwiebeln. Ein Päckchen Rosinen. Eine Flasche Mrs. Ball's Chutney, extrascharf. Du hast doch hoffentlich etwas Süßwein da?«

»Irgendwo schon«, meint Fish. »Willst du etwa, dass ich Smoervis koche?«

»Das war die Idee«, erklärt Vicki. »Deshalb habe ich die ganzen Zutaten gekauft. Du kochst, und ich erzähle dir dabei, was ich herausgefunden habe. Dann sagst du, was du herausgefunden hast. Heißt zwar, dass du mehrere Dinge auf einmal machen musst, aber das schaffst du schon. Oder? Ein großer Junge wie du?«

Fish holt eine Flasche süßen Jerepigo aus dem Schrank. Sagt: »Sehr witzig.«

Vicki legt einen Notizblock auf den Tisch. »In der Tüte ist auch ein Pinotage. Davon hätte ich gern ein Glas.«

Fish schenkt zwei Gläser ein und schürzt angetan die Lippen, als er den ersten Schluck nimmt.

»Du könntest Prost sagen«, meint Vicki und hält ihr Glas hoch.

»Wollte nur sicherstellen, dass er nicht korkig schmeckt«, entgegnet Fish.

»Auf den Mann in den Krokodillederschuhen«, schlägt Vicki vor. »Möge ihn der Zorn Gottes treffen.«

»Klingt vernünftig.«

»Auf diesen charmanten Mann, der mir einen Job angeboten hat.«

Fish runzelt die Stirn. »Hast du gar nicht erzählt.«

»Ich hab darüber nachgedacht.«

»Und?«

»Mich dagegen entschieden.« Sie deutet auf den Reis. »Aber jetzt mal etwas Action, Babes. Ein paar von uns haben einen Riesenkohldampf.«

»So einfach? Du hast dich dagegen entschieden? Gegen sein Jobangebot?«

»So einfach. Zum einen kam mein schmieriger Chef zu mir rein und machte einen auf ›Oh, wie wundervoll, Vicki‹, und zum anderen ist da das.« Sie zeigt auf die Fotokopien.

»Okay, du zuerst. Ich höre zu.« Fish bringt den Basmatireis zum Kochen. Vergießt beim Schneiden der Zwiebeln manche Träne.

Vicki beginnt: »Das Ganze reicht zurück bis zu Dr. Gold, als er in den siebziger Jahren Finanzminister war.« Erzählt ihm, wie seine Regierung Goldbarren auf die hohe Kante legte. Viele Abermillionen an Steuergeldern, die man vor allem nach London brachte. Eine lange Geschichte von wer und was und wann und wie.

»Ich weiß das«, meint Fish.

Vicki hält inne. »Woher? Wieso weißt du das?«

»Hat mir ein kleiner Vogel verraten.«

»Komm schon, Fish.«

»Dieser Professor, den ich kenne. Der hat's mit der Politik. Sein Gebiet. Ich hab ihm das Bild von dem Mann im Krankenhaus gezeigt, und er hat mir all das gesagt, was du gerade erzählt hast. Du siehst, ich liege vorne. Außerdem hat er Jacob Mkezi erkannt.«

»Er hat dir also auch erzählt, wie Dr. Gold das Gold von London nach Zürich bringen ließ, und zwar für einen kleinen Prozentsatz pro verkaufte Unze?«, erkundigt sich Vicki auf ihre stille Weise. Ihre schöne Stimme füllt seinen Kopf, während er die Zwiebeln brät.

»Hat er.«

Vicki fährt fort. »Die Sache ist die. Ich gehe diese Papiere der Wahrheits- und Versöhnungskommission durch, und nirgendwo finde ich den Namen des Ministers. Stattdessen allerdings den von Jacob Mkezi.«

»Ach?«, meint Fish. Er hat eine Tasse voll Rosinen in Wasser gelegt, um sie einzuweichen. Jetzt schneidet er die Tomaten.

»Ich glaube, Jacob Mkezi hat für beide Seiten gearbeitet.« Vicki nimmt einen Schluck Wein und wühlt in ihren Papieren. Sagt: »Jacobs Name taucht dreimal auf. Das erste Mal wird er nach einem Angriff in Swasiland erwähnt. Bei der Anhörung meinte eine Frau, sie hätte dem Genossen Jacob Mkezi ein Essen zubereitet.«

»Welche Frau?«

»Eine Frau, die da war. Die Sicherheitseinheit hat auf sie geschossen, aber sie hat überlebt. Sie erzählte bei der Anhörung, dass sie auf den Genossen Jacob Mkezi gewartet hätten. Der sei aber nicht gekommen.«

Fish nickt. Gibt den Zwiebeln etwas mehr Butter bei. Meint: »Sekunde. Willst du damit sagen, es bestand schon damals eine Verbindung zwischen dem jungen Jacob und Dr. Gold?«

»Was ich damit sagen will, Fish … Ich weiß nur, dass Jacob in den frühen Achtzigern ein MK-Mitglied wurde. Wie er es von dort bis zu Dr. Golds Krankenbett in der Schweiz schaffte, weiß ich nicht. Wenn man Jacob Mkezis Blog liest, dann liest man Geschichten über einen Revolutionär. Einen Mann, den die Geheimpolizei tot sehen wollte.«

Fish wickelt den Snoek aus und beginnt, mit einem Messer das Fleisch von den Gräten zu lösen.

»Ein Jahr später versucht man erneut, Jacob Mkezi umzubringen. Diesmal zu Hause in Südafrika.«

»Aha.«

»Aha? Und sonst nichts?« Vicki wirft Fish einen finsteren Blick zu. »Aha unglaublich, sollte das eigentlich heißen.«

»Red weiter.« Fish wedelt mit dem Messer in der Luft herum, wodurch ein paar Fischstückchen durch die Küche fliegen.

»Es kommt zu einem mysteriösen Autounfall mit drei Genossen auf einem Bergpass. Der Wagen schleudert von der Straße, fängt Feuer, alle sterben.«

»So was ist damals öfter passiert.«

»Klar. Aber in diesem Auto sollte Jacob Mkezi zu einem politischen Treffen gefahren werden. Doch Jacob Mkezi tauchte nie am verabredeten Ort auf. Verstehst du?«

»Mehr oder weniger. Du willst damit sagen, es kann kein Zufall sein, dass er zwei Anschlägen entkommen ist. Jemand hat ihn gewarnt.«

»Genau.«

»Eine etwas gewagte Vermutung.«

»Aber eine Möglichkeit.«

»Hab schon merkwürdigere Geschichten gehört.«

»Eben. Aber ich hab noch eine andere Geschichte. Über Paris.«

Fish probiert den Reis. »Paris?«

Vicki wedelt mit einem kleinen Taschenkalender herum. Der Umschlag ist aus blauem Plastik und an den Rändern abgestoßen. Sie schlägt ihn bei einem gelben Haftzettel auf. »Hier. Fünfzehnter September 1987 um halb zwölf. Mit Kugelschreiber ist eingetragen: Schweizer Botschafter. Das war ein Dienstag.«

»Und?«

»Meine Tante Amina war eine wichtige Freiheitskämpferin. Im Finanzbereich der Bewegung tätig. Sie kümmerte sich um das Geld. Sie hat gesehen, welche Zahlungen reinkamen und welche rausgingen.«

»Deine Tante?«

»Meine Tante.«

»Okay.«

»Sie wurde ermordet. In der Métro erstochen. Fünf Tage später.«

Fish kippt den Reis auf die Zwiebeln und die Tomaten, fügt die Snoek-Stückchen, die Rosinen und eine Tasse Weißwein hinzu. Mischt alles mit einem Kochlöffel.

»Also hat sie Dr. Gold getroffen. Na und? Vielleicht war der Auftragsmord reiner Zufall.«

»Das glaube ich nicht. Wir bekamen den Kalender separat und anonym. Er befand sich nicht unter ihren anderen Hinterlassenschaften. Alles war in einem Karton verpackt: Kleidung, ein paar Bücher, Nippes, einige Schallplatten, Fotos, Briefe von Familie und Freunden. Nichts Ungewöhnliches. Der Kalender kam plötzlich mit der Post, nur war dieser Umschlag nie aufgegeben worden. Kein Stempel. Jemand hatte ihn persönlich vorbeigebracht.«

»Du meinst, jemand, der eigentlich das Tagebuch hätte zerstören sollen, hat das nicht getan und es stattdessen euch gebracht?«

»Ganz genau. Wir haben keine anderen Kalender erhalten, nur diesen einen von 1987. Ich habe ihn durchgesehen, Tag für Tag. Die einzige Person, die sie traf, die nicht dem Freiheitskampf angehörte, war Dr. Gold.«

»Muss trotzdem nichts heißen.«

»Irgendwas ist bei diesem Treffen passiert.«

»Das vermutest du.«

»Wieso kann man dann immer noch nicht ihre Akte einsehen? Wir bemühten uns darum, ihren Tod durch die Wahrheits- und Versöhnungskommission untersuchen zu lassen. Die kam nicht weiter. Die ermittelnden Beamten erhielten Todesdrohungen. Ich auch.«

»Was für Todesdrohungen? Einen Brief? Einen Telefonanruf?«

»Einen Anruf. Afrikanische Stimme. Erklärte mir, dass ich sicher nicht das gleiche Schicksal erleiden wolle wie meine Tante. Das war alles. Das und die Beamten, die mir erklärten, es gäbe eine Akte zu meiner Tante, aber die sei nicht einsehbar. Geheim.«

Vicki sammelt ihre Papiere ein. »Das ist die Geschichte, sozusagen eine Familiengeschichte. Meine Tante wusste etwas. Etwas, was ihr nicht gefiel.«

»Und zwar?«

»Dass die Helden des Freiheitskampfes einen Handel mit Dr. Gold machten. Wahrscheinlich hatte es mit den Barren zu tun. Ich weiß es nicht. Ich habe Jacob Mkezi nur zweimal getroffen, und jedes Mal meinte er, dass er mir etwas über meine Tante erzählen wolle. Warum sollte er das tun?« Sie holt eine Gabel köchelnden Smoervis aus der Pfanne. »Das ist fertig. Ich bin am Verhungern.«

Fish verteilt. Dreht die Flasche Chutney auf. »Möchtest du?«

»Natürlich.« Vicki hat bereits die zweite volle Gabel im Mund. »Lecker und frisch, Fish.« Grinst über ihren Reim. »Vermutlich muss ich warten, bis ich mich mit Mr. Mkezi zu einem Gespräch zusammensetze.«

Sie essen. Fish macht Platz für die Fotokopien. »Was uns zu

diesen Bildern bringt. Und einer Tatsache, die ich am liebsten verdrängen will.«

»Die wäre?«

»Dass Daro für die Spezialeinheit gearbeitet hat. Als Mitglied einer Todesschwadron.«

»Was?«

Fish trinkt einen Schluck Wein und nimmt noch eine Gabel voll Essen in den Mund. Legt die Aufnahme der Männer am Strand vor Vicki. Der Hintergrund ist retuschiert, aber die dichte Vegetation zu beiden Seiten der Gruppe ist deutlich zu erkennen. Vier Männer. Drei mit ungekämmten Haaren, vermutlich unrasiert, in Shorts oder Badehose und T-Shirts gekleidet. Der vierte mit den dichten Haaren trägt eine Surfhose und hat eine Zigarette im Mund. Einer ist besser gekleidet, modischer als die anderen. Scheint gerade einer lässig gestylten Partygruppe entstiegen zu sein. Alle Männer tragen Sonnenbrillen.

Fish reicht Vicki eine Lupe. Sagt: »Der elegante Typ, der Schwarze. Wenn du dir sein Gesicht ansiehst, dann könnte das Jacob Mkezi sein. Das Problem bei diesem Bild ist, dass man das nicht mit Sicherheit sagen kann. Aber wenn man die beiden Aufnahmen miteinander vergleicht, schaut es ganz nach Jacob Mkezi aus.«

»Einverstanden«, sagt Vicki, die sich über das Foto beugt.

»Also, ich habe gehört, dass die Spezialeinheit diese Art von Strandpartys veranstaltet hat. Als wären sie eine Institution, eine Firma. Und diese Jungs sind eine Todesschwadron. Stellen sich folgende Fragen: Was macht Jacob Mkezi bei einer Strandparty der Spezialeinheit? Wer hat das Bild von Jacob Mkezi und Dr. Gold geschossen? Warum besucht Jacob Mkezi Dr. Gold im Krankenhaus? Und wieso wollte Daro, dass gerade ich diese Aufnahmen bekomme?«

»Gute Fragen.«

»Welche Verbindung besteht zwischen diesen beiden Männer zu Daro, der der Blonde mit der Zigarette im Mund auf dem Strandfoto ist?«

Vicki schaut sich das Bild genauer an. Wirft Fish einen Blick zu und betrachtet dann wieder das Foto. »Ich will gar nicht daran denken.«

»Ich auch nicht«, erwidert Fish. »Weil es wahrscheinlich diese Kerle waren, die deine Tante umbrachten. Daro einer von ihnen.«

Einundachtzig

In einem schwarzen Golf GTI fahren sie die Straße entlang. Getönte Scheiben, ein dumpfes Dröhnen des Auspuffs. Unterhalb der Geschwindigkeitsbegrenzung. Drei Männer in einem Auto. Der Fahrer trägt eine Lederjacke, der Beifahrer neben ihm einen schwarzen Anzug, ein weißes Hemd mit einem offenen Kragen, eine rote Aidsschleife am Revers. Der Mann auf dem Rücksitz hat beide Hände in den Taschen seiner Jacke vergraben.

»He, Mann«, sagt er. »Das ist ein kalter Ort.«

Was vom Tag übrig ist, wird allmählich von einer Wolkendecke überzogen. In einer halben Stunde wird es dunkel sein. Ein Wind bläst scharf durch die Bäume, reißt trockenes Laub von den Ästen.

Die Männer fahren an Hausangestellten, Gärtnern, Haushälterinnen vorbei, die die Straße entlanghasten, um zu den Bushaltestellen zu gelangen.

Mart Velaze sitzt am Steuer, Vusi Bopape auf der Rückbank mit einer praktischen Beretta Cougar in der Tasche. Er hat Daro Attilane auf dem Beifahrersitz erklärt, dass er ihn beim geringsten Unsinn erschießt. Daros Hände sind hinter seinem Rücken gefesselt. Er lehnt sich gegen seinen Sicherheitsgurt nach vorne.

»Würdest du in Bishopscourt wohnen wollen?«, erkundigt sich Vusi Bopape bei Mart Velaze. »Mit den Mauern. Den Elektrozäunen. Den Überwachungskameras.«

»Nicht mein Stil«, meint Mart Velaze.

»Ich kenne Brothers, die wollen nichts anderes«, sagt Vusi Bopape. »Dieser Ort, oder Constantia, diese ganzen *Larney*-Vororte in Joburg, Pretoria, Durban. Wollen unbedingt wie die Weißen leben.«

»Ist doch okay«, meint Mart Velaze. »Wenn sie die Knete dazu haben.«

»Nicht okay, wenn es andere Brothers gibt, die dir dein Auto abnehmen wollen.«

»Das können die in den Townships machen. Man fährt mit einem M5 eine Township-Straße entlang, und schon wollen zehn Gangster mit.«

»Kein Respekt, die Leute«, bestätigt Vusi Bopape. Lacht und sagt: »He, Brother, wir sind zu unseren Vätern geworden. Immer nur Gejammer.«

Mart Velaze fährt an Jacob Mkezis Grundstück vorbei und hält auf der anderen Straßenseite an.

Vusi Bopape schaut zu dem Haus hinüber, dem Herrenhaus, das sich hinter der hohen Mauer zeigt. »Hübscher Schuppen. Bist du dir sicher, dass niemand da ist?«

»Hundert Prozent. Hab einen Anruf aus dem Mzoli bekommen, er ist dort, im Restaurant, und klammert sich an ein paar Scotch.«

Sie treiben Daro die Stufen hinauf zur Eingangstür. Mart Velaze wirft Vusi Bopape die Autoschlüssel zu. »Ich ruf dich an«, sagt er. Lächelt Daro zu. »Falls Daro nicht pariert.«

»Deine Entscheidung, Daro«, meint Vusi Bopape. »Ich schau mal nach, was Georgina und Steffie in der Zwischenzeit so getrieben haben.«

Sie sehen zu, wie Vusi Bopape davonfährt.

»Er macht das besser nicht«, murmelt Daro.

»Sonst?« Mart Velaze öffnet die Tür, gibt den Sicherungscode für das Alarmsystem ein und stellt erst dann fest, dass Jacob Mkezi sein Haus verlassen hat, ohne den Alarm zu aktivieren. »Es ist jetzt deine Entscheidung, Daro, mein Bruder. Versuch nichts Dummes bei mir, sonst könntest du tot aufwachen. Sei einfach nett und zivilisiert. Du bringst das gut über die Bühne, und die zwei Frauchen bleiben am Leben. Denk dran. Wenn du einen auf Macho machst, liegen sie morgen im Leichenschauhaus.«

Er nimmt Daro die Handschellen ab.

Vusi Bopape fährt die Straße hinunter und hält dann am Rand an. Aus dem Kofferraum holt er einen Laptop. Er kontrolliert seine Pistole, die Fünfzehn-Schuss-Cougar. Seine bevorzugte Waffe. Sechs Mal hat er sie bereits bei Jobs eingesetzt, und keine einzige Macke. Nicht, dass er bisher die volle Ladung verballert hätte. Hat einen Schuss abgegeben, manchmal einen doppelten. Einmal drei in einer Extremsituation, als die Zielperson einfach nicht sterben wollte.

Auf der Schießanlage hingegen hat er bereits mindestens fünfzehntausend Kugeln verschossen. Gute Genauigkeit, sanfter Rückstoß. Vor allem ist die Cougar kompakt, beult nicht die Jacke aus und hat keine wulstigen Kanten, mit denen sie sich im Halfter verheddern könnte. Es ist eine schnelle Waffe, schnell in der Hand, schnell abzufeuern. Vor allem aber hat ein Fünfzehn-Schuss-Magazin mit Neun-Millimeter-Patronen etwas Beruhigendes.

Wieder am Steuer schaltet er den Laptop ein und sucht nach der Position des Peilsenders. Nicht mehr in der Stadt. Sondern unten auf der Halbinsel an der Küste. Muizenberg.

»Besucht den Freund«, sagt Vusi Bopape laut. Okay, kein Problem.

Er kontrolliert das Magazin. Voll. Schiebt die Cougar in das

Halfter, das er am Gürtel trägt. Los geht's. Vusi Bopape startet den Motor, verlässt Bishopscourt und fährt den Edinburgh Drive hoch bis zur Blue-Route-Autobahn. Den Wynberg Hill hinunter drosselt er die Geschwindigkeit auf fünfundneunzig, die Muizenberg-Bergkette vor ihm. Wolken steigen dahinter auf. Wird wahrscheinlich eine wilde Nacht. Nicht wahrscheinlich. Sicher. Vusi Bopape grinst.

Er stöpselt sich die Kopfhörer ein und wählt eine Nummer auf seinem Handy. Es läutet und läutet. Immer dieses lange Warten, als ob das Telefon in einem Safe eingeschlossen wäre. Vusi Bopape zählt fünfzehn Klingelzeichen. Beim sechzehnten Mal wird abgehoben. »Häuptling«, begrüßt ihn die Stimme. »Berichten Sie. Schildern Sie mir die Szenerie. Was ist genau passiert?« Wechselt zu Xhosa. »Erfreuliches, hoffe ich. Alle Kästchen abgehakt?« Wieder zurück zu Englisch. »Beginnen wir mit dem Tierarzt.«

»Tot«, sagt Vusi Bopape.

»Nun ja, das ist bedauernswert. Er hat bei den Tieren gute Arbeit geleistet.«

»Sie sagten ...«

»Ich sagte, Ihre Entscheidung in diesem Fall, Häuptling. Weiter. Wo sind Sie?«

»Auf dem Weg zu der Frau. Vicki Kahn.«

»Wissen Sie, wo sie gerade steckt?«

»Selbstverständlich.«

»Gut. Gut.« Vusi Bopape ist der Frau am Telefon noch nie begegnet. Die Stimme. Er hat erst zwei Mal mit ihr telefoniert. Vor dem ersten Mal erklärte ihm sein Vorgesetzter, dass er ihren Anruf erwarten könne. Um ihren Anweisungen zu folgen. Stell keine Fragen. Er tat, wie ihm befohlen wurde. Die Belohnung erfolgte in Bargeld. In viel Bargeld. Er hat nur eine vage Vorstellung davon, wie sie aussieht. Bildet sich zu der ruhigen

Stimme eine gut gekleidete Frau ein. Eine niveauvolle Frau. Jemand, der in fremden Großstädten zu Hause ist. Etwas in ihrer Stimme, ein Akzent bei gewissen Wörtern, klingt eigenartig.

Die Stimme fragt: »Und Velaze?«

»Danach.«

»Ist Velaze bei Mkezi?«

»Er kümmert sich um diesen Teil.«

»Dann verschwindet er.«

»Ja, das habe ich verstanden.«

»Das ist wichtig. Keine Fehler. Velaze hat seine eigenen Pläne. Andere Loyalitäten. Es ist an der Zeit, dass wir ihn loswerden.«

»Ich habe verstanden.«

»Häuptling«, sagt die Stimme auf Xhosa. »Sie haben das bisher ausgezeichnet gemacht. Wir haben die Rhinozeroshörner. Nichts ist schiefgegangen. Wir sind Ihnen dankbar, *Bra* Vusi. Es gibt Möglichkeiten, Ihnen unsere Dankbarkeit zu zeigen. Danach. Sie verstehen. Wenn das hier beendet ist. Einige Leute werden sehr erleichtert sein. Sich erkenntlich zeigen. Verstehen Sie?«

»Ja, ich verstehe.«

»Häuptling«, verabschiedet sich die Stimme, »bleiben Sie den Vorfahren treu.«

Vusi Bopape legt auf. Denkt, dass die Cougar zuverlässiger als die Vorfahren ist.

Er fährt von der Autobahn ab und nimmt die Main Road bis zur Kreuzung. Parkt den Wagen in einer Seitenstraße. Vusi Bopape bevorzugt es bei einem solchen Job, zu Fuß unterwegs zu sein. Auf diese Weise bemerkt niemand den Wagentypus oder die Farbe. Oder das Nummernschild. Eventuelle Zeugen können dann nur sagen: Ich habe einen Schwarzen weggehen sehen. Ein schwarzer Mann in einer schwarzen Lederjacke. Jeder Schwarze hat eine schwarze Lederjacke. Die Polizei wird bloß mit den Augen rollen.

Es ist beinahe dunkel. Der Wind nervt ihn. Er überquert die *Vlei*-Brücke und findet problemlos das Haus. Dort steht der rote Alfa MiTo in der Einfahrt. Keine Lichter in den Fenstern, aber hinter den Milchglasscheiben der Eingangstür schimmert es gelblich.

Vusi Bopape berührt die Pistole in ihrem Halfter, lässt die Schultern kreisen und geht den Weg zur Haustür hoch. Was auch immer passiert, passiert am besten drinnen, lautet Vusi Bopapes Schlachtplan für die nächsten Minuten.

»Mart Velaze«, sagt Mellanie und zieht einen Koffer ins Wohnzimmer. »Sieh einer an. Und wer ist das, Mart?«

Die beiden Männer drehen sich überrascht um. »Hi, Mellanie.« Mart Velaze runzelt die Stirn. »Was machen Sie denn hier?«

»Ich packe meine Sachen«, erwidert sie. »Es ist aus. Beruflich und als Trophäenfrau-Tarnung ebenfalls. Jacob Mkezi ist Geschichte.« Sie wirft einen Blick auf die Handschellen in Mart Velazes Hand. »Wer ist das?«

»Ein alter Freund des Polizeipräsidenten.«

Mellanie betrachtet Daro Attilane. Bemerkt seine schlecht sitzende Kleidung. »Er ist nicht da, der frühere Polizeipräsident.« Mellanie betont den Titel besonders gehässig.

»Ja, ich weiß. Haben Sie ihn heute schon gesehen?«

»Er war gerade am Weggehen. Ich hab ihm gesagt, dass er nicht warten muss.«

»Okay, aber wir warten«, meint Mart Velaze.

»Ich bin weg.« Mellanie geht um die beiden Männer herum zur Eingangshalle. »Mkezi ist passé«, fügt sie hinzu. »Die Genossen schnappen ihn sich. Und zwar nicht im kleinen Stil. Sie haben das schon mit diesen Stricherfotos getan. Machen Sie es sich bequem, meine Herren. Sie könnten lange warten. Adios.«

»Wo ist Ihr Auto?«, fragt Mart Velaze. »Stand nicht draußen, oder?«

»In der Garage«, antwortet Mellanie. »War einfacher so.« In diesem Moment bemerkt sie die Pistole in Mart Velazes Hand. Ihre Miene wird panisch. »Was soll das mit der Waffe, Mart? Richten Sie die nicht auf mich!«

Fish und Vicki essen schweigend weiter. Fish starrt auf das Bild von der Männergruppe am Strand. Könnten Angelfreunde sein. Aber das glaubt er kaum. Er glaubt, da ist etwas Teuflisches im Gange.

»Denkst du das wirklich?«, fragt Vicki. Sie hat zu Ende gegessen und schiebt jetzt den Teller weg. »Dass Daro Mitglied dieser Todesschwadron war?«

»Ja, tue ich. Ich weiß es nicht sicher. Ein großer Unterschied. Aber ich glaube es.«

»Keine schöne Geschichte.«

»Nein.« Er hebt den Deckel vom Topf mit dem Smoervis hoch. »Willst du mehr?«

Vicki schüttelt den Kopf. »Nein, ich bin satt.«

Fish nimmt sich noch etwas. »Man weiß es einfach nicht. Man weiß nie ganz, mit wem man es zu tun hat.« Er beginnt, seine zweite Portion zu essen. »Wenn du mir gesagt hättest, dass Daro bei der Sicherheitseinheit war, hätte ich dich für verrückt erklärt. Unmöglich, hätte ich gesagt. Nie. Niemals. So ist der Typ nicht. Ein Familienmann. Kein Killer.«

Jemand klopft an die Haustür.

»Wahrscheinlich Betbrüder«, meint Fish. »Früher Abend,

da sind die besonders aktiv im Sammeln von verlorenen Seelen. Lassen wir's. Die gehen wieder.«

Vicki rührt sich nicht. Erklärt: »Jeder hat eine Vergangenheit, Fish.«

Er sieht sie an. »Was willst du damit sagen?«

»Nur das.«

Das Klopfen wird lauter. Aufdringlicher.

»Mist«, brummt Fish.

»Ich gehe«, schlägt Vicki vor. »Iss du zu Ende.« Sie gleitet vom Hocker und schlurft mit ihren Wollsocken durch die Küche. »Du kannst mir in der Zwischenzeit noch mal nachschenken.«

Fish denkt: Jeder hat eine Vergangenheit. Denkt das, während Shawn Colvin aus den Lautsprechern singt. Hört, wie Vicki ruft: »Okay, ich komme, einen Moment!« Hört, wie die Riegel zurückgeschoben werden, wie die Tür aufgeht. Hört eine tiefe, leise Stimme. Zu tief, um einzelne Wörter erkennen zu können. Hört, wie die Haustür geschlossen wird. Vicki fragt: »Wie kann ich Ihnen helfen, Mr. …?«

Der Mann knurrt eine Antwort. Fish denkt: Was soll …? Hält inne. Will Vicki gerade Wein nachschenken, als er ihren Schrei hört.

Und den Schuss.

Daro Attilane denkt: Déjà-vu. Sieht, wie die Waffe in Mart Velazes Hand hochgehalten wird. Ein Brustschuss direkt durch das Herz der Frau. Dann stürzt sich der Mann auf sie und bearbeitet sie mit einem Springmesser.

Daro braucht einen langen Moment, um zu reagieren. Dann ruft er: »Nein, nein, nein!« Zerrt Mart Velaze von der Frau. Mart Velaze stößt ihn weg. Beugt sich herab, um die Klinge am Kleid der Frau abzuwischen und wieder in den Perlmuttgriff des Messers zu klappen.

»Das kennst du, was, Daro?«, fragt er und schaut auf die tote Frau. Er schüttelt den Kopf. »Und jetzt?« Dann: »Na komm, Bruder. Noch eine Sache, und wir können ein bisschen fernsehen.«

Er drängt Daro aus dem Wohnzimmer einen Flur hinunter in die Küche. Öffnet einen Schrank, holt eine Spraydose heraus, die zwischen den Reinigungsmitteln steht. Streckt sie Daro entgegen.

»Das ist aber praktisch«, meint Daro. Dann wird ihm etwas klar. »Sie haben die schon vor langer Zeit dorthin gestellt. Sie haben das alles geplant.«

»Natürlich.«

»Mein Gott.«

»Gott wird dir nicht helfen. Du weißt, was du jetzt machen sollst.«

»Sie sind so was von scheiße.«

»Mach es. Wie damals. RAU TEM. In Großbuchstaben.«

Daro schmeckt Metall auf der Zunge. Mit einer Schärfe, die von dem Augenblick an da war, als Mart Velaze die Frau tötete.

»Ein Kreis schließt sich«, sagt Mart Velaze. »Das gibt uns jedenfalls allen das Gefühl, etwas abgeschlossen zu haben.«

»Sie mussten sie nicht umbringen.«

»Doch, musste ich. Sie hat uns gesehen. Schlechtes Timing von ihrer Seite. Jetzt schreib, *Buti*, du darfst dich künstlerisch verwirklichen. Über den Kühlschrank und den Schrank.«

Daro sprayt die Buchstaben. R auf den Kühlschrank, den Rest über die Schränke.

»Nicht schlecht«, sagt Mart Velaze. »Besser als letztes Mal, wenn ich das nach den Fotos beurteilen kann, die ich gesehen habe.« Er entreißt Daro Attilane die Dose. »Warum habt ihr das damals gemacht? Verrat es mir. Warum?« Er sieht Daro erwartungsvoll an. »Was sollte das bedeuten? Irgendwas muss es doch bedeutet haben. Man sprüht solche Buchstaben nicht einfach so hin.«

»Ich weiß es nicht.«

»Ich dachte, es meinte das deutsche Wort ›Träume‹.«

»Es war Unsinn. Sollte nur verwirren.«

»Das glaube ich nicht. Welche Träume, Daro?«

»Träume, die sich auflösen«, erwidert Daro. »Die Ruinen eines Lebens.«

Mart Velaze wirft die Dose in eine Plastiktüte. »Poetisch. Sehr poetisch. Du redest Mist, Daro. Welcher Sinn steckte dahinter?«

»Woher soll ich das wissen? Ich war so verdammt jung. Ein Fußsoldat.«

»Ein Fußsoldat. Oh, wie niedlich. Für einen Auftragskiller wirklich niedlich. Das verleiht dir fast einen Heldenstatus. Der letzte Aufrechte. Dabei bist du in Wirklichkeit ein verschwundener Attentäter.« Mart Velaze tritt einen Schritt zurück und zeigt auf die Tür. »Gehen wir. Den Flur hinunter. Am Ende ist das Fernsehzimmer. Dort können wir uns Sport oder was Ähnliches anschauen.« Daro gehorcht. »Das hast du gut gemacht, Daro. Echt gut. Deine Geschichte ausgelöscht und als ein Unbekannter wieder aufgetaucht. Clever. Deine Kameraden hätten das Gleiche tun sollen. Diese elendigen Schlappschwänze. Alkis, Nichtsnutze, Abfall. Aber das ist vorbei. Wahrheit und Versöhnung. Deine Entscheidung: Du kümmerst dich um den Polizeipräsidenten, und deine Schuld ist getilgt.«

»Und das soll ich glauben?«

»Solltest du.«

»Tue ich aber nicht.«

Mart Velaze lacht und bohrt Daro mit dem Lauf seiner Pistole in den Rücken. »Also echt, Bruder. Du hast eine ganz schön große Klappe. Wart's ab, okay? Wart's ab.«

Im Fernsehzimmer stehen zwei Ledercouches einem großen Flachbildschirm an der Wand gegenüber. Rechts Regale mit DVDs. Mart Velaze schaltet den Sportkanal ein. Der Ton erreicht sie über ein Heimkinosystem. »Setz dich, Bruder. Entspann dich.« Er schubst Daro zu einer Couch. »Willst du Sport oder einen Film? Vielleicht was zu trinken? Einen Single Malt? Der frühere Polizeipräsident hat eine großartige Sammlung feinster Whiskys, von denen du garantiert noch nie gehört hast.« Er öffnet ein Schränkchen. »Wie findest du das?« Wahrscheinlich zwanzig Flaschen sind dort aufgereiht. »Was soll es sein?«

»Nichts«, antwortet Daro.

»Dein Fehler.« Mart Velaze schenkt sich zwei Fingerbreit Johnnie Walker Blue ein. »Der Nektar der Revolution. Prost.« Er lässt sich auf die andere Couch fallen. Auf dem Bildschirm sieht man Cricket. Ein Mann in Grün läuft los, um zu bowlen. »Schaust du dir so was normalerweise an?«, will Mart Velaze wissen. »Ich nicht. Sport ist Mist.« Er steht auf und zieht einen Film aus dem DVD-Regal. »Wie wär's mit Jennifer? Mit Jennifer und George?« Schiebt *Out of Sight* ein. »Magst du George Clooney?«

Daro sagt: »Ich will meine Frau anrufen.«

Mart Velaze schüttelt den Kopf. »Schau dir den Film an, Daro. Deiner Frau geht es gut. Was mit ihr passiert, liegt allein bei dir. Wenn du deinen Job machst, wird sie nie erfahren, dass Vusi sie im Visier hatte.« Er nippt an seinem Whisky. »In ein paar Stunden kehrst du wieder in dein Leben zurück.«

»Außer dass drei Menschen tot sind.«

»Das stimmt. Aber nicht Georgina. Und nicht Steffie.«

»Aber meine Freunde. Fish und Vicki.«

»Ja, schade«, meint Mart Velaze. »Leider sehe ich keinen

anderen Weg. Das hättest du bedenken sollen, Daro. Du hättest sie raushalten sollen.«

Daro Attilane reibt sich das Gesicht. Ihm bleibt jetzt nichts, als zu warten. Irgendwann wird es einen Moment geben, den er nutzen kann.

Er blickt zum Bildschirm hinüber. Die Figur, die von Clooney gespielt wird, Jack Foley, überfällt gerade eine Bank.

»Er ist echt cool«, meint Mart Velaze. »Immer so ungerührt. Wo er dem Typen sagt, dass die Kassiererin niedlich ist. He, witzig, oder?«

Dann sitzt Jack Foley in seinem Auto, doch das springt nicht an. Neben ihm steht ein Polizist mit einer Pistole, die er durch das Fenster auf ihn richtet, und befiehlt ihm auszusteigen.

Mart Velaze lacht. »Schau dir an, wie er das nimmt. Als sein Schicksal. Sein Los. Das ist so was von cool.«

Daro denkt: Irgendwann muss Velaze ihm eine Waffe geben. Eine geladene Waffe. Vielleicht befindet sich nur eine Kugel im Lauf, aber die würde reichen, um Mart den Frontallappen zu durchballern. Was er mit Mkezi tun soll, ist der unsichere Faktor. Beim Surfen muss man auf die Welle aufspringen, die kommt. Daro sieht den Film an und spürt, wie ihn das Adrenalin, das durch seine Adern schießt, zappelig macht. Er versucht, möglichst still zu sitzen.

Auf dem Flachbildschirm sieht man Karen Sisco in ihrem Wagen vor dem Glades-Gefängnis, wie sie fassungslos die Worte »Was zum Teufel« formt, als sie den Ausbruch beobachtet. Die Männer tauchen wie Kaninchen aus dem Boden auf, während sie das Gewehr zusammenbaut. Der lange Schlitz in ihrem Kleid entblößt ihren Schenkel.

»*Wena*. Sexy Mama«, sagt Mart Velaze.

Schnitt zu Karen und Jack im Kofferraum, wo sie über Filme reden: *Bonnie und Clyde*, *Die drei Tage des Condor*.

Mart Velaze völlig angetan: »Ist das nicht unglaublich?« Er trinkt einen Schluck. »Bist du ein Clooney-Mann, Daro? Hast du *Michael Clayton* gesehen? Wahrscheinlich sein bester Film. Die Szene auf dem Hügel mit den Pferden. Unglaublich. Wahnsinnig. Dann explodiert sein Auto. He, Mann, das war doch irre, oder?«

Jetzt ist Clooney im Bad zu sehen. Lopez beugt sich gerade über ihn, als ein Auto vorfährt. Mart Velaze schaut aus dem Fenster. Die Scheinwerfer des Civics sind auf das Garagentor gerichtet, das sich langsam öffnet. »Da ist unser Junge, Daro. Showtime.«

Sie hören, wie Jacob Mkezi ins Haus hereinkommt und laut ruft: »Mellanie, Mellanie, hast du es dir doch anders überlegt?«

Fish denkt: Die Z88 ist im Pick-up, eine Ruger liegt im Schlafzimmer. Beide zu weit weg. Fußschritte kommen hastig den Flur entlang. Er sieht Vickis Handtasche. Weiß, dass sie immer eine Zweiunddreißiger bei sich hat. Zieht sie heraus. Nicht die beste Waffe für eine Situation wie diese. Aber was sind die Alternativen? Der Lauf reicht kaum über seine Finger hinaus.

Er ruft Vickis Namen. Die Schritte brechen abrupt ab.

Fish schleicht vorwärts und geht dann hinter dem Tisch in die Hocke.

»Vicki!« Wartet zwei Herzschläge. »Vicki!« Denkt: Sie ist tot. Denkt: Zum Teufel, das ist nicht Sevens dilettantischer Gangsterstil, sondern ein Profi. Er sagt: »An deiner Stelle würde ich rennen, Mann. Verdammt schnell rennen.«

Fish lauscht. Er hört nur Shawn Colvin, die davon singt, wie sie in diesen vier Wänden sterben wird.

»Jetzt ist eine gute Zeit, abzuhauen. Verschwinde.«

Die Dielenbretter knarzen. Das ist die Sache mit einem alten Haus. Die Dielenbretter haben immer was zu sagen. Er weiß, dass der Schütze näher kommt. Besser die Klappe halten. Besser ein Nervenspiel daraus machen.

Er sieht, wie langsam die Küchentür aufgeht, bis sie gegen einen Schrank stößt. Halb offen. Was dem Schützen den Vorteil gibt, die Tür als Schutzschild zu benutzen. Bei dieser guten, soliden Tür bleibt eine Zweiunddreißiger im Holz stecken.

Was hat er wohl, der Killer? Eine Neun-Millimeter? Eine Achtunddreißiger? War verdammt laut, muss also eine von beiden sein. Dieser dreiste Kerl machte sich nicht mal die Mühe mit einem Schalldämpfer. Bedeutet, dass ihm alles egal ist. Seine Absicht lautet: Rein und raus, bevor irgendwelche Leute auf die Idee kommen, dass das vielleicht Schüsse gewesen sein könnten, die sie da gerade hörten.

Wieder ein Knarzen des Bodens. Fish denkt: Versenk eine in der Tür und schau, was passiert. Eine verschwendet, bleiben immer noch fünf übrig. Die Zweiunddreißiger hat gute Patronen, aber für diesen Job braucht man trotzdem mindestens zwei. Vielleicht sogar drei, wenn es zu einem Ducken und Hechten kommt.

Er schießt auf die mittlere Paneele der Tür, und das Blei vergräbt sich im Holz.

Die Hand des Schützen taucht auf und gibt drei Schüsse ab. Links in das Spülbecken, wobei der Querschläger einen Moment lang zischend durchs Zimmer saust. In die Mitte über den Tisch direkt in die Wand. Und nach rechts in die Stereoanlage. Aus mit Shawn Colvin.

»Ich bin noch da«, sagt Fish. »Was kommt als Nächstes, *Bru*?«

Gibt ihm keine Gelegenheit, darüber nachzudenken. Fish springt aus der Deckung hervor und wirft sich gegen die Tür. Hört das Stöhnen des Schützen, dem die Tür gegen die Schulter prallt. Der rückwärts wankt. Fish duckt sich, schießt in der

Hocke in einem Fünfundvierzig-Grad-Winkel und hofft, dort den Kerl zu erwischen. Hört, wie das Hohlspitzgeschoss abgeht. Eine Kugel saust nach unten und schlägt in die Tür oberhalb seines Kopfs ein.

Fish ballert ein drittes Mal wild drauflos. Diesmal prallt das Blei von den Flurwänden ab. Er schaut zu dem Mann hinüber. Der Mann, der jetzt ein Loch in der Brust hat. Der Mann mit schmerzverzerrtem Gesicht. Der Mann, der schwankt, aber noch immer dasteht und jetzt die Hand mit der Pistole hebt.

Fish entscheidet sich für einen Bauchschuss. Das am besten erreichbare Ziel. Der Schütze knickt beim Aufprall nach vorn und sinkt dann gegen eine Wand, wo er nach unten rutscht, bis er sitzt. Er starrt Fish an. Die Waffe ist noch in seiner Hand, er versucht, sie zu heben. Fish tritt zu ihm und schlägt sie weg. Vier weitere Schritte den Flur entlang, und da liegt Vicki im Wohnzimmer. Blutspritzer an den Wänden, eine rote Lache unter ihr.

Daro Attilane hört, wie Jacob Mkezi »Scheiße« sagt, als er Mellanies Leichnam in seinem Wohnzimmer entdeckt. Er wiederholt: »Scheiße.« Stellt sich vor, wie der frühere Polizeipräsident den Brustschuss und die Stichwunden sieht, wie er sich herabbeugt, um nach dem Pulsschlag an ihrem Hals zu suchen. Dann ruft Jacob Mkezi: »Genosse, was ist hier los?« Er weiß, dass die Person, die im Fernsehzimmer eine DVD anschaut, sein Mann sein muss.

Mart Velaze stellt den Ton ab und grinst Daro an. »Reden wir mit dem früheren Polizeipräsidenten.« Auf dem Bildschirm ist Karen Sisco im Krankenhaus und sagt stumm etwas zu dem FBI-Typen und ihrem Vater. Mart Velaze winkt Daro aus dem Fernsehzimmer in Richtung Wohnzimmer.

Dort kniet Jacob Mkezi neben Mellanie Munniks Leiche. Er

steht auf, und sein Blick wandert von Daro Attilane zu Mart Velaze. Er fragt: »Was macht der hier?«

»Es gibt einen Grund.«

»Ich will ihn hören, Genosse. Ich will ihn hören. Da gibt es einiges, was ich nicht verstehe.«

Mart Velaze lächelt. »Es gibt einen Grund.«

»Das sagten Sie bereits. Warum sind Sie hier? Warum ist er hier?« Zeigt auf Daro Attilane. »Ich will eine Erklärung, und zwar jetzt.«

»Okay«, erwidert Mart Velaze.

Daro beobachtet, wie Mart Velaze in seine Jacke fährt und mit der Rechten die Neun-Millimeter herauszieht, mit der er vorhin Mellanie erschossen hat. Denkt: Jetzt ist es so weit. Jetzt gibt er mir die Waffe und befiehlt mir, Mkezi wegzupusten. Denkt: Ich nehme die Waffe, puste Mart Velaze weg und sehe dann, wie sich die Dinge mit Jacob Mkezi danach so entwickeln.

Mit der Linken zückt Mart Velaze einen Revolver.

Jacob Mkezi runzelt beim Anblick der zweiten Waffe die Stirn. Seine Augen sind auf Mart Velaze gerichtet. Er wartet auf eine Erklärung.

»Die Sache ist die, Mr. Mkezi«, sagt Mart Velaze. »Ich habe Anordnungen.«

»Anordnungen?«

»Als Diener dieses Staates.«

»Mephisto zu Faust. Und hätt er sich auch nicht dem Teufel übergeben …«

Daro sieht, wie Mart Velaze den kurzen Revolver in seiner Linken hebt, eine Ladung in Jacob Mkezis Brust und eine weitere in sein Gesicht abgibt. Der ehemalige Polizeipräsident steht da, als wäre er zu einer Statue erstarrt. Dann fällt er rückwärts um. Daros Augen schießen zu Mart Velaze, der die Pistole in seiner Rechten hebt, sie auf ihn richtet und anlegt. Die Waffe, mit der er Mellanie erschossen hat. Daro begreift in diesem Moment, was hier gespielt wird. Er sieht sogar, wie sich die Haut von Mart Velazes Zeigefinger anspannt.

Zweiundachtzig

Noch ist der Berg nicht von der Sonne erfasst. Nebelschwaden liegen im Morgengrauen auf dem Wasser. In die Bucht dringen diese ordentlichen Wellen, die nicht viel Kraft haben. Etwa einen halben, höchstens einen ganzen Meter hoch. Ein leichter, ablandiger Wind hält sie fern. Lohnt sich trotzdem, der morgendliche Kontrollgang.

Es ist Wochenmitte, weshalb sich nur Fish und etwa ein Dutzend andere Surfer von Surfers' Corner bis zur *Vlei*-Mündung verteilt haben. Fish befindet sich in der Ecke. Die Felsen direkt zu seiner Linken. Die Wellen drängen angenehm nach rechts, weshalb er für den Moment an der richtigen Stelle ist.

Er ist bereits zweimal geritten. Keine besonders komplizierte Fußtechnik, nur Stehen. Das Brett glitt die Welle entlang, es donnerte unter seinen Füßen, Kälte schlug ihm ins Gesicht. Ritt sie, bis sie zu Weißwasser wurde. Dann kehrte er zur Brechungslinie zurück.

Sein erstes Mal Surfen seit …

Er benutzt Daros Board. Das Board, das ihm Daro geliehen hat. Nicht das beste, aber ein Board.

Fish versucht noch immer zu begreifen, was passiert ist. Er glaubt, dass es den Daro gab, den er kannte, und denjenigen, der er früher mal war. Dafür spricht die Art, wie er bei einem Schusswechsel mit Jacob Mkezi ums Leben kam. Dafür spricht das Foto der Männergruppe am Strand. Mit Daro und Jacob

Mkezi. Das ist Daros Leben, über das er nur Spekulationen anstellen kann.

Und da ist Mart Velaze.

Mart Velaze, der Fish anrief. »Ich habe von dem Eindringling gehört, mein Freund.«

Fish erwiderte: »Haben Sie? Woher?«

»Ich erfahre vieles. Es tut mir leid, dass Vicki Kahn verletzt wurde.«

»Klar tut Ihnen das leid.«

»Sie ist eine spritzige Frau. Ich mag scharfe Ladys.«

»Woher kennen Sie sie?«

»Tu ich nicht. Hab nur von ihr gehört.«

Fish machte eine lange Pause, ehe er wieder sprach. »Warum rufen Sie an, Velaze?«

»Um Ihnen etwas auszurichten. Eine Nachricht für Vicki Kahn.«

»Und die wäre?«

»Sagen Sie ihr, dass sich Leute um sie Sorgen machen. Darüber, wer sie ist. Was sie über den Tod ihrer Tante weiß. Wir leben in einem gefährlichen Land. In einer schwierigen Zeit. Sie sollte keine Fragen über den Tod ihrer Tante stellen. Richten Sie ihr das aus, mein Freund. Ms. Vicki wird wissen, was ich meine. Freut mich, mit Ihnen gesprochen zu haben, Mr. Fish Pescado.«

Fish sagte: »Warten Sie. Und Daro Attilane?«

»Daro Attilane. Eine traurige Geschichte.«

»Ich habe diese Aufnahme, Velaze, mit Jacob Mkezi, Daro Attilane und weiteren Männern.«

»Hängen Sie sich das Bild doch an die Wand.«

»Wer sind die anderen?«

»Tote, Mr. Pescado. Tote. Alle von ihnen tot.«

Fish wartete, ob noch mehr kam. Die Stille zog sich in die

Länge, bis Fish sie schließlich durchbrach. »Was ist hier los, Velaze?«

Mart Velaze antwortete sofort. »Nichts mehr. Wir sind fertig.«

»Sie sind immer noch irgendwo da draußen.«

Hörte Mart Velaze schnaubend lachen. »Ich bin immer noch irgendwo da draußen. Ja, stimmt, bin ich. Aber ich stelle keine Gefahr dar. Keine Bedrohung für Sie oder Ihre Liebsten. Für den Moment jedenfalls nicht. Genießen Sie den Rest Ihres Lebens, Mr. Pescado. Mit Surfen, *Dagga*-Rauchen, Herumschnüffeln. Sich mit Vicki vergnügen. Vielleicht machen Sie ja doch den Abschluss in Jura, wie das Ihre Mutter so gerne hätte.«

Fish runzelte die Stirn. Fragte sich: Woher zum Teufel weiß er, was Estelle will? Schlug vor: »Treffen wir uns.«

»Das wird nicht passieren, mein Freund. Und darüber sollten Sie froh sein. Sie würden mich nicht kennenlernen wollen.«

»Dann nur eine Frage: Warum? Das Gold? Das Geld?«

»Da haben Sie es. Die Träume, die wir in uns tragen. *Né*, Mr. Pescado? Die Träume, die wir in uns tragen. So was oder Ähnliches hat Mkezi immer gerne auf Deutsch zitiert. Träume: RAU TEM. Das beantwortet Ihre Frage.«

Fish wiederholte: »Treffen wir uns. Erzählen Sie mir von dem Appollis-Jungen.«

Mart Velaze erwiderte: »Adieu, Mr. Pescado. Meine besten Wünsche an Ihre Herzensdame. Richten Sie ihr aus, sie soll vorsichtig sein.«

Ende der Unterhaltung. Die Handy-Spur, die Fish einen Kumpel zurückverfolgen ließ, verlief sich bei einer gestohlenen SIM-Karte.

Meine besten Wünsche an Ihre Herzensdame. Vicki lag

auf der Intensivstation, aber es ging ihr den Umständen entsprechend gut. Sie war außer Lebensgefahr. Sofern man einen Krankenhausaufenthalt nicht als lebensgefährlich einstuft.

Die Sache war die: Nicht einmal zwei Stunden, nachdem Mart Velaze angerufen hatte, meldete sich Samson Appollis bei Fish.

»Mr. Fish, wir haben das Geld. Danke, vielen Dank. Danke Ihnen.« Fish hörte, wie er nach hinten rief: »Ma, Ma! Ich habe Mr. Fish am Apparat!«

Daphne Appollis erklärte: »Sie sind sehr freundlich gewesen, Mr. Pescado. Möge der Herr mit Ihnen sein.«

»Samson«, sagte Fish. »Samson, was ist denn passiert?«

»Wir haben das Geld, Mr. Fish. Ich rufe Sie an, um Ihnen mitzuteilen, dass wir das Geld haben. Aus dem blauen Himmel Gottes des Herrn. Fünfzehntausend Rand in bar. Und Blumen, eine wunderschöne Vase mit Blumen. Von Mr. Velaze, Mr. Fish. Er hat sie uns gebracht, hier in unser Haus. Er sagte, die seien von seinem reichen Freund, um uns ein wenig zu trösten.«

»Nur fünfzehntausend Rand?«

»Das ist viel Geld, Mr. Fish.«

Fish dachte: Das sind lächerliche Peanuts. Lord Mkezi kam ungestraft mit einem Mord davon.

»Es ist zumindest etwas«, erklärte er laut. »Ich dachte allerdings …« Er brach ab.

Daphne Appollis meinte im Hintergrund: »Das reicht, Pa. Das reicht. Hör auf, Mr. Pescado zu stören.«

»Ich muss aufhören, Mr. Fish«, verkündete daraufhin Samson Appollis. »Ma ruft mich, wissen Sie. Wir wollten Ihnen nur herzlich danken, Mr. Fish. Wir wissen nämlich, dass Sie das geschafft haben.«

Fish legte auf. Dachte, er sollte noch einmal Lord aufsuchen und ihm beibringen, was es heißt, etwas wiedergutzumachen.

Fünfzehntausend Rand! Fünfzehntausend Rand waren eine Beleidigung. Die Art von Summe, die Mart Velaze vorschlagen würde. Zu wenig, um zu nützen, aber für Ma und Pa Appollis ein Grund, sich dankbar zu zeigen.

Fish schüttelte den Kopf. Dieser widerwärtige Mart Velaze.

Jetzt schaukelt Fish auf dem grauen Meer und denkt an Vicki. Wie er neben ihr auf dem Boden kniete, ihre Hand hielt, und wie sich der dunkle Fleck Blut unter ihr immer weiter ausbreitete. Wie er mit ihr redete: »Bleib bei mir, Vics. Vics, Vics, bleib bei mir. Sag mir deinen Namen. Sag mir, wo du bist. Zähl meine Finger.« Vicki, die immer wieder das Bewusstsein verlor. Fish dachte jedes Mal, wenn sie die Augen schloss, er hätte sie verloren. Erinnert sich an seinen Nachbarn Flip Nel mit einer Waffe in der Hand. Wie er erklärte, der Mann sei tot. Keine Sorge, sie wird überleben, Ihre Freundin. Bestimmt. Diese seltsam unwirkliche Szene. Sanitäter. Polizisten. Männer in Anzügen. Wie er in den Krankenwagen stieg. Wie er stundenlang im Krankenhaus wartete, während sie Vicki operierten.

Bis man ihm erklärte: »Gehen Sie nach Hause, Mr. Pescado.«

In sein leeres Haus, mit den Blutflecken auf dem Boden. Wie seine Mutter anrief.

Eine triumphale Estelle.

»Ich habe es geschafft, Barto. Es bedurfte zwar mehrerer Anläufe, aber ich habe es geschafft.«

Fish befand sich in der Küche und starrte auf das Boot hinaus. Stand dort eine ganze Weile, ohne zu denken, ohne zu fühlen. Taub. Nicht da. Er wollte sich nicht dem Aufräumen stellen, dem Wegputzen. »Was geschafft?«

»Den Deal mit der Mine. Die chinesische Investition. Prospect Deep. Sie kommen nach Südafrika. Mr. Yan und Mr. Lijun. Das ist unglaublich. Und ich komme mit.«

»Mom«, sagte Fish. Er hatte das Telefon an sein linkes Ohr geklemmt und hob jetzt seine rechte Hand. »Mom, auf Vicki wurde geschossen.«

Stille.

»Vicki? Dein indisches Mädchen?«

»Vicki, Mom. Hier in meinem Haus.« Er ließ den Arm sinken.

»Tot?«

»Sie hängt an einem Beatmungsgerät.«

»Oh, Barto. Bartolomeu, das ist ja furchtbar. Warum? Wie? Bist du nicht verletzt?«

»Lange Geschichte. Aber nein, ich bin nicht verletzt.«

»Erzähl sie mir.«

»Nicht jetzt.«

»Ich komme nach Südafrika. Nächste Woche. Oh Barto. Das tut mir so leid.«

»Nach Südafrika?« Fish runzelt die Stirn. »Warum kommst du hierher?«

»Mit Mr. Yan und Mr. Lijun, um uns die Mine anzusehen. Hab ich doch gerade erzählt.«

»Mom«, sagt Fish. »Habe ich dir nicht …«

»Ich weiß, ich weiß. Du hast mir von den BEE-Leuten erzählt. Mich vor ihnen gewarnt. Aber das sind nette Schwarze, Bartolomeu. Wenn das Inder wären, müsste man aufpassen. Die sind verschlagen.«

Fish schloss die Augen. Wollte seufzen.

»Schaff dir neue Schlösser an, Bartolomeu. Und ein Sicherheitstor. Ich hoffe, sie schafft es, deine kleine Freundin.«

Damit war sie weg. Fish legte ebenfalls auf, stieg über den Blutfleck und ging ins Schlafzimmer.

Seitdem war Daros Begräbnis gewesen. Die Trauer von Georgina und Steffie, der sich Fish stellen musste. Georginas Fragen: »Wer war er, Fish? Wer war der Mann, den ich geheiratet habe?«

Es gab einen Tag auf der *Maryjane*, als er mit Flip Nel fischen fuhr. Der Polizist hielt sich zurück. Hauptsächlich angelte er, erwischte Hottentots und ein paar Snoeken.

Bis er wie nebenbei fragte, während er einen Köder auf seinen Angelhaken spießte: »Jemals von einem Mann namens Dommiss Verburg gehört?«

Fish wandte sich ihm zu. Meinte: »Nein.« Dachte: Was wird das jetzt?

Flip Nel warf mit einer lässigen Geste die Leine aus und ließ die Spule ausrollen, bis er richtige Wassertiefe erreicht hatte. »War ein Mann, den ich in Port Elizabeth kannte. Netter Typ für ein *Braai*, immer für schlechte Scherze zu haben. Schrecklich schlechte Scherze. War bei der Sicherheitspolizei. Die erledigten unheimliche Aufträge, diese *Okes*. Die Art von Aufträgen, über die man lieber nicht spricht. Jedenfalls soll er sich angeblich irgendwann in den Kopf geschossen haben. Die Sache ist nur die: Er hatte diese Kugel in seiner Jackentasche. Eine Zweiundzwanziger, querschraffiert. Und genau so eine Kugel haben sie auch bei Daro Attilane gefunden. Eine Zweiundzwanziger, querschraffiert.«

Fish blickte über das Meer bis zum Cape Point. Über das strahlende, tanzende Meer. Fragte: »Was wollen Sie damit sagen?«

»Ich weiß nicht. Ich bin ein gewöhnlicher Bulle. War damals auch schon ein gewöhnlicher Bulle. Mord und Raub. Das waren immer meine Gebiete. Ich will damit sagen: Da ist diese Kugel.«

Sie redeten eine Weile hin und her, bis Fish erklärte: »Ich

habe ein Foto von ein paar Männern. Eigentlich eine Fotokopie. Schlechte Qualität. Aber vielleicht können Sie ja mal schauen, ob Sie Ihren Kumpel darauf erkennen.«

Und das tat Flip Nel. Und er erkannte Dommiss Verburg.

Nichts davon erzählte Fish Georgina. Was hätte das gebracht? Sie war noch mit der Frage beschäftigt, warum Daro Jacob Mkezi erschossen hatte. Was machte er dort? Warum war er die ganzen Tage über verschwunden gewesen?

Sie stellte diese Fragen immer und immer wieder, bis Fish ihr einen Joint rollte. Das verdrängte den Schmerz etwas. Er ließ ihr zwei Tütchen da und beschwor sie, es nicht zu übertreiben.

Jetzt hockt er auf Daro Attilanes Surfbrett und ist dabei, auf eine Welle zu springen. Davor Frühstück bei Knead, eine doppelte Portion Arme Ritter, die er mit einem Cappuccino herunterspülte. Scherzte mit der Bedienung, um ihr das koboldhafte Lächeln zu entlocken. Später Vicki. Er würde neben ihrem Bett sitzen, während sie daläge und ihn mit diesen ruhigen, geheimnisvollen Augen ansähe. Keiner der beiden würde ein Wort sprechen. Sie würden sich nur an den Händen halten. Dankbar.

Fish denkt: Vergiss all die Fragen, die Querverbindungen. Die Warnungen von Mart Velaze. Vergiss es. Sie lebt. Das allein zählt.

Erinnert sich daran, was Flip Nel zu ihm über das Bild mit Dommiss Verburg sagte. »Das beweist gar nichts. Heißt gar nichts.«

»Außer dass sie alle zusammen waren.«

»Na und?«

»Sie sind eine Todesschwadron«, erklärte Fish und heftete das Bild in eine Akte.

»Das wissen wir nicht.«

»Stimmt«, sagt Fish jetzt laut, während er auf die Welle zupaddelt und aufsteht, um sich von ihr mitnehmen zu lassen. Diese Erregung, die er empfindet, wenn er fortgetragen wird. »Das wissen wir nicht.«

Glossar

Ag/Agge – oh, ach (Afrikaans)
Aitsha – cool, super (Khoisansprachen)
Asseblief – bitte (Afrikaans)
Askari – afrikanischer, einheimischer Soldat oder Polizist in den Truppen der Kolonialmächte
Baas – Boss (südafrikanisch-englischer Slang)
Babbelas – Katzenjammer, einen Kater haben (südafrikanischer Slang, ursprünglich isiZulu)
Bakgat – cool, echt lässig (südafrikanischer Slang)
Bantu – Sammelbegriff für mehr als 400 Ethnien in Süd- und Mittelafrika, hier abwertend verwendet
Bergie – Bezeichnung für eine bestimmte Gruppe von Obdachlosen in Kapstadt
Black Economic Empowerment (BEE) – Förderprogramm der südafrikanischen Regierung für Gruppen, die zu Zeiten der Apartheid benachteiligt waren
Blue Train – ein Getränk aus Methanol, das in Kapstadt im Umlauf ist
Boerewors – eine zu einer Schnecke aufgerollte Grillwurst, eine südafrikanische Spezialität
Boet – Freund, Kumpel (südafrikanischer Slang)
Boykie – umgangssprachliche, herablassende oder auch freundschaftliche Bezeichnung für einen Mann (südafrikanischer Slang)
Bra/Bro/Bru – Freund, Bruder (südafrikanisch-englischer Slang)

Braai – Grillen, Grillparty (Afrikaans)
Bushie – abfällige, rassistische Bezeichnung für einen *Coloured* (südafrikanischer Slang)
Buti – Bruder (Xhosa)
China – umgangssprachliche Bezeichnung für Freund, Kumpel; britischer Cockney-Reimslang: »china« (Porzellan) = »plate« (Teller) > reimt sich mit »mate« (Kumpel)
Coloured – vor allem im südlichen Afrika Bezeichnung für jemanden, der sowohl schwarze als auch weiße Vorfahren hat
Coolie – in Südafrika rassistisch geltende Bezeichnung für Menschen indischer oder indisch-schwarzer Herkunft
Dagga – Cannabis, Marihuana; zum geläufigen Begriff in Südafrika geworden (südafrikanischer Slang)
Dankie – danke (Afrikaans)
Dronklap – Säufer, Trinker (Afrikaans)
Ek sê – ich meine, sag ich (Afrikaans)
Fok – verflucht, verfickt (Afrikaans)
Fok jy – fick dich (Afrikaans)
Hotnot – abfälliger, rassistischer Begriff für Schwarze
Jislaaik – Ausdruck positiver oder negativer Überraschung (südafrikanischer Slang)
Jol – Spaß, Party (südafrikanischer Slang)
Jolling – Spaß haben, sich vergnügen (südafrikanischer Slang)
Kak – umgangssprachlich für »Mist«, »Kacke«, »Unsinn« (Afrikaans)
Krantz – Felsenkrone, Felsenkranz (Afrikaans)
Lapa – eine Art Versammlungsraum oder Pavillon in Südafrika, meist offen und reetgedeckt
Larney – umgangssprachliche Bezeichnung für einen Reichen (südafrikanischer Slang)
Lekker – lecker, gut (Afrikaans)
Lobola – Brautpreis; südafrikanische Sitte, derzufolge der Bräu-

tigam der Familie seiner Braut einen Preis für sie zahlt. Auf diese Weise soll auch eine Beziehung zwischen den beiden Familien entstehen, nicht nur zwischen den beiden Brautleuten (Zulu und Xhosa)

Meneer/Menere – mein Herr/meine Herren (Afrikaans)

Mevrou – meine Dame (Afrikaans)

MK (oder Umkhonto We Sizwe = Zulu für »Speer der Nation«) – früherer militärischer Arm des *African National Congress*; 1990 aufgelöst

Mlungu – weißer Südafrikaner oder Boss einer Firma (Township-Slang)

Moegoe – Idiot, Narr (Township-Slang)

Morsdood – mausetot (Afrikaans)

Mos – offensichtlich, was sonst, ist doch klar (Afrikaans)

Mullet – Meerbarbe, Meeräsche; aber auch Vokuhila (Englisch)

Munt – abfällige Bezeichnung für Schwarze (südafrikanischer Slang)

Muti – traditionelle Medizin der Zulu (Zulu)

My – mein, meine (Afrikaans)

Né – okay; ach nee; stimmt doch, oder? (Afrikaans)

Net jy – nur du (Afrikaans)

Nooit – niemals, nie (Afrikaans)

Oke – Mann, Typ, Kerl (südafrikanischer Slang)

Ouma – Oma (Afrikaans)

Oupa – Opa (Afrikaans)

Pellie – Freund, Kumpel (Afrikaans)

Pellie-pellie – befreundet mit (Afrikaans)

Perlemoen – Abalone, Meerschnecke, Ohrschnecke, Seeohr (Afrikaans)

Pilletjies – Pillen (Afrikaans)

Poppie – Puppe, Püppchen, Tussi, Kleine (Afrikaans)

Porra – Bezeichnung für eine Person portugiesischer Abstammung (südafrikanischer Slang)
Putu Pap – körniger Maisbrei, traditionelles Gericht Südafrikas
Rock Shandy – südafrikanischer alkoholfreier Longdrink aus Limonade, Mineralwasser, einem Schuss Angostura und Eis
Roker – Raucher (Afrikaans)
Shebeen – Bezeichnung für eine illegale Kneipe im südlichen Afrika (südafrikanischer Slang)
Sies – Ausdruck des Ekels, des Abscheus (südafrikanischer Slang)
Skedonk – Karre, Klapperkiste (südafrikanischer Slang)
Skelm – Betrüger, Querulant (Afrikaans)
Stoep – erhöhte Veranda vor dem Haus (Afrikaans)
Takkie – Sportschuhe (südafrikanischer Slang)
Tik – Methamphetamin (umgangssprachlich Meth oder Crystal); in Kapstadt weit verbreitete Droge
Tjoepstil – mucksmäuschenstill (Afrikaans)
Toppie – Vater, Alter (südafrikanischer Slang)
Tsotsi – Gangster, Gauner (Township-Slang)
Twenty-Six – eine der größten Gefängnisbanden Südafrikas, deren Mitglieder eine 26 samt einer Sonne mit Strahlen als Tätowierung tragen, da sie nur tagsüber agieren
Ubuntu – Bezeichnung einer philosophischen Lebenshaltung, die sich in etwa mit »Nächstenliebe«, »Gemeinschaftssinn« und »Menschlichkeit« übersetzen lässt (Zulu und Xhosa)
Velt – Land; Bezeichnung für die plateauartigen inneren Gegenden Südafrikas (Afrikaans)
Vieslik – schmutzig, ekelhaft, widerlich (Afrikaans)
Vir jou – für dich (Afrikaans)
Vlei – sogenannte Salz-Ton-Pfanne oder Marschland, entstanden durch Versandung
Voetsak – verschwinde, verzieh dich (südafrikanischer Slang)

Wena – du (Zulu)
Whitey – Bezeichnung für einen Weißen (südafrikanischer Slang)
Zol – Joint, Spliff (südafrikanischer Slang)